고전시가의 숲을 누비다

고전시가의
숲을
누비다

황병익

역락

▲ 수로부인공원 〈해가사(海歌詞)〉 터 구슬 비석(강원도 삼척시 수로부인길 401)(〈구지가〉 관련 자료)

◀ 강진 무위사 극락전 아미타여래삼존벽화(국보 313호, 전남 강진군 성전면 월하리 1174번지, 〈원왕생가〉 관련 자료).
　극락보전 후불벽 앞면에 그려져 있는데, 가운데 아미타불을 중심으로 왼쪽에 관음보살, 오른쪽에는 지장보살이 서 있다. 맨 위 구름을 배경으로 좌우에 각각 3인씩 6인의 나한상을 배치하고 그 위에 2구의 작은 화불을 그렸다.(문화재청 홈페이지 www.cha.go.kr, 문화유산정보)

▲ 환일(幻日) 현상(〈도솔가〉 관련 자료)
(柴田清孝 저, 김영섭 김경익 역, 『대기광학과 복사학』, 시그마프레스(주), 2002, 책머리 사진) 양쪽 햇귀의 바깥쪽에 청색, 안쪽에 붉은색이 분명하게 식별된다. 빛의 삼원색이라면 가운데는 녹색이어야 하겠는데, 색깔이 약해서 『고려사』에는 청적백색이라고 묘사한 것으로 보인다.

▲ 「풍운기」의 기록을 바탕으로 그린 환일 현상의 세부 명칭(〈도솔가〉 관련 자료)
가운데 해, 햇귀, 해 테두리, 테두리 윗부분의 해 모자, 다음 사진에는 해 모자 위에 햇등이 있다.

▲ 햇등(日背)의 모습(〈도솔가〉 관련 자료)
본문 〈도솔가〉 부분에 실린 「풍운기」 그림과 위의 두 사진 자료를 확인해 보면 정확히 일치한다.

▲ 팔관회의 백희 공연(『한국생활사박물관』 7, 고려생활관1, 사계절, 2002, 77쪽)(〈청산별곡〉 관련 자료)
포구악은 공 던지기, 구장기별기는 아홉 마당의 재주놀이다. 산대잡희를 보고 쓴 이색의 시에 장대 위의 사나이가 땅에서처럼 노닌다는 표현이 나온다.(그림 제공 : 사계절출판사, 김병하 화백)

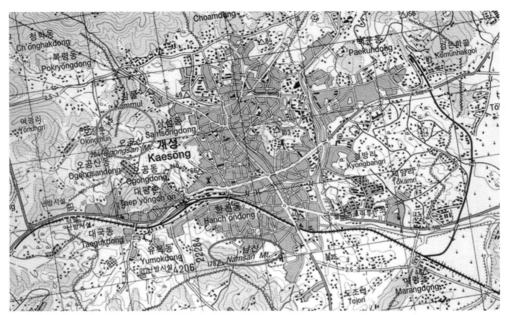

▲ 개성 일대 세부 축척 지도(〈만전춘별사〉 관련 자료)
　표시한 부분이 개성 아래에 있는 남산이다. 신라 경주에 남산, 고려 개성의 남산, 조선 한양의 남산은
모두 왕조의 무궁과 영원을 기원하는 의미에서 지칭한 것이다.

▲ 죽계9곡 중 제1곡(경북 영주시 순흥면 죽계로 315번길 330, 〈죽계별곡〉 관련 자료)
　죽계9곡은 초암사 앞의 제1곡을 시작으로 2㎞나 되는 굽이진 계곡을 뜻하는데, 제1곡 금당반석(金堂盤
石)에서 제9곡 이화동(梨花洞)에 이르기까지 각 굽이마다 다른 이름이 붙어있다.

▲ 함허당 기화가 입적한 봉암사(鳳巖寺)(문경시 가은읍 원북리 485, 〈안양찬〉 관련 자료)
　대한불교조계종 제8교구의 본사인 직지사(直指寺)의 말사이다. 봉암사는 신라 선문구산(禪門九山)의 하나인 희양산파의 종찰(宗刹)로서, 879년(헌강왕 5)에 당나라 유학에서 돌아온 지선(智詵：智證國師)이 창건한 이래 선도량(禪道場)으로 일관해 온 선찰(禪刹)이다.

▲ 농암 종택을 감싸고 흐르는 분강(汾江) 줄기(이현보 〈어부단가〉 관련 자료)

▲ 통도사(경상남도 양산시 하북면 통도사로 108) 내, 고승의 초상을 모신 영각(影閣) 앞에 핀 홍매화(이조년 시조 관련 자료). 추위와 눈보라를 이겨내고 피어나는 매화가 경이롭다. 김창한(金昶漢) 화백이 매화의 모습을 화폭에 담고 있다.(2015년 2월 15일)

◀ 통도사 홍매화의 근접 촬영(이조년 시조 관련 자료)
이 홍매화는 350여 년 전에 창건 조사(祖師)인 신라 자장율사(慈藏律師, 590~658)의 뜻을 기리며 심은 것이라 하여 흔히 자장매(慈藏梅)라고 불린다. 선비들은 눈 속에 피어나는 매화의 지조를 사랑했다.

▲ 농암 선생이 잔치하는 모습(〈생일가〉관련 자료).
농암 선생(농암종택, 경북 안동시 도산면 가송리 올미재 612)은 부모를 기쁘게 해드리려고 명절마다 때때옷을 입고 재롱을 부렸다고 전한다.(『때때옷의 선비』, 국립중앙박물관, 2007, 25쪽)

▲ 농암 이현보 선생 영정(농암종택, 경북 안동시 도산면 가송리, 〈농암가〉관련 자료).
자연을 노래하는 농암의 강호가도(江湖歌道)가 퇴계에게로 이어졌다.

▲ 도산서원 내 도산서당 암서헌과 완락재(경북 안동시 도산면 도산서원길 154, 〈도산십이곡〉관련 자료)
완락재(玩樂齋)는 즐기듯 공부하는 방이란 뜻이고, 암서헌(巖栖軒)은 바위에 깃들어 공부하는 집이란 뜻이다.

▲ 동천석실에서 내려다 본 부용리의 모습(〈어부사시사〉 관련 자료)
　멀리 고산이 독서하던 낙서재가 있다.(전남 완도군 보길면 부황리)

◀ 송간 동천석실 근경(전남 완도군 보길면 부
　황리 202, 〈어부사시사〉 관련 자료)
　〈어부사시사〉에서 "백운(白雲)이 좃차오니 녀
　라의(女蘿衣) 므겁고야"라고 한 것은 이곳
　에 오를 때의 느낌을 담은 것이다.

◀ 최경창과 홍랑의 묘소(경기도 파주시 교하
　읍 다율리, 옛 청석초등학교 맞은 편 산기
　슭, 기녀 홍랑의 시조 관련 자료)

▲ 참나무 겨우살이(〈어부사시사〉 관련 자료)
　참나무 숲에 새둥지처럼 붙어 있다. 근접 촬영한 사진 가운데 왼쪽이 참나무 겨우살이, 오른쪽이 동백나무 겨우살이이다.(최진규, 『약이 되는 우리풀 꽃나무2』, 한문화, 2001, 134~137쪽) 소나무 겨우살이 송라(松蘿)는 소나무 등 침엽수에서 가는 실 같은 모양을 하고 흰 녹색을 띠며 길이 15~50㎝ 정도로 뒤엉키듯 처져서 자란다.

▲ 총석정 사선봉(〈관동별곡〉 관련 자료)
고성읍에서 북으로 36km 떨어진 통천군 읍내에서 다시 약 6km 떨어진 바닷가의 육각형 돌기둥. 돌의 묶음이라 하여 총석(叢石)이라 하고, 바닷가 벼랑에 정자가 세워진 뒤로 총석정이라 총칭하였다.(유홍준, 『금강산』, 학고재, 1998, 133쪽).

▲ 죽서루(강원도 삼척시 임영로 120, 〈관동별곡〉 관련 자료)
〈관동별곡〉 "진쥬관 듁셔루 오십쳔 모든 믈이 태**빅**산 그림재롤 동회로 다마가니"에 나온다.

▲ 송강정과 죽록정(전남 담양군 고서면 원강리 산1, 〈속미인곡〉 관련 자료)이라는 현판 두 개가 붙어 있는 것이 이채롭다.

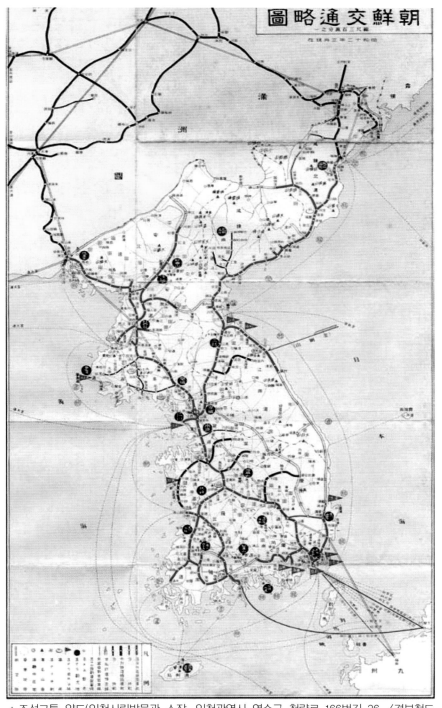

▲ 조선교통 약도(인천시립박물관 소장, 인천광역시 연수구 청량로 166번길 26, 〈경부철도
가〉 관련 자료)
1937년 제작. 철도를 이용하는 승객들에게 나누어 준 조선의 지도이자 철도 노선도이다.

들머리에 두는 말

 고전시가를 읽거나 듣다 보면 조상들의 표정이 보인다. 개중에는 신앙 대상을 향한 간절한 기원이 있고, 애절한 사랑과 그리움도 있으며, 삶과 세월에 대한 무상감도 있다. 꼿꼿한 의지와 절개로 어려운 현실을 버텨내는 강인함이나 나랏일과 정치 현실에 대한 근심 걱정도 있다. 인생을 바라보는 시선도 갖가지이다. 사뭇 진지할 때도 있고, 흥청거리는 놀이를 즐기며 여유를 부리기도 하며, 근엄하게 바른 길을 제시하기도 하고, 세상의 중심에서 벗어난 삐딱한 시선을 담기도 한다. 이렇듯 고전시가는 우리가 인생에서 겪고 느낄 수 있는 다양한 정서를 담았으니 그 자체로 인생이라 해도 과언이 아니다.

 고전시가를 통해 선현들의 삶과 생각을 따라가다 보면, 내가 지금 물가에 서 있는 듯, 숲속을 거닐고 있는 듯, 신선을 만나는 듯 착각할 때가 있다. 그들의 노래 속에서 내 삶을 돌이켜 성찰해 볼 수도 있고, 괜한 집착이나 좁은 소견을 툭툭 털어버리는 여유를 갖게 되기도 한다. 강박감을 가진 듯, 하루하루 무언가를 향해 달려가는 우리, 자신의 지향점 외에는 다른 어떤 곳에도 관심 두지 못하는 현대인들에게 고전시가는 타임머신을 타고 별천지를 여행하는 느낌일 수 있을 것이다. 특히 고전시가에 나타나는 느림과 기다림과 여유는 처음엔 낯이 설지만, 곧 '나는 지금, 왜, 어디로 가고 있는가?', '쫓기듯이 바쁜, 우리의 삶이 선현들의 느린 하루하루보다 더 나은 곳을 향하고 있을까?'에 대한 깊은 성찰을 불러올 것이다. 굳이 대단한 깨달음을 얻지 못하더라도, 고대사회부터 근·현대에 이르기까지 여러 유형, 각양각색의 작품을 읽다 보면, '나에게 이렇게 간절한 것은 무엇일까'를 짚어보게 되기도 하고, 자신의 삶을 관조하는 여유가 생길 수도 있고, 넘나들고 흥청거리던 선조들의 삶을 통해서는 잠시나마 현실 생활의 긴장을 풀고 나를 이완할 수 있는 기회를 만들 수도 있을 것이다. 사냥이 끝나면 활대를 당기고 있던 그 팽팽한 줄을 풀어두어야 다음에도 활시위가 이전과 같은 탄성을 유지한다지 않던가! 이런 점에서 우리에게 고전시가는 산책이자 휴식인 셈이다.

고전시가에 담긴 작자들의 삶과 생각을 캐다보니 점점 역사·전기적인 연구와 사회·문화적인 연구로 빠져들게 된다. 작품의 본질을 파악하는 데 도움이 되겠다 싶으면, 작자의 문집뿐만 아니라 주변 인물과의 사귐까지 살펴보게 되었고, 역사·정치·문화 등 인접 학문 분야에서도 가능한 한 많은 자료를 끌어와 활용했다. 때로는 저자의 능력 범위를 벗어나는 과학·한의학·종교학 등의 자료를 섭렵해야 할 때도 있어서 순간 쭈뼛거려지고 걱정이 앞서는 때도 있었다. 그렇다고 영역 넘나들기를 시작조차 못한다면 학문 분야 간에 자연스러운 통섭은 요원하겠다 싶어 과감한 시도를 계속했다. 그 결과, 그동안 하나의 문학적 수식이나 비유, 상징으로 보아 무심코 넘겼던 구절을 새롭게 풀이한 경우도 있었고, 기존의 이해와 상반된 결론에 도달한 경우도 있었다. 그간 주제를 천편일률적으로 지조나 정절·우국충정으로 분석하던 작품들의 역사적 배경이나 속내를 읽어낸 요행도 있었다.

작품에 담긴 진실을 찾는다는 사명감에서 시작한 연구였으나 그 과정에서 새로운 분석 결과가 나온 경우에는 도리어 이런저런 고민이 많아졌다. 내가 자료를 잘못 살핀 것은 아닌가, 독자들의 이해를 돕는답시고 도리어 혼란을 부추기지나 않았던가. 이러한 번민이야 스스로 이겨나가야 할 일이지만, 향후에 혹 나의 잘못을 발견하게 된다면 양심적으로 깁고 더하면서 진실을 탐구하는 초심만은 잃지 않겠다는 약속으로 지금의 두려움을 묻어두고자 한다.

이 책에서는 중세어나 한자어를 곧이곧대로 직역하지 않고, 시가의 운율을 감안하여 의역한 경우가 있다. 요즘에 읽어도 옛 느낌을 살릴 수 있어야 한다는 판단 때문인데, 현대어로 다듬는 과정에서 혹 가지치기를 잘못해서 꼭 필요한 가지를 없애고 덜 필요한 가지를 남겼다면 순전히 저자의 짧은 필력과 소견 때문이니 양해해 주시길 바란다. 향후에 독자들이 읽어나가는 데 불편이 있을까봐 원래의 문헌에는 한자로 되어 있는 구절인데도 한글을 앞세우고 한자를 괄호 안에 담았고, 대체할 만한 단어를 찾지 못하는 경우만 빼고는 되도록 요즘 쓰는 말로 풀고자 했다. 고전시가 작품 감상이 문자라는 평면에 머무르지 않고 시각과 청각 등을 통해 입체화될 수 있도록 수년간 작품과 관련된 현장을 찾아 촬영한 사진 자료들을 함께 실었고 곁들여 볼 수 있는 영상이나 청각 자료들을 함께 소개하려고 힘썼다.

고전시가란 실내외 공간에서 다양한 목적과 필요에 따라 노래 불렀으므로 읽고 보고 들으며 감상해야 장르의 본질에 한발 더 다가설 수 있다. 향가 도솔가의 제의를 이해하기 위해서는 서울예술단에서 연출한 종합예술 <무천, 산화가>를 곁들여 보기를 추천하고, 정극인의 <상춘곡>을 감상할 때는 정읍시립국악단과 극단 미추가 함께 만든 <가무악 상춘곡 온 봄의 노래>(손진책 연출)를 함께 보기를 권유한다. 시조를 감상할 때는 국립국악원에서 제작한 생활국악대전집 CD를 찾아 들을 수 있도록 작품 설명 아래에다 이삭대엽·편삭대엽·언락 등의 곡조를 함께 적었고 그 곡조가 갖는 분위기나 느낌도 함께 실어두었다. 민요를 감상할 때는 MBC에서 채록한 『한국민요대전』 CD에 수록된 8도 민요가 유용할 것이다. 국립민속국악원에서 녹음한 <옛글 속에 담겨있는 우리음악> 음반은 한시와 시가의 제시 형식을 살피는 데 큰 도움을 줄 것이고, 네이버 뮤직이나 Melon 등에서 근현대 대중가요를 듣거나 고전시가를 설명하기 위해 소개한 최백호의 <그쟈>나 송골매의 <하늘나라 우리님>을 듣는다면 내용 이해에도 도움이 될 뿐만 아니라 고전시가가 그리 멀지 않은 곳에 있음을 실감하게 될 것이다.

연구자에게 책자를 내는 일은 새로운 연구를 위한 하나의 매듭이지만, 어느 시점에 매듭을 짓는 것이 좋을까를 판단하는 일은 늘 고민스러운 일이다. 일단의 매듭을 지어 세상에 내 놓기에는 아직 섣부르다는 양심의 소리가 항상 발길을 멈추게 한다. 퇴계 선생도 당신의 저작이 아직은 부족하다고 여기시어, 자신의 책 출간을 주도한 제자를 나무라셨다고 하지 있는가! 대학자 또한 그러하다면 나 정도는 괜찮지 않을까 자위한다. 나에 대한 사회적 기대치가 적다는 점도 섣부른 용기에 힘을 실었다. 나의 매듭 만들기를 도와주신 역락출판사 이대현 사장님께 깊이 감사드린다.

차례

시가(詩歌)란 무엇인가?

　시가(詩歌)에서 시(詩)와 가(歌)를 어원적으로 살펴보면, 시는 뜻 부분인 언(言)과 음 부분인 시(寺)의 결합이다. 이 중 시(寺)는 시(侍)와 통하는데,[1] 글자를 풀면 법도, 혹은 손을 뜻하는 '촌(寸)'과 "멈추다(止)", "나오다(出)·뻗어나가다(之)"를 뜻하는 '지(虫)'가 합해졌다. 『설문해자』에 따르면, '지(虫)'는 땅에서 올라온 풀이 어린잎의 단계를 넘어 자라나는 모습의 상형에서 출발하여 가지와 줄기가 점차 자라나면서 뻗어간다는 의미를 담은 일(一)과 철(屮)의 결합이라 한다.[2] 그러므로 시는 "마음속에 가진 뜻이 말로써 나아간다."는 의미이다. 가(歌)는 뜻 부분인 흠(欠)과 음 부분인 가(哥)의 결합이다. 흠은 사람이 입을 벌려 기운이 풀어져 나가는 것을 뜻하는데, 기운이 사람 위로 따라서 나오는 모양을 본떴다.[3] 이에 흠은 입을 크게 벌리어 풀어지는 "하품하다(체 憲, 거 欮)"의 의미를 가진다. '가(可)'는 "입의 기운이 퍼져나가는 것(口气舒)"이니[4] 가(可)와 가(可)이 합쳐진 가(哥)는 "큰 목소리를 낸다."는 뜻이다.[5] 그러므로 가(歌)는 "사람이 입을 벌리고 큰 소리로 노래를 부른다."는 뜻이다.

　"시(詩)는 뜻이 가는 바를 드러낸 바이니 마음속에 있으면 뜻(志)이 되고, 말로 나타내면 시가 된다. 정(情)이 마음속에서 움직여 말로 나타나니, 말로 부족하기 때문에 감탄하거나 탄식하게 되고(嗟歎), 감탄이나 탄식으로 부족하면 노래 부르게 되며 노래 부르는 것으로 부족하면 자기도 모르는 사이에 손을 너울거리고 발을 구르게 되는 것이다."[6] 이 자료는 원시적 단계에서 인간의 정서가 시에서 노래로, 노래에서 춤으로 옮겨가는 과정을 설명하고 있다. 시는 말로 나타낸 것이고, 노래는 말에다 일정한 율조(律調)를 더한 것이며, 춤은 여기에다 다시 동작이 곁들여진 것이다.[7] 그러므로 시가란 가사 내용이 율조와 어울리면서 자신도 깨닫지 못하는 사이에 어깨를 들썩거리고 발을 구르며 손으로 춤을 추게 하는 힘이다.

시는 사람의 뜻을 드러내는 것이고, 노래는 소리 내어 부르는 것이며, 춤은 움직여 맵시를 내는 것이니 이 셋이 마음에서 나올 때 악기소리가 그 뒤를 따른다 했다.[8] 『상서(尙書)』 우서(虞書) 순전(舜典)에도 시는 뜻과 감정을 담고 노래는 그 의미를 읊어 말을 길게 하며 음악은 이들을 가지고 노래를 길게 하여 마디를 짓는다 하였다.[9] 순(舜) 임금이 말하기를 시란 인간의 사상과 감정을 나타낸 것이고, 노래란 그것을 길게 늘여 놓은 음절이라고 하였다. 인간의 마음속에 있는 것을 사상과 감정이라 하고, 언어와 문자를 사용해서 그것을 표현한 것을 시라고 한다. 글과 말로써 사상과 감정을 표현한다는 시의 의의가 바로 여기에 있는 것이다. 시란 '지(持)', 즉 단정함을 지켜나간다는 뜻이다.[10] "시는 다만 뜻을 말하는 것뿐이요, 노래는 그 말을 길게 하고 소리를 굴려서 사람들에게 들려주는 것이다. 오늘날의 노래 역시 소리는 굴리고, 글자는 변하지 않아야 좋은 노래로 친다. 장언(長言)은 뒤에 와서 도리어 율(律)에 편입될 필요가 생긴다. 음을 아는 자만이 율을 아는데, 이는 곧 이 소리가 어느 율에 편입되는가를 아는 것이다."[11]

시가의 가치에 대하여 퇴계는 마음에 감동이 있으면 늘 시로 나타내는데 시는 그저 읊을 수 있을 뿐 노래하지 못하기 때문에 우리말 시가가 필요하다 했다.[12] 우리말은 길고 짧은 말이 결합하는 가운데 일정한 휴지기(pause, standstill)를 가지어 마디를 이루기 때문에 노래하기에 적합하다는 판단이다. 시가는 첫째, 마음에 느껴지는 바를 여유롭고 유장한 가락에 맞추어 표현해낼 수 있다는 장점을 가진다. "대저 생각은 즐거움이 있어서 하는가 하면 슬픔이 있어서 하기도 한다. 나의 생각은 어떠한가? 서서도 생각하고 앉아서도 생각하며, 걷거나 누워 있을 때에도 생각한다. 혹 잠시 생각하기도 하고, 혹 한참 생각하기도 한다. 혹은 생각하면 할수록 더욱더 못 잊게 된다. 그렇다면 나의 생각은 어떠한가? 생각으로 인해 마음에 느낌이 있으니 소리가 없을 수 없고, 소리를 좇아 운(韻)을 다니 곧 시가 되었다." 비록 격이 낮고 고상하지 못해 음악으로 연주하기에는 부족하나 저 오(吳)나 채(蔡)의 가요처럼 생각한 바를 스스로 노래할 만하다고[13] 하였다. 둘째, 시가는 그를 듣고 느끼는 가운데 나쁜 마음을 씻고 착한 마음을 불러일으킨다는 도덕적 효용 가치를 가진다. "시는 뜻을 말한 것이고 노래는 말을 길게 하는 것인데 사람의 착한 마음을 감발하게 하는 데는 노래가 으뜸이니 이남(二南) 또한 노래라 하며 드디어 군신·부자·부부·형제·붕우의 다섯 조목 백여 편의 시를 짓고 『시경』을 모방하여 이름을 '정풍(正風)'이라 하였는데 세상에서는 모두 귀중하게 여겨 외웠고 왕왕 관현에 올리기도 하였다."에[14] 착한 마음을 불러일으키는 시가의 값어치를 적고 있다. 퇴계가 <도산십이곡>을 통해 나누는 데 인색하고 옹졸하게 이익을 좇는 마음을 쫓는다는 탕척비린(蕩滌鄙吝)도 여기에 해당한다.

시가나 음악이 생겨나는 까닭은 사물에 대해 감정에서 비롯한다. 슬픈 마음이 느껴지면 그 소리가 낮고 슬프고, 즐거운 마음이 들면 그 소리가 밝고 편안하다. 기쁨이 느껴지면 소리가 퍼져 흩어지고, 노함이 느껴지면 소리가 거칠고 사나우며, 공경하는 맘이 들면 소리가 맑으며 사랑하는 맘이 들면 온화하고 부드러운 것이다. 성음(聲音)의 도리는 정치와도 통하는 것이니 치세(治世)의 음은 편안하고 즐거워서 그 정치도 순조롭고, 난세의 음에 원망이 있는 것은 정치가 기울어짐을 분노하는 것이고 망국의 음이 슬픈 것은 그 백성의 곤궁함을 생각하기 때문이다. 고로 그 음악을 들으면 그 정치를 알고 그 소리를 살펴서 그 마음을 알 수 있는 것이다.[15] 그러므로 우리는 시가를 통해 사물(세계)에 대한 한 사람의 감정과 흥(興), 즉 심적 상태를 모두 다 헤아릴 수 있는 것이다.

고전시가 작품론

1. 고대시가(古代詩歌)

고대시가는 장르로서의 내적 동일성보다는 시가 형성의 역사적 상황을 밝힌다는 관점에 무게가 있다. 자체의 독자적 미학보다는 한국시가의 원천을 파악하고자 하는 현실적 필요성에 의해 설정된 방편성이 짙다.[1] 고대시가를 일종의 미분화된 원시가요 형태로 간주하면서 이의 성격을 주술·종교적 제의나 집단의식(集團儀式)의 논리에만 기대어 해석하기는 어렵다. 청동기 이후의 우리 사회는 이미 상당한 수준의 문화를 향유하고 있었기 때문에 상대시가의 생성 국면 또한 매우 다양화되었던 것이다. 곧 주술·종교적 노래와 집단적 민요의 전통이 기층사회를 중심으로 계속 이어지고, 창작시로서의 개인적 서정과 공리적 서정의 전통이 상층사회를 중심으로 새로이 형성되어가고 있었다.[2]

◎ 〈공무도하가(公無渡河歌)〉 백수광부(白首狂夫)의 처(妻)

> 임아 강을 건너지 마오(公無渡河)
> 임은 기어이 강을 건너셨네(公竟渡河)
> 물에 휩쓸려 돌아가시니(墮河而死)
> 이 일을 어찌 할까나!(當奈公何)

▶**관련설화**　공후인(箜篌引)은 조선(朝鮮) 진졸(津卒) 곽리자고(霍里子高)의 아내 여옥(麗玉)이 지은 것이다. 곽리자고가 새벽에 일어나 배를 저어 가는데, 백수광부가 머리를 풀고 병을 들고 물을 건너는 것이었다. 그 아내가 쫓아오면서 소리쳐 말렸지만 이르지 못하여 마침내 물에 빠져 죽었다. 그러자 그 아내가 공후(箜篌)를 끌어당겨 타면서 <공무도하가>를 지었는데, 그 소리가 매우 구슬펐다. 노래가 끝나자 그의 아내도 스스로 물에 몸을 던져 죽었다. 자고가 돌아와 아내 여옥에게 그 광경과 노래를 이야기해 주었다. 여옥이 슬퍼하며 곧 공후로 그 소리를 본받아 연주하니, 듣고 눈물을 흘리지 않는 이가 없었다. 여옥이 그 소리를 이웃 여자 여용(麗容)에게 전하니 이를 일컬어 <공후인(箜篌引)>이라 하였다.(최표, 『고금주(古今注)』)

🌰 낙랑군 조선현의 슬픈 사랑 이야기

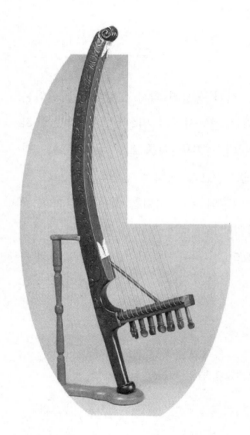

수공후(장사훈 글, 안장헌 그림, 『우리 옛
악기』, 대원사, 1990, 57쪽)

이 작품은 음악상 명칭이 <공후인>이고 문학상 명칭은 <공무도하가>이다. 위 관련 설화에 따르면, <공무도하가>는 1차 작자인 백수광부의 처가 남편이 물에 휩쓸려가는 모습을 보고 그 안타깝고 애절한 심정을 담아 처음 짓고, 그 상황을 지켜 본 남편 곽리자고에게 얘기를 전해들은 2차 작자 여옥(麗玉)이 그 슬픈 노래를 재연해 전승되었음을 알 수 있다.

곽리자고를 조선의 진졸이라 했으니, 여기서 조선이란 고조선일 터인데, "살펴보건대, 조선(朝鮮)은 바로 한나라 때 낙랑군(樂浪郡)의 조선현(朝鮮縣)이다. 여옥이 지은 공후인은 『고시기(古詩紀)』와 『예문지』에 가사가 나오는데 역시 '공무도하(公無渡河)'라고 하였다. 또 금조(琴操) 9인(引) 가운데 공후인이 있는데, 모두 여옥에게서 나온 것이다. … 수공후(豎箜篌)는 몸체가 구부러진 모양이고, 현은 22개이며 가슴에 세워 안고서 두 손을 사용하여 한꺼번에 연주하는데, 호공후(胡箜篌)라고도 한다. 고구려에는 수공후와 와공후(臥箜篌)가 있고, 그 (공후)인은 조선진의 군졸 곽리자고의 아내가 지은 것"이라[3] 하였으니, 고조선이 한나라에 복속된 이후에 지었을 것으로 짐작한다. 그러므로 당시 백수광부의 국적은 한나라이지만, 민족은 고조선이니 시각에 따라 작품의 소속이 달라질 수 있다.[4] 이태백을 비롯한 여러 중국 문인들이 <공무도하가>를 기억하여 재창작하였다.

☙ 노래에 숨은 사연

『사기』115 <조선열전>에는 "원봉(元封) 3년 여름에 조선(朝鮮)을 평정하고 4개 군(郡)을 만들었다." 했고, 『한서』6 <무제기>에는 "원봉 3년 여름에 조선이 그 왕 우거(右渠)를 목 베고 항복하여, 그 땅으로 낙랑(樂浪)·임둔(臨屯)·진번(眞番)·현토(玄菟)군을 만들었다." 했다. 조선을 멸망시킨 기원전 108년에 앞의 3군을 설치하고 그 다음 해에 현토군을 개설했다.

한(漢)은 고조선의 패망과 동시에 고조선의 세력권에 있던 진번·임둔·옥저 등의 강역을 아울렀기 때문에 그 넓은 강역의 위치 비정이 쉽지 않다. 대동강 남안 토성리에서 발견된 수많은 낙랑 유물들이 낙랑군의 조선의 옛 땅, 즉 지금의 평양 부근에 설치되었을 가능성을 짙게 한다.[5]

한 소제(昭帝) 시원(始元) 5년에 4군을 합하여 2부로 하고, 원봉 원년에 다시 2부를 2군으로 고쳤다. 현도 세 고을 중에 고구려현이 있고, 낙랑 스물다섯 고을 중에 조선현(朝鮮縣)이 있으며 요동 열여덟 고을 중에 안시현(安市縣)이 있다. 한의 낙랑군 관아가 평양에 있었다 하나 이는 지금의 평양이 아니요, 곧 요동의 평양을 말함이다. 그 뒤 고려에 이르러서는 요동과 발해의 경계가 모두 거란에 들어갔으나 겨우 자비령(慈悲嶺)과 철령(鐵嶺)의 경계를 삼가 지켜 선춘령(先春嶺)과 압록강마저 버리고도 돌보지 않으니 하물며 그 밖에야 한 발자취인들 돌보았으랴.(『열하일기』 도강록)

그러나 박지원은 낙랑군이 요동의 평양에 있었다고 했다. 『후한서』동이전 예조에도 "소제 시원 5년에 임둔과 진번을 철폐하여 낙랑과 현토에 합치게 했고, 현토는 그 뒤에 구려(句驪)로 옮겨갔고, 단단대령(單單大領) 이동의 옥저와 예맥(濊貊)은 모두 낙랑에 속하였다."고 한 것을 보면, 한사군은 요동에 설치되었고[6] 낙랑군의 강역도 변화를 거듭했음을 알 수 있다. 그 결과 현재 우리 사학계에서도 고조선의 위치에 대해 요동·요령설과 평양설, 혹은 이동설이 팽팽하게 맞서있다.[7]

문제는 다시 백수광부(白首狂夫)는 누구이고, 그가 왜 아내의 만류를 뿌리치고 물에 들어갔다가 변을 당했는가 하는 것이다. 그동안 백수광부의 존재를 놓고 주신(酒神)에 견주기도 하고 의례에 실패한 무당이라 하기도 했다. 그러나 관련 설화의 난류이도(亂流而渡)를 "거센 물결을 가로질러 건너가는 행동"으로, 광부(狂夫)를 졸부(拙夫), 즉 남편에 대한 애칭이고, 피발(被髮)은 구속받지 않는 자연스러운 인간의 모습이며, 호(壺)는 강을 건널 때 허리에 차는 부구(浮具)·부환(浮環)이라는[8] 학설이 제기되어 새로운 전환 국면을 맞이하고 있다. 관련 설화에서 "백수광부가 머리를 풀고 병을 들고 물을 건너는 것이었다(白首狂夫 被髮提壺 亂流而渡)"라고 했으니 허연 머리를 늘어뜨린 늙은이가 물로 들어갈 때 들고 들어간 병은 당연히 술병일 것이라는 그동안의 공식을 다시 점검하게 했다는 점, 백수광부와 그의 행위를 신화·상징적 관점에서 벗어나 현실적이고 역사적인 시각으로 접근했다는 점에서 큰 의미를 가진다.

한(韓) 기왕(蘄王)이 왕권에게 금산에 갈 것을 명령하였는데, 배를 타고 건널 수 없자 부환을 달라 하여 강물을 건너갔다."(주희, 『청파잡지』)한 기록이나, "전복 좋은 엉덩개로/매역 좋은 여끗으로/태왁으로 배를 삼고/내 몸으로 사공 삼앙/설금 설금 젓엉 나가자"고[9] 한 것을 보면 백수광부가 물에 들어갈 때 끌고 간 '호'는 요즘의 튜브 같은 부구라 할 만하고, "공자가 관중(管仲)이 아니었다면 우리는 야만의 풍속(被髮左衽)이라고 말씀한 것이니, 관중의 공이 이와 같다."에서[10] 머리를 풀고 오른쪽 섶을 왼쪽 섶 위에 여미는 옷을 두고 야만의 풍속이라 하였으니 백수광부가 머리를 풀어헤친 것을 복식이나 풍속의 하나로 이해할 수도 있겠다. 다만 앞에 제시한 『고금주』의 기록은 백수광부 아내의 시선이 아니라 그 사건을 먼발치에서 지켜보던 곽리자고의 시선으로 묘사한 것인데, '백수광부=남편'의 등식을 인정할 수 있겠는가 하는 숙제는 여전히 남아 있다. 이에 '광부'는 제 3자의 시선에서, "옳고 그름에 대한 사리 분별을 분명히 하지 못하고 미친 듯 행동하는 사람"이라는 범박한 의미로 읽는 것이 합리적이다.

백수광부가 왜 물을 건너가지 말라고 말리는 아내를 뒤로 하고 굳이 급류에 뛰어들었을까? 이에 대한 정확한 답을 찾아내는 일은 그리 녹록치 않다. 전복이나 미역을 따기 위해 해녀가 태왁을 도구 삼아 바다에 들어가는 것처럼 머리가 허연 노인이 급류도 아랑곳하지 않고 허리에 찬 부구 하나에 의지하고 물에 뛰어들었다면 분명 사연이 있을 것이기 때문이다.

한(漢) 군현(郡縣)이 그들의 식민정책을 수행한 중심지는 낙랑군(樂浪郡)이었다. 이 낙랑군은 다만 한반도 북부의 동부지역을 직접 통치하는데 그친 것이 아니라 멀리 크고 작은 왜국(倭國)들을 초유(招諭)하는 임무까지 도맡게 되어 이들이 한에 공물을 바치러 오는 경우에는 그 안내를 맡기까지 했다. 3세기 중엽 이후 대방군(帶方郡)이 이 일을 대신 떠맡게 되었지만, 낙랑군은 오랜 기간에 걸쳐 한의 동방정책 수행에 있어 일대 거점이었던 것이다. 이후 낙랑군에 많은 한인이 와서 군태수(郡太守) 이하 수승(守丞)・장사(長史)・오관연(五官掾) 등의 관리와 경비부대・상인으로 살면서 일종의 식민도시를 건설하였다.[11] 호화로운 식민도시의 건설에도 불구하고, 토착세력에 대한 한의 식민정책은 정치적 압박을 심하게 가하진 않았다고 본다. 그들은 고조선인(古朝鮮人)의 거주지와는 따로 떨어져 살면서 이들에 대해 일정한 감독과 통제를 가하였을 뿐 비교적 관대한 정치적 자유를 허락하지 않았나 생각된다. 그러나 경제적인 관심만은 매우 컸었다. 이른바 염사착(廉斯鑡)의 이야기에서 볼 수 있는 것처럼 낙랑군에서 1,500명을 동원하여 한(韓) 지방에 가서 목재를 베어 오게 한 사실이라든지, 후한 초기 허신(許愼)의 『설문(說文)』에 동서 해안에서 나는 해산물 이름이 많이 보이는 것 등은 비록 단편적이나마 그 사정의 일단을 보여준다. 즉, 민어(鮸)・분어(魵)・자가사리(鰦)와 같은 동해안 지방 사두미현(邪頭味縣)・동이현(東暆縣)의 해산물 이름이 기록되어 있을 뿐만 아니라 특히 자가사리(일명 班魚・海豹)의 경우 B.C. 58년에 동이현(東暆縣)에서 이를 잡아 한의 기구(器具) 제작소인 고공부(考工部)로 수송하였다고 전한다.[12] 백수광부가 물로 뛰어든 것이 물가에 사는 사람들의 일상적인 이동이나 생업을 위한 것일 수도 있지만, 일반적으로 식민지배는 경제적 수탈을 근간으로 한다는 점을 고려한다면 한나라에 공물을 마련하기 위한 무리한 채취·어로 행위였을 가능성도 배제할 수 없다.

　남편의 죽음을 눈앞에서 보는 일은 그 자체로 정신적 외상으로 남았을 것이다. 후대의 기록이지만 아이가 파도에 휩쓸리어 죽어가는 모습을 생생하게 그린 자료가 있어 백수광부 처의 심정을 짐작케 한다. "1597년 9월 23일, 내 어린 자식 용(龍)과 첩의 딸 애생(愛生)을 해변 모래에 떼놓고 왔는데 밀려드는 파도에 휩쓸려 '으악, 으악' 소리가 오랫동안 쩌렁쩌렁 하다가 멈추고 말았다." 용은 강항이 서른에 비로소 낳은 아이다. "태몽에서 새끼용이 물속에 떠 있는 것을 보았기에 용이라고 이름 지었는데, 물속에서 죽을 줄을 누가 생각했으랴!"라고 탄식한다. 뜬구름 같은 인생에 모든 게 미리 정해져있건만 사람만 그것을 깨닫지 못했다며, 하늘까지 사무치는 울음소리에 파도소리도 목메어 운다고 슬픔을 감정이입하였다. 그리고는 "살아있은들 무엇하며 죽은 것은 무슨 죄인가! 나는 평생에 뭇 사람 중에 겁 많고 나약한 자이지만 이때만큼은 한시도 살고 싶지 않았다."라고[13] 했다. 구슬픈 공후 소리에 맞추어 <공무도하가>를 노래 부르고, 노래가 끝나자 스스로 물에 몸을 던져 죽은 백수광부 처의 심정도 이와 같지 않았겠는가. 이 애절한 사랑이 배인 사연을 여옥이 전해 듣고 공후로 그 소리를 본받아 연주했으니 <공무도하가>가 어찌 구슬프지 않을 수 있겠으며, 그 노래를 듣는 이 또한 어찌 눈물 흘리지 않을 수 있었겠는가!

◎ 〈구지가(龜旨歌)〉 가야(伽倻) 구간(九干)

거북아, 거북아!(龜何龜何)

머리를 내어라(首其現也)

내지 않으면(若不現也)

구워서 먹으리(燔灼而喫也)

▶ 현대어 풀이 거북아, 거북아!

우두머리를 내어라.

내지 못한다면

구워서 먹으리.

▶ **관련설화** 가락국기(駕洛國記) −금관지주사(金官知州事) 문인(文人)이 지은 것을 줄여서 싣는다.
  천지가 개벽한 후로 이곳에는 아직 나라 이름도 없었고, 또한 군신의 관계도 정해지지 못했다.
다만 아도간(我刀干), 여도간(汝刀干), 피도간(彼刀干), 오도간(五刀干), 유수간(留水干), 유천간(留
天干), 신천간(神天干), 오천간(五天干), 신귀간(神鬼干) 등의 9간(干)만 있었다. 이들 추장들이 백
성들을 다스렸는데, 모두 1백호 7만5천 명이었다. 이들은 산과 들에 모여, 샘을 파서 마시고 밭을
갈아 먹을 것을 얻었다.
  후한(後漢)의 세조(世祖) 광무제 건무 18년 임인(壬寅, A.D.42) 3월 계욕일(禊浴日)에 그들이 사
는 북쪽 구지(龜旨, 이는 산봉우리의 이름으로, 쌍조개 열이 엎드린 형상이라 지었다)에서 수상
한 소리가 들렸다. 이에 마을 사람들 2, 3백 명이 그 곳에 모여들었는데, 모습을 드러내지는 않았
지만 사람의 음성으로,
  "이 곳에 누가 있는가, 없는가?"
  구간(九干)들이 대답했다.
  "저희들이 여기 있습니다."
  "내가 있는 곳이 어디인가?"
  "구지(龜旨)입니다."
  이에 또 말했다.
  "하늘이 나에게 이곳에 새로운 나라를 세우고 임금이 되라고 한 까닭에 내려왔다. 너희들은
산꼭대기의 흙을 파며(掘峯頂撮土) '거북아, 거북아! 머리를 내어라. 내지 않는다면 구워서 먹으
리.'하고 노래 부르며 뛰며 춤추어라. 그러면 곧 대왕을 맞이하여 기뻐서 뛰게 될 것이라." 했다.
  구간들이 그 말을 따라 함께 기뻐하며 노래하고 춤추다가 얼마 후 고개를 들어보니 하늘에서
자주색 끈이 내려오고 있었다. 그 끈 아래를 보니 붉은 보자기에 싸인 금합이 있어 열어보니 해
처럼 동그란 황금빛 알 여섯 개가 있었다. 여러 사람들이 모두 놀라고 기뻐하여 다 함께 여러 번
절을 했다. 알을 싸서 안고 아도간(我刀干)의 집으로 돌아와 탁자 위에 올려놓고 뿔뿔이 흩어져
갔다.
  열두 날이 지난 날 새벽, 마을 사람들이 다시 모여 그 금합을 열자 여섯 개의 알이 동자로 바
뀌어 용모가 아름다웠으며 금방 마루 위에 앉았다. 여러 사람들이 하례하며 매우 공손하게 공경

을 표했다. 나날이 자라나 10여 일이 지나자 키가 9척으로 은(殷)나라 천을(天乙-은나라 탕왕)과 같았고, 얼굴은 용을 닮아 한(漢)나라 고조(高祖)와 같았다. 눈썹에서 여덟 빛깔이 나는 것은 당나라 고종의 그것과 같았고, 겹눈동자(重瞳)*는 우(虞)나라 순(舜)임금과 같았다. 수로왕은 그달 보름에 즉위하였는데, 가장 처음 알에서 나왔다 하여 '수로(首露)' 혹은 '수릉(首陵)'-이는 수로가 붕어한 후에 내린 이름이다.-이라 칭하고, 나라는 '대가락(大駕洛)' 혹은 '가야국(伽耶國)'*이라 했으니 바로 6가야 가운데 하나이다. 나머지 다섯은 각각 나머지 5가야의 왕이 되었다. 가야는 동으로 황산강(黃山江), 서남으로 푸른 바다, 서북으로 지리산(地理山), 동북으로 가야산(伽耶山), 남으로 국미(國尾)를 경계로 삼았다. 왕은 가궁(假宮)에 들어가 살았는데, 꾸밈없고 검소한 것을 좋아하여 띠로 인 지붕도 가지런히 하지 않고, 흙 계단도 3척에 불과했다.

(『삼국유사』권2, 紀異2 하)

* 겹눈동자(重瞳, 重睛) : "『태평광기』<습유록(拾遺錄)>에는 눈에 두 개의 눈동자를 가졌다는 전설의 새, '중명지조(重明之鳥)'가 등장하고, 『사기』'항우본기'에는 순임금의 눈, 항우의 눈이 겹눈동자라고 기록하고 있다. 『조선왕조실록』에 "삼가 주상 전하(主上殿下)께서는 사유(四乳)로 백성을 기르고, 중동(重瞳)으로 사물을 관찰하네."[14]라 한 것을 보면, 가야의 수로왕을 '겹눈동자'라 한 것은 "다른 사람보다 탁월한 혜안을 가진 귀인(貴人)을 신비스럽게 묘사하는 지칭"임을 알 수 있다.

* 가야국(伽耶國) : "금주(金州, 김해의 옛 이름)는 본디 가락국(駕洛國)이다. 신라 유리왕 18년(A.D. 41년,[15] 한 무제 17년)에 가락의 추장 아조간·여조간·피조간 등 아홉 명이 그 백성을 거느리고 계(禊) 의식을 행하고 음복하다가 구지봉을 바라보니 이상한 소리와 기운이 있었다. 그곳에 나아가 보니, 어린아이가 하나 있었는데, 나이는 열다섯 살이고 용모가 대단히 뛰어났다. 무리가 모두 예의를 다해 그 앞에 절하고 하례했다. 아이는 날로 영리해졌고, 키도 9척이나 되었다. 아홉 사람이 마침내 그를 받들어 임금으로 삼으니 그가 곧 수로왕이다."(『고려사』권57, 志11 ; 『아방강역고(我邦疆域考)』권4, 변진별고(弁辰別考)) / "『고려사』에 금합(金榼)·금란(金卵)의 설이 있는데 망령되고 상스러워 여기서는 모두 삭제한다. 내가 이르건대, 『한서』와 『삼국지』위지(魏志)에는 모두 진한·변진의 왕이 다 마한의 사람이었다고 했는데, 이것은 당시에 모두 사실로 들은 것이다. 진한의 석탈해(昔脫解)와 변진의 김수로가 모두 서한(西韓) 계통의 사람이지만, 후세에 신라와 백제 사이에 마침내 틈이 생겨 신라 사람이 그 전대에 백제에게 명령을 받은 것을 부끄러워하여 그 근본을 숨긴 것이다."[16] "근래 조사해 보았더니 변진이란 가야(迦耶)였다. 김해의 수로왕은 변진의 총왕(總王)이었으며, 포상팔국(浦上八國, 咸安·固城, 漆原 등) 및 함창(咸昌)·고령(高靈)·성주(星州) 등은 변진의 12국이다."[17] 하였다.

🐢 거북의 정체에 그동안의 성과

지금까지 <구지가(龜旨歌)> 연구는 대체로 '거북'과 '거북머리'의 상징적 의미를 파악하는 데 관심을 집중해 왔다. 초기 연구자[18]들은 거북 자체의 상징성에 주목하여, "구(龜)를 검(神)·곰(熊)·거미(蛛)·Kami(神)·Kuma(熊)·Kumo(蛛) 등과 같이 검·곰의 파생어로, 곧 '신'의 향찰로 파악하고, '수(首)'를 '마리·ㅁㄹ·마루' 등의 뜻을 빌린 것으로 '산ㅁㄹ(嶺)'라 하였다. 원시 다신교 시대에는 아직 절대신이 없는 만큼 거북은 잡신(雜神)에 해당하고, 머리를 내어 놓으라는 것은 구지봉을 내어 놓으라는 뜻[19]이라 하기도 하였다. '거북아, 거북아(龜何龜何)'는 잡신을 불러내는 소리인 '귀(鬼)것아, 귀(鬼)것아'이고, '머리'는 '마ㄹ, 마로, 마루, 마리(宗)'라고도 하였다.[20]

"거북은 생명의 근원이고, 목은 생명의 상징이므로 거북머리는 Phallic symbol로 남자의 성기"라는 독특한 견해도 나왔다.[21] 이 외에도 거북의 상징성에 주된 시선을 두고 있는 연구들이 많았다.

그러나 <구지가> 연구의 진척을 가로막는 가장 큰 장애물은 왕을 맞이하는 과정을 다룬 <가락국기>와 거북 사이의 이질감,[22] 아주 각별한 신(神)인 왕을 모시는 의례에 삽입된 '구워서 먹으리(燔灼而喫也)'라는 불손하고 방자한 협박[23]이 주는 당혹감에서 비롯한다. 이후에 <구지가>를 세계 여러 나라의 기우제 노래와 연관 짓고, 역사적 배경에 주목함으로써 객관적 분석을 시도한 연구,[24] '거북'을 원시사회집단들이 자기 씨족의 원조로 간주하여 집단의 신으로 숭배하던 토템동물로, 거북의 머리를 '우두머리, 군주', 즉 어떤 사회집단의 수령[25]으로 본 시각들이 더해지면서 <구지가> 연구는 한층 실증적 성과를 얻게 되었다.

🍃 거북과 제왕 탄생의 상관관계

<가락국기>에 거북이 출현한 것도 천명을 강조하기 위한 설정임에는 틀림없다.

■ 왕(효종)이 심양(瀋陽)에 있을 적에 관상쟁이가 그를 보고서 '참으로 임금 노릇할 사람이다'라고 은밀히 말했는데, 그가 연경(燕京)에 들어가서 누워 있노라니 갑자기 오색 운기가 침실에 가득 서리면서 벽 사이로 거북 한 마리가 머리를 내어 놓고 있었는데 몸체가 매우 컸다. 왕은 꿈인가 의심하여 자세히 보니 꿈이 아니었다.[26]

■ 거북이에 대해서 이색은 "멀리 물위에 떠 있는 용도(龍圖)를 생각하니, 하늘이 낙수(洛水)의 거북을 내려 왕가(王家)를 상서롭게 하네. 스스로 신선의 뒤에 뚜렷이 나타난 뒤로, 문득 산 속에 들어가 날마다 편안히 놀았네."[27]라고 하였다.

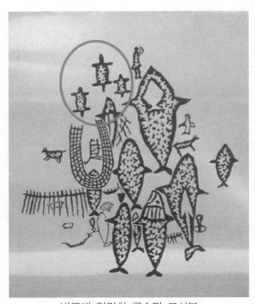

반구대 암각화 금속판 모사본
(울산광역시 울주군 언양읍 반구대안길 285).
동그라미 친 부분에 거북을 새겨두었는데, 거북은 토템으로서 신성성을 함께 지닌다.

첫째 자료에서는 거북의 상서로움이 뒷받침되어 송나라의 번창과 강성을 이끌었다 하였고, 세 번째 고려 이색(1328~1396)의 시에서도 하(夏) 우왕(禹王)이 낙수(洛水)에서 얻은 거북 껍데기 그림[낙서 洛書]을 왕가(王家)의 좋은 기운이라 하였다. 둘째 자료에는 효종(孝宗, 1619~1659, 1649~1659 재위)이 병자호란 후 소현세자(昭顯世子)와 함께 심양(瀋陽)에서 8년간 인질로 있던 시절에 발생한 사건을 묘사하고 있는데, 임금 노릇할 것이라는 관상쟁이의 말과 거북이 목을 내고 있는 모습을 연관 지어 거북이 목을 내는 일이란 왕의 출현을 예고한다는 신성한 등식 관계를 성립시키고 있다.

정치 단위체는 일정한 의식을 가지기 마련인데, 몽골 부족 코톨라 칸의 즉위 의례가 <가락국기>의 진행과 견줄 만하다.

암바카이카간이 카다안과 코톨라 두 사람을 지명한 것에 의해 모든 몽골(인과) 타이치오트 (씨족인들은) 오난 하(河)의 코르코나크-조보르(에) 모여 코톨라를 카간으로 선출했다. 몽골인들의 축제란 춤과 연회를 통해 춤추고 마시면서 즐거이 노는 것이다. 코톨라를 카간으로 추대한 후 몽골인들은 코르코나크-[조보르]의 신목(神木, Saglagar Modun) 주위를 돌면서 땅이 갈비뼈나 무릎근처까지 파헤쳐질 정도에 이르기까지 춤추었다.[28]

구지봉(경남 김해시 구산동 산81-2, 국립김해박물관 뒤편 소재)

여기서 카칸(qagan) 추대 후 춤을 추면서 즐거이 노는 것이나 신목(神木) 주위를 돌면서 땅이 갈비뼈나 무릎근처까지 파헤쳐질 정도에 이르기까지 춤추는 모습은 "구간(九干)들이 구지봉에 올라 모두 기뻐 노래하고 춤을 추는" <가락국기>의 즉위의례와 매우 흡사하다. <가락국기>에서 구지봉에 모여 의례를 진행한 것이나 몽골 부족이 신목 주위에 모인 것은 "샤머니즘적인 인식체계를 가진 사회에서 최고의 존재는 하늘이고, 그것이 인간계에 출현할 때는 산봉우리나 숲, 나무의 끝단에 강림하여 머물게 된다."[29]는 믿음에서 비롯한다. 그러므로 구지봉 의례는 "봄, 가을 2회에 걸쳐 시조 발상지인 목엽산(木葉山)에서 천지의 신령들에게 제사를 바치는 제산의(祭山儀), 군주즉위(君主卽位)·외정(外征)·약탈(掠奪)·집단수렵(集團狩獵) 등의 큰 행사가 생길 때 행해진 시책의(柴冊儀)"[30]와 같은 가야의 특별제의이다. 샤만의 최고신은 신격화된 하늘의 멍케-텡게리(Möngke Tenggeri)로, 즉위의례는 바로 멍케-텡게리의 신탁(神託)을 수령하는 의식이다. 역사적으로 선북방유목 제국들의 대칸들은 흉노의 '하늘이 세운 대선우(大單于)'나 돌궐의 '현명한 카간'처럼 자신들을 "하늘의 뜻으로

국립김해박물관 소장 가야 지역도(경남 김해시 가야의길 190)

옹립된 어질고 성스러운 자들"[31]이라고 생각했는데, 자신들의 우두머리를 숭상하는 태도나 그를 맞이하는 의식 등이 <가락국기>의 그것과 매우 닮아 있다.

요컨대, <가락국기>는 '구간시대'에서 가야 연맹 '수로왕시대'로 바뀌던 시기[32]에, 수로가 하늘의 상서로운 후원 속에 탄생한 신성하고 권위 있는 지도자임을 강조한 즉위 의례(등극 축제)이다. 구간들이 "어디서 왔는지 알 수 없는 수로"를[33] 왕으로 추대한 것이라면, 수로의 신성한 권위를 입증하고[34] 정통성을 부여하는 과정, 즉 국왕 선출 과정에서의 잡음을 없애고 선출 후의 지위를 보증하는 제도적 장치가 더욱 절실했을 것이다. 신탁을 강조하는 이 의례에서 거북의 출두(出頭)를[35] 요구하는 <구지가>를 부른 것은 수로왕이 자연과 하늘의 신성한 기운을 내려 받고, 왕조를 굳건히 떠받칠 만한[36] 강력한 군주임을 암시하려는 의도 때문이다. <구지가>는 목을 숨겼다 내미는 거북의 생태적 특징에 기대어, 천강의 가야 군주가 만천하에 위세를 떨치고, 상서롭게 활동하기를 기원하는 집단적 주술이자 주문이다.

🐢 <구지가>의 원형과 변화

<구지가>의 원시 형태에 대해 "고대 성인식과 풍요다산 기원제의에서 불린 주술 가요",[37] "임금이 나타나 주십사는 뜻으로 부른 축도가(祝禱歌)", "여성이 남성을 유혹하는 수단으로 부른 노래",[38] "주술을 통해 자기 집단의 생생력(生生力)을 빌던 도가(蹈歌)"[39]라는 견해가 제시된 바 있다.

그러나 "주술 대상에게 명령하고, 듣지 않을 경우를 가정하여 위협(부정 否定의 가

정 假定)"하거나 "명령을 들어 준다면 호의를 베풀겠다(긍정 肯定의 가정 假定)"는 내용을 가진 이규보 <동명왕편(東明王篇)>의 '백록주술(白鹿呪術)' 노래,[40] 중국의 <석척가(蜥蜴歌 : 도마뱀 노래)>,[41] 인도네시아 토라자(Toradjas) 기우(祈雨) 노래는 <구지가>와 완전히 동일한 구조를 취하고 있다.[42]

> "Go and ask for rain, and so long as no rain falls, I will not plant you again, but there shall you die."
> "Go and ask for rain, and so long as no rain comes, I will not take you back to the water."[43]

앞의 작품은 수생식물의 줄기를 물속에 넣고 비를 내리게 하지 못하면 죽이겠다고 위협하는 내용을 담고 있고, 뒤의 작품은 담수 달팽이 몇 마리를 실에 꿰어 나무에 매달아 놓고 비가 올 때까지 너를 물속으로 돌려보내지 않겠다고 으름장을 놓는 모습을 보이고 있다. 이렇듯 국내외 기우(祈雨) 의례의 대상은 대체로 수생식물, 담수달팽이, 개구리[44]

가락문화제 가락국기 구간(九干) 고유제 중 한 장면

등으로 물과 밀접한 연관을 가지고, 제의의 형태나 위협하고 기원하는 방식이 매우 흡사하다. 자신들의 목적을 이루어주지 않으면 거북을 구워 먹겠다는 위협은 짚으로 만든 용을 끌고 다니며 매질하고 도랑을 파헤쳐 냄새를 풍기게 하고 뼈를 묻으면서 주문을 외게 하는 일,[45] 수령이 자기 몸에 햇볕에 몸을 쪼이는 것, 땔나무 위에 앉아 몸을 태우려 하는 행위 등과 같이 단비를 바라는 소망에서 비롯한, 학대 혹은 매개체 가혹행위이다. 거북은 수생식물이나 담수달팽이, 도마뱀 등과 같이 신과 인간세계를 연결 지어 주는 매개체이다.

그러므로 중개자 거북을 주술 대상으로 한 <구지가>는 본래 "거북아, 거북아, 비를 내려라. 비 내리게 못하면, 구워서 먹으리."라는 기우 노래에다 기원의 목적성(수로왕의 탄강, 즉위)을 제시하는 명령, "머리를 내어라" 대목만 바꾸어 넣은 노래였을 것으로 짐작한다. 『삼국유사』권2 '수로부인'조의 <해가(海歌)> 또한 기우 노래에다 "수로(水路)를 내어라"라는 명령, "남의 부녀를 앗아간 죄가 얼마나 큰고?"라는 회유 부분만을 교체, 부가하여 부른 노래이다. <구지가>의 원형인 기우 노래의 경우, 거북이 물과 통한다는 유사성에 근거했을 것이다. <구지가>와 <해가>는 동일한 모태에서 태어난 노래인 셈이다.

🌰 수로부인 조의 해룡(海龍)과 〈해가〉

『삼국유사』 수로부인 조에는 <해가(海歌)>를 다음 설화와 함께 전한다.

다시 이틀 길을 가서 또 바닷가의 정자에서 점심을 먹는데 바다의 용이 갑자기 순정공(純貞公)의 부인 수로(水路)를 납치하여 바다 속으로 들어가 버렸다. 공은 놀라 털썩 주저앉았을 뿐 아무런 수를 쓸 수 없었다. 또 한 노인이 아뢰기를, "옛 사람의 말에 여러 사람의 입은 쇠라도 녹인다 했으니, 해룡(海龍)인들 어찌 뭇 사람들의 입을 두려워하지 않겠습니까? 이곳 바닷가 백성들로 하여금 노래를 지어 부르며 막대기로 언덕을 두드리게 한다면 부인을 볼 수 있을 것입니다."라고 했다. 공이 그 말에 따르니, 용이 부인을 받들고 나와 공에게 돌려주었다. 공이 부인에게 바다 속의 일을 물으니 "칠보궁전(七寶宮殿)에 음식은 달고 부드럽고 향기롭고 정갈하여, 인간 세상의 향내가 아니었습니다."라고 대답했다. 이 부인의 옷에 이상한 향내가 배어 인간 세상에서 맡아본 것이 아니었다. 수로부인은 용모가 빼어나 깊은 산, 큰물을 지날 때마다 번번이 신물(神物)들에게 붙잡혀 갔는데, 앞서 사람들이 부른 <해가>는 다음과 같다.

"거북아, 거북아 수로를 내어라.(龜乎龜乎出水路)
남의 부녀를 앗아간 죄가 얼마나 큰가?(掠人婦女罪何極)
만약 거역하여 내어놓지 않는다면,(汝若愣逆不出獻)
그물로 잡아 구워 먹으리."(入網捕掠燔之喫)(『삼국유사』권2, 水路夫人)

순정공과 수로부인 일행이 임해정
에 이르러 점심을 먹자니 갑자기 해
룡이 나타나 수로부인을 빼앗아 갔다
고 했는데, 이때 문득 한 노인이 백성
들을 데려와 <해가>를 부르게 하니
해룡이 수로부인을 돌려주었다. 해룡
에게 잡혀갔다 온 수로부인에게 순정
공이 바다 속의 일을 물으니, 칠보궁
전(七寶宮殿)에 음식은 달고 부드럽고
향기롭고 정갈하여 인간 세상의 향내
가 아니었다고 대답했다. 수로부인의
옷에 이상한 향내가 났는데 인간 세
상에서 맡아본 것이 아니었다고 하였
다. 그동안 해룡에게 납치된다는 것은
납득하기 어려우므로 이 이야기는 신
화적 문맥, 상징체계로 보아야 한다
고[46] 결론지어왔다.

수미산 그림(경기도 화성 용주사본 부모은중경판화
변상도, 조선 1796)(치악산 명주사 고판화박물관
소장). 수미산은 물로 둘러싸여 있는 이상공간이다.
이 장면은 부모님을 업고 온 수미산을 다 돌아다
녀도 그 은혜를 다 갚을 수 없다는 내용을 표현하
였다.(김정희, 『찬란한 불교 미술의 세계 불화』, 돌
베개, 2009, 297쪽)

그러나 흔히 "수미산(須彌山)[47]은 사대주(四大洲)의 중앙, 즉 금륜(金輪) 위에 우뚝
솟은 높은 산을 말한다. 둘레에 금산(金山), 8향해(香海)가 있고 철위산(鐵圍山)이 둘러
있어 물속에 잠긴 것이 8만 4천 유순(由旬), 물위에 드러난 것이 8만 4천 유순이며
동쪽은 황금, 남쪽은 가려(珂黎), 서쪽은 백은(白銀), 북쪽은 유리(琉璃)로 이루어졌
다"[48]라고 묘사하는 수미산이 수로부인이 다녀온 공간과 흡사하다. 『천수천안관세
음보살모다라니신경』에는 "네 면에는 똑같이 108개의 갖가지 과일나무와 꽃나무와
보물이 달린 나무를 그리고, 또한 네 모퉁이에는 각각 하나의 보물로 된 수미산을
그려야 한다. 네 문의 가운데에도 역시 각각 사방의 큰 바닷물[大海水]을 그리고, 그
단(壇)의 내외원(內外院)의 땅은 모두 청색으로 만들어야 한다."라고 하였다. 수미산이

경주 도량사(道場寺) 터 마애불(경북 경주시 동천동 중리, 백률사 (소금강산) 부근. 여기에 "띠 줄기를 뽑으니 장엄하고 청허한 칠보 난간과 누각이 나타나 그 속에 들어가니 그 땅이 돌연 서로 합해 졌다."는 연기설화가 전한다.

나 제석궁(帝釋宮), 제석성 (帝釋城) 등은 제석천이 기거하는 수미산 꼭대기 는 바다 속으로 들어가 물위로 올라가야 한다 하였고, 들어오고 나오는 길이가 각각 8만 4천 유 순(由旬)에[49] 이른다. 도 교에서 이상적 공간으로 묘사하는 곤륜산(崑崙山) 도 이와 비슷하게 묘사 하고 있으니 수로부인이

다녀온 곳은 화려하고 아름답게 꾸며진 종교적 이상/신비 공간을 뜻하고[50] 수로 부 인의 옷에 향긋한 냄새가 배었다고 한 것은 수미산에 이르는 길에 거치는 8만 혹은 4만 향해(香海)를 지나갔다 돌아왔음을 뜻할 것이다. 또 이 공간에는 갖가지 향기로 운 꽃과 맛깔스러운 음식을 꾸미고 차려놓았던 것이다. 『삼국유사』 수로부인 조의 서사는 "띠 줄기를 뽑으니 장엄하고 청허한 칠보 난간과 누각이 나타나 그 속에 들 어가니 그 땅이 돌연 서로 합해졌다."[51]는 경주 동천동 도량사(道場寺) 연기 설화처 럼 수로부인이 특정한 신앙 공간, 즉 사찰(寺刹)과 선문(禪門)을 둘러 본 느낌을 기록 한 것이거나 그 신앙 공간에 얽힌 이야기나 설화를 부연 각색한 것이다.

2. 향가(鄕歌)

향가는 신라부터 고려시대에 이르기까지 여러 지방에서 다양한 계층이 향유하던 노래를 수집하여, 한자의 음이나 뜻을 빌려서(가차假借 문자) 우리말 어순에 따라 기

록한 문학에 대한 편의적 지칭이다. 사뇌가(詞腦歌)를 비롯한 다양한 형태가 있는데, 현재까지 남은 작품 26수에는 대체로 찬양(讚揚)과 찬미(讚美), 기원(祈願)과 주원(呪願), 제의(祭儀)와 추모(追慕) 등의 내용을 담고 있다. 어원적으로 "저물어 말고삐 놓고 수레에서 잠을 청하니, 놀란 노루와 한가한 토끼가 내 곁에 있네. 나 홀로 아이들에게 향가(鄕歌) 불러준다네.",[52] "두구(荳蔲) 열매 붉게 익고 해당화 곱게 필 제, 외가(外家)를 떠나오며 월왕대(越王臺)에 모이어, 향가(鄕歌) 한 곡조로 다 함께 박수치며 한가로이 노닐다가 조개껍질 술잔에 술을 가득 채워서 흐르는 물 위에 띄워 보낸다."에서[53] '향가'라는 말의 쓰임을 볼 수 있는데, 이순의 <남향자>는 "남방의 풍토와 인정을 묘사하여, 생동감과 지방 색채가 선명히 부각된 작품"을[54] 말한다. 여기서 향가는 촌가(村歌)·민가(民歌)와 같이 인식하고 있다.

◎ 〈풍요(風謠)〉 양지(良志) 스님

오다 오다 오다(來如來如來如)	▶ 현대어 풀이
오다 셜번 해라(來如哀反多羅)	온다 온다 온다
셜번 하니 물아(哀反多矣徒良)	온다 서러운 이 많아라.
功德(공덕) 닷구라 오다(功德修叱如良來如)	서러운 중생(衆生)의 무리여.
(김완진 해독)[55]	공덕(功德) 닦으러 온다.

오다 오다 오다	온다 온다 온다
오다 서럽다라	온다 서럽더라
셔럽다 의내여	서럽다 이 몸이여
功德(공덕) 닷구라 오다	공덕(功德) 닦으러 온다.

(양주동 해독)

▶ 관련설화 승려 양지(良志)의 조상도 고향도 잘 알 수 없고, 단지 선덕왕(善德王, 632~647 재위) 때에 자취를 나타낼 뿐이다. 지팡이 끝에 포대 하나를 걸어 두면 지팡이가 저절로 시주하는 집

으로 날아가 흔들리며 소리를 낸다. 그러면 그 집에서 알아차리고 재를 올릴 비용을 포대에 넣어주면 되돌아 날아온다. 그래서 그가 머물고 있는 절을 '석장사(錫杖寺)'라 하였다. 양지의 신기함과 괴이함을 매우 헤아리기 어려웠다.

양지는 그밖에도 잡다한 기예에 통달하여 그 신묘함을 비할 데 없었고 글씨에도 빼어났다. 영묘사의 장육(丈六) 삼존, 천왕상 및 불전의 기와, 천왕사 탑 아래의 팔부신장(八部神將), 법림사(法林寺)의 주불 삼존과 좌우 금강신 등도 모두 그가 빚어낸 것이다. 영묘사와 법림사의 현판을 쓰고, 또 일찍이 벽돌을 조각하여 작은 탑 하나를 만들고, 3,000개의 불상까지 함께 만들어 그 탑을 절 가운데 모시고 예를 올렸다. 그가 영묘사의 장육존상을 빚을 때 스스로 고요히 생각을 모아 잡념 없는 상태에서 진흙을 주물러 만들었기 때문에 온 성안의 남녀들이 다투어 진흙을 날라 쌓으면서 풍요를 불렀다. 지금까지도 방아를 찧거나 다른 일을 할 때 이 노래를 부르는 것은 대체로 여기서 비롯한 것이다. 불상을 처음에 만드는 비용으로 곡식 2만 3,700석이 들었다.

(『삼국유사』 권5, 의해 義解, 양지사석 良志使錫)

🍂 민심을 담은 노동요

석장사지 탑상문전(동국대 경주캠퍼스 내 박물관 소장, 경북 경주시 동대로 123). 〈풍요〉를 지은 양지 스님은 영묘사의 장육 삼존 이외에도 천왕상 및 불전의 기와 만들기 등 많은 불사(佛事)를 행했다고 한다.

『시경(詩經)』에서 풍요는 민요의 다른 말로 쓰였는데, 김구용(金九容, 1338~1384)의 문집에도 "풍요(風謠)가 응당 사라지지 않을 테니, 자세히 채록하면 나랏일에 도움이 될 터"라[56] 했다. 민요는 세상 그 무엇에 대해서도 거침이 없고, 여럿의 입을 거쳤으니 중론이라 할 수 있으며, 사사로이 자기 이익을 구하는 마음도 없기 때문에 민심을 살피는 데 민요만큼 유익한 것이 없다.

영묘사의 장육존상(丈六尊像)을 빚을 때 이 노래를 불렀다고 했다. 사람 키를 넉넉히 8척으로 잡고, 그 배수인 16척의 불상을 만들어 1장 6척의 부처상을 만들었는데,

황룡사 장육존상이 신라 3보 중 하나였다고 전한다.

스스로 고요히 생각을 모아 잡념이 없는 상태에서 진흙을 주물러 만들었다니 불사(佛事)는 노동을 하면서도 마음을 하나로 모았음을 알 수 있다. 온 성안의 남녀들이 다투어 진흙을 날라 쌓으면서 <풍요>를 불렀다. "큰 나무를 들어 올리는데 앞에서 '영차!'하고

탑상문전을 쌓아 복원한 불령사 전탑(경북 청도군 매전면 용산리 산98). 탑을 쌓는 벽돌 하나하나에 불상과 탑을 번갈아 새겨서 신앙의 깊음을 표현하고 있다.

소리를 내니 뒤에서도 따라 소리를 낸다. 이는 무거운 것을 힘 들여 들어 올릴 때 힘을 북돋는 노래이다.[57] <풍요>에서 '오다'라는 구절을 여러 번 반복한 것도 노동에서 손발을 맞추어 피로를 덜고 힘을 돋우기 위한 목적에서 불린 노래의 흔적일 것이다.

불상을 처음에 만드는 비용으로 곡식 2만 3,700석이 들었다 했으니 엄청난 규모의 공사였음을 알 수 있다.

현의 관리가 장계를 올려 왕에게 보고하니, 사자에게 명을 내려 그 현의 성 동쪽 탁 트이고 밝은 땅에 동축사(東竺寺)를 세우고 세 존상을 안치하였다. 금과 철은 서울로 옮겨 대건(大建) 6년 갑오년(573) 3월에 장육존상을 만들었는데, 일이 일사천리로 진행되었다. 무게는 3만 5,007근으로 황금이 1만 198푼이 들어갔다. 두 보살에는 철이 1만 2천 근, 금이 1만 136푼이 들어갔고 황룡사에 모셨다. 선덕왕이 절을 짓고 불상을 만든 인연은 모두 <양지법사전>에 실려 있다. 경덕왕 즉위 23년(764년), 장육존상에 금칠을 다시 했는데, 조(租) 2만 3,700석의 비용이 들었다. <양지전>에는 불상을 처음 만들 때의 비용이라 하니 두 설을 모두 기록한다.[58]

금, 철, 흙 등 갖가지 재료에 엄청난 비용을 들여야 장육존상을 만들어낼 수 있

었다. 양지 스님은 영묘사의 장육 삼존 이외에도 천왕상 및 불전의 기와, 법림사 주불 삼존·금강신 등을 모두 빚었다 하는데, 현재 석장사지의 유물에서 부처·불탑의 모습을 그려 넣은 문전(紋塼)을 볼 수 있고, 청도 불령사에서 흙을 구워 만든 기와를 하나하나 쌓아 만든 전탑의 모습을 볼 수 있다.

불사에서 불리던 <풍요>는 방아를 찧거나 다른 일을 할 때에도 불리었으니 가창의 폭이 점점 넓어졌음을 알 수 있다.

"한 놈은 방아 타령(打令)을 하는데, 뫼에 올라 산전(山田)방아, 들에 내려 물방아, 여주(麗州) 이천(利川) 밀따리방아, 진천(鎭川) 통천(通川) 오려방아, 남창(南倉) 북창(北倉) 화약(火藥)방아, 각댁(各宅) 하님 용정(舂精)방아, 이 방아 저 방아 다 버리고 칠야(漆夜) 삼경(三更) 깊은 밤에 우리 님은 가죽방아만 찧는다. 오다오다 방아 찧는 동무덜ᄋ 방아 처음 닉던 사람 알고 찧나 모르고 찧나, 경신년(庚申年) 경신월 경신일 경신시 강태공(姜太公)의 조작(造作)방아, 사시장춘(四時長春) 걸어 두고 떨구덩 찌어라 전세(田稅) 대동(大同)이 다 늦어간다, 오다오다 방아 찧는 동무덜ᄋ 방아 처음 닉던 스름 알고 찧나 모르고 찧나, 경신년 경신월 경신일 경신시 강티공의 죠작방아, 스시쟝츈 걸어 두고 떨구덩 찌여라 전세 딕동이 다 느껴간다."[59]

와우정사 내 장육존상
(경기도 용인시 처인구 해곡동 산43)

판소리 <변강쇠가>의 한 대목인데, 임과의 애정 행위를 언급하는 가운데 별의별 방아 종류를 다 늘어놓고 있다. 그 중 "오다오다 방아 찧는 동무덜아"는 분명 <풍요>의 '오다오다'에 그 내력이 있으니 노동요 <풍요>는 오랫동안 구전되며 생명을 유지해 다른 문학 작품에 녹아들었음을 볼 수 있다.

◎ 〈원왕생가(願往生歌)〉 광덕(廣德)

> 도라리 엇뎨역(月下伊底亦)
>
> 西方(서방)신장 가시리고(西方念丁去賜里遣)
>
> 無量壽佛(무량수불) 前(전)의(無量壽佛前乃)
>
> 곳곰 함죽 솗고쇼셔(惱叱古音(鄉言云報言也)多可支白遣賜立)
>
> 다딤 기프신 무릇옷 브라 울워러(誓音深史隱尊衣希仰支)
>
> 두 손 모도 고조 솔바(兩手集刀花乎白良)
>
> 願往生(원왕생) 願往生(원왕생)(願往生 願往生)
>
> 그리리 잇다 솗고쇼셔(慕人有如白遣賜立)
>
> 아야 이 모마 기텨 두고(阿邪此身遣也置遣)
>
> 四十八大願(사십팔대원) 일고실가(四十八大願成遣賜去)
>
> (김완진 해독)

▶ 현대어 풀이

달이 어째서

서방까지 가시겠습니까?

무량수불전(無量壽佛前)에

보고의 말씀 빠짐없이 사뢰소서.

서원(誓願) 깊으신 부처님을 우러러 바라보며,

두 손 곧추 모아

원왕생(願往生) 원왕생(願往生)

그리는 이 있다 사뢰소서.

아아, 이 몸 남겨두고

48대원(大願) 이루실까.

돌하 이데	달아 이제
西方(서방)섯장 가샤리고	서방까지 가셔서
無量壽佛(무량수불) 前(전)에	무량수불 전에
닏곰다가 솗고샤셔	일러다가 사뢰소서.
다딤 기프샨 尊(존)어히 울워러	다짐 깊으신 존(尊)에 우러러
두 손 모도호슬바	두 손 모두와
願往生(원왕생) 願往生(원왕생)	원왕생 원왕생
그릴 사롬롬 잇다 솗고샤셔	그리는 사람 있다고 사뢰소서.
아으 이 몸 기텨 두고	아아! 이 몸 남겨 두고
四十八大願(사십팔대원) 일고살가	48대원 성취하실까!

(양주동 해독)

▶**관련설화** 문무왕(661~680) 때에 광덕(廣德)과 엄장(嚴莊) 두 사람이 서로 친하게 지내며 밤낮으로 불도를 닦았는데, 늘 "먼저 극락으로 가게 되면 마땅히 서로 알리자."고 약속하였다. 광덕은 분황사(芬皇寺) 서쪽에 살며 신 삼는 일을 업으로 삼고 처자와 함께 살았고, 엄장은 남악(南岳)에 암자를 짓고 농사를 지으며 살았다.

노힐부득과 달달박박 이야기가 전승되는 백월산 양성성도기의 남사
(경남 창원시 의창구 북면 월백리 산23)

어느 날 해 그림자가 붉게 노을 지고 소나무 그림자가 드리울 제, 창밖에서 "나는 이제 서방으로 가니 그대는 잘 지내다 속히 나를 따라오게." 하는 광덕의 소리가 들렸다. 엄장이 문을 열고 나가보니 구름 밖에서 하늘의 음악소리가 들리고 밝은 빛이 땅에까지 뻗쳤다. 이 튿날 엄장이 광덕의 집에 찾아가 보니 과연 광덕이 죽어 있었다. 이에, 광덕의 아내와 함께 광덕의 유해를 거두어 장사지내고, 엄장은 광덕의 부인에게 "남편이 죽었으니 나와 함께 사는 것이 어떠하오?"라고 하였다. 그 아내가 선뜻 허락하여 마침내 함께 살게 되었다.

밤에 엄장이 그녀와 정을 통하려 하자,

"그대가 서방 정토를 바라는 것은 나무에 올라가 물고기를 얻으려는 것과 같습니다." 하였다. 엄장이 놀라고 괴이하게 여겨,

"광덕도 이미 그렇게 했거늘 왜 나만 꺼릴 게 있습니까?" 하였다. 그녀가 말하기를,

"광덕은 나와 10여 년을 함께 살았지만 단 하룻밤도 잠자리를 같이 한 적이 없는데, 어찌 몸을 더럽혔겠습니까? 그분은 밤마다 단정히 앉아 한결같은 마음으로 아미타불(阿彌陀佛)을 외면서, 때론 십육관(十六觀)을 닦는데, 관상(觀相)이 무르익고 밝은 달이 창에 비치면 그 빛 위에서 가부좌를 틀었습니다. 그 정성이 이와 같았으니 비록 서방 정토에 가지 않으면 달리 어디로 가겠습니까? 무릇 천리를 가는 자는 그 첫걸음으로써 알 수 있는 법이니 지금 스님은 동으로는 갈 수 있을지 모르나 서쪽으로는 갈 수 없습니다."하였다.

엄장은 부끄럽고 무안하여 그 길로 곧 원효 법사에게로 가서 진요(津要)를 간구하였다. 원효가 삽관법(鍤觀法)을 만들어 그를 지도하니, 엄장이 그제야 몸을 깨끗이 하고 잘못을 뉘우쳐 일심으로 불도를 닦아 마침내 극락정토에 가게 되었다. 삽관법은 원효법사의 본전(本傳)과 『해동고승전』 속에 있다. 광덕의 아내는 분황사의 계집종이니 대개 관음보살 19응신(應身) 가운데 하나였다. 광덕이 일찍이 노래를 지었는데, 그것이 <원왕생가>이다.

(『삼국유사』 권5, 감통, 광덕엄장)

🍃 한 여인의 도움으로 극락왕생하다

<원왕생가>는 서방에 계신 무량수불, 즉 아미타불을 신앙의 대상으로 잡아 자신도 서방정토에 이르고 싶다는 염원을 노래했으니 아미타신앙에 입각한 작품이다. 『삼국유사』의 광덕엄장 조는 광덕과 엄장이 수행을 통해 극락에 왕생한 왕생담(往生譚)인데, 죽은 후에 이상 세계인 극락에 가는 것이 최종 목표이지만 죽어 극락에 갔다는 감통(感通)의 현상을 우리의 감각기관으로 쉽게 확인할 수 없다. 왕생담이나 천악(天樂)의 소리, 빛 등은 살아있는 사람들에게 죽은 이가 극락에 가는 모습을 보여줌으로써 극락왕생이 허황된 일이 아님을 깨닫게 하는 한 방편이다.[60]

광덕(廣德)의 처는 엄장에게 광덕은 "밤마다 단정히 앉아 한결같은 마음으로 아미타불(阿彌陀佛)을 외면서, 때론 십육관(十六觀)을 닦는데, 관상(觀相)이 무르익고 밝은 달이 창에 비치면 그 빛 위에서 가부좌를 틀었다." 하였다. 『무량수경』에는 극락에 이르는 수행법으로 상배(上輩)·중배(中輩)·하배(下輩)를 들고 있다. 상배는 욕심을 버리고 출가하여 수행하는 승려이고, 중배는 승려가 되지는 못했더라도 계를 지키며 불

상·탑을 조성하고 승려를 공양하는 등 재산으로 공덕을 쌓는 재가신자(在家信者)들이다. 그리고 하배는 공덕을 쌓을 수도 없어 단지 무량수불을 생각하여 극락왕생을 원하는 사람들이다.[61] 『관무량수경』에서 제시한 16관법을 정리하면, 1관 일상관(日想觀)~7관 화좌관(華座觀)은 극락의 모습을 생각하는 것이고, 8관 상상관(像想觀)에서 11관 세지관(勢至觀)까지는 아미타불과 대세지 두 보살의 모습을 생각하는 것이고, 12관 보관(普觀)과 13관 잡상관(雜想觀)은 극락의 연못 속에 자신이 왕생하는 모습과 불보살이 나투신 모습을 생각하는 것이며, 14관~16관까지 상중하 3배관(輩觀)은 중생이 극락에 왕생하는 모습이다. 즉 16관이란 수행의 구체적인 방법으로 극락의 모습, 극락의 아미타불과 관세음·대세지보살, 그리고 극락에 왕생하는 자신과 여러 중생들의 모습을 관찰하는 것이다.[62] 광덕이 매일 밤 단정히 앉아 소리 내어 아미타불의 이름을 부른 것은 칭명염불(稱名念佛)인데, 온갖 악업을 지은 사람이라도 아미타불에 귀의하여 지극한 마음으로 소리가 끊어지지 않게 하여 구족(具足)하게 열 번 아미타불을 부르게 되면[十念], 부처님의 명호를 부른 공덕으로 80억 겁 생사윤회의 죄를 멸하고 극락에 왕생할 수 있다고 하였다.[63] 광덕의 처가 엄장에게 전한 이야기로 보아 광덕은 철저히 인간적 욕망을 초월한 삶을 살았음을 알 수 있다.

광덕이 서방으로 가고난 후, 엄장은 광덕의 처와 정을 통하려 했으니 여전히 인간의 욕망에서 벗어나지 못했다. 엄장은 광덕의 수행법을 듣고 나서야 부끄럽고 무안하게 여기며 원효(元曉 : 617-686)를 찾아가 다시 가르침을 청했고, 몸을 깨끗이 하고 잘못을 뉘우쳐 일심으로 불도를 닦아 끝내 극락정토에 가게 되었다. 원효의 본전은 전하지 않고, 여기서 말한 『해동승전』으로 추정하는 『해동고승전』에도 원효의 '삽관법(鍤觀法)'[64] 관련 기술은 남아있지 않으므로 삽관법의 개념을 확정하기란 그리 쉽지 않다. 『삼국유사』<원효불기>에 따르면, 원효는 중생의 마음은 융통하여 걸림이 없고 평등하여 차별상이 없다고 했다. 민중 속으로 파고들어 노래하고 춤추며, 뽕나무 농사를 짓는 늙은이와 옹기장이나 무지몽매한 무리에게도 부처를 알고 나무아미타불을 부르도록 교화했다. 아무것도 구애됨이 없이 부처의 가르침을 전했으니 삽관법은 농사를 생업으로 하던 엄장이 자신의 일을 통해 스스로 깨우치도록 유도한 방법론이 아닐까 한다.

<광덕엄장> 조에서 먼저 광덕을 도우고, 세속적 욕망에서 벗어나지 못한 엄장을 꾸짖어 뉘우치게 한 여인은 관음보살의 19응신(應身) 중 하나이다. 부처의 몸은 그 성질상으로 변치 않는 만유(萬有)의 본체인 법신(法身), 과거 수행에 의해 쌓은 공덕으로 이상적인 덕을 갖춘 보신(報身), 보신불을 보지 못하는 중생을 이끌어 교화하기 위해 대상에 맞추어 변화해 나타나는 응신으로 나누어진다. 이 응신은 『삼국유사』의 <백월산양성성도기(白月山兩聖成道記)>에도 등장한다. 이는 신라의 스님 노힐부득과 달달박박이 백월산(白月山) 남쪽의 사자암(師子嵓)에서 수도하여 부처가 된 이야기를[65] 담았다. 처자를 데리고 농사를 지으며 수양을 하던 두 스님 앞에 어느 날 자태가 곱고 몸에서 난향과 사향을 풍기는 스무 살 여인이 응신의 모습으로 나타나, 해산과 목욕을 도와 달라는 자신의 청에 세속적 욕망을 넘어 맑은 맘으로 도와준 노힐부득을 먼저 성불하게 하고, 하룻밤 묵어가기를 청하는 자신을 향해 "이곳은 청정함을 지키려고 애쓰는 곳이므로 당신이 가까이 하면 안 됩니다. 지체 말고 여기를 떠나주세요!"라며 내치던 달달박박까지 깨우쳐 결국 무량수불이 되도록 돕는다는 이야기다.

광덕은 분황사(芬皇寺) 서쪽에서 신 삼는 일을 업으로 삼고, 엄장은 남악(南岳)에 암자를 짓고 농사를 지으며 살았다 했다. 노힐부득과 달달박박은 둘 다 농사를 짓고 살았다. 이 두 이야기는 생업에 매인 하층민이 속세를 초월해 성불하는 과정을 그렸다. <원왕생가>에는 "서원(誓願) 깊으신 부처님을 우러러 바라보며,/두 손 곧추 모아/원왕생(願往生) 원왕생(願往生)/그리는 이 있다 사뢰소서."라고 수행자의 간절한 마음을 그렸고, 이 몸을 남겨두고는 결코 48대원(大願)을 이룰 수 없다는 과감한 멘트까지 날렸다. '원왕생'은 극락(서방정토)에 가서 태어나기를 바란다는 말이다. 달을 향해 무량수불(아미타불)께 자신의 간절한 염원을 전해 달라 부탁했다. 48대원은 아미타불이 법장비구로 있을 때에 세자재왕(世自在王) 부처님 처소에서 세운 맹세와 기원을 말하는데, 210억 모든 불국토를 부처님의 힘에 의지하여 보고 가려서 뽑은 큰 소원이므로 선택본원이라고도 한다. 각각의 소원에 대한 이름은 『석문의범』·『무량

수경초』에 따라 조금씩 다르지만 광명이 끝이 없고 수명이 영원하며 염불하면 극락 왕생하기를 바라는 소원 등은 공통적이다.[66] 예컨대, 48개 바람 가운데 제8번째 '실지심행원(悉知心行願)'은 자유자재로 다른 사람의 마음을 볼 수 있는 지혜를 갖기를 바란다는 것이다. 법장비구는 "만약 제가 부처가 될 적에, 그 나라 중생들이 다른 사람의 마음을 볼 지혜를 얻지 못하여 백천억 나유타(지극히 큰 수)의 모든 불국토에 있는 중생들의 마음을 알지 못한다면, 저는 차라리 부처가 되지 않겠습니다."라고 약속했다. 12번째 '광명보조원(光明普照願)'은 "만약 제가 부처가 될 적에, 저의 광명이 한량이 있어서 백천 억 나유타의 불국토를 비출 수 없다면, 저는 차라리 부처가 되지 않겠습니다."[67]이다. 화자는 아미타불이 한 48대원을 들면서, 자신의 마음을 헤아려 큰 은혜를 베풀어야 부처가 될 수 있을 것임을 지적하고 있다.

◎ 〈모죽지랑가(慕竹旨郎歌)〉 득오곡(得烏谷)

간봄 그리매(去隱春皆理米)
모든것사 우리 시름(毛冬居叱沙哭屋尸以憂音)
아롬 나토샤온(阿冬音乃叱好支賜烏隱)
즈싀 샬쯈 디니져(皃史年數就音墮支行齊)
눈 돌칠 스이예(目煙廻於尸七史伊衣)
맛보옵디 지소리(逢烏支惡知作乎下是)
郎(낭)이여 그릴 ᄆᅀᆞ미 녀올길
(郎也慕理尸心未行乎尸道尸)
다봊 ᄆᆞ술히 잘 밤 이시리
(蓬次叱巷中宿尸夜音有叱下是)

(양주동 해독)

▶ 현대어 풀이
간 봄 그리움에
모두 울어 시름하는데
아름다움 나타내시온
주름살 가지려는구나.
눈 돌이킬 동안에
만나 뵈옵기를 지으오리.
그리운 마음에 가을
다북쑥 구렁에 잘 밤 있으리.

간봄 몯 오리매

모둘 기스샤 우롤 이 시름

무둠곳 볼기시온

즈싀 히 혜나삼 헐니뎌

누늬 도랄 업시 뎌옷

맛보기 엇디 일오아리

郎(낭)이여 그릴 무수미 즛 녀올 길

다보짓 굴헝히 잘 밤 이샤리

지나간 봄 돌아오지 못하니

살아계시지 못하여 우올 이 시름

전각(殿閣)을 밝히오신

모습이 해가 갈수록 헐어 가도다.

눈의 돌음 없이 저를

만나보기 어찌 이루리.

낭 그리는 마음의 모습이 가는 길

다복 굴헝에서 잘 밤 있으리.

(김완진 해독)

▶ **관련설화** 32대 효소왕(孝昭王) 때 죽지랑(竹旨郎 : 竹曼郎)의 무리 가운데 득오(得烏)라는 급간(級干 : 신라 관등 제 9위)이 있었다. 화랑의 명부에 이름을 올려놓고 날마다 출근하더니, 열흘이 지나도 보이지 않았다. 죽지랑이 그 어미를 불러 아들이 어디에 갔냐고 물으니,

"당전(幢典) 모량부(牟梁部) 익선(益宣) 아간(阿干 : 신라 관등 제 6위)이 내 아들을 부산성(富山城)의 창직(倉直)으로 임명했습니다. 급히 가느라고 낭께 알리지 못하였습니다."라고 대답했다.

이 말을 듣고 죽지랑은 "그대의 아들이 사사로운 일로 그 곳에 갔다면 굳이 찾아 볼 이유가 없지만 공적인 일로 갔다니 마땅히 찾아가 대접해야겠다."라고 하였다. 그리하여 노복에게 떡 한 합과 술 한 병을 들려, 의(儀)를 갖춘 낭의 무리 137명과 함께 부산성으로 향했다. 문지기에게 "득오(得烏)가 어디 있느냐?"하니, 문지기가 "지금 익선의 밭에서 전례대로 부역을 하고 있습니다." 낭이 밭으로 찾아가 준비한 음식을 배불리 먹이고, 득오의 휴가를 청하였으나 익선은 허락하지 않았다.

마침 사리(使吏) 간진(侃珍)이 추화군(推火郡, 지금의 밀양) 능절(能節)의 조(租) 30석을 거두어 성 안으로 싣고 가다가 죽지랑이 부하를 중히 여기는 마음을 아름답게 여기고, 익선의 융통성 없음을 비루하게 여겨, 가지고 가던 조(租) 30석을 익선에게 주면서 다시 청했으나 익선은 허락하지 않았다. 그러나 진절 사지(珍節舍知 : 신라 관직 제13위)가 쓰는 마구(馬具)를 주니 그제야 허락하였다.

조정의 화주(花主)가 이 이야기를 듣고 사자(使者)를 보내어 익선을 잡아다가 그의 더럽고 추한 마음을 씻어 주려 하자 익선이 도망쳐 숨었으므로 대신 그의 큰아들을 잡아갔다. 때는 한겨울이라 성 안의 연못에 가두어 두었더니 이내 얼어 죽었다. 대왕이 이 말을 듣고 모량리 사람으로 벼슬한 자는 모두 몰아내고, 중이 되는 길을 막았으며 이미 중이 된 자라도 큰 절에는 들어가지 못하게 했다. 반면 간진의 자손을 올려 평정호손(枰定戶孫)으로 삼고 표창하였다. 이때 원측(圓測)이 해동(海東)의 고승이었으나 모량리 사람인 까닭에 승직을 받지 못했다.

마구(馬具) 중 재갈(복천동 10호 고분, 『부산의
역사와 복천동 고분군』 부산광역시립박물관,
1996, 106쪽)

이전에 술종공(述宗公)이 삭주도독사(朔州都督使)가 되어 부임지로 가려 할 때, 마침 삼한(三韓)에 병란이 일어나 기병(騎兵) 3천 명으로 하여금 그를 호송하게 했다. 일행이 죽지령(竹旨嶺)에 이르렀을 때 한 거사(居士)가 고갯길을 닦고 있어 술종공이 그를 보고 찬미하였는데, 거사도 공의 위세를 보고 마음에 깊은 인상을 갖게 되었다. 공이 부임지에 이른 지 한 달 만에 꿈에 거사가 방으로 들어오는 것을 보았다. 그 부인도 같은 꿈을 꾸었으므로 더욱 놀랍고 이상히 여겨 이튿날 사람을 시켜 거사의 안부를 물었더니, "거사가 죽은 지 며칠이 되었다."고 하였다. 공은 "아마 거사가 우리 집에 태어날 것 같소"라고 했다. 이에 군사들을 보내어 거사를 고개 위 북쪽 봉우리에 장사하게 하고 돌미륵 하나를 세웠다. 그 아내가 꿈꾸던 날로부터 태기가 있어 아이를 낳았으니 '죽지(竹旨)'라 했다. 그 아이가 자라서 벼슬을 하게 되니 유신(庾信) 공과 함께 부수(副帥)가 되어 삼국을 통일하고 진덕(眞德), 태종(太宗), 문무(文武), 신문(神文)의 4대 동안 재상으로 나라를 안정시켰다. 이전에 득오가 낭을 사모하여 <모죽지랑가>를 지어 불렀다.

(『삼국유사』 권2, 기이, 효소왕대 죽지랑)

🐌 작품 창작의 배경과 죽지랑의 인품

이 작품의 공간적 배경은 부산성(富山城)으로, (경주)부의 서쪽 32리에 있다. 돌로 쌓았으며, 둘레가 3천 6백 척, 높이가 7척이었는데, 지금은 반이나 무너졌다. 성 안에 네 개의 냇물, 한 개의 못, 아홉 개의 샘이 있고, 군창(軍倉)이 있다(『신증동국여지승람』 권21, 경주부) 하였다.

죽지랑은 진골 귀족으로, 배경 설화에 제시된 것처럼 미륵의 현신으로 추앙되던 지위 높은 화랑이다. 『삼국유사』 기이(紀異)는 "문무왕(文武王)-만파식적(萬波息笛, 신문왕神文王)-효소왕대(孝昭王代) 죽지랑-성덕왕(聖德王)-수로부인(성덕왕대)-효성왕(孝成王)-경덕왕(景德王) 충담사(忠談師) 표훈대덕(表訓大德)"처럼 순차적으로 기술하고 있기에 유독

'효소왕대 죽지랑' 조만 잘못 편입된 것으로 보기는 어렵다. 『삼국유사』 편제의 잘 못을 입증할 결정적인 논거가 확보되지 않는 한 이 기록을 신봉할 것을 전제한다면 죽지랑과 득오의 서사는 효소왕(692~702) 초기인 692~696년의 일이 되므로 죽지랑 이 70~75세가량이던 때에 발생하였다.[68]

죽지랑은 진덕왕5~무열왕5에 집사부(執事部) 중시(中侍)를 지냈고, 진덕(眞德)~신문 (神文)에 걸쳐 총재직(冢宰職)을 수행했다. 집사부는 왕정의 추요(樞要)한 기밀(機密)에 참여하는 직속기관으로, 국왕의 행정적인 대변자였다. 죽지가 득오를 찾아 부산성 으로 향한 것은 사적으로는 부하 화랑에 대한 온정에서 비롯되었지만, 죽지랑의 정 치적 입장과 연관 지어 이해한다면, 어린 나이에 왕위에 오른 효소왕이 독자적 정 국 운영능력을 갖추지 못하자 요역(徭役)의 정당성과 관리의 청탁(淸濁) 등의 동정을 살피려는 감찰, 왕권을 보호하려는 국가적 충정의 성격을 띠고 있었다.

익선(益宣)이 화랑에 소속된 득오(得烏)에게 군역을 부과한 것은 모량부(牟梁部)의 당전(幢典) 으로서의 정당한 권리 행사였 다. 익선이 전통적 권리에 의 거하여 화랑 소속의 득오를 차 출한 것은 이질적 불교사상, 왕 실에 대한 소외와 불만에서 비 롯한 일로, 사량부나 왕실을 향

부산성의 흔적(경북 경주시 건천읍 송선리 산195)

한 불만 표출이자 모종의 도전이었다. 죽지랑이 낭도 137명을 데리고 득오를 찾고, 모량부에 가혹한 형벌을 내린 것은 모량부의 지역적 결속과 전통적 지배력을 와해 하려는 의도적 처벌이다.

🐟 구절 풀이와 작품의 의미 재해석

간(지난 해) 봄 거리미 / 작년 봄, 보살펴주실(도와/이끌어주실) 때는

모돌 기스사 울오로 시름 / 함께 지낼(머무를) 수 없어 애태우며 울었었는데,

아둘음낫 됴ㅎ시온 / 아름답고도 정정하시던

즈싀 히 나삼(들음) 뼈디(지)니지 / 븐께서 세월 지나가니 (이렇게) 돌아가시었구나.

눈 돌칠 스이예 / 짧은 시간 안에야(금방 사이에야)

맛보기 엇디 지소(아)리 / 어찌 만나 뵈올 수 있으리.

郎 그릴 ㅁㅅㅁ 녀올 길 / 낭(郎)을 추모하는 마음 담아

다봇 굴헝히 숙야(宿夜) 이샤리 / 다북쑥 구렁에서 숙야(宿夜) 행하리.

"아름답고도 정정하시던~어찌 만나 뵈올 수 있으리."에 운명을 달리 한 죽지랑에 대한 득오의 애틋한 마음이 잘 담겨 있다.

> 보종공이 "무엇을 아름답다고 합니까?" 하니, 궁주가 "너와 같은 사람이 아름답다. 얼굴은 옥과 같이 아름답고, 입술은 마치 붉은 연지와 같으며, 눈은 아리땁게 빛나고, 말에 정(情)의 뿌리가 있는 자이면 또한 가하지 않겠느냐" 하였다. 공이 답하기를 "정의 뿌리는 갈래가 많고, 아리땁게 빛나는 것은 속기 쉬우며, 붉은 연지와 옥과 같은 아름다움은 몸을 지키는 보배가 아닙니다." 하였다.[69]

위의 글을 보아도 그렇고, "공이 열 살 때에 승사(僧舍)로 나아가 배웠으며 성품이 민첩하고 총명하여 글을 배우면 곧장 그 뜻을 통달하였다. 용모는 그림 같았고 풍채는 뛰어나게 우아하였으므로 보는 사람 모두가 그를 아꼈으며 말머리가 이르는 곳에 학이 그늘을 만들었다. 충렬왕이 듣고서 궁중으로 불러 국선(國仙)으로 지목하였다."라고 한 최해(崔瀣)의 『졸고천백(拙藁千百)』을 보아도 지위 높은 화랑을 선발하는 데 아름다움은 필수 기준이었음을 알 수 있다. 젊은 날의 아름다움이란 세월의 힘을 이기지 못하고 늙어가는 것이 자연의 이치이므로 "세월 지나가니 (이렇게) 돌아가시었구나."라는 구절에 가서는 애틋한 마음과 무상감이 극대화된다. "짧은 시간

안에야 어찌 만나 뵐 수 있으랴"라고 한 것은 이응양(李鷹揚) 원부(元富)의 죽음을 애도하며 지은 시 "청산 적막하고 계곡 물 냉랭할 제, 하늘의 별이 지하의 혼백이 되시었네. 점점 멀어져만 가는 상여 소리, 이승에선 다시 멋진 자태 못 보겠네."[70]에서와 같은 추모와 애도를 드러낸 것이다.

이와 같은 관점에서 <모죽지랑가>의 구절 흐름을 다시 짚어보면, 제1행은 죽지랑이 익선을 찾아가 득오의 휴가를 청하여 데려오려고 한 일을 염두에 둔 표현이다. 제2행은 창졸간에 모량부 창직(倉直)으로 차출당하여 화랑들과 함께 생활하지 못하던 지난 해 봄의 애달픔과 설움과 고마움, 슬픔과 근심을 담고

모죽지랑가 시가 비석(경북 영주시 풍기읍 수철리 죽령 옛길 소재)

있다. 제3행은 그동안 건강하고 수려한 풍모를 유지하던 죽지랑이 세월의 무게를 이기지 못하고 늙어 돌아가신 데 대한 안타까운 심정을 담아내고 있다. 제4행은 죽지랑이 유명(幽明)을 달리함으로써 만날 수 없는 데 대한 아쉬움과 통한을 담고 있다. 제5행에서 '봉차질항(蓬次叱巷)'은 봉숙(蓬宿)·봉호(蓬戶)·봉거(蓬居)·봉문(蓬門) 등이 한결같이 "쑥이나 풀을 엮은, 가난한 사람이나 세상을 등진 은자의 집"을 뜻하므로, 무덤(蒿里)과 같은 뜻으로 보긴 어렵다. 또 '숙야(宿夜)'는 '대야(大夜), 태야(太夜), 태야(追夜), 체야(逮夜), 반야(伴夜), 증별야(贈別夜)'와 같은 말로, 다비(茶毘, 火葬) 바로 전날 밤을 말한다. 즉, 영혼이 육체에서 분리되고, 산 자와 죽은 자의 입장으로 만나고 헤어지는 전환점을 지칭한다. 아랫사람에 대한 온정, 연로한 몸으로 왕권을 보호하려던 충정, 생시의 자비와 음덕을 느끼지 못함에 대한 아쉬움과 추모의 정을 담고

있다.

    <모죽지랑가>는 효소왕 초기(692~696)에 왕권 보호와 국정 안정을 위해 힘을 기울이던 죽지랑이 돌아가자, 지난 추억을 회고하며 지은 득오 낭도의 추모시다. 시점은 영혼이 육체에서 분리되는 전환점인 다비(화장) 전날이고, 창졸간에 모량부 창직으로 차출된 당시의 통한과 근심·눈물, 죽지랑이 왕실을 보호하고 자신을 구제하기 위해 모량부를 찾은 데 대한 고마움·애달픔·설움의 정한을 담았다. 아름답고 건강하시던 죽지랑이 늙어, 이젠 이승과 헤어져 쉽게 만날 수 없으므로 추모의 정은 더욱 곡진하지만, 지난 시절에 대한 회고와 이별에 대한 아쉬움을 아주 담담한 어조로 서술했다는 점에서 다분히 종교적(불교적) 색채를 지녔다.

◎ 〈제망매가(祭亡妹歌)〉   월명사(月明師)

生死路(생사로)ᄂ(生死路隱)
예 이샤매 저히고(此矣有阿米次肹伊遣)
나ᄂ 가ᄂ다 말ㅅ도(吾隱去內如辭叱都)
몯다 닏고 가ᄂ닛고(毛如云遣去內尼叱古)
어느 ᄀᄋᆞᆯ 이른 ᄇᄅᆞ매(於內秋察早隱風未)
이에 저에 ᄠᅥ딜 닙다이(此矣彼矣浮良落尸葉如)
ᄒᆞ든 가재 나고(一等隱枝良出古)
가논곧 모ᄃᆞ온뎌(去奴隱處毛冬乎丁)
아으 彌陀刹(미타찰)애 맛보올 내
(阿也 彌陁刹良逢乎吾)
道(도)닷가 기드리고다(道修良待是古如)
               (양주동 해독)

▶ 현대어 풀이
삶과 죽음의 길은
여기에 있으매 두려워(被脅)지고
나는 간다는 말도
못 다 말하고 가십니까.
어느 가을 이른 바람에
여기저기 떨어질 잎과 같이
같은 가지에 나고
가는 곳을 모를망정.
아으 미타찰에서 대면(對面)하올 나도 닦아 기다리련다.

生死(생사)길흔   생사 길은
이에 이샤매 머믓그리고   예 있으매 머뭇거리고
나는 가느다 말ㅅ도   나는 간다는 말도
몯다 니르고 가느닛고   못다 이르고 어찌 갑니까.
어느 ᄀᆞ술 이른 ᄇᆞᄅᆞ매   어느 가을 이른 바람에
이에 뎌에 ᄠᅥ러딜 닙ᄀᆞᆮ   이에 저에 떨어질 잎처럼
ᄒᆞᄃᆞᆫ 가지라 나고   한 가지에 나고
가논 곧 모ᄃᆞ론뎌   가는 곳 모르온저.
아야 彌陀刹(미타찰)아 맛보올 나   아아, 미타찰에서 만날 나
道(도) 닷가 기드리고다.   도(道) 닦아 기다리겠노라.

                                                    (김완진 해독)

▶ **관련설화** 월명사는 또 일찍이 죽은 누이를 위하여 재(齋)를 올렸는데 이 때 <제망매가>를 지었다. 이 때 갑자기 회오리바람이 불어 지전(紙錢)이 서쪽으로 날아가 버렸다. 월명사는 늘 사천왕사(四天王寺)에 살면서 피리를 잘 불었다. 한번은 달밤에 피리를 불면서 문 앞 큰 길을 지나가는데, 달이 그를 위하여 움직이지 않고 서 있었다. 이 때문에 그 길을 월명리(月明里)라고 했다. 월명사란 이름도 이 때문에 지어진 것이다. 월명사는 바로 능준대사(能俊大師)의 제자인데, 신라인들이 향가를 숭상한 지는 오래되었다. 대개 시(詩)·송(頌) 같은 것이 아닐까. 그러므로 이따금 천지 귀신을 감동시키곤 했다. 찬시(讚詩)는 다음과 같다. "바람은 돈을 날려 죽은 누이에게 노자를 주고, 피리는 밝은 달을 흔들어 항아(姮娥)를 멈추게 하네. 도솔천이 하늘 멀리 있다 말하지 말라. <만덕화(萬德花)> 노래 한 곡조로 맞이하는 것을!"(風送飛錢資逝妹 笛搖明月住姮娥 莫言兜率連天遠 萬德花迎一曲歌)

                                      (『三國遺事』 권5, 感通, 月明師 兜率歌)

🔊 제2구 차힐이견(次肹伊遣)에 대한 견해 차이

그동안 <제망매가> 제2구의 '차힐이견(次肹伊遣)'을 '저히다, 머뭇거리다'로 읽고 죽음에 대한 두려움이나 머뭇거림으로 풀이하고 제1~4구는 누이에 대한 정과 그 죽음으로 인한 번뇌를 그렸다고 설명해 왔다. 승려 월명사가 생사를 초월하지 못하고 두려워하고 머뭇거린 것에 대해 의아해하는 견해가 적지 않게 제기되었다. '차

(次)'의 중심 의미는 '버금가다'이다.

> "그 묻조오매 당(當)과호시고 해(解)와롤 둘헤 아니호샤 곧 비로자나(毗盧遮那) l 시니 삼성(三聖)이시니 그럴시 문수(文殊)끠 **버그시니라**"(故次文殊, 圓覺 上一之二 69)[71]
> "둏(道)애 드로몬 셩(性) 보모로 근원(根源) 삼고 법(法) 아로미 **버그니** 비록 셩(性)을 보아도 만법(萬法)을 아디 몯호면…"(了法 次之, 楞解 4:1)[72]

『원각경언해』나 『능엄경언해』의 "문수(文殊)끠 버그시니라", "법(法) 아로미 버그니"에서 '차'가 서술어로 기능한 점을 논거로 삼아 이 구절을 '버그리고, 버글이고'로 읽어서 생사윤회에 대한 불교의 보편적 원리를 표현한 것으로 이해하고자 한다.[73] 삶은 죽음 다음에, 죽음은 삶 다음에 이어져 삶과 죽음은 서로 버금이요, 버그는 관계이다. 깨달음을 얻어 열반에 이르면 윤회의 업은 끝나지만 아직 열반에 들지 않은 사람의 혼은 태어났다가 죽고 죽었다가 다시 태어나는 육도의 윤회를 계속하는 것이니 삶과 죽음은 이승에서 서로 버그는 것이다.

"생사는 차안이 되고, 열반은 피안이 된다."[74]했고, 피안을 열반안(涅槃岸)이라[75] 했다. 각자의 업에 따라 모태에 잉태되는 순간을 생유(生有)라 하고, 출생 후 죽음에 이르기까지 생전의 존재를 본유(本有)라 하며, 죽는 순간을 사유(死有), 그리고 죽어서 다시 태어나기 전까지의 존재를 중유(中有)라 하는데, 윤회를 근간으로 하는 1회의 삶은 이 4유의 단계로 설명한다. 사람이 죽으면 몸과 분리된 영혼이 일정한 기간을 거친 후 육도(六道) 중 하나의 존재로 윤회하니, 일회적인 삶을 다한 후에도 끊임없이 생과 사를 되풀이하여 불교에서 사후세계는 무한히 열려 있다.[76]

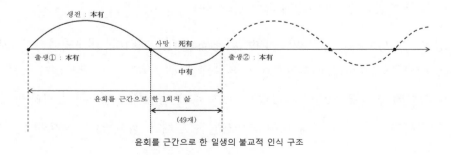

윤회를 근간으로 한 일생의 불교적 인식 구조

🍂 삶의 원리를 깨달아 불도에 정진하다

<제망매가> 제1~2구는 생로병사의 윤회 원리, 제3~4구는 갑작스런 죽음으로 인한 이별의 실감, 제5~8구는 헤어짐에 따른 상실감·덧없음, 제9~10구는 깨달음에 이르기 위한 방향 제시이다. 9~10구는 제1~8구까지에 드러낸 생사윤회, 이별에 대한 갈애와 탐착, 죽음에 대한 무상감, 사후세계에 대한 번뇌 등에서 벗어난 초월적 지향점을 표현하고 있다. 제1~2구는 생사윤회(生死輪廻) 반복의 이치를 표현했고, 제3~제8구는 화자의 주된 정서라기보다는 윤회라는 보편적 원리를 설명하기 위한 전제이다. 3~8구에 나타난 사랑하는 사람과 헤어지는 고통과 갈애(渴愛), 덧없음과 번뇌(煩惱)가 원인이 되어 생사윤회의 고통이 반복되는 결과가 나타나고, 깨달음을 위한 수도(修道)를 통해 불교적 이상인 극락을 추구하므로 9~10구 또한 또 하나의 인과 관계를 이루고 있다. <제망매가> 전체는 월명사가 누이의 죽음을 계기로 고집멸도(苦集滅道)의 원리를 깨닫고 앞으로 삶의 방향을 제시해 가는 과정을 담고 있다.[77]

순간의 인연이 만든 만남과 헤어짐에 연연해하지 않고 초월적이고 이상적인 서방정토를 지향하고 있으니 <제망매가>의 주제 분석은 제9~10구의 내용에 초점을 두는 것이 옳다. 누이의 죽음을 두고 왜 추모하고 명목을 비는 마음이야 없을까마는 그 마음보다는 윤회원리와 삶의 이치를 실감하고 깨달아 더욱 열심히 불도에 정진한다는 다짐에 주안점을 두고 작품의 성격분석이 이루어지는 것이 마땅하다. <제망매가>는 죽은 누이를 위한 천도재(薦度齋)에서 독경이나 염송과 같은 기능을 한 공양·기원 행위의 하나이다.

◎ <도솔가(兜率歌)> 월명사(月明師)

| 오늘 이디 散花(산화) 블러
(今日此矣散花唱良) | ▶ 현대어 풀이
오늘 이에 산화(散花) 불러
솟아나게 한 꽃아 너는, |

보보술본 고자 너는(巴寶白乎隱花良汝隱)

고돈 무슨미 命(명)ㅅ 브리이악

(直等隱心音矣命叱使以惡只)

彌勒座主(미륵좌주) 모리셔 벌라

(彌勒座主陪立羅良)

(김완진 해독)

곧은 마음의 명(命)에 부리워져

미륵좌주(彌勒座主) 뫼셔 나립(羅立)하라.

오늘 이에 散花(산화) 블어

샌쓸본 고자 너는

고돈 무슨미 命(명)ㅅ 브리웁디

彌勒座主(미륵좌주) 뫼셔롸.

오늘 이에 산화(散花) 불러

뿌린 꽃아 너는

곧은 마음의 명을 부리웁기에

미륵좌주를 모셔라.

(양주동 해독)

▶ **관련설화** 경덕왕 19년(760년) 경자년(庚子年) 4월 초하루 두 해가 나란히 나타나 열흘 동안이나 사라지지 않았다. 일관(日官)이

"인연 있는 중을 청하여 산화공덕(散花功德)을 행하면 재앙을 물리칠 수 있을 것입니다."라고 하니, 이에 조원전(朝元殿)의 단을 깨끗이 하고, 임금이 몸소 청양루(靑陽樓)에 행차하여 인연이 닿는 중을 기다렸다. 그 때 월명사(月明師)가 밭두렁 길을 걷고 있는 것을 보고, 임금이 사람을 보내어 그를 불러와 단을 펼치고 계문(啓文)을 지으라고 부탁했다. 이에 월명사는

"신은 다만 국선(國仙)의 무리에 속해 있어 향가(鄕歌)만 알 뿐, 성범(聲梵, 범패)에는 익숙하지 못합니다."라고 했다.

그러자 왕은

"그대는 이미 인연을 가진 중으로 뽑혔으니 향가를 불러도 괜찮다."고 하였다. 이에 월명사는 <도솔가>를 지어 바쳤는데, 이것을 풀이하면 이렇다.

"용루(龍樓)에서 오늘 산화가(散花歌)를 불러, 청운(靑雲)에 날려 보내는 한 송이 꽃, 은근하고 정중한 곧은 마음을 받들어, 도솔천(兜率天)의 대선(大僊)을 맞으라(龍樓此日散花歌 挑送靑雲一片花 隱重直心之所使 遠邀兜率大僊家)"

지금 민간에서는 이것을 산화가라고 하지만 잘못이다. 마땅히 <도솔가>라고 해야 할 것이다. <산화가>는 따로 있으나 그 글이 길어서 싣지 않는다. 월명사가 노래를 지어 부르자, 조금 후에 두 해의 변괴가 사라졌다. 왕이 이것을 가상히 여겨 좋은 차 한 봉과 수정 염주 108개를 하사했다. 이 때 문득 외양이 고운 동자가 나타나 공손히 무릎을 꿇고 차와 염주를 받들고는 대궐 서쪽 작은 문으로 나갔다. 월명은 이를 내궁(內宮)의 사자(使者)라 여기고, 왕은 스님의 종자(從者)라고

여겼으나 알고 보니 둘 다 아니었다.

　왕이 이것을 매우 이상하게 여겨 사람을 시켜서 그 뒤를 쫓아가 살펴보게 하니, 동자는 내원(內院)의 탑 속으로 숨었고, 차와 염주는 남쪽 벽화 미륵상 앞에 놓여 있었다. 왕은 월명의 지극한 덕과 정성이 미륵보살을 감동시켰다고 생각하여, 존경을 표하여 비단 100필을 하사했다.

(『삼국유사』 권5, 感通, 月明師 兜率歌)

☙ 태양이 2개 나타난 현상에 대한 기존의 견해

　합리적인 사고로는 하늘에 해가 둘일 수 없으므로, '두 해의 출현'은 사실을 기록하는 것이 아니라는 시각이 주를 이루었다. 이에 따라 '이일병현(二日竝現)'은 한 순간 암흑으로 변해버린 지상 세계를 상징적으로 지칭한 것이거나 정치적으로 어려운 정황을 은유적으로 표현한 것으로 보기도 하였고 왕과 관계된 상징적 의미 또는 점성술적 용어로 이해하기도 했다.

> 　태양의 병출은 왕권에 대한 도전의 사전 조짐으로 인식되었던 것 같다. 혜공왕 2년에 두 해가 출현한 것은 대공(大恭)과 대렴(大廉) 두 사람의 모반을 알릴 예비 징험이었고, 문성왕 7년에 세 개의 해가 출현한 것은 궁복(弓福)과 양순(良順)과 흥종(興宗) 등 세 사람의 모반을 알린 예비 징험이므로 두 개의 해나 세 개의 해가 곧 모반자의 수와 일치함을 알 수 있다. 경덕왕 19년의 이일병현도 역시 이처럼 왕권 도전의 사전 조짐으로 인식되었을 개연성이 있다.[78]
>
> 　월명사가 <도솔가>를 지은 것은 왕당파와 반 왕당파 사이의 치열한 싸움이 시작되기(764년) 4년 전의 일이었다. 그때 이미 반 왕당파 김양상(金良相) 쪽의 도전은 치열했으리라 생각한다. 해가 둘이 나타나 열흘 동안 없어지지 않는 변괴는 그런 상황과 관련해서 심각한 의미를 지녔다고 생각되는 것으로 보아 마땅하다. 해는 군주를 상징한다. 해가 둘이 나타났다는 것은 왕위에 대한 도전이 생겼다는 뜻이다.[79]

　경덕왕대(760년)의 이일병현을 그보다 4년 뒤에 본격화되는 왕당파와 반 왕당파의 치열한 싸움에 대한 예고로 본다면 『삼국사기』나 『삼국유사』가 예언서의 성격을 가지는 꼴이 되어버리고, 연구자의 주관적 판단에 따라 서로 다른 모반 사건과 대응시킬 수 있다는 한계 때문에 논거의 객관성을 확보하기 어렵다.

✎ '2개의 태양'이란?

　다음 기록들은 기존 논의에서 생겨나는 의문을 해결하고, '이일병현'의 의미를 파악하는 데 중요한 실마리를 제공한다.

　　의종(毅宗) 13년 정월 병진일에 일훈(日暈)이 있었으며 청적백색의 햇귀가 서북쪽에 두 개 있었고, 3중의 배기(背氣)가 있었는데 모두 태양으로부터 몇 자 떨어지지 않았다. 뭇사람들이 이것을 바라보고 세 개의 태양이 같이 떴다고 모두 말하였다.

　　　　　　　　　　　　　　　　　　　　　　　　　　　　　『고려사』 권47, 지1, 천문1)

　　공민왕 5년 정월 갑오일에 붉은 기체 사이에 해가 끼어 있었는데 기체의 길이는 수 척이 넘었으며 그 안에 또 일륜(日輪)이 있었다. 그리하여 사람들은 세 개의 태양이 함께 떴다고 하였다.

　　　　　　　　　　　　　　　　　　　　　　　　　　　　　『고려사』 권47, 지1, 천문1)

　배기(背氣)가 3중으로 되어있다는 것, 옆에 청적백색의 햇귀 2개가 있었다는 것, 뭇 사람들이 이를 두고 2개 또는 3개의 태양이 떴다고 말했다는 표현은 이일병현의 실체 파악에 분명한 단서가 된다.

　　환일(幻日, parhelion ; mock sun, sun dog)이란 태양의 고도가 낮을 때, (태양빛이) 대기 중에 있는 얼음 결정에 반사됨으로써 태양 안쪽의 무리와 해의 둘레가 교차되는 부분이 한층 더 밝게 빛나 보이는 현상을 말한다. 환일 현상은 태양과 같은 고도에서 좌우 양측에 출현하는데, 대개 흰색이나 붉은 색을 띠게 된다. 태양의 고도가 0~20°일 때는 환일과 태양의 각거리(角距離)가 22°되는 지점에 내부 무리가 위치해 있지만 고도가 40°일 때는 약 28°, 50°일 때는 약 32°되는 지점에 무리가 위치하게 된다. 그러나 태양의 고도가 60°이상일 때는 출현하지 않는다. 이와 같은 현상은 달빛에 의해 밤에 일어나기도 하는데, 그를 환월(幻月)·환월환(幻月環)이라 부른다.[80]

　환일은 태양의 고도가 낮을 때 대기 중에 있는 얼음 결정에 빛이 반사됨으로써 태양 안쪽의 무리와 해의 둘레가 교차되는 부분이 한층 더 빛나 보이는 천문 현상이다.[81] 『승정원일기』에도 "진시(오전 8시 경)에 해무리가 생기고 양쪽에 햇귀가 있었다. 오전 10시 경과 정오 무렵에 해무리(暈)와 양쪽에 햇귀가 있었다. 해무리 위에는 해 모자(冠)가 있었고, 해 모자 위에는 햇등(背)이 있었다. 햇등의 안쪽은 붉은색이고 바깥은 파란색이었다. 흰 무지개가 해를 꿰뚫었다."라고[82] 하여 환일에 대해 자세히 묘사했는데, 여기서도 안쪽의 붉은색, 바깥의 파란색의 태양 스펙트럼까지 적혀있다. 당시 임금이 이와 같은 태양의 변괴를 두고, 자신의 통치 행위나 국가 안위에 중대한 긴장 요소가 생길까 긴장하여 신중하고 경건한 자세로 주변 상황을 점검한 것은 사실이지만, 두 개의 태양이 출현했다는 기록 자체가 아예 있을 수 없는 상징적 기록인 것은 아니다.

🐚 〈도솔가〉에 담긴 의미?

<도솔가>는 불교식 산화공양에서 부른 노래이다. 도를 행하지 않고 각각 그 자리에 앉아서 순서에 따라 가타(伽陀)를 읊으며 꽃을 뿌리는 것을 차제산화(次第散華)라 하고, 도를 행하며 하는 것을 행도산화(行道散華)라 한다. 대표적인 가타로는 "원하옵건대 내가 도량에서 부처님께 향화(香花)로 공양하게 하여 주옵소서."가 있다.[83] 월명사는 법회 때에 꽃을 뿌리는 일을 맡은 산화사(散華師) 역할을 했다. 이색(李穡)이 보법사(報法寺)의 불사를 거론하며 "늘그막에 부처가 있어 귀의할 만 하여라 … 백일청천 설법 속에 번뇌 털어내면,

1748년 음력 10월 16일의 「풍운기」에 그려진 백홍관일(니넘 연구소 소장, 『조선고대관측기록조사보고』) 스케치(안상현, 『우리 혜성 이야기』, 사이언스북스, 2013, 148쪽) 가운데 맨 위부터 각각 햇등(背), 해 모자(冠), 해 테두리/무리(暈), 해(日)라 적었고, 해의 왼쪽과 오른쪽에 햇귀(珥)를 표시하였다.

뿌리는 꽃들이 옷에 붙지 않으리."[84]라 하여 부지런히 도를 닦아 번뇌를 털지 않으면 이때 뿌린 꽃이 몸에 달라붙는다고 인식하기도 했다.

<도솔가>와 산문 전승은 미륵을 향해, 두 개의 해가 나타난 하늘의 변괴를 사라

지게 해 주시고, 하늘의 변고가 연이어 땅의 재앙으로 이어지지 않기를 바라는 신라인의 간절한 기원을 담았다. 환일이라는 실재 천문 현상을 인간 세계의 재앙과 경고로 인식한 중세 사람들의 불안한 심리를 바탕으로, 왕이 자신의 통치 행위를 성찰하고 늘 경건한 태도로 자중하고 반성하는 태도를 담았다. <도솔가>는 신라의 호국(護國)·주밀(呪密) 신앙에 근거하여 창작된 주문[眞言]으로, 불교식 제의 과정 속에서 국가적 재난을 없애고 군주와 국가의 안녕을 회복하기 위해 불렀다. 즉, 하늘의 변고를 해결해 줄 구세주로 미륵을 상정하고, 인연 있는 스님에게 산화공덕을 행하고 향가를 노래하게 함으로써 앞으로 닥쳐올지 모르는 국가적 재앙을 미연에 방지하려는 마음을 담고 있다.

◎ 〈처용가(處容歌)〉   처용(處容)

동경 불기 두라라(東京明期月良)
밤 드리 노니다가(夜入伊遊行如可)
드러ㅿ 자리 보곤(入良沙寢矣見昆)
가로리 네히러라.(脚烏伊四是良羅)
두볼른 내해엇고(二肹隱吾下於叱古)
두볼른 누기핸고.(二肹隱誰支下焉古)
본디 내해다마른는(本矣吾下是如馬於隱)
아ㅿ눌 엇디ᄒ릿고(奪叱良乙何如爲理古)
(김완진 해독)

▶ 현대어 풀이
동경(東京) 밝은 달에
밤들이 노니다가
들어 자리를 보니
다리가 넷이러라.
둘은 내해였고
둘은 누구핸고
본디 내해다마는
빼앗은 것을 어찌하리오

시볼 불긔 두래
밤드리 노니다가
드러ㅿ 자리 보곤
가른리 네히어라
둘흔 내해 엇고
둘흔 뉘해 언고

서울 밝은 달에
밤 들이 노니다가
들어와 자리를 보니
다리가 넷이어라.
둘은 내 것이고,
둘은 누구의 것인고

```
본디 내해다마론                    본디 내해이다마는
아사늘 엇디ᄒ릿고                   앗거늘 어찌하리꼬

                                         (양주동 해독)
```

▶ **관련설화** 제49대 헌강대왕(憲康大王) 대는 서울부터 동해 어귀까지 집들이 담장을 맞대어 즐비했고 초가집은 한 채도 없었다. 길에는 음악과 노랫소리가 끊이질 않았고 사철의 기후도 순조로웠다. 왕이 개운포(開雲浦, 학성 서남쪽, 즉 지금의 울주)로 놀러 갔다 돌아오는 길에 물가에서 쉬려는데, 갑자기 구름과 안개가 자욱하여 길을 잃게 되었다. 왕이 괴이하게 여겨 주위에 물으니, 일관(日官)이 아뢰기를,

"이는 동해의 용이 부리는 조화(造化)이오니 마땅히 좋은 일을 행해야 풀릴 일입니다."

이에 유사(有司)를 시켜 용을 위하여 그 근처에 절을 지으라고 명령하였다. 말이 떨어지기 무섭게 구름이 걷히고 안개가 흩어졌다. 이로 인해 그곳의 이름을 개운포(開雲浦)라 하였다.

동해의 용이 기뻐하여 곧 일곱 아들을 데리고 왕의 수레 앞에 나타나 덕을 찬양하며 춤을 추며 음악을 연주하였다. 그중 아들 하나를 서울로 달려 보내 왕의 정사(政事)를 보필하게 하니 그가 바로 처용(處容)이다. 왕은 미녀를 처용의 아내로 삼게 하면서까지 마음을 잡으려했고 급간(級干)이란 벼슬까지 주었다.

그의 아내가 너무 아름다운 바람에 역신(疫神)이 그녀를 흠모하여 딴 사람이 없는 밤을 틈타 그 집에 와서 몰래 그녀의 잠자리에 머물렀다. 처용이 밖에 나갔다가 집에 돌아와 두 사람이 자고 있는 것을 보고는 노래를 부르고 춤을 추며 물러났는데 그 노래는 다음과 같다. (<처용가>)

그러니 역신이 모습을 드러내 처용 앞에 무릎을 꿇고 말하였다.

"제가 공의 처를 선망하여 침범했는데도 공이 노여워하는 모습을 볼 수 없으니 감동스럽고 훌륭하게 여깁니다. 지금부터는 맹세코 그려진 공의 형상만 보아도 그 문에는 절대 들어가지 않겠습니다."

이로 인해 나라 사람들은 문에다 처용의 형상을 붙여 사악함을 물리치고 좋은 일을 맞이하려고 하였다.

왕은 돌아오자 곧 영취산(靈鷲山) 동쪽 기슭의 좋은 땅을 가리고 가려 절을 짓고 망해사(望海寺)라 하였다. 혹은 신방사(新房寺)라고도 했으니, 이는 동해의 용을 위해 세운 절이다. 또 왕이 포석정으로 행차하니, 남산의 신이 나타나 춤을 추었는데 옆에 있는 신하들에게는 보이지 않고 왕에게만 보였다. 어떤 이가 춤을 출 때 왕이 스스로 춤을 추며 그 춤사위를 따라했다. 그 신의 이름을 상심(祥審)이라 했기 때문에 나라사람들은 지금까지도 이 춤을 전하여 어무상심(御舞祥審), 또는 어무산신(御舞山神)이라 한다. 혹자는 신이 나와 춤을 추고 그 모습을 살펴어 악공들에게 본뜨도록 하여 후대에 전했기에 상심(象審)이라 한다고도 한다. 상염무(霜髯舞)라고도 하는데 이는 그 형상을 본떠 일컫는 말이다.

또 금강령(金剛嶺)에 행차했을 때 북악(北岳)의 신이 춤을 추자 그 이름을 옥도근(玉刀鈐)이라 했고, 또 동례전(同禮殿)에서 연회를 할 때 지신(地神)이 나와서 춤을 추니 지백급간(地伯級干)이라 부르기도 했다.

『어법집』에서는 이렇게 말하였다.

"그때 산신이 춤을 추고 노래 부르는 것을 두고 '지리다도파(智理多都波)'라 하였다. '도파'란 말은 아마도 지혜로써 나라를 다스리는 사람이 미리 사태를 알아채고 모두 달아나 도읍이 결국 파괴된다는 뜻이다. 이는 바로 지신과 산신이 장차 나라가 망할 것을 알았기 때문에 춤을 추어 경계한 것이다. 그런데 나라 사람들은 이를 깨닫지 못하고 상서로움이 나타난 것이라 여기면서 나날이 즐거움에 탐닉하다 결국 나라가 망하고 만 것이다.[85]

(『삼국유사』 권2, 기이(紀異), 처용랑 망해사)

🐌 역신(疫神)의 정체

헌강왕의 행차 시에 가득한 운무(雲霧)
(망해사 벽면, 울산광역시 울주군 청량면 율리 222)

『삼국유사(三國遺事)』권2 기이(紀異)의 '처용랑(處容郞) 망해사(望海寺)' 조는 신라 헌강왕(憲康王, 875~886) 때의 일을 적고 있다. "처용의 처는 매우 아름다웠는데, 역신(疫神)이 그녀를 흠모하여 딴 사람이 없는 밤을 틈타 그 집에 와서 그녀의 잠자리에 몰래 머물렀다(其妻甚美 疫神欽慕之 變無人夜至其家 竊與之宿)" 했기에 그동안 역신(疫神)의 존재와 행위에 관해 아주 다양한 해석을 해 왔다.

그러나 역신의 상징적 의미를 밝히기에 앞서 역신의 문헌적 쓰임과 의미를 살피는 것이 마땅하다. '역신(疫神)'은 흔히 '역귀(疫鬼)'와 같은 의미로 쓰인다.[86] 역신에 대해서는 "(고대 중국의) 황제 전욱(顓頊)에게 세 아들이 있었는데, 나자마자 죽어가서 귀신이 되었다. 그 중 하나는 양자강 물에 살아 온귀(瘟鬼)라고 불리어졌고 그 중 또 하나는 약수(若水)에 살면서 요괴도깨비(魍魉)가 되었으며, 그 중 마지막 하나는 궁궐의 구석진 곳에 살면서 어린애들을 잘 놀라게 했다."고[87] 유래를 설명하고 있다. 전욱(顓頊)은 중국 상고의 제왕 5제(五帝) 가운데 하나이다. 세 아들이 나자마자 죽는 바람에 돌림병, 귀신, 도깨비가 되었다는 것이다. 이에 우리의 무가에선 "손님네 삼분이 우리 조선을 나오실나 꼬/어주(義州) 압록강 당도하니/배 한 척이 전이 없네."에

처용암(울산광역시 남구 황성동 668-1)

서처럼[88] 손님의 원위(源委)로 늘 중국을 설정하고 있다.

『화한삼재도회(和漢三才圖會)』에 추고천황(推古天皇) 34년(626)에 일본에 흉년이 들자 삼한(三韓)에서 미속(米粟) 1백 70소(艘)를 구해 싣고 낭화(浪華)에 정박하였다. 그때 배 안에 포창(疱瘡)을 앓는 세 소년이 있었는데, 한 소년은 노부(老夫)가, 또 한 소년은 부녀(婦女)가, 또 한 소년은 승도(僧徒)가 붙어있었다. 그들이 누구인지 몰라서 사람들이 그 이름을 묻자 붙어있던 역신이 "우리는 역신(疫神)의 무리로 포창의 병을 맡았는데, 우리도 이 병을 앓다가 죽어서 역신이 되었다. 이 나라 사람들은 금년부터 이 병에 걸릴 것이다."라고 했다.[89]

『오주연문장전산고(五洲衍文長箋散稿)』에서는 포창(疱瘡)을 옮기는 신이 스스로를 역신(疫神)의 무리로 칭하고 있다.[90] 포창은 달리 '마마'로 불리는데. 수포가 생겨 물을 싼 것 같이 된다 하여 붙여진 이름이다. 여기서 두창을 옮기는 역신의 무리를 마치 눈에 보이는 것처럼 묘사하였다. 세 소년에게 각각 노부(老夫)·부녀(婦女)·승도(僧徒)가 붙었다 했고, 자신들이 누구인지 왜 역신이 되었는지도 친절히 답해주고 있다.

두창은 전염성도 강하고 치사율도 높아 여러 사람의 참혹한 죽음을 불러올 수도 있는데, 치사율은 5~30%이니 유행과 병형(病型)에 따라 큰 차이가 있다. 융합형은 50%, 출혈형은 80%, 가벼운 천연두(Alastrim, 白痘)는 1% 미만이다. 또 환자의 연령과도 상관성이 높아 유약아(幼弱兒)와 연로자(年老者)는 예후(豫後)가 불량하여 합병증의

유무가 또한 영향을 미친다.[91] 이렇듯 두창은 최근까지 아주 높은 치사율 때문에 매우 두려운 질병으로 인식되었다.

🍀 역신에 대한 의료 민속적 인식

"무릇 역질 따위에는 귀신이 있어서 여역(癘疫)·두역(痘疫)·진역(疹疫)의 모든 귀신들이 무엇을 아는 듯이 전염시키고 있다. 아주 가깝게 통해 다니는 친척과 인당(姻黨)에는 번갈아 가면서 반드시 전염되도록 한다."는 자료를[92] 보면 지난날 민간에서는 질병이 귀신(악귀)으로 인해 생긴다는 의식이 팽배했음을 알 수 있다.

> "마마의 신은 깨끗한 것을 좋아하고 더러운 것을 싫어하며 조용한 것을 좋아하고 시끄러운 것을 꺼리며 때때로 훤히 빛을 드러내어 숙연하게 사람을 놀라게 하니, 마치 그 사이에 주재(主宰)하는 신이 있는 것 같아 세속에서 크게 받들고 경건하게 섬기는 것이 오래되었다. 그러니 어찌 내가 그것이 없다고 단정할 수 있겠는가?"[93]

위의 글에서도 마마의 신이 있어서 그 은혜와 보살핌으로 어린 딸이 살아났다 하였다. 두창에 걸리면 여러 가지 더러운 냄새, 볶고 달이는 기름 냄새, 방사(房事)도 피하고, 머리에 빗질하기 등도 삼갔다. 아직 붓지 않았는데 나쁜 기운을 마주하면 독기가 심장에 들어가 답답하여 죽는다고 여겼고, 불어 나온 뒤에 촉범하면 헌데 앓기를 칼로 살을 베는 듯 하고 검고 짓무르는 것을 경계했다.[94] 겨드랑이 암내, 부인의 달거리 내, 술 취한 냄새, 마늘과 파를 먹은 냄새, 석유황으로 모기 없이 하는 약 냄새, 한결같은 비린내, 누린내며 머리 터럭 사르는 내 등을 삼갔다.[95] 이는 두창이 사람의 기 가운데 향내를 맡으며 퍼져 다닌다고 여겼기 때문이다.

이 외에도 밖에서 온 사람, 동냥하러 온 중, 도사들의 경 읽기와 오고감, 더러운 냄새는 물론 침향(沈香)과 백단향(白檀香), 사향(麝香) 등까지도 일절 피하라 하였고, 마마의 딱지가 막 떨어져 아직 살이 연할 때 씻기기를 서두르지 말라 하였다.[96] 두창을 앓는 사람이 있으면 심지어 선조께 제사지내는 일도 그만두고 길쌈 등의 일상사도 폐하였다.[97] 율곡의 『석담일기』에는 왕자가 두창에 걸리니 임금이 유교적 예법을 강조하는 신하들의 강력한 반대를 무릅쓰고 제사지내는 일을 꺼려한 일을 적고 있다.[98]

그 결과, 근대 조선에 이르기까지 우리 조상들은 두창에 걸려 사경을 헤매도 의사를 찾지 않았다. 에비슨이 조선에 와서 첫 4년 동안 천연두 환자 때문에 왕진을 갔었던 경우가 2번밖에 없었다 한다.[99] 두창에 걸려도 고작 정화수를 떠 놓고 떡을 바치며 기도만 했다. "세속에서는 어린 아이가 두역을 하면, 신을 신봉하면서 기휘(忌諱)하고 약도 쓰지 않고 기도만 했기 때문에 많은 인명이 요절하여 애석하기 이를 데가 없다."라며[100] 민간의 의료 행위에 대해 안타까운 심정을 드러낸 기록도 있다.

역으로 두창에 대한 대접은 매우 극진하다.

> "손님네 대접을 하는데/방아품을 팔아서/중쌀애기를 받아서 아침이며넌 밥적게요/상쌀애가 받아서 지늑이며 촉촉개요/이렇게 절제를 해도 성의껏 대접을 하니/손님으는 저 노구 할머니 성의껏 대접하는지 안 하는지/벌써 알고 있는가불네라/성의껏 이렇게 대접을 착실히 하니/손님네가 거기서 사흘을 묵어서/사흘 만에 떠나는데~"[101]

위의 글을 보면, 두창은 늙은 할미가 가난한 살림에 손님 대접을 위해 방아품까지 팔아서 극진히 모시니 결국 사흘 만에 떠났다. "대양푼에 갈비찜에 소양푼에 영계(軟鷄)찜에/네에 가서 욕심 많어 받으시던 내 별상님 아니시리/아무쪼록 거믄 땅에 흔배서 오는 길에 명을 주구 가는 길에 복을 주구/너의 수원성추(所願成就) 무러 거들낭 장군 별상님이 다 도와주신다."에도[102] 지극정성으로 모시니 두창신이 도리어 갖가지 일을 도와주고 감사를 표하며 떠난다는 믿음을 담고 있다.

한 손님신이 서울 김 정승 집에서는 천대를 받고, 이 정승 집에서는 융숭한 대접을 받는다. 이에 이 정승 집에는 많은 금은보화를 주고, 김 정승 집을 찾아서는 정승의 아들 철원이를 병신을 만든 다음 급기야 죽여 버리고 떠난다는 무가가 전한다.[103] "젊은 분들으는 아들이고 딸이고/모도 조카네고 이래 키울 때는/아무리 지금

세월이 약이 좋고 주사가 좋다 해도/손님네를 잘 위해야지/손님네 잘못 삐끌어노면/참 자손들을 꼼보도 맨들 수 있고/병신도 맨들 수 있고/눈도 또 새따먹게도 맨드고 코빙신도 입비뚤이도 맨들고/뱅신을 모도 맨들어 노니"라고[104] 한 것도 두창의 보복을 두려워한 때문이다.

이렇듯 중세에서 근대에 이르기까지 우리 민간에서는 두창 신을 화나게 하면 처절한 복수극을 펼치므로 절대 경계하는 태도를 보이거나 대립하는 모습을 보여선 안 된다는 질병 의식이 팽배했다. 이에 두창 신을 아예 극진히 대접하거나, 아니면 최소한 살려달라고 저자세로 빌어야만 무자비한 공격을 피할 수 있다고 여겼다. 궁중과 민간에서 숙종 때 세자가 두창을 앓자 신증(神甑)을 설치하고, 두창 신의 환심을 사기 위해 마마떡을 바친 일을 보아도 두창 신을 매우 예민하고 까다로운 신으로 여겼음을 알 수 있다. 환자가 발생하면 지붕에 강남별성(江南別星)이라고 쓴 깃발을 올려 다른 사람의 출입을 막고 근신하며 조용히 지내야 했다. 잔치를 한다거나 집에 사람을 불러들인다거나 또는 중이나 무당을 불러들여 다른 신을 모시면 두신(痘神)을 성나게 할 것이라고 여겼다.[105]

🐟 처용설화와 〈처용가〉의 의미

〈처용가〉 관련 설화에서 역신(疫神)이 "몰래 그녀(처용 처)의 잠자리에 들었다(竊與之宿)"고 한 것은 처용의 아내에게 두창의 병증이 나타났음을 뜻하고, 이에 처용이 '창가작무이퇴(唱歌作舞而退)'한 것은 두창 신을 대접해야 한다는 민간의 질병 인식에 따라 금기를 지킨 근신(謹愼) 행위로 보인다. 처용이 두창의 징후를 보이는 아내를 두고 물러나 노래 부르고 춤을 춘 것은 공격 본능이 강한 두창 신 앞에서 일체의 행동을 삼가고 금기에 충실하면서 질병이 스스로 물러가주기를 바라는 조심스러운 태도를 반영한 것으로, '외기(畏忌)'[106]나 '외신(畏愼)', 혹은 '기휘(忌諱)'라고 규정함이 합당하다.[107]

〈처용가〉의 구절 7·8구의 "본디 내 것이지만/빼앗긴 걸 어찌 하리오"(本矣吾下是

如馬於隱　奪叱良乙何如爲理古)
는 두창 신을 대접하는 말로서, '내게 아내가 소중하지만 역신의 뜻을 거스를 의사는 전혀 없음'을 명확히 함으로써 자신에겐 공격 의사가 없음을 보이고 역신의 경계심을 늦추고자 한 대접의 언술이다. 처용의 입장에서는 "두창 신에게 공손히 대

망해사(望海寺)(울산광역시 울주군 청량면 율리 222)

하면 재앙과 병마가 피해갈 것이라는 믿음"에서 비롯한 것이지만, 두창 신의 입장에서는 처용의 온건한 대응이 "덕망, 관용/포용'[108]으로 보였을 수 있다. 춤과 노래를 통하여, 두창 신의 뜻을 거스르지 않고 즐겁게 함으로써 아내의 질병이 악화되는 것을 막고자 하였다는 점에서 처용무를 "신을 즐겁게 하려는 오신(娛神)"의 일종이라 볼 수도 있겠는데, 처용무가 황(黃)을 중심으로 좌우 청, 홍, 흑, 백의 오방 처용무로써 통일성과 안정성, 균형 잡힌 조형감을 추구하고, 춤의 대형이 동서남북의 방향과 봄, 여름, 가을, 겨울의 자연 순리에 따르는 것도[109] 이에 기인한 것이다.

'범처'를 "물과 불이 해를 입혀도 구제하기 어려운데, 하물며 하늘의 재앙은 어떻겠는가?",[110] "계자고(季子皐)가 아내를 장사지내면서 남의 논을 침범하자…"[111]에서 쓰이는 것처럼 "처용의 아내에게 질병 두창을 옮기어 해를 입히다(侵犯, 害)/처용의 아내에게 두창이 덤벼들어 해치다." 정도로 풀이하는 것이 나을 듯하다. 여기서 처용 처의 빼어난 미모가 역신이 침범하는 원인이 되고 있는데, 이는 "병 귀신이 그녀의 아름다움을 시새움했음을 뜻하고, 함께 잤다는 것은 그녀를 병들게 했다는 것이다."[112] 또, <처용가> 마지막 구절의 "빼앗긴 것을 어찌 하리.(奪叱良乙何如爲理古)"의 '탈(奪)'도 "처용 아내가 능욕을 당했다", "처용 아내의 정조를 빼앗다."는 등의 성적

인 의미보다는 "(처용이 역신에게) 잠자리를 빼앗기다."로 읽고자 한다. 당연히 처용이 들어야 할 잠자리를 역신이 차지하고 있으니, "본디 내가 들어야할 잠자리이고 내가 품어야 할 아내이지만 역신에게 빼앗겼으니 도리가 있겠는가?"하며 역신을 공격할 의지도, 경계하는 마음도 전혀 없는 체하는 표현이다.

3. 고려가요(高麗歌謠)

고려가요는 특정한 사상이나 이념을 담으려는 의도를 가지지 않고, 떠나간 자를 그리워하고, 죽은 자를 추모하며, 지극한 효성을 담기도 하고, 때론 유흥과 취락에 젖기도 하면서 인간의 자연스러운 생활 감정을 미학적 기반으로 한다. 고려가요는 고려시대에 광범위하게 존재했던 민요가 새롭게 고쳐지거나 편집, 나아가 재창작되어 고려의 궁중 음악으로 남은 노래이다. 그 전이·수용 과정으로 인해 단일한 장르로서의 성격보다는 다원성·다양성이 특징으로 남았고, 감정을 진솔하게 표현하는 내용적 성격 때문에 조선 초기 유학자들의 검열을 거치면서 다시 일부 개작되어 현재의 형태로 존재한다.

충렬왕 22년(1296년) 여름 5월 밤에 향각(香閣)에서 잔치하다가 왕이 벽에 붙은 당나라 현종의 밤놀이 그림을 보고, 좌우 신하들에게 말하기를, "과인이 비록 조그마한 나라에서 왕 노릇하고 있지만 놀이하고 잔치하는 것이야 현종만 못할 수 있겠느냐" 하고, 이때부터 주야로 계속하여 희한하고도 음란한 놀이를 안 하는 것이 없었다(『고려사절요』 권21, 충렬왕 22년) 하였다. 권문세족들이 왕과 어울려 갖가지 놀이를 일삼으며 <삼장>과 <사룡> 등의 노래를 불렀다 하고, 이 노랫말이 고려가요 <쌍화점>과 흡사하기 때문에 고려가요는 음란한 노래라는 인식이 생겼다. 거기다 "<서경별곡> 같은 것은 남녀가 서로 좋아하는 가사이니, 매우 불가하다. 악보는 갑자기 고칠 수 없으니 곡조에 의하여 따로 가사를 짓는 것이 어떻겠는가?",[113] "서하군 임원준(任元濬), 무령군 유자광(柳子光), 판윤 어세겸(魚世謙), 대사성 성현(成俔) 등에게 <쌍

화곡(雙花曲)>, <이상곡>, <북전가> 중에서 음란한 가사를 고쳐 바로 잡으라 명하였
는데, 이때 와서 임원준 등이 지어 바쳤다."는[114] 기록도 고려가요의 성격을 판단하
는 데 영향을 미쳐서 고려가요는 남녀상열지사라는 인식이 일반화 되었다. 그러나
고려가요는 내용과 형식이 다양하여 이렇게 획일적 잣대로 보기 어려운 점이 많고,
사대부의 관점에서 볼 때 음란하다 지칭하는 작품도 인간적인 측면에서 볼 때는 사
랑과 그리움이라는 인간의 내면을 진술하게 그려냈다고 읽어야 할 작품도 많다.

　인간의 내면을 솔직히 담은 고려가요는 조선의 궁중 연악에서 뿐만 아니라 "망
월대 위 소나무에 앉으니 백원(百源, 李摠:西湖主人)의 노복들이 먼저 술, 고기, 떡 과일
을 차려놓아 술자리를 열었다. 악공 송회령이 <자하동>을 연주하고 여러 객들은
기뻐하였다. 술이 반쯤 되었을 때, 회령이 공민왕 때의 <북전곡(北殿曲)>을 연주하였
으니 망국을 상심한 것이고, 흥취가 한창일 때에 의종 때의 <한림곡(翰林曲)>을 연
주하였으니 전성시대를 생각한 것이다. 또 서로 더불어 강개한 마음이 다하지 않아
내가 옛일을 슬퍼하는 시 3편을 지었다. … 창창한 바다가 눈앞에 펼쳐지니 마치
신령이 있어 기운을 일으키는 것과 같았다. 정중(正中, 이정은李貞恩)과 자용(子容, 우선언
禹善言)이 크게 기뻐하여 <청산별곡(靑山別曲)> 제1결을 연주했다. 주지스님도 크게
기뻐했다."에서와[115] 같이 조선의 지배층들 사이에서도 자주 불리어졌다.

◎ 〈동동(動動)〉

　<동동(動動)>은 무엇을 가리킨 것인지 모르나 생각건대 지금 광대들이 입으로 북
소리를 내며 춤추는 것이 그것이니 '동동'은 '동동(鼕鼕)'과 같은 뜻이다. 동동(鼕鼕)은
북소리이니 동동으로 박자를 삼아 움직인다는 뜻이다. 『악학궤범』에 동동의 악보가
실려 있으니, 아박(牙拍)치는 소리에 맞춰 동동사(動動詞)를 부르면 여러 기녀들이 따
라 나와 율동하고 한번 나아갔다 한번 물러나고, 한번은 마주보다가 한번은 등지며,
어떤 땐 좌로 갔다가 어떤 땐 우로 가고, 팔 또는 무릎으로 서로 치면서 춤추고 뛰
었다. 동(動)은 동(鼕)과 음이 같으므로 와전되어 그렇게 된 것이다.[116]

덕(德)으란 곰비*예 받줍고*

복(福)으란 림비*예 받줍고

덕(德)이여 복(福)이라 호ᄂᆞᆯ

나ᅀᆞ라 오소이다

아으 동동(動動)다리

▶ 현대어 풀이

덕(德)은 앞 번에 받들어 올리고

복(福)은 뒤 번에 받들어 올리어

덕(德)과 복(福)을 함께

바치러 왔습니다.

아으 동동(動動)다리

* "곰비/림비" : (1) '곰비'는 신령님, '림비'는 임금님이라 한 견해도 있었다. (2) '곰비림비'를 하나의 숙어로 보아, "앞뒤 계속하여 자꾸자꾸, 쉬지 않고"[117]

   (1) "날은 느껴가고 어셔내라 곰비님비 직촉ᄒᆞ고 ᄯᅩ 안흐로셔 너인이 나와 직촉ᄒᆞ니 하늘흘 깨칠 힘이 잇다 엇디 굿째예 이괴리오 져근더시 느저가니 우리 시위인을 각각 꾸지지며"(계축일기 상98)

   (2) "붓드러 제 당막의 가니 곰비님비 긔졀ᄒᆞ니 듯는 사롬이 아니 눈믈 디리 업더라(扶到帳中 昏絶 幾番 動間之人 無不下淚)"(<삼국지> 15:89)

   (3) "날은 느저가고 어셔 내라 곰비님비 직촉(催促)ᄒᆞ니 안흐로셔 너인이 와 직촉ᄒᆞ니 하늘을 쩌틸 힘이 잇다"(<셔궁일긔>)

   (4) "보션 버서 품에 품고 신 버서 손에 쥐고 곰븨님븨 님븨곰븨 쳔방지방 지방쳔방 즌듸 ᄆᆞ른듸 ᄀᆞᆯ희지 말고"[118]

      : 天方地方은 天方地軸과 같은 말인데, 천방지축은 "어리석은 사람이 종작없이 덤벙거림", "너무 급하여 두서를 잡지 못하고 허둥지둥하는 모습"이란 두 뜻이 있다. 여기선 후자의 뜻이다.[119]

* "받줍고" : "받ᄌᆞ올 헌(獻)"(훈몽 하), "慶爵을 받ᄌᆞᄫᅵ니이다(共獻慶爵)"(용비어천가 63), "너뎐의셔 힝혀 진지ᄒᆞ여도 공쥬란 밧줍고 대군으란 아니 밧줍더라"(仁穆大妃 內人, 姜漢永 校註, 『癸丑日記』, 民協出版社, 1962, p.33)

정월(正月)ㅅ 나릿 므른

아으 어져 녹져 ᄒᆞ논듸

누릿 가온듸 나곤

몸하 ᄒᆞ올로 녈셔

아으 동동(動動)다리

▶ 현대어 풀이

정월 시냇물은

얼었다 녹았다 하는데

세상 가운데 태어나곤

몸이 홀로 사는구나.

아으 동동다리

이월(二月)ㅅ 보로매
아으 노피 현 등(燈)ㅅ블* 다호라
만인(萬人) 비취실 즈싀샷다
아으 동동(動動)다리

▶ 현대어 풀이
2월 보름에
아 높이 켠 등불 같아라.
만인 비추이실 모양이시라.
아으 동동다리

* "노피 현 등(燈)ㅅ블" : 연등회(燃燈會), 팔관회와 함께 불교적 성격을 띤 국가적 행사의 하나. 불교에서는 불전에 등을 밝히는 등공양(燈供養)을 향공양(香供養) 등과 더불어 중요시하는데, 불전에 등을 밝혀서 자신의 마음을 밝고 맑고 바르게 하여 불덕(佛德)을 찬양하고 대자대비(大慈大悲)한 부처에게 귀의한다는 의미를 담고 있다. 고려 초기에는 정월 15일에 연등 행사가 행해졌으나 현종 때부터 고려 말까지는 2월 15일에 거행했다.

삼월(三月) 나며 개(開)흔
아으 만춘(滿春) 둘욋고지*여
ᄂᆞ미 브롤 즈슬
디녀 나샷다
아으 동동(動動)다리

▶ 현대어 풀이
3월에 이르러 핀
아으 봄날 철쭉꽃이여
남이 부러워할 모습을
지니고 태어나셨다.
아으 동동다리

* 둘욋고지 (1) 둘욋곳, "곰둘외(蹄)"(훈몽자회 上9), "蹄躪 一名 羊蹄躪 又謂진둘의)(훈몽자회 上花品) (2) 둘외나모(水苦梨木)(譯語類解 하42)

사월(四月) 아니 니저
아으 오실서 곳고리 새여
므슴다 녹사(錄事)*니ᄆᆞᆫ
녯나룰* 닛고신뎌
아으 동동(動動)다리

▶ 현대어 풀이
4월 아니 잊고
아으 왔구나, 꾀꼬리 새여.
무심하다 녹사님은
옛날을 잊고 계시구나.
아으 동동다리.

* "녹사(錄事)" : 고려와 조선 초기에 중앙의 여러 부서에 설치된 하위 관직. (1) 고려시대에는 정7품~내과권무(內科權務)에 이르기까지 각급에 녹사(例-門下錄事(종7품), 都僉議錄事)를 두었고,

조선초기엔 8품에서 권무(參下職)에 이르기까지에 설치. 주로 문서 취급, 기록, 연락 업무(공문서 전달, 구두 연락) 담당. 이후에 중인화(中人化) 되었다.

* "녯나룰" : ⑴ "녯날애 바리룰 어더 … 오눐날 뜨들 몯 일워 … 녯날 원(願)을 일우수ᄫᅡ니"(월인천강지곡 88) ⑵ "사오나온 바ᄇᆞᆫ 녯나룰 브텃고(麤飯依他日)"(초간본 두시언해 20:28)

오월(五月) 오일(五日)애 아으 수릿날 아춤 약(藥)은 즈믄힐 장존(長存)ᄒᆞ샬 약(藥)이라 받ᄌᆞ노이다 아으 동동(動動)다리	▶ 현대어 풀이 5월 5일에 아으 단오 아침 약은 천년동안 오래 사실 약이라 바치옵니다. 아으 동동다리.
유월(六月)ㅅ 보로매* 아으 별해 ᄇᆞ론 빗* 다호라 도라 보실 니믈 젹곰 좃니노이다 아으 동동(動動)다리	▶ 현대어 풀이 유월의 보름에 아으 벼랑에 버린 빗 같아라. 도라 보실 임을 잠시 쫓아다닙니다. 아으 동동다리.

* "유월(六月)ㅅ 보로매" : "상서롭지 못한 것을 물리친다는 믿음에서, 모든 남녀들이 술과 음식을 장만하여 동으로 흐르는 물가에 가서 목욕하고 잔치를 벌임"(『열양세시기』), "유월 보름에 동쪽으로 흐르는 물에 머리를 감아 불길한 것을 씻어버린다."(『동국세시기(東國歲時記)』)
* 속칭 유두절(流頭節)이라 한다. 『고려사』에 "희종(熙宗) 즉위(1205) 6월 병인에 시어사(侍御史) 2명이 있는데, 환관 최동수(崔東秀)와 광진사(廣眞寺)에 모여 유두연(流頭宴)을 베풀었다."고 했다. 우리나라 풍속에 이 달 15일에 동쪽으로 흐르는 물에 머리를 감아 상서롭지 못한 것을 떨쳐버리고 모여서 마시는 것을 유두음(流頭飮)이라 한다.(『경도잡지(京都雜誌)』 6월 15일)
* 6월 15일은 유두(流頭) 날인데 옛날 고려의 환관(宦官)들이 동천(東川)에서 더위를 피하여 머리를 풀고는 물에 떴다가 잠겼다 하면서 술을 마셨으므로 '유두'라 하였다.(『용재총화』 권2)
* "별해 ᄇᆞ론 빗" : 불상(不祥)을 떨어버리는 의미로 욕발(浴髮) 후 빗을 수애(水崖)에 버리는데, 이 빗과 작자의 병치적(並置的) 결합으로 "도라보실 니믈 젹곰 좃니노이다"[120]

칠월(七月)ㅅ 보로매
아으 백종(百種) 배(排)ㅎ야 두고
니믈 혼디 녀가져
원(願)을 비숩노이다
아으 동동(動動)다리

▶ 현대어 풀이
7월 보름에
아으 갖가지 음식 차려놓고
임과 함께 살고자하는
바람을 비옵나이다.
아으 동동다리.

팔월(八月)ㅅ 보로문
아으 가배(嘉俳)나리므론
니믈 뫼셔 녀곤
오늜낤 가배(嘉俳)샷다
아으 동동(動動)다리

▶ 현대어 풀이
8월의 보름은
아으 추석날이지만
임을 모시고 살아야만
오늘날이 추석날이로다.
아으 동동다리

구월(九月) 구일(九日)애
아으 약(藥)이라 먹논 황화(黃花)
고지 안해 드니
새셔 가만ㅎ얘라
아으 동동(動動)다리

▶ 현대어 풀이
9월 9일에
아으 약으로 먹는 노란 국화
꽃이 안에 들어
새로 거른 술 향기가 은은합니다.
아으 동동다리

시월(十月)애
아으 져미연* ㅂ룻 다호라
것거 브리신 후(後)에
디니실 혼부니 업스샷다
아으 동동(動動)다리

▶ 현대어 풀이
시월에
아으 얇게 벤 보리수 같아라.
꺾어 버리신 후에
가지실 한 분도 없으시다.
아으 동동다리

* 져미연 (1) "천자대왕(天子大王) 오시논 나래 스랑대왕(大王)인둘 아니오시려 양분(兩分)이 오시
논 나래 명(命)엣 복(福)을 져미쇼셔"(시용향악보 大國2) (2) "비룰 뎨며 브티면(用梨削貼)"(구급

방 하15)

십일월(十一月)ㅅ 봉당* 자리예
아으 한삼(汗衫)* 두퍼 누워
슬홀ᄉ라온뎌
고우닐 스싀옴 녈셔
아으 동동(動動)다리

▶ 현대어 풀이
십일월에 땅바닥 자리에
아으 적삼 덮고 누워
슬프게 살아왔도다.
고운 이와 제각각 살아가노라.
아으 동동다리

* 봉당(封堂) (1) 안방과 건넌방 사이의 마루를 놓을 자리에 마루를 놓지 않고 흙바닥이 그대로 있는 곳 (2) 땅바닥
* 한삼(汗衫) (1) '속적삼'의 궁중말, (2) 손을 가리려고 웃옷이나 두루마기, 창옷, 여자 저고리 따위의 두 소매부리에 흰 헝겊으로 길게 덧대는 소매

십이월(十二月)ㅅ 분디남ᄀ로 갓곤
아으 나ᄉᆞᆯ 반(盤)잇 져다호라
니믜 알ᄑᆡ 드러 얼이노니
소니 자재다 므ᄅᆞᆸ노이다
아으 동동(動動)다리

▶ 현대어 풀이
12월의 산초나무로 깎은
아으 진상할 밥상에 젓가락 같아라.
임의 앞에 들어 짝지으니
손이 가져다 무옵니다.
아으 동동다리

(『악학궤범(樂學軌範)』 권5, 시용향악정재도의, 아박牙拍)

☙ 〈동동〉의 가사는 선어(仙語)로 되어 있다?

〈동동〉은 고려가요 가운데 대표적인 문제작이다. 띄어쓰기가 없어 끊어 읽기와 의미파악이 어려운 9월 '黃花(황화)고지안해드니새셔가만ᄒᆞ애라' 등 난해구도 문제이고, 어떤 연에서는 임을 눈앞에서 보고 있는 듯 그려내다가 어떤 연에서는 죽은 임을 제사하고 추모하듯 서술한 일관성 없는 표현에 담긴 의미를 파악해 내는 일도 어려움이 많다.[121] 그래서 〈동동〉의 정월은 암시, 2월~4월은 이별의 상황을 보이

는 발단부이고, 5월~8월은 상황 개선의 의지를 보이는 전개부, 9월~11월은 완전한 좌절을 담은 결말부이다. 12월은 현실 세계에서 이루지 못한 사랑에 대한 아쉬움을 가상 세계에서 사랑의 기쁨으로 바꾸어 노래하는 것으로 해석한다.[122] <동동> 각 연 사이의 부조화, 상사(相思)와 상열(相悅), 송도(頌禱)의 혼재에 대한 보다 근본적 원인 규명이 시급한 일이다.

원성왕 괘릉 화표석(華表石) 석주(경북 경주시 외동읍 괘릉리 산17). 묘 앞에 세우는 문의 성격을 가지는데, 망주석(望柱石)이라고도 한다. 화표석은 산 자와 죽은 자의 경계를 표시한다고도 하고, 죽은 자가 이승으로 올 때 통하는 신도(神道)라고도 한다.

『고려사』 악지에는 <동동>에 대해 "노랫말에 송도하는 말이 있고, 대개 선어(仙語)를 본받아 지었다."고 했다. 그동안 현세의 복을 비는 주술적이고 기복적인 내용이니 '송도'라 했고, '선어'는 "무격(巫覡)·우인(優人)의 말이니 천지신명에게 주술적 기구(祈求)를 통해 나쁜 기운을 없애고 복을 바라는 말", "기녀의 역할과 정서를 담고 있는 말", "노랫말이 없고 마음으로 전하는 신단(神丹)의 젓대소리"라고 다양하게 해석해 왔다.

문헌에 따르면, '송도'에서 '송'은 "성덕(盛德)을 칭송하여 신명(神明)에게 고하는 것, 좋게 여기어 복을 기원하는 것, 공덕을 찬양하는 것"이고, '도'는 "재앙을 면하기 위해 기도하고 기원하는 것, 신명에게 소원(장수·복 등)이 성취되기를 비는 행위"이다. '선어'는 대선(大仙)들의 소통방식으로, 신선세계에서 통하는 "신선들의 언어"를 지칭한다. "천년 학 한 마리 화표주(華表柱)에 앉았네./정수리 붉고 온 몸은 눈처럼 희구나./성성(星星)한 신선의 말 사람들 들을 새라./오색구름 속으로 훌쩍 날아가네."[123]에 그 쓰임이 보이고, "도연명이 『산해경(山海經)』 13수를 읽고 그 7수를 선어라 했는데, 내가 포박자를 읽으니 그를 운부(韻賦)한 느낌이다."와 같이 <보허사>·<자하

신선 정령위(丁令威)(송준호, 『신선의 그림과 이야기』, 다운샘, 2007 : 열선도列仙圖 원전 38쪽). 그는 원래 요동 사람인데 영허산(靈虛山)에 은거하며 선도를 배우고 수련하여 우화등선(羽化登仙)했다. 인간 세상이 그리울 때면 선학(仙鶴)이 되어 고향을 찾는다고 한다.

동>·<독산해경> 7/13수를 선어라 지칭했다. 이에 이들 작품을 분석한 결과, '선어'는 1) 인간세계(속세)의 언어와 다른, 2) 속세와 차별되는 환상적이고 신비스러운 신선의 공간을 그리며, 3) 죽음과 늙음을 잊고 풍류를 즐기는 신선의 거동을 묘사하는 "신선세계의 언어"이다.[124] 물론 이 선어의 개념은 인간 세상과 다른 초월 세계를 상상하고 그리는 인간이 만든 것이다.

<동동>의 서사(序詞)인 "덕(德)으란~, 복(福)으란~"은 왕을 향해 왕의 덕을 노래하고 복을 빌고, 5월령·7월령·8월령·9월령은 임을 향해 장수와 무궁을 기원하기에 송도적 성격이 강하다. 6월령과 12월령은 임이 혹 나를 돌아볼까 하는 마음으로 임의 뒤를 따르기도 하고, 임이 드시는 음식상에 정성스럽게 깎은 젓가락을 올려두고 임이 가져가기를 고대하고 있으니 눈앞에 임이 있는 것 같이 그렸다. <동동> 6월령과 12월령은 속세와 선경(仙境)의 경계를 넘고, 삶과 죽음의 경계를 넘어, 신선세계(사후세계)와 교통(交通)하고 시공을 넘나드는 모양으로 초월적 상상을 담아낸 것으로 보인다. 5월·7월·8월·9월령도 모두 임을 향한 송도를 담고 있지만, 임을 직접 만나 약과 약술을 드리고, 함께 할 날을 기약하고, 함께 하는 삶에 의미를 부여하는 듯 현재형의 느낌이 다분하다.

임은 비록 돌아가셨지만 눈앞에 있는 것처럼 대하는 일은 "퇴계 선생 며느리가 방에서 이상하게 누군가와 대화를 자꾸 하고 있었다. 퇴계가 걱정이 되어 문구멍으로 들여다보니 며느리가 허수아비를 만들어 놓고 밥을 떠서 입에 넣어주면서 '잡수세요!'라고 하며 대화를 나누고 있었다. 그래서 퇴계는 '이건 인간이 할 도리가 아니구나.' 생각하고 친정에 연락을 해서 딸을 데리고 가라"[125]고 해서 개가(改嫁)를 하게 했다는 이야기에서 살필 수 있다. 『고려사』 악지에서 <동동>이 송도와 선어를 본받았다 한 것은 임이 신선과 같이 죽음을 넘어서 영속한다는 믿음을 담았기 때문이다. 즉 <동동>은 신선세계의 언어, 즉 선어(仙語)를 빌려와 임과 삶과 죽음의 구분을 초월한 '공존'을 추구하고 신선세계에서와 같은 '영원과 장수'를 누리고자 하는 소망을 표현하고 있다.[126] 사랑과 그리움이 애절하면 임이 곁에 없어도 있는 것처럼 행동하면서 넋이 빠진 사람처럼 행동할 때가 있다.

🌿 선약(仙藥)으로 꿈꾸는 임과의 만남

5월령 "수릿날 아춤 약(藥)"은 음력 5월 5일, 단오에 먹는 약을 말한다. 술의일(戌衣日)·수뢰일(水瀨日)·중오절(重午節)·천중절(天中節)이라고도 부른다. 5월 5일은 양기가 왕성한 날이기에 약을 달여 먹는다. 초나라의 굴원이 간신들의 모함을 받고서 자신의 지조를 증명하기 위해 멱라수에 투신했는데, 이를 기리기 위해 밥을 여울에 던진 데서 '수뢰(水瀨)'가 유래했다는 것도 단오의 기원에 대한 하나의 설이다. 이후 이날에 맞추어 궁중 내의원에서는 옥추단(玉樞丹)과 제호탕(醍醐湯)을 만들어 바쳤다 하는데, 제호탕은 사인(砂仁)·오매육(烏梅肉)·초과(草果)·백단향(白檀香) 등 한약재를 가루 내어 꿀에 섞어 달인 약으로 일종의 청량제이다. 더위가 심하여 건강을 해치기 쉬울 때 사용한다. 한편 옥추단은 여름철에 곽란이나 더위로 인해서 체증이 났을 때 물에 타서 마신다 한다.

단오일에 익모초(益母草)와 쑥을 뜯는 풍속이 있다. 단오일 오시에 익모초와 쑥을 뜯어다 말려서 약용으로 쓴다. 일반적으로 쑥과 익모초는 한방약초로 사용하지마는 특히 단오일의 익모초와 쑥은 특효가 있다고 한다. 익모초란 이름 그대로 모체에 이롭다고 하며 또 여름철에 익모초의 즙을 내어 마시면 식욕이 난다고 해서 농촌에서는 흔히 먹거니와 단오에 뜯어둔 익모초와 쑥은 두었다가 발병하면 사용한다.[127]

농가에서는 음력 5월5일, 그 중에서도 양기가 가장 왕성한 낮 11시~13시 정오경에 익모초와 약쑥을 뜯었다 약으로 썼다. 익모초와 쑥은 여름철 식욕이 없을 때 식욕을 왕성하게 하고 몸을 보호하는데 효과가 있었다고[128] 믿었다. 중국 고사에서 제호탕이나 옥추단 등도 더위를 막아 건강을 유지하기 위한 것이었다니 <동동>에서 "수릿날 아춤 약(藥)"은 더위가 찾아오는 길목에 놓인 계절에 임의 건강을 기원하는 시적 화자의 간절한 마음이 담겨있다.

9월령의 "약(藥)이라 먹논 황화(黃花)"는 9월 9일의 황화주(黃花酒)를 말한다. <동동> 9월에 '黃花(황화)고지안해드니새셔가만ᄒ얘라'에 황화가 나오는데, 원문에 띄어쓰기가 되어 있지 않으니 그 해석에 논란이 많다. 대체로 "세서(歲序)가 만(晚)하여라"로[129] 보는 견해와 '초가집의 새셔(茅椽) 가만ᄒ얘라'[130]로 보는 견해가 있는데, 한 해가 저물어 감으로 보면 긴 탄식의 전환이 되고 상사의 노래로서 호흡이 맞는다. 이것을 '새셔 가만ᄒ얘라'로 보아 '새서 가만(遲)ᄒ얘라', '새로운 기운이 미미微微 유렴幽濂하도다', '모재茅齋 한적閑寂 요적寥寂하구나'로 보면 상사의 노래로서 아주 생경한 표현이 되어버리고 만다.[131]

<동동>의 '새셔'는 "언덕에 회오리 불어 오동나무 늘어지고,/듬성듬성 수풀엔 이슬 맺힌 대추 열매,/새로 거른 술 한 잔에 수심은 풀렸지만(味廻新醅愁眉破),/얇은 옷스미는 추위에 몸의 병을 알겠노라"에서 볼 수 있듯이 "새로 거른 좋은 술(新釀 清醅(美酒))"을 뜻한다. '서(醅 · 湑)'는 '리(醨)'와 대칭되어 '좋은 술'의 대명사로 쓰였고, '새거(居, 新居), 새 윤(尹, 新尹), 새 순(筍, 新筍/新笋)' 등의 비슷한 조어가 있으며, '서'를 '셔'로 표기한 "셔안(書案), 셕듁화(石竹花), 셔얼(庶孼)" 등의 예는 여럿이다. 이에 <동동> "새셔가만ᄒ얘라"의 '새셔'는 신서(新醅, 新湑)를 뜻하고, '가만ᄒ다'는 '미향(微香) · 유향(幽香) · 유방(幽芳)', 즉 그다지 드러나지 않게 풍겨 나오는 은근한 향기란 의미를 담았다.[132]

<동동> 9월령의 이 구절은 "약으로 먹는 국화가 안에 들어, (술 항아리에) 새로 거른 술의 향기가 그윽하구나!"로 풀이할 수 있다. 이는 "동쪽 울타리에 몇 떨기 국화,/중양절 기다리지 않고 일찍 피었네./아이 불러 한 가지 꺾으라고 해서,/아내에게 새 술을 거르라 하였네./이로부터 술통 속 그 물건들/맑은 향기로 내 잔을 훈훈케 하리"나[133] "누군가 사람 통해 국화주 보내주니,/노란 국화 둥둥 떠 술잔에 향기 진하네(何處白衣人送酒 黃花來泛一盃香)"[134]에서와 같이 새로 담은 국화주에서 풍겨 나오는 은은한 국화 향을 감각적으로 묘사한 구절이다.

> 9월 9일은 중양가절(重陽佳節)이니 또한 중구일이라고도 한다. 한나라 여남(汝南) 환경(桓景)이 비장방(費長房)을 만나니 장방이 이르기를, 큰 재액이 있으니 9월 9일에 수유(茱萸)를 빨간 주머니에 넣어 팔에 매고 산에 올라 국화주를 마시면 그 액이 없어지리라 하거늘 그대로 하여 저녁에 돌아오니 소·양·닭·개들이 다 한꺼번에 죽어 그 액을 대신하였다. 진(晉) 맹가(孟嘉)가 9일에 용산(龍山)에 놀다가 바람에 갓이 날렸는데, 맹가는 깨닫지 못하였다. 그 시에 이르되, "붉은 수유를 채패에 달아 차고 누른 국화를 금잔에 띄우더라.[135]

『동국세시기』에도 위 환경의 일화를 소개하고, 그 뒤 세상 사람들이 9월 9일만 되면 산에 올라 술을 마시고 여자들은 수유를 넣은 주머니를 찼다고[136] 했으니 중구일에 먹는 국화주는 액을 막는 효과, 나쁜 기운을 물리치는 효과가 있다고 여겼음을 알 수 있다. 시적 화자는 임이 살아서 곁에 있을 때의 관습에 따라 단오와 중구일에 약을 올렸을 것이다. 그때는 임이 건강하게 곁을 지켜주기를 바라는 마음이었겠지만 임이 이미 돌아간 후에 약을 올린 것은 이 약을 선약(仙藥) 삼아 신선처럼 영생(永生)을 얻어 내 곁으로 돌아와 주기를 바라는 마음이었을 것이다.

❧ 죽은 임을 향한 애절한 사랑 노래

다음 작품은 <일곱 살 딸이 죽은 어머니 그리는 노래>이다.

"정월이라 대보름날/동에 동창 뜨는 달은/휘허게나 밝아온디/밝아올 줄을 왜 모르신가/불쌍허네 울어머니/가고일신에 안 오시네/그달 그믐에 한설풍에/매화꽃은 피어있네/불쌍허네 울어머니/피어날 줄을 모르신가/…/유월이라 유둣날은/사람사람이 생기 있고/매욕(沐浴)근계 하시는디/불쌍하다 울어머니/매욕할 줄을 모르신가/그달 그믐에 넘어들어/칠월이라 칠석날은/오작교로 다리 놓아/…/팔월이라 한가우는/새 곡식도 반바른디/불쌍허다 울어머니/반 받을 줄을 모르신가/그달 그믐이 넘어들어/구월이라 구일 날은/국화 따서 술잔 드려/앉아서 지달려도 아니오네/서서 지달려도 아니오네/…"**137**

대보름달은 다시 뜨고 매화꽃은 다시 피건만 한번 돌아가신 후에 다시 돌아오지 않는 어머니를 그리워하는 노래이다. 8월 한가위가 되어도 상을 받을 줄 모르시고, 9월 9일에 국화주를 드리고 기다려도 와서 드시는 기색이 없다. <동동> 8월령에 "8월의 보름은/아으 추석날이지만/임을 모시고 살아야만/오늘날이 추석날이로다."라고 했다. 사랑하고 그리워하는 사람이 없는 명절은 아무런 의미가 없다. 이 마음은 최백호의 가요 <그쟈>(1989) "봄날이 오며는/뭐하노 그쟈/우리는 너무 멀리/떨어져 있는데/꽃잎이 피면은/뭐하노 그쟈/우리는 너무 멀리/떨어져 있는데…"에 그 정서의 맥락이 이어지고 있다.

<동동> 7월령에 "백종(百種) 배(排)ᄒ야 두고"라는 구절이 있다. 백종(百種)은 백중(百中)·중원(中元)·망혼일(亡魂日)이다. 음력으로 7월 15일이다. 이 무렵에 과실과 채소가 많이 나온다. 옛날에는 백 가지 곡식의 씨앗(種子)을 갖추어 놓았다 하여 유래한 명칭이라 한다. 불제자 목연(目蓮)이 그 어머니의 영혼을 구하기 위해 7월 15일에 오미백과(五味百果)를 공양했다는 고사에 따라 우란분회(盂蘭盆會)를 열어 공양을 하는 풍속을 말한다. '우란분'은 ullambana(심한 고통이란 뜻)라는 산스크리트어의 음역으로, 중국에서 해도현(解倒懸)으로 번역되었는데, 그 뜻은 거꾸로 매달린 것 같은 고통에서 구원해 준다는 의미이다.

옛날 목련존자(目蓮尊子)가 부처의 말에 따라 음력 7월 보름 백중날에 백미(百味)와 오과(五果)를 장만하여 불·법·승(佛·法·僧) 삼보(三寶)에 공양함으로써 아귀도(餓鬼道)에 떨어진 죽은 어미의 고통을 구해 주었다는 이야기에서 유래하였다. 『우란분경』에 따르면, 석가의 10대 제자인 목련(目蓮)이 6신통(神通)을 얻은 후, 부모를 찾아보니

죽은 어머니가 아귀도에서 고통을 받고 있으므로 모친을 위하여 쟁반에 먹을 것을 담아주었으나 숯이 되어 먹을 수 없게 되자 비탄에 빠진 목련은 석가세존에게 모친을 구해 줄 것을 애원하였다. 그러나 석가는 모친의 죄가 중하여 어쩔 수 없다고 거절하면서 지금 살아있는 부모와 7대의 죽은 부모를 위하여 음력 7월 15일에 큰 잔치를 벌여야 한다고 하니, 목련은 석가의 가르침에 따라 큰 잔치를 베풀어 십방(十方)의 대덕(大德)에게 공양을 하고 조상의 성불을 기원하였다. 이것이 우란분의 시초라 한다.

그래서 이날이 되면 민가와 절에서는 여러 가지 음식을 만들어 분에 담아 조상의 영전이나 부처에게 공양하였다.[138] 뒤에는 각 사찰에서 사람들이 여러 가지 음식을 만들어 승려들을 공양하고 조상의 명복을 비는 행사로 바뀌었다. 진단(震旦)은 마가진단(摩訶震旦)의 준말로, 인도에서 중국을 높여 일컬은 칭호이다.[139] '우란재'란 일백 가지의 음식 및 백가지의 기구로서 안거(安居)를 마치는 승려를 공양하는 행사로, 7월 15일엔 많은 중들이 해제를 하여 마음대로 규약을 받지 않고, 90일을 참선하여 득도(得道)한 사람이 많기 때문에 이날에 공양을 하면 그 복이 백배나 된다는 믿음에서 비롯하였다. 스님들이 4월 보름날부터 7월 보름까지 행하는 하안거(夏安居)에 읽는 경을 『우란분경(盂蘭盆經)』이라 한다.

> 이동악안눌(李東岳安訥)의 시에 "시장에 채소, 과일이 지천인 것을 생각하니 시민 모두가 도처에서 죽은 혼을 천신(薦新)하는구나."라고 했다. 충청도 풍속에 노소를 막론하고 15일에는 거리에 나가 마시고 먹는 것을 낙으로 삼는다.[140]

여염집 사람들은 백중날, 즉 망혼일(亡魂日) 저녁 달밤에 채소·과일·술·밥 등을 차려놓고 죽은 어버이의 혼을 부른다. 그러므로 <동동>에서 "백종(百種) 배(排)ᄒᆞ야 두고 니믈 ᄒᆞᆫ ᄃᆡ 녀가져 원(願)을 비ᅀᆞᆸ노이다"는 당연히 백종의 세시풍속과 밀착되는 것으로, 임과 함께 살 수 있기를 염원한 것이다. 백종일에 죽은 임을 추모하며 저승에서나마 임과 함께 살아가겠다는 애절한 마음이라고[141] 풀이한다. 지옥·아귀도에 떨어진 이의 혹심한 괴로움을 구원하기 위한 우란분의 공양처럼, 임이 살아생전의 모든 악업을 벗고 편히 살아가기를 기원하는 정성을 담은 것이라 할 수 있다. <동동>의 서장에서 연거푸 여러 잔의 술에다 복과 덕을 함께 담아 드린(共獻) 기원 행위도 다 죽은 임을 그리워하는 의례이다.

◎ 〈쌍화점(雙花店)〉

쌍화뎜(雙花店)에 쌍화(雙花) 사라 가고신딘
휘휘(回回) 아비 내 손모글 주여이다
이 말숨미 이 뎜(店) 밧긔 나명들명
다로러거디러
죠고맛감 삿기광대 네 마리라 호리라
더러둥셩 다리러 디러 다리러 디러 다로러 거디러 다로러
긔 자리예 나도 자라 가리라 위위 다로러 거디러 다로러
긔 잔딕ᄀᆞ티 덦거츠니 업다

▶ 현대어 풀이　만두 가게에 만두 사러 가니까,
　　　　　　　회족 남자가 내 손목을 쥐었습니다.
　　　　　　　이 말씀이 밖으로 새어나가면
　　　　　　　다로러거디러
　　　　　　　조그만 새끼 광대 네가 일렀다 하리라
　　　　　　　더러둥셩 다리러 디러 다리러 디러 다로러 거디러 다로러
　　　　　　　그 자리에 나도 자러 가리라 위위 다로러 거디러 다로러
　　　　　　　그 잔 자리처럼 답답한 데가 없다.

○ 삼장ㅅ(三藏寺)애 블혀라 가고신딘
그 뎔 샤쥬(寺主)ㅣ 내 손모글 주여이다
이 말ᄉᆞ미 이 뎔 밧긔 나명들명
다로러거디러

죠고맛간 삿기 샹좌(上座) 네 마리라 호리라
더러둥셩 다리러 디러 다리러 디러 다로러 거디러 다로러
긔 자리예 나도 자라 가리라 위위 다로러 거디러 다로러
긔 잔디ㄱ티 덦거츠니 업다

▶ 현대어 풀이 삼장사(三藏寺)에 불을 켜러 갔더니
그 절 주지스님이 내 손목을 쥐었습니다.
이 말씀이 이 절 밖으로 새어나가면
다로러거디러
조그만 새끼 상좌(上座)야 네가 일렀다 하리라.
더러둥셩 다리러 디러 다리러 디러 다로러 거디러 다로러
그 자리에 나도 자러 가리라 위위 다로러 거디러 다로러
그 잔 자리처럼 답답한 데가 없다.

○ 드레 우므레 므를 길라 가고신딘
우뭇룡(龍)이 내 손모글 주여이다
이 말ㅅ미 이 우믈 밧긔 나명들명
다로러거디러
죠고맛간 드레바가 네 마리라 호리라
더러둥셩 다리러 디러 다리러 디러 다로러 거디러 다로러
긔 자리예 나도 자라 가리라 위위 다로러 거디러 다로러
긔 잔디ㄱ티 덦거츠니 업다

▶ 현대어 풀이 두레박 우물에 물을 길러 갔더니
우물용이 내 손목을 쥐었습니다.
이 말씀이 이 우물 밖으로 새어나가면
다로러거디러
조그마한 두레박아, 네가 일렀다 하리라.
더러둥셩 다리러 디러 다리러 디러 다로러 거디러 다로러

그 자리에 나도 자러 가리라 위위 다로러 거디러 다로러

그 잔 자리처럼 답답한 데가 없다.

○ 술풀 지븨 수를 사라 가고신딘

그짓아비 내 손모글 주여이다

이 말스미 이집 밧긔 나명들명

다로러거디러

죠고맛간 싀구비가 네 마리라 호리라

더러둥셩 다리러 디러 다리러 디러 다로러 거디러 다로러

긔 자리예 나도 자라 가리라 위위 다로러 거디러 다로러

긔 잔더ㄱ티 덦거츠니 업다

▶현대어 풀이　술파는 집에 술을 사러 갔더니

술집남자가 내 손목을 쥐었습니다.

이 말씀이 술집 밖으로 새어나가면

다로러거디러

조그마한 바가지야, 네가 일렀다 하리라.

더러둥셩 다리러 디러 다리러 디러 다로러 거디러 다로러

그 자리에 나도 자러 가리라 위위 다로러 거디러 다로러

그 잔 자리처럼 답답한 데가 없다.

(『악장가사(樂章歌詞)』속악가사 상)

무례하고 방자한 유락(遊樂)의 노래

『급암시집(及菴詩集)』에 실려 있는 <삼장(三藏)>은

"삼장사에 등불 켜러 갔더니,

주지 스님이 내 가녀린 손을 잡네.

이 말이 만약 절문 밖으로 새나가면,

이는 분명 상좌가 쓸데없는 말을 한 때문이라."[142]

이다. 『고려사악지』에 실린 작품은 "삼장사에 등불 켜러 갔더니, 주지 스님이 내 손을 잡았네. 혹시 이 말이 절 밖으로 흘러나가면, 상좌가 낸 소문이라 말하겠노라."로[143] 몇 글자만 조금 다르다. 이 작품을 노래 부르는 가창 상황에 대해서는 여기저기에 다음과 같은 기록이 전한다.

<삼장(三藏)>·<사룡(蛇龍)>은 충렬왕 때 지은 가사인데, 왕이 소인배 무리들과 어울리는 잔치를 즐기므로 행신(倖臣) 오기(吳祈, 오잠), 김원상과 내료(內僚) 석천보·석천경 등이 음악과 여색으로 왕의 환심을 사기에 힘썼다. 관현방의 태악 재인(太樂才人)으로는 부족해서 각도에 관리들을 파견하여 관기 가운데 얼굴이 예쁘고 기예가 뛰어난 자를 선발하고, 성 안의 관비와 무당 가운데 노래와 춤을 잘하는 자를 선발하여 궁중에 적을 두고, 비단옷을 입히고 말총갓을 씌워가지고 따로 한 대열을 짓게 하여 '남장(男裝)'이라 불렀다.

(『고려사』 지25, 악2)

이들 남장에게 신성(新聲) <삼장>과 <사룡>을 가르쳤다고 했고, <사룡(蛇龍)>은 "뱀이 용의 꼬리를 물고서, 태산 멧부리를 지났다고 들었다. 만인(萬人)이 각기 한 마디씩 하지만, 짐작은 두 마음에 있다네."이다. 이 두 노래 가사의 높고 낮음과 느리고 빠른 것이 음절에 맞지 않는 것이 없다 했으니 궁중에서 상당히 다듬어지고 세련된 음악으로 자리했음을 짐작할 수 있다. "왕이 수강궁에 거둥하매 석천보의 무리가 그 곁에 장막을 설치하고 각기 명기(名技)를 끼고서 밤낮으로 노래하고 춤을 추는데, 설만하여 군신의 예가 없었으며 제반 경비와 하사 비용을 이루 다 기록할 수 없었다."[144] 했다. 오기(오잠)·석천보의 무리는 고려의 내료(內僚)·행신(倖臣)이니 왕과 그 측근세력이 이들 작품을 향유했고, 노래 부르는 현장에는 임금과 신하와 기생들이 거리낌 없이 어울려 무례하고 방자하게 놀았음을 알 수 있다. 쌍화(雙花)는 "스면과 상화(粉湯饅頭)", "만두는 상화ㅣ오"라[145] 했으니 쌍화는 만두이다.

"(충렬왕 기묘 5년 10월) 경자일 회회(回回) 사람들이 왕을 위하여 새 궁전에서 연회를 베풀었다.", "회회족 집에 포를 주어 그 이자를 받아들였고, 송아지 고기를 날마다 15근씩 진상하게 하였다."

(『고려사』 권29, 권36)

회회아비가 雙花店을 운영한다고 했는데, 회회아비란 휘휘(回回)족・회족(回族), 즉 마호메트를 교조로 하는 아라비아인이다. 회(回) 또는 회회는 서역 대식국(大食國)의 종족이다.[146] 이 노래를 부르는 궁중 연회에 회족들도 함께 어울렸을 수 있겠다.

이 두 노래 가운데 <삼장>이 『악장가사』에 실린 <쌍화점>의 제1연과 같기 때문에 위의 『고려사악지』의 기록은 고려가요의 향유와 가창 장면을 알려주는 중요한 자료이다. 왕과 신하들이 어울려 측근정치를 하던 원지배기에, 궁중 음악으로 세련되게 다듬어 엄청난 비용을 들여 <쌍화점>을 연행(演行)했다.

오늘날의 가곡은 대부분 상간복상(桑間濮上)의 음란한 음악에서 나온 것으로써 <쌍화점(雙花店)>, <청가(淸歌)> 등은 모두 사람으로 하여금 악에 물들게 하는데 이는 무슨 말인가? 풍속이 날로 휩쓸려 내려감에 따라서 차마 들을 수 없는 음란하고 이치에 어긋나는 노래뿐이다. 설사 공자님이 다시 태어난다 해도 그 음악을 없애지 않겠는가? 나는 알 수 없는 일이다.[147]

<쌍화점> 등은 인간의 본능과 욕망을 가감 없이 표현하다보니 진솔하다는 장점이 분명히 있지만, 사대부들의 시선에는 좌중의 즐거움을 위해 흥청거리는 이 작품의 존재가 그리 곱게 보이지 않았을 것이다. 이 작품이 사람들로 하여금 악(惡)에 물들게 한다고 했고, 풍속이 휩쓸리게 할 만큼 음란하고 이치에 어긋난다 했다. 밀양 박준(朴浚)이 지은 『악장가사』에 대한 소개에도 <쌍화점>에 대한 언급이 있다. 아악(雅樂)이건 속악(俗樂)이건 한데 모아 노래책을 만들어 세상에 유포하였는데 여기에 <어부가>와 <상화점(霜花店)> 등 여러 가곡이 실려 있다고 한 것을 보면 이황이 <어부가발>에서 언급한 노래책은 현전 『악장가사』에 대한 설명임에[148] 분명하다. <어부가발>에 "사람들이 그 음악을 들을 때에 저 노기에게서는 손이 저절로 춤추

어지고 발이 저절로 굴러질 정도로 어쩔 줄 모르게 좋아서 날뛰고, 이 박준에게서는 권태를 느끼어 좋게 되니 그것은 무엇 때문인가. 그 아는 사람이 아니면 본디 그 음을 알지 못하는데 또한 어떻게 그 악을 알겠는가. 그래서 그런 것이다.”라 했으니, <쌍화점>도 어느 곳에서 누가 어떤 목적으로 노래하는가에 따라 점잖게 부르기도 하고 신명나게도 노래하기도 했음을 알 수 있다.

유락에 대한 자성과 반전

<쌍화점>은 다음과 같은 구성 형식이 네 번 되풀이되고 있다.

⑴ A에 B하러 가고신딘
⑵ C가 내 손모글 주여이다
⑶ 이 말ㅅ미 이 A´ 밧끠 나명들명
㉠ 다로러거디러
⑷ 죠고맛간 D 네 마리라 호리라
㉡ 더러둥셩 다리러 디러 다리러 디러 다로러 거디러 다로러
⑸ 긔 자리예 나도 자라 가리라
㉢ 위위 다로러 거디러 다로러
⑹ 긔 잔디ᄀᆞ티 덦거츠니 업다

이 같은 기본 형식에서 A·B·C·D를 연에 따라 정리하면 다음과 같다.

연 \ 구분	A	B	C	D
1연	雙花店	雙花 賣買	回回아비	삿기광대
2연	三藏寺	懸燈(燃燈)	社主	삿기上座
3연	드레우물	물긷기	우믓龍	드레박
4연	술집	술賣買	짓아비	싀구박

A는 B를 행하는 공간이고, B는 A의 공간에서 보편적·정상적으로 행해지는 기능이며, C는 A의 공간에 소속되어 그 주체가 되는 인물이며 D는 A의 공간에 소속되는 것으로 비교적 보잘 것 없는 존재이다.[149] (1)~(3)의 자극에 의해 형성되는 심리적 동향이 (4)~(6)이다. 한 여성 화자의 말에 대하여 다른 여성이 응수하는 (5) "긔 자리예 나도 자라 가리라"는 본능적 편향을 보이지만, (6)은 다시 본질적 성찰을 가함으로써 "긔 자리예~"에 대한 지적 반전을 보이고 있는 것이다. <쌍화점>은 전편을 통하여 모순되는 충동의 해결 방식으로서 반전의 양상을 구성 원리로 하고 있는 것이다.[150]

(4)는 (1)~(3)까지의 소문에 대한 발뺌이거나 사실 감추기, 탓을 돌리기이고, (5)는 본능적인 동참의 뜻을 보인 부분이며, (6)은 이 같은 애정행각에 대한 종합적인 평이다. '긔 잔디'가 진실이든 소문이든 가정된 상황이든지 간에, '덦거츠니 업다'는 이에 대한 시적 화자의 마음 상태를 담고 있다.

> "냇ᄀ앳 소론 덤쩌츠러 늣도록 퍼러호믈 머굼엇ᄂ니라"(번역 소학 6:28)
> "더딘 냇ᄀ앳 솔온 덤쩌츠러 늣도록 프로믈 머굼엇ᄂ니라(遲遲澗畔松鬱鬱含晚翠)"(선조판 소학언해 5:25)
> "ᄒ다가 사취악종(四趣惡種)과 생사업인(生死業因)은 ᄒ갓 덦거츠러 약초(藥草)ㅣ 아니라(若四趣惡種 生死業因 則徒爲蕪穢非藥草矣)"(법화경언해 3:3)
> "발원하며 일심의 다만 노야의 싱각만 잇셔 쏘훈 간화샹월홀 ᄆ음도 업고 죵일 울울ᄒ거눌(一心只在老爺身上 也無心去賞花看景 終朝悶悶)(<紅復> 44:84)

'덦거츨다'는 울창·울울(鬱鬱)하다, 무성하고 기가 성한 모양을 뜻할 때가 있다. 위의 세 번째 예문을 보면, 무예(蕪穢)·무폐(蕪廢)·황폐(荒廢)하다는 의미로 쓰일 때도 있다. "본디 사람의 본성은 거칠고 어지러워 맑고 밝을 수가 없으니, 재물이 본성에 먼지일게 할 수 있다."에서[151] 그 쓰임을 볼 수 있다. 이때는 거칠다·무상하다의 의미이다. 마지막 예문은 기분이 언짢은 모양으로, 번민하여 가슴이 답답하다는 뜻의 '울민(鬱悶)'과 같다. <쌍화점>의 '덦거츨다'는 마음의 상태를 뜻하는 것이니 이 가운데 둘째 혹은 세 번째 의미로 보는 것이 가장 타당하다. 지금까지 '긔 잔디

ᄀ티 덮거츠니 업다'의 '덮거츠니'를 무잡(蕪雜)하고 지저분한 것이든지, 아니면 '울(鬱)'의 뜻이든지 부정적 의미 영역이라고[152] 했는데 위에서 제시한 예문에 근거하고 앞의 문맥 속에서 의미를 파악한다면 '덮거츠니'는 "욕망과 탐욕에 이끌리어 마음이 어지럽고 메말라 가슴 답답한 상태"를 말한다.

<삼장>은 항상 "뱀이 용의 꼬리를 물고서 태산 언덕을 넘는다는 소문이 있네. 여럿이 각기 다르게 말을 하니, 다른 마음을 가졌기 때문이라고 짐작하네."라는 <사룡(蛇龍)>(<유사(有蛇)>)와 짝을 이루어 언급한다. 이 두 작품을 엮는 이음줄은 항간의 소문인데, 세간의 무성한 소문에 대해 억울하고 답답한 심정을 토로하였다. <사룡>은 뱀이 용의 꼬리를 물고 태산을 넘는다는 소문이 있지만, 저마다 다른 소문을 퍼뜨리는 것은 딴 마음을 품었기 때문일 것이라고 반격한다. 이 작품은 후에 다른 사람들은 몰라도 오로지 임만은 내 진심을 헤아려주기를 바란다는 작품으로 일군을 이루었다.

<쌍화점>에서 회회아비·주지스님·우물용·술집아비가 내 손목을 쥐었다는 소문이 밖으로 새어 나갈까봐 신경을 곤두세우고, 1·2연에서는 새끼 광대와 상좌의 입단속을 하다가 3·4연에 가서는 남들에게 일러주는 주체, 즉 입단속 대상을 두레박이나 술 푸는 기구를 설정한 것은 소문을 부정하고 항변하는 일이 녹록치 않아 답답한 심정이라는 뜻이다. 남녀의 애정 행각에 대한 소문과 동조로 인한 혼란을 바로잡으려 하고, 그와 같은 일을 모두 '덮거츨다'는 총평으로 반전을 꾀한 것도 세간의 관심과 동요를 잠재우려는 의도에서 비롯했다. 김만중은 『서포만필』에 이 두 작품에 대해 "그 말이 비록 비속하지만 남다른 깊은 뜻이 담겨있으니 지금 이를 흉내 내면서 조금 더 덧붙여 말한다."라는 말을 달았다. 그리고 "그대는 삼장 경전에 대해 말하세요. 저는 제천(諸天)에 꽃을 뿌리리다. 하늘 꽃은 흩어져서 끊일 줄 모르는데, 우물가 오동나무에서는 갈까마귀가 새벽에 웁니다. 바깥사람들이 뭐라 떠들어도 신경 쓰지 않지만 차 나르는 사미(沙彌)는 한집에 삽니다.", "옥과 돌에도 정해진 바탕은 없고, 어여쁘고 추함에도 바른 빛깔은 없지요. 돌이니 옥이니 하는 말은 사람 입에나 오를 뿐이고, 어여쁘고 못생긴 것도 그대가 보기 나름이지요. 해와 달

은 원래 빛을 발하는데, 헐뜯는 말이 저절로 막을 이뤘네요."라는[153] 작품을 달았으니 이는 <쌍화점>의 골간을 추려 자기 느낌으로 재창작한 것이다.

◎ 〈청산별곡(青山別曲)〉

살어리 살어리랏다*	▶ 현대어 풀이
청산(青山)애 살어리랏다	살리라 살 것이로다.
멀위랑 드래랑 먹고	청산에 살 것이로다.
청산(青山)애 살어리랏다	머루랑 다래랑 먹고
얄리얄리 얄랑셩 얄라리 얄라	청산에 살 것이로다.
	얄리얄리 얄랑셩 얄라리 얄라

* "-리" 1) -리라. "영주(英主)△ 알퓌 내내 붓그리리"(英主之前曷勝其羞), "오늜나래 내내 웃브리(當今之日曷勝其哂)"(龍歌 16장) 2) "-리로다" : "-리로다. -ㄹ 것이로다." "내 큰 법을 즐기던댄 오로 맛디샤미 오라시리랏다"(법화경 2:232), "프른 묏부리옛 드리 만일 업더든 머리 셴 사르물 시름케 흐리랏다"(若無青嶂月愁殺白頭人)(중간본 두시언해 12:2)

우러라 우러라 새여	▶ 현대어 풀이
자고 니러 우러라 새여	울어라, 울어라 새야
널라와 시름한 나도	자고 일어나 울어라 새야
자고 니러 우니로라	너보다 걱정 많은 나도
얄리얄리 얄라셩 얄라리 얄라	자고 일어나 우는구나.
	얄리얄리 얄라셩 얄라리 얄라.

가던 새 가던 새 본다	▶ 현대어 풀이
믈아래 가던 새 본다	가던 새, 가던 새 보았느냐?
잉 무든 장글란 가지고	물 아래 가던 새 보았느냐?
믈 아래 가던 새 본다	이끼 묻은 쟁기를 가지고
얄리얄리 얄라셩 얄라리 얄라	물 아래 가던 새 보았느냐?
	얄리얄리 얄라셩 얄라리 얄라.

이링공 뎌링공 ㅎ야
나즈란 디내와손뎌
오리도 가리도 업슨
바므란 쏘 엇디호리라
얄리얄리 얄라셩 얄라리 얄라

▶ 현대어 풀이
이럭저럭 견디며
낮은 지내왔건만
올 이도 갈 이도 없는
밤은 또 어찌할 건가.
얄리얄리 얄라셩 얄라리 얄라

어듸라 더디던 돌코
누리라 마치던 돌코
믜리도 괴리도 업시
마자셔 우니노라
얄리얄리 얄라셩 얄라리 얄라

▶ 현대어 풀이
어디에 던지던 돌인가.
누구를 맞히던 돌인가.
미워할 이도, 사랑할 이도 없이
맞아서 우는구나.
얄리얄리 얄라셩 얄라리 얄라.

살어리 살어리랏다
바른래 살어리랏다
ᄂᆞᄆᆞ자기 구조개랑 먹고
바른래 살어리랏다
얄리얄리 얄라셩 얄라리 얄라

▶ 현대어 풀이
살리라 살 것이로다.
바다에 살 것이로다.
나문재 굴조개랑 먹고
바다에 살 것이로다.
얄리얄리 얄라셩 얄라리 얄라.

가다가 가다가 드로라
에졍지 가다가 드로라
사스미 짒대예 올아셔
히금(奚琴)을 혀거를 드로라
얄리얄리 얄라셩 얄라리 얄라

▶ 현대어 풀이
가다가, 가다가, 듣노라.
에졍지 가다가 듣노라.
(광대가) 녹자(鹿子) 장대에 올라서
해금 켜는 소리를 듣노라.
얄리얄리 얄라셩 얄라리 얄라.

가다니 비브른 도긔
설진 강수를 비조라
조롱곳 누로기미와 잡스와니
내 엇디ᄒ리잇고
얄리얄리 얄라셩 얄라리 얄라

▶현대어 풀이
가다가 (우리는) 배 불룩한 독에
가루 강술을 빚었노라.
조롱 꽃 누룩 지게미와 먹으니
난들 어찌할 것인가!
얄리얄리 얄라셩 얄라리 얄라

(『악장가사』 가사(歌詞) 상)

☙ 사슴이 짐대에 오른 사연

"사슴이 짐대 위에 올라서서 해금을 켠다는 것은 상상조차도 할 수 없는 일이다. 그러니 귓속에 해금소리가 들렸음은 곧 기적을 뜻한다. 따라서 제7연은 기적 없이는 살 수 없다는 작중화자의 절박한 심정을 강조한 것"으로[154] 보기도 하고, 이 일은 아예 불가능하니 '사스미'는 '사ᄅᆞ미'의 오각이라"[155] 하기도 한다. 이를 조롱이나 비난을 담은 상투적인 관용구, 부조리한 세상의 어수선한 세태라고[156] 진단하기도 했다.

그러나 '짐대'는 "길고 밋밋한 나무나 대, 즉 장대나 돛대(장檣·檣, 간竿)"를 뜻한다. 또 『한한청문감(韓漢淸文鑑)』 선부(船部) '녹이(鹿耳)'의 "돛대박이 나모(나무)", 즉 "돛대박이 나무에 올라가 해금을 켜는 소리를 듣노라."[157]라고 이해하고자 한다. "배의 돛대 위에다 묶어 움직이는 돛을 잡아주는 장치"를 '녹자(鹿子)'[158]라 했고, 『악부시집(樂府詩集)』에도 작은 나룻배가 긴 돛대에다 쇠로된 '녹자'를 달고 돛을 펄럭이는 모습[159]을 그렸으니 뒷받침 논거가 될 수 있겠다. 그러므로 '사스미 짐대'에서 '사스미'는 산대희(山臺戲) 등에서 솟대타기를 하는 재주꾼(광대)이 타고 오르는 돛대와 줄을 잡아주는 장치, 즉 '녹자(鹿子)'를 우리말로 푼 것으로 보인다.

"산대를 얽어 만든 것이 봉래산과 흡사하니,/과일 바치는 선인(仙人)이 바다 속으로 오겠구나./잡객의 북소리 징소리 땅을 온통 뒤흔들고/처용의 소맷자락 바람에 날리며 돌아가네./긴 장대 위의 사나이는 땅에서처럼 노닐고/하늘로 치솟는 폭죽은 번갯불처럼 빠르도다."[160]

"외딴 마을과 깊은 동리의 사람들도 오히려 용안을 바라보옵고 긴 행랑과 넓은 곁채까지 모두 노서(鷺序)의 장소를 이루었습니다. 비단 장막에 안개 자욱하고, 구름 속에 고운 휘장 우뚝한데, 장안 사람들은 장대에 기어오르는 놀이(尋橦)와 줄타기(走索)를 구경하고, 거리 가득 늘어서 북소리와 현악 소리를 듣습니다."[161]

이 자료는 동대문에서 대궐문 앞까지 펼쳐진 산대잡극, 산대희에서 행해진 장대타기를 묘사한 것이다.[162]

🐌 설진 강술의 의미 해석

<청산별곡> 8연에서 난해한 구절의 하나인 '설진'은 한자말 '설진(屑塵)'을 우리말로 표기한 것으로, 뒤에 이어지는 강술의 특징을 드러낸 말이다. '설진'은 "티끌, 가루, 잔 부스러기" 등을 말하는데, "오사(五沙)는 사토(沙土)로, 가늘게 부수어진 중등(中等)의 토양을 말한다. 이 흙은 좁쌀(粟) 알갱이(屑塵)를 곱게 빻은 것과 같은 입자를[163] 지녔다."라는 쓰임이 있어서 눈길을 끈다. "매화 꽃가루처럼 흩날리며 버들꽃 떨어지고, 운고(瓊膏)처럼 둥그스름한 옥가루(玉塵)가 가득하네."[164]나 "누가 내게 밀을 주기에/옥가루처럼 곱게 빻았네(玉屑塵細)/휘날리는 눈꽃도 같고/하늘이 처음 내리신 그 물(水)과도 같고."[165]에서도 '옥진(玉塵), 설진(屑塵)'은 꽃가루나 밀가루처럼 가늘고 고운 가루를 뜻하는 말로 쓰인다. 이에 <청산별곡> 8연의 '설진'은 "티끌, 가루, 잔 부스러기" 등을 말하는 한자말 '설진(屑塵)'으로 읽고자 한다.[166]

'강술'에서 '강'은 "다른 것을 섞지 않은, 오직 그것만으로 된, 물기가 적은"이란 의미를 지닌 접두사이고, '강술'은 '강회·강된장·강조밥'처럼 "물기를 없애거나 적게 하여 가루나 반죽 상태로 보관하다가 손쉽게 휴대하여 물에 타서 마시는 가루술"을 뜻하는데, 오메기술·이화주(진사가루술) 등이 비슷한 종류이다.

<청산별곡> 8연의 '강술'은 "물기가 적은, 섞지 않고 오직 그것만으로 된"이란

의미를 지닌 접두사 '강'과 '술'의 결합이다. 강술은 "물기를 없애거나 적게 하여 가루나 반죽 상태로 보관하다가 손쉽게 휴대하여 물에 타서 마시는 가루 술"을 뜻한다. 오메기술·이화주(진사가루술) 등이 강술과 비슷한 제조법을 가졌는데, 이화주는 배꽃이 필 무렵에 발효하여 빚는다 하여 붙여진 이름이고, 보관과 휴대가 편해 나무하러 갈 때나 한양에 과거보러 갈 때 가져갔다고 한다. 진사가루술이란 이름은 여기에서 유래하였다. 이화주를 빚는 법은 문헌에 자세히 전한다.

니화쥬법 : 복셩곳 필 째예 뿔 틔워 작말ᄒ야 누룩ᄒ여 소삽애 씌워 듯다가 녀롬의 빅미 빅셰 셰말ᄒ야 구무쩍ᄒ여 닉게 뿔마 쳐 식거든 뿔 ᄒ 말애 누룩 셔되 혹 두 되식 녀호디 ᄀ장 셔너 볼이나 노외여사 보드라오니라 셔 되곳 녀흐면 오래 이셔도 외지 아니ᄒ고 두 되 들면 오래 못 두ᄂ니라. 츤 무거리조차 녀 치ᄂ니라"[167](현대어 풀이 : "이화주법 복숭아꽃이 필 때 쌀을 튀겨 가루 내어 누룩을 만들어 서늘한 곳에 띄워두었다가 여름에 백미를 깨끗이 씻어 곱게 빻아 구멍떡을 만들어 삶아 익혀서 식힌 후에 쌀 한 말에 누룩 셔 되, 혹은 두 되씩 넣되 누룩은 체로 서너 번은 다시 쳐야만 부드러워진다. (누룩) 셔 되를 넣으면 오래 있어도 상하지 않고, 두 되를 넣으면 오래 못 둔다. 친 무거리(곡식 같은 것을 빻아서 가루를 내고 남은 찌꺼기)조차 넣어서 친다.")

🍃 〈청산별곡〉에 담긴 사연

〈청산별곡〉 8연을 풀면, "가다가 (우리는) 배 불룩한 독에 가루 강술을 빚었노라. 조롱 꽃 누룩 지게미/개미와 먹으니 내 어찌할 것인가!"가 된다. 시름·걱정이 많고, 외롭고 서러움에 사무쳐 청산과 바다를 지향하는 화자의 눈길과 관심을 끌어 순간에 위안을 주는 현실 속의 두 제재가 7연의 '짒대 위의 해금(奚琴)'과 8연의 '설진 강술'이다. 앞에서는 청산과 바다라는 상징적 공간을 설정해 두고서 "삶의 절망과 괴로움, 이상적인 공간에 대한 갈구"를 말하고 마지막 두 연에서는 "놀이와 술을 들어 그 괴로움을 해소하는 모습"을 그리고 있다. 청산과 바다를 꿈꾸던 화자가 긴 장대에 올라 해금을 연주하는 연희에 눈길을 빼앗기고, 배부른 독에 가득한 가루 강술을 사양하지 못함으로써 유토피아를 꿈꾸던 화자의 발걸음은 다시 현실에 머문다. 〈청산별곡〉은 이상을 꿈꾸면서도 현실에 머무르는 인간 삶의 양면, 인간의 보편적 정서를 구체적이고 실감나는 언어로 그려냈다.

◎ 〈만전춘별사(滿殿春別詞)〉

어름우희 댓닙자리 보아 님과 나와 어러주글만뎡

어름우희 댓닙자리 보아 님과 나와 어러주글만뎡

졍(情)둔 오늜밤 더듸 새오시라 더듸 새오시라

▸ 현대어 풀이   얼음 위에 댓잎 자리 깔고 임과 나와 얼어 죽을망정

얼음 위에 댓잎 자리 깔고 임과 나와 얼어 죽을망정

임과 함께 하는 오늘밤만은 더디 새시라 더디 새시라.

* "한겨울 두꺼운 얼음 위에, 댓잎을 깔고 추위에 움츠린 채로, 임과 함께 얼어 죽을지언정, 새벽 닭 우는 것이나 막아라.(十月層氷上 寒凝竹葉栖 與君寧凍死 遮莫五更鷄)"(金守溫, 述歌, 『拭疣集』; 『韓國文集叢刊』 9, p.112)
* "동지冬至ㅅ둘 밤 기댓말이 나눈니론 거줏말이/님오신 날이면 하눌조차 무이너겨/자눈둙 일씨와 울려 님 가시게 ᄒ난고"(『청구영언』, 『시조대전』 895)

경경(耿耿)* 고침상(孤枕上)애 어느 즈미 오리오

서창(西窓)을 여러ᄒ니 도화(桃花)] 발(發)ᄒ두다

도화(桃花)ᄂ 시름업시 소춘풍(笑春風)ᄒᄂ다 소춘풍(笑春風)ᄒᄂ다

▸ 현대어 풀이   외로운 잠자리, 걱정까지 많으니 어찌 잠이 오리오

서창(西窓)을 열어보니 복사꽃이 만발했네.

복사꽃은 걱정 없이 봄바람 즐기네, 봄바람 즐기네.

* 경경(耿耿)―"잣나무 배 둥실둥실 떠가는데, 말 못한 고민 있는 듯 밤새 잠 못 이루네. 술잔이나 기울이며 질펀히 노닐지 못한 일도 없는데(汎彼柏舟 亦汎其流 耿耿不寐 如有隱憂 微我無酒以敖以遊)"(『시경』 國風, 邶風 柏舟)

넉시라도 님을 한디 녀닛 경(景) 너기다니

넉시라도 님을 한디 녀닛 경(景) 너기다니

벼기더시니 뉘러시니잇가 뉘러시니잇가

▸ **현대어 풀이** 넋이라도 임과 함께 살아가겠다고

넋이라도 임과 함께 살아가겠다고

다짐하던 사람이 누구였습니까? 누구였습니까?

올하올하 아련* 비올하

여흘란 어듸 두고 소해 자라 온다

소콧 얼면 여흘도 됴ᄒ니 여흘도 됴ᄒ니

▸ **현대어 풀이** 오리야, 오리야 얼룩 비오리야.

여울은 어디 두고 소에 자러 왔느냐.

소가 얼면 여울도 좋으니 여울도 좋으니.

* 아련 : '연약한·아련한' 등으로 해석했지만, '아련'은 "비오리의 얼룩얼룩한 신체적 특징을 묘사한, 얼룩[鵝漣]"의 뜻으로 보인다.
* "원앙 수컷은 아내랑 함께 다니다가 다른 암컷을 보면 그냥 아무 때나 아내가 보는 앞에서 겁탈을 합니다. 원앙 사회에서는 수컷이 자기 아내는 지키면서 남의 아내는 겁탈을 하려고 합니다. 원앙만 그런 것이 아니라 오리 종류의 새들이 대부분 다 그렇습니다. 공원에 있는 오리들을 조금만 주의 깊게 살펴보면 흔히 볼 수 있는 광경입니다. 우리가 일부일처제를 하고 있다고 믿었던 많은 새들이 사실은 이를테면 바람을 피우고 있었다는 얘깁니다."[168]

남산(南山)에 자리 보와 옥산(玉山)을 벼여누어

금수산(錦繡山) 니블 안해 사향(麝香)각시를 아나 누어

남산(南山)에 자리 보와 옥산(玉山)을 벼여누어

금수산(錦繡山) 니블 안해 사향(麝香)각시를 아나 누어

약(藥)든 가슴을 맛초ᄋᆞᆸ사이다 맛초ᄋᆞᆸ사이다

▸ **현대어 풀이** 남산에 자리 깔고 고운임을 베고 누워

예쁘게 수놓은 이불 안에 향내 좋은 각시 안고 누워
남산에 자리 깔고 고운임을 베고 누워
예쁘게 수놓은 이불 안에 향내 좋은 각시 안고 누워
향기 배인 가슴을 맞추어봅시다, 맞추어봅시다.

아소 님하
원대평생(遠代平生)애 여힐술 모른옵새

▸ 현대어 풀이
아 임이시여,
앞으로 영원히 여읠 줄을 모르기를! .

(『악장가사(樂章歌詞)』속악가사 상)

<만전춘별사>에서 '남산(南山)'은 "개성의 중심부(동2리), 또는 바로 남쪽(남2리)에 실재하는 용수산·자남산을 지칭하는데, 울창하고 신비로워 사방의 좋은 기운이 모이는, 영원하고 무궁하고 안정되고 번성할 고려 도읍의 편안한 공간"이란 의미를 내포한다. 임과의 사랑이 영원하기를 바라는 마음을 담은 공간 설정이다.

"인간의 마음은 다만 맑은 물 같을 뿐, 어찌 저 산처럼 수명을 길기를 기대할 건가. 시름을 푸는 데엔 세 권 책이면 그만이고, 기운을 기르는 덴 도시락 하나면 충분하네. 그대가 늙지 않기를 바라는 뜻에서, 아침저녁 남산(南山)을 바라보며 빈다네."[169]

'옥산(玉山)'은 "풍류를 아는, 고매하고 수려한 '남성'의 신비하고 맑고 귀한 풍채를 산의 우뚝함에 비유하여 이른 말"이고, '금수산(錦繡山)'은 대동강의 오른쪽 기슭에 위치하는 수려한 산에서 비롯한 말로, "아름답고 화려한 이불, 즉 임과 사랑을 나눌만한 환상적 공간"이란 의미를 지니고 있다. '사향(麝香)각시'는 "몸에서 향수 내가 나는 여인"이라는 말로, 옥산의 상대가 되는 여성 주체를 지칭한다.

<만전춘별사> 5연에서 애정의 공간으로 남산을 설정한 것은 항상 임을 곁에다 두고 안정적이고 영원한 사랑을 나누고 싶은 마음 때문이고, 애정의 상대인 남성 화자를 옥산에 비유한 것은 임의 격조와 품위를 높이려는 마음 때문이다. 임과의

잠자리를 금수산에 비유한 것은 애절한 기다림에 상응하는 화려한 재회를 기대하는 심리의 반영이고, 자신을 사향각시라 한 것은 만남을 준비하는 설레는 마음을 강조하려는 설정이다. <만전춘별사>의 5연은 이별이라는 현재 상황에 반대되는 욕망을 제시하고 있다. 이상적이고 비현실적인 공간 설정이 아니라, 현실적이고 구체적인 공간 설정을 통해 임을 그리워하고, 임과 함께 애정을 나눌 그날을 기다리는 소박한 욕구를 표현하고 있다. 임과 함께 지내는 세월을 기대하는 있어야 할 현실을 제시함으로써, 임도 없이 혼자 지내야 하는 있는 현실을 스스로 위로하고 있는 작품이다.

◎ 〈고려 처용가(處容歌)〉

* 한모(韓某)가 늙은 중이 글을 모를 것이라고 생각하며 "중의 머리는 북쪽으로 뻗은 가죽망치 같도다." 하니, 중이 갑자기 눈을 떠서 "속인의 이는 남쪽이 빈 박 처용과 같다."라 대구하니 한모가 깜짝 놀랐다. 박은 민간에서 말하는 바가지요, 처용(處容)은 가면이라는 뜻이다.[170]

(前腔) 신라성대(新羅聖代) 소성대(昭聖代)*

천하대평(天下大平) 나후덕(羅侯德)* 처용(處容)아바

이시인생(以是人生)애 상불어(相不語)*ㅎ시란딕

이시인생(以是人生)애 상불어(相不語)ㅎ시란딕

(附葉) 삼재팔난(三災八難)*이 일시소멸(一時消滅)ㅎ샷다

(中葉) 어와 아븨 즈싀여 처용(處容)아븨 즈싀*여

(附葉) 만두삽화(滿頭揷花) 계우샤* 기울어신 머리예

(小葉) 아으 수명장원(壽命長願)*ㅎ샤 넙거신 니마해

(後腔) 산상(山象)이숫 깅어신 눈썹에

애인상견(愛人相見)ㅎ샤 오올어신* 누네

(附葉) 풍입영정(風入盈庭)*ㅎ샤 우글어신 귀예

(中葉) 홍도화(紅桃花)ᄀ티 붉거신 모야해

(附葉) 오향(五香) 마ᄐ샤 웅긔어신 고해

(小葉) 아으 천금(千金) 머그샤 어위어신 이베

(大葉) 백옥유리(白玉琉璃)ᄀ티 ᄒ|어신 닛바래

인찬복성(人讚福盛)ᄒ샤 미나거신 ᄐ개

칠보(七寶)* 계우샤 숙거신 엇게예

길경(吉慶)* 계우샤 늘의어신 ᄉ맷길헤

(附葉) 설믜* 모도와 유덕(有德)ᄒ신 가ᄉ매

(中葉) 복지구족(福智俱足)ᄒ샤 브르거신 비예

홍정(紅鞓) 계우샤 굽거신 허ᄐ|예

(附葉) 동락대평(同樂大平)ᄒ샤 길어신 허ᄐ|*예

(小葉) 아으 계면(界面) 도ᄅ샤 넙거신 바래

▶ 현대어 풀이   신라성대 태평 세상
　　　　　　　세상 평화 나후덕을 갖춘 처용 아비
　　　　　　　이로 인해 인생에 서로 말을 삼가도
　　　　　　　이로 인해 인생에 서로 말을 삼가도
　　　　　　　모든 재난 온갖 불행 일시 소멸하였도다.
　　　　　　　어와 아비 얼굴이여 처용아비 얼굴이여
　　　　　　　머리에 꽃 못 이기어 기울어진 머리에
　　　　　　　아으 수명 길기를 바라 넓으신 이마에
　　　　　　　멧돼지처럼 무성한 눈썹에
　　　　　　　애인 만난 것처럼 오롯한 눈에
　　　　　　　뜰에 음악 가득하여 쫑긋한 귀에
　　　　　　　홍도화(紅桃花)처럼 붉은 모양에
　　　　　　　오향(五香) 맡으시어 두드러진 코에
　　　　　　　아으 천금(千金) 먹어서 커다란 입에
　　　　　　　백옥 유리 같이 하얀 이빨에
　　　　　　　복 많다는 칭찬에 내밀은 턱에
　　　　　　　갖은 보석 무거워 숙여진 어깨에
　　　　　　　경사와 복에 겨워 늘어진 소매 길이에

지혜 많아 덕을 가지신 가슴에

지혜와 복 고루 갖춰 불러진 배에

붉은 가죽 띠 무거워 굽어진 허리에

태평함 즐기어 길어진 종아리에

아으 여러 곳 다니시어 넙적한 발에

* "소성대(昭聖代)" : (1) 밝게 다스려진 세상, 태평한 세상 (2) 당대(當代)의 미칭(美稱)

* 나후(羅侯, Rāhu)는 일식(日蝕)과 월식(月蝕)을 일으키는 악마. Rāhu는 불사(不死)의 영약인 아무타(amrta)를 마시고 있을 때 바이슈누(visnu)신에게 머리를 잘리었다. 그러나 아무타를 마신 머리는 불사가 되어 바이슈누에게 고자질한 해와 달을 원망하여 그것을 가려서 식(蝕)을 일으킨다고 한다. 이 식신(蝕神) 나후는 인도 점성술에서 인간의 길흉화복(吉凶禍福)을 결정한다고 인식했다.[171]

* "이시인생(以是人生)애 상불어(相不語)" : 이로부터 인생에, 사람이 세상에 사는 동안 '상불어(相不語)'는 악장가사에 '상(常)'으로 표기하였다. 서로(항상) 말을 삼가면

* "삼재팔난(三災八難)" (1) 삼재(三災)―① 수재(水災), 화재(火災), 풍재(風災) ② 도병재(刀兵災), 질병재(疾病災), 기근재(飢饉災) (2) 팔난(八難)―여덟 가지 재난, ① 배고픔(飢), 목마름(渴), 추위(寒), 더위(暑), 물(水), 불(火), 칼(刀), 전쟁(兵) ② 견불문법(見佛聞法)에 관한 여덟 가지 장난(障難), 곧 지옥, 축생, 아귀, 장수천(長壽天), 북주(北洲), 농맹음아(聾盲瘖啞), 세지변총(世智辯聰), 불전불후(佛前佛後)

* "만두삽화(滿頭挿花) 계우샤" : 머리 가득 꽃을 꽂아, '계우샤'는 "이기지 못하다."라는 뜻

* "수명장원(壽命長願)" : 목숨이 길기를 바라서(오래 살기를 원하여)

* "애인상견(愛人相見)ᄒᆞ샤 오올어신" : 애인을 만난 것처럼, '오올어신'은 "온전하게 하다, 오로지 하다." (1) "진(眞) 아롤 법(法)에 무슴 오올오면 곧 반ᄃᆞ기 진 아롤 기약(期約)이시며(專心悟眞之法ᄒᆞ면   則必有悟眞之期ᄒᆞ며"(『金剛經三家解』3:60) (2) "겨지븨 법(法)은 ᄒᆞᆫ 번 가면 가시디 아니ᄒᆞ야 정신(貞信)ᄒᆞᆫ 절개(節介)ㅣ롤   오올오ᄂᆞ니(婦人之義 一往而不改以全貞信之節)"(『삼강행실도』열:6)

『악학궤범』〈처용관복〉조를 원본으로
본떠 그린 처용

* 풍입영정(風入盈庭)―뜰 안에 가득한 음악(풍악) 소리 듣느라 우그러진 길에, <풍입송(風入松)>의 "仙樂盈庭皆應律 君臣共醉大平筵"에서 선악(仙樂)대신 풍입(風入)을 넣은 것이다.(김완진, 『향가와 고려가요』, 서울대학교출판부, 2000, pp.259~261).

* 칠보(七寶) : 일곱 가지 보배. 금·은·유리·파려(玻瓈)·차거(硨磲)·산호(珊瑚)·마노(瑪瑙)

* 길경(吉慶) : 『악학궤범』의 처용 복식에서 '천의(天衣)'는 뒤쪽을 'V'자로 만들어 어깨를 걸쳐 앞쪽에 두 가닥을 나란히 내려둔 끈이고, '길경(吉慶)'은 허리에 묶어 엉덩이 뒤쪽으로 나란히 늘어뜨린 끈을

말한다. 천의는 5인의 처용이 모두 같고, 길경은 동·서·북·중은 같은데 홍처용만 흑색이다.[172]

* 설믜 : 설미, 지혜, 눈썰미(目巧)
* 허틔 : 종아리, (1) 옥(玉) 곧흔 허튀더라(玉脚)(초간본 두시언해 9:1) (2) 허튀 비(腓)(훈몽자회 상 26)

(前腔) 누고 지서 셰니오 누고 지서 셰니오

바늘도 실도 어쎼 바늘도 실도 어쎼

(附葉) 처용(處容)아비롤 누고 지서 셰니오

(中葉) 마아만 마아만하니여

(附葉) 십이제국(十二諸國)이 모다 지서 셰온

(小葉) 아으 처용(處容)아비롤 마아만 마아만 ᄒ니여

(後腔) 머자 외야자 녹리(綠李)야

샐리나 내 신고홀 미야라

(附葉) 아니옷 미시면 나리어다 머즌 말

▶ 현대어 풀이   누가 만들어 세웠나? 누가 만들어 세웠나?
바늘도 실도 없이 바늘도 실도 없이
처용 아비를 누가 만들어 세웠던가?
두창(痘瘡)이 뽐내며 창궐하도다.
12제국이 함께 모여 지어 세운
아! 처용아비 앞에 두창이 뽐내며 창궐하도다.
버찌야 오얏아 푸른 오얏아
서둘러 나와 신 끈을 매거라
빨리 아니 매면 험한 말 나올 것이다.

(中葉) 동경(東京) 불군 ᄃ래

새도록 노니다가

(附葉) 드러 내 자리롤 보니

가르리 네히로셰라

(小葉) 아으 둘흔 내해어니와

둘흔 뉘해어니오

(大葉) 이런 저긔 처용(處容)아비옷 보시면

열병신(熱病神)이ᅀᅡ 회(膾)ㅅ가시*로다

천금(千金)을 주리여 처용(處容)아바

칠보(七寶)를 주리여 처용(處容)아바

(附葉) 천금(千金) 칠보(七寶)도 말오

열병신(熱病神)를 날 자바 주쇼셔

(中葉) 산(山)이여 미히여 천리외(千里外)예

(附葉) 처용(處容) 아비룰 어여려거져

(小葉) 아으 열병대신(熱病大神)의 발원(發願)이샷다

▶ 현대어 풀이   서울 밝은 달에
　　　　　　　밤새도록 노닐다가
　　　　　　　들어와 내 자리를 보니
　　　　　　　다리가 넷이로구나.
　　　　　　　아으 둘은 내 것인데
　　　　　　　둘은 뉘 것인고?
　　　　　　　이런 때에 처용 아비가 보시면
　　　　　　　열병신이야 횟감이로다.
　　　　　　　천금을 줄까요, 처용 아비여.
　　　　　　　만금을 줄까요, 처용 아비여.
　　　　　　　천금도 칠보도 마시오
　　　　　　　열병신(熱病神)을 날 잡아 주소서.
　　　　　　　산이나 들이나 천리 밖에
　　　　　　　처용 아비를 피하여 가고자
　　　　　　　아으 열병대신(熱病大神)의 바람이로다.

　　　　　　　　　　　　　　(『악학궤범(樂學軌範)』권5, 학연화대처용무합설)

* 회(膾)ㅅ가시 : 갓(物), 감. "풍륫 가ᄉ로 장엄(莊嚴)ᄒᆞ얫거든"(월인석보 8:8)

▶ 관련설화   신라 헌강왕이 학성(鶴城)에서 놀다가 개운포(開雲浦)까지 돌아왔을 때 홀연 어떤 사

람 한 명이 기괴한 형용에 이상한 옷을
입고 왕의 앞으로 와서 노래와 춤으로
왕의 덕을 찬양한 후 왕을 따라 서울로
들어왔다. 스스로를 '처용'이라 부르며
달 밝은 밤마다 저자에서 노래하고 춤추
더니 홀연 간 곳을 몰라 당시 사람들이
신인(神人)이라 생각했다. 뒷사람들이 그
를 이상히 여겨 이 노래를 지었다. 이제
현은 다음과 같은 시를 지었다.

개운포(울산광역시 남구 성암동)

"신라 옛적 처용노인, 저 바다 속에서
왔다네.
  자개 이빨 붉은 입술로 달밤에 노래 부르고
  솔개 어깨 자줏빛 소매 봄바람에 나부끼며 춤을 추었네."

(『고려사』 권71, 악지)

🐚 처용, 문을 지키는 신으로 격상하여 귀신을 쫓다

<처용가> 관련 서사 전체를 보면, 역신(疫神)이 처용 아내의 아름다움에 매료되
어 그녀를 침범하려 하였음에도 처용이 노하는 기색을 보이지 않으니 역신이 감동
하여 앞으로는 처용을 형상한 그림만 보아도 그 문에는 절대 들어가지 않겠다고 약
속했다. 이후에 처용은 문신(門神)의 권위를 인정받아 액운을 물리치는 존재로 거듭
났다.

"신라의 지난 일들 구름처럼 아득한데, 신물(神物)은 한번 가고 돌아올 줄 모르네.
신라 때부터 지금에 이르기까지, 다투어 색칠하여 그 모습 그렸네. 요사스런 귀신
물리쳐 병고(病苦)를 막으려고, 해마다 설날이면 드나드는 문 위에 붙여둔다네."는[173]
성현(成俔, 1439~1504)이 1483년에 쓴 시이다. 이 기록에 따르면 '처용랑 망해사' 조의
설명처럼 신라 헌강왕 이후 조선조까지 질병을 예방할 목적으로 처용의 화상을 그
려 문 앞에 붙이는 풍속이 줄곧 유지되었음을 짐작하게 해 준다.

다음 자료가 문신(門神)의 유래를 짐작케 한다.

전염병의 신에 대해서는 옛날부터 전해지는 말이 있다. 즉 도읍지니 군읍에 여단(厲壇)을 세워 제를 지내고, 역사책에도 나례(儺禮)가 보이니 상고하지 않아도 쉽게 알 수 있다. 『유서(類書)』에 이르기를,

"황제 시대에 두 형제가 있었는데 형의 이름은 신도(神荼), 아우의 이름은 울루(鬱壘)인데, 악귀를 잘 죽였다. 뒤에 어떤 이가 동해의 도삭산(度朔山)에 갔다가 큰 복숭아나무가 주위 3천리를 둘러싼 곳 아래에 두 신이 함께 새끼를 들고 상서롭지 못한 악귀를 묶는 것을 보았다 한다."하였으니, 바로 이들을 말한다. 세속에서 제석(除夕, 음력 섣달 그믐날)이 되면 복숭아나무에 부적을 그려 문 위에 나란히 걸면서 이들을 '문신(門神)'이라 했다. 이는 나쁜 전염병을 방어하는 의미이다.[174]

"익(翼)이 측간에 가서 방상(方相)으로 보이는 어떤 존재를 본 후에 급작스럽게 악성 창질(瘡疾)이 물러갔다."[175]

위의 자료는 악귀와 나쁜 전염병을 잘 물리치는 신도(神荼)와 울루(鬱壘), 방상(方相)를 소개하고 있는데, 이들의 역할은 처용과 공교롭게도 잘 들어맞는다. 신도와 울루는 "푸른 바다 한가운데에 있는 도삭산(度朔山) 귀신소굴에 산다. 산꼭대기에는 3천리나 구비 진 넓은 복숭아나무 숲이 있는데, 그 동북 방향 가지 사이로 귀신들이 드나들었다. 이 문 위에는 신도와 울루가 있어서 여러 귀신들을 검열하고 통제했는데, 혹 해악을 끼치는 귀신이 있으면 갈대 끈으로 묶어 호랑이에게 잡혀먹게 했다고 한다."[176] 이에 신도와 울루는 귀신을 잡는 역할을 맡았다. 방상은 이후 주(周)나라 때 질병을 쫓는 임무를 맡던 6관 가운데 하나인 하관(夏官)의 벼슬아치 '방상씨(方相氏)'로 남았다. 방상씨는 "곰 가죽을 뒤집어쓰고 황금빛 네 눈에 검은 윗옷과 붉은 치마를 입고 창을 쥐고 방패를 쳐들고서 수백의 아랫것들을 거느리고 어려움이 생길 때면 온 집안을 뒤져 역귀를 몰아낸다."[177] 하여 역귀를 쫓아내는 가면무가 되었다.

"진자(侲子)들 골목에서 시끌벅적하고/서울사람들은 밤놀이를 즐기네./문간에는 울루라는 글자 붙이고/창문에는 처용의 형상이 붙었구나./두창(痘瘡) 귀신은 이제 쫓겨 갈 것이나,/시마(詩魔)는 쫓겨 가다 돌아왔구나./재주는 아직 남아 있으나/시구를 찾아도 모든 근심 써낼 순 없구나."[178]

"연말의 나례에서,/여러 역귀들을 몰아낼 때,/방상씨(方相氏)는 도끼 들고/무격(巫覡)은 액운 쫓는 빗자루 들었네./여러 명의 진자(侲子)들은/붉은 머리에다 검은 옷을 입고/복숭아나무 활에 가시나무 화살로,/과녁도 없이 마구 쏘고/비 오는 듯 돌팔매질 하여,/고질적인 질병들을 쓰러뜨렸네."[179]

이 자료에서도 처용은 신도(神荼)와 울루(鬱壘), 방상(方相)와 같이 악귀를 몰아내는 존재로 자리 잡고 있다. "상원일의 전야에 가시(街市)의 아동들이 무리로 대오(隊伍)를 이루어 다투어 제웅[草人]을 두드리는 것을 이름 하여 '처용희(處容戲)'라고 하는데, 일이 불경(不經)스럽기는 하지만, 또 한 하나의 성대한 일인 것이다. 고장 사람들이 나례를 행할 때에는 성인(聖人)도 오히려 경건한 마음가짐을 지녔었다."에서도[180] 역귀를 쫓는 나례에 처용이 등장한다.

그 결과 고려 <처용가>는 사뭇 조심스럽고 삼가는 태도로 역신이 물러가기를 바라던 신라 <처용가>와 달리 역신을 잡고 악귀와 질병 귀신을 몰아내는 나례에 걸맞게 공격적 성향을 보인다. 고려 <처용가>에서 신라 <처용가>의 7·8구 "본디 내 것이지만/빼앗긴 걸 어찌 하리오"만을 삭제된 것은 <처용가>의 성격 변화를 반영하고 있다. 처용은 악귀와 질병을 물리치는데 도움이 된다고 여겨 동원하던 온갖 신인(神人)이나 동물그림들처럼 문신(門神)으로 기능하다가 귀신을 쫓는 가면의 성격까지 덧보태지면서 벽사(辟邪)의 기능과 공격적 성향이 강해진 것으로 보인다.

고려 <처용가>는 처용 신인(神人)을 청하여(請神), 처용의 위용(威容)과 치장을 머리부터 발끝까지 세밀하고 화려하게 찬찬히 묘사하고,(讚神) 서서히 처용과 열병신의 대립 상황과 위압적 상황을 제시하면서 역신을 구축하는(驅逐) 서술 구조를 취하고 있다.[181] 작품의 구절구절 또한 위압적 자세를 견지하며 공격 자세를 취하고 있다. 처용은 아무런 말없이 있어도 삼재팔난(三災八難)이 일시소멸(一時消滅)할 위용을 지녔고, 머리부터 발끝까지 모든 기관이 열병신을 위압하는 데 집중하고 있다. "오향(五香) 마투샤 웅긔어신 고해"나 "산상(山象)이슷 깅어신 눈썹에", "넙거신 바래"는 처용의 인상을 강하게 하는 요소이다. '산상'은 주로 "우거진 산의 모습"이라고 풀이해 왔지만, "송나라 때 인도로 고행을 떠나던 스님들이 길에서 산상 무리를 만나 위협을 받자 독경을 외니 사자가 나타나 산상을 쫓았다"는 일화,[182] "수많은 산상이 나타나 농작물에 해를 입히자 병사 2만을 출동시켜 몰아냈다"는 기록[183] 등을 보면, '산상'은 농작물에 심한 피해를 입혀 군사까지 동원해서 물리쳐야 할 만큼 집단으로 서식하고, 사람에게 생명의 위협을 줄 만큼 공격성이 강한 어떤 동물을 지칭하는 것임에 분명하다.

다음으로 "아으 계면(界面) 도ᄅᆞ샤 넙거신 바래"에서 '계면'은 악조 계면조라기보다는 열두 굿거리에서 '무(巫)의 당골구역'을 지칭한다는[184] 이론에 동의한다. "풍류를 갓추어 가지고 어신전대(娛神錢袋)를 둘너 메고/경상도 칠십일 조(曹) 가중(家中)마다 계면돌고/전라도 오십삼 관(官) 가중마다 계면돌고/충청도 오십삼 관 가중마다 계면돌고/강원도 이십삼 관 골골이 계면돌고"(烏山十二祭次, <계면굿>)에[185] "계면돌다"라는 말이 있으니, "무당이 관할하는 신도들의 거주 구역을 돌아다니며 굿을 해 주고 포곡을 걷는 행위"라는[186] 설명은 매우 합리적이다. 다만, 이를 처용의 정체와 연결지어 '처용=무당'이라는 등식을 위한 논거로 삼을지, 아니면 "넙거신 니마, 깅어신 눈섭, 우글어신 귀, 어위어신 입, 브르거신 비"처럼 처용의 위용을 강조하기 위해 동원한 관용 표현 정도로 이해할지는 숙고를 요하는 부분이다. 앞에서 처용은 열병신을 제압할 만큼 크고 험상궂고 위협적 인상으로 그려지고 있으니, "넙거신 발"은 처용이 단번에 역신을 물리칠 만큼 안정된 자세를 가졌음을 강조하는 말임에 분명하다.

☞ "처용(處容)아비를 마아만 마아만 ᄒᆞ니여"

12제국이 함께 모여 처용 아비를 지어 세웠다고 했는데, 십이제국(十二諸國)이란 춘추시대 12강국인 노위진정조채연제진송초진(魯衛晉鄭曹蔡燕齊陳宋楚秦)이다. 처용 아비를 "바늘도 실도 어삐 바늘도 실도 어삐"에서 바늘과 실도 없이 만들었다 했으니 처용은 천의무봉(天衣無縫)의 신성성을 가진 신적 존재로 일컬어지고 있다.[187] 이에 뒤 구절 "마아만 마아만 하니여"를 흔히 "다수인을 과장적으로 언표한 것"(양주동)이라 했고, 여럿이 이 풀이를 지지했다. 나아가 "위대한, 신성한, 어마어마한, 존엄한"(지헌영), 또는 "어마어마한(훌륭한) 사람"(최철)이라고 해석한 경우도 있다. 이 단어 풀이의 근거를 찾기가 쉽지 않다는 반증이다.

불교용어 '마하(摩訶, maha)'는 "크다(大), 많다(多), 낫다(勝)"를 뜻한다. 또 'maha'는 "great", 'mâana'는 "building, dwelling"[188]이다. 그래서 이 대목을 "많고 많은, 위대하고 경외(敬畏)하는 이여"로 풀이하는 경우가 많았다. 이를 '마아(亇兒)', 즉 "사람 형상의 우상"으로 보고 "처용 아비의 형상을 허수아비로 여기는가?"[189]로 읽은 것은 <고려 처용가>의 원문 표기 '마아'를 두고 뜻풀이를 시도했다는 점에서 의미가 있고, "마아만ᄒ다"를 "얕잡아보다, 업신여기다, 홀홀(忽忽)하다, 만만(嫚嫚)ᄒ다, 만홀(嫚忽)ᄒ다"로 해석하고 "삼재팔란을 소멸시킨 덕과 위용을 갖추고, 열두 나라가 모여서 세운 처용아비를 열병신 네 따위가 감히 얕잡아보았더냐?"라고 한다면 위협의 말로 본 견해는[190] '-ㄴ+이-이여'의 서술부까지 함께 풀이하여 성과를 이루었다.

한편, 불교 용어인 "maha(大), magha(보시), maghā(七星)"를 근거로 '마하(麻阿)'는 "성격이 험하고 독하여 어린이가 울 때마다 온다고 했던 데서 유래한 말", '마호(麻胡)'에서 유래했고, 불교 용어에서 비슷한 용어로 'máhú, máhǔz', 즉 "곰보에 수염투성이 얼굴, 도깨비 귀신"이라는 견해가[191] 눈길을 끈다. 고려 <처용가> 구절을 보면 '마아만/마아만'이 하나의 의미 덩이를 이루고 있다. '마하만다라화(摩訶曼荼羅華)'(법화경·아미타경)가 있는데, 이는 하늘에서 핀다는 영묘한 꽃, 즉 천화(天華, 天花)를 말한다. 마침 '두창'을 "갑자기 고열이 나고 온몸에 붉은 반점이 생긴다 하여 천화(天花), 마자(麻子)라고도 하였으니 고려 <처용가>의 '마아만'은 열병의 일종인 두창을 칭할 수 있겠다.

열병은 외감열성병(外感熱性病)인 상한(傷寒)의 일종으로, 몸 안에 잠복하고 있던 사기(邪氣)가 여름에 발동하여 생기는 질병인데, 상한에는 중풍(中風)·상한(傷寒)·습온(濕溫)·열병(熱病)·온병(瘟病) 등 5가지가 있는데 아픈 곳이 각각 다르다.[192] 여기서 잠복해 있다가 발병하는 것을 열병이라 하고 갑자기 나쁜 기운이 일어 병이 되는 것을 서병(暑病)이라 한다.[193]

열병은 대체로 상한과 비슷하다. 겨울철에 추위에 상한 것이 봄에 가서 생기는 것을 온병(溫病)이라 하고, 여름에 생기는 병을 서병(暑病)이라 한다. 서병 때는 열이 온병 때보다 심하고 간(肝) 열병은 소변이 벌거누르스름하고 복통이 나며 흔히 누워 있으며 신열(身熱)이 난다. 열이 심하면 미친 소리를 하며 잘 놀라고 양 옆구리가 그득하면서 아프고 손발이 달아오르며 답답해서 가만히 누워있지 못한다. 열병 7~8일에 맥이 조급하지도 않고 빠르지도 않으면 3일 안에 반드시 땀이 나고, 만일 땀이 나지 않으면 치료하기 어렵다. 열병 7~8일이 되어 맥이 약간 미세하면 살고, 맥이 이어지면서 혀가 타서 까맣게 되면 위험하다.[194]

열병은 두통, 미친 소리, 번갈(煩渴), 숨이 참, 발광, 코피, 딸꾹질, 입이 마름, 입안이 험, 토혈, 발반(發斑), 열독창(熱毒瘡), 포창(疱瘡), 황달(黃疸), 대소변불통, 농혈하리(膿血下痢) 등[195] 여러 가지 병증을 보이므로 지칭 범위가 두창보다 훨씬 넓다. 물집이 잡히고 고름이 날 때 그 색깔이나 모양까지 동일하다. 거기다 "예전에 두창(痘瘡)이란 이름이 없을 때는 그냥 열병이라 불렀다."[196] 하였으니, 열병이 두창보다 좀 더 넓은 지칭 범위를 가지지만 '열병'과 '두창'을 동일시한 경우가 많았음을 볼 수 있다.

이에 필자는 이 구절을 '마(麻)+ø+아만(我慢)+ᄒ(爲)+니여'의 결합으로 보고자 한다. 여기서 '마(麻, 痲)'는 '마자(痲子), 마두(痲豆)'로 쓰여 천화(天花, 天華)나 수두(水痘) 자국을 뜻하고, 『유식론(唯識論)』 4에서 "아만이란 거오(倨傲)한 아집(我執)으로 마음을 뽐내는 것을 말한다. 집착하는 바의 아(我)를 믿어서 마음을 오만하게 가지는 것"[197]이라 하였고, 『법화경』 방편품에는 "아만하여 자기를 높다고 자랑하고 첨곡(諂曲)하면 마음이 부실하다."[198]고 하였으니 '아만(我慢, Asmimāna)'은 "자아를 믿고 스스로 높다 하여 남에게 거만한 것"을 말한다. 'ᄒ'는 'ᄒ다(爲)'의 어간으로, "어느 ᄃ리로 네 方便으로 나를 외오 ᄒ다가 ᄧ굴 삼게 ᄒ가뇨(爲匹敵)"와[199] 같은 쓰임을 가지고, "말쏨물 술ᄫ리 하디(獻言雖衆)", "고지 하거니라(花多)", "한 父母ㅣ 나(祖父母)"[200]의 'ᄒ다(衆, 多, 祖)'와 구분하는 것이 일반적이다. 여기에 '-니여'는 "무르샤디 진실로 그러ᄒ니여(석부-중 11:32)"와 같은 역할의 감탄형어미이다.

'처용아비를'에서 '를'은 목적격이지만 선후 문맥 속에서 "아비를 주어지이다"(삼강행실도 효30)에서처럼 여격 '-에게'라는 의미를 담은 것으로 볼 수 있겠다. 처용과 열병신의 대립 관계를 서서히 부각시키는 대목에서 대단한 위용을 자랑하는 처용 앞에 겁도 없이 나타난 열병신에게 겁을 주는 대목이다. 이에 이 대목을 "처용 아비를 누가 지어 세웠던가!/두창이 오만하게 덤벼드는구나./12제국이 함께 모여 지어 세운/아! 처용아비를(에게), 두창이 오만하게 덤벼드는구나."로 풀이할 수 있겠다. 즉, 역귀를 몰아내는 신인(神人)이라고 12제국이 함께 모여 세운 '처용 아비'를 몰라 보고, 단번에 잡혀 먹힐 먹잇감밖에 안 되는 열병신이 제 자신의 힘을 뽐내며 덤비 니 가소롭기 짝이 없다는 뜻을 담고 있다.

다음 구절에 또 다른 난해 구절 "머자 외야자 녹리(綠李)야/샐리나 내 신고홀 미 야라"이 있다. "버찌 오얏아 푸른 오얏을 부르면서 '빨리 나와 내 신의 코를 매라' 하니 아무래도 자연스럽지 않다. 버찌 오얏 등을 사람의 이름을 비유한 것으로 보 아, 동기(童妓) 혹은 연희와 관련된 기생을 비유적으로 표현한 것"으로 추정하면서, 어떤 구체적 인물이라기보다는 자신의 출정을 알리고 선포하는 것으로 보는 해석 도[201] 있고, "과실 이름이 아니라 사람의 이름, 즉 처용과 술 마시며 한 자리에서 놀던 여인들"[202]이라고도 했다. 또 이를 "열병, 즉 마마병을 앓을 때 얼굴 등에 반 점이 나타나는 것을 꽃이 핀다고 하는데 이것을 의미하는 것이 아닐까 생각되며, 신코를 맨다는 것은 헐은 곳 즉 상처를 아물게 한다는 말"로[203] 이해하기도 한다.

"강남(江南) 박씨 비더다가 조선쌍에 심거서/별성마마(別星媽媽) 나오시면 정화수(精華 水)나 밧치겟소/이십사강(二十四江) 다닥처 뭇헤 나리서서/앵도(櫻桃) 밧헤 드시면은 보 람 삼일 바드시고/콩(大豆)밧헤 드시면은 관롱 삼일 바드시고/록도(綠豆)밧헤 들으시면 놀은 진 바드시고/팟밧(小豆)헤 드시면은 검은 다지 바드시고/메물(蕎麥)밧헤 드시면은 제낫게 바드시고/속새(木賊)밧헤 드시면은 세오쟁이 바드시고/싸리(萩)밧헤 드시면은 말 가음 바드시고/요동 칠백 리를 눈결에 지내시고"(<호구로정긔胡鬼路程記>)[204]

여기서 별성마마(別星媽媽)라 했는데, '강남호구별성사령기(江南戶口別星司令旗)', 혹은 '別星'은 두창을 이름이다. 여기서 "앵도(櫻桃) 밧헤 드시면은 보람 삼일 바드시고"라고 했는데, 이는 두창에 걸려 붉은 색의 발진이 생기는 것을 비유적으로 표현한 것이다. '관롱(瘝膿, 貫膿)'은 커다란 콩 모양의 물집을 말하고, '검은 다지'는 갈수록 액의 색깔이 검게 변해가는 것을 말한다. 두창에 걸리면, "발열 3일이요, 출두(出痘)가 3일이요, 부어오름(起腫) 3일이요, 관롱 3일이요, 수엽(收靨) 3일이요, 출두에서 수엽에 이르기까지 평안을 보장할 수 있기까지는 12일이 걸린다."[205] 하였다. 두창은 심한 오한과 38.9~40.5℃ 정도의 고열을 동반한 발진(發疹, eruption)이 나타나는 전구기(前驅期), 홍색의 구진(丘疹)·물집이 나타나는 발두기(發痘期), 물집이 혼탁해지고 고름이 터지는 농포기(膿疱期)를 지나, 건조기(乾燥期)에 이르면 발진들이 탈수(脫水)되어 3주말 정도면 부스럼 딱지(痂皮, crust)가 떨어지기 시작한다.[206] 이때 두창의 형색으로 선악과 위중함을 분별하기도 하는데, 이때 홍황록(紅黃綠)·담홍(淡紅)·선홍(鮮紅)·자색·검정 등의[207] 색을 언급한다. 고려 <처용가>에서 난데없이 "버찌(머자) 오얏(외야자) 녹색 오얏(녹리綠李야)"를 부른 것은 두창의 진행 단계에 따른 특징적인 색깔을 말한 것으로 보인다.

> "의혹입문의 굴오디 더데 진는 사ᄒᆞᆯ래 믈이 쇠고 더데 지어 마치 과실 니그면 곡지 ᄠᅥ러디ᄃᆞᆺ ᄒᆞ야 긔운이 갇고 혈긔 평화ᄒᆞ야 빗치 비로소 가나(다) 우후로브터 ᄂᆞ려 굳고 프른 밀 빗 ᄀᆞᄐᆞ며 혹 누러 거머 ᄒᆞ며 혹 ᄌᆞ디 빗 보도 ᄀᆞᄐᆞ면 됴ᄒᆞ니라"[208](현대어풀이 : 의학입문에 일렀으되, 딱지 생기는 사흘에 물이 더 안 나오고 딱지가 생겨 마치 과일이 익으면, 꼭지 떨어지듯 하여 기운을 거두고 혈기 평화롭고 빛이 비로소 되돌아간다. 위로부터 내려 누르면 굳고 푸른 밀랍 빛 같으며 혹은 누렇고 검으며 혹은 자줏빛 포도 같으면 좋다.)

위의 예문에서도 두창에 발진·물집이 생겼다가 딱지로 떨어지는 것을 과일이 익어 꼭지 떨어지는 것에 비유하고 있어서 그 가능성을 높여준다. 이들을 향해, 빨리 "신고홀 미야라"했는데, '신 코'(履絇)는 "신 ᄲᅮ리예 고 ᄃᆞ라 긴 ᄢᅦ여 미ᄂᆞᆫ 거시라"(소학언해 3:22)에서처럼 신발이 벗겨지지 않도록 매는 끈이다. 열병신에게 빨리 너를 잡으러 다니는 처용을 피하라는 충고이자 위협이다.

요컨대, 고려 <처용가>는 벽사(辟邪)의 노래이다. 곧 처용으로써 위협하여 열병신을 축출하고자 하는 주술적 노래이다. <처용가> 노랫말에서 열병신이 처용을 피해 도망가고자 하는 모습은 두 군데 나타난다. '머자 외야자 녹리야 쌜리 나 내 신고홀 미야라' 하는 부분과 '山이여 미히여 천리외(千里外)예 처용(處容) 아비룰 어여 려거져'가 바로 그것이다. 앞의 것은 도망갈 채비를 하는 열병신의 모습을 나타낸 것이고 뒤의 것은 처용을 피해 멀리 도망가고 싶다는 열병신의 발원을 나타낸 것이다.[209]

◎ 〈어부가(漁父歌)〉

> 셜빈어옹(雪鬢漁翁)이 듀포간(住浦間)ᄒ야셔 ᄌ언거슈(自言居水)ᅵ 승거산(勝居山)이라 ᄒᄂ다
> 빈떠라 빈떠라 조됴(早潮)ᅵ ᄌ락(纔落)거를 만됴(晚潮)ᅵ 릭(來)ᄒᄂ다
> 지곡총 지곡총 어ᄉ와 어ᄉ와 일간명월(一竿明月)이 역군은(亦君恩)이샷다

▸ 현대어 풀이　귀밑털 하얀 어부 물가에 살면서 산속보다 물가에 살기 좋다 하는구나.
　　　　　　　 배 떠라, 배 떠라. 아침 조수(潮水) 나가자 저녁 조수 밀려온다.
　　　　　　　 찌그덕 찌그덕, 어기여차, 어기여차. 달밤에 낚시함도 임금님 은혜로다.

> 청고엽상(青菰葉上)*애 량풍(涼風)이 긔(起)커늘 홍료화변(紅蓼花邊)에 빅로(白鷺)ᅵ 한(閒)ᄒᄂ다
> 닫드러라 동뎡호리(洞庭湖裏)예 가귀풍(駕歸風)호리라
> 지곡총 지곡총 어ᄉ와 어ᄉ와 일싱종젹(一生蹤跡)이 지창랑(在滄浪)ᄒ두다

▸ 현대어 풀이　줄 풀(菰) 위에 시원한 바람 이니, 여뀌 핀 물가에 백로가 한가롭다.
　　　　　　　 닻 들어라 동정호 속으로 바람 타고 돌아가리.
　　　　　　　 찌그덕 찌그덕, 어기여차, 어기여차. 한 평생 발자취가 푸른 물 위에 있도다.

* 청고엽상(青菰葉上) : 고(菰)는 벼과에 속하는 다년생의 물풀로, 열매가 쌀과 비슷하여 조호미(雕胡米)라고도 한다. 잎은 자리·도롱이·차양·자리를 만드는 데 쓰고 열매와 어린 싹은 식용한다.

진일범쥬연리거(盡日泛舟烟裏去)ᄒ고 유시요도(有時搖棹)ᄒ야 월듕환(月中還)ᄒ놋다
이어라 이어라 아심슈쳐ᄌ망긔(我心隨處自忘機)호라
지곡총 지곡총 어ᄉ와 어ᄉ와 일강풍월(一江風月)이 딘어션(趂漁船)ᄒ두다

▶ **현대어 풀이** 종일토록 안개 속에서 배를 띄우다가, 가끔씩 노를 저어 달빛 싣고 돌아온다.
저어라, 저어라. 내 마음은 가는 곳마다 번거로움 잊노라.
찌그덕 찌그덕, 어기여차, 어기여차. 강위의 바람과 달이 고깃배를 따르는구나.

만ᄉ(萬事)를 무심일됴간(無心一釣竿)ᄒ요니 삼공(三公)으로도 블환ᄎ강산(不換此江山)라
돈ᄃ라라 돈ᄃ라라 범급(帆急)ᄒ니 젼산(前山)이 홀후산(忽後山)이로다
지곡총 지곡총 어ᄉ와 어ᄉ와 싱릭(生來)예 일가(一舸)로 딘슈신(趂隨身)호라

▶ **현대어 풀이** 번거로운 일 모두 잊고 낚싯대 기울이니, 정승자리로도 이 기쁨 바꿀 수 없다네.
돛 달아라, 돛 달아라. 돛단배 빠르니 앞산이 금세 뒷산이 되네.
찌그덕 찌그덕, 어기여차, 어기여차. 나면서부터 이 배 한척 나를 따르도다.

동풍셔일(東風西日)에 초강심(楚江深)ᄒ니 일편틱긔(一片苔磯)오 만류음(萬柳陰)이로다
이퍼라 이퍼라* 녹평신셰(綠萍身世)오 빅구심(白鷗心)이로다
지곡총 지곡총 어ᄉ와 어ᄉ와 격안어촌(隔岸漁村)이 량삼가(兩三家)ㅣ로다

▶ **현대어 풀이** 봄바람 해질 녘에 초강(楚江)은 깊은데, 물가엔 이끼 끼고 버들이 그늘졌네.
읊조려라, 읊조려라. 부평초 같은 인생이요, 갈매기 마음이라.
찌그덕 찌그덕, 어기여차, 어기여차. 강 건너 어촌엔 두 세집만 덩그렇다.

* "이퍼라 이퍼라" : 잎다. 읊어라. "긼 가온ᄃᆡ 이퍼 보라 라귀롤 갓ᄀᆞ로 ᄐᆞ니라(途中에 吟望倒騎
驢ᄒ니라)"(남명, 하:11), "아비 와 그를 이푸ᄃᆡ … 다 입고 믄득 몯 보니라(其父來詠詩云 … 詠
訖遂不見)"(삼강, 효:32)

일쳑로어(一尺鱸魚)를 신됴득(新釣得)ᄒ야 호ᄋ취화뎍화간(呼兒吹火荻花間)호라

비셰여라 비셰여라 야박진호(夜泊秦淮)*ᄒ야 근쥬가(近酒家)호라

지곡총 지곡총 어ᄉ와 어ᄉ와 일표(一瓢)애 댱취(長醉)ᄒ야 임가빙(任家貧)호라

▶현대어 풀이　큰 농어 다시 낚아, 갈대에 불 붙이라 하노라.

　　　　　　　배 세워라, 배 세워라. 저물어 진회(秦淮) 강가에 배를 대니 술집이 곧 근처
　　　　　　　로다.

　　　　　　　찌그덕 찌그덕, 어기여차, 어기여차. 술 한 잔에 많이 취해 가난함도 다 잊
　　　　　　　는다.

* "야박진호(夜泊秦淮)" : 진호는 '진회(秦淮)'이다. 강소성(江蘇省) 남쪽에 있는 강이다. 남경(南京)
을 지나 장강(長江)으로 흐른다. 진시황이 남쪽 지방을 순회할 때 왕기(王氣)를 없애려고 뚫었
다 한다. 이 부분은 당나라 시인 두목(杜牧)의 "연롱한수월롱사(烟籠寒水月籠沙) 야박진회근주
가(夜泊秦淮近酒家)"를 인용하였다.

락범강구(落帆江口)에 월황혼(月黃昏)커늘 쇼뎜(小店)애 무등욕폐문(無燈欲閉門)이로다

돗디여라 돗디여라 류됴(柳條)애 쳔득금린귀(穿得錦鱗歸)로다

지곡총 지곡총 어ᄉ와 어ᄉ와 야됴류향월듕간(夜潮留向月中看)호리라

▶현대어 풀이　강 입구에서 돛 내리니 달빛 저물어 가는데, 작은 주막 불을 끄고 문 닫으
　　　　　　　려 한다.

　　　　　　　돛 내려라, 돛 내려라. 버들가지에 쏘가리 안주 꿰어 돌아온다.

　　　　　　　찌그덕 찌그덕, 어기여차, 어기여차. 밤물에 머무르며 달을 바라보리라.

야경슈한어불식(夜靜水寒魚不食)이어늘 만션공지월명귀(滿船空載月明歸)ᄒ노라

비미여라 비미여라 됴파귀래(釣罷歸來)네 계단봉(繫短蓬)호리라

지곡총지곡총 어ᄉ와 어ᄉ와 계쥬유유거년흔(繫舟唯有去年痕)이로다

▶현대어 풀이　고요한 밤, 물은 차고 고기 물지 않으니, 공연히 달빛만 배에 가득 싣고 온다.

　　　　　　　배 매어라, 배 매어라. 고기잡이 마치고 와서 짧은 다북쑥에 배를 매리라.

　　　　　　　찌그덕 찌그덕, 어기여차, 어기여차. 배를 매다보니 지난해 흔적 남아 있네.

극포텬공졔일애(極浦天空際一涯)ᄒ니 편범(片帆)이 비과벽류리(飛過碧琉璃)로다

아외여라 아외여라* 범급(帆急)ᄒ니 젼산(前山)이 홀후산(忽後山)이로다

지곡총 지곡총 어ᄉ와 어ᄉ와 풍류미필ᄌᆡ서시(風流未必載西施)니라

▸ **현대어 풀이** 포구 끝은 하늘과 맞닿았고, 조각배는 유리 같은 물살을 가르는구나.
      아뢰어라, 아뢰어라. 돛단배 빠르니 앞산이 금세 뒷산이 되네.
      찌그덕 찌그덕, 어기여차, 어기여차. 풍류에 서시(西施)가 꼭 필요친 않으리.

* "아외여라 아외여라" : 아외다. 아뢰다. "손칙이 장ᄉ를 난와 각쳐를 직히고 일면으로 표를 써 죠정의 아외고 일면으로 조죠눌 사괴고 일면으로 원슐의게 글을 쥬어 옥시를 취하다(孫策分撥 將士 守把各處隘口 一面寫表申奏朝廷 一面結交曹操 一面使人致書與袁術取玉璽, 『毛三國』3:24)[210]

일ᄌ디간샹됴쥬(一自持竿上釣舟)ᄒ요므로 셰간명리진유유(世間名利盡悠悠)ㅣ로다

이퍼라 이퍼라 도화류슈굴어비(桃花流水鱖魚肥)ᄒ두다

지곡총 지곡총 어ᄉ와 어ᄉ와 관애일셩산슈록(欸乃一聲山水綠)ᄒ두다

▸ **현대어 풀이** 낚싯대 하나 들고 고깃배 탄 후로, 세속의 명리는 다 멀리하노라.
      읊조려라, 읊조려라. 복사꽃 떠오는 물에 쏘가리 살찌는구나.
      찌그덕 찌그덕, 어기여차, 어기여차. 푸르른 자연에서 뱃노래를 부르노라.

강샹만릭감화쳐(江上晚來堪畫處)에 어옹피득일사귀(漁翁披得一簑歸)로다

돗더러라 돗더러라 장강풍급랑화다(長江風急浪花多)ᄒ두다

지곡총 지곡총 어ᄉ와 어ᄉ와 샤풍셰우블슈귀(斜風細雨不須歸)니라

▸ **현대어 풀이** 강 위의 저녁 풍경 그림보다 나은데, 늙은 어부 도롱이 걸치고 집으로 돌아가네.
      돛 내려라, 돛 내려라. 장강에 바람 불어 물결이 출렁이노라.
      찌그덕 찌그덕, 어기여차, 어기여차. 비낀 바람 보슬 빗속에 돌아갈 줄 모르네.

> 탁영가파령쥬졍(濯纓歌罷汀洲靜)커늘 듁경싀문유미관(竹徑柴門猶未關)이로다
> 셔스라 셔스라 계쥬유유거년흔(繫舟猶有去年痕)이로다
> 지곡총 지곡총 어스와 어스와 명월쳥풍일됴쥬(明月淸風一釣舟)] 로다

▶ 현대어 풀이 어부사 끝나니 모래섬 조용한데, 대나무 숲속 사립문은 아직 열렸구나.
　　　　　　배 세워라, 배 세워라. 배를 매다보니 지난해 흔적 남아 있네.
　　　　　　찌그덕 찌그덕, 어기여차, 어기여차. 밝은 달, 밝은 바람만 고깃배에 가득하다.

(『樂章歌詞』歌詞 上)

❧ 〈어부가〉의 전통

악재(益齋) 이제현(李齊賢, 1287~1367)의 시에 "사부(謝傅)의 풍류도 물결처럼 흘러가 버렸으니,/창생이 바라봐도 이제는 어이하리./달 밝은 귀봉산(龜峯山) 아래 거룻배에 선 〈어부가(漁父歌)〉 한 곡조가 간장을 녹이네."라는 작품이 있다. 본관(本官)이 술에 취하면 언제나 표피(豹皮)라는 기생을 시켜 어부사(漁父詞)를 노래하게 하였다[211] 하는데, 여기서 말하는 〈어부가〉는 『악장가사』에 실린 어부가, 혹은 그와 흡사한 작품으로 구비 전승되었다. 『장자』에 "대개 물길을 다닐 때 교룡(蛟龍)을 피하지 않는 것은 어부(漁父)의 용기요, 육지를 다닐 때에 들소나 호랑이를 피하지 않는 것은 사냥꾼의 용기이다."[212]나 『설원』에 "깊은 물에 들어가 교룡을 찌르고 큰 자라와 악어를 잡아오는 것은 어부(漁夫)가 용감하고 사나운 것이라."[213] 등을 보면 어부(漁夫)와 어부(漁父)를 엄밀히 구분해서 사용한 것 같지는 않지만 어부의 생활을 흉내 낸 풍류를 그린 시조와 가사 등 문학 작품에서는 늘 어부(漁父)라 칭한다. 이는 굴원의 〈어부사(漁父辭)〉나 『장자』 어부(漁父) 편, 유종원의 〈어옹(漁翁)〉 등에서 산수에서 유연한 가운데 은일하는 어부의 생활 속에 자기 내면을 실은 데서 연원했을 것으로 보인다. 시조에서는 약 120여 수, 가사에서는 30여 수의 작품을 볼 수 있다.[214] 이수광은 『지봉유설』에서 "장가(長歌)로는 〈감군은〉, 〈한림별곡〉, 〈어부사〉가 가장 오래 되었다."(권14, 문장7)하였으니 〈어부가〉는 여러 장이 이어져 장가로 인식되었음을 알 수 있다.

상왕(上王)이 임금을 맞아 경회루에 잔치를 베풀고 기생을 시켜 (『시경』) 빈풍(豳風) 7월편(七月篇)을 송(頌)하였다. 임금이 대언(代言) 등에게 일렀다.

"상왕이 이르시기를, '내가 예전에 판예빈시사(判禮賓寺事) 김자순(金子恂)의 <어부가>를 듣고 대단히 좋아하였는데, 지금 다시 듣고자 한다.'고 하니, 김자순을 불러 노래를 부르게 하는 것이 어떠한가?"

지신사 김여지(金汝知)가 대답하기를,

"상왕이 이미 청하였으니, 노래하게 한들 무엇이 해롭겠습니까?"

하였다. 이에 김자순을 불러 노래를 부르게 하니, 상왕이 김자순에게 옷을 내려 주고, 극진히 즐기다가 밤이 되어서 파하였다.[215]

『조선왕조실록』을 보면, 경회루 잔치에서 왕이 관리에게 <어부가>를 청하여 부르게 했을 정도로 <어부가>는 사대부들의 풍류 공간을 넘어 보편적으로 향유했다. 윤선도가 "동방에 예로부터 <어부사(漁父詞)>가 있었으니 누가 지은 것인지는 알 수 없고 옛 시를 모아 곡을 붙인 것이다. 읊조리면 강풍(江風)과 해우(海雨)가 입가에 일어 사람으로 하여금 표연히 세상을 떠나 홀로 설 뜻을 갖게 한다. 이런 까닭에 농암(聾巖) 선생이 좋아하기를 게을리 하지 않았으며 퇴계(退溪) 선생도 감탄하고 칭찬하기를 그치지 않았다. 그러나 음향이 상응하지 않고 어의가 심히 갖추어지지 못했으니 대개 옛 시를 모으는데 얽매인 탓이다."라고[216] 한 것은 <어부가>가 누군가가 전해오는 한시에 곡을 붙여 은일이나 풍류를 즐기는 선비들에게 두루 알려졌음을 알 수 있다. <어부가>의 전통은 농암 이현보의 어부 장가, 단가를 거쳐 윤선도의 <어부사시사>까지 이어졌다.

4. 경기체가(景幾體歌)

경기체가는 시문, 서적, 명승, 풍류, 가문, 도학, 종교(불교) 등 창작자의 다양한 경험·지식 세계를 득의만만한 태도로 서술한 다음 "위 경(景) 긔 엇더ᄒ니잇고", 혹은 "위(偉) 경(景) 기하여(幾何如)"라는 의문형 감탄으로 마무리하는 독특한 서술 방식을 가지는 장르로, 낙관적이고 득의에 찬 어조를 취하고 있다는 점, 자긍과 찬양의 마음을 담았다는 점, 내면보다는 외면을 지향함으로써 다분히 화려하고 질탕한 과시 욕구를 반영한다는 공통점을 가진다.[217] 자신들이 공부하거나 경험한 정보를 제시 (informational)한다는 점에서 교술적 성향이 강하지만, '위 ~' 부분에서는 앞에 제시한 정보에 대한 판단과 인식을 담고 있어 서정적 특징까지 함께 가진다.

"상관장(上官長)은 모로 앉고 봉교(奉敎) 이하는 모든 선생과 더불어 사이사이에 끼어 앉아 사람마다 기생 하나를 끼고 상관장만 두 기생을 끼고 앉아 … 아래로부터 위로 각각 차례로 잔에 술을 부어 돌리고 차례대로 일어나 춤추되 혼자 추면 벌주를 먹였다. … 흔들고 춤추며 <한림별곡>을 부르니 맑은 노래와 매미 울음소리 같은 그 틈에 개구리 들끓는 소리를 섞어 시끄럽게 놀다가 날이 새면 헤어진다."라고[218] 한 <한림별곡>의 가창 상황은 주지하는 바이다. 다음은 <상대별곡>을 노래 부르는 장면이다.

> "감찰(監察)에 새로 들어온 사람을 신귀(新鬼)라 하여, 여러 가지 방법으로 욕보인다. 신귀에게 방 안에서 서까래만한 긴 나무를 들게 하는 '경홀(擎笏)'을 실시하여 만약 들지 못하면 선생 앞에 무릎을 내놓고 윗사람부터 아랫사람으로 내려가며 주먹으로 때린다. 또 물고기를 잡기 위해 귀가 연못에 들어가 무명실로 짠 모자로 물을 퍼내게 하면서 의복을 더럽힌다. 또 거미 잡는 놀이에서 부엌의 벽을 문지르게 해서 손이 더러워지면 씻게 한 후에 그 물을 마시게 하니 토하지 않는 사람이 없다. 선생이 수시로 귀의 집을 찾으면 귀가 모자를 거꾸로 쓰고 나와 맞이하고, 술상을 마련해서 선생에게 모두 여자 한 사람씩을 안겨주는데, 이를 안침(安枕)이라 한다. 술이 거나해지면 <상대별곡(霜臺別曲)>을 노래한다."(성현, 『용재총화』권1)

경기체가는 주로 유흥의 현장에서 집단의 취향을 반영하여 득의만만한 태도를 보임으로써 조선조에 와서 퇴계를 비롯한 도학자들에게 비판받게 되고, 향유 공간이나 방식, 창작 계층이나 작품의 형식 등이 다양해지면서 본래의 장르적 성격이나 가창 상황을 유지하지 못하게 되면서 지속적인 창작과 명맥 유지를 하지 못하고 소멸의 길을 걸었다. 작가가 자기 경험이나 공부에서 발견한 가치와 정보를 제공하는 방식은 장르적 참신성을 유지해가기가 쉽지 않고, 제시 형식의 변화로 집단의 취향을 반영하는 경기체가 본래의 장르적 속성까지 약해진 것도 소멸의 한 원인이 되었을 것이다.

◎ 〈한림별곡(翰林別曲)〉　한림제유(翰林諸儒)

> 원슌문 인로시 공노ᄉᆞ륙(元淳文 仁老詩 公老四六)
> 니졍언 딘한림 솽운주필(李正言 陳翰林 雙韻走筆)
> 튱긔ᄃᆡ칙* 광균경의 량경시부(冲基對策 光鈞經義 良經詩賦)
> 위 시댱(試場)ㅅ 경(景) 긔 엇더ᄒᆞ니잇고
> (엽 葉) 금ᄒᆞ사(琴學士)의 옥슌문ᄉᆡᆼ(玉笋門生) 금ᄒᆞ사(琴學士)의 옥슌문ᄉᆡᆼ(玉笋門生)
> 위 날조차 몃부니잇고

▶현대어 풀이　유원순의 문장, 이인로의 시, 이공로의 사륙문
　　　　　　　이규보와 진화가 운에 맞춰 글 짓고,
　　　　　　　유충기 대책문(對策文), 민광균 경서 풀이, 김양경의 시부(詩賦)
　　　　　　　아! (이들이) 과거시험 보는 모습 그것이 어떠한가?
　　　　　　　(엽) 금의(琴儀) 학사의 빼어난 제자, 금의 학사의 빼어난 제자
　　　　　　　아! 나까지 몇이나 되는가?

* ᄃᆡ칙 : 대책(對策). 한나라 무제(武帝)가 동중서(董仲舒)를 시험한 데서 시작하였다. 과거 시험에서 정치적 현안이나 경서의 뜻을 설명하는 문제를 내서 쓰게 하는 일, 또는 그 답안을 일컫는다.

> 당한서 장노자 한류문집(唐漢書 莊老子 韓柳文集)
> 이두집 난대집* 백낙천집(李杜集 蘭臺集 白樂天集)
> 모시 상서 주역 춘추 주대예기 (毛詩 尙書 周易 春秋 周戴禮記)
> 위 주(註)조쳐 내외온 경(景) 긔 엇더ᄒᆞ니잇고
> (엽 葉) 태평광기(太平廣記)* 사백여권(四百餘卷) 태평광기(太平廣記) 사백여권(四百餘卷)
> 위 역람(歷覽)ㅅ 경(景) 긔 엇더ᄒᆞ니잇고

▶현대어 풀이 당서 한서 장자 노자 한유의 문집

　　　　　　이백 두보 시집, 난대집, 백낙천 시집

　　　　　　시경(詩經) 서경(書經) 주역 춘추 주례 예기

　　　　　　아! (이 책들을) 주까지 다 외는 모습, 그것이 어떠한가?

　　　　　　(엽) 태평광기 400여 권, 태평광기 400여 권

　　　　　　아! 쭉 보는 모습, 그것이 어떠한가?

＊ 난대집(蘭臺集) : '난대'는 한나라 제실의 문고이고, 난대집은 그 영사(令使)들의 시문집이다.

＊ 태평광기(太平廣記) : 송나라 이방(李昉)의 감수로 한나라 때부터 송나라 초까지의 소설, 필기,
패사(稗史) 등 475종을 모아 엮은 잡록

진경서 비백서 행서 초서(眞卿書 飛白書 行書 草書)

전주서 과두서 우서남서(篆籀書 蝌蚪書 虞書南書)

양수필 서수필(羊鬚筆 鼠鬚筆)＊ 빗기 드러

위 딕논 경 긔 엇더ᄒ니잇고

(엽 葉) 오생유생(吳生劉生) 양선생(兩先生)의 오생유생(吳生劉生) 양선생(兩先生)의

위 주필(走筆)ㅅ 경(景) 긔 엇더ᄒ니잇고

▶현대어 풀이 안진경 서체, 비백서, 행서, 초서

　　　　　　전서(篆書) 주문(籀文) 우서 남서

　　　　　　양털 붓, 쥐 수염 붓을 비스듬히 들고

　　　　　　아! 쓰는 모습, 그것이 어떠한가.

　　　　　　(엽) 오생(吳生) 유생(劉生) 두 선생이, 오생 유생 두 선생이

　　　　　　아! 힘차게 쓰는 모습, 그것이 어떠한가?

＊[진경서(眞卿書)] 당나라 때의 서예가 안진경(顏眞卿)의 서체. 해서와 초서에 두루 능하였다. [비
백서(飛白書)] 8서체의 하나. 글자의 모양이 나는 듯하고, 붓 자국이 빗자루로 쓴 것 같이 보이
는 서체. 후한의 채옹(蔡邕)이 시작함. [행서(行書)] 방정(方正)하여 정서(正書), 진서(眞書)라 불
리기도 하는 정자체 '해서(楷書)'와 초서의 중간 되는 글자체. [초서(草書)] 행서를 더 풀어 자획
을 간략히 흘리어 쓰는 글씨. 흘림체. [전주서(篆籀書)] 전자(篆字)에는 주(周)나라 태사주(太史
籀)의 창작인 '주문(籀文)'인 대전(大篆)과 진(秦)나라 이사(李斯)의 창작인 소전(小篆)이 있다.
비석 상부에 주로 이 전서를 쓴다. [과두서(蝌蚪書)] 고대 문자의 한 가지. 황제(皇帝) 때에 창힐
(蒼頡)이 지었다 하는데, 글자의 획이 올챙이 모양과 같다 하여 '올챙이 과(蝌)' 자를 썼다. [양

수필(羊鬚筆) 서수필(鼠鬚筆)] 양호필(羊毫筆)이라고도 불리는 양수필은 양의 털로 만든 붓이고, 서수필은 쥐의 입수염으로 만든 붓을 말한다.

황금주 백자주 송주 예주(黃金酒 栢子酒 松酒 醴酒)

죽엽주 이화주 오가피주(竹葉酒 梨花酒 五加皮酒)

앵무잔 호박배(鸚鵡盞 琥珀盃)*예 ᄀ득 브어

위 권상(勸上)ㅅ 경(景) 긔 엇더ᄒ니잇고

(엽 葉) 유령(劉伶) 도잠(陶潛) 양선옹(兩仙翁)의 유령(劉伶) 도잠(陶潛) 양선옹(兩仙翁)의

위 취(醉)혼 경(景) 긔 엇더ᄒ니잇고

▶ 현대어 풀이　국화주 잣술 송주(松酒) 예주(醴酒)

죽엽주 이화주 오가피주

앵무잔 호박배에 가득 부어

아! 어른께 드리는 모습, 그것이 어떠한가?

(엽) 유령(劉伶) 도연명 두 신선이, 유령(劉伶) 도연명 두 신선이

아! 취한 모습, 그것이 어떠한가?

*[황금주(黃金酒)] 국화로 빚은 술. 토함산의 맑은 천년수에 찹쌀 멥쌀을 넣고 국화꽃잎을 띄워서 빚음. 뒤끝이 깨끗하고, 숙취가 없는 것이 특징이다. [백자주(栢子酒)] 잣술. 자양강장에 좋고 피부를 부드럽고 윤기 나게 해 주며 혈압을 내려준다. [송주(松酒)] 강심제로 유용하고, 중풍, 고혈압, 불면, 호흡기병에 좋다. [예주(禮酒)] 원래 봉황이 와서 마신다는 샘물 이름인데, 여기선 단술을 뜻한다. [죽엽주(竹葉酒)] 고려 때부터 매년 음력 5월 온 마을 주민들이 함께 대나무를 심고 가꾸던 작업을 한 뒤 죽엽주를 마신다 했다. 바람이나 열변 치료에 효능이 있고, 열을 다스리며 이뇨 작용을 하고 청심제(淸心劑)로 쓰인다. [이화주(梨花酒)] 배꽃이 한창 피었을 때 빚는 술이라 하여 생긴 이름인데, 쌀을 곱게 가루 내어 구멍떡을 만들고, 여기에 누룩 가루를 섞어 죽처럼 만든 후 발효시켰다 물에 섞어 마신다. [오가피주(五加皮酒)]『동의보감』·『본초강목』에 수를 더하고 늙지 않으니 신선의 약이라 하였다. 풍을 쫓고 기와 정수(精髓)를 북돋우고 간과 신장을 보해주며 근육과 힘줄, 뼈를 튼튼히 해준다. [앵무잔(鸚鵡盞)] 앵무조개의 껍질로 만든 잔 [호박배(琥珀盃)] '호박'은 지질시대에 나무의 진이 땅속에 파묻혀 수소·탄소·산소 등과 화합하여 돌처럼 굳어진 광물이다. 내개 빛은 누렇고 광택이 있어 여러 가지 장식품으로 쓰인다. '호박배'는 호박으로 만든 잔을 말한다.

홍목단* 백목단 정홍목단(紅牧丹 白牧丹 丁紅牧丹)

홍작약* 백작약 정홍작약(紅芍藥 白芍藥 丁紅芍藥)

어류 옥매 황자장미 지지동백(御柳 玉梅 黃紫薔薇 芷芝冬栢)

위 간발(間發)ㅅ 경(景) 긔 엇더ᄒ니잇고

(엽 葉) 합죽*도화(合竹桃花) 고온 두 분 합죽도화(合竹桃花) 고온 두 분

위 상영(相暎)ㅅ 경(景) 긔 엇더ᄒ니잇고

▸ 현대어 풀이 붉은 모란, 흰 모란, 짙붉은 모란

붉은 작약, 흰 작약, 짙붉은 작약

궁궐 버들, 고운 매화, 황자 장미, 지지(芷芝) 동백

아! 사이사이에 핀 모습, 그것이 어떠한가?

(엽) 합죽과 도화 고운 두 분, 합죽과 도화 고운 두 분

아! 서로 마주 보고 있는 모습, 그것이 어떠한가?

* 목단(牧丹) : 모란은 꽃이 크고 화려해 '꽃 중의 꽃', 즉 화왕(花王)이라고 한다. 늦은 봄부터 초여름까지 흰색·붉은색·연분홍·자주색·노란색 등 여러 가지 색깔의 꽃이 핀다.[219]

* 작약(芍藥) : 오뉴월에 흰색·붉은색·담백색·담적색·농홍색·흑홍색 등 여러 가지 꽃이 핀다. 모란과 닮은 점이 많지만 모란은 나무이고 작약은 풀이다. 모란은 다른 나무와 마찬가지로 줄기가 땅 위에서 자라서 겨울에도 죽지 않고 남아있지만 작약은 겨울이 되면 땅 위의 줄기는 말라 죽고 뿌리만 살아남아 이듬해 봄에 뿌리에서 새싹이 돋아 나온다. 모란이 피었다 진 다음에야 비로소 작약이 핀다.[220]

* 합죽(合竹) : 합죽은 부죽(符竹)이 서로 합해진다는 뜻이다. 흔히 부신(符信)이라고도 하는데, 대나무의 양쪽 조각을 맞춤으로써 꼭 들어맞는다는 의미를 가졌다.

아양금 문탁적 종무중금*(阿陽琴 文卓笛 宗武中琴)

대어향 옥기향 쌍가야(帶御香 玉肌香 雙伽倻)ㅅ고

금선비파 종지혜금 설원장고(金善琵琶 宗智嵇琴 薛原杖鼓)

위 과야(過夜)ㅅ 경(景) 긔 엇더ᄒ니잇고

(엽 葉) 일지홍(一枝紅)의 빗근 적취(笛吹) 일지홍(一枝紅)의 빗근 적취(笛吹)

위 듣고아 줌 드러지라

▶ 현대어 풀이 　아양의 거문고, 문탁의 피리, 종무의 중금(中琴)

　　　　　　　대어향 옥기향의 쌍가야금

　　　　　　　금선의 비파, 종지 혜금(嵇琴), 설원의 장고(杖鼓)

　　　　　　　아! 밤새도록 노는 모습, 그것이 어떠한고?

　　　　　　　(엽) 일지홍(一枝紅)이 피리 부는 소리, 일지홍이 피리 부는 소리

　　　　　　　아! 들어야만 잠이 들겠구나.

* 중금(中琴) :『고려사악지』에 대금과 중금은 구멍 13개, 소금은 구멍 7개라고 하였다. 정재의 무구(舞具) 다음에 소개되어 있는 것으로 보아 '중금'은 혜금(嵇琴) 필률(觱篥) 소금(小笒) 박(拍)과 더불어 주로 춤의 반주에 사용된 악기이다. 조선시대에는 종묘 제향(祭享)의 헌가악(軒架樂)에서 대금, 소금과 함께 쓰였다. 청공(淸孔)이 없는 관계로 음색의 변화가 적으며 당적(唐笛)과 같이 영롱하지는 못하나 비교적 맑고 고운 음색을 갖는다.[221]

봉래산 방장산 영주삼산*(蓬萊山 方丈山 瀛州三山)

차삼산 홍루각 작작선자(此三山 紅樓閣 婥妁仙子)

녹발액자 금수장리 주렴반권(綠髮額子 錦繡帳裏 珠簾半捲)

위 등망오호(登望五湖)ㅅ 경(景) 긔 엇더ᄒ니잇고

(엽 葉) 녹양녹죽(綠楊綠竹) 재정반(栽亭畔)애 녹양녹죽(綠楊綠竹) 재정반(栽亭畔)애

위 전황앵(囀黃鸎) 반갑두셰라

▶ 현대어 풀이 　봉래산 방장산 영주산 삼산(三山)

　　　　　　　이 세 산 붉은 누각에 어여쁜 선녀

　　　　　　　검은 머리 휘날리며 고운 장막의 주렴을 반쯤 걷고

　　　　　　　아! 산에 올라 오호(五湖)를 바라보는 모습, 그것이 어떠한가?

　　　　　　　푸른 대나무와 버들 심겨진 정자 가에, 푸른 대나무와 버들 심겨진 정자 가에

　　　　　　　아! 지저귀는 꾀꼬리 반갑기도 하구나.

* 삼산(三山) : 전설에 봉래 방장 영주산을 통틀어 신선이 사는 산이라 하였는데, 갖가지 근거를 엮어 각각 금강산 지리산 한라산이라 한다. [봉래산] 불서에 "1만 2천 담무갈(曇無竭)이 동해 금강(金剛)에 머물러 있다"하여 금강산 1만 2천 봉우리와 연결하였다. "산대(山臺)를 얽어 만든 것이 봉래산과 흡사하니, 과일 바치는 신선이 바다 속에서 오겠구나."[222] [방장산] 지리산(智異山)을 '지리(地理)'라고 이름하고 또 방장(方丈)이라고도 하였으니, 두보의 시 "방장 삼한(三韓) 외"라는 주석과 통감 집람(輯覽)에서 "방장은 대방군의 남쪽에 있다." 한 곳이 이곳이다(『신

증동국여지승람』권39, 남원도호부). [영주산(瀛州山)] "한라산은 제주 동도(東道) 정의현(旌義縣) 서쪽 20리에 있고, 영주산은 속칭 '영지산(瀛旨山)'으로 현 북쪽 4리에 있다. 산 북쪽은 정의 금녕(金寧) 등이다. 『고기』에 이르기를, 정의・금녕・함덕(咸德)에 신선이 많다." 하였고, 세상에서 또 전하기를 "이 산이 곧 바위 위 삼선산(三仙山)의 하나라." 하였다.(『신증동국여지승람』권38, 정의현).

당당당 당추자 조협*(唐唐唐 唐楸子 皂莢)남긔

홍(紅)실로 홍(紅)글위 미요이다

혀고시라 밀오시라 정소년(鄭少年)하

위 내 가논 더 놈 갈셰라

(엽 葉) 삭옥섬섬(削玉纖纖) 쌍수(雙手)ㅅ 길헤 삭옥섬섬(削玉纖纖) 쌍수(雙手)ㅅ 길헤

위 휴수동유(携手同遊)ㅅ 경(景) 긔 엇더하니잇고

▶ 현대어 풀이 당당당 당추자(唐楸子) 쥐엄나무

붉은 실로 붉은 그네를 맵니다.

당겨라 밀어라 풍류남아들아

아! 내 가는 데 남 갈세라

(엽) 깎은 듯 고운 손길, 깎은 듯 고운 손길

아! 두 손 맞잡고 노는 모습, 그것이 어떠한가?

* 조협나무 : 차풀과에 속하는 큰키나무. 쥐엄나무. 15~18미터. 산기슭이나 개울가에서 나며 산울타리로도 심고 열매껍질은 가시와 함께 약으로도 쓴다.

(『악장가사(樂章歌詞)』)

🐾 선비들이 누리는 갖가지 교양과 풍류 세계

<한림별곡> 제1장에는 빼어난 문인들의 글을 노래했고, 제2장에서는 서적(書籍), 제3장에서는 글씨, 제4장에서는 술, 제5장에서는 꽃, 제6장에서는 음악, 제7장에서는 경치, 제8장에서는 여럿이 그네를 타며 누리는 즐거운 광경을 노래했다. 사대부들이 갖추어야 하는 지식과 교양 세계는 물론, 풍류 세계를 자부심과 긍지가 가득한 감탄의 어조로 나열하고 있다.

제1장은 당대 글 잘하는 문인들의 문체를 쭉 나열하고 "금혹사(琴學士)의 옥슌문성(玉笋門生) 금혹사(琴學士)의 옥슌문성(玉笋門生)/위 날조차 몃부니잇고【금의(琴儀) 학사의 빼어난 제자, 금의 학사의 빼어난 제자/아! 나까지 몇이나 되는가?】"라는 엽(葉)으로 마무리했다. 여기서 말하는 '금혹사(琴學士)'는 금의(琴儀)이다. 명종 14년 과거에서 장원으로 급제하여 내시(內侍)로 등용되었다. 무신 정권 시기에 최충헌이 국정을 장악하고 문사(文士)를 구할 때에 이종규가 그를 추천하였다. 금의는 이때부터 최충헌에게 아첨으로 섬기어 요직을 두루 거쳤는데, 이학사(二學士)와 삼대부(三大夫)의 관직을 두루 겸하였으므로 사람들이 영예로운 일로 여겼다. 여러 번 과거 시험관(貢擧)로서 과거를 맡아보아 훌륭한 인재들을 많이 골라내었다.[223] 자신까지 포함하여 당대 내로라하는 고려 문장가들의 글을 떠올리며 의기양양해 하고 있는 장면이다.

제4장의 "유령(劉伶) 도잠(陶潛) 양선옹(兩仙翁)의 유령(劉伶) 도잠(陶潛) 양선옹(兩仙翁)의/위 취(醉)혼 경(景) 긔 엇더ᄒ니잇고"(【유령(劉伶) 도연명 두 신선이, 유령(劉伶) 도연명 두 신선이/아! 취한 모습, 그것이 어떠한가?】)은 갖가지 명품 술을 나열한 후, 유령과 도잠이 술에 취하여 얽매임 없이 자유분방한 삶을 추구하는 모습을 이상적으로 그려내며 문인 지식층의 호기를 담았다.

'유령(劉伶)'은 서진(西晉)의 문학가로 죽림칠현의 한 사람이다. 사마씨(司馬氏)의 암흑통치와 허위적인 예교를 반대하다가 정치적인 박해를 피하기 위해 술을 마시고 미친 것처럼 행동하면서 방탕한 생활을 했다. 한번은 손님이 방문하였는데, 그는 옷을 입지 않고 있었다. 손님이 그를 나무라자 그는 "나는 하늘과 땅을 집으로 삼고 방을 옷으로 삼는데 당신은 어째서 남의 옷 속으로 들어왔는가?"라고 했다. 그의 자유분방함은 예교에 대한 부정을 나타낸 것이다. 그가 지은 <주덕송(酒德頌)>은 비교적 유명한데, 예법을 멸시하는 그의 반항정신을 표현하고 있다.[224] '도잠(陶潛)'은 도연명(365~427)을 지칭한다. 동진이 남조(南朝)·송(宋)과 교체되는 시기, 그도 여러 차례 벼슬을 하게 되었는데, 이 때 문벌사족들이 정국을 독점하고 군벌들이 권리를 쟁탈하는 사회현실을 목도하고 관장의 부패와 사회의 험난함을 깊이 느꼈으며 이에 이상은 점차 소멸하고 유가의 '독선기신(獨善其身)'(혼자만 착한 일을 함, 또는 그렇게 여기는 생각)의 사상이 주도적 위치를 차지하게 되었다. 41세에 밭을 가는 것으로는 생활을 꾸려나갈 수 없어 또 한 차례 팽택령(彭澤令)으로 나갔는데, 관직을 지낸지 80여 일만에 군의 독우를 알현하여 존경을 표할 것을 강요하자 "내가 어찌 닷 말의 쌀을 얻기 위해 향리의 소인에게 허리를 굽히겠는가" 하고 그날로 사직하고 고향에 돌아와 <귀거래사(歸去來辭)>를 지었다. 고향에 돌아온 뒤에 몸소 경작하여 생활의 밑천을 삼았으며, 가난과 역경을 힘겹게 지키면서 농민과 가까이했다. 그의 작품에는 전원생활에 대한 열망과 부패한 관장에 대한 분노로 충만하여 통치자들과 함께 더러워지기를 원하지 않는 마음을 보여주고 있다.[225]

제6장은 거문고, 피리, 중금(中琴) 등 악기를 다루는 명수를 소개하면서, 풍류 세계에 음악이 빠질 수 없음을 강조했다. 대어향과 옥기향, 두 기녀가 연주하는 가야금 솜씨가 당대 최고였음을 짐작할 수 있다. 이 중 옥기향(玉肌香)은 무신정권 시기 최고의 권력자 가운데 하나인 최이가 데리고 있던 명기(名妓)이다. "승선(承宣) 차척(車倜)은 아무 재능도 없고 단지 윗사람의 비위나 잘 맞추는 인물이었다. 일찍이 최충헌에게 붙어서 권세가 당당했었는데, 최이가 밉살스럽게 보고 나주로 유배시켰다. 후에 최이가 가만히 편지를 보내서 소환 해다가 추밀원 부사 어사대부 벼슬과 후한 선물을 주고 또 자신이 아끼던 유명한 기생 옥기향(玉肌香)을 주어서 그를 달래주었다."는[226] 역사기록을 통해 그녀의 명성을 알 수 있다.

제7장은 풍류객이라면 누구나 한번쯤 꿈꿔봤을 법한 이상적 공간을 열거하였다. 모두 신선들이나 찾을 수 있는 공간이다. '삼산(三山)'이란 말은 연(燕)·제(齊)의 임금에서 시작되었다. 『사기』 봉선서에 "제나라 위왕과 선왕, 연나라 소왕 때부터 사람을 시켜 바다로 들어가 봉래·방장·영주를 찾도록 하였는데, 이 또한 삼신산(三神山)이 발해(渤海)에 있어 인간세상과 거리가 멀지 않다는 전설에 따른 것"이라 하였다.[227] 이규보도 "이 때 밤은 깊고 달은 밝은데, 급류의 여울은 돌을 치고 푸른 산 그림자 물속에 비치며 물은 매우 맑으니 뛰는 고기와 달리는 게는 몸만 구부려도 셀 정도이다. 배에 의지하여 길게 휘파람 부니 기분이 상쾌하고 시원한 것이 봉래산 영주산에 들어온 느낌이었다."[228]라 하여 배 위에서의 상쾌하고 시원한 느낌을

삼신산을 찾아 바다에 뜨고 구름에 잠긴 것으로 묘사하였다.

풍류 세계에 대한 득의만만한 갈구는 제8장에 이르러 '뎡쇼년'을 등장시킨다. 지금까지 '뎡쇼년'을 갖가지로 해석해왔지만, 이색의 시 "우뚝한 가래나무 바람 받고 서 있는데/붉은 실 그넷줄은 허공에 박차 오르네./당겨주고 밀어주는 저기 저 소년들/굳고 굳은 사내 마음 여인네 눈길에 흔들리네."를[229] 보면, '뎡쇼년'은 앞의 '정성(鄭聲)'이나 '정음(鄭音)'처럼 굳어진 말로, 자신의 내면을 가꾸는데 엄격하지 않고, 남녀 간의 유희를 거침없이 즐기며, 여자들이 탄 그네를 밀며 방탕하게 노는 선비[230]들을 "해이하고 방벽(放辟)하며, 법도 없이 무질서한 정나라 소년들의 방종에 견준 말"로 보인다. 『한비자(韓非子)』에 그 근거가 되는 정소년(鄭少年)이 등장한다.

> 자산(子産)은 정(鄭)나라의 재상이었는데, 병이 들어 임종이 가까워지자 평소에 가까이 지내던 유길(游吉)에게,
> "내가 죽은 뒤에는 그대가 정나라의 정권을 잡게 될 것이니 반드시 엄한 태도로 사람을 다스리도록 하오. 무릇 불은 보기에 그 기세가 엄하기 때문에 사람들이 겁을 먹고 불을 피하므로 타 죽는 사람이 드물고, 물은 보기에 유약하므로 사람들이 얕보았기 때문에 빠져죽는 사람이 많은 법이요. 그러니 그대는 반드시 태도를 엄하게 하여, 물처럼 유약하게 보여 빠져죽게 하는 일이 없도록 하기 바라오."
> 라 하였다. 그러나 유길은 그의 당부를 따르지 않았다.
> 그래서 정소년(鄭少年, 정나라의 젊은이)들은 무리를 지어 다니며 도둑질을 일삼고 억새가 우거진 늪을 근거로 삼아 바야흐로 반란을 일으키려 했다. 유길은 그냥 내버려 둘 수가 없어 수레와 기마대를 이끌고 하루 밤낮을 싸워 겨우 도적 떼를 토벌하고 자산의 뜻을 따르지 않은 것을 후회했다.[231]

<한림별곡> 8연의 정소년은 여인들의 그네를 밀며 질탕히 노는 젊은이들을 일컫는 말이다. 젊은이들의 현재는 곧 나라의 미래이다. 이런 까닭에 중국역사에서도 우리역사에서도 정나라의 음악은 위(魏)의 음악과 함께 망국의 음탕함을 담고, 유락(遊樂)과 유희성이 강하다 하여 늘 경계 대상이었다. <한림별곡>은 마지막 8장에 가서 "혀고시라 밀오시라 정소년(鄭少年)하/위 내 가논 더 눔 갈셰라/삭옥섬섬(削玉纖纖) 쌍수(雙手)ㅅ 길헤 삭옥섬섬(削玉纖纖) 쌍수(雙手)ㅅ 길헤/위 휴수동유(携手同遊)ㅅ 경(景)

긔 엇더ㅎ니잇고"(【당겨라 밀어라 풍류남아들아/아! 내 가는 데 남 갈세라/깎은 듯 고운 손길, 깎은 듯 고운 손길/아! 두 손 맞잡고 노는 모습, 그것이 어떠한가?】)라는 과도한 흥청거림까지도 허용하고 있다.

❧ 고려와 조선을 걸친 애창곡, 〈한림별곡〉

『고려사』·『악장가사』 모두에 〈한림별곡〉은 고종 때 한림의 제유(諸儒)가 지은 작품이라 기록되어 있어 통설이 되었다. 그러나 다음 기록에는 의종 당시라고 적어 혼선을 보이고 있다. 고려 때 지어진 〈한림별곡〉은 조선조에 와서도 사대부들의 애창곡이 되었다.

> "우리가 소나무 아래에 앉자 백원(百源)의 시종들이 술과 음식을 차렸다. 백원 등이 술자리를 벌여 거나해지자 송회령(宋會寧)이 공민왕의 〈북전지곡(北殿之曲)〉을 연주하여 망국을 가련히 여겼다. 또 흥이 오르자 의종 당시의 〈한림별곡〉을 연주하며 그 전성기를 떠올렸다."[232]

위는 조선 초기에 태종의 증손인 이총(李摠), 생육신의 한 사람인 남효온(南孝溫) 등이 어울려 〈한림별곡〉, 〈청산별곡〉, 〈북전〉 등 고려 노래를 부르는 장면이다.

> "새로 급제한 사람으로서 삼관에 들어가는 자를 먼저 급제한 사람이 괴롭혔는데, 이것은 선후의 차례를 보이기 위함이요, 한편으로는 교만한 기를 꺾고자 함인데, 그 중에서도 예문관(藝文館)이 더욱 심하였다. … 새벽이 되어 상관장이 주석에서 일어나면 모든 사람이 박수하며 흔들고 춤추며 〈한림별곡(翰林別曲)〉을 부르니, 맑은 노래와 매미 울음소리 같은 그 틈에 개구리 들끓는 소리를 섞어 시끄럽게 놀다가 날이 새면 헤어진다."[233]

이는 성현의 『용재총화』이니 조선 초기에 〈한림별곡〉을 부르는 장면 묘사이다. 삼관에 새로 들어오는 관료들이 선후의 차례를 잡고 교만한 기를 꺾을 목적으로 술자리를 벌려 박수치고 춤추며 〈한림별곡〉을 부르는데, 벼슬아치나 기녀 할 것

없이 좌중이 취하여 새벽이 되면 매미나 개구리 울음처럼 <한림별곡>을 불렀다한다.

　　"정덕(正德) 경진(庚辰)(1520)에 내가 명을 받들어 영남을 지나 호남까지 두루 둘렀는데 전주부윤(全州府尹) 정순붕(鄭順朋) 공이 쾌심정(快心亭) 위에서 나를 기다렸다. 때는마침 윤8월 보름이었고, 자리에 모인 자들은 모두 한림의 옛 선생들이었다. 술자리가 무르익고 달이 뜨자 한림연(翰林宴)을 베풀게 되었다. 내가 가장 선배이니 상관장(上官長)을 시켰고 나머지 자리는 차례에 따라 맡겼는데, (전주)부윤 공이 봉교(奉教) 종사관을맡고 최중연(崔重演)이 도사(都事), 이홍간(李弘幹)이 대교(待敎), 구례 현감 안처순(安處順)이 검열(檢閱)을 맡고 기녀들이 술을 돌렸다. 옛 풍속에 따라 조개껍질로 만든 잔을앵무잔(鸚鵡盞)이라 여기기로 했다. 상하가 이미 헤아릴 수 없이 취하자 모두 일어나 상관장이 술을 돌리는 예를 행하고, 기녀들과 더불어 <한림별곡>을 제창했다. 소리가 허공에 퍼지고 고개를 들어보니 밝은 달이 이미 중천에 떠 있었다. 이는 참으로 보기 드문 귀한 모임인지라 전하지 않을 수 없는지라 마침내 시 한수를 지었고, 여러 아랫사람들에게도 서둘러 시를 짓게 하여 <쾌심정 한림회 제명기(快心亭翰林會題名記)>로 여겼다. 덕수(德水) 이모가 쓰다.[234]

　　위의 자료는 이행(李荇, 478~1534)의 문집에 실려 있다. 앞의 『용재총화』가 삼사관원들의 환영 만찬을 그린 것이라면, 이는 사대부들이 사적으로 만나 상하 우열을정하여 삼관의 의례를 재현한 것이다. 기녀들이 섞이어 술자리를 여는 것이나 상하가 헤아릴 수 없이 취하자 모두 일어나 상관장이 술을 돌리는 예를 행하고, 기녀들과 더불어 <한림별곡>을 제창하는 것은 차이가 없다.

　　경기체가는 자신의 경험과 지식 세계를 소개하여 인식의 지평을 넓혀준다는 점에서 분명한 가치를 가진다. 그러나 퇴계는 <한림별곡> 같은 종류를 "긍호방탕(矜豪放蕩)하고 설만희압(褻慢戲狎)하니 군자가 숭상할 바가 못 된다"[235]고 평했다. '긍호방탕'은 "거만하고 불손하며 거리낌 없이 멋대로 구는 것"[236]이고, '설만희압'은 "경박하여 남을 업신여기고 희롱이나 농지거리를 일삼는 것"이다.[237] 한림제유(翰林諸儒)들이 스스로의 방종하고 향락적인 놀음까지 시적 대상으로 삼은 것은 시부(詩賦)나서적 이외에 '이름난 술·꽃·음악·전설의 산·그네놀이' 등 선비들의 다양한 관심과 취미, 경험 세계를 의기양양하고 거리낌 없이 드러내려는 의도에서 비롯했을[238] 것이다.

그러나 <한림별곡>은 거침없는 유희와 방종과 오만과 과시를 담았고, "새로 급제한 예문관원(藝文館員)을 축하하는 주연에서, 모두 일어나 상관장(上官長)을 위해 주례(酒禮)를 행하고, 기생과 어울려 위아래가 셈을 할 수 없을 정도로 취해서, 개구리 울음소리처럼 부르는" 연행 상황을 연출했기에, 즐기되 정도를 넘지 않을 것을 강조하던 퇴계·금계 등의 유학자들은 바른 성정에서 나오지 않는 음란함이나 호방질탕(豪放跌宕)함을 경계하면서[239] <한림별곡> 같은 작품에 대해 부정적 인식을 보였던 것이다.

◎ 〈죽계별곡(竹溪別曲)〉　안축(安軸)

안축(安軸, 1287~1348)의 자는 당지(當之)이고 복주(福州) 흥녕현(興寧縣) 사람이다. 그의 생애 가운데 특기할 만한 일은 다음과 같다. 충숙왕이 원나라에 억류되었을 때, 안축이 동지에게 말하기를, "임금에게 근심이 있으면 신하가 곤욕을 당하고 임금이 곤욕을 당하면 신하는 죽는 법이다."라고 하고 곧 원나라에 상소하여 왕은 죄가 없다는 것을 주장하였다. 왕이 이를 기특히 여기어 벼슬을 건너 뛰어 성균악정(成均樂正)으로 임명하였다 하니 안축은 충성심이 높고 소신이 강한 사람이다.

상주(尙州) 목사가 되었을 때, 어머니가 흥녕(興寧)에 있었으므로 안축이 그곳을 왕래하면서 효성을 다하였다 하니 효성 지극한 인물이다. 안축은 마음이 공정하고 가사를 처리하는데 부지런하고 검박하였다. 일찍이 말하기를, "내 평생에 이렇다 할 만 한 것은 없으나 네 번이나 법관을 지내는 동안에 억울하게 노예로 된 자는 반드시 양인으로 되게 하였다."고 하였다 하니 공명정대한 품성을 지녔다.

안축의 아들인 안종원(安宗源)이 17세에 급제하고 충목왕 때에 사한(史翰)으로 임명되어, 만기가 되자 응당 승진할 차례였으나 동료 심동로(沈東老)가 연장자로서 벼슬이 낮았다. 안종원은 그에게 벼슬을 양보하니, 안축이 그 말을 듣고 기뻐하여 말하

소수서원 내 〈죽계별곡〉 현판(경북 영주시 순흥면 내죽리 151-2)

기를, "사양하는 것은 사람의 좋은 행실 중에서도 으뜸가는 것이다. 내가 사람에게 사양하면 누가 나를 버리리오. 우리 가문에 인물이 있으니 아마 더욱 번창할까보다."라고 하였다. 당시 신돈이 정권을 마음대로 행사하게 되자 서대부들이 앞을 다투어 그에게 아부하였다. 어떤 집정자가 말하기를 "우리들이 신돈을 영상(領相)에게 추천하면 간관(諫官)의 자리를 얻을 수 있을 것이니 속히 신돈을 찾아가 만나보는 것이 좋다."라고 하였다. 안종원이 사절하여 말하기를, "나는 본래 게으르고 거칠어서 세력에 아부할 줄 모른다."라고 하였다. 집정자는 무색을 당하고 도리어 안종원을 참소하여 강릉부사(江陵府使)로 나가게 하였으나 그는 그곳에서 백성에게 은혜로운 정치를 하였다.[240] 안종원의 일로 미루어 볼 때, 안축과 그 가문은 출세보다는 겸양의 가치를 우선으로 삼았을 것임을 짐작할 수 있다.

〈죽계(竹溪)〉는 소백산 국망봉(國望峰)으로부터 굽이굽이 흐르는데, 퇴계는 이를 9곡으로 잡곡 각각에 이름을 붙였다. 이곳은 퇴계 선생이 즐겨 찾는 공간이었는데, 다음 글에 죽계 계곡에 대한 애틋한 마음이 잘 담겨있다.

"보내온 편지를 보고서, 백운동(白雲洞)을 두루 둘러볼까 생각했고, 산에도 오르고 싶은 마음이 생겼다. 죽계의 흐르는 물을 따라 끝까지 가보고 싶은 흥을 막을 수 없을 것 같네. 가서 놀며 완상하고픈 마음이야 굴뚝같지만 다만 나는 어제 사직(辭職) 상소를 올린 상황이고, 농사가 바쁜 철에 나 때문에 계획 없이 사람 맞이하는 번거로움이 생길 것일세. 군자들은 논쟁이 분분할 것이고, 백성들은 원망으로 가득할 것이니 선뜻 마음이 내키질 않네. 이러한 때에 그대들이 산으로 구경 간다는 말을 들으니 걱정이 앞서니 어찌할 것인가. 다른 날 기회가 또 있을 터이니, 이번에는 그냥 돌아오는 것이 좋겠네."[241]

죽령남(竹嶺南) 영가북(永嘉北)* 소백산전(小白山前)

천재흥망(千載興亡) 일양풍류(一樣風流) 순정성리(順政城裏)*

년딕업는 취화봉(翠華峰)에 왕자장태(王子藏胎)

위 양작중흥(釀作中興)ㅅ 경(景) 긔 엇더ㅎ니잇고

청풍두각(淸風杜閣) 양국두함(兩國頭銜)

위 산수고(山水高)ㅅ 경(景) 긔 엇더ㅎ니잇고

> ▶ 현대어 풀이 죽령 남쪽 안동 북쪽 소백산 앞

천년 흥망, 오롯한 풍류, 순흥성(順興城) 안에

전례 없이 취화봉엔 왕자의 태를 묻고,

아, 이렇게 중흥한 모습 그 어떠하옵니까?

누각에 청풍 불제, 두 나라 직함 벼슬아치,

높은 곳에서 내려 보는 경치, 그것이 어떠합니까?

* "영가북(永嘉北)" : 경북 안동시의 옛 이름
* "순정성리(順政城裏)" : 고려 성종 때의 명칭. 경북 영주시 순흥면의 옛 이름

숙수루(宿水樓)* 복전대(福田臺) 승림정자(僧林亭子)

초암동(草庵洞) 욱금계(郁錦溪) 취원루상(聚遠樓上)*

반취반성(半醉半醒) 홍백화개(紅白花開) 산우리(山雨裏)랑

위 유여(遊與)ㅅ 경(景) 긔 엇더ᄒ니잇고

고양주도(高陽酒徒) 주리삼천(珠履三千)

위 휴수상유(携手相遊)ㅅ 경(景) 긔 엇더ᄒ니잇고

▶ 현대어 풀이　숙수루(宿水樓) 복전대(福田臺) 승림(僧林) 정자

초암동(草庵洞), 욱금(郁錦) 계곡, 취원루(聚遠樓) 위

거나하게 취하여, 빗속에서 꽃을 보며

아, 어울려 노는 모습, 진정 어떠합니까?

고양(高陽)의 술꾼, 지략(智略) 있는 문객들

아, 함께 손잡고 노는 모습, 그 어떠하옵니까?

* 『근재집』에는 방점으로 표시한 부분이 빠져있다.

* "숙수루(宿水樓)" : 현재 소수서원 입구
에 숙수사 당간지주가 있으니, 인근에
숙수사와 숙수루가 있었을 것이다. "짧
은 모자 가벼운 옷차림으로 그윽한 곳
찾으니, 10년 세월 변함없어 옛 감회
새롭구나. 절벽의 아름다움을 어찌 시
로 나타낼꼬 절의 명성 물과 함께 영
원히 흘러가네. 산의 경치 마다하고 중
은 문을 닫는구나, 차가운 물소리 들으
며 손이 다락에 오르네. 휘파람 불며
서성일 제 해가 차츰 저무니, 난간에서
머리 돌려 고향 생각에 젖노라."[242]

죽계계곡 순흥 저수지(경북 영주시 순흥면 내죽리)

* "취원루상(聚遠樓上)" : 취원루(聚遠樓)
는 부석사 무량수전 서쪽에 있던 누각
이다. 한 줄기로 뻗은 소백산에는 주봉
(主峰)인 비로봉을 비롯하여 국망봉, 연화봉, 신선봉(제2연화봉), 상월봉, 형제봉 등이 있다. 비
로사 동쪽에서 국망봉에 걸쳐 수많은 골짜기가 합쳐지는 초암계곡은 소백산의 여러 계곡 가운
데 가장 구역이 넓은데 여기엔 죽계구곡(竹溪九曲)이 있다. 죽계는 순흥 동쪽쯤에서 소수서원,
배점리를 거쳐 초암에 이르기까지의 냇물을 일컫는데, 제 1곡인 초암에서 삼괴정('아까맛골'이
라고 하는 작은 마을) 앞의 제 9곡에 이르기까지의 약 5리에 걸쳐져 있다. 욱금(郁錦) 계곡은
소백산의 주봉인 비로봉, 옆의 연화봉에서 비로사, 당골, 정안동, 삼가동을 거쳐 흐르는 냇물을
말한다. 취원루는 부석사 무량수전 서쪽에 있던 누각으로 남쪽으로 300리를 볼 수 있었다는 말
이 전한다.[243]

채봉비(彩鳳飛) 옥룡반(玉龍盤)* 벽산송록(碧山松麓)

저필봉(低筆峰)[244] 연묵지(硯墨池) 제은향교(齊隱鄕校)

심취육경(心趣六經) 지궁천고(志窮千古) 부자문도(夫子門徒)

위 춘송하현(春誦夏絃)ㅅ 경(景) 긔 엇더ᄒ니잇고

연년삼월(年年三月) 장정로(長程路)애

위 하갈영신(何喝迎新)ㅅ 경(景) 긔 엇더ᄒ니잇고

▶현대어 풀이 푸른 솔숲에는 채봉이 나는 듯 옥룡이 서린 듯

지필봉(紙筆峰)과 연묵지(硯墨池)를 정연히 갖춘 향교에

육경(六經) 심취, 오랜 큰 뜻, 유학의 도 좇는 무리

아, 봄엔 시, 여름엔 거문고, 즐기는 모습 어떠합니까?

해마다 3월 되면 먼 길을 달려 온

아, 글 친구 맞아 떠들썩한 모습이 어떠합니까?

* "채봉비(彩鳳飛) 옥룡반(玉龍盤)" : "빛 고운 봉황이 나는 듯", 옥룡반(玉龍盤)은 "옥룡이 서려있
는 구불구불한 계곡", 혹은 폭포.[245] 벽산송록(碧山松麓)은 "푸른 소나무 기슭"을 뜻한다. 채봉
비는 죽계(竹溪) 계곡 근처의 비봉산(飛鳳山), 옥룡반은 죽계구곡, 벽산송록은 순흥 죽계 계곡
소수서원 인근의 송림(松林)을 지칭한다.

초산효(楚山曉)* 소운영(小雲英)* 산원가절(山苑佳節)

화란만(花爛熳) 위군개(爲君開) 류음곡(柳陰谷)

망대중래(忙待重來) 독의난간(獨倚欄干) 신앵성리(新鶯聲裏)

위 일타녹운수미절(一朵綠雲*垂未絶)

천생절염(天生絶艶) 소홍시(小紅時)

위 천리상사(千里想思) 긔 엇더ᄒ니잇고

▶현대어 풀이 초산(楚山)의 새벽, 산은 소운영(小雲英)과 어울려 곱고,

만발한 꽃들은 임을 위해 피고 골짝엔 버들 빛

또 오길 기다리며, 난간에 기댔다니, 꾀꼬리 소리 다시 나네.

아, 푸른 버들 끝없이 이어지고,

아리따움 타고난 꽃, 점점 더 붉어갈 제,

멀리 계신 임 그리는 마음, 그것이 어떠한고?

* "초산효(楚山曉)" : 초산(楚山)의 새벽 1) "새벽달 뜬 초산의 새벽에, 강가 사당(祠堂)엔 안개 흩어지고,[246] 2) "구름 엷고 별 성근 초산(楚山)의 새벽, 까마귀 울음 들리고[247]
* "소운영(小雲英)" : 중국이 원산지로, 콩과에 딸린 두해살이 꽃 '자운영(紫雲英)'이 있는데, 이 꽃은 이슬과 안개의 기운이 채 가시지 않은 봄날의 맑은 새벽에 자주 볼 수 있다. 『포박자』 선약(仙藥) 편에 오색의 雲母(광석) 가운데 푸른 기운을 띤 것을 '운영(雲英)'이라 하는 것을 보면, '소운영'은 "새벽의 푸른 기운 속에 곱게 피어있는 꽃"을 일컫는 듯하다.
* "녹운(綠雲)" : 1차적으로 푸른 구름인데, 수양버들의 가지가 아래로 길게 늘어진 모양[248]을 말한다.

홍행분분(紅杏粉粉) 방초처처(芳草萋萋) 준전영일(樽前永日)

녹수음음(綠樹陰陰) 화각침침(畫閣沉沉) 금상훈풍(琴上薰風)

황국단풍(黃菊丹楓) 금수춘산(錦繡春山) 홍비후(鴻飛後)랑

위 운월교광(雲月交光)ㅅ 경(景) 그 엇더ᄒ니잇고

중흥성대(中興聖代) 장락태평(長樂太平)

위 사절(四節) 노니사이다

▶ 현대어 풀이 살구꽃 흩날리고, 꽃다운 풀 무성할 제, 며칠토록 마시리.

녹음 우거지고, 단청 누각 적막할 제, 남풍에 (거문고) 가락 싣고,

노란 국화 붉은 단풍 온 산을 수놓고, 기러기 훨훨 날 제,

구름과 달빛 어울리는 모습, 그것이 어떠합니까?

좋은 세상에 길이길이 태평하며

아, 사철 놀아나 보십시다.

(『근재집(謹齋集)』 권2, 『죽계지(竹溪誌)』 행록行錄1)

🐌 왕의 태를 안치한, 서기(瑞氣) 어린 땅, 죽계(竹溪)

<죽계별곡> 1장의 "년듸업는 취화봉(翠華峰)에 왕자장태(王子藏胎)"는 이 땅은 전례 없이 왕자의 태를 안치한 곳으로, 고려조부터 왕가의 신성한 기운이 배인 곳임을

강조하고 있다. 소백산 경원봉, 초암동, 욱금동 일대에 충렬, 충숙, 충목왕의 태를 안치하였다.

> 순흥부는 원래 고구려 급벌산(及伐山)군이다. 신라 경덕왕이 급산(岌山)군으로 고쳤다. 고려 초에는 홍주(興州)로 고치고, 성종 때에는 순정(順政)이라 일컬었으며, 현종(顯宗)은 안동부에 귀속시키더니, 뒤에 순안현(順安縣)으로 이속시키고, 명종은 감무를 두며 충렬왕의 태를 안치시키더니 흥녕현령(興寧縣令)으로 고치고, 충숙왕의 태를 안치하더니 지흥주사(知興州事)로 승격시키며, 충목왕의 태를 안치하더니 지금 이름으로 고치고 부로 승격하였다.[249]

『죽계지』에서도 소백산 일대의 상서로운 기운을 강조하고 있다. 문종의 태가 명봉산(鳴鳳山)에 갈무리되어 있으니 하나의 산에 임금의 태가 넷이고 하나의 읍에 임금의 태가 다섯에 이르는 형상은 다른 곳에서는 볼 수 없는 것이다. 내가 보니 소백산이 북쪽에서 와서 서쪽으로 머리를 쳐들어 그 짜임새가 지극히 웅대하고 검푸른 빛이 횡으로 하늘의 반을 잘라 놓았다. 그 안에 있는 여러 봉우리가 또 모두 뛰어나 푸른 물결이 다투고 솟구치는 것과 같아 한 번 바라봄에 울창하여 그 복을 기름이 무궁함을 알게 된다. 구불구불 동쪽으로 와서 끊어지다가 다시 이어지는데 높이는 아홉 길이 안 되지만 마치 엎드려있는 거북 같은 것은 영귀(靈龜)이니 곧 문성묘(文成廟)의 진호(鎭護)이다.[250] 신령스러운 거북이 엎드려 있는 듯, 소백산의 빼어난 산세가 <죽계별곡>의 창작점이 되었다.

🐚 청풍 누각에 올라 맑은 정치를 구상하다

1장의 "청풍두각(淸風杜閣) 양국두함(兩國頭銜)"에 대한 매끄러운 풀이는 그리 쉽지 않다. 먼저 청풍두각(淸風杜閣)에서 '청풍(淸風)'은 맑은 바람이고, '두각(杜閣)'은 누각(樓閣), 내각(內閣), 장서(藏書)를 넣어두는 누각 등 여러 가지 뜻이 있는데, 앞뒤 구절이나 "부마의 은총을 형제가 함께 해/국공이 자손에게 덕을 끼쳤네./함지에 빠진 해 두 번 붙들어 올리고/맑은 바람은 누각 속으로 선선히 불어온다.",[251] "천상에서 내려

준 특이한 물건/손바닥 속에서 서늘한 바람 이네./…/임의 속마음을 알고 싶거든,/두 각의 바람을 일으켜나 보세."를[252] 보면, '청풍두각'의 뜻을 짐작해 볼 수 있다.

앞의 작품은 나랏일에 공을 세운 것을 두고, 뒤의 작품은 부채를 하사받아 시원한 바람을 일으킨다는 뜻으로 '청풍두각, 두각풍'이라 하였다. "사절(使節)로서 잔치 자리 빛내니, 두각(杜閣)의 맑은 풍모 옛날의 유선(儒仙)이네. 시 짓기 일삼지만 빼어난 자 없으니, 사신으로 찾아와 어느 누가 앞에 설까! 사절의 임무 세 번은 특별한 은혜임을 알아, 나라 위해 몸 바치니 어진이라 추천하네. 아마도 대궐 가서 임금께 아뢰는 날, 큰 은혜 분이 넘쳐 궁중에서 내려오리."를[253] 보면, 청풍두각은 시 짓고 교류하는 사신의 임무 수행을 두고 두각의 맑은 풍모라고 표현했다. 이를 <죽계별곡>의 앞뒤 구절과 연관 지어 풀어보면, 맑고 선선한 바람이 부는 죽계 계곡의 높은 누각에 올라 좋은 경치를 내려다보며 정치적 이상과 포부를 가진다는 뜻으로 의역할 수 있다.

『고려도경』에 "청풍각은 관사의 정청 동쪽, 도활관과 제활관의 자리 남쪽에 있다."[254] 하였고, 안축(安軸)의 기(記)에 순흥부 봉서루(鳳棲樓)에 관한 기록이 있다.

순흥 봉서루(鳳棲樓)(경북 영주시 순흥면 지동리 535)

"우리 부에는 누대의 이름이 대대로 내려오는 것이 많다. 모두 산에 바짝 붙고 길은 절벽에 있다. 그것이 이름난 것은 아마 산 높고 물이 맑기 때문이다. 저처럼 산에 바짝 붙고 길은 절벽에 붙어 있어 비록 맑고 그윽한 멋이 있다고는 하지만, 그 산을 보는 것은 한 두어 번 겹친 것에 지나지 않고, 그들을 보는 것은 한 두어 번 굽이진 것에 지나지 않고, 두루 바라보더라도 하나의 동굴, 하나의 구렁에 지나지 않으니, 이것은 한 줌의 산, 한 움큼의 물을 얻은 것일 뿐이다. 만약 남쪽으로 가서 이 다락에 오르면, 높은 것으로는 만 층으로 깎아지른 정상을 쳐다볼 수 있고, 먼 것으로는 천 겹으로 겹친 봉우리를 바라볼 수 있다. 이상한 바위들이 우뚝우뚝 하고, 맑은 구렁들이 빙빙 돌고 있으며, 구름의 변화와 안개의 엉

김이 천태만상이라, 이를 피해서 숨을 수 없다. 또 개울물은 백 갈래로 흐르면서 소용돌이치고 폭포로 날다가, 산 아래에 모여들면 사납던 형세는 늦추어지고 시끄럽던 소리는 조용해진다. 다락 아래에 이르러서는 깊게 갈아 앉은 물이 느릿느릿 십여 리나 흐른다. 여울의 조잘거리는 소리가 들을 만하고, 돌멩이의 잘다람이 사랑할 만하니 산수의 크기가 이에서 완비되는 것이다. 해마다 2월이면 농사를 시작한다. 남쪽 밭에 가는 사람들은 다락 아래를 끼고 다니고, 서쪽으로 나가는 사람은 다락 밖에 줄짓는다. 도랑을 파면 빗물이 소용없고, 가래를 메면 구름을 기다릴 것 없다. 이 다락은 오직 산수의 아름다움만 있는 것이 아니라 농사짓는 풍경을 보는 즐거움도 가졌다. 내가 고을 사람이 되기 때문에 결발(結髮)했을 때 놀던 곳이다. 관직에 있는 동안 언제나 남쪽을 바라보면서 그리워했었다. … 세상 사람들은 천길 되는 산은 귀하게 여기지 않으면서 조그만 석가산은 귀하다 하고, 만경창파는 사랑하지 아니하고 마당의 연못은 사랑하오 이로써 보건대 사람이 이것을 버리고 저것을 취하는 마음을 알 수 있을 것이요 이 다락은 눈을 들어 멀리 보면 아름다운 산과 물이요, 머리를 숙여 내려다보면 언덕의 풀과 흙이요, 다락이 버림받은 것은 다락의 죄가 아니요, 이를 보는 사람이 작기 때문이니, 만약 마음이 큰 사람이 이 고을에 와서 이 다락에 오른다면 또 저것을 버리고 이것을 취하지 않으리라는 것을 어찌 알겠소 … 대개 영남(嶺南)에 있는 누대 가운데 이와 훌륭함을 견줄 것이 없는 것이다. 그리고 또 백성 한 집을 보내어 지키게 함으로써 장구한 계책을 도모했으니, 저 조잡하고 소홀하게 금방 만들었다가 금방 부서지는 것과 같은 자리에 놓고 말할 수 있을 것인가? 다락이 완공된 뒤, 공은 손님이 오면 곧 이 다락에 올라 산을 바라보면 높이 들리고 구름이 나는 상상을 맛볼 것이고, 물가에 나가면 바람에 풍호욕호(風乎浴乎)란 즐거움이 생길 것이다.[255]

순흥부의 이름난 누대 가운데 봉서루(鳳棲樓)를 영남에서 으뜸으로 치고 있다. 산 높고 물 맑은 곳에 있고, 이 다락에 오르면, 높은 것으로는 만 층으로 깎아지른 정상을 쳐다볼 수 있고, 먼 것으로는 천 겹으로 겹친 봉우리를 바라볼 수 있으니 이와 견줄 수 있는 누대가 없다고 하였다. <죽계별곡>의 청풍두각은 선비들이 이 누각에 올라 시원한 바람을 맞으며 신임이 높은 신하가 되려는 꿈을 품는다는 뜻으로 풀고자 한다.

'양국두어(兩國頭御)'에서 소백산맥을 경계로 남국과 북국으로 나누어 '양국'이라 했다는 주장도[256] 있지만, '두어(頭御)'가 '두함(頭銜)·함두(銜頭)'는 학함(學銜)이나 관함(官銜) 등의 직을 칭하는 말이니[257] 안축이 고려에서는 문과에 급제하여 단양부주부(丹陽府注簿)를 지내고, 원나라 제과(制科)에도 급제하여 요양로(遼陽路) 개주판관(蓋州判官)에 임명된 일을 언급한 것이라는 주장이 설득력이 높다.

> "문장가 양·목(陽牧)의 내외손으로 태어나, 형제가 빼어남을 일찍이 보았다네. 응당 유관(儒冠) 그르친 날 비웃었을 텐데, 지금 직함을 보니 두 분 다 장군이 되셨구려."(陽牧文章內外孫 龍喉曾見弟如昆 定應笑我儒冠誤 <u>今見頭御兩將軍</u> 時平仲兄弟 皆拜護軍)"258

> "직함이 맑아 한 조각 얼음 같은데, 공적까지 어찌 높아 신임 받는 신하 되셨는가? 때때로 기탄없는 시 출중히 앞서고, 여러 날 술에 의탁해 장을 어지럽힌다.(<u>頭御淸似一條氷</u> 勳業何曾到股肱 放膽有時詩偃蹇 搜腸多日酒憑陵)"259

위의 두 예문에서도 '두어(頭御)'는 벼슬 직함을 뜻하고 있다. 맑은 직함을 가지고 공적이 높아 신임을 얻은 신하가 된 이의 직함이나 관함을 일컬어 '두어'라 하였다. 안숭선(安崇善)은 "우시 선조 근재 문정공 축(軸)은 타고난 자질이 순수하고 학문이 정밀하고 넓었다. 중국의 문인들에게 크게 칭송받아 빛나는 명성이 날로 퍼졌고, 고려로 돌아와 영예문춘추관(領藝文春秋館)이 되어 문장과 정사로써 한 시대를 울렸으니, 아아 위대하구나. 익재 이제현은 안축을 우리나라 사문(斯文)의 영수로 소개하였다."라고260 적었다.

🐾 빼어난 문객(門客)들이 모여 천하를 움직일 큰 꿈을 꾸다

제2장의 "고양주도(高陽酒徒) 주리삼천(珠履三千)"에서 "고양주도"는 고양(高陽)의 술꾼이란 뜻으로, 한대 초기의 사람인 '역이기(酈食其)'를 말한다. 역생(酈生) 이기(食其)는 진류현(陳留縣) 고양(高陽)의 사람이다. 독서하기를 좋아했는데, 집안이 가난하게 되자 의식을 해결할 직업이 없었다. 마을의 문지기가 되었으나 현 안의 현인 호걸들은 아무도 그를 쓰려고 하지 않았고, 현 사람들은 모두 그를 광생(狂生)이라고 불렀다.

> "동쪽 울타리에 몇 떨기 국화, 중양절 기다리지 않고 일찍 피었네. 아이 불러 한 가지

꺾으라고 해서, 아내에게 새 술을 거르라 하였네. 이로부터 술통 속 그 물건들, 맑은 향기로 내 잔을 훈훈케 하리. … 술 속에 살아가던 여덟 선자(仙子)들도 죽어서는 그 뼈가 흙이 되었고, 마시길 좋아하던 고양(高陽)의 무리들도 한번 가서 다시는 돌아올 줄 모른다네."**261**

이기에서 유래하여 위의 시 <9월 5일 손님과 조촐한 술잔을 나누다>에서도 고양의 무리는 거나하게 술에 취해 흥청거리는 선비들을 비유했다. 그러나 이 말을 유래하게 한 이기의 삶을 보면, 고양주도는 단순히 흥청망청 주흥에 취하여 유회를 즐기는 취객을 의미하는 것은 아니다.

진승(陳勝)·항양(項梁) 등이 군사를 일으키자 제장(諸將)은 각지를 순행했는데, 고양을 통과한 자가 수십 명이나 되었다. 역생은 이들 여러 장수를 찾아보았으나 모두 틀이 작아 까다로운 예절이나 지키기 좋아하고 자기주장만 내세울 뿐이어서 큰 계책을 말해주어도 받아들이지 못하는 사람들뿐이었다. 그리하여 역생은 체념한 채 자기의 계략을 깊이 감추고 있었다. 그 후 패공(沛公)이 군사를 이끌고 진류의 교외 지방을 공략한다는 말을 들었다. 때마침 패공 휘하의 기사(騎士) 중 역생과 한 마을 사람의 자제가 있었는데, 공교롭게도 패공은 그에게 읍 안의 현인 호걸은 누구냐고 물었다. 그 기사가 귀향을 하자 역생은 그를 만나서 이렇게 말했다.

"듣자 하니 패공은 거만한 사람이라고는 하지만 통이 큰 사람이라더군. 그분이야말로 내가 섬기고 싶은 인물인데 아무도 나를 천거해 주지 않네. 자네가 패공을 만나게 되면 '저의 향리에 역생이란 사람이 있습니다. 나이 60여 세에 키는 8척이 넘습니다. 사람들은 모두 그 사람을 보고 미쳤다고 하지만 역생 자신은 미치지 않았다고 합니다.'라고 말해 주게나."

"패공은 선비를 좋아하지 않소. 선비가 관을 쓰고 빈객으로 오면 곧바로 그 관을 벗게 하고 그 속에 오줌을 눌 정도라오. 선비로서 태공을 설득한다는 것은 있을 수 없는 일이오."

"그건 어쨌든 그렇게 말만 해주면 되네."

기사는 돌아가서 기회를 보아 역생이 한 말을 그대로 패공에게 아뢰었다. 패공은 고양의 숙사에 가서 사람을 보내어 역생을 불렀다. 역생이 와서 알현하자 패공은 마침 평상에 걸터앉아서 두 여자에게 발을 씻기고 있었는데, 그 자세로 역생을 인견했다. 역생은 방으로 들어가서 양손은 읍을 할 뿐 절도 하지 않고 말했다.

"공은 진(秦) 나라를 도와 제후들을 치려는 겁니까. 아니면 그 제후들을 이끌고 진나라를 치려는 겁니까?"

"패공은 큰 소리로 꾸짖으며 말했다.

"이 어린애 같은 선비 녀석아. 천하 사람들이 오랫동안 진나라 놈들에게 고통을 받아왔기 때문에 제후가 연합해서 진나라를 치는 판인데 어찌하여 진나라를 도와 제후를 친다는 등 지껄이는 거냐!"

"도당을 모으고 의병을 합쳐서 무도한 진나라를 꼭 쳐부수겠다면 다리를 내밀고 걸터앉아서 연장자를 맞는 일은 없어야 할 거요"

이 말을 듣자, 패공은 발 씻기를 그치고 일어서서 의관을 갖추고 역생을 상좌에 앉힌 다음 사과했다. 역생은 옛날 6국이 합종연횡한 시대의 이야기를 했다. 패공은 기뻐하며 역생에게 음식을 대접하며 이렇게 물었다.

"그렇다면 어떤 계책을 써서 나가는 것이 좋겠소?"

"공이 오합지중을 모아 일으키고 산란한 군사를 모은다 하더라도 1만 명에 달하지 못합니다. 그 따위 병력으로 곧바로 강한 진나라를 친다는 것은 이른바 호랑이 입에 뛰어드는 격밖에 아니 됩니다. 이 진류(陳留)의 땅은 원래부터 천하의 요충지로서 교야(郊野)는 사통오달하고 성 안에는 아직 많은 저장미가 있습니다. 저는 현령(縣令)과 친한 까닭에 저를 사신으로 보내신다면 그를 공에게 항복하도록 만들겠습니다. 만약 받아들이지 아니한다면 공은 군사를 들어 치는 것이 좋고 그렇게 하시면 저는 성 안에서 내응하겠습니다."

그리하여 역생을 보내고 패공은 군사를 이끌고 그 뒤를 따라 마침내 진류를 항복시켰다. 이 공으로 역이기는 광야군(廣野君)의 호를 받았다. 역생은 그의 동생 역상(酈商)을 패공에게 추천하여 수천 군사의 장군으로 쓰게 했다. 그리고 역상은 패공을 따라 서남쪽의 땅을 공략하였고, 역생은 유세의 빈객으로 제후들의 나라를 돌아다녔다.[262]

순흥향교 영귀루(詠歸樓)(경북 영주시 순흥면 청구리 437)

위의 역사기록에서 역생(酈生) 이기(食其)는 패공을 깨우칠 만한 패기와 천하를 이끌 큰 계략을 갖추었던 선비였음을 알 수 있다. 『삼국유사』에도 "효소왕(孝昭王)은 대현(大玄) 살찬(薩湌)의 아들 부례랑(夫禮郞)을 국선(國仙)으로 삼았고, 주리(珠履)의 무리가 1,000명인 안상(安常)과 더불어 매우 친했다. 천수(天授) 4년, 장수(長壽) 2년 계사(癸巳, 693) 3

월에 부례랑이 무리를 거느리고 금란(金蘭)에 놀러 갔다가 북명(北溟)의 경계에 이르러 적적(狄賊)에게 사로잡혀 갔다."에도[263] "구슬로 장식한 신"이란 의미를 가진 주리(珠履)가 나온다. 이에 "주리삼천(珠履三千)"이란 모략(謀略)을 갖춘 여러 문객, 꾀를 가진 귀한 문객(門客)이란[264] 뜻이다. 그러므로 "고양주도(高陽酒徒) 주리삼천(珠履三千)/위 휴수상유(携手相遊)ㅅ 경(景) 긔 엇더ᄒ니잇고"【"고양(高陽)의 술꾼, 지략(智略) 있는 문객들/아, 함께 손잡고 노는 모습, 그 어떠하옵니까?"】는 높은 지략을 갖춘 귀한 선비들이 모여 유흥을 즐기는 기쁨을 노래한 것이다.

❧ 부자(夫子) 문도(門徒)들이 모여 유학의 큰 꿈을 품다

3장의 "저필봉(低筆峰) 연묵지(硯墨池) 제은향교(齊隱鄉校)"이 안축(安軸)의 『근재집(謹齋集)』에서는 '저필봉(低筆峯)', 주세붕의 『죽계지』에는 '지필봉(紙筆峯)'으로 되어 있어 뜻풀이에 어려움이 있었다.

그러나 퇴계 이황의 시 <순흥 향교 옛터를 지나며(過順興鄉校舊址)>에 "지필봉 앞 연못에 물이 마르니/당시 현(絃)의 노래 누가 다시 논할꼬(紙筆峯前池水涸 當時絃誦更誰論)"라 하였다. 현송(絃誦)은 현악기를 타면서 낭송한다는 뜻으로, 학업에 임한다는 뜻이다. 제목 아래에 순흥향교에 "지필봉과 연묵지가 있다."(有紙筆峯硯墨池)고 써 두었다.[265]

주세붕의 시에서도 "회헌(晦軒)이 살던 마을 찾아가니/연당(硯塘) 있던 곳에 벼가 흔들리고 있어 안타까웠네./죽계를 거슬러 올라가면 원 물줄기가 나온다."라 하였다.[266] 본문의 연당(硯塘) 아랫부분에 "연묵지(硯墨池)는 없어지고 지금은 논이 되었다.(硯墨池 今廢爲水田)"는 설명을 달았다. 그러므로 지필봉과 연묵지는 순흥향교 뒤의 봉우리와 향교 앞의 연못을 뜻함을 알 수 있다.

현재 순흥면 내죽리(內竹里)에 소재하는 순흥향교는 여러 번의 이건(移建)[267]을 거쳤다. "문성공(文成公) 유상(遺像)은 중간에 홍주향교(興州鄉校)가 없어지면서 다시 종가로 되돌려갔다. 이에 참판 풍기군수 주세붕이 서원을 창설하고 유상을 다시 사당으

순흥 안향선생 세연지 비석과 샘터
(경북 영주시 순흥면 소백로 2600번길)

소수서원 내 탁청지. 풍기군수 겸암 류운룡(柳雲龍,
1539~1601)이 만든 인공연못이라 전한다.

로 모셔왔다.",[268] "고을에 사는 말대(㐘大)는 애당초 부역이 없는 백성이었다. 그의 형 귀문(貴文)과 그 아우 우음(于音)과 함께 향교의 전직(殿直)을 해 온 지가 20여 년이 된다. 지난해 봄에 전 군수 노경임(盧景任)이 저희 서원을 살펴보면서 노비가 적은 것을 걱정하고 향교 소속의 말대를 서원으로 이속시켜 유생들의 심부름에 이바지하도록 했다."라고[269] 하였다.

앞의 글은 1559년에, 뒤의 글은 1606년에 쓴 것으로, 문성공의 유상(遺像)을 옮긴 일과 향교 전직을 소수서원으로 옮긴 일을 기록하였다. "지필봉(紙筆峰) 연묵지(硯墨池) 제은향교(齊隱鄉校)"의 '제은향교'는 죽계 계곡 인근에 위치한 순흥향교를 칭한 것으로 보인다. '지필(紙筆)'은 선비들이 늘 지니고 쓰는 문방사우 가운데 "종이와 붓"이고, '연묵(硯墨)'은 문방사우 가운데 "벼루와 먹"을 뜻한다. 이에 이 대목을 "선비들에게 소용되는 문방사우를 고르게 갖추고 있는 향교"라는 뜻으로 풀이한다. 앞 구절 "푸른 솔숲에는 채봉이 나는 듯 옥룡이 서린 듯"과 짝을 이루어 향교 주변의 풍경을 묘사한 것이지만, '지필(紙筆)'에 "문장(文章), 문자(文字)"라는 뜻이 있고,[270] '묵수(墨水), 묵수지(墨水池)'에는 "붓과 벼루를 씻는 못"이라는 뜻 외에도 "학문 독서하는 선비의 능력"이란[271] 의미가 들어 있으며, 장지(張芝)나

왕희지(王羲之) 등 서법으로 이름난 사람들은 모두 '묵지(墨池)'를 가진 것으로 후세에 알려졌다.[272]

영주시 순흥면(석교2리) 문성공(文成公) 안향(安珦)의 태실 곁에 젊었을 적에 벼루를 씻던 '세연지(洗硯池)'[273]도 같은 연유에서 전해졌을 것이다. 소수서원에 영귀봉(靈龜峰)과 탁청지(濯清池)를 가진 것도 같은 이치이다. 그러므로 '지필봉(紙筆峰) 연묵지(硯墨池) 제은향교(齊隱鄉校)'는 "종이와 붓, 벼루와 먹의 문방사우를 갖춘 (순흥)향교", 혹은 "봉우리와 연못이 가지런하게 자리 잡은 향교"라는 외연적 의미를 가지고, "선비들이 학문이나 서법으로 일가(一家)를 이루는 데 필요한 요소를 골고루 갖춘 향교"라는 뜻을 내포한다. 향교에서 수학한 선비들이 우뚝한 인재로 자라, 학문과 서법으로 이름나기를 기원하는 마음을 다분히 담고 있다 해도 지나친 말은 아닐 것이다.

🐌 주세붕과 황준량, 〈죽계별곡〉을 두고 논쟁하다

황준량이 주세붕에게 다음과 같이 물었다.

"내가 하는 바는 다만 고인의 법을 취할 뿐이며, 시비의 분별은 지혜로운 이가 있을 것이니 또한 달리 무엇을 묻겠는가? 그리고 문정공의 〈주리고양곡(珠履高陽曲)〉은 필시 일시의 해학에서 나온 것으로 후세에 길이 읊조릴만한 것은 못된다. 선생이 이에 대해 평을 했고 또한 성현의 격언을 번역하여 노래로 만들어 바른 데로 돌리고자 했는데 유유히 기수에서 목욕하고 시 읊으며 돌아오는 뜻이 있고, 호연히 천리가 운행하는 오묘함이 담겼으니 이 또한 깊은 조예라고 말할 수 있다. 그러나 고어를 번역했다고 하나 스스로 자신이 한 것이라는 것을 면할 수 없다. 그렇다면 또한 이 『죽계지』에 함께 엮을 수 없는 것이다. 나의 뜻으로는 〈죽계곡〉을 삭제하고 아울러 별록 및 엄연 등의 가곡은 놓아두고 후인의 취사선택을 기다리는 것이 옳다고 생각한다. 자신에게서 사소한 결점이 없다면 한 때의 비난은 반드시 후세에 그치겠지만 만일 조금이라도 미진함이 있다면 시비를 초래하게 될 것이다. 그러기에 사려가 깊지 않으면 멀리 전하지 못하고 멀리 전하지 못하면 도를 밝힐 수 없으니 군자가 가르침을 세워 후세에 전함에 있어 어찌 삼가지 않으랴."[274]

금계(錦溪) 황준량(黃俊良, 1517~1563)은 퇴계 이황의 맏 제자이니 "거만하고 불손하며 거리낌 없이 멋대로 굴고(긍호방탕)", "경박하여 남을 업신여기고 희롱이나 농지거리를 일삼는다(설만희압)"는 이유로 <한림별곡> 종류를 배척하던 퇴계의 관점을 고스란히 전수받았을 수 있다. 황준량이 <주리고양곡(珠履高陽曲)>, 즉 <죽계별곡>은 일시의 해학에서 나온 것이니 후세에 길이 읊조릴만한 것은 못 된다며 <죽계곡>을 삭제하고 후인의 취사선택을 기다리는 것이 옳다고 말한 것도 같은 맥락일 것이다.

이 물음에 대하여 주세붕은 다음과 같이 답한다.

"나를 알아주는 것도 하늘이요 나를 비난하는 것도 하늘이다. 내 진실로 부득이한 바 있었던 것이니 어찌 다른 뜻이 있었겠는가? 이 점을 그대는 미처 생각지 못함이다. 그리고 내가 편집한 가곡 또한 나의 창작이 아니고 모두 옛 성인의 격언으로 번역하여 이른바 문정공의 <죽계별곡>을 바로잡은 서원에 남겨 여러 선비에게 만분의 일이라도 읊조리는데 도움이 되게 하고자 함이다. 진실로 한마디라도 내 개인의 뜻으로써 견강부회했다면 비난을 받아 마땅하나 성인의 격언으로 번역하였으니 무슨 잘못이 있겠는가? 만일 이를 비난한다면 이는 성현의 격언을 비난하는 까닭이니 나와는 상관없는 일이다. … 주대에 국가에서는 이남(二南)과 정아(正雅)를 사용하였고 종묘에서는 삼송(三頌)을 연주했을 뿐 소·대아의 변음은 손님을 맞는 자리에서도 노래하지 않았다. 더구나 정위(鄭衛)의 음란한 음악을 연주하였겠는가? 이는 진실로 주자가 말을 극진히 한 바이며 내 또한 걱정이며 이 사악함을 교정하여 바른 길로 되돌리려는 것이었다."275

이렇듯 <죽계별곡>에 대한 금계와 주세붕의 시각은 상반되고 있다. 주세붕은 안축의 <죽계별곡>은 옛 성인의 격언을 번역한 것으로, 서원에 남겨 여러 선비에게 만분의 일이라도 읊조리게 할 만한 가치가 있는 것으로 만들고자 했다고 그 창작 의도를 밝히고 있다. 주세붕은 선비들이 지켜야 할 도(道)의 방향을 제시한 <도동곡>을 지어 성현들께 올리는 제의의 초헌·아헌·종헌할 때 나누어 부르게 할 만큼 경기체가에 대한 온화한 시선을 유지하였다. 결국 <죽계별곡>은 주세붕의 뜻에 따라 『죽계지』에 실렸고, 이 일에 대하여 퇴계 이황은 "왕년에 상산(商山) 주경유(周景遊)가 풍기에서 『죽계지(竹溪志)』를 찬하여 완성되자 바로 출판하였다."며 불만을 털어놓았다. "내가 사우(士友) 몇 사람과 함께 자못 그 결점을 지적하여 고치기를 청하자 주세붕이 스스로 옳다고 고집하며 듣지 않았는데, 지금 그 책을 보는 사람들은 병통이 있는 것으로 생각지 않는 이가 없다. 대개 공정한 시비는 누구나 똑같이 생각하는 것이니, 어찌 일개인의 사견으로 배척해 낼 수 있겠는가!"[276]라고 했으니 『죽계지』에 경기체가를 싣는 데 대한 퇴계 선생의 불만이 얼마나 컸는지를 미루어 짐작할 수 있다.

◎ 〈안양찬(安養讚)〉   함허당(涵虛堂) 기화(己和, 1376~1433)

> 제1(第一) 피차동화(彼此同化)
> 대도사(大導師)* 아미타(阿彌陀) 현피접인(現彼接引)*
> 아본사(我本師) 석가문(釋迦文) 권령왕생(勸令往生)
> 피차여래(彼此如來) 동이대비(同以大悲) 각설방편(各設方便)
> 공탁미륜(共度迷倫) 최희유(㝡希有)*
> 피불차불(彼佛此佛) 대비대화(大悲大化) (재창 再唱)
> 은유부모(恩愈父母)

▶현대어 풀이   <제1> 두 부처가 함께 교화하시다
　　　　　　　아미타불은 중생들을 서방정토로 인도하시고,
　　　　　　　본래의 스승님 석가모니는 극락왕생 권하시네.
　　　　　　　두 부처여래 함께 큰 자비로 이끌어주시니
　　　　　　　함께 중생의 방황 헤아리니, 가장 드물게 좋도다.
　　　　　　　이와 저 부처님의 크나 큰 자비와 교화 (두 번 부른다)
　　　　　　　은혜로움 부모보다 낫도다!

* 대도사(大導師) : 불·보살의 존칭. 중생을 잘 이끌어 삶과 죽음을 초월하게 한다는 뜻
* 접인(接引) : 부처가 사람들을 정토로 이끌어 들이는 것(『관무량수경』)
* 희유(希有) : 일이 심히 적은 것. 서로 같은 것이 없는 것. "얼굴 모습이 워낙 단정하여 온 세상 어디에도 희유하다."(『무량수경』 상), "이 불사의(不思議)는 현재에도 희유한 일이다."(『법화경』 서품)

제2(第二) 의정*구승(依正俱勝)

왈극락(曰極樂) 왈안양(曰安養) 명피불토(名彼佛土)

무량광(無量光)* 무량수(無量壽)* 명피여래(名彼如來)

단문기명(但聞其名) 기중활계(其中活計) 일념편지(一念便知)

흔피왕생(欣彼往生) 역희유(亦希有)

불어피국(佛於彼國) 현주설법(現住說法) (재창)

해회소연(海會昭然)

▶ 현대어 풀이　<제2> 의(依)와 정(正)이 모두 빼어나다.

극락이라 하고, 안양이라 함은 저 불국토를 말함이요,

무량광(無量光), 무량수(無量壽)라 함은 저 여래를 말함이라.

그 이름만 듣고도, 그 속에서 살아갈 방도, 일념으로 쉽게 알리라.

극락왕생 기뻐함도 또한 드물게 좋은 일이로다.

극락에 계신 부처님 지금 머물며 설법하시니, (두 번 부른다)

넓디넓은 모임 빛나도다.

* 의정(依正) : 과거의 업에 따라 나의 심신(心身)을 받는 것을 정보(正報)라 하고, 그 심신이 의정하는 일체세간의 사물을 의보(依報)라 한다.
* 무량광(無量光) : 아미타불의 광명은 그 수가 매우 많아 헤아릴 수 없다는 뜻이다. 또 그 이익도 한이 없어 과거 현재 미래 삼세(三世)에 이르도록 끝이 없으므로 이같이 말한다.
* 무량수(無量壽) : 부처님의 수명이 끝이 없다는 말이다. 부처님의 법신(法身)은 과거 현재 미래, 예나 지금이나 항상 존재하여 멸하지 않으므로 그 수명을 헤아릴 수 없기 때문에 무량수라고 한다. 아미타불을 무량수불이라 번역하는 것은 시간적으로 무한함을 가리키고, 무애광불(無礙光佛)이라 번역함은 공간적으로 무한함을 말한다.[277]

제3(第三) 순락무우(純樂無憂)

피불국(彼佛國) 무삼악(無三惡)* 역무팔고(亦無八苦)*

왕생인(往生人) 신금색(身金色) 개구묘상(皆具妙相)

궁전수신(宮殿隨身) 의식자연(衣食自然) 일체구족(一切具足)

상향무극(常享無極) 역희유(亦希有)

보의보구(寶衣寶具) 향찬진수(香饌珎羞) (재창)

수념현전(隨念現前)

▶현대어 풀이   <제3> 즐겁기만 하고 근심 없도다.

　　　　　　　저 부처님 나라, 3악(三惡)이 없고, 8고(八苦)도 없다.

　　　　　　　극락왕생하는 사람, 몸은 금색이요, 다 장엄한 모습이다.

　　　　　　　궁전이 나를 따르고, 의식이 갖추어지니, 모든 것을 갖추었다.

　　　　　　　항상 모든 것을 누리는 것, 드문 좋은 일이로다.

　　　　　　　보옥 옷, 보옥 가구, 향기로운 음식, 진귀한 음식(2번 부른다)

　　　　　　　염불하면 앞에 나타나리라.

* 삼악(三惡) : 삼악도(三惡道)의 준말이다. 심성이 사나워 좋은 말을 듣지 않는 것, 항상 쩨쩨한 시기심을 품고 남이 자기보다 훌륭한 것을 미워하는 것, 자기보다 훌륭한 것을 알면서도 부끄러움을 품고 묻지 않는 것을 말한다.(『대법거다라니경』)
* 팔고(八苦) : 생로병사의 네 고통, 사랑하는 사람과 헤어지는 고통(愛別離苦), 원망하고 미워하는 원수를 만나며 사는 고통(怨憎會苦), 구하는 것을 얻지 못하는 고통(求不得苦), 심신의 모든 집착과 고통(五盛陰苦)(『열반경』12)

제4(第四) 비체장엄(備體莊嚴)

칠중란(七重欄) 칠중망(七重網) 칠중행수(七重行樹)

칠보지(七寶池) 칠보대(七寶臺) 칠보누각(七寶樓閣)

일일화려(一一華麗) 영철무애(瑩徹無礙) 교영중중(交影重重)

청정엄식(淸淨嚴飾) 역희유(亦希有)

보대보각(寶臺寶閣) 보수보망(寶樹寶網) (재창)

장엄묘호(莊嚴妙好)

▶현대어 풀이   <제4> 몸을 장엄히 꾸미다

　　　　　　　일곱 겹의 난간, 일곱 겹의 그물, 일곱 겹의 나무.

　　　　　　　일곱 개 아름다운 연못, 일곱 개 화려한 누대, 일곱 개 찬란한 누각

　　　　　　　죄다 화려하고, 밝은 빛 통하고, 그림자는 겹겹이 비추이네.

　　　　　　　맑고 깨끗하고 장엄한 장식, 드물게 좋은 일이로다.

화려한 누대, 화려한 누각, 보배로운 나무와 그물

화려한 누대, 화려한 누각, 보배로운 나무와 그물(두 번 부른다)

화려한 장식, 아주 좋구나.

부석사 안양루(경북 영주시 부석면 부석사로 345)
안양은 극락을 뜻하므로 안양루는 극락세계에 이르는 입구를 상징한다.

제5(第五) 화지수생(花池受生)

칠보지(七寶池) 팔덕수(八德水) 충만기중(充滿其中)

지변유(池邊有) 사계도(四階道)* 중보합성(衆寶合成)

지중연화(池中蓮華) 대여차륜(大如車輪) 개부수면(開敷水面)

어중수생(於中受生) 역희유(亦希有)

구품화대(九品花臺)* 차제기포(次第碁布) (재창)

수분수생(隨分受生)

▶현대어 풀이   <제5> 꽃 연못에 태어나다.

칠보 연못, 팔덕의 물, 그 속이 충만하고,

못 가엔 네 계단 길, 여러 보배가 모여 있다네.

연못의 연꽃은 수레바퀴 만하게 물 위에 펼쳐지고,

그 속에서 삶을 받아 태어나는 일, 드물게 좋은 일이로다.

구품(九品)의 꽃 받침대 바둑판처럼 차례로 펼쳐졌다.(두 번 부른다)

분수에 따라 왕생을 받는다.

* 사계도(四階道) : 사계성불(四階成佛). 소승불의 성도에 있는 4개의 계단.

* 구품화대(九品花臺) : 극락세계에 왕생하는 9종의 차별 등급. 상상(上上)~하하(下下)까지 9단계.

제6(第六) 시방유행(十方遊行)*

황금지(黃金地) 벽허공(碧虛空) 상작천악(常作天樂)

우천화(雨天花) 향분복(香芬馥) 주야육시(晝夜六時)

기중중생(其中衆生) 신승보전(身乘寶殿) 뇌중묘화(賚衆妙花)

공양타방(供養他方) 역희유(亦希有)

시방불토(十方佛土) 반식경행(飯食頃行) (재창)

왕반무애(徃返無碍)

▶ 현대어 풀이 <제6> 온 세상을 순회(巡廻)하다

황금 땅, 푸른 허공, 하늘엔 늘 풍악이 울린다.

하늘꽃비, 갖은 향기는 밤낮으로 내린다.

그 가운데 중생들은 보배로운 궁전에 오르고, 무리들에겐 기묘한 꽃 내린다.

다른 곳까지 공양하는 것, 드물게 좋은 일이로다.

시방 불국토에 밥 먹는 것이 잠깐이지만(두 번 부른다)

가고 오는 것에 거리낌 없다.

* 시방유행(十方遊行) : 동서남북의 4방, 건(乾, 서북), 곤(坤, 서남), 간(艮, 동북), 손(巽, 동남)의 4유(四維), 상하의 열 방향. 유행은 승려가 각지로 순행하는 것으로 행각(行脚)이라고도 한다.

제7(第七) 문음진수(聞音進修)

백학여공작등(白鶴與孔雀等) 출화아음(出和雅音)

미풍취(微風吹) 동제수(動諸樹) 출미묘성(出微妙聲)

문시음자(聞是音者) 자연개생(自然皆生) 염불법심(念佛法心)

증진수행(增進修行) 역희유(亦希有)

보수보대(寶樹寶臺) 방광설법(放光說法) (재창)

선유법화(宣流法化)

▶ 현대어 풀이 <제7> 설법을 듣고 불도를 닦다.

백학과 공작 등이 화평하고 고아한 소리를 내고,

산들바람 불어 나무들 움직이며 작은 소리를 낸다.

이 소리 듣는 자, 자연히 극락에 태어나 불법의 마음 염불한다.

증진하여 수행하는 것, 드물게 좋은 일이라.

찬란한 나무, 화려한 누대, 빛이 나는 설법(두 번 부른다)

불법의 교화를 베풀어 전한다.

제8(第八) 장수등불(長壽等佛)

아미타(阿彌陀) 성정각(成正覺) 어금십겁(於今十劫)

왕생인(往生人) 무고하(無高下) 여불제수(與佛齊壽)

십념성취(十念成就)* 승불원력(承佛願力) 자연왕생(自然往生)

영단생사(永斷生死) 역희유(亦希有)

승불원력(承佛願力) 염불왕생(十念往生) (재창)

수명장원(壽命長遠)

▶ 현대어 풀이 <제8> 부처님처럼 수명이 길다.

아미타불, 성불 하신 지 열 겁이나 되었고

극락왕생하면 위아래 없이 부처님처럼 수명이 길다.

아미타불을 갖추어 외면 부처님의 힘 받들어 극락으로 가리라.

영원히 삶과 죽음을 넘어서는 것도, 드물게 좋은 일이로다.

부처님의 힘 받들어, 극락왕생 염불한다.(두 번 부른다)

수명이여 길어져라.

* 십념성취(十念成就) : 십념의 갖춘 이름은 "나무아미타불"이라고 했다.(『관무량수경』) 아미타불을 10번 염불하는 것을 십념성취라 한다.

제9(第九) 인우진도(因友進道)

관세음(觀世音) 대세지(大勢至)* 무량해중(無量海衆)

구선근(具善根) 유복덕(有福德) 제상선인(諸上善人)

어중좌와(於中坐臥) 견문훈습(見聞熏習) 정진수행(精進修行)

동취보리(同趣菩提) 역희유(亦希有)

제상선인(諸上善人) 이위법려(以爲法侶) (재창)

훈습증진(熏習增進)

▶ 현대어 풀이 <제9> 벗으로 인하여 불도로 향하다

관세음보살, 대세지보살, 헤아릴 수 없는 많은 무리.

선근을 갖추고, 복덕을 가지시고, 높은 선(善)을 행하는 분들

그 가운데 앉고 누워 듣고 보며 불도 익히고 정진 수행하니

함께 깨달음으로 나아가는 것, 드물게 좋은 일이로다.

선을 높이 행하는 이들을 불법(佛法)의 동반자로 삼아(두 번 부른다)

불도 닦아 더욱 나아가라.

* 대세지(大勢至) : 대세지보살. 아미타삼존 가운데 한 분. 아미타불의 오른쪽에 모시는데 지혜(智慧) 문을 맡고 있다. 지혜의 빛으로 모든 중생을 널리 비추어 고통을 없애고 가장 높은 힘을 얻게 한다 하여 '대세지'라 하였다.

제10(第十) 염불몽화(念佛蒙化)

약일일(若一日) 약이일(若二日) 내지칠일(乃至七日)

일심념(一心念) 아미타(阿彌陁) 제죄소멸(諸罪消滅)

임명종시(臨命終時) 몽불보살(蒙佛菩薩) 방광접인(放光接引)

구련화왕(九蓮花迬) 역희유(亦希有)

이발금발(已發今發) 당발원왕(當發願王) (재창)

개득왕생(皆得徃生)

▶ 현대어 풀이 <제10> 부처를 염원하여 교화를 입다

하루에서 이틀, 7일에 이르기까지

한 마음으로 아미타불을 외면, 모든 죄는 없어지고
삶을 마감할 때 빛이 나는 불보살의 인도를 받으리라.
극락의 아홉 연화좌 위에 태어나는 것, 드물게 좋은 일이라.
지난 발원도, 지금의 발원도, 앞으로의 발원도 (두 번 부른다.)
모두 극락왕생 얻으리라.

『함허당득통화상어록(涵虛堂得通和尙語錄)』[278]

✤ 극락왕생의 그 모든 것

함허당 기화의 득통탑(문경시 가은읍 원북리 산 54-1). 탑신에 함허당득통지탑(涵虛堂得通之塔)이라고 적혀있다.

안양(安養)은 "마음을 편안히 하고 몸을 가다듬어 기른다."는 말이고, '안양세계(安養世界)'는 "극락세계에 종사한다."는 말이니, <안양찬>은 불교인이 염원하는 세계인 안양(극락)에 태어나고자 하는 마음을 표현한 작품이다.

제1장은 아미타불과 석가가 자비로움으로써 방황하는 중생을 서방정토·극락으로 제도하는 은혜가 부모의 은혜에 견주어질 만하다고 했고, 제2장은 서방정토에 계신 설법을 기다리며 하나 된 마음으로 정진하는 모임이 넓고 빛나는 일이라고 강조하고 있다. 제3장은 서방세계에서는 3악(三惡)이나 8고(八苦)의 근심이 없고 오로지 장엄하고 진귀한 즐거움만을 누리게 될 것임을 알리고, 제4장은 서방세계에 있는 건물과 난간, 나무는 모두 화려하고 장엄할 것임을 전하고 있다. 제5장은 극락의 칠보 연목, 연못의 연꽃에서 삶을 받아 태어나게 될 것임을, 6장은 허공엔 풍악이 울리고 꽃향기 가득하며 온 사방에 공양이 이루어지어 오고가는 것에 거리낌이 없음을, 제7장은 화평하고 고아한 극락에서 중생들이 오로지 수행만을 증진한다면 부처님은 불법의 교화를 베풀

어 전할 것임을, 제8장은 극락왕생하면 수명이 길어져 영원히 삶과 죽음을 넘어서게 될 것임을, 제9장은 서방정토에서는 수많은 보살들이 불법의 동반자가 되어 함께 불도를 수행 정진할 것임을 널리 알려주고 있다. 제10장은 한 마음으로 아미타불을 외면 모든 죄가 사라지고 불보살의 인도를 받아 극락의 아홉 연화좌 위에 태어날 것이니 꾸준히 소원을 빌어서 극락왕생을 얻으라고 재삼 강조하고 있다.

　<안양찬>에서 '위(爲, 偉)'와 '경기하여'가 빠진 것은 경기체가의 변형으로 보이고, 조선 초기에 승려도 경기체가를 향유한 경우가 있음을 보여준다. <안양찬>·<미타경찬>에서는 "경기하여" 부분이 아예 "최희유(最希有)"[279]로 바뀌기도 한다. 본사의 3행이 줄거나 늘기도 하고(<금성별곡>), 본사와 엽이 불규칙하게 교차되기도(<도동곡>, <독락팔곡> 등) 했다. 이렇듯 경기체가는 정격과 변격, 파격 등 다양한 형태로 창작되면서 본래의 모습과 달라져 갔다. <안양찬>은 불교인이 염원하는 안양(극락)에 태어나고자 하는 마음을 담았다.

　이 작품을 지은 함허당 기화(涵虛堂 己和, 1376~1433)는 기화는 과거를 위해 경서를 익히다 문득 인생무상을 깨닫고 출가한[280] 사대부 출신의 승려로, 불교를 배척하는 사대부들에게 자신이 깨달은 불교 교리를 펼치고자 했다.[281] 기화는 <안양찬>에서 "불교의 오계(五戒)가 곧 유교의 오상(五常)이다. 살생하지 않는 것은 인, 도둑질하지 않는 것은 의, 음탕하지 않는 것은 예, 술 마시지 않는 것은 지, 거짓말 하지 않는 것은 신(信)에 해당한다."했던 것처럼[282] 불교는 유교와 다르지 않고 중생을 바른 길로 이끄는 것이니, 불교를 배척하며 배타적 태도를 취하지 말라는 말을 세상에 널리 알리고 싶었던 것으로 보인다. <안양찬>의 각 장마다 반복되는 "가장 적고 드문 일이로다.(最希有)"는 "중국에는 대승(大乘)의 학문이 있는가, 없는가?, 석지맹이 대답하였다. '모든 것이 대승의 학문입니다'. 나열(羅閱)이 놀라 찬탄하였다. '드문 일이로다. 드문 일이로다[希有]. 아마 보살께서 나타나신 것이 아닐는지?'"(『고승전』 11)나 "모든 비구들이 번갈아가며 말하였다. '이 아난다는 매우 희유(希有)하구나. 능히 진신과 화신의 차이를 알고 모든 모양의 귀천(貴賤) 등의 부류를 구별하는구나.' 이에 멀고 가까운 곳에서 아난다가 모든 모양에 대하여 잘 분별한다는 사실을 모르는 이

가 없었다."(『근본설일체유부비나야파승사』)에서처럼 불교의 교리를 널리 드러내 알리고
자 쓰는 감탄사이다. '최희유'라는 불교 방식의 감탄이 경기체가의 '경기하여'라는
감탄사와 일맥상통하고, 그 뒷부분의 노래 가사가 2번 반복되는 형식이 같아서 <안
양찬>은 경기체가의 변형으로 보는 것이다.

◎ 〈도동곡(道東曲)〉   주세붕(周世鵬, 1495~1554)

> 복희*신농 황제*요순(伏義神農 黃帝堯舜)
>
> 복희신농 황제요순(伏義神農 黃帝堯舜)
>
> 위(偉) 계천립극(繼天立極)* 경(景) 기하여(幾何如)

> ▸현대어 풀이   복희 신농 황제 요순임금
>
> 복희 신농 황제 요순임금
>
> 아, 하늘의 뜻 따라 도(道) 세우는 그 모습 어떠하옵니까?

* 복희(伏義) : 상고시대의 제왕. 삼황(三皇) 가운데 하나. 백성에게 어로, 농경, 목축을 가르친다.
* 신농(神農) 황제 : 백성들에게 농경을 가르치고 시장을 개설하여 교역의 길을 열었다. 농업·의
약·역(易)의 신, 불의 신으로 숭앙하였다. 황제(黃帝) : 중앙의 신
* 계천입극(繼天立極) : 하늘의 뜻을 이어, 대중지정(大中至正)의 도를 세우다.

> 인심유위 도심유미*(人心惟危 道心惟微)
>
> 유정유일 윤집궐중*(惟精惟一 允執厥中)
>
> 위(偉) 주거니 받거니 성인(聖人)의 심법(心法)*이 다믄 잇분니이다

> ▸현대어 풀이   인심(人心) 위태롭고 도심(道心) 희미하니
>
> 정성들여 기운 모아 중정(中正)에 이를지라.
>
> 아, 주거니 받거니 성인다운 정신 어떠하옵니까?

* 인심유위 도심유미(人心惟危 道心惟微) : 욕망을 좇는 사람의 마음은 쉽게 위태로워질 수 있고,
의지가 약한 사람의 마음은 금세 희미해질 수 있다.
* 유정유일 윤집궐중(惟精惟一 允執厥中) : 늘 정성스럽게 기운을 모아야 치우치지 않고 과함과
미치지 못함이 없는 '중정(中正)'에 이를 수 있다.(『중용』서)

* 심법(心法) : 이심전심의 도. 사제지간에 전수하여 내려오는 올곧은 정신.

소수서원 소수박물관 내 문성공 향사 장면(모형. 경북 영주시 순흥면 내죽리 151-2). 문성공 안향의 시호(諡號)가 "사람이 행할 길을 널리 물었기에 문(文), 백성을 편안히 하고 다스림을 바로 세우려 했기에 성(成)"이라 했다고 그 내력을 풀고 있다.

우탕문무 고이주소*(禹湯文武 皐伊周召)

우탕문무 고이주소(禹湯文武 皐伊周召)

위(偉) 군신(君臣)이 상득(相得) 경(景) 기하여(幾何如)

▶현대어 풀이　덕을 가진 임금, 지혜로운 신하

　　　　　　　덕을 가진 임금, 지혜로운 신하

　　　　　　　아, 군신이 서로 화합하는 모양 어떠하옵니까?

* 우탕문무 고이주소(禹湯文武 皐伊周召) – '우탕문무'는 하(夏)나라의 우임금, 은(殷)나라 탕임금, 주(周)나라의 문왕(文王)과 무왕(武王). '고이주소'는 순임금의 신하인 고요(皐陶), 은나라의 신하인 이윤(伊尹), 주나라 무왕과 성왕(成王)을 보좌한 주공단(周公旦), 소공(召公).

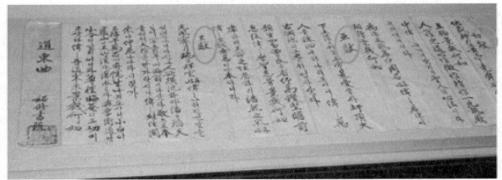

소수서원 소수박물관 내 〈도동곡〉 홀기(경북 영주시 순흥면 내죽리 151-2). 소수서원 제향에서 초헌 아헌 종헌 때에 〈도동곡〉을 나누어 불렀음을 알 수 있다.

하토망망(下土茫茫)*커눌 상제시우(上帝是憂)*ᄒ샤

우정대인(圩頂大人)*을 수사(洙泗)*으히 ᄂ리오시니

위(偉) 만고연원(萬古淵源)이 그츨 뉘 업ᄉ샷다

▶ 현대어 풀이 인간 세상 아득함을 하늘이 걱정하여

공자를 수사 위에 내놓으시니

아, 만고(萬古)의 근원이 마를 줄 모르도다.

* 하토망망(下土茫茫) : '하토'는 '상천(上天)'의 상대어로, "사람이 사는 이 세상"을 뜻하고, '망망'은 "넓고 멀어 아득한 모양"을 말한다.
* 상제시우(上帝是憂) : 하늘(하느님)이 이를 걱정하여
* 우정대인(圩頂大人) : 정수리 가운데가 움푹 들어간 스승(학자), 곧 공자. "공자는 나면서부터 이마가 움푹 했기에 '구(丘)'라고 이름 지었다"[283]
* 수사(洙泗) : 노(魯)나라(산동성 곡부현)에 있는 사수(泗水)와 수수(洙水). 공자가 이곳에서 태어나 제자를 가르친 곳으로, 공자의 학문, 학파(學派)를 뜻하기도 한다.

안생사물(顔生四勿)* 증씨삼성(曾氏三省)*

앙고찬견(仰高鑽堅) 첨전홀후(瞻前忽後)*

위(偉) 학성망로(學聖忘勞)* 경(景) 기하여(幾何如)

▶ 현대어 풀이 안회(顔回)의 금지 네 가지, 증자의 반성 세 번

좇을수록 더욱 높고 잡힐 듯 잡히지 않는

아, 성스러움 뜻 익히는 모습이 어떠하옵니까?

* 안생사물(顔生四勿) : '안생'은 안회 顔回(=
안연 顔淵)인데, 그는 공자의 제자로 십철
(十哲)의 으뜸이었고 안빈낙도하였으며 덕
행으로 이름이 높았다. 안회가 공자에게
인(仁)의 조목을 묻자, "예가 아니면 보지
말고, 예가 아니면 듣지 말며, 예가 아니면
말하지 말고, 예가 아니면 동(動)하지 말라
(非禮勿視 非禮勿聽 非禮勿言 非禮勿動)(『論
語』제12, 顔淵) 하였다. '극기복례(克己復
禮)'는 곧 '인(仁)'으로 문명, 평화, 사회질
서를 위한 법칙이자 마찰 없는 공존공영의
원리인데, 자기를 단속하고 사리사욕을 극
복하여야 이룩해 낼 수 있다.

회헌(晦軒) 안향 영정(소수서원 영정각 내). 주세
붕은 소수서원에 회헌의 유상을 봉안하고 문정공
(文貞公) 안축(安軸)과 문경공(文敬公) 안보(安輔)를
배향하였다.

* 증씨삼성(曾氏三省) : 증자(자는 자여 子輿)
가 하루에 세 번 자신을 반성했다는 이야
기. 첫 번째는 "남을 위하는 일에 성심성
의를 다하지 못한 점은 없는지?(爲人謀而
不忠乎)", 두 번째는 "친구를 사귐에 신의
를 잃은 적은 없었는가?(與朋友交而不信
乎)", 세 번째는 "전수받은 것을 익히지 않
은 것은 없었는가?(傳不習乎)" ⇒ "인간은
본디 불완전하다. 그러므로 인간이 처음부
터 과실을 범하지 않을 수는 없다. 그러나
여러 번 과오를 저지르는 일은 경계할 만한 일이다."(『논어』 제1, 學而)

* 앙고찬견 첨전홀후(仰高鑽堅 瞻前忽後) : "안연이 크게 탄식하며 말하기를, '우러러 보면 더욱
높이 보이고, 깊이 연구하면 할수록 더욱 굳게 여겨지며, 눈앞에 보이는 듯하다가도 멀리 달아
나는 듯하다."[284] ⇒ "도를 공부하는 길은 멀고도 험하다. 손에 잡힐 듯하다가도 멀어지는 듯
하고, 연구하면 하면 할수록 어려움이 더 많고 벽이 더욱 높아 보인다."

* 학성망로(學聖忘勞) : 성스러운 가르침(성인의 고결한 뜻)을 배우느라 수고로움도 잊고 좇는다.

솔(率)ᄒ리 천명지성(天命之性)* 양(養)ᄒ리 호연지기(浩然之氣)*

솔(率)ᄒ리 천명지성(天命之性) 양(養)ᄒ리 호연지기(浩然之氣)

위(偉) 지성무식(至誠無息)*이아 본(本)니이다

▸ 현대어 풀이 하늘의 명 따르고 호연지기 길러라.

하늘의 명 따르고 호연지기 길러라.

아, 쉼 없이 지극정성 기울여야 마땅하리.

* 천명지성(天命之性) : "하늘이 명한 것을 성(性)이라 하고, 성을 따르는 것을 도(道)라 하고, 도를 닦는 것을 교(敎)라 한다.(天命之謂性 率性之謂道 修道之謂敎)"(『중용』 1장)
  (1) 성(性) – 하늘이 만물에 부여한 이치를 '성(性)'이라 한다.
  (2) 도(道) – 사람과 물건이 각기 마땅히 행해야 할 길
  (3) 교(敎) – 사람마다 타고난 성질과 품격[智/愚/賢/不肖]이 행해야 할 바를 서로 다르게 정하여 천하의 법이 되게 하는 것, 예악(禮樂)과 형정(刑政)
* 호연지기(浩然之氣) : 사람의 마음에 넓고 큰 뜻을 품음(『맹자』)
* 지성무식(至誠無息) : "지극한 정성은 쉼이 없으니[至誠無息], 쉬지 않으면 오래고[久], 오래면 밖으로 드러나고[徵], 밖으로 드러나면 아득해지고[悠遠], 아득해지면 넓고도 두터워지며[博厚], 넓고 두터우면 높고 광명하다[高明]"(『중용』 26장) ⇒ 지극히 정성을 기울이면 안으로 깊이 쌓이고, 안으로 깊이 쌓이면 자연히 겉으로 징험이 나타나고, 징험이 나타나면 갈수록 두텁고도 넓어지고, 두터워 넓어지면 그 발함이 높고 밝아진다.

광풍제월(光風霽月)* 서일상운(瑞日祥雲)

광풍제월(光風霽月) 서일상운(瑞日祥雲)

위(偉) 그처딘 긴 눌* 엇뎨ᄒ야* 니으신고

▸ 현대어 풀이 상쾌한 바람, 갠 날의 달, 좋은 해, 상서로운 구름

상쾌한 바람, 갠 날의 달, 좋은 해, 상서로운 구름

아, 끊어진 긴 실을 어떻게 이으셨나?

* 광풍제월(光風霽月) : 깨끗하고 맑은 마음. "마치 비 갠 뒤의 바람과 달처럼 마음에 아무 집착이 없다.(胸懷洒落 如光風霽月)"(『송사』 주돈이전). '쇄락(洒落, 灑落)'은 마음에 아무 집착이 없어 상쾌하다는 뜻이다.
* 눌ᄒ : 날(經), 날실(피륙 따위의 세로로 놓인 줄)
* 엇뎨ᄒ야 : 어떻게 하다 cf) 엇디ᄒ다 – 어찌하다

인욕(人欲)이 횡류(橫流)ᄒ야 호호도천(浩浩滔天)일시* 일천오백년(一千五百年)*에
회옹(晦翁)*이 나샷다
경(敬)으로 본(本)ᄂᆞᆯ 셰어 대방(大防)을 밍ᄀᆞᆯ시니
위(偉) 계왕개래(繼往開來)아 즁니(仲尼)나 다ᄅᆞ시리잇거

▶현대어 풀이 욕심이 가득하여 하늘까지 넘치므로 1,500년 후에 주자(朱子)가 나시었네.
　　　　　　공경(恭敬)으로 근본 세워 큰 둑을 만드시니
　　　　　　아, 옛 것을 잇고 새 것 받음이 공자나 다를실까?

* 인욕(人欲)이 횡류(橫流)ᄒ야 호호도천(浩浩滔天)일시 : '호호도천'은 큰물이 하늘에까지 가득 넘
  친다는 뜻이다. "인간의 욕심이 흘러넘쳐 하늘을 두려워하는 일이 없었네."
* 일천오백년(一千五百年) : 공자(B.C.551~479) 이후 도학의 맥이 끊어진 후부터 주자(1130~1200)
  가 나타나기까지의 기간을 말한다.
* 회옹(晦翁) : 남송(南宋)의 유학자 주희(朱熹)로, 호는 회암(晦庵)이다. 높여서 주자라고 한다. 송
  대 정이(程頤)의 사전제자(四傳弟子)로, 인(仁)을 핵심으로 하는 유가사상과 『대학』·『중용』의
  철학관점을 천명하여 이정(二程, 程顥·程頤)의 이기설을 계승하고 발전시켰다. "문(文)이란 모
  두 도(道)에서 유출되어 나오는 것이니 어찌 문이 도리어 도를 꿰뚫을 수 있는 이치가 있겠느
  냐?" 하였다.

삼한천만고(三韓千萬古)애 진유(眞儒)*롤 ᄂᆞ리오시니 소백(小白)이 여산(廬山)이오
죽계(竹溪)*이 염수(濂水)로다
흥학위도(興學衛道)는 소분(小分)네 이리어니와 존례회암(尊禮晦庵)이 그 공이 크샷다
위(偉) 오도동래(吾道東來) 경(景) 기하여(幾何如)

▶현대어 풀이 만고(萬古)에 길이 남을 유학자 내리시니 소백은 여산이요 죽계는 염수로다.
　　　　　　학교 세워 도 지킴은 작은 명분이지만, 주자의 존경 예우 그 공이 크도다.
　　　　　　아, 성인(聖人)의 도학 전해지는 모습 어떠하옵니까?

　　　　　　　　　　　　　　　　　　　　　　　(『무릉잡고(武陵雜稿)』, 『죽계지(竹溪志)』)

* 진유(眞儒) : 참된 유학자, 안향(安珦, 1243~1306) : 호는 회헌(晦軒), 시호는 문성(文成). 밀직부
  사 부(孚)의 아들로 흥주(興州, 풍기)의 죽계(竹溪) 상평리(上坪里)에서 태어났다. 생애에서 특기할 만
  한 사항을 보면, 그는 1275년 상주판관(尙州判官)으로 나갔을 때 백성들을 현혹시키는 무당을
  엄중히 다스려 미신을 타파하였다. 1289년 중국에 들어가 주자서(朱子書)를 베끼고 공자와 주

자의 화상을 그려가지고 돌아와 열심히 강구하였다. 또 그는 학교가 날로 쇠퇴해가는 것을 근심하여 왕명의 힘을 빌려 문무백관들로 하여금 은 1근(6품 이상), 포(7품 이하)를 내게 하여 이것을 양현고(養賢庫)에 귀속시키고 그 이자를 인재 양성에 충당하였다. 원나라에 들어가 문묘를 참배할 때, 그곳의 학관(學官)이,

"동국(東國)에도 성묘(聖廟, 文廟)가 있소?"

하고 묻자,

"우리나라에도 중국과 똑같은 성묘가 있소"

라고 답하였다. 이후 주자학에 밝은 그를 '동방의 주자'라 하였다.(『고려사』 권105, 열전18, 안향)

* 소백(小白), 죽계(竹溪) : 소백산을 중국의 여산(廬山)에, 죽계를 중국의 염수에 견주고 있다. 여산과 염수는 주자가 백록동서원(白鹿洞書院)을 세운 곳이고, 소백과 죽계는 안향의 고향으로 주세붕이 백운동서원을 세운 곳이다. '백록동'은 당나라 사람인 이발(李渤)·이섭(李涉) 형제가 은거한 동네로, 강서성(江西省) 여산(廬山)의 오로봉(五老峰) 밑에 있다. 이들 형제가 흰 사슴을 길렀기에 지어진 이름인데, 주희가 역서 강학하였다.

☙ 〈도동곡〉을 지은 내력

소수서원 입구 숙수사(宿水寺)
당간지주(경북 영주시 순흥면 내죽리)

고려 때 풍속은 미신과 불교를 존숭하였으므로, 문성공(文成公) 안향이 도학(道學)을 근심하는 뜻이 있었다. 이에 학교를 짓고 벼슬아치를 두어 공부하는 무리들의 편의를 보아주고, 만년에 주자를 존경하고 연모하여 스스로 회헌(晦軒)이라는 호를 정하였다. 그(안향)가 미신을 배척하고 바른 도를 널리 펼친 것이 족히 백세에 표준이 될 만하므로 선생(주세붕)이 항상 사모함이 깊었는데, 마침 주세붕(周世鵬, 1495~1554)이 풍기군수로 부임하게 되므로 안향의 유적을 찾게 되었다. 폐해진 옛 고을 순흥에서 몇 리를 지나 숙수사(宿水寺)에 이르니, 이곳은 안향이 젊었을 때 공부하시던 곳이었다. 드디어 여기에 서원을 세우려 터를 닦다가 묻혀 있는 구리 수백 근을 캐내어 경서(經書) 및 여러 현인의 문집 천여 권을 구입하고, 학전(學田)과 그릇 등의 기구들을 비치해서 학도들이 학업

을 닦는 일에 도움을 주었다.[285]

주세붕은 풍기지방의 교화를 위해 향교를 이전하고, 1543년에 사림 및 그들의 자제를 위한 교육기관으로 백운동서원을 건립하였다. 이후 황해도 관찰사를 지내던 시절(1549년)에는 해주에 수양서원을 건립했으니 교육에 대한 그의 관심은 일생동안 지속적이었음을 알 수 있다.

백운동서원의 규모와 절차는 모두 백록동(白鹿洞) 옛일, 즉 주자가 옛 교육기관을 부흥시킨 일을 모방했고, 그 골짜기에 항상 흰 구름이 머물러있으므로 동리 이름을 백운(白雲)으로 고치고, <죽계사(竹溪辭)>와 <도동곡(道東曲)>을 지어서 향사 때에 노래 부르게 했다. 문정공 안축(安軸)과 문경공 안보(安輔)는 충·효·청렴·덕행이 있으므로 함께 배향하고, 여러 학생들을 인도하여 강학(講學)을 하니 가까운 곳이나 먼데 사는 많은 선비들이 문하에 모여들어 거문고 소리에 맞추어 읊조리는(絃誦) 소리가 끊이지 않았다. 대개 우리나라 서원의 설립이 선생으로부터 시작되었으며, 퇴계선생이 잇따라 고을 군수가 되어 감사 심통원(沈通源)에게 서신을 보내어 "주군수가 서원을 세운 것은 전고에 없는 훌륭한 사업이라. 아! 이로 인해서 하늘이 혹여나 우리나라에도 서원의 일어남이 중국과 같게 하여 줄 것인가"라 하였고, … 기재 신광한(申光漢)이 "주세붕이 소수서원을 창건해서 학문으로써 사람을 가르치니 날마다 문(文)과 질(質)이 향상되고, 장차 세상에 쓰일 만한 인재가 많이 나올 것이며, 백성들은 선정(善政)의 혜택을 많이 입었다."고 하였다. 여러 현인들의 칭찬함이 대개 이와 같았다 한다.[286]

주세붕이 <도동곡>과 함께 지은 <죽계사(竹溪辭) 3장>은 다음과 같다.

제1장은 "동쪽에 죽계수(竹溪水), 서쪽에 소백산, 공을 모신 사당이 그 사이에 있네. 백운(白雲)이 가득한 골짜기, 앞길이 희미하네. 시냇물엔 고기 놀고, 산에는 잣나무 여기는 공이 노시던 옛터인데 어이하여 돌아오지 못하시나! 돌아오소서. 우리를 슬프지 마시고"이고, 제2장은 "서쪽에 소백산, 동편엔 죽계수 산에는 구름, 물에는 달, 고금에 변함없네. 공이 오실 적에 규룡(虯龍)과 난조(鸞鳥) 타시리라. 저희의 예와 정성을 참작하고 살피시어, 바라옵건대 흠향하시고 기쁨 극진하소서."이며, 제3장은

주자(朱子, 朱熹)의 영정
(소수서원 내 영정각 소장)

"공이 태어나시기 전에는 유학이 어두워, 큰 윤리가 땅에 떨어져, 눈앞이 막막했네. 공이 태어나시어 우리나라 깨끗이 하니, 맑게 갠 날처럼 우리의 도(道) 높아졌네. 사당에 빽빽이 공의 영정 봉안되니, 죽계수는 더욱 맑고 소백산은 더욱 높네."이다.[287] 문성공 안향이 주자학을 들여와 윤리를 크게 일으키고 유학의 도를 높였으므로 백운동 사당에 그 영정을 모시고 예와 정성을 베풀어 모신다는 뜻을 담았다.

<도동곡> 1장은 삼황(三皇)과 요순임금이 하늘의 뜻을 이어 준칙을 세우는 모습을 언급하면서 도학의 연원이 오래되었음을 강조하고, 2장은 인심이 위태롭고 도심이 희미한 중에 성인들의 가르침을 본받아 가는 길을 제시하였으며, 3장은 임금과 신하가 덕과 지혜로 서로 화합하여 정치적 이상을 이루어가는 모습을 그렸다. 4장은 세상의 도가 어지러울 때 공자가 태어나 만고의 근원과 도학을 밝히게 되었음을 적었고, 5장은 안회와 증자가 공자의 높은 뜻을 본받으려고 한 노고를 그렸으며, 6장은 하늘이 자연으로 내린 착한 마음씨에 따라 살고, 호연지기를 기르며 지극한 정성으로 살아가야 한다는 당위를 제시하였고, 7장은 주돈이(周敦頤)가 공자 이후 끊어진 도학의 전통을 이은 데 대한 찬탄을 담았다. 8장은 주자가 태어나 욕망 가득하던 시대에 공경으로 큰 근본을 세워 옛 전통을 잇고 새것을 본받아 공자의 윤리 도덕을 이었다는 내용이고, 9장은 "우리나라에도 안향 선생을 내리어 학교를 세우고 도학을 밝혀 요순·공자·주자의 가르침을 잇게 된 기쁨"을 적고 있다.

<도동곡>은 우리나라 지식인들이 준수해야 할 도(道)의 방향성을 제시하고 있

다.[288] 중국에서 오래 전에 시작한 도학적 전통이 희미해질 때마다 요순·공자·안회·증자·주자 등의 성현이 나타나 맥을 이어주었고, 우리나라에는 안향이 있어 그 맥을 이어받게 되었으니 성인의 도학이 후대에 널리 전해지게 된 것을 느꺼워하고 있다.

"문성공의 사당 일을 모두 끝내고 이 달 11일에 영정을 봉안하였는데, 이때 여러 고을의 어르신들이 거의 참석하셨다. 선비의 자제와 준수한 서민 가운데에서 10세 이상인 젊은이들이 앞서 나가 버선을 신고 경건히 맞이하게 하니 구경꾼들이 줄을 이었다. 정결한 제물로 제상을 차리어 먼저 어린아이에게 <죽계사> 3장을 낭송하게 하고, 폐백과 제물을 바친 다음에 초헌, 아헌, 종헌할 때 <도동곡> 9장을 각 3장씩 나누어 불렀다."[289] 했다. 성현을 모시는 향사례에서 <죽계사>와 <도동곡>을 가창하는 장면을 그렸으니 경기체가의 독특한 제시 방식과 공간의 실례를 보여주는 자료이다. "복희신농 황제요순~" 부분은 초헌(初獻)의 예에서 "고개 숙이고 엎드림(부복 俯伏)-축을 읽음(독축 讀祝)-<도동곡>을 부름(악정 樂正)"의 순서로 진행하고, "하토망망(下土茫茫)커늘~" 구절은 아헌(亞獻)의 예에서 "잔을 드리고(전작 奠爵)-<도동곡>을 부르고(악정 樂正)-부복했다가 일어나(부복흥 俯伏興)"는 절차에서 부르며, "광풍제월(光風霽月)~"은 종헌(終獻)의 예에서 "잔을 드리고(전작 奠爵)-<도동곡>을 부르고(악정 樂正)-부복했다가 일어나(부복흥 俯伏興)"는 때에 가창한다 했다.[290]

금계(錦溪) 황준량(黃俊良, 1517~1563)이 "섬학전을 설치하여 장학 사업에 이바지하고 경전을 소장하여 터전을 삼았으며 안회헌의 영정과 문정·문경공의 위판을 봉안하여 춘추로 제사하고 가곡(歌曲)으로써 영령을 맞이하여 권하니 모든 제도가 지극히 구비되어 더할 수 없었다. 아, 마음은 곧 회암이 선사에게 제사 드리는 마음이다. 예로부터 우리나라에 없었던 사당을 오늘에 창건하고 선생을 사당에 높이 모셨으며, 또한 예절에만 그칠 뿐 아니라 높이 선생을 숭상하고 또한 나타내어 주자의 전하지 못한 유업을 계승하니 참으로 성대한 일이다."라고[291] 주세붕의 위업을 높이 평가하고 있다. 이상과 같이 성현들이 이어온 유교와 도학을 드높이 찬양하는 것은 후손들을 향해 이와 같은 유구한 전통을 잘 이어가라는 당부이자 가르침이었을 것임에 분명하다.

5. 악장(樂章)

악장(樂章)은 국가의 제사나 잔치 등에서 연주하는 음악이다. 선초 악장은 "조선 초기, 왕조 영속의 당위성이나 삼대지치(三代之治)의 이념을 고양할 목적으로, 당대에 존재하던 시가 양식을 차용하고, 선왕 혹은 현왕에 대한 찬양을 내용으로 하여, 교술적 어조로 전개하는 특수한 문학"이다.[292] 즉, 악장은 조선 초기 국가적 제의나 궁중 연회 등 엄숙한 자리에서 조선 왕조의 안정과 질서, 상하의 화합과 조화를 기원하고, 군왕의 거룩한 덕과 신비로운 공적 그리고 새 왕조의 새로운 기상과 포부 등을 널리 알리고 칭송함으로써 왕조의 이념과 왕조 영속의 당위성을 피력하려는 목적을 가졌다.

"악(樂)이란 사람의 마음을 바르게 하기 위한 것으로 소리와 문장으로 표현된다. 종묘의 음악은 조상의 거룩한 덕을 아름답게 드러내는 것이고, 조정(朝廷)의 악은 군신간의 엄숙과 삼감을 지극히 하려는 것이다. 저승에서는 조상이 감격하고 이승에서는 군신이 화합하며 향촌과 나라에까지 확대해 가면 교화가 이루어지고 풍속이 아름다워지니 음악의 효과는 깊은 것이다. 새로 지은 <문덕곡(文德曲)>과 <무덕곡(武德曲)>은 전하의 거룩한 덕과 신비로운 공적을 서술해 창업의 어려움을 그려낸 것이다. 고금의 문장이 이 악곡에 있으니 이른바 공덕을 이루면 음악이 지어지고, 음악을 보면 공덕을 알 수 있다는 말을 어찌 믿지 않겠는가?",[293] "주상 전하께서는 위로는 하늘의 뜻에 따르고 아래로는 인민의 뜻에 순응하여 왕위에 오르신 후에 옛 것을 상고(詳考)하여 나라를 경륜하시니 세상의 모든 사물이 질서를 찾고 조화를 이루기 시작하였습니다. 이제야말로 예악(禮樂)이 일어날 때입니다."라[294] 하였다. 역(曆)은 기후를 밝히기 위한 것이고 학교는 인재 양성을 위한 것이듯이, 악(樂)은 공덕을 찬미하기 위한 것이라는 생각에서 악장을 지었다. 악장을 통하여 조상의 거룩한 덕을 드러내고, 군신간의 화합을 이루어 태평한 시절을 만천하에 드러내고, 왕실의 안녕을 기원하려 했다.

◎〈납씨가(納氏歌)〉 정도전(鄭道傳, 1337~1398)

납씨(納氏) 시웅강(恃雄强)ᄒ야 입구(入寇)* 동북방(東北方)ᄒ더니 종오과이력(縱傲誇以力)ᄒ니 봉예(鋒銳)라 불가당(不可當)이로다 아후(我后)ㅣ 배용기(倍勇氣)ᄒ샤 정신충심흉(挺身*衝心胸)ᄒ샤 일사(一射)애 폐편비(斃偏裨)*ᄒ시고 재사(再射)애 급괴융(及魁戎)*ᄒ시다 과창불가구(裹槍不可救)ㅣ라	▶ 현대어 풀이 나하추가 자기 강함을 믿고 동북방에 쳐들어와 힘으로써 오만하게 구니 그 기세 감당하기 어려워라. 우리 임금(이성계) 용기백배하여 떨치어 앞장서시니 단 발에 적의 부장(副將) 쓰러뜨리고 다음 발엔 적장을 공격하시니, 아무도 이 공격을 막아내지 못했네.

* 입구(入寇) : 적군(賊軍)이 쳐들어옴
* 정신(挺身) : 솔선수범하다, 앞장서다, 빠져나가다, 탈출하다.
* 편비(偏裨) : 편장(偏將), 대장을 돕는 장수, 부장(副將)・장좌(將佐)
* 괴융(魁戎) : '괴융(魁戎)'은 오랑캐의 우두머리를 뜻한다.

추분성화치(追奔星火馳)ᄒ더니 풍성(風聲)이 고가외(固可畏)어늘 학려(鶴唳)도 역감의(亦堪疑)로다 탁의(卓矣) 막감당(莫敢當)ᄒ니 동북(東北)이 영무우(永無虞)ㅣ로다 공성(功成)이 재차거(在此擧)ᄒ시니 수지천만추(垂之千萬秋)이샷다	▶ 현대어 풀이 쏜살같이 추격하시니 바람 소리에도 두려워 떨고 학 울음소리에도 가슴 졸이더라. 용맹을 당해낼 자 없으니 동북에 영원토록 근심 없도다. 이 성공 우뚝하시니, 만세에 길이 전해지리라. (『악장가사』)

🦪 나하추를 물리친 이성계의 무용(武勇)

『조선왕조실록』에는 <납씨곡(納氏曲)>에 대해 다음과 같이 적고 있다.

"나하추(Nahachu, 納哈出, ~1381)가 세력이 강함을 믿고 동북방(東北方)에 쳐들어왔습니다. 방종하고 오만하여 힘으로써 자랑하니, 그 기세의 강함을 당해낼 수가 없었습니다. 우리가 북을 치매 용기가 배나 나는데, 앞장서서 적의 심장부에 부딪쳤습니다. 한 번 쏘아서 편비(偏裨)를 죽였으며, 두 번 쏘아서 괴수에게 미쳤습니다. 상처를 싸매고 미처 구원하지 못하는데 적군을 추격하여 성화(星火)처럼 달려갔습니다. 바람 소리는 진실로 두렵지만, 학(鶴)의 울음도 또한 의심할 만했습니다. 피로하여 감히 움직이지 못하니 동북방이 영구히 걱정이 없었습니다. 공을 이룸이 이번 거사(擧事)에 있었으니 이를 천만년(千萬年)에 전하겠습니다. – 위는 나씨(納氏)를 쫓은 공을 말한 것이다."[295]

나하추는 원나라 초기 공신의 후예로서, 대대로 요동지방의 군사적 책임을 맡았던 집안에서 태어나 원나라의 국세가 떨어진 말기에는 선양[瀋陽：奉天]을 근거지로 해서 스스로 행성승상(行省丞相)이라 칭하며 만주지방에 세력을 뻗쳤다.[296] 원나라가 멸망하기 5년 전, 1362년(공민왕11) 2월, 조소생(趙小生)이 원(元)나라 심양행성 승상(瀋陽行省丞相) 나하추(納哈出)를 유인(誘引)하여, 삼살홀면(三撒忽面)의 땅에 쳐들어오니, 도지휘사(都指揮使) 정휘(鄭暉)가 여러 번 싸웠으나 크게 패전하여 태조를 보내기를 청하므로, 이에 태조로써 동북면 병마사(東北面兵馬使)로 삼아 보냈다.(『태조실록』권1, 총서). 이성계(李成桂, 태조)가 함관령(咸關嶺)을 넘어 적의 집결지인 달단동(韃靼洞)(홍원군 남쪽 30리)을 기병으로 기습하여 물리치고, 적군을 함흥평야로 유인하여 크게 무찔렀다. 나하추의 아내가 나하추에게 이르기를, "공(公)이 세상에 두루 다닌 지가 오래 되었지만, 다시 이와 같은 장군이 있습디까? 마땅히 피하여 속히 돌아오시오."(『태조실록』권1, 총서)라고 했다고 전한다.

이 과정에서 나하추가 속여서 말하기를,

'내가 처음 올 적에는 본디 사유(沙劉)·관선생(關先生)·반성(潘誠) 등을 뒤쫓아 온 것이고, 귀국(貴國)의 경계를 침범하기 위한 것은 아닙니다. 지금 내가 여러 번 패전하여 군사 만여 명을 죽이고 비장(裨將) 몇 사람을 죽였으므로, 형세가 매우 궁지(窮地)에 몰렸으니, 싸움을 그만두기를 원합니다. 다만 명령대로 따르겠습니다.' 하였다.

이때 적의 병세(兵勢)가 매우 강성하므로, 태조는 그 말이 거짓임을 알고 그들로 하여금 항복하도록 하였다. 한 장수가 나하추의 곁에 서 있으므로, 태조가 이를 쏘니, 시위소리가 나자마자 넘어졌다. 또 나하추의 말을 쏘아서 죽이니 바꾸어 타므로, 또 쏘아서 죽였다."[297] 했으니 이 전쟁에서 이성계가 나하추보다 심리전에서 우월했음을 알 수 있다. 정도전의 『삼봉집』 권2에도 계축년(1373) 봄에 나하추(納哈)가 우리 동북의 변방을 침략하였는데, 우리 태조가 날랜 군사로 쳐서 쫓아버렸다고 소개했다.

🐚 승전을 기원하는 노래로 불리다

『악장가사』 아악가사(雅樂歌詞)에는 "독제(纛祭)에 <납씨가>와 <정동방곡(靖東方曲)>을 모두 쓴다."고 했다. 군사를 동원 할 때 진지 실내에서 지내는 것이 '유제(類制)', 진지에서 군법을 처음 제정한 사람에게 지내는 것이 '마제(禡祭)', 교외의 둑에서 지내는 것이 '독제(纛祭)'이다. "의당 적의 우두머리를 포획하게 될 것입니다. 왜구가 꿈틀거리며 바닷가 외진 곳으로부터 우리 국경을 침범하여 해충처럼 못살게 구니, 임금께서 신에게 군사를 거느리고 가서 죄를 물으라 하셨습니다. 오랑캐를 물리치려면 감히 조금도 게을리 하지 못하겠기에, 감히 제를 올리옵니다. 큰 소를 제물로 바치면서 감히 고하노니, 둑신께서 오랑캐를 물리치도록 해 주시길 고대합니다."라[298] 하였으니 '독제'는 군사 출동 전에 전열을 가다듬고 승전을 기원하는 다짐 의례이다. 군사를 출동시키기 전 독제에서 납씨가를 노래한 것은 태조 이성계의 위용을 떠올려 승리 의지를 고취하려는 의도였을 것이다.

『태조실록』에도 <납씨가>의 구절 "동북(東北)이 영무우(永無虞)ㅣ로다"【풀이】동북에 영원토록 근심 없도다."에 대하여 "이에 동북 변방이 모두 평정되었다. 후에 나하추가 사람을 보내어 화호(和好)를 통하여 왕에게 말[馬]을 바치고, 또 비고 하나와 좋은 말 한 필을 태조에게 주어 예의(禮意)를 차렸으니, 대개 마음속으로 복종[心服]한 때문이었다. 나하추의 누이[妹]가 군중(軍中)에 있다가 태조의 뛰어난 무용[神武]을 보고는 마음속으로 기뻐하면서 또한 말하기를, "이 사람은 세상에 둘도 없겠다."라고[299] 적어 나하추를 무찌른 이성계의 용맹을 과시하고 있다.

◎ 〈신도가(新都歌)〉　　정도전(鄭道傳)

> 녜는 양쥐(楊州ㅣ)* 쇼올히여
> 디위*예 신도형승(新都形勝)이샷다
> 기국셩왕(開國聖王)이 셩뒤(聖代)에 니르어샷다
> 잣*다온뎌 당금셩(當今景)* 잣다온뎌
> 셩슈만년(聖壽萬年)ᄒ샤 만민(萬民)의 함락(咸樂)이샷다
> 아으 다롱다리
> 알폰 한강슈(漢江水)여 뒤흔 삼각산(三角山)*이여
> 덕듕(德重)ᄒ신 강산(江山) 즈으메 만셰(萬歲)를 누리쇼셔
>
> 　　　　　　　　　　　　　　　　　　(『악장가사』 속악가사 상)

▶ 현대어 풀이　예전엔 양주 고을이었지만,
　　　　　　　자리는 새 도읍의 형상이로다.
　　　　　　　나라 세운 임금께서 태평을 이루셨다.
　　　　　　　성(城)답구나! 지금의 모습이 도성답구나.
　　　　　　　천자께서 오래 사시어 만백성이 함께 즐겁도다.
　　　　　　　아으 다롱다리
　　　　　　　앞은 한강수 뒤는 삼각산(북한산)이여
　　　　　　　덕(德) 두터운 강산 사이에서 만세를 누리소서.

* 양쥐(楊州ㅣ) : 신라 경덕왕 내소(來蘇), 고려 초에 견주(見州)로 승격. 현종 9년(1018) 양주목에 합치고, 조선 태조 3년(1394년) 서울을 한양부(高陽州)로 정함.

* 디위 : 지위, 지리 1) 내 몸 져버 ᄒᆞᄂᆞᆫ ᄆᆞᅀᆞᄆᆞ로 사ᄅᆞ미 ᄆᆞᅀᆞᆷ 져버 보면 셩현 디위예 몯 갈가 분별 아니 ᄒᆞᆯ거시리 (恕己之心으로 恕人이면 不患不到聖賢地位也ㅣ리라, 번역소학 8:13)
* 잣 : 재, 성(城)
* 당금셩(當今景) : 지금, 이때, 현금(現今)
* 삼각산(三角山) : 북한산. 한양은 백두대간의 정기가 뭉친 북한산을 주산(主山)으로 하고, 낙산 (駱山)[駝駱山]을 좌청룡, 인왕산(仁旺山)을 우백호, 목멱산(木覓山)을 남쪽에 두고 있다.[300]

🐚 기운이 쇠한 개경 땅을 떠나 한양에 터를 잡다

다음과 같은 예언은 조선 건국의 필연성을 더해 준다.

서운관(書雲觀)에서 상언(上言)하였다.

"도선(道詵)이 말하되, '송도(松都)는 5백 년 터이다.' 하고, 또 말하기를, '4백 80년 터이며, 더구나 왕씨(王氏)의 제사가 끊어진 땅이라.' 하는데, 지금 바야흐로 토목공 사를 일으키고 있사오니, 새 도읍을 조성하기 전에 좋은 방위로 이행하소서."라는 말에 따라 도평의사사에 내리어 천도를 의논하게 되었다.[301] 송도는 지력을 다하였 으니 도읍을 옮겨야 한다는 주장이다.

태조가 백관의 추대를 받아 왕위에 오른 것은 1392년, 개경의 수창궁(壽昌宮)이었 다. 당시의 상황은 다음과 같다.

공양왕(恭讓王)이 장차 태조의 사제(私第)로 거둥하여 술자리를 베풀고 태조와 더불 어 동맹하려고 할 때, 시중(侍中) 배극렴(裵克廉) 등이 왕대비에게

"지금 왕이 혼암(昏暗)하여 임금의 도리를 이미 잃고 인심도 이미 떠나갔으므로, 사직과 백성의 주재자(主宰者)가 될 수 없으니 이를 폐하기를 청합니다."

마침내 왕대비의 교지를 받들어 공양왕을 폐하기로 결정하고, 남은(南誾)이 문하 평리(門下評理) 정희계(鄭熙啓)와 함께 교지를 가지고 가서 선포하니, 공양왕이 부복(俯 伏)하고 명령을 듣고 말하기를,

"내가 본디 임금이 되고 싶지 않았는데 여러 신하들이 나를 강제로 왕으로 세웠 습니다. 내가 성품이 불민하여 사기(事機)를 알지 못하니 어찌 신하의 심정을 거스른 일이 없겠습니까?"

하면서, 이내 울어 눈물이 두서너 줄기 흘러내리었다.

마침내 왕위를 물려주고 원주(原州)로 가니, 백관(百官)이 전국새(傳國璽)를 받들어 왕대비전에 두고 모든 정무를 나아가 품명(稟命)하여 재결(裁決)하였다.302

태조에게 왕위에 오를 것을 권하자 굳이 거절하면서 말하기를,

"예로부터 제왕의 일어남은 천명이 있지 않으면 되지 않는다. 나는 실로 덕(德)이 없는 사람인데 어찌 감히 이를 감당하겠는가?"

하면서, 마침내 응답하지 아니하였다.

대소 신료(大小臣僚)와 한량(閑良)·나이 많은 사람들이 부축하여 호위하고 물러가지 않으면서 왕위에 오르기를 권고함이 더욱 간절하니, 이날에 이르러 태조가 마지못하여 수창궁으로 거둥하게 되었다. 백관들이 궁궐 문 서쪽에서 줄을 지어 영접하니, 태조는 말에서 내려 걸어서 궁전으로 들어가 왕위에 오르는데, 어좌(御座)를 피하고 기둥에 서서 여러 신하들의 조하(朝賀)를 받았다. 육조(六曹)의 판서 이상의 관원에게 명하여 전상(殿上)에 오르게 하고는 이르기를,

"내가 수상(首相)이 되어서도 오히려 두려워하는 생각을 가지고 항상 직책을 다하지 못할까 두려워하였는데, 어찌 오늘날 이 일을 볼 것이라 생각했겠는가? 내가 만약 몸만 건강하다면, 필마(匹馬)로도 피할 수 있지마는, 마침 지금은 병에 걸려 손·발을 제대로 쓸 수 없는데 이 지경에 이르렀으니, 경들은 마땅히 각자가 마음과 힘을 합하여 덕이 적은 사람을 보좌하라."

하였다. 이에 명하여 고려 왕조의 중앙과 지방의 대소 신료들에게 예전대로 정무를 보게 하고, 드디어 저택으로 돌아왔다.

이성계는 조선 태조로 즉위하면서 민심을 수습하고자 천도를 계획한다. 도평의사사(都評議使司)에 명령을 내려 한양으로 도읍을 옮기라 명하기도 하고,303 전라도 진동현(珍同縣)에서 길지(吉地)를 살펴 양광도(楊廣道) 계룡산(鷄龍山)의 도읍지도(都邑地圖)를 바친 것304으로 보아 천도 후보지로 한양과 계룡산이 유력했음을 알 수 있다.

그러나 경기 좌·우도 도관찰사(京畿左右道都觀察使) 하륜(河崙)은 다음과 같이 상언(上言)하였다.

"도읍은 마땅히 나라의 중앙에 있어야 될 것인데, 계룡산은 지대가 남쪽에 치우쳐서 동면·서면·북면과는 서로 멀리 떨어져 있습니다. 또 신이 일찍이 신의 아버지를 장사하면서 풍수 관계의 여러 서적을 대강 열람했사온데, 지금 듣건대 계룡산의 땅은, 산은 건방(乾方)에서 오고 물은 손방(巽方)에서 흘러간다 하오니, 이것은 송나라 호순신(胡舜臣)이 이른 바, '물이 장생(長生)을 파하여 쇠패(衰敗)가 곧 닥치는 땅'이므로, 도읍을 건설하는 데는 적당하지 못합니다."305

하륜의 상언대로 계룡산의 신도 건설을 중지하고 한양 천도로 힘이 실린다. 임금이 <남경(南京)>의 옛 궁궐터에 집터를 살피었는데, 산세를 관망하다가 윤신달 등에게 물었다. "여기가 어떠냐?" 그가 대답하였다.

"우리나라 경내에서는 송경이 제일 좋고 여기가 다음가나, 한 되는 바는 북쪽이 낮아서 물과 샘물이 마른 것뿐입니다."

임금이 기뻐하면서 말하였다.

"송경인들 어찌 부족한 점이 없겠는가? 이제 이곳의 형세를 보니, 왕도가 될 만한 곳이다. 더욱이 조운하는 배가 통하고 사방의 이수도 고르니, 백성들에게도 편리할 것이다."

임금이 또 왕사(王師) 자초(自超)에게 물었다. "어떠냐?" 자초가 대답하였다.

"여기는 사면이 높고 수려(秀麗)하며 중앙이 평평하니, 성을 쌓아 도읍을 정할 만합니다. 그러나 여러 사람의 의견을 따라서 결정하소서."

임금이 여러 재상들에게 분부하여 의논하게 하니, 모두 말하였다. "꼭 도읍을 옮기려면 이곳이 좋습니다." 하륜이 홀로 말하였다. "산세는 비록 볼 만한 것 같으나, 지리의 술법으로 말하면 좋지 못합니다."

임금이 여러 사람의 말로써 한양(漢陽)을 도읍으로 결정하였다.306 태조 3년(1394) 10월 25일에 한양으로 서울을 옮긴 것으로 기록하고 있다.307 왕도 공사의 시작에 앞서 황천후토와 산천의 신에게 고한 고유문이 다음과 같다.

임금이 하룻밤을 재계(齋戒)하고, 판삼사사 정도전에게 명하여 황천(皇天)과 후토(后土)의 신(神)에게 제사를 올려 왕도의 공사를 시작하는 사유를 고하게 하였는데, 그 고유문(告由文)은 이러하였다.

"조선 국왕 신 이단(李旦)은 문하 좌정승 조준과 우정승 김사형 및 판삼사사 정도전 등을 거느리고서 한마음으로 재계와 목욕을 하고, 감히 밝게 황천후토에 고하나이다. 엎드려 아뢰건대, 하늘이 덮어 주고 땅이 실어 주어 만물이 생성(生成)하고, 옛 것을 개혁하고 새것을 이루어서 사방의 도회(都會)를 만드는 것입니다. … 일관(日官)이 고하기를, '송도의 터는 지기(地氣)가 오래 되어 쇠해 가고, 화산(華山)의 남쪽은 지세(地勢)가 좋고 모든 술법에 맞으니, 이곳에 나가서 새 도읍을 정하라.' 하므로, 신 단(旦)이 여러 신하들에게 묻고 종묘에 고유하여 10월 25일에 한양으로 천도한 것인데,…"[308]

종묘(宗廟) 정전(正殿)(조선시대 임금과 왕비의 위패를 모신 사당, 서울시 종로구 종로 157). 1395년에 신실 7칸 익실 각 2칸 규모로 정전을 세웠다가 후에 더 늘려지었다. 정전으로 통하는 길 가운데 신만 다닐 수 있는 신로(神路)를 마련하고, 그 좌우에 세자로(世子路)와 어로(御路)를 둔 것이 특징적이다. 종묘제례는 왕이 친히 행하는 가장 격식 높은 큰 제사로, 왕과 왕세자, 문무백관이 참가하였고, 여기서 돌아가신 왕의 공덕을 기리는 악가무 종묘제례악을 연주하였다.

위는 태조 3년(1394) 12월 3일의 기록이니 정도전의 <신도가(新都歌)>도 이즈음에 지어진 작품으로 보인다. 앞에는 한강수, 뒤에는 삼각산을 가진 한양은 예전부터 이미 새 도읍지의 형상을 갖추고 덕을 지닌 형세이니 나라 세우신 임금께서 오래 장수하시며 백성들과 태평을 이룰 것이라 하였다. 한양의 형상과 지덕을 찬양하고, 왕의 장수와 백성들과의 태평세월을 기원하고 있는 송축가(頌祝歌)로,

한양 천도를 천명(天命)이라고 강조하고 있다. 위는 왕도 공사를 시작하며 신명(神明)에게 올린 고유문(告由文)이니 한양 천도를 위한 공사는 이후로 오랫동안 진행되었을 것이다.

그러나 1398년(태조7) 8월에 제1차 왕자의 난이 일어나면서 한양 천도는 한차례 진통을 겪게 된다. 왕자의 난이란 조선 초기 왕위 계승권을 둘러싸고 태조 이성계의 왕자들 사이에 벌어진 두 차례의 난을 말한다. 정종(定宗, 芳果)은 1차 왕자의 난이후 종친과 공신을 모아 도읍을 옮길 것을 의논하여 다시 개경으로 환도할 것을 결정한다.

> 서운관(書雲觀)에서 상언(上言)하였다.
> "뭇 까마귀가 모여서 울고, 들 까치가 와서 깃들고, 재이(災異)가 여러 번 보였사오니, 마땅히 수성(修省)하여 변(變)을 없애야 하고, 또 피방(避方)하셔야 합니다."
> 임금이 이에 종친과 좌정승 조준(趙浚) 등 여러 재상들을 모두 불러 서운관에서 올린 글을 보이고, 또 피방해야 될지의 가부를 물으니, 모두 피방하여야 된다고 대답하였다. 임금이 어느 방위로 피방하여야 할지를 물으니, 대답하기를,
> "경기 안의 주현(州縣)에는 대소 신료(大小臣僚)와 숙위(宿衛)하는 군사가 의탁할 곳이 없고, 송도(松都)는 궁궐과 여러 신하의 제택(第宅)이 모두 완전합니다."
> 하니, 드디어 송경(松京)에 환도하기로 의논을 정하였다.[309]

까마귀와 까치가 일으키는 이변을 다시 송도로 돌아가는 이유로 들고 있으나 좀 더 현실적인 이유는 왕의 안전을 보장받기 위함이었다. 그러나 "태상왕이 새벽 밝기 전에 시중(侍中) 윤환(尹桓)의 옛집에 이어(移御)하였다. 태상왕이 일찍이 말하였다. '내가 한양(漢陽)에 천도(遷都)하여 아내와 아들을 잃고 오늘날 환도하였으니, 실로 도성 사람에게 부끄럽도다. 그러므로 출입(出入)을 반드시 밝지 않은 때에 해서 사람들로 하여금 보지 못하게 하여야겠다.'"라고[310] 한 것을 보면, 태상왕 이성계는 옛 수도 개성으로 돌아온 것을 부끄러워하고 심하게 자책했음을 알 수 있다.

이후 2차 왕자의 난(1400년)이 일어나고 태종 이방원이 왕위에 오른 후에 다시 한양 천도가 이루어진다.

> 권근(權近)이 한양 환도의 불가함을 상소하였으나 윤허하지 않으니,
> 권근이 상소하여 말하기를,

"흉년이 들었으므로 천도할 수 없습니다."

하니, 유윤(兪允)하지 아니하였다. 근(近)이 다시 상서하기를,

"천도하는 일은 경사(卿士)에 의논하고, 서민에 의논하여서, 모두 가하다고 한 연후에 정하여야 합니다."

하니, 임금이 말하기를,

"종묘(宗廟)에 고하고 태상왕께 고하여, 큰 계책이 이미 정하여졌으니, 어떻게 고칠 수 있겠는가?"

하고, 좌우에게 말하였다.

"지금 글을 올리어 천도를 말리는 사람이 있는데, 이것은 남의 지휘(指揮)를 들어서 하는 것이다. 한경(漢京)은 국초에 창건한 것이니, 자손이 마땅히 유지하여 지켜야 한다. 어리석은 백성들은 다만 이사하는 괴로움만 알고 구차히 편안하려 하는 것이다. 사대부로 사리를 아는 자는 또한 무슨 마음으로 저지(沮止)하겠는가?"[311]

이때에도 권근 등이 흉년을 이유로 한양 천도를 반대하였으나 태종은 한양 천도는 국초에 정한 일이니 이사하는 순간의 번거로움을 의식하는 것은 사리를 모르는 일이라고 단호히 대처한다. 그 결과 그동안 장소를 정하는 일부터 천도하는 일까지 갖가지 우여곡절을 겪었던 한양 천도는 태종에 의해 실행되어 한양은 명실상부한 조선 왕조 500년 도읍지로서의 기틀을 굳건히 마련한다.

◎ 〈용비어천가(龍飛御天歌)〉　정인지(鄭麟趾) 외

해동(海東) 육룡(六龍)이 ᄂᆞᄅᆞ샤 일마다 천복(天福)이시니 고성(古聖)이 동부(同符)ᄒᆞ시니 (1장) 海東六龍飛 莫非天所扶 古聖同符

▶ 현대어 풀이

우리나라(조선)에 여섯용이 날아오시어
일마다 하늘의 복이 따르시니
중국의 성왕(聖王)과 똑같이 들어맞으십니다.

불휘 기픈 남ᄀᆫ ᄇᆞᄅᆞ매 아니 뮐씨 곶 됴코 여름하ᄂᆞ니
시미 기픈 므른 ᄀᆞ모래 아니 그츨씨 내히 이러 바ᄅᆞ래 가ᄂᆞ니(2장)

根深之木 風亦不扤 有灼其華 有蕡其實
源遠之水 旱亦不渴 流斯爲川 于海必達

▶ 현대어 풀이   뿌리 깊은 나무는 바람에 아니 움직여서 꽃 좋고 열매 많습니다.
　　　　　　　근원이 깊은 샘물은 가뭄에도 그치지 않으니 내를 이루어 바다로 갑니다.

주국(周國) 대왕(大王)이 빈곡(豳谷)애 사ᄅᆞ샤 제업(帝業)을 여르시니
우리 시조(始祖)ㅣ 경흥(慶興)에 사ᄅᆞ샤 왕업(王業)을 여르시니(3장)

昔周大王 于豳斯依 于豳斯依 肇造丕基
今我始祖 慶興是宅 慶興是宅 肇開鴻業

▶ 현대어 풀이   주(周)나라 대왕이 빈(豳)으로 옮기시고 큰 업적을 이루셨습니다.
　　　　　　　우리 시조께서도 경흥(慶興)으로 옮기시고 대업을 이루셨습니다.

적인(狄人)ㅅ 서리예 가샤 적인(狄人)이 ᄀᆞᆯ외어늘 기산(岐山) 올ᄆᆞ샴도 하ᄂᆞᆳ ᄠᅳ디시니
야인(野人)ㅅ 서리예 가샤 야인(野人)이 ᄀᆞᆯ외어늘 덕원(德源) 올마샴도 하ᄂᆞᆳ ᄠᅳ디
시니(4장)

狄人與處 狄人于侵 岐山之遷 實維天心
野人與處 野人不體 德源之徙 實是天啓

▶ 현대어 풀이   북쪽 오랑캐 사이에 가시어 오랑캐가 쳐들어와서 기산(岐山)으로 옮기신 것
　　　　　　　도 하늘의 뜻이십니다.
　　　　　　　여진족 사이에 가시어 그들이 쳐들어와서 덕원(德源)으로 옮기신 것도 하늘
　　　　　　　의 뜻입니다.

도망(逃亡)애 명(命)을 미드며 놀애예 일훔 미드니 영주(英主)△ 알픠 내내 붓그리리
올모려 님금 오시며 성(姓) 굴히야 원(員)이 오니 오늜나래 내내 웃브리(16장)
恃命於逃 信名於謳 英主之前 曷勝其羞
欲遷以幸 擇姓以尹 當今之日 曷勝其哂

▸ **현대어 풀이** (이밀李密이) 도망 다닐 때도 천명을 믿고, 참요의 영험을 믿더니, (결국) 태
종 영주(英主) 앞에서는 부끄러움을 감추지 못했다.
(고려 숙종 때, 도읍을 한양으로) 옮기려 하니 임금도 따르시고, (이씨 성
가진 자를) 가리어 한양 부윤(漢陽府尹)으로 삼았으니, 지금 생각해 보면 참
으로 우습도다.

궁녀(宮女)로 놀라샤미 궁감(宮監)이 다시언마른 문죄강도(問罪江都)롤 느치리잇가
관기(官妓)로 노(怒)ㅎ샤미 관리(官吏)의 다시언마른 조기삭방(肇基朔方)올 뵈아시
니이다(17장)
宮娥以驚 宮監之尤 問罪江都 其敢留止
官妓以怒 官吏之失 肇基朔方 實維趣只

▸ **현대어 풀이** (당唐 고조高祖가) 궁녀의 일로 놀란 것은 궁감(宮監)의 잘못이온데, 강도(江
都)로 죄 물으러 가는 일을 늦출 필요가 있겠습니까.
(목조가) 관기(官妓)로 인해 화나게 된 것은 관리(관찰사)의 잘못이었지만,
변방에다 왕조의 틀을 닦는 일을 재촉한 것입니다.

사조(四祖)ㅣ 편안(便安)히 몯 겨샤 현 고둘 올마시뇨 몃 간(間)ㄷ 지븨 사르시리
잇고
구중(九重)에 드르샤 태평(太平)을 누리싫제 이 뜨들 닛디 마르쇼셔(110장)
四祖莫寧息 幾處徒厥宅 幾間以爲屋
入此九重闕 享此太平日 此意願毋忘

▸ **현대어 풀이** 사조(四祖)가 편안히 계시지 못하고, 집을 여러 번 옮기셨으니, 몇 집에서 사신 것인가!

구중궁궐에 들어오시어 이 태평함을 누리셨으니 이 뜻을 잊지 마소서.

천세(千世) 우희 미리 정(定)ᄒᆞ샨 한수북(漢水北)에 누인개국(累仁開國)ᄒᆞ샤 복년(卜年)이 ᄀᆞᆺ업스시니

성신(聖神)이 니ᅀᆞ샤도 경천근민(敬天勤民)ᄒᆞ샤ᅀᅡ 더욱 구드시리이다

님금하 아ᄅᆞᆯ쇼셔 낙수(洛水)예 산행(山行) 가이셔 하나빌 미드니잇가 (125장)

千世默定漢水陽 累仁開國卜年無疆

子子孫孫聖神雖繼 敬天勤民迺益永世

嗚呼 嗣王監此 洛表遊畋 皇祖其恃

(『중간본 용비어천가』)

▸ **현대어 풀이** 천 년 전에 미리 정해진 한양 땅에 어짊을 쌓아 나라를 여시어 왕조의 운수 끝 간 데 없을 것이라.

훌륭한 임금이 왕위를 계승하더라도 하늘을 공경하고 부지런히 백성을 다스려야만 (왕조의 기반이) 비로소 더욱 굳어질 것이라.

훗날 임금아, 알아두소서. (하나라 태강왕이) 낙수(洛水)에 사냥 가 있으면서 어찌 선대(先代) 왕만 믿겠습니까!

🐾 선대왕들의 공덕을 칭송하다

예조(禮曹)에서 좋은 술 50병과 소·양·기러기·오리 등 물건을 진상하니, 임금이 강녕전(康寧殿)에 나와 창기(倡妓)와 재인으로 하여금 <용비어천가>를 연주하게 하였는데, 향악과 당악을 관현악으로만 하고, 노래는 부르지 못하게 하였다[312] 기록은 <용비어천가>가 궁중에서 불리어지는 장면을 담았다. "고려 초에 악관이 당나라 때의 궁중 정악(正樂)을 본떠 '천자의 덕을 기리는 음악(황풍악皇風樂)'을 지었다. 그 악장(樂章)은 왕씨(王氏)가 처음 나라를 일으킨 공덕을 칭송한 것으로, 큰 조정 모

임이나 왕의 대궐 밖 거둥 때 반드시 연주하였다."라고[313] 한 것으로 보아, 조선의 악장을 제작하면서 고려 왕조의 악장의 존재를 크게 의식했음을 알 수 있다.

<용비어천가>는 태조와 태종의 종묘악으로 대제학 정인지 등이 찬술했는데, 백성들이 칭송하는 말을 취하여 시를 지었는데 무릇 125장이나 된다. 먼저 옛날 제왕의 유적을 서술하고 다음에 선대의 왕들이 이룩하신 일들을 기술하여 느낌이 비슷한 것들끼리 나누어 관현에 올렸으니 지금 세상에서 이르는 <여민락>이 그것이다.[314] 건국을 주도한 세력들이 조선 왕조의 정당성과 건국의 필연성을 강조하려고 지은 흔적이 역력하지만 백성들의 칭송을 담기 위해 <용비어천가>를 지었다고 기술하였다.

> 의정부 우찬성 권제(權踶)·우참찬 정인지(鄭麟趾)·공조 참판 안지(安止) 등이 <용비어천가(龍飛御天歌)> 10권을 올렸다. 전(箋)에 이르기를,
> "어진 덕을 세상에 널리 베푸시고 큰 복조를 성하게 여기시매, 공(功)을 찬술(撰述)하고 사실을 기록하여 가장(歌章)에 폄이 마땅하오니 이에 거친 글을 편찬하와 예감(睿鑑)에 상달하옵니다. 그윽이 생각하옵건대, 뿌리 깊은 나무는 가지가 반드시 무성하고 근원이 멀면 흐름이 더욱 긴[長] 것입니다. …(중략) … 생각하옵건대, 시가(詩歌)를 지음은 이성하고 태평한 시기에 속하옵니다. 신 등은 조전(雕篆)의 재주로써 외람되게 문한(文翰)의 임무를 더럽히어 삼가 민속(民俗)의 칭송하는 노래를 캐 모았사오니 어찌 조정과 종묘의 악가(樂歌)에 비기오리까.[315]

선대왕들의 어진 덕을 칭송하고, 왕조의 뿌리가 깊고 근원이 멀다는 것을 강조하기 위해 <용비어천가>를 지었다 하고, 민간에서 칭송하는 노래를 모았다는 부언도 잊지 않았다. <용비어천가>를 궁중에서만 부른 것은 아니다.

> 조선 초년에 시문을 짓는 신하에게 명하여 <용비어천가> 5권을 짓고, 위 7장과 아래 3장을 취하여 여민락(與民樂)을 지어서 황풍악의 곡조를 좇아 연주하였다. 임금께서 서쪽 교외에 나아가 천자의 명령을 받을 때면 궁궐 섬돌에서부터 이 음악을 연주하기 시작하여 숭례문 안에 이르러서야 끝났다. 다시 연주할 때는 모화관(慕華館)에 이르러 수레에서 내린 다음에 마쳤다. 선왕(先王 : 宣祖) 초년에는 음악이 점점 빨라져서 (대궐 섬돌에서) 광통교(廣通橋)까지 이르면 첫 연주가 끝나니 악관이 노래의 곡조가 슬프고 낮

음을 걱정했는데, 얼마 안 되어 임진왜란이 일어났다. 지금은 가락이 슬프고 빠르며 흐트러져서 수습이 불가할 정도가 되었다. 대엽조 또한 느린 것을 폐지하고 빠른 데로 나가고 있으니 아악(雅樂)이 점점 빨라진 것도 그 형세가 마땅히 그러했으리라.[316]

성종 이후에는 거의 새로운 악장이 창작되지 않았지만, 그렇다고 가창의 맥이 끊어지지는 않았다. <여민락>을 서쪽 교외에 나아가 천자의 명령을 받을 때면, 궁궐 섬돌에서부터 이 음악을 연주하기 시작하여 숭례문 안에 이르러서야 끝났다. 다시 연주할 때는 모화관(慕華館)에 이르러 수레에서 내린 다음에 마쳤다고 하였고, 선조조에는 가락이나 곡조의 느낌 그리고 빠르기까지 변화했음을 알 수 있다.

☙ 해동(海東)에 여섯 용이 날아와 왕조를 건설한 사연을 피력하다

태조 이성계가 조선왕조를 세웠지만 건국 후에는 그 조상들까지 높이 떠받들어졌다. "집을 변화시켜 나라를 세웠으니 실로 여러 대 쌓은 적선(積善)의 공로에 말미암은 것입니다. 이에 4대 선조의 존호를 정하여 올립니다."에는[317] 왕조의 정통성이 오래 전부터 이어진 것임을 강조하려는 관점이 두드러진다.

<용비어천가>에는 "해동 육룡(六龍)이 ᄂᆞᄅᆞ샤~"(1장)에서 육룡은 목조·익조·도조·환조·태조·태종을 지칭한다.

그 가운데 4대 목왕(穆王)을 치켜세우는 작업이 가장 번성하다. "황고조(皇高祖)께서는 자애롭고 효성스러웠으며 따뜻하고 착하고 아름다운 성품을 갖추었습니다. 오랫동안 계획하시어 뒤의 왕들을 위한 터전을 닦고, 몸가짐을 삼가서 천심을 얻을 수 있었습니다. 나라에 큰 공업을 세우시고, 후손을 번창시켰습니다. 황고조비(皇高祖妣)께서는 오로지 인자하고 온화하며 조용하고 아름답고 유순하고 정숙하였는데, 알(卵)을 남긴 상서를 받은 것은 은(殷)나라의 간적(簡狄)과 같았고, 애기를 밴 경사를 얻은 것은 주(周)나라 태임(太任)에 짝할 만했습니다. 이미 여러 세대에 걸쳐 좋은 국운이 이어졌으니 모두 처음이 좋았기 때문입니다. 이에 황고조의 시호(諡號)를 올려 '목왕(穆王)'이라 하고, 황고조비를 '효비(孝妃)'라 하였으니, 밝게 돌보아서 번성한 복

을 주시기를 바라옵니다."라고 하였으니 민심을 얻은 것, 효성스럽고 착한 성품, 공덕, 후손의 번창, 황고조비의 성품 등 모든 면을 완전하게 평가하여 왕조의 기반이 굳건함을 강조하고 있다.

<용비어천가> 17장 "관기(官妓)로 노(怒)ᄒᆞ샤미 관리(官吏)의 다시언마론 조기삭방(肇基朔方)ᄋᆞᆯ 뵈아시니이다"은 당 고조와 궁감(宮監)에 관한 역사 기록과 목조의 이야기를 엮어 조선 왕조의 터전이 우연이 아닌 필연임을 강조하고 있다.

목조(穆祖)는 성품이 호방하여 세상을 다스릴만한 뜻을 지녔다. 처음에는 전주에 있었는데, 그 때 나이 20여 세로 용맹과 지략이 남보다 뛰어났다. 산성 별감(山城別監)이 객관(客館)에 들어왔을 때 관기의 사건으로 인하여 주관(州官)과 틈이 생겼다.[318] 그 과정은 이렇다. 목조가 어떤 관기를 사랑했는데, 관찰사가 그녀에게 수청을 들라고 하였다. 밤이 되자 목조가 일부러 객관의 서쪽 방을 열어젖히고 그 기녀를 나오라 하였다. 기생은 무서워서 덜덜 떨며 일어섰다. 관찰사가 크게 노하여 급히 따르는 자들을 불러, "문 밖에 도둑놈이 왔으니 군대에 명하여 잡게 하라." 했다. 목조는 곧장 휘장 안으로 들어가 관찰사를 찌르고는 기생을 안고 말을 타고 달려갔다.[319] 주관이 안렴사(按廉使)와 함께 의논하여 위에 알리고 군사를 내어 도모하려 하므로, 목조가 이 소식을 듣고 드디어 강릉도(江陵道)의 삼척현(三陟縣)으로 옮겨 가서 거주하니, 백성들이 자원하여 따라서 이사한 사람이 1백 70여 집이나 되었다.[320] 당시부터 목조가 여러 민심을 크게 얻고 있었다 하였다.

<용비어천가> 4장의 "야인(野人)ㅅ 서리예 가샤 야인(野人)이 ᄀᆞᆯ외어늘 덕원(德源) ᄋᆞᆯ마샴도 하ᄂᆞᆲ ᄠᅳ디시니"도 목조의 스토리를 담고 있다.

일찍이 배 15척을 만들어 왜구를 방비했는데, 조금 후에 원나라 야굴대왕(也窟大王)이 군사를 거느리고 여러 고을을 침략하니, 목조는 두타 산성(頭陀山城)을 지켜서 난리를 피하였다. 때마침 전일의 산성 별감(山城別監)이 새로 안렴사(按廉使)에 임명되어 또 장차 이르려고 하니, 목조는 화(禍)가 미칠까 두려워하여 가족을 거느리고 바다로 배를 타고 동북면(東北面)의 의주(宜州)【곧 덕원(德原)이다.】에 이르러 살았는데, 백성 1백 70여 호(戶)가 또한 따라갔고, 동북의 백성들이 진심으로 사모하여 좇는 사람이 많았다.[321]

앞의 이야기에서는 강릉도 삼척현이라 했는데, 여기선 동북면 덕원, 곧 의주라 하여 조금 차이가 있으나 목종을 따른 백성의 가호는 같다. 처음에 목조(穆祖)가 때때로 현성(峴城)에 가니, 여진(女眞)의 여러 천호(千戶)와 다루가치(達魯花赤)들이 모두 교제(交際)하기를 원하므로, 마침내 그들과 함께 놀았다. 여러 천호(千戶)들이 예절을 갖추어 대접하기를 매우 후하게 하고, 반드시 소와 말을 잡아서 연회를 베풀고는 문득 수일(數日)을 유련(留連)하였으며, 여러 천호들로서 알동(斡東)에 이른 사람이 있으면 목조도 또한 이같이 접대하였다. 목조는 주변의 여진이나 천호, 다루가치들과 원만한 관계를 유지하여 나름의 기반을 잡았고, 목종이 이룬 기반은 그대로 익조에게로 이어진다.

익조(翼祖) 때에 이르러서도 이대로 따라 행하고 고치지 않았다. 익조의 위엄과 덕망이 점차 강성해지니, 여러 천호(千戶)의 수하(手下) 사람들이 진심으로 사모하여 좇는 사람이 많았다. 여러 천호들이 꺼려서 모해(謀害)하기를,

"이행리(李行里)【익조】는 본디 우리의 동류(同類)가 아니며, 지금 그 형세를 보건대 마침내 반드시 우리에게 이롭지 못할 것이니, 어찌 깊은 곳의 사람에게 군사를 청하여 이를 제거하고, 또 그 재산을 분배하지 않겠는가?"

하였다. 이에 거짓으로 고하기를,

"우리들이 장차 북쪽 땅에서 사냥하고 오겠으니 20일 동안 정회(停會)하기를 청합니다."

하니, 익조가 이를 허락하였다. 기일이 지나서도 오지 않으므로, 익조가 친히 현성(峴城)에 가니, 다만 노약자와 부녀들만이 있고 장정은 한 사람도 없었다. 한 여자에게 물으니, 대답하기를,

"그 짐승이 많은 것을 탐내서, 지금까지 돌아오지 않습니다."

하였다. 익조가 이에 돌아오다가 길에서 한 할멈[老嫗]이 머리에 물동이[水桶]를 이고 손에는 한 개의 주발[椀]을 가지고 있는 것을 보고서 갑자기 목이 말라 물을 마시고자 하니, 할멈이 그 주발을 깨끗이 씻어 물을 떠서 바치고, 이내 말하기를,

"공(公)은 알지 못합니까? 이곳 사람들이 공을 꺼려하여 장차 도모하려고 군사를 청하러 간 것이고, 사냥하려고 간 것은 아닙니다. 3일 후에는 반드시 올 것인데, 귀관의 위엄과 덕망이 애석하므로, 감히 이 사실을 알리지 않을 수가 없습니다." 하였다.

익조는 황급히 돌아와서 가인(家人)들로 하여금 가산(家産)을 배에 싣고 두만강(豆滿江)의 흐름을 따라 내려가서 적도(赤島)에서 만나기로 약속하고, 자기는 손부인(孫夫人)

과 함께 가양탄(加陽灘)을 건너 높은 곳에 올라가서 바라보니, 알동(斡東)의 들에 적병이 가득히 차서 오고, 선봉(先鋒) 3백여 명은 거의 뒤를 따라왔다. 익조는 부인과 함께 말을 달려서 적도(赤島)의 북쪽 언덕에 이르렀는데, 물의 넓이는 6백 보나 될 만하고, 깊이는 헤아릴 수도 없으며, 약속한 배도 또한 이르지 않았으므로 어찌할 수가 없었다. 북해(北海)는 본디 조수(潮水)가 없었는데, 물이 갑자기 약 백여 보 가량이나 줄어들어 얕아져서 건널 만하므로, 익조는 드디어 부인과 함께 한 마리의 백마를 같이 타고 건너가고, 종자(從者)들이 다 건너자 물이 다시 크게 이르니, 적병이 이르러도 건너지 못하였다. 북방 사람이 지금까지 이를 일컬어 말하기를,

"하늘이 도운 것이고 사람의 힘은 아니다."

하였다. 익조는 이에 움을 만들어 거주하였는데, 그 터가 지금까지 남아 있다. 알동(斡東)의 백성들이 익조가 있는 곳을 알고, 그를 따라오는 사람이 장꾼과 같이 많았다.[322]

목조가 인심을 얻고, 익조도 고치지 않고 이대로 따라 행하니 익조의 위엄과 덕망이 점차 강성해져서 여러 천호(千戶)의 수하(手下) 사람들이 진심으로 사모하여 좇았다. 여러 천호들이 꺼려서 모해(謀害)하므로 익조는 마침내 따르는 사람들을 데리고 두만강을 건넜다. "북해(北海)는 본디 조수(潮水)가 없었는데, 물이 갑자기 약 백여 보 가량이나 줄어들어 얕아져서 건널 만하므로, 익조는 드디어 부인과 함께 한 마리의 백마(白馬)를 같이 타고 건너가고, 종자(從者)들이 다 건너자 물이 다시 크게 이르니, 적병이 이르러도 건너지 못하였다." 하고, 이를 두고 "하늘이 도운 것이고 사람의 힘은 아니다."라고 한 대목에는 <용비어천가> 67장 "섬 안해 자싫 제 한비 사오리로디 뷔어사 ᄌᆞ모니이다", 즉 이성계가 위화도에서 주무실 때 사흘 동안이나 큰 비가 계속되었으나 섬이 물에 잠기지 않더니 위화도에서 회군한 뒤에야 마침내 섬이 물속에 잠겼다 하여 천우신조를 강조하는 부분과 내용과 진술 목적이 흡사하다.

3대 익왕(翼王)에 대해서는 "황증조(皇曾祖)께서는 충성스럽고 효성스러우며 검소하고 부지런하고, 백성들에게 마음을 두어 실로 한없는 은혜를 가지셨으며, 후손에게 덕을 베풀어 크게 영향을 끼쳤습니다. 황증조비(皇曾祖妣)께서는 천성이 조용하고 외곬이어서 늘 정숙함을 실천하였습니다. 공경하고 경계함이 군자의 좋은 배필이었으며, 한 치의 어긋남도 없고 법도를 어기는 일도 없었으니 가히 아녀자의 훌륭한 모

범이었다 할 만합니다. 이에 삼가 황증조의 시호를 올려 '익왕(翼王)'이라 하고, 황증 조비의 시호는 '정비(貞妃)'라 하였으니 저의 정성을 흠향하여 번성한 복을 주시기를 바라옵니다."라 하였다.

'기명(基命)의 곡(曲)'은 이러하였다.
"아아! 거룩하신 목조(穆祖)시여.
바다에 배를 타시고 경원(慶源)으로 옮기셨네.
귀부(歸附)하는 사람 날로 성하니
우리의 영구한 천명(天命)을 터 잡았도다."
'귀인(歸仁)의 곡(曲)'은 이러하였다.
"상제(上帝)시여!
백성의 살 곳을 구하시어
덕원(德源)의 깊은 곳을 돌아보시어
밝은 덕화(德化)를 내리시니,
어진 사람 잃지 않을 것이라고
백성들이 그림자 따르듯 하였네.
그 따름이 저자 거리와 같았으니,
우리의 사사로운 정(情)이 아니로다.
우리의 사사로운 정(情)이 아니라면
오직 인(仁)에 돌아옴이로다.
오직 인에 돌아옴이로다.
이에 큰 왕업의 터전을 열었도다."
'형가(亨嘉)의 곡(曲)'은 이러하였다.
"아아! 우리 거룩한 익조(翼祖)시여.
그 임금께 공경히 복종하셨도다.
거룩하신 도조(度祖)께서 그 뜻을 이으시니
임금의 사랑하고 의지함이 더욱 돈독하셨도다.
크게 영통하여 아름답고
큰 명(命)이 오로지 붙게 되었네."[323]

세조 때에도 목조가 경원에 자리를 잡아 덕을 베푸니 백성들이 그를 따라 왕업 의 터전을 잡고 익조와 도조가 그 뜻을 이어 조선왕조의 기틀이 잡혀갔음을 지속적으로 강조하고 있다. 2대 도왕(度王)에 대해서는 "황조(皇祖)께서는 아름답고 온유하며 공손하고 용감하고 굳세어서, 제왕의 대업을 닦아 오늘의 경사에 이르게 하고, 후손에게 계획을 전수하여 천세의 업을 빛나게 열어 주었습니다. 황조비(皇祖妣)께서는 행실이 부지런하고 검소하였으며, 엄숙하고 화목한 덕망을 갖추셨습니다. 집안을 다스림에 엄격하였으며, 후손들에게 엄숙히 삼가는 도리를 전수하였습니다. 이에 삼가 황조의 시호를 올려 '도왕(度王)'이라 하고, 황조비의 시호는 '경비(敬妃)'라 하였으니, 삼가 바라옵건대 높이 위에 계시면서 항상 자손을 도와주시고 빛나신 길이 나라에 복을 주시옵소서."라고 하였다.

1대 환왕(桓王)에 대해서는 "황고(皇考)께서는 사려가 깊으시고 자질이 영특하셨으며, 나라와 지방마다 날랜 공적을 꾸준히 떨치시어 후손에게 크고 견실한 위업을 전수하셨습니다. 황비(皇妣)께서는 마음이 맑고 지조가 있으셨고, 부드럽고 순한 덕을 지키면서도 엄정함을 가지셨으며, 늘 가족의 도리에 합당하였고, 아래로는 덕을 돈독히 하여 참으로 유연한 기풍을 가지셨습니다. 이에 삼가 황고의 시호를 올려 '환왕(桓王)'이라 하고 황비는 '의비(懿妃)'라 하였으니, 굽어 살피시어 나머지 복을 무궁한 세대에 내려 주시옵소서."라고 하였다. 환왕 이자춘은 공민왕의 쌍성총관부 정벌을 도와 세운 공으로 해서 동북면병마사에 임명되었는데, 그의 둘째 아들이 바로 이성계였다. 이성계는 홍건적·왜구 등의 격퇴와 요동 정벌에 모두 공이 컸다. 최영과 함께 이름을 드날렸지만, 위화도 회군 이후는 최영을 축출하고 정도전 등 신흥 사대부의 영수로서 정치의 실권을 잡았다.[324]

<용비어천가>에는 해동에 내려온 여섯용이 왕조의 기틀을 튼튼히 닦았다고 하였다. 그러면서 "주국(周國) 대왕(大王)이 빈곡(豳谷)애 사르샤 제업(帝業)을 여르시니"(3장)에서와 같이 중국 왕조의 기반과 비교함으로써 설득력을 더해가는 방법을 취했다. 중국의 주족(周族)은 대략 하(夏) 왕조의 말년에 섬서와 감숙 일대에서 활동하였는데, 장기간에 걸쳐 융적(戎狄)과 함께 살았기 때문에 생산력이 비교적 낙후하였다. 후직(后稷, 弃)의 3세손인 공유(公劉) 때에 이르러 태(邰)에서 빈(豳)[325]으로 이주하면서 농업 경제도 발전하였다. 공유 이후 9세가 되던 고공단보(古公亶父, 훗날 太王으로 추존)

시대에 융족(戎族)과 적인(狄人)의 침략을 받아 칠수(漆水)와 저수(沮水)를 건너고 양산(梁山)을 넘어 다시 기산(岐山)의 남쪽에 있는 주원(周原)으로 옮겼다. 주원은 토지가 비옥하여 농경에 적당하였는데, 주족은 이곳에서 정착해 살면서 상(商)나라 문화의 영향을 받아 융족과 적인의 생활 관습에서 벗어나게 되었고, 성곽과 가옥을 조영하고 관리를 두기 시작하여 원시사회에서 일약 계급 사회로 도약하게 되었다.—"고공단보가 후직, 공유의 공업을 이어 받아 덕을 쌓고 의를 행하니 백성들이 모두 그를 따랐다." 하였다. 주왕 앞에 대를 이어 온 혈통은 "후직(后稷, 기 弃)→부줄(不窋)→국(鞠)·→공유(公劉)→경절(慶節)→황부차불(皇仆差弗)→훼유(毀隃)→공비(公非)→고어(高圉)→아어(亞圉)→공숙조류(公叔祖類)→고공단보(古公亶父, 太王)→계력(季歷, 王季, 公季)→창(昌, 文王)[326]이다. 문왕이 죽고 태자 발(發)이 승계하니 곧 '무왕(武王)'이다.

　연이어, "우리 시조(始祖) ㅣ 경흥(慶興)에 사르샤 왕업(王業)을 여르시니"(3장)라고 하였다. 목조가 여진족의 땅에 터전을 잡고 왕업을 일으켰다는 말이다. 경흥은 현재의 함경북도 선봉군이다. "옛 공주의 땅이다. 태조 7년에 옛날 흙으로 만든 성터를 돌로 된 성으로 고치고, 두 능묘를 모시고 왕업(王業)을 일으킨 땅인 까닭으로 경원부(慶源府)라고 하였다. 태종 10년에 야인(野人)의 입구(入寇)로 말미암아 드디어 포기하고 더 이상 방어하지 않았다."[327] 원나라에서 목조(穆祖)를 위해 알동천호소(斡東千戶所)를 세우고 금으로 만든 패를 내려 다루가치(達魯花赤)를 겸하게 하였다. 알동(斡東)은 남경(南京) 동남쪽 90여 리에 있으니, 지금의 경흥부(慶興府) 동쪽 30리에 있다. 알동의 서북쪽 1백 20여 리에 두문성(豆門城)이 있고, 또 그 서쪽 1백 20여 리에 알동 사오리(沙吾里)가 있으니, 사오리는 여진(女眞)의 말로서 참(站)이라고[328] 하였다.

　"불휘 기픈 남ᄀᆞᆫ ᄇᆞᄅᆞ매 아니 뮐씨 곶 됴코 여름하ᄂᆞ니"(2장)는 조선왕조의 기반을 강조하고 있는 부분인데, 조상의 덕을 찬양하기 위해 조선왕조를 뿌리 깊은 나무, 샘이 깊은 물에 비유하고 있다. 앞에서 살핀 것처럼 태조 이성계는 오랜 명문집안 출신이 아니었다. 그의 조상은 전주에서 옮겨가 함흥에 정착해 살던 유이민이었다. 이후 여진족 사이에서 점점 세력을 얻어 지방의 유력한 호족으로 등장하였다. 원의 쌍성총관부 관직을 받고 있던 이씨가 고려에서 출세하기 시작한 것은 이자춘

(李子春) 때라 해도 과언이 아니다.

"도망(逃亡)애 명(命)을 미드며 놀애예 일홈 미드니 영주(英主)△ 알픠 내내 붓그리리/올모려 님금 오시며 성(姓) 굴히야 원(員)이 오니 오늜나래 내내 옷브리"(16장)에서는 조선의 건국이 이미 오래 전부터 예고된 일임을 강조하고 있다.

수(隋)나라 이밀(李密)이 "임금이 될 사람은 비명에 죽는 일이 없다."고 호언장담하고, 항간에 떠도는 참요 '도리장(桃李章)'에서 "도리의 아들이 임금이 된다. 양주(揚州)를 돌고 화원(花園)을 에둘러야 하니, 이 조심스런 말을 누가 하리오"에서 도리의 아들이 자신인 것으로 여겨 사람들에게 오만하게 굴었다.[329] 그러다 당 고조(高祖)의 아들 태종(太宗) 이세민(李世民)의 우월함을 보고, 그를 영주(英主)로 인정하였다는 고사를 말한다.

그리고서 고려 숙종(肅宗) 때 김위제(金謂磾)가 신라시대 도선(道詵)의 비기(秘記)를 배워서 고려 도읍지를 남경(南京)[한양, 지금의 서울]으로 옮길 것을 청하였다. "송도의 운수가 다 되면 어느 곳으로 가려는가? 사해의 어룡(魚龍)이 한강으로 모여들 것이요, 나라와 백성이 편안하여 태평 세상 이룩되리라고 하였습니다. 그러므로 삼각산 남쪽 목멱산 북쪽 평지에 도성을 건설하고 때를 맞추어 순행하시기 바랍니다. 이 문제는 진실로 나라의 흥망성쇠와 관련되는 일이기 때문에 저는 당돌하게 여겨질 것을 무릅쓰고 기록하여 삼가 올립니다."(『고려사』권122, 열전35, 김위제) 김위제의 청에 따라 남경에 역사하고 도읍을 잠시 옮겼지만 오래지 않아 다시 송도로 돌아온 일을 언급하고 있다.

위의 두 고사를 인용한 것은 한 나라를 건국하고 왕조를 성립시키는 일은 인위가 아니라 천명으로 이루어지는 것이고, 한양을 도읍 삼아 조선을 세우는 일은 이미 오래 전부터 예조가 있었다는 필연과 당위를 강조하기 위함이다. 앞의 고사는 '이씨(李氏)' 성을 가진 당(唐) 고조(高祖, 618~626)가 양씨(楊氏) 성을 가진 양제(煬帝, 604~618)을 제압한 일로써 조선 건국의 필연성을 점진적으로 높여가고 있다.

✿ 후대의 왕들에게 경천근민(敬天勤民)을 권하고 타이르다

"성신(聖神)이 니으샤도 경천근민(敬天勤民)호샤아 더욱 구드시리이다"(125장)라는 당부에 설득력을 얻기 위해 "님금하 아르쇼셔 낙수(洛水)예 산행(山行) 가이셔 하나빌 미드니잇가"라는 근거를 끌어들이고 있다.

『세종실록』에서 이미 이에 목조(穆祖)가 처음 터전을 마련하실 때로부터 태종의 잠저(潛邸) 시대에 이르기까지 무릇 모든 사적(事跡)의 기이하고 거룩함을 빠짐없이 찾아 모으고, 또 왕업의 어려움을 널리 베풀고 자세히 갖추었으며, 옛 일을 증거로 하고 노래는 국어를 쓰며, 인해 시를 지어 그 말을 풀이하였습니다. 천지를 그림하고 일월을 본뜨오니 비록 그 형용을 다하지 못하였사오나, 금석(金石)에 새기고 관현(管絃)에 입히면 빛나는 공을 조금 드날림이 있을 것이옵니다. 만약 살피어 들이시고 드디어 펴 행하시어, 아들에게 전하고 손자에게 전하여 큰 업이 쉽지 아니함을 알게 하시고, 시골에서 쓰고 나라에서 써서 영세(永世)에 이르도록 잊기 어렵게 하소서. 편찬한 시가는 총 1백 25장이온데, 삼가 쓰고 장황(裝潢)하여 전(箋)을 아뢰옵니다." 하니, 판에 새겨 발행하기를 명하였다[330] 하였으니 <용비어천가>의 창작 의도 가운데 가장 큰 것이 바로 후대 왕들에 대한 전왕들의 공업(功業)을 잊지 말고 가슴에 새기라는 권계(勸戒)이다.

노래에 설득력을 더하기 위해 중국 하(夏)나라 태강왕(太康王)이 우왕만을 믿고 나태하게 사냥하다가 신하에게 폐위된 역사 기록을 나쁜 전례로 들어 경계를 삼았다. "하나라의 왕 계(啓)가 죽고 나서 그 아들 태강(太康)이 나라를 잃었다. 공안국(孔安國)이 집해(集解)에 이르기를, (태강은) 재미로 하는 사냥을 즐기면서 백성들의 일을 돌보지 않다가 예(羿)에게 쫓겨나서 왕 자리로 돌아오지 못했다."[331] 태강왕은 국사를 돌보지 않다가 재위 19년에 신하에게 쫓겨나 양하(陽夏)에서 죽었으니 나쁜 전례로 청사에 귀감이 될 만하다.

왕에 대한 경계는 신라시대 김후직(金后稷)의 <상진평왕서(上眞平王書)>나 설총의 <화왕계(花王戒)>로부터 유서가 깊다. "노자(老子)가 말하기를, 말을 달리고 사냥하는 것은 사람으로 하여금 마음을 미치게 한다 하였고, 서경(書經)에는 집안에서 여색에 음란하거나 밖에서 사냥에 미치거나 이 중에서 한 가지만 있더라도 망하지 않는 이가 없다."는 글은[332] 왕이 백성들을 다스리는 본업에서 벗어나 흥미나 쾌락을 추구하려는 태도를 경계한다. <용비어천가> 125장은 후대의 왕들에게 나라의 일을 보살피되 깊이 생각하고 멀리 걱정하며 끊임없이 부지런해야 정치가 아름답고 국가가 보존될 수 있음을 신신당부한 것이다.

6. 시조(時調)

시조는 흔히 평시조(단시조)와 사설시조(장시조)로 구분하는데, 초장·중장·종장의 셋으로 구분하여 초장·중장의 시상을 종장에서 마무리하는 것이 장르적 특징이다. 각 장은 4개의 음보(音步)로 나누어지고 각 음보는 대체로 3~4음절을 유지하지만 종장의 두 번째 음보만 5음절의 과음보(過音步)를 가지고 있다. 시조는 시ㅅ조(時ㅅ調), 즉 '요즘 유행하는 노래 곡조', '시류(時流)의 유행가조'를 가리킨다.

유중교(柳重教)의 『현가궤범(絃歌軌範)』 권3에는 율곡 선생의 <고산가(高山歌)>를 다음과 같이 기록하고 있다.

姑	黃	●		太	蕤	姑	●		姑	林	●		蕤	太	姑	●
一	曲	은		어	듸	미	고		冠	巖	에		히	비	쵠	다

蕤	太	●		姑	林	蕤	●		林	應	●		林	姑	●	●	●
平	蕪	에		늬	거	드	니		遠	山	이		그	림	이	로	다

姑	林	●		蕤	太	●		姑	●		姑	黃	太	蕤		姑	●	●
松	間	에		綠	樽	을		노	코		벗	오	는	양		보	노	라

제1장 "고산구곡담(高山九曲潭)을 사람이 모르더니~"부터 "구곡(九曲)은 어듸민고~"까지 문법적 기능을 하는 조사나 어미를 빼고 의미를 가진 모든 단어·음절에 황종(黃鐘)·대려(大呂)·태주(太簇)·협종(夾鐘)·고선(姑洗)·중려(仲呂)·유빈(蕤賓)·임종(林鐘)·이칙(夷則)·남려(南呂)·무역(無射)·응종(應鐘) 등 12율명을 표시한 것으로 보아, 의미를 가진 가사에 율명을 배치하여 노래 불렀음을 알 수 있다.

시조를 노래하는 방법으로 가곡창과 시조창이 있는데, 먼저 가곡창이 있고 나중에 남창 혹은 여창 평시조, 지름시조, 사설시조 등의 시조창이 개발되었다. 시조는 장구 반주 하나로도 족하고, 그도 갖추지 못한 경우에는 무릎장단도 상관없지만, 가곡은 세피리·대금·해금·장구 등과 가야금·거문고 등의 관현악기를 동반한다. 또 시조는 초·중·종장의 3장을 기본으로 하지만, 가곡은 같은 노랫말을 모두 5장으로 나누고 두 번의 간주가 있다. 두 번의 간주는 노래를 시작하기 전의 전주나 노래가 끝난 후 후주 역할을 하는 대여음(大餘音), 3장과 4장 사이의 간주곡 중여음(中餘音)을 말한다.[333]

가곡창(歌曲唱)	노랫말	시조창(時調唱)
1장	동창이 밝았느냐	초장
2장	노고지리 우지진다	
3장	소치는 아희놈은 상기 아니 일었느냐	중장
(중여음 中餘音)		
4장	재 넘어	종장
5장	사래 긴 밭을 언제 갈려 하느니	
(대여음 大餘音)		

이 시조 작품을 가곡창 남창 우조 초삭대엽으로 부를 때에 사설을 어떻게 붙이는가를 16정간의 국악 악보에 맞추어 도표로 그리면 다음과 같다.[334]

장	1	2	3	4	5	6	7	8	9	10	11	12	13	14
1장	동창		이						밝았					
			느						냐					
2장	노고		지				리		우	지				
	진		다											
3장									소		치	는		
	아희		놈				은		상	그				
	아	니	일	었		느			나					
중여음														
4장	재		넘											
	어													
5장									사	래				
	긴		밭		을				언	제				
	갈		려						하			느		
			니											
대여음														

시조가 평시조의 고정된 가락에 아무 시조나 대입해서 노래하는 것이라면, 가곡은 조금씩 다른 선율을 가진 각 잎이 모인 것이다. 대개 속도가 느린 초삭대엽(初數大葉), 이삭대엽으로 시작해 속도가 점점 빨라지는 언롱(言弄), 편락(編樂) 등으로 진행하다가 태평가(太平歌)로 끝을 맺는다. 시조는 여러 사람이 가사만 바꾸어 돌려가면서 부르거나 즉흥적으로 시조를 지어서 서로 화답하던 음악이지만, 가곡은 남창이면 남자 한 사람, 남녀창일 경우에는 남자와 여자가 번갈아 가며 한 바탕을 계속 부르는 것이 원칙이다.[335]

우리 음악의 가사에 대엽조(大葉調)가 있는데, 모두 하나같이 장단의 구별이 없다. 그 가운데 만(慢)·중(中)·삭(數)의 세 조가 있는데, 이를 원래 심방곡(心方曲)이라 불렀다. 그러나 만은 너무 느려 사람들이 싫어하므로 폐지된 지 오래고, 중은 약간 빠르긴 하나 역시 좋아하는 사람이 적었다. 다만 삭대엽(數大葉)만 살아남아 통용된다고 했다.[336] 16세기에서 19세기에 이르기까지 빠른 가곡창의 곡조만 남아 점점 다양한 곡조로 분화되었다.

〈가곡창의 역사적 발달 단계〉[337]

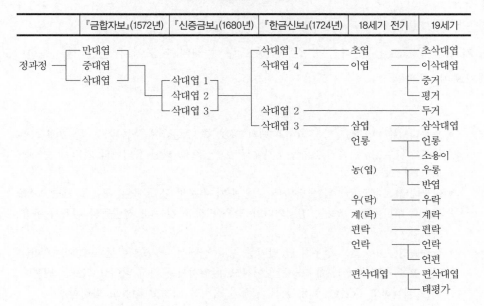

『금합자보』(1572년)	『신증금보』(1680년)	『한금신보』(1724년)	18세기 전기	19세기
정과정 만대엽 중대엽 삭대엽	삭대엽 1 삭대엽 2 삭대엽 3	삭대엽 1 삭대엽 4 삭대엽 2 삭대엽 3	초엽 이엽 삼엽 언롱 농(엽) 우(락) 계(락) 편락 언락 편삭대엽	초삭대엽 이삭대엽 중거 평거 두거 삼삭대엽 언롱 소용이 우롱 반엽 우락 계락 편락 언락 언편 편삭대엽 태평가

가곡 한 바탕은 평조(우조)와 계면조, 두 가지가 섞인 것 등 세 가지 선율로 구성된다. 우조 음계로 된 곡을 10여 잎 부르고, 이어서 계면조로 된 곡들을 부른다. 우조는 청장격려(淸壯激勵), 또는 청철장려(淸澈壯勵), 즉 소리가 맑고 굳세고 씩씩한 남성적인 느낌, 계면조는 애원격렬(哀怨激烈), 또는 애원처장(哀怨悽臟), 즉 슬프게 원망하는 듯한 애처로운 여성의 슬픔으로 표현하였다. 가곡을 부를 때, 가객이 가운데 앉고, 반주자들이 빙 둘러앉아 반주를 한다. 남녀 두 사람이 번갈아 가며 부르는 남녀창 가곡일 경우에 남자는 오른쪽, 여자는 왼쪽에 앉는다. 남자는 그냥 책상다리 자세로, 여자는 한쪽 무릎을 세우고 두 손을 모아 다소곳이 세운 무릎을 잡고 노래한다. 가곡을 부를 때는 아무리 높은 소리를 내더라도 고개를 흔들거나 얼굴을 찡그리는

법이 없다. 정좌한 자세 그대로 단정하게 앉아서 계속 불러나간다. 가곡의 발성은 자연스러우면서도 무게가 있어야 한다. 가곡은 판소리의 발성과 다르고, 민요 부르는 형식으로 불러서도 안 된다. 즉 단전으로부터 소리를 밀어 올려 확 열린 목을 통해 시원하고 품위 있게 불러야 한다. 간드러진 소리를 써서는 안 되고 자연스러우면서도 품위 있게 해야 한다. 가곡을 엄격하게 부르는 것은 선비 문화와도 밀접한 관련이 있다.[338]

가곡의 풍도(風度)는 다음과 같다. '풍도'란 풍채와 태도이니 분위기를 뜻한다고 생각하면 되겠다.

- 초중대엽(初中大葉) : 남훈전(南薰殿)의 다섯 줄 오현금이 구름 가듯 물 흐르듯(南薰五絃 行雲流水), 순임금이 남훈전에서 오현금으로 타던 음악처럼 가락이 순조롭고 자연스럽다.
- 이중대엽(二中大葉) : 넓은 바다 외로운 배가 평평한 냇물 좁은 개울을 만난 듯(海闊孤帆 平川挾灘), 조용히 진행되다가 작은 변화를 갖는다. 선비들의 여유와 유유자적함.
- 삼중대엽(三中大葉) : 항우가 말 달리듯, 높은 산에서 돌 구르는 듯(項羽躍馬 高山放石), 힘을 주면서 올라갔다가 뚝 떨어지고, 떨어져서는 다시 뛰어오르는 큰 변화를 갖는 씩씩하고 활달한 소리. 빠른 템포와 음역을 가지고 선율도 화려함.
- 초후정화(初後庭花) : 서리 친 하늘에 기러기 울고, 풀 섶의 뱀이 놀라는 듯(鴈叫霜天 草裡驚蛇), 매우 쓸쓸한 분위기에서 갑작스런 변화를 갖는 곡조.
- 이후정화(二後庭花) : 독수공방 젊은 아낙네, 슬프고 한스럽듯(空閨少婦 哀怨凄愴), 혼자 사는 한 많은 지어미처럼 적막하고 애절하며 처절한 슬픔을 표현.
- 초삭대엽(初數大葉) : 긴 소매로 멋지게 춤을 추고, 푸른 버들에 봄바람 일듯(長袖善舞 細柳春風), 고상한 분위기를 유지하는 품위 있는 음악.
- 이삭대엽(二數大葉) : 공자의 말씀처럼, 순한 바람 조화로운 바람(杏壇說法 雨順風調), 조용하고 순조롭게 진행되는 곡조.
- 삼삭대엽(三數大葉) : 군문(軍門)을 나선 장수가 칼춤을 추며 못을 베듯(轅門出將 舞刀提戟), 힘차고 씩씩하면서도 부드러움을 잃지 않으며 크고 작은 곡선을 그리는 듯.
- 소용(騷聳) : 일렁이는 파도에 정신없이 노를 젓듯(波濤漓湧 舟楫出沒), 폭풍이 몰아치고 소나기가 쏟아지는 가운데 연약한 제비가 거슬러 가는 듯(暴風驟雨 飛燕橫行). 넘실거리는 파도 속에서 노를 젓는 듯 높고 강하게 큰 소리로 부르지만, 부드럽고 여유 있게 강한 것과 약한 것, 큰 것과 작은 것의 대비가 있음. 떠들썩하고

높이 솟구침.

- 편소용이(編騷聳耳) : 매서운 장수들 싸움에서 휘날리는 창날처럼(猛將交戰 用戟橫飛), 번개처럼 쳐 올리다가도 뚝 떨어지는가 하면 시끄럽다가도 조용한, 즉 솜씨 좋은 장수가 칼을 쓰듯 자유자재로 이루어지는 곡조.
- 만횡(蔓橫) : 선비들의 입씨름에 갖가지 풍운 일듯(舌戰羣儒 變態風雲), 치열한 논쟁 속에 이리 뒤집히고 저리 바뀌듯 변화무쌍한 상태.
- 농(弄) : 비단을 맑은 냇물에 씻으니 물결 따라 비단이 펄럭이듯(浣紗淸川 逐浪翻覆), 물결 따라 비단이 출렁이듯 흥겨운 변화가 있는 곡풍.
- 낙시조(樂時調) : 요순의 바람과 해, 꽃 흐드러진 봄날의 성터처럼(堯風湯日 花爛春城), 태평성대의 평화로움을 간직하여, 슬픔과 걱정이 없고 어질고 훈훈한 풍속과 세월 속에 즐거움이 가득한 낙원.
- 언락시조(言樂時調) : 아침이슬 머금은 꽃잎, 변화가 무쌍하게(花含朝露 變態無窮), '지르는 낙시조'라고도 하는데, 처음을 높이 질러내는 것이 특징.
- 편락시조(編樂時調) : 춘추의 비바람, 초한의 하늘과 땅처럼(春秋風雨 楚漢乾坤), 시끄럽고 변화무쌍하여 예측을 불허하는 어지러운 상황, 급하고 서두르는 곡조
- 편삭대엽(編數大葉) : 수많은 병사들이 말 달리고, 고각이 일제히 울듯(大軍驅來 鼓角齊鳴), 큰 군대가 몰려오며 일제히 북 치고 나발 부는 것처럼 템포가 빠르고 음이 높으며 소리가 크고 요란한 곡조[339]

가곡의 전체적인 틀은 느리게 부르는 삭대엽 계열의 곡조, 보통 빠르기의 농과 낙 곡조, 빠르게 부르는 편의 곡조로 이루어져 있다. 느리게 시작하여 점차 빠르게 변화해 가는 점에서 영산회상(靈山會相)이나 산조(散調) 또는 일부 민요의 틀과 같다고 할 수 있으나 가곡은 제일 빠른 편(編) 뒤에 최종적으로 매우 느린 <태평가>가 있어 흥취와 열기, 고조된 감정을 가다듬는 정리 부분이 있다는 점에서 차이가 있다. 템포가 빠른 소리로 파장을 하고 자리를 뜨는 음악과 비교해 볼 때, 가곡은 유종의 미를 느끼게 하는 점잖은 틀을 가진 음악이라 하겠다. 가곡은 16박을 한 단위로 삼는 장단을 쓰는데, 우편·편락·편삭대엽·언편 등 '편(編)'은 16박의 변박인 10박을 장단의 단위로 삼는다. 보통의 16박 장단에서 장구의 점수가 없는 빈 박자를 제외한 나머지 10박을 말하는 것으로, 이러한 편장단은 본래의 장단보다 빠르게 친다.[340] 농(弄)은 "흥청거리며 폭 넓은 요성(搖聲)을 많이 쓰는 것"이고, 낙(樂)은 "화창한 봄 꽃동산과 같이 마냥 즐겁기만 한 가락, 또는 흥청거리는 농에 비하여 비교적

담담한 듯하면서도 유수와 같이 치렁치렁한 멋"이 있다.[341] 그리고 편은 '엮음' 또는 '사설'의 의미로, 가곡에서는 10점 16박 장단이 아닌 10점 10박 장단으로 구성된 악곡을 지칭한다.[342]

가곡 한바탕의 첫 곡인 초삭대엽은 1분 40박이며, 가장 느린 이삭대엽은 1분 20박 정도이다. 이삭대엽 이후에는 차츰 빨라져서 중거·평거·두거의 순인데, 두거에 오면 초삭대엽의 빠르기를 회복하고, 삼삭대엽에서는 1분 45박 정도의 빠르기가 된다. 이후 소용을 거쳐 농과 낙에서 단시조에서 약간 길어지는 시조(엇시조)를 노래하는 동안 1분 60박 정도의 빠르기가 된다. 그러다가 노랫말의 글자 수가 크게 늘어난 사설시조를 노래하는 편에 이르면 1분 70박이 된다. 편장단으로 연주하는 악곡은 전체적인 빠르기도 빨라졌고, 장단의 변화가 있으며, 노랫말의 사설 붙임새도 달라져서 악곡의 느낌은 매우 경쾌하고 빠르게 느껴진다.[343]

> 이화(梨花)에 월백(月白)ᄒ고 은한(銀漢)이 삼경(三更)인 제
> 일지춘심(一枝春心)을 자규(子規) l 야 아랴마는
> 다정(多情)도 병인 양ᄒ여 줌 못드러 ᄒ노라
> (이조년李兆年, 1269~1343, 『청구영언(靑丘永言)』, 이삭대엽二數大葉, 중거中擧)

▶현대어 풀이　배꽃에 달이 환하고 은하수 빛날 때에
　　　　　　　매화(나)의 마음을 두견새가 알 리 없건만
　　　　　　　다정도 병이라서 잠 못 이루고 있구나.

눈 속에 핀 매화의 마음

위의 시조에서 일지춘심(一枝春心)은 대체로 "하나의 나뭇가지(一枝)+봄의 마음(春心)"의 결합으로, 하얀 배꽃과 은하수, 접동새의 울음과 어우러져 봄날 밤의 애상을 담았다고 풀이해 왔다. 그러나 '일지춘(一枝春)'은 『태평어람』에서 육개(陸凱)가 매화 한 가지를 꺾어 장안(長安)에다 강남의 봄소식을 전한 '시와 고사'를[344] 인용한 이후 줄곧 매화와 같은 뜻으로 사용되었다. 황정견(黃庭堅)의 시 "근자에 강남 소식 듣고

싶었더니, 자네가 봄 한 가지(매화)를 보내주어 기쁘네."[345]에도 일지춘은 봄소식의 전령 '매화'의 의미로 쓰이고 있다. 권근의 "외로운 마을에 한 해가 저물 적에, 울타리 옆에 눈이 많이 쌓였구나. 문득 가지 하나에 맺힌 봄을 보니, 홀연 하늘의 위력을 깨닫는다네."나[346] 이숭인(李崇仁)의 "일찍이 해남 물가까지 멀리 가서 노닐 적에, 천 그루 매화를 보고 천 수의 시를 읊었네. 오늘은 현화(玄化 : 開豊郡) 마을로 돌아왔으니, 누가 두세 가지 꺾어 부쳐주실까"에서도[347] 일지춘은 봄소식을 전하는 매화나무 한 가지라는 뜻으로 활용하고 있다.

이조년은 호가 매운당(梅雲堂)인데다, 퇴계를 비롯한 인물들이 그의 일생에 대하여 "공은 난세에 태어나서 수많은 변고와 험난함을 이겨나가면서도 혼미한 임금을 받들어 지조가 금석과 같았고, 충직한 기품이 당시에 있어서나 후세에 있어서도 우뚝하여, 고려 500여 년의 제1인자이다."[348]라 하고, 『고려사』에도 "이조년은 소시부터 지절을 지키고 있었고", "키가 작고 성질이 치밀 용감하고 의지가 굳세었으며 말을 대담하게 하였다. 그의 엄격한 성격은 왕의 꺼리는 바가 되었다." 이조년은 원나라와 결탁한 세력들이 정치적 혼란을 부추기는 원지배기를 살면서, 강직한 유학자로서의 성품을 간직했다. 이에 이조년의 시조는 눈 속을 뚫고 피어나 봄을 알리는 매화처럼 자신의 힘든 마음을 알아주는 이 없는 정치 현실에서 외롭고 쓸쓸하게 버티는 한사의 강직한 절개를 담았다.[349] 이 작품은 달빛, 배꽃, 은하수 등이 자아내는 봄날의 애상에다 눈을 뚫고 피어나는 매화와 촉 망제의 혼처럼 한스러운 두견의 절규를 엮음으로써, 힘든 현실 때문에 잠 못 이루는 서정적 자아(한사寒士)의 한스러운 절망과 슬픔을 담고 있다.

> 백설(白雪)이 ㅈㅈ진 골에 구룸이 머흐레라
> 반가온 매화(梅花)는 어니 곳이 픠엿는고
> 석양(夕陽)에 호올노 셔셔 갈곳 몰나 ㅎ노라
>
> （이색李穡, 1328 ～ 1396, 『병가』51, 『청진』7, 『역・시』1195, 이삭대엽）

🔖 역사 전환기, 이색의 번민

이색(李穡, 1328~1396)은 문하에다 고려에 충절을 지킨 명사와 조선왕조 창업에 공헌한 공신들을 많이 배출한 대표 유학자이다. 정몽주(鄭夢周)・길재(吉再)・이숭인(李崇仁) 등 제자들은 고려왕조에 충절을 다하였으며, 정도전(鄭道傳)・하륜(河崙)・윤소종(尹紹宗)・권근(權近) 등 그의 제자들은 조선왕조 창업에 큰 역할을 하였다. 이색 문하 정몽주・길재의 학문을 계승한 김종직(金宗直)・변계량(卞季良) 등은 조선 초기 성리학의 주류를 이루었다.

그러나 그의 정계활동은 순탄하지 않았다. 1389년(공양왕1) 위화도회군으로 우왕이 강화로 쫓겨나자 이색은 조민수(曹敏修)와 함께 창왕(昌王)을 옹립하여 즉위하게 하였고, 판문하부사(判門下府事)가 되어 명나라에 사신으로 가서 창왕을 입조해 줄 것, 고려의 나라 사정을 살펴줄 것을 주청해 이성계 세력을 견제・억제하려 하였다.

송헌(松軒)은 이성계의 호이다. "병 많은 목은은 자꾸 벼슬을 그만둔다하니, 세상을 다스리고 백성을 구제하는 분은 오직 송헌 한 사람 뿐, 송헌의 충의는 하늘보다 드높아서, 한강(漢絳)과 당량(唐梁)과 어깨 나란하도다."[350] "송헌의 담력은 무신 가운데 으뜸이라, 만리의 장성이 그 한 몸에 들었어라. 변고 많은 날에 바쁘게 뛰어다녔으니, 돌아와 우리 함께 태평의 봄 누립시다."를[351] 보면, 이성계와 이색의 관계는 매우 친밀했었음을 알 수 있다. 앞의 시에서 이색은 이성계를 한나라 강후(絳侯) 주발(周勃)과 당나라 양국공(梁國公) 적인걸(狄仁傑)에 견주었다. 주발은 한 고조, 즉 유방(劉邦)의 공신으로 유방을 도와 천하를 평정한 인물이고, 적인걸은 무주(武周) 시대의 재상으로 민생을 안정시키고 정치의 기강을 바로세운 인물이다.

그러나 이성계 일파가 세력을 잡고난 뒤에 이색은 시련을 겪게 된다. 우왕이 폐해지고, 창왕이 들어선 후에 이색 부자를 폐왕의 일파로 내모는 오사충(吳思忠, 1327~1406)의 상소로 장단(長湍)에 유배되었다. 이듬해 함창(咸昌)으로 옮겨졌다가 이초(彛初)의 옥(獄)에 연루되어 청주의 옥에 갇혔다가 수재가 발생해 다시 함창으로 옮겨 안치되었다. 1391년에 석방되어 한산부원군(韓山府院君)에 봉해졌으나 1392년 정몽주가 피살되자 이에 연루되어 금주(衿州 : 현재 서울시 금천구 시흥)로 추방되었다가 여흥(驪興)·장흥(長興) 등지로 유배된 뒤 석방되었다.

이색의 작품에 구름과 매화는 매우 자주 등장하는 소재이다. '머흐레라'는 '머흘다', 곧 험하다는 뜻이니 고려 말의 시대 상황을 금방이라도 눈비를 뿌릴 듯 궂은 날씨에 비유한 것이다. '반가온 매화(梅花)'는 이 눈비 궂은 겨울날이 끝나고 봄기운이 살아나 여유로운 흥취를 느끼며 살게 될 날을 기다리는 마음을 담았다. 이색의 "차지 않은 달이 가장 사랑스럽네. 차고나면 반드시 이지러지니, 내일 밤의 환락을 점치지 마오. 뜬구름이 가려 덮기 십상이라오."352나 이존오의 시조 "구름이 무심탄 말이 아므도 허랑(虛浪)ᄒ다./중천에 써 이셔 임의(任意)로 둔니면서/구퇴야 광명(光明)ᄒ 낫빗츨 ᄯᆞ라가며 덥ᄂᆞ니"에서도 구름은 해나 달을 가리는 존재로 묘사하고 있다. 이 일을 인간사와 연관지으면 이색의 시조에서 험한 구름은 왕의 총명을 가리는 세력, 나랏일에 불안을 야기하는 존재를 뜻한다. 뒤에 "석양에 호올노 셔셔"라 했는데, 이는 권력 지향적 세태와 야합할 수 없는 자아의 의지를 말하고, "갈곳 몰나 ᄒ노라"는 정치적 이상 실현의 기대가 무너진 막막한 심경, 즉 정치적 좌절감의 극한적 표현이다.353

송헌이 국정을 맡는데 나는 떠도는 신세라니,
누구인들 꿈에라도 이런 생각을 했겠는가!
지금 두 정씨가 큰 의논에 참여한다는데,
우리 가족이 온전하게 모일 날 과연 언제까지일까!

네놈이 가문 믿고 안심하는지 모르겠다만,
네 애비가 빙산인 줄 알기나 하겠느냐.
탄핵하여 가차 없이 곧장 죽이려 대들 테니
천지간에 함께 살아만 있어도 다행이리라.354

조선왕조가 들어서 이성계가 국정을 맡고 자신은 떠돌이가 되어 사는 데 대한 자조 섞인 한탄이다. 자신과 가족들이 역사의 소용돌이 속에서 불안정하게 살아가는 마음을 적었는데, 어쩌면 생애의 마지막과 가족들과의 이별을 예감한 것 같은 느낌도 담겼다 할 수 있다. 1395년(태조 4)에 이색은 한산백(韓山伯)에 봉해지고 이성계가 벼슬하여 새 왕조에 동참해 줄 것을 종용했지만 끝내 고사하고 이듬해 여강(驪江)으로 가던 도중에 죽었다. 이성계가 보낸 술에 독이 섞였다는 설 등은 그의 죽음을 애달파하는 민심이 담겼다 할 수 있다. 이색과 이존오의 시조 둘은 유학을 공부하는 선비의 입장에서, 자신들이 지향하는 바른 길에서 벗어나 출세와 자기 이익을 추구하는 자들을 보며 갈등하고 좌절하고 안타까워하는 고려 말 지식인의 번민을 그리고 있다.

> 이 몸이 주거 주거 일백 번 고쳐 주거
> 백골(白骨)이 진토(塵土)되여 넉시라도 잇고 업고,
> 님 향(向)훈 일편단심(一片丹心)이야 가실 줄이 이시랴
>
> (정몽주 1337~1392, 『역 · 시』 2325)

> ▶ 현대어 풀이   이 몸이 죽고 죽어 일백 번 다시 죽어
>   백골이 흙이 되어 넋이라도 있고 없고
>   임 향한 일편단심이야 변할 줄이 있으랴.

☙ 고려 왕조의 종말, 정몽주 죽음의 비화

김저(金佇, ~1389)는 고려 말기의 무관으로, 시중 최영(崔瑩)의 생질로서, 우왕 때 대호군(大護軍)으로 최영을 따라 오랫동안 군사에 종사하였다. 그는 1389년에 최영의 측근인 전부령(前副令) 정득후(鄭得厚)와 함께 여주에 가서 폐위된 우왕을 만나 이성계(李成桂)를 살해하라는 부탁을 받고 돌아와서 곽충보(郭忠輔)와 모의하여 팔관일(八關日)에 거사할 것을 결정하였다. 그러나 곽충보는 거짓으로 승낙하고는 이성계에게 그 사실을 밀고하였다. 이 사실을 알게 된 이성계가 팔관회에 참여하지 않고 집에 있었다. 김저는 정득후와 함께 이성계의 집으로 잠입하였다가 문객에게 잡혀 순군옥

양덕수(梁德壽)의 『양금신보(梁琴新譜)』(통문관, 1959), 25~26쪽. 정몽주의 〈단심가〉를 중대엽 악보에 배치하고 있다. 정간보의 각각의 굵은 세로선의 맨 오른쪽 칸에 시조의 가사를 적고, 그 왼쪽 옆에 연주법(合字法), 그 왼쪽에 거문고의 구음(口흠)을 적었다.

(巡軍獄)에 갇혔다. 그들은 대간의 문책에 따라 변안렬(邊安烈)·이림(李琳)·우현보(禹玄寶)·우인렬(禹仁烈)·왕안덕(王安德)·우홍수(禹洪壽) 등과 공모하여 우왕을 복위하기로 하였다고 자백하였다. 이 사건으로 인하여 우왕은 강릉으로 옮겨지고, 창왕(昌王)까지 폐위되어 강화로 추방되었다.[355] 이 사건이 김저 사건이다.

　이성계 등은 김저 사건을 처리하면서 당대의 강력한 무장 정지(鄭地)·변안렬·왕안덕 등을 숙청하였다. 김저 사건은 집권에 장애가 되는 모든 반대파를 제거하는 수단으로 활용되었고, 그 중에 무장들은 중요한 숙청대상이었던 것이다.[356] 이후 정도전 등은 몇 가지 사건들을 주장하여 이색 등 온건파 사대부들을 계속 추궁하여 그들을 정계 추출에 그치지 않고 죽음이라는 완전한 숙청으로 몰아넣으려고 하였다. 이런 움직임의 핵심이 된 사건이 1390년 5월에 발생한 윤이(尹彝)·이초(李初) 사건이다. 이 사건은 윤이 등이 명나라 황제에게 이성계가 명나라를 침범하려고 하니 토벌해 달라는 것이었는데, 곧 무고로 판명되었다. 그 과정에서 조선 건국 세력들은 전제개혁에 반대하다 유배된 이색·우현보 등과 대립의 각을 세우고 대간을 동원하여 이들의 처벌을 주장했다. 이 과정에서 이색을 중심으로 하는 온건노선의 신진사대부를 정계에서 완전히 축출하고, 공양왕 옹립에 참여했던 신진사대부를 결속하는 한편, 자신들의 의도대로 움직이지 않고 있던 공양왕의 활동을 제한된 범위 내에 묶어두려는 정치적 의도가 있었던 것이다.[357]

윤이·이초 사건 이후 신진사대부는 또 결정적으로 갈라지게 되었다. 이성계 일파가 이 사건을 처리하는 과정에서 왕조교체의 의도를 분명히 드러내게 되자 지금까지 뜻을 같이 해 오던 정몽주가 그에 반대하며 세력을 결집하여 공양왕과 연계하여 이성계 일파를 견제하기 시작한 것이다. 정도전 등이 그들의 정신적 스승이라고 할 수 있는 이색과 친우들이었던 이숭인·권근 등까지 죽이려고 한 것도 그들이 분기하게 된 중요 요인으로 작용하였다.

정몽주 등은 1390년 말부터 왕의 지원 속에 정도전 등 조선 건국 주도세력에 대해 대대적인 공세를 펴기 시작하였다. 먼저 이성계파로 활동하고 있던 윤소종·오사충 등을 대간직에서 교체하거나 좌천시켰다. 다음해 9월에는 정도전을 유배 보냈다. 그러나 당시 정권의 열쇠는 군사력이었다. 중앙정치대결에서는 수세에 몰렸지만 많은 유능한 무장들을 잇달아 숙청함으로써 군사력을 장악하고 있던 이성계 일파는 쉽게 무너지지 않았다. 그들은 정세의 만회를 위하여 고려 역사상 거의 경우가 없었던 정치반대세력 영수의 암살을 단행하여 정몽주를 살해하였다. 그것도 호위도 없이 이성계를 병문안 왔다가 돌아가는 그를 자객을 보내 비명횡사하게 한 것이다. 정몽주의 살해는 우왕 대 이래 계속적으로 일어났던 반대파 숙청의 대미를 장식했다 할 수 있다. 그로부터 3개월여가 지나지 않아 공양왕마저 폐위시키고 조선건국을 쟁취하였다.[358]

이성계가 조선을 건국한 역사의 승리자이고, 정몽주와 고려 유신들이 충의가 빛나는 역사의 패배자가 되면서 약자에 대한 호의와 애틋함이 더해져 이성계의 권력욕이 역성혁명의 가장 큰 계기인 것처럼 인식하고 있지만 실상은 우왕이나 최영 등이 이성계나 정도전 등을 선제공격하였고 그 둘의 파워 게임에서 이성계 세력이 승리한 것이다.

정몽주가 죽음에 이르는 과정을 소상히 소개하면 다음과 같다.

> 고려 말 문충공(文忠公) 정포은은 참된 선비로서 왕을 보좌하는 벼슬을 맡아 세상에 쓰였다. … 일찍이 이방원이 태조에게 고하기를,
>
> "정몽주가 어찌 우리 집을 배반하겠습니까?"
>
> 하니 태조가
>
> "내가 애매한 참소를 당하면 몽주가 죽기로 변호해 주겠지만 나라에 관계있다면 그 마음을 알 수가 없다."라고 하였다.
>
> 차츰 문충공의 속마음이 알려지니 태종이 잔치를 차려 청하고 술을 권하면서 노래를 짓기를,
>
> "이런들 어떠하며 저런들 어떠하리./성황당 뒷담이야 무너진들 어떠하리./우리는 이렇게 해서 죽지 않은들 또 어떠리?"
>
> 하거늘 문충공이 잇따라 노래를 지어 술을 보내며 이르기를,
>
> "이 몸이 죽고 죽어 일백 번 고쳐 죽어/백골이 진토가 되어 혼백이 있든 없든/임 향한 일편단심을 어찌 고칠 리 있으리." 하였다.
>
> 태종이 그 변하지 않을 줄을 알고는 드디어 없애기로 뜻을 모았다. 문충공이 어느 날 문병 차 태조의 집에 가서 겸하여 기색을 살펴보았다. 돌아오는 길에 옛 술친구의 집을 지나더니 주인은 출타하고 꽃만 만발하였다. 이에 옆길로 들어가 꽃밭에서 술 마시고 춤추며 이르기를,
>
> "오늘 하늘빛이 참 나쁘다. 나빠."
>
> 하면서 큰 주발에다 연거푸 몇 잔을 들이키고 나갔다. 그 집의 노복이 이상하게 여겼는데, 얼마 안 되어 문충공이 살해당했음을 알게 되었다. 문충이 태조의 집에서 돌아올 때 활을 찬 무사들이 그 행렬을 앞질러 지나갔다. 문충공이 낯빛이 변하면서 따라오는 녹사를 돌아보고 이르기를,
>
> "너는 뒤로 멀리 처져라."
>
> 하니 대답하기를,
>
> "제가 대감을 모시고 왔는데 어찌 딴 곳으로 가리까?"
>
> 여러 번 꾸짖어도 끝내 말을 듣지 않다가 문충공이 시해를 당할 때 안고서 함께 죽었다. 당시엔 창졸간에 그의 이름을 적어두지 않았으므로 그 따르던 녹사가 누군지는 후세에 전하지 않는다.[359]

이성계의 마음속엔 '내가 어려운 입장에 처하면 정몽주가 죽을 각오로 변호해 줄

선죽교(황해북도 개성시 선죽동,
사진제공 (주) 兩白 문화재 김진식)

것이라'는 강한 믿음이 있었지만, '내가 고
려를 저버리고 새로운 나라를 세운다고 하
면 정몽주는 나를 따르지 않을 수도 있다'
는 두 마음이 함께 있었음을 알 수 있다. 그
만큼 고려에 대한 정몽주의 충절을 예상하
고 있었음을 알 수 있다. 이에 태종 이방원
이 잔치를 차려 술잔을 권하며 부른 노래
"이런들 어떠하며~"는 정몽주의 진정한 마
음을 떠보는 도구로 활용되었다. 흔히 <하
여가>로 불리는데, 시조집에는 "이런들 엇

더ㅎ며 저런들 엇더ㅎ리/만수산(萬壽山) 드렁츩이 얼거진들 긔 엇더ㅎ리/우리도 이굿
치 얼거져 백년ㅅ지 누리리라(『역・시』2291)로 남았다. 이에 대해 정몽주가 위의 <단
심가>로 화답했으니 이성계의 추측이 정확히 맞아떨어진 것이다. 정몽주가 최후의
날에, 술 마시고 춤추며 "오늘 하늘빛이 참 나쁘다. 나빠."하며 큰 주발에다 연거푸
몇 잔을 들이킨 것이나 나갔다. 뒤따르는 녹사를 피하게 한 것을 보면, 정몽주는 이
미 자신의 죽음을 예감했음을 알 수 있다. 개국 세력을 더 이상 막을 수도 없고, 생
각의 격차를 줄일 수도 없으며, 힘으로 제압할 수도 없다는 생각에 의연한 자세로
최후를 맞이한 것이다. 조선의 효종은 달밤이면 늘 정몽주의 <단심가>를 노래하며
비분강개하여 "천고에 이러한 뛰어난 충절이 어디에 있겠는가?"라고 감탄하였다
(<제두기문(齊斗記聞)>) 한다.

　　<하여가>와 <단심가>에 얽힌 사연은 『지수염필(智水拈筆)』에도 전한다. "옛날 태
종대왕이 포은 정몽주에게 술을 보내면서 노래를 지어 뜻을 나타냈다. 이런들 어쩌
리, 저런들 어쩌리. 만수산 드렁칡이 얽어진들 어떠리. 우리도 이와 같이 얽어져 천
년만년 살고 지고자."하니 포은 선생이 "이 몸이 죽고 죽어 일백 번 고쳐 죽어, 백
골이 진토(塵土)되어 혼백이 있건 말건 임 향한 일편단심이야 어찌 고칠 리야 있으
리오"라는 답가를 불렀다. 태종이 그 마음을 움직일 수 없음을 알고 조영규(趙英珪,

~1395)를 시켜 제거하게 하였다[360]고 사건을 매우 구체적으로 적고 있다.

선인교(仙人橋) 나린 물이 자하동(紫霞洞)에 흘너 드러
반천년(半千年) 왕업(王業)이 물소리 쑨이로다.
아희야 고국흥망(故國興亡)을 무러 무슴 흐리오
(정도전, 1337~1398, 『원국(源國)』, 『역·시』 1583, 이삭대엽二數大葉)

▶현대어 풀이 선인교 흐르는 물이 자하동에 흘러들어
　　　　　　오백 년 왕조도 물소리뿐이로구나.
　　　　　　아아 옛 나라의 흥망을 물어서 무엇 하리.

🍃 모든 기운이란 흥망성쇠가 있는 법

정도전은 고려왕조를 무너뜨리고 조선왕조를 이룩하는 데 주동적인 구실을 하고, 조선왕조의 이념·제도·문화를 설계했다. 이규보에서 시작된 중세후기의 사고 형태를 일단 완성하고 실천에 옮기는 거대한 과업을 담당해, 역사 발전에 크게 기여했다. 정도전은 자기 자신을 가다듬는데 그치지 않고, 문학을 하는 자세에 관한 논쟁을 일으켰다. 나라가 안팎의 도전 때문에 위기에 몰려 반드시 역사의 대전환이 요청되는데, 은거하는 길을 택해 도리를 온전히 한다는 것은 있을 수 없는 일이라고 했다. 나아가 세상과 적극적으로 부딪쳐 나라를 구하는 방책을 강구해야 한다고 역설했다.[361]

500년 고려 왕업은 이제 물소리에 묻혔으니 옛 나라의 흥함과 망함을 굳이 떠올릴 필요가 없다고 했다. 그저 새로운 기운으로 흥성해 가는 조선 왕조의 일을 계획하는 일이 더 중하다는 생각에 바탕을 둔 것이리라. "천지만물은 변화함에 나고 또 나서 다함이 없는 듯 보이지만 모이면 반드시 흩어지고 태어나면 반드시 죽음이 있다. 그러므로 처음에 모여서 생겨나면 후에 반드시 흩어져 사라지는 것은 자연스러운 이치이고, 한번 태어난 것은 자연스럽게 변하고 또 변해가는 것도 당연하다. 애

초부터 정신은 허공 가운데에 머물러 있지 않고, 죽으면 기와 함께 흩어져 다시는 그 모습이 하늘에 머물러 있지 않다."에서와 같이[362] 세상 모든 것은 생성, 발전, 소멸의 과정을 거치며 항상 변해간다는 것은 정도전 생각의 근간이다.

"성인의 가르침으로 학자들이 성품을 바꾸어 성현에 이르고, 나라를 다스리는 자는 쇠하여 가는 기운을 바꾸어 편안하게 다스려나가나니 이는 성인이 음양의 기운을 돌려 계획을 이룰 수 있도록 은공을 베푼 까닭이다."는[363] 학자들이 현실 정치를 위해 가져야 하는 역할과 실천을 강조하고 있다. 정도전을 비롯한 조선 건국 주체들은 고려 말 여러 왕의 실정을 강조하고, 우왕·창왕을 신돈의 후예로 몰아 거짓 왕조라고 역설함으로써 고려 멸망의 필연성과 역성혁명의 필요성을 정당화하였다. "반천년(半千年) 왕업(王業)이 물소리 뿐이로다/아희야 고국흥망(故國興亡)을 무러 무슴 흐리오"는 고려는 기운이 쇠해 가고, 조선은 음양의 기운이 점점 성해지고 있으니 쇠한 기운을 바꾸어 새 왕조를 편안하게 다스려야 한다는 정도전의 정치적·철학적 방향을 알려주고 있다.

◎ 〈강호사시가(江湖四時歌)〉　맹사성(孟思誠, 1360~1438)

> 강호(江湖)에 봄이 드니 미친 흥(興)이 절노 난다
> 탁료계변(濁醪溪邊) 금린어(錦鱗魚) 안주(安酒)ㅣ로다
> 이 몸이 한가(閑暇)히옴도 역군은(亦君恩)이샷다
>
> 　　　　　　　　　　　(『역·시』125, 이삭대엽二數大葉, 중거中擧)

▸현대어 풀이　강호에 봄이 오니 괜한 흥이 절로 난다.
　　　　　　　냇가에서 막걸리 들 땐 쏘가리 안주 제일이라.
　　　　　　　이 몸이 한가한 것도 임금님 은혜이로다.

강호(江湖)에 녀름이 드니 초당(草堂)에 일이 업다
유신(有信)흔 강파(江波)는 보내느니 브람이도다
이몸이 서늘힝옴도 역군은(亦君恩)이샷다

(『역·시』127, 이삭대엽二數大葉)

▶현대어 풀이　강호에 여름이 오니 초당에 일이 없다.
　　　　　　　한결같이 강 물결은 보내느니 바람이구나.
　　　　　　　이 몸이 서늘함 것도 임금님 은혜이로다.

강호(江湖)에 ㄱ올이 드니 고기마다 술져잇다
소정(小艇)에 그물싯고 흘리쯰여 더져두고
이 몸이 소일(消日)힝옴도 역군은(亦君恩)이샷다

(『역·시』115, 이삭대엽二數大葉)

▶현대어 풀이　강호에 가을이 드니 고기마다 살쪄있다.
　　　　　　　작은 배에 그물 싣고 흘려 띄워 던져두고
　　　　　　　이 몸이 소일하는 것도 임금님 은혜로다.

강호(江湖)에 겨을이 드니 눈깁히 자히 남다
삿갓 빗기 쓰고 누역으로 옷슬 삼고
이 몸이 칩지 아님도 역군은(亦君恩)이샷다

(『역·시』116, 이삭대엽二數大葉)

▶현대어 풀이　강호에 겨울이 드니 눈 깊이 한 자도 넘네.
　　　　　　　삿갓 비스듬 쓰고 도롱이로 옷을 삼고
　　　　　　　이 몸이 춥지 않은 것도 임금님 은혜로다.

🐚 청렴한 맹사성, 청사(靑史)에 귀감이 되다

맹사성(孟思誠)은 음악에 조예가 깊었다. 맹사성을 풍해도 도관찰사(豊海道都觀察使)로, 마천목(馬天牧)을 전라도 병마도절제사(全羅道兵馬都節制使)로 삼았을 때. 영의정 하륜(河崙)이 아뢰기를.

"본국의 악보가 다 보잘 것 없어졌는데 오직 맹사성만이 악보에 밝아서 오음(五音)을 잘 어울리게 합니다. 지금 감사의 임명을 받아 장차 풍해도로 가게 되었는데, 원컨대 머물러서 악공(樂工)을 가르치게 하소서."

임금이 말하였다.

"교대되기를 기다려서 바야흐로 악곡을 가르치도록 허락하겠다."[364]

하였다. 이 기록은 맹사성이 풍해도 관찰사로 임명되자 하륜이 그는 악보에 밝으므로 조정에 남아 악공들을 가르쳐야 한다고 주청하는 상황을 담고 있다. <강호사시가>는 맹사성의 음악적 소양과 취향을 담아 지어진 작품일 것으로 보인다.

위의 작품은 악장을 그대로 닮았다. "나아가도 성은(聖恩)이요 물너가도 성은이라/낭묘(廊廟)나 강호나 간곳마다 성은이라/이 몸이 일백 번 듁어도 무음은 천천만만춘(千千萬萬春)인가 ᄒᆞ로라"(양주익 1722~1802, <감군은가>, 『시조대전』 446)라는 시조도 이와 유사하다. 현대어로 풀이하면, "나아가도 성은이요 물러가도 성은이라/궁궐이나 강호나 간곳마다 성은이라/이 몸이 일백 번 죽어도 마음은 항상 봄날인가 하노라."라고 했으니 임금님의 은혜를 노래함은 어느 시대나 있었으나 작자의 성향이나 그 시대적 상황을 알아야만 작품을 온전히 이해할 수 있다.

다음은 조선왕조실록에 실린 좌의정 맹사성의 졸기이므로 그의 인생에 대한 총평인 셈이다.

정미년에 의정(議政)에 임명하였는데, 을묘년에 면직되기를 청하므로 이에 그대로 치사하게 하였다. 그러나 나라에 큰 정사가 있을 때에는 반드시 나아가서 문의하였다. 79세의 나이로 죽으니, 임금이 슬퍼하여 백관을 거느리고 슬픔을 표하고 조회를 정지시키고 관(官)에서 장사를 보아주게 하였다. 시호는 문정(文貞)이니, 성실하고 거짓 없으며 사람을 예로써 대하는 것을 문(文)이라 하고, 청렴결백하게 지조와 절개를 지킴을 정(貞)이라 한다. 맹사성은 사람됨이 조용하고 온화하여 선비를 예절로 예우하였다. 비록 지위가 낮은 벼슬아치라도 반드시 관대(冠帶)를 갖추고 대문 밖에 나와 맞이하여서는 윗자리에 앉히고 물러갈 때에도 역시 몸을 구부리고 손을 모으고서 배웅하여 손님이 말에 올라앉은 후에라야 돌아서 문으로 들어갔다.[365]

맹사성이 죽자 임금까지 슬픔을 표하여 최고의 예를 갖춘 것을 보면, 당시 맹사성은 명실상부 조선 정치의 중심으로 추앙되었음을 알 수 있다. 성실하고 거짓이 없으며 지조와 절개를 지키고 사람을 예로 대하였다 하였다. 낮은 벼슬아치가 자신의 집을 찾아도 상석에 앉히고 예를 갖춘 것은 요즘의 시각으로 보면 좀 과하다 싶을 정도이지만 사람을 대함에 진정성이 있고 한결같았다고 이해하는 것이 옳을 듯하다.

맹사성은 이조판서, 예문관 대제학, 의정부 찬성사 등을 거쳐 1427년에 우의정 1431년에 좌의정이 되었다. 천성이 효성스럽고 청백하여 그가 살고 거처하는 집은 비바람이 들이칠 정도였고 출입할 때는 늘 소를 타고 다니므로 보는 사람들은 그가 재상인 줄을 몰랐다. 그가 내려온다는 소식을 듣고, 양성과 진위 고을의 원이 장호원에서 기다리고 있었는데, 수령들 앞으로 소를 타고 지나가는 사람이 있으므로 하인들이 그를 꾸짖으니, 그가 하인더러 "가서 온양에 사는 맹고불(孟考佛)이라 일러라" 하니 수령들이 그 말을 전해 듣고 놀라 달아났다. 병조판서가 그의 집에 일을 사뢰러 갔다가 마침 비가 왔는데 곳곳이 새어 내려서 의관이 모두 젖었다. 병조판서가 집으로 돌아와 "정승의 집이 그러한데, 내 어찌 행랑채가 필요하리요?" 하고는, 짓던 바깥 행랑을 철거하였다.[366]

맹사성은 정승을 지낸 사람이지만 청백하기가 이루 말할 수 없었음을 알 수 있다. 이 또한 지위가 높아지면 자동차나 주거 환경부터 사치스럽게 꾸미는 요즘의 관점과는 크게 다르다. 삶의 중심 가치가 변화하여 과거엔 인물됨으로 평가하다가 요즘은 물질로 사람을 평가하기 때문이라는 쓸쓸한 생각도 들지만 요즘에도 인물됨이 남다르면 경외의 대상이 되는 경우도 많기에 그리 걱정할 바는 아니다. 다만 병조 판서가 정승인 맹사성의 청렴한 생활을 보고 사숙한 일은 요즘엔 쉽게 보기 어려운 아름다운 일화라 할 수 있다.

　모두에게 공평 정대하고 개결(介潔)한 맹사성의 태도는 그 대상이 왕이라고 해서 크게 달라지지 않았다.

　임금(세종)이 말하기를,

　"춘추관(春秋館)에서 이미 『태종실록』 편찬을 마쳤으니, 내가 한번 보려고 하는데 어떤가?"

하니, 우의정 맹사성(孟思誠)·제학 윤회(尹淮) 등이 아뢰기를,

　"이번에 편찬한 실록은 모두 가언(嘉言)과 선정(善政)만이 실려 있어 다시 고칠 것도 없으려니와 하물며 전하께서 이를 고치시는 일이야 있겠습니까. 그러하오나 전하께서 만일 이를 보신다면 후세의 임금이 반드시 이를 본받아서 고칠 것이며, 사관도 또한 군왕이 볼 것을 의심하여 그 사실을 반드시 다 기록하지 않을 것이니 어찌 후세에 그 진실함을 전하겠습니까."

하매, 임금이 말하기를, "그럴 것이다." 하였다.[367] 세종이 왕조실록을 보자고 청하자 맹사성이 거절한 일화이다. 세종으로서는 태종이 역사서에 어떻게 기록되고 평가되는지가 자못 궁금한 일이었을 것이다. 맹사성은 반듯하고 올곧은 선비의 상, 그 자체였음을 알 수 있다. 맹사성은 약 50여 년간 관료생활을 하면서 단 한 번의 위기 상황, 즉 "태종에게 알리지 않고 그 사위를 국문(鞫問)한 일로 노여움을 사서 유배되었다가 성석린의 변호로 풀려난 사건" 밖에는 별다른 고난이 없었다. <강호사시가>는 조선 초에서 세종 대에 이르기까지 맹사성이 가졌던 도덕적·정치적 낙관주의의 소산으로, 정치 현실 및 세속 세계를 떠나 풍성하고 조화로운 자연에서 맛보는 넉넉한 기쁨을 묘사하고 있다. 순조로웠던 관료 생활도, 강호에서 유유자적하는 한가로움과 평온도 모두 임금의 은혜에서 비롯하였고, 강호의 삶과 정치현실 속에서의 삶이 서로 배제되지 않는 연속과 합일의 관계에 있다는 긍정적 마음을 담고 있다.[368]

장검(長劍)을 빼어 들고 백두산에 올라보니

대명천지(大明天地)에 성진(腥塵)이 잠겼어라

언제나 남북풍진(南北風塵)을 헤쳐 볼까 하노라

(남이南怡, 1441~1468, 『역·시』 2498, 이삭대엽二數大葉)

▶ 현대어 풀이 긴 칼을 빼어들고 백두산에 올라보니

밝은 세상에도 비릿한 먼지 가득하다.

언제나 남북의 병란을 이겨볼까 하노라.

📎 남이의 비명횡사에 얽힌 사연

남이가 스물이 되던 해 세조 6년에 신숙주·홍윤성 등이 왕명을 받아 북정(北征)의 계획을 결단하였다. 신숙주(申叔舟)·홍윤성(洪允成) 등을 교태전(交泰殿)에 불러 술을 올리게 하였다. 임금이 곧 그 손을 끌고 남쪽 난간을 조용히 걸으면서 북정할 계획을 결단하고, 한명회(韓明澮)·구치관(具致寬) 등을 불러 충순당(忠順堂)으로 나가 조용히 걸으면서 홀로 이야기하였다. 전균(田畇)을 보내어 강맹경·권람의 집에서 의논하게 하고, 즉시 신숙주를 강원 함길도 도체찰사(江原咸吉道都體察使) 선위사로 삼고, 홍윤성을 부사로 삼았다. 바로 그날 신숙주 등이 종사관 안관후·김겸광과 군관 김교 등을 거느리고 길을 떠나니, 신숙주에게 하교하기를,

"경에게 동북면의 군무를 맡기니, 부장 이하 가운데 만약 지휘를 어기는 자가 있거든, 경이 군법으로써 일을 수행하도록 하라."

하였다.[369]

남이 장군이 <북정(北征)>이란 시 "백두산 돌은 칼을 갈아 닳게 하고/두만강 물은 말을 먹여 없애버린다./사내가 스무 살에 나라를 평안히 못한다면,/후세에 누가 대장부라 일컬으랴."(白頭山石磨刀盡 豆滿江水飮馬無 男兒二十未平國 後世雖稱大丈夫)를 지었으니 그 또한 북정의 계획에 관심이 지대했음을 알 수 있다. 남이는 태종조부마(太宗朝駙馬) 의산위(宜山尉)의 장손(長孫)으로, 태종의 외증손이라서 세조의 지극한 총애를 받

았다. 17세 때 무과(武科)에 급제하였고 25세 때 길주(吉州)에 나아가 이시애(李施愛)의 난을 평정하는데 가장 혁혁한 공을 세워 중추부동지사(中樞府同知事)가 되었다. 이어 여진족(女眞族) 이만주(李滿注)를 정벌할 때도 큰 공을 세워 적개공신(敵愾功臣) 의산군(宜山君)이란 호를 받고 공조판서가 되었다, 이듬해 다시 병조판서(兵曹判書)에 올랐다.

그러나 유자광(柳子光)의 고변과 무고로 남이의 삶은 큰 변화를 겪게 된다. 유자광에 대한 기록은 그리 좋지 않다.

부윤(府尹) 규(規)의 서자이다. 건장하고 날래며 힘이 세었으며, 높은 곳에도 원숭이 모양으로 잘 타고 올라갔다. 어릴 때부터 무뢰배가 되어 장기와 바둑이나 두고 활쏘기로 내기나 하고 새벽이나 밤길에 돌아다니다가 여자를 만나면 낚아채어 간음하였다. 유규(柳規)는 자광이 미천한 데서 났고, 또 그 하는 짓이 이처럼 방종하고 패역하므로 여러 번 매질하고 자식으로 여기지 아니하였다.

이시애(李施愛)가 반란을 일으키자 자광은 글을 올려 스스로를 천거하였다. 세조가 그를 기특히 여기고 불러다가 대궐 뜰에서 시험해 보았다. 이어 전지에 나갔다가 돌아오니 세조가 매우 사랑하였다. 병조 정랑으로서 문과를 보아 장원으로 뽑혔다. 예종 초년에 남이의 모반을 고발하여 공신이 되어 무령군(武靈君)으로 봉했으며 벼슬의 등급을 뛰어 일품의 관계를 얻게 되었다. 상시 자기 자신을 호걸이라 일컬었다. 천성이 음험하여 남을 잘 해쳐서, 재능과 명망이 있어 임금의 사랑이 자기보다 위에 있는 이가 있으면 반드시 모함하니 사람들이 그를 흘겨보았다.[370]

유자광은 재주가 없는 것 같지는 않으나 진중한 면은 전혀 없는 인물이었다. 갖가지 무뢰배 행동을 한 것이나 제 아비도 자식으로 여기지 않았다는 평가는 치명적이다. 유자광의 고변은 다음과 같다.

유자광이 남이의 역모 사실을 고변하여,

"지난번에 신이 내병조(內兵曹)에 입직하였을 때 남이(南怡)도 겸사복장(兼司僕將)으로 입직하였는데, 남이가 어둠을 틈타 신에게 와서

"세조께서 우리들을 대접하는 것이 아들과 다름이 없었는데 이제 나라에 큰 상사(喪事)가 있어 인심이 위태롭고 의심스러우니, 아마도 간신이 난을 일으키면 우리들은 개죽음할 것이다. 마땅히 너와 더불어 충성을 다해 세조의 은혜를 갚아야 할

것이다.”

라고 했다. 남이나 유자광은 모두 당시 세조의 총애를 받던 인물이다. 그러나 유자광은 “남이가 나라에 큰 상사를 당한 후, 인심이 의심스럽고 위태로우니 간신이 난을 일으키면 우리가 위험하다는 이유를 들어 역모를 꾀했다”고 무고하였다. 고변은 더욱 구체화된다.

“오늘 저녁에 남이가 신의 집에 달려와서 말하기를, ‘혜성(彗星)이 이제까지 없어지지 아니하는데, 너도 보았느냐?’ 하기에 신이 보지 못하였다고 하니, 남이가 말하기를, ‘이제 하늘 가운데 흰 빛을 쉽게 볼 수 없다.’ 하기에 신이 『강목(綱目)』을 가져와서 혜성이 나타난 곳을 헤쳐 보이니, 그 주에 이르기를, ‘광망이 희면 장군이 반역하고 두 해에 큰 병란이 있다.’고 하였는데, 남이가 탄식하기를, ‘이것 역시 반드시 응함이 있을 것이다.’ 하고, 조금 오랜 뒤에 또 말하기를, ‘내가 거사하고자 하는데, 이제 주상이 선전관으로 하여금 재상의 집에 급히 달려가는 자를 매우 엄하게 살피니, 재상들이 반드시 싫어할 것이다. 그러나 수강궁(壽康宮)은 허술하여 거사할 수 없고 반드시 경복궁이 좋을 것이다.’ 하였습니다.” 신이 말하기를, ‘이 같이 큰일을 우리들이 어찌 능히 홀로 하겠는가? 네가 또 어떤 사람과 더불어 모의(謀議)하였느냐? 또한 주상이 반드시 창덕궁에 오래 머물 것이다.’ 하니, 남이가 말하기를, ‘내가 장차 경복궁으로 옮기게 할 것이다.’ 하기에 신이 말하기를, ‘어떻게 하겠는가?’ 하니, 남이가, ‘이는 어렵지 않다.’ 하고, 인하여 말하기를, ‘이런 말을 내가 홀로 너와 더불어 말하였으니, 네가 비록 고할지라도 내가 숨기면 네가 반드시 죽을 것이고, 내가 비록 고할지라도 네가 숨기면 내가 죽을 것이므로, 이 같은 말은 세 사람이 모여도 말할 수 없다. 또 세조가 민정(民丁)을 다 뽑아서 군사를 삼았으므로 백성의 원망이 지극히 깊으니 기회를 잃을 수 없다. 나는 호걸(豪傑)이다.’ 하였는데, 신이 술을 대접하려고 하자 이미 취했다고 말하며 마시지 아니하고 갔습니다.”[371]

위에선 남이가 혜성이 출현한 일을 두고 하늘의 불길한 기운을 언급하며 거사를 계획했다고 하였다. 중세의 사람들은 하늘의 변화가 곧 인간 세상에 어떤 재앙을 예고한다는 천인감응(天人感應)을 믿어 하늘에 어떤 변화가 나타나면 안절부절 못했다. 혜성을 괴상한 별, 역모와 난리가 생길 나쁜 징조,[372] 큰 전쟁이 일어나 천리에 시체가 즐비할 사전 예고라고[373] 기록했다. 마왕퇴 무덤에서 출토된 비단에는 혜성은 크고 작은 전쟁이 일어나거나 군주가 죽음에 이르리라는 불길한 기운[374]이라 하였다. 유자광은 "남이는 세조가 백성들 중에 장정을 뽑아 군사를 삼음으로써 백성의 원망이 자자하다는 말을 혜성의 출현이나 하늘의 기운과 연관 지으며 반역을 꾀했다."며 매우 구체적인 고변을 내놓고 있다.

『금계필담』에는 "적신(賊臣) 유자광이 평소 남이를 꺼려오다가 남이가 반란을 도모한다고 무고했다. 예종도 남이를 싫어해서 그를 하옥하고 장차 문초하려 했다."고 적었고, 문초하는 중에 임금이 남이에게 함께 모반한 자가 누구냐고 묻자 당시 영의정 강순(康純)과 함께 했다고 고했다는 이야기도 함께 적었다. 강순이 함께 형벌을 받으며 남이에게 "너는 왜 나를 무고하는가?"하고 묻자, 남이가 "너는 영상으로 나의 억울함을 알면서도 구하려 하지 않았으니 너도 역시 원통하게 죽는 것이 옳다."고 했다고 전한다.[375]

이렇듯, 세조의 신임을 얻었던 남이 장군은 27세에 병조판서에까지 올랐으나 주위의 많은 시기를 받았었고, 세조의 시대가 끝나고 예종이 즉위하면서 주위의 모함으로 결국 자리에서 물러난다. 결국 유자광의 무고와 고변으로 젊은 나이에 비참하게 죽었다. 『금계필담』에 따르면 남이는 순조 경신년(1800년)에 재상 남공철(南公轍)이 그 원통함을 알리어 비로소 남이의 누명이 벗겨지고 관직이 회복되어 시호가 내려졌다 하였다. 위의 시조나 남이의 한시는 사실상 변방을 지키는 장수의 씩씩한 기개를 표현하였으나 자기와 뜻이 다른 자를 몰아내려는 세력들에겐 역모를 고변하는 빌미가 되었던 것이다.

금생려수(金生麗水)*ㅣ라 호들 물마다 금(金)이 나며
옥출곤강(玉出崑崗)*이라 호들 뫼마다 옥(玉)이 나랴
아모리 여필종부(女必從夫)라 호들 님마다 조츠랴
　　　　　(박팽년, 1417~1456, 『병와가곡집(瓶窩歌曲集)』, 『역·시』 377, 이삭대엽二數大葉)

▶ 현대어 풀이　여수에서야 금이 난다지만 물마다 금이 나며,
　　　　　　　　곤강에서야 옥이 난다지만 산마다 옥이 나랴.

아무리 신하는 임금을 따른다지만 아무 임이나 좋으랴.

* 금생려수(金生麗水) : 여수는 금이 난다는 운남성(雲南省)의 금사강(金沙江)을 말한다.
* 옥출곤강(玉出崑崗) : 곤강은 곤륜산이다. 곤륜산은 중국 서장(西藏)에 있는 산으로, 좋은 옥을 산출하는 것으로 알려져 있다. 금과 옥이 아무 곳에서나 나올 수 없다는 비유적인 말에다 빼어난 재사나 문사가 왕과 상관없이 나올 수 없다는 속뜻을 담고 있으니 세조의 패도와 전횡을 꼬집은 말이다.

> 가마귀 눈비마자 희는듯 검노미라
> 야광명월(夜光明月)이 밤인들 어두우랴
> 님 향흔 일편단심(一片丹心)이야 변할 줄이 이시랴
> (박팽년, 『병와가곡집』, 『역·시』 20, 이삭대엽二數大葉)

▶ **현대어 풀이** 까마귀 눈비 맞아 흰 것 같아도 검구나.
　　　　　　　밤에 빛나는 밝은 달이 밤인들 어두우랴.
　　　　　　　임 향한 일편단심이야 변할 줄이 있으랴.

🍂 세조가 사랑한 재주, 굽힐 줄 모르는 지조

세조가 그의 재주를 사랑하여 은밀히 말하기를,

"그대가 나에게 돌아와서 처음의 모의를 숨긴다면 살 수 있을 것이다."

하니, 박팽년이 웃으며 대답하지 않았고, 임금을 일컬을 때는 반드시 '나리'라 하였다. 임금이 그 입을 닥치도록 하며 말하기를,

"그대가 이미 나에게 신하라고 일컬었으니, 비록 일컫지 않더라도 소용이 없다."

하니, 대답하기를,

"저는 상왕의 신하이니, 어찌 나리의 신하가 되겠습니까. 일찍이 충청감사로 있던 1년 동안에 무릇 장계와 문서에 신하라고 일컬은 적이 없었습니다." 사람을 시켜 그 계목(啓目)을 살펴보게 했더니, 과연 신하라는 글자가 하나도 없었다.[376]

세조가 하위지의 재주를 사랑하여 공이 형을 받을 때, 비밀리 '네가 음모에 가담한 사실을 숨기면 면할 수 있다' 하므로 공이 웃고 답하지 않았다. 세종이 기른 인

재 중에 공을 으뜸으로 여겼다는 기록이[377] 있다. 세조가 사육신을 두루 회유했음을 볼 수 있다. 『연려실기술』 권4 '단종조 고사본말'에는 이 시조를 또 다른 사육신 이개(李塏)의 작품으로 기록하면서 "세조가 아직 즉위하지 않았을 때, 이개의 숙부 계전(季田)이 세조와 대단히 친밀하게 출입하므로, 이개가 경계하였다. 병자에 일이 발각되매, 세조가 말하기를 '일찍이 이개가 그런 말을 하였다는 것을 듣고 몹쓸 사람으로 여겼었는데, 과연 다른 뜻을 품었구나!" 라고 기록하고 있다.

수양산(首陽山) 브라보며 이제(夷齊)를 한(恨)ᄒ노라
주려 주글진들 채미(採薇)도 ᄒᄂᆫ것가
아모리 푸새엣거신들 긔 뉘짜히 낫더니
　　　　　(성삼문 1418~1456, 『청구영언』, 『역·시』1703, 이삭대엽二數大葉, 두거頭擧)

▶현대어 풀이　수양산 바라보며 백이숙제를 원망한다.
　　　　　　　굶주려 죽는다 해도 고사리는 왜 먹는가?
　　　　　　　아무리 나물이라 해도 그건 뉘 땅에 났던가!

이몸이 죽어가셔 무어시 될고ᄒ니
봉래산(蓬萊山) 제일봉(第一峰)의 낙락장송(落落長松) 되여잇셔
백설(白雪)이 만건곤(滿乾坤)ᄒᆯ 졔 독야청청(獨也青青)ᄒ리라
　　　　　(성삼문, 『연려실기술』권4, 『역·시』2323, 이삭대엽二數大葉, 두거頭擧)

▶현대어 풀이　이 몸이 죽어 가서 무엇이 될까 하니
　　　　　　　봉래산 제일봉에 고고한 장송이 되어
　　　　　　　흰 눈이 세상을 덮을 때 홀로 푸르리라.

☙ 충절의 대명사, 백이숙제를 꾸짖는 기상

세조에 저항하여 죽음을 선택한 사육신의 기상은 서슬이 퍼래서 한 치의 불의도

용납하지 않는다. 성삼문이 북경으로 가는 길에 백이·숙제의 사당에 들러 쓰기를 "그 해 말머리 돌리며 그르다고 말한 것은 대의가 당당하여 세월 가도 빛나는데, 풀 나무도 주나라 비와 이슬에 자랐는데, 부끄럽다 그대여 왜 수양산 고사릴 먹었는고?" 라고 하였다. 중국 사람들이 보고 충절이 있는 사람으로 알았다 한다.[378]

사육신역사공원의 사육신 문학비(서울시 동작구 노량진동 179-4). 사진의 왼쪽 부분에 성삼문의 "이 몸이~"를 새겼다.

일찍이 세조가 말하기를,

"그대는 나의 녹(祿)을 먹지 않았던가. 녹을 먹으면서 배반하는 것은 이랬다저랬다 하는 사람이다. 명분으로는 상왕(단종)을 복위한다고 하지만 실상은 자신을 위하려는 것이다."

라고 하니, 성삼문이 말하기를,

"상왕이 계시거늘 나리가 어찌 저를 신하라고 하겠습니까. 또 나리의 녹을 먹지 않았으니, 만약 믿지 못하겠거든 저의 가산을 몰수하여 헤아려 보십시오" 하였다.

세조가 노하여 무사로 하여금 쇠를 달구어 그의 다리를 뚫고 팔을 자르도록 했으나, 안색의 변화 없이 천천히 말하기를, "나리의 형벌이 혹독하기도 합니다." 하였다.

성삼문이 수레에 실려 문을 나올 때에 안색이 태연자약하였다. 좌우를 돌아보며 말하기를,

"너희들은 어진 임금을 도와서 태평성대를 이루어라. 나는 돌아가 지하에서 옛 임금을 뵙겠다." 하였고, 감형관(監刑官) 김명중(金命重)에게 웃으며 말하기를,

"이게 무슨 일인가." 하였다. 죽은 뒤에 그의 가산을 모두 거두어 보니, 을해년 (1455, 세조 1년) 이후의 봉록은 따로 한 방에 쌓아두고서 '어느 달의 녹'이라 적어 놓

사육신 묘역(서울시 동작구 노량진동 185-2)

았다. 집안에 남은 것이 없었고, 잠자는 방에는 오직 거적자리만 있을 뿐이었다.[379]

단종에서 세조로 이어지는 왕위 계승을 두고서 『조선왕조실록』에 담긴 표현을 그대로 수용하여 찬탈(篡奪)이 아닌 양위(讓位)로 보는 시각도 만만치 않다. 단종이 왕으로서의 임무 수행을 벅차하며 종묘와 사직을 위해 자발적으로 물러났고, 사육신 성삼문은 세조가 왕이 된 후 우부승지로 승진하여 활발히 활동했고 당시 충청도 관찰사 박팽년도 세조에게 축하의 글을 올리며 단종의 선위와 세조의 즉위를 당연시 했다는 것이다. 그런데 세조가 왕이 된 뒤 태종처럼 의정부를 무력화하고 육조 직계를 도입하는 등 왕권을 강화했기 때문에 이에 대한 반발로 단종복위를 꾀했다는 것이다. 단종은 태어나자마자 어머니를 잃고, 아버지도 병약하여 잘 보살펴주지 못했다. 이에 세종이나 수양, 양평 대군에게 의존하게 되었는데, 단종과 세조의 관계에서 단종은 '초라한 자기'와 '대단한 대상', 그리고 '대상에게 의존해야 하는 자기'로 설정하고, 세조는 '강한 자기'와 '연약한 대상', 그리고 '대상을 보호해야 하는 자기'라는 대상관계를 형성했다. 『추강집』이나 『연려실기술』 등에서 사육신의 절개와 충의를 부각시키고, 약자인 단종을 측은히 여기는 백성들의 감정이 이입되면서, 왕권 약화를 막으려한 세조의 의도는 희석되고 악하고 잔인한 측면이 부각된 결과로 풀이한다.[380] 이렇듯 역사를 보는 시각과 관점에는 차이가 있을 수 있지만, 사육신의 충의와 절개는 어느 순간이라도 빛난다.

『조선왕조실록』의 "의금부에서 성삼문 등의 반역죄를 고하니 연루된 자들의 처벌을 명하다."에는 사육신 최후의 순간을 이렇게 적고 있다.

"모든 벼슬아치들을 군기감(軍器監) 앞길에 모아서, 빙 둘러서게 한 다음, 이개 등을 수레에 묶어 양쪽에서 당기는 형벌로 다스려 두루 보이고 3일 동안 그 머리를 저자에 내걸었다. 성삼문(成三問)은 성격이 출세에 조급하였는데, 중시에 장원하여 이름이 남의 앞에 있으나 오래도록 낮은 벼슬에 머물러 있다고 생각하였다. 박팽년은 사위 이전(李 瑶)의 연고로 항상 화가 미칠까 두려워하였다. 하위지(河緯地)는 일찍이 세조에게 견책을 받았으므로 이미 원한을 품었었고, 이개(李塏)와 유성원(柳誠源)은 벼슬이 낮은 것에 대한 불평불만을 알리고자 마침내 서로 깊이 결탁하고 왕래하였는데, 낌새가 이상하여 남들이 모두 이상하게 여겼다."[381]

위에서 볼 수 있듯이 역사 기록에는 사육신이 출세를 위해, 혹은 이미 세조에 대한 근원적인 불만과 원한이 있어 반역한 것으로 묘사되어 있으니 절개와 지조를 지킨 선비라는 일반적인 시각과는 아주 대조적이다. 역사란 때로 누가 무엇을 기준으로 판단하느냐에 따라 하늘과 땅의 차이를 보일 때가 있다.

◎ 〈생일가(生日歌)〉   이현보(李賢輔, 1467~1555)

공명(功名)이 그지이실가 수요(壽夭)도 천정(天定)이라
금서(金犀)*씌 구븐 허리에 팔십봉춘(八十逢春) 긔 몃히오
연년(年年)에 오ᄂᆞᆺ 나리 역군은(亦君恩)ㅣ샷다

(『역·시』247, 이삭대엽二數大葉)

▶현대어 풀이 공명이 끝이 있을까 인명도 하늘의 정함이라
                   관복 띠로 굽은 허리 여든 해에 봄날이 몇인가?
                   해마다 한결 같음도 임금님 은혜로다.

* 금서(金犀) : 낙향하는 이현보에게 중종 임금이 관복 띠 '금서대'를 하사한 것으로 전한다. 띠의 납작한 장식 부분을 물소 뿔로 만든 이 띠는 당초 금포(錦袍 : 비단 도포)와 함께 하사되었으나 금포는 남아있지 않다. 서대는 원래 1품관이 사용하도록 되어 있는데, 낙향할 때 이현보는 2품 관이었으니 임금이 특별히 내려주신 것으로 보인다. 만약 규정을 엄격히 지킨 것이라면 명종 4년(1549년) 명종 임금이 이현보의 품계를 종1품 숭정대부(崇政大夫)로 올려줄 때 하사하였을 것이다.[382]

🦋 망백(望百)에 이른 생애, 향당(鄕黨)과 더불어 잔치하다

농암 이현보는 <생일가(生日歌)> 병서(幷序)에 "7월 29일 나의 생일을 맞이하여, 아들과 손자들이 술자리를 베풀어 나를 위로해 주었다. 이 해에는 특별히 성대한 잔치를 베풀었는데, 향중의 노인들과 이웃 고을의 원들이 모두 참석하였다. 술잔을 나누다보니 마침내 취해서 춤추고 각자 노래를 불렀으므로 나도 바로 화답하여 바로 이것을 지었다. 나의 나이 지금 87세이고 치사하여 한가함도 10여년이 지났고 만년(晩年)의 거취와 즐거운 행적을 모두 이 세 가사(歌詞)에 써서 자랑한다. 계축 청화절 기망에 숭정 치사 영양(永陽) 이모가 농암 소각(小閣)에 쓰다."라고[383] 적었다. 이현보가 89세에 돌아갔는데, 그 두 해 전 생일 잔치에서 이 노래를 지었다.

농암 선생은 퇴계가 생일 축하하는 것에 화답하며, "나면서 궁달(窮達)은 하늘에 있는데,/부끄럽게 내가 무엇으로 복록이 쌓였는고?/수는 80을 누린 것이 3대요,/벼슬은 연하여 잠홀(簪笏)을 한집에 온전히 하였다./해마다 생일에는 향당(鄕黨)이 모이고,/차례대로 자리에는 풍악소리 어지럽다./보는 이는 둘러서 좋은 일로 전하고,/퇴계가 글로써 축하해주니 반갑구나."라고 하였다. 농암 선생 집안이 3대에 걸쳐 80세 넘게 장수했다는 사실, 해마다 생일이면 향당이 모여 잔치를 벌이며 축하해준 사실을 알 수 있다. 농암은 "자씨가 향년이 85세이고 가군(家君)이 97세인데 아직 무양하시며 우리 집이 선세 고조 이상은 상고치 못하나 고조 소윤공께서 84세이시고, 증조 의흥공이 76세이시고, 조부 봉례공의 수가 고조와 같다."(『농암집』권4, 양로서발(養老書跋)) 하였다. 고조부 84세, 외조부 93세, 외숙부 93세, 73세, 외사촌 85세 등 친족과 외족이 공히 장수하였다.

"예부터 우리 향중에는 늙은이가 많다. 가정 계사(癸巳) 가을에 내가 홍문관 부제학으로 와서 수연을 베푸니 때에 춘부(椿府)의 연세 94세라 생각하니 그 전에 쌍친이 구경(具慶)할 때 연석을 펴고 손님을 모아 즐거워하던 일이 많았는데, 지금 편친(偏親)이 계시고 기거도 수고로워 멀리서 오는 손님을 제외하고 다만 향중에 춘부와 같은 제배 80 이상 노인을 초대하니 무릇 여덟 분이다."(『농암집』권4, 애일당구로회서)에서도 향중에 연세 높은 분들이 여럿이었음을 알 수 있다. 농암이 애일당에서 구로회를 치르고서 "내 나이도 67세나 되니 다른 고을 같으면 늙은이라 하고 남도 늙은이 대접할 것이나 지금 가로(家老) 향로(鄕老)에는 80, 90노인 마루에 가득하니 나 같은 반백이야 어찌 노인이라 할 수 있겠습니까?"는 참으로 행복한 걱정을 담았다. "여든 번째 봄을 다시 맞이함을 하늘께 감사하며, 해동(海東) 늙은이가 시 한편을 지었었네. 쓸모없는 늙은 이 몸은 더욱 감사하건만 금년에 이르니 수(壽)가 8년을 또 더했네."를[384] 보면, 농암은 80세와 87세, 88세 등 생신을 맞이할 때마다 향당의 사람들과 기쁨을 함께 하며 수를 누림을 감사했음을 알 수 있다.

"몸이 늙어 벼슬을 마치고 고향에 누워 있는데, 세 아이는 명을 받아 먼 곳에서 근무하네. 연방 외람되이 근지(近地) 근무 청했으니, 모름지기 백성 보살핌을 우선으로 여기거라."에는 농암의 아드님이 순조로이 벼슬하고 있는 모습을 담았다. 모름지기 백성 보살핌을 우선으로 하라는 당부에서는 자식이 하는 일에 대해 항상 걱정이 앞서는 따뜻한 부모의 심정이 느껴진다. "공명(功名)이 그지이실가 수요(壽夭)도 천정(天定)이라" 했지만, 순탄히 벼슬 생활을 하고, 왕에게 신임을 얻어 오랫동안 벼슬하면서 금서(金犀) 띠를 업은 데다, 망백의 나이에 이르기까지 사셨으며, 거기다 자제분들까지 순조로운 벼슬 생활을 하셨으니 세상에서 더 이상 바랄 것이 무엇이겠는가. "연년(年年)에 오늣 나리 역군은(亦君恩)ㅣ샷다"에는 농암 선생이 90 평생에 누린 행복감이 담겨 있다 할 수 있다.

◎ 〈선반가(宣飯歌)〉 권씨(權氏) 부인

> 먹디도 됴홀샤 승정원 션반야
> 노디도 됴홀샤 대명뎐 기슬가
> 가디도 됴홀샤 부모 다힛 길히야

▶현대어 풀이
먹기도 좋도다 승정원 宣飯이여
놀기도 좋도다 대명전 기슭이여
가기도 좋구나 부모님께 가는 길이여

🍎 벼슬을 제수 받은 아들에 대한 벅찬 기쁨

권씨 부인은 농암 이현보의 어머니이다. 농암이 가정(嘉靖) 병술년(1526년) 여름 특명을 받아 남쪽지방 진해에서 공무를 수행하던 중 뜻밖에 당상에 오르고 병조참지를 제수 받으니, 권씨 부인은 놀라 어쩔 줄을 몰랐다. 이때 부모님이 예안에 계셔서 달려가 고별을 고하오니 기쁨의 눈물을 흘리셨다.

마침 서울 친구가 보낸 옥관자(玉冠子)가 도착하여 곧 어버이 앞에서 망건을 풀고 관자를 달았다. 이에 어머니께서 손으로 만지시며 말씀하시기를,

"옥관자에 구멍이 많아 꿰는 것이 어렵지 않으냐?" 하시어,

내가 우스갯소리로 "다는 것이 어렵지 어찌 꿰는 것이 어렵겠습니까?" 하니 온 집안사람들이 기쁘게 웃었다.

다음해 봄, 또 동부승지에 임명되어 잠시 말미를 얻어 근친오니 어머니께서 내가 온다는 소식을 이미 들으시고 언문으로 노래를 지어 아이 계집종에게 가르치어 말씀하기를, "승지가 오시거든 이것을 노래하라" 했다.

농암의 어머니 권씨 부인은 일찍이 부모를 여의시고 외숙인 문절공(文節公) 김담(金淡)의 집에서 성장하시어 승지 벼슬이 귀한 것을 알고, 또 승정원 관원들이 조석 공양을 '선반'이라 하는 당시 내간의 일상어까지 기억하는[385] 남다른 영특함을 지녔음을 알 수 있다.

◎ 〈농암가(聾巖歌)〉 이현보(李賢輔, 1467~1555)

> 농암(聾巖)애 올라보니 노안(老眼)이 유명(猶明)이로다
> 인사(人事)이 변(變)호둘 산천(山川)이쏜 가실가
> 암전(巖前)에 모수모구(某水某丘)이 어제 본둣 흐예라
>
> (『역·시』 655, 이삭대엽二數大葉)

▶현대어 풀이 농암에 올라보니 노안 되레 밝아지네.
　　　　　　 사람 일 변한들 산천이야 바뀔쏜가.
　　　　　　 바위 앞 물과 언덕이 어제 본 듯 정겹구나.

🍂 벼슬하는 중에 항상 분강(汾江)에서의 풍류를 그리다

퇴계가 농암에 대해 "서편을 바라보니 바위 벼랑 아름답네. 높은 정자 모습이 나는 듯하구나. 풍류 즐기시던 그 어른을 어찌 다시 보겠는가, 높은 산 바라봄도 이제 와선 드물도다."라고[386] 했다. 인생의 허무한 느낌과 감개를 기록한 것인데, 여기서 농암 선생이 분강과 청량산 일대에서 자주 퇴계를 만나 교유하고 풍류를 즐겼음을 알 수 있다. 농암은 여러 관직을 역임하면서도 전원으로 돌아갈 꿈을 꾸고, 귀향하자 자연과 다시 어울린 기쁨을 노래했다.

퇴계와 농암이 모두 벼슬을 그만두고 고향으로 돌아가고자 사직을 청한 적이 있지만, 항상 쉽게 받아들여지지 않아 어려운 처세 속에 이상과 현실이 달랐

농암(聾巖) 바위(농암종택 내, 경북 안동시 도산면 가송리) 바위 옆에 애일당(愛日堂)이 있다. 옆으로 흐르는 여울소리가 메아리를 쳐서 이를 귀머거리 바위라고 이름 지었다.(『금계집』 외집 권8)

농암 종택으로 가는 길목의 물굽이를 분강(汾江)이라 부른다. 현재 종택 인근에 분강서원이 있다. 물 건너편에 고산(孤山) 석벽과 고산정(孤山亭)이 보인다.

다. "우리 고장의 선배이신 농암 이 선생은 나이 75세에 벼슬에서 물러나 고향에 돌아와서 88세에 돌아갔는데, 그 기간에 늘 중추부(中樞府)의 관직을 제수 받았다. 그분도 처음에는 해마다 한두 차례 사면을 청했지만 그때마다 청은 받아들여지지 않았고, 종종 그 때문에 포사(褒賜)가 내리는 일만 있었으므로 뒤에는 다시는 사면을 청

하지 않으면서 말하기를, "무익함은 말할 것도 없고 가장 마음이 불편한 것은 은명(恩命)을 내리심이니, 차라리 사면을 청하지 않는 것이 낫다."고 하셨다. 나는 당시에 오히려 농암의 말이 꼭 그렇다고 생각하지 않았었는데, 이제 직접 그런 처지가 된 다음에야 그분의 처신이 정말 옳았다는 것을 알았다."에는[387] 퇴계가 농암과 같이 사직의 청을 거절당한 후 그 기분을 공감하는 마음이 담겨 있다.

농암이 75세가 된 연후에야 마침내 귀거래의 염원이 이루어진다. 암옹(巖翁)이 오랫동안 한양에서 벼슬하다가 비로소 고향으로 돌아와 농암에 올라 산천을 두루 보니 신선이 된 듯 한데 예전에 놀던 곳은 아직 그대로이니 기뻐서 이 노래를 짓는다는[388] 기록에는 그 들뜬 마음이 담겨 있다. <농암가>를 지은 농암의 마음을 미루어 짐작할 수 있다.

◎ 〈어부가(漁父歌)〉 9장(九章)　이현보(李賢輔, 1467~1555)

> 설빈어옹(雪鬢漁翁)이　주포간(住浦間)　자언거수(自言居水)이　승거산(勝居山)이라 ᄒ놋다
> 비떠라 비떠라 조조재락만조래(早潮纔落晚潮來)ᄒᄂ다
> 지국총지국총어사와(至匊悤至匊悤於思臥)　의선어부(倚船漁父)이　일견(一肩)이　고(高)로다

▸ **현대어 풀이**　귀밑털 하얀 어부 물가에 살면서, 산속보다 물가에 살기 좋다 하는구나.
　　　　　　　배 떠라, 배 떠라. 아침 조수(潮水) 나가자 저녁 조수 밀려온다.
　　　　　　　찌그덕 찌그덕, 어기여차. 뱃머리에 기댄 어부 한쪽 어깨가 높도다.

> 청고엽상(靑菰葉上)애　양풍기(涼風起)　홍료화변백로한(紅蓼花邊白鷺間)이라
> 닫드러라 닫드러라 동정호리가귀풍(洞庭湖裏駕歸風)호리라
> 지국총지국총어사와(至匊悤至匊悤於思臥)　범급전산홀후산(帆急前山忽後山)이로다

▸ **현대어 풀이**　줄 풀 위에 시원한 바람 이니, 여뀌 핀 물가에 백로가 한가롭다.

닻 들어라, 닻 들어라. 동정호 속으로 바람 타고 돌아가리.
찌그덕 찌그덕, 어기여차, 돛단배 빠르니 앞산이 금세 뒷산이 되네.

진일범주연리거(盡日泛舟烟裏去) 유시요도월중환(有時搖棹月中還)이라
이어라 이어라 아심수처자망기(我心隨處自忘機)라
지국총지국총어사와(至匊悤至匊悤於思臥) 고설승류무정기(鼓枻乘流無定期)라

▶ 현대어 풀이 종일토록 안개 속에서 배를 띄우다가, 가끔씩 노를 저어 달빛 싣고 돌아온다.
저어라, 저어라. 내 마음 가는 곳마다 번거로움 잊노라.
찌그덕 찌그덕, 어기여차. 상앗대로 노를 저어 기약 없이 떠가노라.

만사무심일조간(萬事無心一釣竿) 삼공불환차강산(三公不換此江山)이라
돛디여라 돛디여라 산우계풍권조사(山雨溪風捲釣絲)라
지국총지국총어사와(至匊悤至匊悤於思臥) 일생종적재창랑(一生蹤迹在滄浪)이라

▶ 현대어 풀이 번거로운 일 모두 잊고 낚싯대 기울이니, 정승자리라도 이 기쁨 바꿀 수 없
도다.
돛 내려라, 돛 내려라. 산에는 비, 개울엔 바람, 낚싯줄을 걷어라.
찌그덕 찌그덕, 어기여차. 평생의 종적이 푸른 물 위에 있도다.

동풍서일초강심(東風西日楚江深) 일편태기만류음(一片苔磯萬柳陰)이라
이퍼라이퍼라 녹평신세백구심(綠萍身世白鷗心)이라
지국총지국총어사와(至匊悤至匊悤於思臥) 격편어촌삼량가(隔片漁村三兩家)라

▶ 현대어 풀이 봄바람 해질 녘에 초강은 깊은데, 물가엔 이끼 끼고 버들은 그늘졌네.
읊조려라, 읊조려라. 부평초 같은 인생, 갈매기 마음이라.
찌그덕 찌그덕, 어기여차. 강 건너 어촌엔 두세 집만 덩그렇다.

탁영가파정주정(濯纓歌罷汀洲靜) 죽경시문(竹逕柴門)을 유미관(猶未關)라

비서여라 비서여라 야박주회근주가(夜泊秦淮近酒家)로다

지국총지국총어사와(至匊悤至匊悤於思臥) 와구봉저독짐시(瓦甌蓬底獨斟時)라

▶ 현대어 풀이 어부사 끝나니 모래섬 조용한데, 대나무 숲속 사립문은 아직 열려있네.
　　　　　　　배 세워라, 배 세워라. 저물어 진회(秦淮) 강가에 배를 대니 술집이 곧 근처
　　　　　　　로다.
　　　　　　　찌그덕 찌그덕, 어기여차. 다북쑥 아래에서 막사발로라도 홀로 부어 마실
　　　　　　　때라.

취래수착무인환(醉來睡着無人喚) 유하전탄야부지(流下前灘也不知)로다

비미여라 비미여라 도화유수궐어비(桃花流水鱖魚肥)라

지국총지국총어사와(至匊悤至匊悤於思臥) 만강풍월속어선(滿江風月屬漁船)라

▶ 현대어 풀이 취해서 졸다 부르지 않으면 앞 여울까지 흘러가도 알지 못하겠네.
　　　　　　　배 매어라, 배 매어라. 복사꽃 떠오는 물에 쏘가리 살찌누나.
　　　　　　　찌그덕 찌그덕, 어기여차. 강바람 달빛이 고깃배에 실렸도다.

야정수한어불식(夜靜水寒魚不食)거늘 만선공재월명귀(滿船空載月明飯)라

닫디여라 닫디여라 파조귀래계단봉(罷釣歸來繫短蓬)호리라

지국총지국총어사와(至匊悤至匊悤於思臥) 풍류미필재서시(風流未必載西施)라

▶ 현대어 풀이 고요한 밤, 물은 찬데 고기 물지 않으니, 공연히 달빛만 배에 가득 싣고 온다.
　　　　　　　돛 내려라, 돛 내려라. 고기잡이 마치고서 짧은 다북쑥에 배를 매리라.
　　　　　　　찌그덕 찌그덕, 어기여차. 풍류에 서시(西施)가 꼭 필요친 않으리.

일자지간상조주(一自持竿上釣舟) 세간명리진유유(世間名利盡悠悠)라

비브텨라 비브텨라 계주유유거년흔(繫舟猶有去年痕)이라

지국총지국총어사와(至匊念至匊念於思臥) 애내일성산수록(欸乃一聲山水綠)라

(이현보, 『농암집』 권4)

▶ 현대어 풀이 낚싯대 하나 들고 고깃배 탄 후로, 세속의 명리는 다 멀리하노라.

　　　　　　　　배 붙여라, 배 붙여라. 배를 매는 곳에 지난해 흔적 남았구나.

　　　　　　　　찌그덕 찌그덕, 어기여차. 푸르른 자연에 묻혀 뱃노래를 부르노라.

◎ 〈어부단가(漁父短歌)〉 5장(五章)　이현보(李賢輔, 1467~1555)

이중에 시름 업스니 어부(漁父)의 생애(生涯)이로다

일엽편주(一葉片舟)를 만경파(萬頃波)애 띄워 두고

인세(人世)를 다 니겟거니 날 가는 주를 알랴

(『역·시』 2371, 이삭대엽二數大葉)

▶ 현대어 풀이 이중에 시름없는 이, 어부의 삶이로다.

　　　　　　　　한 척 거룻배를 일렁이는 물결에 띄워 두고

　　　　　　　　인간세상 다 잊으니 날 가는 줄을 모르도다.

구버는 천심녹수(千尋綠水) 도라보니 만첩청산(萬疊靑山)

십장홍진(十丈紅塵)이 언매나 ㄱ롓는고

강호(江湖)애 월백(月白)ㅎ거든 더욱 무심(無心)ㅎ얘라

(『역·시』 295, 이삭대엽二數大葉)

▶ 현대어 풀이 굽어보니 깊은 물 돌아보니 첩첩산중

　　　　　　　　인간세상이 얼마나 가려졌는가?

　　　　　　　　강호에 달이 밝으니 더욱 욕심 없구나.

청하(靑荷)애 바볼 ᄧ고 녹류(綠柳)에 고기 ᄢᅧ여

노적화총(蘆荻花叢)에 비 미야두고

일반청의미(一般淸意味)*를 어늬 부니 아ᄅᆞ실고

(『역·시』2917, 이삭대엽二數大葉)

▶ 현대어 풀이　연잎에 밥을 싸고 버들가지에 고기 꿰어

　　　　　　　　갈대 밭 물억새 숲에 배를 매어두고,

　　　　　　　　하나같이 맑은 뜻 어느 분이 아실꼬.

* 일반청의미(一般淸意味) : "달은 하늘 가운데 이르고, 바람은 물위에 부노라. 하나같이 맑은 뜻
을 헤아려 아는 이 적구나(月到天心處 風來水面時 一般淸意味 料得少人知)"(邵雍(邵康節), <淸夜
吟>, 『擊壤集』 권12)

산두(山頭)에 한운(閑雲)이 기(起)ᄒᆞ고 수중(水中)에 백구(白鷗)이 비(飛)이라

무심(無心)코 다정(多情)ᄒᆞ니 이 두 거시로다

일생(一生)애 시르믈 닛고 너를 조차 노로리라

(『병가』, 『역·시』1426, 이삭대엽二數大葉)

▶ 현대어 풀이　산 위엔 구름 일고 물 위엔 갈매기 날아,

　　　　　　　　정 많고 욕심 없는 이 이 둘 뿐이로다.

　　　　　　　　일생에 시름 잊고 너를 좇아 놀리라.

장안(長安)을 도라보니 북궐(北闕)이 천리(千里)로다

어주(漁舟)에 누어신들 니즌 스치* 이시랴

두어라 내 시름 아니라 제세현(濟世賢)이 업스랴

(『역·시』2524, 이삭대엽二數大葉)

▶ 현대어 풀이　서울을 돌아보니 궁궐이 천리로다.

　　　　　　　　고깃배에 누웠던들 잊은 적 있으랴

　　　　　　　　두어라 내 걱정 아니라, 다스릴 현자(賢者) 많으니!

* 스치 : 숯. 사이. 틈. "南北東西예 그츤 스치 업거늘(南北東西예 無間斷커늘)"(남명 상13~14)

🐟 농암이 〈어부가(漁父歌)〉 두 편에 담은 풍류

〈어부가〉는 사대부들이 가어옹(假漁翁)으로 어부 노릇을 흉내 내면서 상층 시가의 한 갈래가 되었는데, 원(原) 〈어부가〉의 많은 부분이 이현보의 〈어부가〉에서 여전히 활용되고 있다. 다만 원곡에서 "지곡총지곡총 어사와 일간명월(一竿明月)이 역군은(亦君恩)이샷다"가 위의 내용처럼 바뀌기도 하고, 원곡에서 중복되는 부분(8장의 "계쥬유유거년흔(繫舟唯有去年痕)이로다", 12장의 "계쥬유유거년흔(繫舟猶有去年痕)이로다"([풀이]배를 매다보니 지난해 흔적 남아 있네)/ "범급(帆急)ᄒ니 전산(前山)이 홀후산(忽後山)이로다"([풀이]돛단배 빠르니 앞산이 금세 뒷산이 되네)(4장, 9장))를 하나씩 삭제하기도 했다. 또, 새로운 가사를 지어 넣기도 했다. 즉, 이현보의 〈어부가〉는 원 〈어부가〉를 장(章)의 내용을 이동시키고 압축하여 재편성, 재창작하였다.

농암은 일찍부터 전래의 〈어부가〉를 접할 기회가 있어 관심을 키워갔다.

세상에 전하는 〈어부사〉는 옛 사람이 어부가 읊은 것을 모아 우리말로 적은 긴 노래로 무릇 12장인데 작자의 성명을 듣지 못하였다. 지난번에 안동부에 늙은 기생이 이 노래를 부를 수 있어서 숙부인 송재선생(松齋先生)이 그 기생을 불러 노래를 시켜 장수를 축하하는 자리를 더욱 즐겁게 하였다. 내가 이때에 아직 젊어서 마음으로 즐거워 그 대략을 기록해 보았으나 오히려 완전한 곡조가 못되어 한이 되었다. 그 후 전할 분들이 유명을 달리하고 옛 소리는 다시 따를 수 없고 내 몸은 세상일에 빠져 강호의 낙이 더욱 멀어져 다시 이런 곡조를 듣고 싶어도 듣지 못하게 되었다. 서울에서 연정(蓮亭)에 놀 때 일삼아 고루 물어보았으나 비록 늙은 광대와 운치가 있는 기생이라도 이 곡조를 모르니 그것을 아는 사람이 드물었다.[389]

전해 내려오는 12장의 우리말 긴 노래라 하였고, "지나간 해에 밀양의 박준(朴浚)이란 사람이 유명한 여러 음악을 잘 알아 무릇 동방의 음악에서 혹 아악(雅樂)이나 혹 속악을 모두 모아 일부의 책을 만들어 간행하여 세상에 폈는데 이 사조(詞調)[〈어부가〉]가 〈쌍화점(霜花店)〉 제곡(諸曲)과 더불어 섞여 있었으나 사람이 저것을 들으면 손발로 춤을 추나 이것을 들으면 싫어서 잠을 자는 까닭은 어쩐 까닭인고."라고[390] 하였으니 이는 『악장가사』에 실린 <어부가>였음이 분명하다. 안동부의 늙은 기생이 <어부가>를 전수하였으나 시일이 지난 후엔 늙은 광대나 운치 있는 기생 또한 <어부가>를 이어받지 못했으니 구비전승은 그리 쉽지 않았음을 알 수 있다. 사대부들이 향촌의 잔치마당에서 <어부가>를 향유하였고, 농암이 옛 곡조를 그리워하여 복원하려고 갖은 애를 썼으니 그 관심을 짐작하고도 남는다.

<어부가>에 대한 농암 이현보의 관심은 여기서 그치지 않았다.

> 그 사람이 아니면 그 음악을 알지 못하는 것이니 또 어찌 그 낙을 알겠는가? 오직 우리 농암 선생이 70을 넘어 벼슬을 그만두고 분강 가에 물러와 여러 번 왕명으로 부르셔도 아니 가시고 부귀를 뜬구름 같이 여기고 아담한 회포를 물외(物外)에 부쳐서 항상 작은 배와 짧은 삿대로 연파(煙波) 속에서 구속이 없이 자유로이 노닐고 낚시 놓던 바위 위에서 배회하며 갈매기를 벗하여 고기 보기를 즐겨 강호의 낙을 참으로 얻으셨다.
> 좌랑 황군(黃君) 중거(仲擧)는 선생에게 친하고 또 두터워서 일찍이 박준서 중에서 이 가사를 취하고 또 단가의 어부 작자(作者) 10결을 얻어 아울러 드리니 선생이 얻어 즐기시고 소회에 흡족하였으나 오히려 너무 쓸데없이 길어서 이에 산삭(刪削)하고 10결을 5장으로 하여 시중드는 아이에게 불리어 익혀 노래하게 하고 매양 반가운 손님과 좋은 경치를 만나면 뱃전에 의지하여 연파와 소주(小舟)를 희롱하고 반드시 시아로 합창케 하며 춤도 추게 하니 곁에 사람이 바라보면 은연한 신선 같다 하였다. 아, 선생은 여기에서 참된 즐거움을 얻었고 참된 노래를 좋아하시니 어찌 세속 사람같이 정위(鄭衛)의 소리나 즐기고 옥수(玉樹)의 노래나 듣는데 비하랴?(江湖의 즐거움, 魚鳥의 일)[391]

농암 이현보가 70세가 넘어 벼슬을 그만두고 고향인 분강으로 돌아와 자연과 벗하고 살던 중에 황준량(黃俊良, 1517~1563)이 『악장가사』의 <어부가>를 구해서 전한다. 황준량은 농암의 손서(孫壻), 즉 손녀사위이다. "망령되게 고쳐 지어 일편 12장을 9장으로 만들어 장가(長歌)로 하고, 일편 10장을 단가로 만들어 5장으로 하여 부르게 하고 합쳐서 일부 신곡을 만들었으니 한갓 지우고 고치고 바로잡기만 한 것이 아니라 덧붙임도 많으나 구문(舊文) 본의에 의하여 더하고 덜하여 이름을 농암야록(聾巖野錄)이라 하였으니 보는 분들은 행여나 외람되다고 허물치 마소서."에는[392] 농암이

1549년경에 악장가사의 <어부가>에서 중복되는 부분을 줄이고 새로운 부분을 추가하여 <어부가> 장가와 단가를 만들어 시중드는 아이에게 익히어 노래하게 하는 과정이 담겨 있다. 반가운 손님과 뱃전에 의지하여 <어부가>를 들으며 신선 같은 풍류를 즐겼다 한다. "오로지 이것을 뜻에 두고 손수 써서 꽃 핀 아침 달 뜬 저녁에 술잔을 잡고 벗을 불러 분강(汾江)의 배 위에서 읊게 하니 흥미가 더욱 진진하였다"도[393] <어부가>의 향유 상황을 잘 담았다. 이현보의 손녀사위 금계 황준량도 이현보가 "애일당(愛日堂)을 중수하여 해마다 채색 옷을 입고 춤을 추며 긍구당(肯求堂)을 수선하여 자손에게 전하고 절후가 덥고 시원함에 따라 마음 가는 대로 꽃을 가꾸고 대나무도 심으며 서책을 펴고 향불을 피우니, … 또 달밤에 배를 타고 안개 속에 도롱이를 두르고서 <적벽가>와 <어부가>를 불러 멀리 속세를 뛰어 넘어 신선의 흥이 있어서 바라보면 신선 중의 사람 같았으니, 거의 14년 동안 이런 생활을 하였다."라고[394] 한 것을 보면, 이현보의 <어부가>는 자연과 사람이 하나 되는 생활 가운데에 불린 노래였음을 알 수 있다.

◎ <도산십이곡(陶山十二曲)>　이황(李滉, 1501~1570)

퇴계는 스스로 도산(陶山)에서의 생활을 이렇게 소개하고 있다. 내가 도산에 있는 것은 초봄부터 여름 중반까지이고, 6·7·8월 3개월은 도산에 있지 않으며, 또 9, 10월 두 달에 다시 그곳에 머물고 동짓달과 섣달 두 달은 추위가 겁나서 또 거처하지 못합니다.[395]

퇴계의 문집에는 도산서원 일대의 풍광을 다음과 같이 적었다.

<도산십이곡>은 도산(陶山), 천연대(天淵臺), 천광운영대(天光雲影臺), 탁영담(濯纓潭) 인근의 경치를 담았다.[396] 영지산(靈芝山) 한 가지로 뻗어내려 도산이 되었다. 혹은 이르기를 "그 산의 돈대(墩臺, 봉홧둑)가 둘이나 솟았으므로 '도산'이라 이름 하였다." 하고, 더러는 이르기를 "옛날 산중에 질그릇을 굽던 부엌이 있었기 때문에 도산이

〈도산십이곡〉을 기록한 도산시(陶山詩)의 표지(增補 『退溪全書』 續, 성균관대학교 대동문화연구원)

라 이름 하였다." 한다. 당(堂)이 모두 세 칸인데 그 중에 든 한 칸은 완락재(玩樂齋)라 이름 하였으니, 이는 주선생(朱先生 : 주자)의 명당실기(名堂室記) 중에 "즐겨 완상하여 족히 나의 일생을 마쳐도 싫음이 없으련다."라는 말씀을 취한 것이다. 동편 한 칸은 암서헌(巖棲軒)이라 이름 하였으니, 운곡(雲谷 : 주자)시 중의 "스스로 믿기를 오랫동안 못했기에 바위에 깃들어서 약간 효과 바라노라."라는 말씀을 취한 것이다. 그리고는 또 합하여 도산서당이라 하였다. 동으로 두어 걸음을 굴러가면 멧기슭이 탁영담 위에 버티어서 커다란 바위가 층층이 깎아 섰으니 여남은 길이나 되었다. 그 위를 쌓아서 대를 만들었더니, 소나무 그늘이 해를 가리고 위엔 하늘, 아래는 물이어서, 솔개는 날며 고기는 뛰어 놀고 좌우 취병의 그림자가 푸른 소(沼) 속에 울렁거리게 되었다. 한번 눈을 들면 강산의 아름다운 경치가 모두 앞에 나타났으니 이를 천연대(天淵臺)라 불렀고, 서편 멧부리에 역시 그와 같이 대를 쌓고는 천광운영(天光雲影)이라 이름 하였다.[397]

도산서원의 아름다운 풍경 속에서 〈도산십이곡〉을 노래했으니, 무릇 마음에 느끼는 바가 있으면 시로써 표현한다. 그러나 요즘의 시는 옛날의 시와 달라서 읊조릴(웅얼거릴) 수는 있어도 노래하기는 어렵다. 만약 노래 부르고자 하면 꼭 우리말로 엮어야하는데, 이는 대개 우리말로는 그것이 가능하기 때문이다. 그래서 일찍이 이별의 육가를 본떠 도산육곡 둘을 지었다. 그 하나는 뜻을 표현한 '언지(言志)'이고 다른 하나는 배움을 강조한 '언학(言學)'인데, 가동(歌童)들로 하여금 아침저녁으로 익히어 부르게 하고선 의자에 기대어 노래를 듣다가 아이들 스스로 노래하고 춤추게 하였다는[398] 자료에는 <도산십이곡>을 노래하는 가창 현장이 잘 그려져 있다.

도산육곡지일(陶山六曲之一)

> 이런둘 엇다ᄒᆞ며 뎌런둘 엇다ᄒᆞ료
>
> 초야우생(草野愚生)이 이러타 엇다ᄒᆞ료
>
> ᄒᆞ믈며 천석고황(泉石膏肓)*을 고텨 므슴ᄒᆞ료
>
> (『도산시(陶山詩)』,[399] 『역·시』 2292, 이삭대엽二數大葉)

▶ 현대어 풀이 이런들 어떠하며 저런들 어떠하리오

시골사람인 내가 이런들 어떠하리오

하물며 자연을 사랑하는 병이야 고쳐 무엇 하리오

* 천석고황(泉石膏肓) : 심장 아래 명치(膏肓)에 숨은 병으로 고칠 수 없음을 뜻한다. "진(晉)의 왕이 병에 걸려 진(秦)나라에 의원을 청하자, 의원 완(緩)을 보내 살피게 했다. 완이 아직 이르기 전에 진(晉) 왕의 꿈에 아이 둘이 나타나 '그는 훌륭한 의원이지만 당신을 다치게 할까 두려우니 어서 피하옵소서.'라고 했다. 그 중 하나가 '명치의 위나 그 아래에 있으니 어찌하리오!'라고 말했다. 마침내 의원이 이르러 말했다. '이 병은 고칠 수가 없습니다. 병이 명치 위 염통 아래에 있으니 침을 놓을

도산서원(경북 안동시 도산면 도산서원길 154)

수도 없고 통할 수도 없으며 약효도 미치지 못합니다. 그러니 손 쓸 수가 없습니다.' 하였다. 이에 왕이 참으로 훌륭한 의원이라며 융숭히 대접했다.(『춘추좌전(春秋左傳)』 권26, 성공(成公) 10년). '고황' 앞에 자연을 뜻하는 '천석(泉石)'을 붙였으니 흔히 자연을 사랑하는 고질병을 이젠 고칠 수도 없다는 뜻이다.

연하(煙霞)로 지블 삼고 풍월(風月)로 버들사마

태평성대(太平聖代)에 병(病)으로 늘거가뇌

이듕에 브라는 이른 허므리나 업고쟈

(『역·시』 2033, 이삭대엽二數大葉, 중거中擧)

▶ 현대어 풀이   안개 노을로 집을 삼고 풍월로 벗을 삼아

태평하고 성스런 때에 병으로 늙어가네.

이중에 바라는 일은 허물이나 없고자.

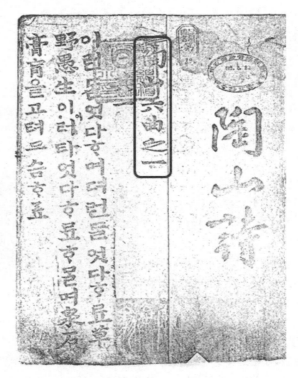

도산시(陶山詩)의 〈도산십이곡〉 언지(言志) 1

순풍(淳風)이 죽다ᄒ니 진실(眞實)로 거즈마리

인성(人性)이 어디다 ᄒ니 진실(眞實) 올ᄒ 마리

천하(天下)애 허다(許多) 영재(英才)를 소겨 말솜홀가

(『역·시』 1713, 이삭대엽二數大葉)

▶현대어 풀이 순박한 풍속 죽었단 말 진실로 거짓이네

　　　　　　　사람의 성품 어질단 말 진실로 옳은 말이네

　　　　　　　천하에 많은 영재들을 속여 말씀하셨을까!

유란(幽蘭) 재곡(在谷)ᄒ니 자연(自然)이 듣디* 됴해

백운(白雲)이 재산(在山)ᄒ니 자연(自然)이 보디 됴해

이듕에 피미일인(彼美一人)를 더욱 닛디 몯ᄒ얘 - 일운(一云) 이듕에 고온 ᄒ니믈 더욱 닛디몯ᄒ네

(『역·시』 2246, 이삭대엽二數大葉)

▶현대어 풀이 그윽한 난초 골에 있어 자연의 향기 좋고

　　　　　　　흰 구름 산에 있어 자연이 보기 좋다.

　　　　　　　이 중에 충실한 성현을 더욱 잊지 못 하네.

* 듣다 = 냄새 맡다. "ᄒ다가 아기 빈 사ᄅ미 … 香 듣고 다 能히 알며 香 듣ᄂ는 힚 젼ᄎ로 처섬 아기비야 便安히 福 아ᄃᆯ 나홀 ᄯᆯ 알며(若有懷妊者ㅣ … 聞香ᄒ고 悉能知ᄒ며 以聞香力故로 知其初懷妊ᄒ야 … 安樂産福子ᄒ며,『法華經諺解』6:47)

산전(山前)에 유대(有臺)ᄒ고 대하(臺下)애 유수(有水)ㅣ로다

ᄠᅦ만ᄒᆫ 굴며기는 오명가명 ᄒ거든

엇다다 교교백구(皎皎白駒)는 머리 ᄆ슴ᄒ는고

(『역·시』 1445, 이삭대엽二數大葉)

▶현대어 풀이 산 앞에 누각 있고 누각 앞에 물 흐르네.

　　　　　　　갈매기 떼를 지어 왔다 갔다 하는데,

어찌하여 나는 저 멀리에 마음을 두는가!

춘풍(春風)에 화만산(花滿山)ᄒ고 추야(秋夜)애 월만대(月滿臺)라
사시(四時) 가흥(佳興)ㅣ 사롬과 ᄒ가지라
ᄒ믈며 어약연비(魚躍鳶飛) 운영천광(雲影天光)이아 어늬 그지 이슬고
(『역 · 시』 2999, 이삭대엽二數大葉)

▶현대어 풀이 춘풍에 꽃 피고 가을밤에 달빛 환하다.
　　　　　　　사시사철도 좋은 흥은 사람과 마찬가지라
　　　　　　　하물며 자연의 이치와 오묘함은 어찌 끝이 있을까.

❧ 이러한 삶과 저러한 삶 가운데 어떤 삶을 선택할까?

<도산십이곡> 언지(言志)1 가운데 이 부분에서 출처에 대한 퇴계의 생각을 고스란히 읽어낼 수 있다.

　"도의와 벼슬 중에서 어느 것이 귀하고 어느 것이 천하며, 어느 것이 중하고 어느 것이 가벼운 것입니까? 이치로써 말하면 어찌 도의만 귀하고 무겁다 하겠습니까? 예로 말한다면 벼슬 지위의 분수를 또한 어찌 가벼이 여길 수 있겠습니까? 옛 선비들은 실로 남의 위세와 지위에 굴하지 않았습니다. 그러나 이는 "저편이 자신의 부유함으로써 대한다면 나는 나의 어짊으로써 대하고, 저편이 자신의 벼슬로써 대한다면 나는 나의 의로움으로써 대한다." 하는 것이며, 또 "저편에 있는 것은 모두 내가 하지 않는 것이며, 나에게 있는 것은 모두 옛적부터 내려오는 도(道)"일 따름입니다."[400]

위의 글을 보면, 벼슬과 도의 모두 중요하다고 강조하고 있지만, 부유와 벼슬을 '저편'이라 칭하여 거리를 두고 있다. "관직에 임명되어도 마땅히 받지 않아야 할 것이 있다면 힘써 사양하고 나아가지 않는 것, 이도 또한 혹 하나의 도(道)인가 하옵니다."를[401] 보아도 상황은 비슷하다. 흔히 '이곳, 이것/이편' 등은 심정적으로 가까운 것을 칭하고, '저기, 저것/저편'은 심정적으로 거리를 두는 대상이게 마련이다.

선생은 성품과 도량이 따뜻하여 옥같이 순수했으며, 성리의 학문에 뜻을 두었다. 젊어서 과거에 급제하여 벼슬하였으나 즐기지는 않았다. 을사사화 때 병조판서 이기(李芑)가 (선생을) 시기하여 임금께 관직을 삭탈할 것을 청하였다. 그러나 많은 사람들이 선생이 억울한 죄를 썼다고 말하자 이기가 다시 관직 회복을 주청하였다. 선생은 여러 무리들이 어지러이 권력을 잡는 것을 보고 더욱 벼슬에 나갈 뜻이 없어져 관직에 임명되어도 거듭 고사하였다.[402]

"돌아보면 내 나이 43세에 이미 이런 생각을 갖고 물러나려 했으니 벌써 25년이나 되었습니다만, 그간 행실은 돈독하지 못하고 성실은 지극하지 못하여 거의 상하의 신임을 얻지 못하였습니다."에 그 마음이 잘 드러나 있다. 벼슬길에 나가는 것을 꺼리어 항상 물러나 있는 것은 대우(大愚), 극병(劇病), 허명(虛名), 오은(誤恩) 등의 네 가지 곤란에 시달리고 있기 때문입니다.[403]

앞의 글에서는 을사사화(1545년) 이후 여러 무리들이 권력을 잡는 것을 보고 벼슬에 나아갈 뜻이 없어 관직을 임명해도 거듭 고사하였다 하였고, 뒤의 글에서는 퇴계가 스스로의 인생을 돌이켜 보며 43세(1543년)에 이미 물러날 생각을 가졌다고 적고 있다. 물러나고자 하는 뜻은 이후로 노년까지 지속되었다. 『조

도산서원 입구 천광운영대
(경북 안동시 도산면 도산서원길 154)

선왕조실록』에도 "이황은 신병이 쌓였을 뿐만 아니라 출처 문제를 놓고 매우 염려한 나머지 본도에서 여러 번 사퇴하였다. 그러자 위에서는 어의(御醫)를 급파하여 진찰케 하는 등 은권(恩眷)이 집중하였는데도 끝내 소명에 응하지 않았다."[404]

무오년(1558) 임금의 부르심을 받았을 때, 윤원형(尹元衡)이 권력을 잡고 조정을 흐리고 어지럽혔다. 어떤 사관(史官)은 선생의 출처를 책망하였으나 이는 선생의 마음을 몰랐기 때문이다. 전에 명종의 부르심이 자주 내렸으나 굳게 사양한 것은 나갈 때가 아니

었기 때문이었다. 그러나 임금의 부르심은 더욱 엄해서 "나는 더불어 일할 수 없는 사람인가."라는 반문까지 하기에 이르렀다.[405]

1558년, 윤원형(尹元衡)이 권력을 잡고 조정을 흐리고 어지럽히는 가운데 벼슬이 내려지니 때가 아니라 여기어 또 고사하지만 명종은 "짐은 더불어 일하지 못 할 사람인가"라는 하교를 내리어 퇴계를 잡는다. "선비가 나아가고 물러남을 잊어버렸고, 벼슬을 그만두는 예법이 무너져 헛된 명예가 쌓이는 것이 날이 갈수록 더욱더 심해지고, 물러날 길을 찾기는 갈수록 어렵도다. 오늘에 이르러 나아감과 물러남이 모두 어렵고 비방하는 소리만 태산 같으니, 매우 위태롭고 염려스럽도다."는[406] 말은 이같은 고민을 잘 담은 말이다.

"신 등은 보잘 것 없는 초야우생(草野愚生)으로, 다만 사정에 어두운 생각을 가지고 가난하고 재능이 없고 융통성도 없어 가끔 도에서 벗어난 허황한 논쟁을 일삼았습니다."를 보면,[407] "이런둘 엇다ㅎ며 뎌런둘 엇디ㅎ료"에 담긴 심정은 퇴계의 "사람이 벼슬을 하는 것도 분수 밖의 일은 아니니 하거나 말거나 인연에 따를 것입니다.", 그러나 "나같이 어리석고 병들고 늦게 깨달은 사람이 그 한 귀퉁이를 차지하고 고지식하게 평생의 집안 계획으로 지켜나가서는 안 될 것입니다. 다만 명성과 이익의 세계에는 사람이 빠지기 쉬운 것이라 먼저 자신을 굳게 지켜서 몸을 욕되지 않게 하는 것이 가장 먼저 할 도리입니다."라는 글에[408] 잘 담겨 있다. "퇴계는 천성적으로 도에 뜻을 두고 학문을 좋아하고 벼슬살이를 즐기지 않았다."는 율곡의 말, "학문을 하다가 남은 힘이 있으면 벼슬하고, 벼슬하다가 남은 힘이 있으면 학문한다는 공자의 이 가르침을 처신하는 절도로 삼아 의리에 만족한 바를 정밀하게 살펴야 할 것입니다."는 글,[409] 임금께 『성학십도』를 만들어 올리고는 "내가 나라의 은혜를 갚는 길은 이것에 그칠 뿐이다."라고 한 것을 보면 퇴계는 벼슬보다 학문을 자신에게 맞는 길로 선택했음에 분명하다. 그러므로 <도산십이곡> 언지1의 '이런둘 엇다ㅎ며'는 '처(處), 퇴(退)', '뎌런둘 엇디ㅎ료'는 '출(出), 진(進)'을 의미하고, 다음에 '이러타 엇더ㅎ료'와 'ㅎ물며 천석고황을 고텨 므슴ㅎ료'가 이어지는 것으로 보아,

벼슬살이를 하든지 향촌에 머무르든지 상관은 없지만 내 마음은 벼슬에서 물러나 자연에 묻혀 사는 일이 더욱 즐겁겠다는 내심을 표현한 것이다.

✿ 퇴계는 무엇을 허물이라 했을까?

그간 <도산십이곡> 언지2의 '허물'이 뜻하는 바를 구체적으로 언급한 예는 별로 없다. 퇴계가 바라는 '허물없는 삶'을 그저 자연에 묻혀 죄 짓지 않고 살겠다는 정도로 이해한 때문일 것이다.

그의 문집에 허물이나 죄라는 말이 여러 번 나오는데, 다음은 그 대표적인 예이다.

> "고인의 삶은 아득히 볼 수가 없고/나의 삶도 역시 외로울 뿐이라오 … 마흔 아홉 해 동안 나의 그릇됨을/이제 깨달았으니 이제는 지체 않으리./세속의 온갖 걱정 여러 차례 얽혔고/광음은 하염없이 계절이 바뀌어라./문턱이 잘 닳아서 쇠문지방 만들었고/국이 손에 걸려 엎어진 일 있었다네./허물이 적어진다면 어찌 힘쓰지 않으리오/어진 일 하는 길은 익숙함에 있으리라."[410]

> 지금 신이 소임을 받았으나 **죄와 허물**이 여기에 이르렀으니, 이에 떠나지 않는다면 여 덟 가지 죄에 더해져 아홉 가지가 될 터이니 그 죄가 더욱 커집니다. 신이 엎드려 생각 하건대, 해와 달이 내리고 빛이 비추이며 온 세상에 성은이 내렸으나 예부터 벼슬하는 자라도 70까지는 미치지 않았는데, 하물며 소신은 여러 병까지 있는 몸으로 열 달 모자 라는 일흔이옵니다. 바라옵건대 신이 죄를 얻은 까닭을 살피시고 의를 따르는 길을 열 어 주시고 덕을 베푸시어 예에 따라 벼슬을 그만두고 돌아가게 하신다면 저에게 쌓인 허물을 구석까지 씻을 수 있고 깨끗한 조정의 예의염치가 무너지지 않을 것입니다.[411]

위의 예문은 "이태백이 49세에 소동파와 황산곡의 시를 본받아 시를 짓고, 주세 붕이 그들의 시를 차운하여 시를 지었다."는 말을 듣고, 퇴계가 차운한 시의 구절이 다.[412] 고인을 본받기 위해 노력하는 것만이 허물이 적어지는 길이라 하였으니, 여 기선 고인의 글을 통해 배우고 익히지 않는 것을 '허물'로 여겼음을 알 수 있다. "벼 슬 않고 두문(杜門)에 은거하면서, 몸소 밭 갈며 농사짓다가, 때때로 경서와 사서나 읽으며 허물 적어지기를 꾀하노라.",[413] "다행히 한가한 틈을 얻어 다른 일에 마음을 빼앗기지 않을 때는 옛 성현의 마음을 헤아려 어리석은 허물을 고치려 했으나 더욱 얕고 꼼꼼하지 못하여 공부에 깊이 빠지지 못했습니다."에서도[414] 그러한 의미로 쓰이고 있다.

아래 예문에서는 주어진 벼슬에 따르는 갖가지 책임을 다하지 못한 죄를 '허물'이라 하였다. 경연에서 얕은 학문으로 임금님의 지혜를 개발하지 못한 일, 감기에 걸려 임금님을 모신 강의에 충실하지 못한 일, 실록을 편찬하는 사국(史局)에 선발되었으나 출근하지 못한 일, 대제학의 임무를 수행하지 못한 일, 이조판서 직에서 물러나기를 청한 일, 갖가지 길흉사에 참석하지 못한 일, 병을 핑계로 맡겨진 어려운 일들을 감당하지 못한 일, 식견과 생각이 모자라 계획한 일을 제대로 실천하지 못한 것 등을 모두 자신의 죄라 칭하고 허물이라 탓하고 있다.

> "신(이황)이 중추부(中樞府) 직의 임명을 사은하지 않은 지가 3년이나 되었습니다. 세상사람 중에는 신을 이해하지 못하는 자가 많아 어떤 사람은 '세상을 깔보며 자신만 편하게 지낸다.' 하기도 하고, 어떤 사람은 '거짓을 꾸미며 명예를 바란다.'고 의심하기도 하며, 어떤 사람은 '신자(臣子)의 의리가 임금의 명을 지체해서는 안 되는 것이다.'고 책하기도 하고, 어떤 사람은 '어리석고 저속한 사람이 망령되어 옛 시대의 의리로 핑계를 댄다.'고 기롱하기도 합니다. 신도 또한 신을 아끼는 사람은 적고 신을 미워하는 사람은 많아 외로운 한 몸으로 뭇사람의 많은 말을 듣고 있으니 신의 처지가 매우 위태롭다는 것을 알고 있습니다."[415]

위의 글에는 사람들이 물러나려는 퇴계의 마음을 오해한 일, 신하의 도리와 벼슬아치의 자세를 강조하며 비난한 일 등을 언급하고 있다. "진실로 남의 현명한 정도를 알지 못하겠거든, 규준(規準)을 좇고 법도를 따름으로써 허물이 적게 하는 지름길이다."[416]이라 하여 엄격하고 분명한 기준을 지켜야 관리·선비의 허물을 줄일 수 있다 하였으나, 위의 글에서의 비난과 의심은 그 기준을 지키지 못한 때문에 생긴 허물은 아니다. 퇴계가 저 앞의 2번째 예문에서 언급한 허물은 벼슬아치로서 공무를 행하는 가운데 생겨나는 안팎의 모든 흠결을 포괄하는 것으로 보인다. "바라옵건대 신이 미처 죽기 전에 하늘을 속인 죄에서 벗어나, 태평한 세월을 한가로이 스스로 만족하고 지내면서 허물을 바로잡고 병을 요양하다가 남은 생을 마치면 비록 죽는 날이라 하더라도 여한이 없겠습니다."에도[417] 그와 같은 마음이 잘 드러나 있다.

그러므로 <도산십이곡>의 "연하(煙霞)로 지블 삼고 ~ 이등에 브라는 이른 허므리나 업고쟈"에는 경연(經筵)에서 왕의 지혜를 개발하지 못한다거나 병으로 인해 맡겨진 일을 완수하지 못한 일 등 벼슬아치로서의 임무를 온전히 수행하지 못했다는 부담에서 벗어나, 성현들이 책에 남긴 뜻을 좇으며 학문 세계를 넓히는 것이 허물을 줄이는 길이라는 퇴계의 진심과 다짐을 담았다.[418]

🐚 퇴계가 말하는 순박한 풍속이란?

"성현들이 교화를 맡아, 학교를 세우고 인재를 기르니, 마음엔 밝은 가르침이 남고, 착한 근본을 깊이 기를 수 있었다. 타고난 본성을 소상히 기록하고, 인문(人文) 또한 활짝 열었는데, 어찌하여 백 대가 지난 후엔 학문이 끊기고 교양이 어그러졌다 하는가. 여럿이 모여 화려한 글 솜씨나 뽐내고, 벼슬이 앞서고 관직 높은 것을 다투는구나. 순박한 풍속 망하고 사라져, 이 어지러움을 어찌할 것인가."[419]

위 주희(朱熹)의 글에서는, 선비들이 화려한 문장 솜씨를 뽐내거나 벼슬을 갖고 높은 관직을 가지는 데만 몰두하여 순박한 풍속이 죽어간다고 개탄하고 있다. 주세붕도 『죽계지』<재거감흥이십수(齋居感興 二十首) 주희(朱熹)>에서[420] 주희의 이 글을 되새긴 적이 있다. 미수(眉叟) 허목(許穆, 1595~1682)도 "순박한 풍속 이미 죽어 성인 시대 멀어지니,/후대 사람 문장 다듬다 인문을 망쳤네./사마천 남긴 사기 뜻 이미 거칠거늘,/스스로 역사에 부쳤으니 참으로 망령되네."에서[421] 선비들의 좋은 풍속이 무너져 성인의 시대가 멀어져가고 있다고 안타까워하고 있다. 퇴계도 "옛 학문이 못 전하니 모두 말세의 선비요,/순풍(淳風)이 남은 곳은 다만 농부뿐일세./아이 불러 연거푸 술을 드리며, 한평생 쌓인 근심을 풀어보련다."라면서[422] 옛 학문이 전하지 못하는 풍속을 개탄하고 있다.

서실에서 퇴계선생을 모실 적에 퇴계 선생께서 앉아있는 여러 사람에게 말하기를, "유학을 닦는 사람이란 남다르고 특별하다. 공(工)이나 문학예술에 힘씀은 유학이 아니고, 과거에서 급제나 하려는 일도 유학이 아니다." 하셨다. 이로 인해 탄식하시기를, 세상의 많은 영재들이 속된 학문에 허덕이고 있으니, 다시 어떤 사람이 있어서 이 과거라는 요식에서 벗어날 수 있을까?"[423]

퇴계는 젊은 학자들이 과거 급제나 출세, 형식적인 경쟁에 매달리지 않고 진정한 학문과 인격의 수양에 골몰하기를 바랐음을 알 수 있다. 즉, 출세나 과시를 위한 요식적 공부보다는 진정한 학문, 깊은 유학에 몰두하기를 기대하고 있는 것이다. 퇴계의 맏제자 금계 황준량은 "교화는 국가의 근본이고 풍속은 흥망의 근원인데 최근 자주 변고를 겪어 선비의 풍습이 날로 비루해지고 있다."고 개탄했다. 고인(古人)을 배워 선으로 향하는 마음이 적어지고 의리를 버리고 이익을 좇는 버릇이 많아져서 고을에 효제(孝悌)하는 기풍이 없고 선비는 사우(師友)를 유익하게 함을 부끄럽게 여겨 시류에 영합하고 녹봉을 구함을 숭상하고 옛것을 배워 행실을 닦는 것을 간사하게 여기며 심지어 선비 집안에서도 음란하고 추잡한 행실이 일어나니 큰일이라고 안타까워했다.[424] 모두들 당시의 풍속을 개탄하고 있음에도 불구하고 퇴계가 순박한 풍속이 아직 죽지 않았다고 한 것은 시대의 선비들이 진정한 학문을 추구하기를 바라는 마음을 담은 방향 제시이자 마땅한 길을 정해준 것이라 할 수 있다.

☙ 피미일인(彼美一人)은 누구인가?

지금까지 피미일인은 임금, 또는 주자(朱子)를 지칭한다는 주장이 주를 이루었다.

예로부터 임금에게 충성과 사랑을 바치는 자는 반드시 미인을 노래하며 그리워하였다. 『시경』에 이르기를, "저 미인이여, 서방 사람이로다. [有美一人兮(彼美人兮)[425] 西方之人兮]"라 하였는데, 이 시를 설명하는 자가 말하기를, "서방의 미인은 주나라 문왕이다." 하였다. 굴원(屈原)과 경차(景差)의 일파도 미인을 노래하며 찬송한 시가 많았다.[426]

그러나 위에서 서방의 미인, 혹은 '저 미인'(美一人兮, 彼美人)으로 묘사한 사람은 주(周)의 문왕(文王)이다. 이 글의 주에도 "이 시를 설명하는 자가 말하기를, 서방의 미인은 주나라 문왕이다."라고 명시하고 있다.

그렇다면 주 문왕은 어떠한 존재로 인식되었는가?

> 애쓰신 문왕이시여, 훌륭한 평판 그지없고,
> 은혜내린 주나라, 빛나는구나, 문왕의 자손.
> 문왕의 그 자손, 영원히 지탱하여,
> 무릇 주나라 선비, 온 세상에 드러나지 않는가!
>
> 화목한 문왕이시여, 공경함이 빛나도다.
> 아름답다 천명이여, 은(殷)의 자손이여.
> 은나라의 자손들, 그 찬란함 셀 수 없건만
> 천명이 내리시어 주(周)에 귀속했도다.
>
> 주나라에 귀속했으니 천명은 바뀌어가는 것.
> 은(殷)의 신하들 재주 뛰어나 서울에서 술 부으며 제사지냈네.
> 그 제사 지내며 항상 예복을 갖추었네.
> 왕의 신하들이여, 그대의 조상들 잊지 말렸다.
>
> 천명은 쉽지 않음을 그대들 잊지 말라.
> 좋은 일 펼쳐지면, 은의 편안함은 하늘의 뜻이라.
> 저 하늘의 명은 소리도 향기도 없는 법
> 오직 문왕을 본받으면 온 세상 미더우리라.[427]

주나라 문왕(文王), 서백(西伯)은 재위 시에 은(殷)나라와 화평하고, 제후들에게 두루 두터운 신망을 얻었다. "문왕의 훌륭함은 그지없다"하고, "하늘의 명을 받아 은나라 백성들을 화목하게 감싼 것"을 들어 공경할 만하고 미더운 존재로 묘사하고 있다. 주 문왕 당시에는 군주와 신하가 의기를 투합하고, 서로 이해하고 예우하였고,(『정관정요』 권3, 君臣鑑戒) 태종이 "주 문왕이 여상(呂尙)[강태공]을 만난 것과 같은 기적을 기다린 연후에 나라를 다스릴 수 있겠소? 어떤 시대인들 어진 인재가 없을 리 있겠소. 단지 그들을 빠뜨리거나 알아보지 못할까봐 두렵소!"라 하였으니[428] 문왕은 어진 인재를 알아보는 혜안을 가진 군주로도 정평이 나 있다. "남을 사랑하고 공경하는 일을 진심으로 행하고, 부지런하여 게으르지 않은 것은 큰 임금 순(舜)의 효이고, (세자 시절) 궁궐의 낮은 관리에게 군주의 건강 상태를 묻고, 군주의 음식을 직접 미리 맛본 것은 주 문왕의 미덕입니다."[429] 하였으니, 그를 참되고 어진 마음을 지닌 군주로 인식했다.

이에 "주 문왕의 정원은 사방 백리도 안 되었지만, 백성들이 자진해서 달려오므로 극히 성할 수 있었습니다."[430] 하였다. 문왕은 덕망 있는 정치를 시행함으로써 백성들은 마치 부모의 일에 급히 달려오듯이 달려와 공사(公事)를 보았다는 뜻이다. "닭이 이미 울어서 동쪽이 훤하니,/이리 날고 저리 돌아 물오리 기러길 잡아야지./누구를 생각하는가, 저기 저 미인일세./혹 빨리 돌아오려면 얼음녹기 전이라야지.", "다정한 물수리 하수(河水) 가에 있도다./수레 타고 멀리 나가 내 근심 덜어볼까./기품 있는 군자는 신명(神明)의 공이고/만백성의 소망은 주(周)나라로 돌아가네."라[431] 하였다.

그러므로 <도산십이곡>의 "피미일인(彼美一人)를 더욱 닛디 몯ᄒᆞ얘"는 "주(周) 문왕(文王) 시대처럼, 군주가 어질고 덕을 갖추어 만백성과 신하들의 두터운 신망을 얻고 군주와 신하가 서로 의기를 투합해 화합을 이루어 갔으면 하는, 퇴계의 정치적 이상과 소망"을 담은 표현이다.[432]

☛ 하늘에는 솔개가 날고 연못에는 물고기 뛴다?

어약연비(魚躍鳶飛)는 『시경(詩經)』 대아(大雅) "솔개는 하늘 위를 날고 고기는 연못에 뛰고 있네. 점잖은 군자님께서 어찌 인재를 잘 쓰지 않으리?"에서[433] 유래하고, 운영천광(雲影天光)은 주자(朱子) <관서유감(觀書有感)> "자그마한 연못이 거울처럼 열렸으니, 하늘빛과 구름 그림자가 함께 비친다. 묻노니 연못이 어찌 이토록 맑은가? 옆에 샘터 있어 새물 자꾸 흐른다네."에[434] 근거한다.

『중용』에는 "시경에서 '솔개는 하늘 위를 날고 고기는 연못에 뛴다.'는 말이 상하 이치가 밝게 드러난다는 뜻"이라는[435] 설명이 있는데, 퇴계는

소수서원 내 소수박물관 소장 연비어약 현판(경북 영주시 순흥면 내죽리 151-2) "솔개는 하늘 위를 날고 고기는 연못에 뛴다."(『시경』)는 말을 인용하여, 상하 이치가 밝게 드러난다는 뜻이라 설명한다.(『중용』)

선생께 물었다. "솔개는 창공을 날고 물고기는 연못에서 뛴다 했는데, 이것은 수레는 물 위를 갈 수 없고 배는 땅 위를 갈 수 없다는 뜻과 같습니까?"

하니, 선생께서 말씀하셨다. "거기에도 그런 의미가 없지는 않다. 그런데 이것은 실제 도(道)의 신묘한 작용으로, 위와 아래에 모두 밝게 드러나 움직여 충만하다는 뜻이다. 그래서 주자(朱子)는 말씀하시기를, '도(道)의 흐름은 하늘과 땅 어디에서도 살필 수 있으니, 도는 없는 곳이 없다' 하였다. 위에 있는 것으로 말하면, 솔개가 창공을 날아서 하늘로 올라가는 것이고, 아래에 있는 것으로 말하면 물고기가 뛰어올라 못에서 나오는 것이다.[436]

하였으니, 『중용』의 풀이를 그대로 잇고 있는 셈이다. 솔개가 하늘을 날고, 물고기가 연못에 뛴다 함은 위와 아래, 하늘과 땅 어디에나 신묘한 이치, 오묘한 도가 작용한다는 뜻이다. "솔개는 햇볕 쪼이는 곳에 있는 사물이므로 하늘을 날고 물속에 잠겨 살지 못하고, 물고기는 그늘진 곳에 존재하므로 연못에서만 뛰어놀 뿐 하늘로 날지 못한다. 누가 시켰는가? 그것은 저절로 이루어진 오묘한 이치로, 그렇지 않도록 할 수는 없는 것이다. 요(要)는 가만히 그를 알아내는 길 뿐이다."에는[437] 우주 어느 곳, 일상생활의 모든 곳에 오묘한 천리(天理)가 작용하는데, 요(要)는 가만히 그것을 알아내는 것이라 하였다.

운영천광(雲影天光)은 "자연의 순리. 의도나 조작이 추호도 개입될 수 없다. 천광운영이 연못에 배회한다는 것은 자연 그대로 적(寂)하고 능히 감(感)하는 미발(未發)과 이발(已發)의 경지를 비유"한다는[438] 견해가 제시된 적 있다. 앞서 제시한 주자의 글

은 "샘터에서 자꾸 새물이 흘러 연못을 이루는데, 그 연못에 구름 그림자와 하늘빛이 비춘다."는 뜻이다. 기대승도 <천광운영대> "깊고 맑은 푸른 물결에 하늘빛 비추니, 그 해의 '작은 연못'과 얼마나 비슷한가. 진실로 고요하고 깊어 만물(萬物)을 함축하니, 크고 넓고 기나긴 물의 근원을 그 누가 알리오"라는[439] 시를 남겼다. 이에 구름 그림자와 하늘빛은 그 근원을 알 수 없는 자연의 지혜(智慧)로운 빛을 의미한다.

이에 따라 'ㅎ물며 어약연비(魚躍鳶飛) 운영천광(雲影天光)이아 어늬 그지 이슬고'라 하였으니 이를 직역하면, 하물며 "하늘에 솔개 날고 연못에 고기 뛰는 일이나 구름 그림자와 하늘빛이야 그 끝이 있을 수 없다."는 뜻이다. 곧, "도는 위와 아래로 나타남을 말한 것이다. 군자의 도는 필부필부에게서 발단하지만 그 지극한 데에 이르러선 천지(天地)에 나타난다."[440]는 것이다. 요컨대, 천지자연, 우주의 오묘한 이치와 신비한 근원을 알 수 없으니, 끊임없는 탐구와 성찰을 통해 그 도를 터득하기 위해 노력해야 한다는 학자의 행로를 제시하고 있다. 동시에 자신도 끝없는 도를 향해 매진하리라는 다짐의 의미도 가진다.

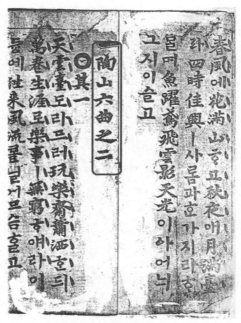

도산시(陶山詩)의 〈도산십이곡〉 언지(言志) 6과 언학(言學) 1

도산육곡지이(陶山六曲之二)

천운대(天雲臺) 도라드러 완락재(玩樂齋) 소쇄(蕭洒)ᄒᆞᆫ듸
만권생애(萬卷生涯)로 낙사(樂事)ㅣ 무궁(無窮)ᄒᆞ얘라
이듕에 왕래풍류(徃來風流)를 닐어 므슴ᄒᆞᆯ고

(『역‧시』 2776, 이삭대엽二數大葉)

▶ 현대어 풀이 천운대 돌아들어 완락재 조용한데
　　　　　　　책속에 파묻히니 즐거움 끝이 없네.
　　　　　　　이 가운데 풍류 즐기니 더더욱 흥겨워라.

뇌정(雷霆)이 파산(破山)ᄒᆞ야도 농자(聾者)는 몯듣ᄂᆞ니
백일(白日)이 중천(中天)ᄒᆞ야도 고자(瞽者)는 몯보ᄂᆞ니
우리는 이목총명남자(耳目聰明男子)로 농고(聾瞽)ᄀᆞᆮ디 마로리

(『역‧시』 662, 이삭대엽二數大葉)

▶ 현대어 풀이 천둥소리에 산이 무너져도 귀가 멀면 못 듣나니
　　　　　　　밝은 해가 중천에 떠도 눈이 멀면 못 보나니
　　　　　　　우리는 눈귀와 총명을 밝혀 눈귀 멀지 말리라.

고인(古人)도 날 몯보고 나도 고인(古人)몯뵈
고인(古人)를 몯봐도 녀던길 알픠 잇니
녀던 길 알픠 잇거든 아니녀고 엇뎔고

(『역‧시』 187, 이삭대엽二數大葉, 평거平擧)

▶ 현대어 풀이 옛사람도 날 못 보고 나도 옛 사람 못 뵈어
　　　　　　　옛 사람 못 뵈어도 가시던 길이 책 속에 있네.
　　　　　　　가시던 길 앞에 있으니 아니 읽고 어찌하리.

당시(當時)예 녀던 길흘 몃히를 브려두고

어듸가 둔니다가 이제사 도라온고

이제나 도라오나니 년듸 ᄆ숨마로리

(『역・시』 799, 이삭대엽二數大葉)

▸현대어 풀이   그때에 가던 길을 몇 해를 버려두고

어디 가서 다니다가 이제야 돌아왔나

이제야 돌아왔으니 어찌 딴 맘 먹으리.

퇴계 선생의 산책길을 복원한 녀던길(옛길). 농암 이현보 선생 종택(경북 안동시 도산면 가송리 올미재 612번지) 쪽으로 들어서는 입구에 이 현판이 서 있다.

청산(靑山)는 엇뎨ᄒᆞ야 만고(萬古)애 프르르며

유수(流水)는 엇뎨ᄒᆞ야 주야(晝夜)애 긋디 아니ᄂᆞᆫ고

우리도 그치디마라 만고상청(萬古常靑)호리라

(『역・시』 2868, 이삭대엽二數大葉)

▸현대어 풀이   청산은 어찌하여 영원히 푸르고,

흐르는 물은 어찌하여 밤낮 그치지 아니 하나.
우리도 그치지 말고 변함없이 푸르리라.

우부(愚夫)도 알며 ᄒᆞ거니 긔 아니 쉬운가
성인(聖人)도 몯다ᄒᆞ시니 긔 아니 어려운가
쉽거나 어렵거낫 듕에 늙는 주를 몰래라

(『역·시』 2185, 이삭대엽二數大葉)

▶현대어 풀이 어리석은 자도 알며 할 땐 이 아니 쉬운가,
　　　　　　　성현도 못 다 하시니 이 아니 어려운가!
　　　　　　　쉽다 어렵다 여기는 중에 늙는 줄을 몰라라.

☙ 〈도산십이곡〉을 노래하는 기쁨

퇴계는 〈도산십이곡 발〉에다 작품을 지은 연유를 잘 드러냈다.

　〈도산십이곡〉은 도산 노인이 지었다. 노인이 이 노래를 지은 것은 무엇 때문인가? 우리 동방의 가곡은 음란하고 부족한 말이 많고, 〈한림별곡〉 같은 노래 종류도 비록 문인의 입에서 나왔음에도 거만하고 불손하며 거리낌 없이 멋대로 굴고, 또 경박하여 남을 업신여기고 희롱이나 농지거리를 일삼아 군자들이 마땅

농암 종택 소장 그림(경북 안동시 도산면 가송리 올미재 612)

히 숭상할 바가 못 된다. 오직 요즘 이별(李鼈)의 〈육가(六歌)〉가 있어 세상에 널리 전하니 이것은 저들 노래보다는 낫지만 이 또한 세상을 놀리는 뜻이 있고 온유돈후(溫柔敦厚)한 알맹이가 적다.

동방의 가곡이 음란하고 부족한 말이 많다고 했는데, 이는 남녀의 사랑이나 그리움을 진솔하게 표현하는 고려가요 등의 속악을 지칭한 것으로 보인다. <한림별곡> 같은 종류는 희롱이나 농지거리를 일삼는다고 비판하고 있는데, 이는 퇴계가 경기체가 특유의 집단적 흥취, 질탕한 풍류 의식을 부정적으로 본 것이다. 이별(李鼈)의 육가는 굴원의 <어부사>처럼 자신은 고결한데 세상은 탁하여 함께 어울릴 수 없다는 내용을 담고 있어서 세상을 놀리는 뜻이 있다고 꼬집었다.

이상을 통하여 퇴계는 <도산십이곡>에 온유돈후(溫柔敦厚)한 알맹이를 담고자 했음을 알 수 있다. 온유돈후란 무슨 뜻인가?

> "그대의 시를 자세히 보니, 요즈음 재미를 붙였는지 많이 진보한 것 같아 기뻐했다네. 다만 행간에 자랑하고 과시하며 스스로 기뻐하는 태도가 없지 않았고, 겸허하고 염퇴(斂退 : 겸손하여 물러남)하는 '온후(溫厚)'의 뜻은 적어 보였네. 이 같이 하기를 그만두지 않는다면 나중에 혹 덕(德)을 향해 나가는 공부를 하는데(進德修業) 방해가 될까봐 걱정스러웠다네."[441]

퇴계는 '온유돈후'를 유가의 심미기준으로 삼아 이를 창작원칙으로 적용했는데, 온유돈후는 "기이(奇異)하거나 격정적인 문예미를 피하고 자신의 감정을 세밀하게 관찰·조절하여 아정(雅正)한 경계에 머물도록 하는 것"[442]이니 세계에 대한 감정을 조절·절제하여 부드럽고 온화한 태도를 잃지 않는 자세를 말하는 것으로 보인다.

퇴계는 속된 음악을 듣는 것이 싫어서 한가로이 여유가 생기면 마음에 느껴지는 바를 한시에 담았는데, 한시는 읊조릴 수만 있고 노래 부를 수 없어 이별의 육가 형식을 빌려 시조 도산 6곡을 짓는다고 하였다.

> 노인은 본디 음률을 잘 알지 못하지만 다만 속된 음악 듣는 것이 싫어서 병이나 고치며 한가하게 지내는 여가에 마음에 느껴지는 것이 있으면 항상 시를 짓곤 했다. 그러나 요즘의 시는 옛날의 시와 또 달라서 읊조릴 수는 있으나 노래 부르기는 어려워서 만약 노래 부르려 하면 반드시 우리말을 섞어 넣어야만 한다. 우리말의 마디가 꼭 그래야만 하기 때문이다. 이에 일찍이 이별의 <육가>를 본떠서 도산 6곡 둘을 지으니 하나는 뜻에 관해 말하는 '언지(言志)'요, 하나는 배움에 관해 말하는 '언학(言學)'이다.

한자는 각 글자마다 성조가 있고, 그것이 리듬에서 매우 중요한 역할을 한다. 한자 성조에는 평성(平聲)·상성(上聲)·거성(去聲)·입성(入聲) 등 4성이 있으며, 평성 이외의 셋을 측성(仄聲)이라고 부른다. 평측, 즉 평성과 측성은 적어도 1200년대까지는 서로 분명히 구별되었다. 평성은 평평한 소리를 말하고 측성은 내려갔다가 올라가거나(상성), 뚝 떨어져서(거성), 변화가 있는 소리이다. 한시는 평성과 측성의 교차를 이용하여 리듬을 조절하였다. 5언시의 평측을 도식하면 다음과 같다.(평성 ○, 측성 ∨)[443]

∨∨ ○○∨, ○○ ∨∨○ 또는 ○○ ∨∨○ , ∨∨ ○○∨

음의 조화에는 또 하나의 형식이 있다.

○○○ ∨∨, ∨∨∨ ○○ 또는 ∨∨∨ ○○, ○○○ ∨∨

이렇듯 한시는 올라가고 내려가는 한자음의 특징을 이용하여 평측을 배치함으로써 읊조리는 것이 가능하다. 이와 달리 시조는 우리말의 특징에 맞게, 박자를 길거나 짧게 배치할 수 있으니 가창이 가능하다. <도산십이곡 발>에 "아이들에게 아침저녁으로 익히게 하고는 책상에 기대어 들으니 아이들이 스스로 노래하고 춤을 추는구나. 이렇게 하다보면 다랍고 인색한 마음이 깨끗이 씻기고 느낌이 서로 통하여 노래하는 사람이나 듣는 사람이 저절로 가까워지고 유익함이 없을 수 없다. 혹시나 일이 어그러져서 이 한가로운 일이 단초가 되어 소란스러워질 지도 모르겠고, 이 노래가 가락이나 음절에 잘 맞을지 안 맞을지도 알기 어렵다. 잠깐 동안 한 곡을 써서 상자에 갈무리해 두고 가끔 꺼내어 즐기면서 스스로를 반성하다가 훗날 어떤 이가 그걸 보고서 가지든 버리든 알아서하기를 기다릴 뿐이다. 가정(嘉靖) 44년(명종 20년, 1565) 을축년 3월 16일에 도산 노인이 쓰다."라고[444] 하였다.

계묘년(1603, 선조36) 2월에 영천(永川)의 지산촌(芝山村)으로 이사해 살았다. 수석(水石)과 임학(林壑)의 정취가 있었는데, 졸수당(拙修堂), 완여재(翫餘齋), 망회정(忘懷亭), 지어대(知魚臺), 도화담(桃花潭), 협구암(峽口巖) 등은 모두 공이 직접 이름을 붙인 것이다. 매번 봄날 날씨가 화창하거나 가을날 날씨가 맑고 서늘할 때에는 두세 명의 나이 어린 사람들과 더불어서 이곳저곳을 한가롭게 소요하였으며, 때로는 연못 위에 배를 띄우고는 노래 잘 부르는 사람을 시켜서 퇴계의 <도산십이곡>을 부르게 한 다음, 유유자적하게 즐기면서 피곤한 줄도 몰랐다.[445]

화창한 봄날, 청명한 가을날 가릴 것 없이 사람들과 한가로이 어울리는 중에 연못 위에 배를 띄우고는 노래 잘 부르는 사람을 시켜 <도산십이곡>을 불렀다는 기록이다. 김육(金堉, 1580~1658)도 이와 같은 기록을 남기고,[446] 계묘년(1603년)부터 정미년(1607년)에 이르기까지 5년 동안 한 번도 동구 밖으로 나간 적이 없는 중에도 이 작품을 노래 부르고 즐겼다고 적었다.

<도산십이곡발>에 "혹시나 일이 어그러져서 이 한가로운 일이 단초가 되어 소란스러워질 지도 모르겠고"라 하여 <도산십이곡>을 즐기는 일을 두고 남의 이목을 의식하는 대목이 있다.

"선생(정구鄭逑)은 번화한 것을 좋아하지 않아 아름다운 음악이나 여색 등을 한 번도 접해 본 적이 없었으므로 선생이 가 있는 곳에는 비록 존귀하고 부유한 집이라 하더라도 감히 여악(女樂)을 연주하지 못했다. 정미년(1607, 선조40) 봄, 선생이 안동 부사(安東府使)에 제수되었을 당시, 영천(榮川) 구학정(龜鶴亭)에서 술기운이 거나해지자 정자 앞의 못에 작은 배를 띄우고 두 명의 여종에게 명하여 <도산십이곡>을 연주하게 하였는데, 선생은 이를 물리쳤다. 주인은 선생이 속악(俗樂)을 좋아하지 않는다는 것을 알고 있었으나 이 곡은 다름 아닌 노선생(老先生 이황)이 지은 것이었기 때문에 내심 분명히 금지하지 않을 줄로 여겼던 것인데, 선생은 이것마저도 거절하였다."(이학李壆, 한강언행록 권1)

<도산십이곡>은 선비들의 굳은 입지(立志)와 꾸준한 배움을 강조한 작품이지만, 위에서처럼 여악·속악이라는 이유로 배척되기도 했음을 알 수 있다. 퇴계가 "훗날 다른 사람들의 취사선택을 기다리겠다."며 읽는 자의 태도와 반응에 조심스러운 긴

장을 보인 것도 위의 정구와 같은 반응을 우려한 때문이 아닐까 생각한다.

🌰 우리는 이목총명남자(耳目聰明男子)이니 농고(聾瞽) 같지 말자

그간 이 구절을 그저 범박하게 "귀가 밝고 눈이 예민한 남자"로 풀이하기도 하고, "총명예지가 지극하면 중용(中庸)을 말한다."를 환기할 필요가 있다는 전제 하에, "분명하고 확실한 것을 제대로 볼 수 있는 마음을 지녀야 한다."는 뜻으로 해석[447]하기도 했다. 이 구절을 "<도산십이곡> 제 8수의 의미는 고래로 오리무중"이라고[448] 하며 의미해석을 유보한 경우도 있다.

그러나 같은 쓰임이 있어 눈길을 끈다.

> "귀와 눈이 밝은 사내로 태어나, 모자라지 않을 만큼의 재주를 하늘이 내렸으니, 모쪼록 월굴(月窟)을 더듬어 만물의 이치를 알고 하늘의 끝[天根]을 좇지 못한다면 어찌 식견 있다 하겠는가. 하늘이 손괘(巽卦)를 만날 적에 월굴이 보이고, 땅이 우레를 만날 때에 하늘 끝을 볼 수 있으니, 천근과 월굴을 한가로이 오고가면, 36궁이 모두 봄일 것이라."[449]

여기서 천근(天根)은 하늘의 맨 끝, 28수의 동방 칠수(七宿) 중 제 3수로, 네 개의 별로 이루어져 있고, 월굴(月窟)은 "달 속에 있다는 굴, 달빛 어린 빈 굴, 전설상 달이 들어가 잠잔다는 장소"를 말한다. 그리고 '이목총명남자(耳目聰明男子)'란 "오묘한 지식 세계를 깨달을 수 있는 조그만 재주나마 부여받은 사람"이란 뜻이다. 월굴을 더듬어 만물의 이치를 알고, 식견을 가지면 하늘 끝을 좇을 수 있는 것처럼, 모름지기 우리들은 "이목 총명한 남자"이니 끊임없는 탐구와 연마를 통해 진리를 추구해야 한다는 말이다. 이는 지식인으로서의 책무와 사명감을 강조한 말이면서 배움에 임하는 자는 지혜와 깨달음을 얻으려는 노력을 꾸준히 해 나가야 한다는 필요성을 언급한 말이다. 『장자』에 "장님은 글이나 무늬를 볼 수 없고, 귀머거리는 악기 소리를 들을 수 없다. 어찌 겉으로 보이는 형체에만 장님과 귀머거리가 있다고 할 것인가! 무릇 지식세계에도 그것이 있으니 바로 자네를 두고 한 말일세."라는[450] 구절이 있다. <도산십이곡>의 '농고(聾瞽)ᄃᆡ디 마로리'에는 꾸준한 학문을 통하여 귀를 밝게 하고 눈을 밝게 하지 못한다면 눈 먼 소경과 귀가 먼 귀머거리처럼 될 것이니 이를 경계해야 한다는 담론을 담고 있다. 항상 자신의 지식 세계를 밝고 지혜롭게 해야 한다는 당위성을 강조한 말이다. "귀가 밝은 사람은 전 시대 음악의 울림만 듣고서도 흥망을 헤아리고, 눈이 밝은 사람은 아직 채 드러나지 않은 미묘한 징후에서도 일의 기미를 볼 수가 있다."는[451] 말이 있으니 궁극적으로는 선비란 모름지기 작은 징후를 보고도 미래를 예감하고 흥망성쇠를 헤아릴 만큼 지혜를 갖추어야 한다는 말로 이해할 수 있다.[452]

🐾 만고상청(萬古常靑)하자는 다짐

만고상청은 "만고에 푸르고 주야에 그치지 아니하는 청산(靑山)과 유수(流水)의 불변함과 같이 변함없는 수양의 자세를 견지하자는 원칙론의 표현으로, 자연을 만물의 근원자인 이(理)의 표현으로 보고 이와의 합일이라는 이상을 추구하는 유교적인 수양 자세를 드러낸"[453] 것이라는 풀이가 대체적인 통설을 이루어 왔다. 시각을 조금 달리하여, "청산과 유수의 변함없음을 보아 우리 인간도 영원히 저렇게 늙지 않고 살았으면 하는, 자연 구가나 한정가의 노래처럼도 보이나 그 만고상청이라는 말은 인간적 청춘보다도 학문적 청춘을 말한 것으로 보고 싶다. 물론 자연미에 침잠하여서 노쇠를 잊을 수도 있겠지만 만고불변하는 청산유수같이 영원성을 띤 것은 학문일 것이다."하여 늘 학문적 청춘을 유지하며 영원히 공부하자는 덕망 높은 학자의 원숙한 심경으로 이해하기도 하였다.[454] "인간이 영원히 살 수 있는 길을 퇴계는 학문의 세계에서 찾았다."[455]는 학문이 전부라는 퇴계의 마음을 담은 것으로 이해하고 있다.

그러나 『성리대전서(性理大全書)』의 만고상청(萬古常靑)의 용례를 보고 이 대목의 해석을 다시 점검해 볼 필요가 있다.

| 고전시가의 숲을 누비다 |

"일월성신(日月星辰)은 늘 일정한 궤도를 움직여 한 치의 오차도 없으니 이 또한 성실한 도리이다. 과일을 보라. 단 것은 오래도록 단 맛을 변치 않고, 쓴 것은 변치 않고 쓴맛을 유지한다. 푸른 것은 오래도록 푸르고, 흰 것은 영원히 희며, 붉은 것은 계속 붉고, 둥근 것은 지속적으로 붉지 아니한가."[456]

"천지자연의 도리를 살펴보면, 그 이치의 흐름은 예나 지금이나 한 치도 어긋나지 않는다. 더위가 가면 추위가 오고, 해가 뜨면 달이 지고, 봄이 오면 곧 여름이 다가오고 가을이 끝나면 곧 겨울이 숨었다 나온다. 돌고 도는 시작과 끝이 영원히 이와 같으니 단지 진실 된 도리만이 이를 주재한다. 만물에게 부여한 이치 또한 이와 같으니 푸른 것은 영원히 푸르고, 흰 것은 변함없이 희고, 둥근 것은 항상 둥글고, 빠진 것은 늘 빠지고, 나는 새 달리는 짐승은 변함없이 날고 달린다. 흘러 쌓이는 것은 항상 흘러와 쌓이어 하나도 그렇지 않은 것이 없고 작은 것 하나도 차이가 생기지 않으니 오직 참된 이치가 있어 자연히 그러한 것이다."[457]

위의 글은 일월성신(日月星辰) 자연의 속성이나 사물의 본질적 요소가 항상 그대로 유지되는 것처럼, 사람(선비) 또한 항상 변하지 않는 속성을 유지해야 한다는 당위성을 강조하고 있다. 아래의 글 또한 계절의 변화나 천지자연의 도리, 푸르고 둥글고 빠지는 등 만물의 이치는 작은 것 하나도 차이가 생기지 않고 참된 성질을 유지한다는 것을 강조하고 있다. 『맹자』에도 고자(告子)가 말하기를 "나면서부터 가진 것을 성(性)이라 한다." 하였다. 맹자가 묻기를, "나면서부터 가지는 마음을 성이라 하는 것은 흰 것을 희다 이르는 것과 한가지인가?" 하니 (고자가) "그러하다." 하고, "흰 깃의 흰 것은 흰 눈이 흰 것과 같고, 흰 눈이 흰 것은 백옥이 흰 것과 한 가지인가?" 하니, "그렇다." 하였다.[458]

퇴계도 "처음에 기초하여 말한다면, 마음이 발하지 아니하고 기(氣)가 작용하지 아니하여 본체가 허명(虛明)할 때면 진실로 선하지 아니함이 없다."고 인식하고,[459] 이를 두고 "사람이 원래부터 부여받은 순수하게 본연의 성[純以本然之性]"이라 하여 맑고 고요히 흐르는 물의 본성처럼, 우리 마음의 본연도 선함을 강조하고 있다. 그러므로 "우리도 그치디마라 만고상청호리라"는 일월성신이나 계절, 천지자연이 변하지 않는 속성을 유지해 나가는 것처럼, 인간도 모름지기 순수하게 부여받은 선한 마음의 본체를 유지하고 추구해야 함을 강조한 것이다.

🐾 어리석은 사람도 알 듯, 성현도 다 모를 듯, 그것이 바로 학문

"책상 앞에 조용히 앉아 꾸준히 궁구하다 종종 마음에 얻는 바가 있을 적에는 문득 다시금 기뻐서 먹는 일도 잊었으며 혹시 합치되지 않는 일이 있을 때는 동학(同學)에게 묻기도 하였다. 그래도 얻지 못하면 안달나지만 도리어 억지로 통하려고 하지 않고 한쪽에 미루어 두었다가 때때로 다시 꺼내어 마음을 비우고 골똘히 생각해 저절로 풀리기를 기다렸으니 오늘도 이렇게 하고 다음날에도 이렇게 하였다."[460]

마음에 얻는 바가 있을 때는 그 즐거움에 먹는 것도 잊어버리고, 얻지 못할 때는 안달이 나지만 또 억지로 통하려고 하지 않고 미루어 두었다가 다시 풀어보는 일을 매일 반복하였다. 생각대로 잘 풀려나갈 때도 있고, 콱 막히어 답답한 때도 있는 것은 동서고금을 막론하고 학문의 기본 속성인 셈이다.

"첫 장의 '혹문(或問)'에서 진씨(陳氏)가 말하기를, "중화(中和)와 위육(位育)은 성령(聖靈)이나 할 수 있는 일이지만 교(敎)를 통하여 그 경지에 들어간 자는 과연 중화의 공(功)을 극진히 할 수 있다." 고 운운하며 편지로 깨우쳐주었는데, 어찌 중화를 극진히 하고도 오히려 위육의 공을 다하지 못함이 있겠습니까. 다만 위육에 가까워지는 것은 현인의 공부이니, 비록 "공을 이룸은 한 가지"라 하였지만 신기한 변화나 신묘한 작용을 지극히 논하는 데에 이르게 되어 공자가 관대하게 해 주면 따라와 고무되니 이 어찌 안자(顔子)나 증자(曾子)가 잠깐 사이에 미칠 수 있겠습니까."는[461] 성현 안자나 증자도 미치지 못하는 공자의 학문 세계를 일컬음이다.

이에 대해 퇴계는 유일한 방법 하나를 제시한다. 중단하지 않고 꾸준히 학문에 매진하는 일이다. 위의 글은 어떤 것을 연구하고 아는 것은 몇 개월, 혹은 1,2년의 공부로 되는 것이 아니므로 스스로 능통하지 못함을 알고 더욱 노력하여 차근차근 수십 년 동안 노력해 나간다면 어려운 공부라 할지라도 이루는 바가 있을 것이라는 내용을 담고 있다.

그러므로 <도산십이곡>에서 "우부(愚夫)도 알며 ᄒ거니 ~"는 "학문의 세계는 너무 방대하여 오래 정진하지 않으면 이룰 수 없는 것이긴 하지만, 노력하는 만큼 얼마든지 성취를 이룰 수 있으니 너무 위축되거나 위압되지 말고 학문에 매진하라."

는 말이고, "성인(聖人)도 몯다 ᄒᆞ시니 ~"는 "학문이란 오랫동안 공을 들이지 않으면 성과를 이룰 수 없는 것이니 겸손한 자세로 꾸준히 정진하라."는 뜻이다. 일반적으로 거론되는 학문엔 왕도가 없다는 말을 여기서 퇴계가 다시 확인해 준 셈이다.[462]

이상의 논의를 바탕으로 <도산십이곡> 전후 12곡의 내용을 분석하여 도표를 그리면 다음과 같다.[463] 먼저, 전6곡 언지(言志)이다.

표_[464,465]

前6곡(언지) 학문하는 선비의 지향점 (벼슬보다 수양과 학문, 정치적 이상, 우주의 오묘한 이치 와 도(道)를 향한 정진을 지향함)	제1수	정치현실에서 물러나, 자연과 벗하며 사는 즐거움	• 치인(治人)의 위인지학(爲人之學)보다는 수기(修己)의 위기지학(爲己之學)을 우선함 • 향촌에서 수양·학문하는 삶에 대한 만족감
	제2수	벼슬의 부담과 책임에서 벗어나 허물없이 사는 즐거움	
	제3수	성현들의 참된 학문과 바른 가르침을 깨달아가는 즐거움	심성 수양, 선한 인성을 추구하는 학문 지향
	제4수	유유(悠悠)한 향촌 생활 중에 이상적인 정치현실을 꿈꿈	덕치(德治), 군신의 조화라는 정치적 지향점 제시
	제5수	현자(賢者)와 인재들이 현실정치보다는 물러남을 추구하는 데 대한 근심	정치 현실에 대한 근심. 학문의 와중에도 정치에 대한 관심을 유지해야 한다는 당위성 강조
	제6수	사시(四時)의 무궁한 변화, 자연과 우주의 끝없는 도(道)와 이치	천지의 오묘한 이치를 깨닫기 위한 꾸준한 정진을 강조

다음은 후6곡 언학(言學)이다.

後6곡(언학) 학문하는 자의 바른 태도	제1수	학문하는 중에 풍류를 즐기는 즐거움	학문과 휴식의 병행
	제2수	귀와 눈을 열고 진리를 깨달음	진리 터득을 지향함
	제3수	성현의 학문 세계를 좇음	꾸준한 학문 정진

(진리 추구, 꾸준한 정진) 제시	제4수	한 마음으로 학문에 몰두함	학문에 정진하겠다는 결의 다짐
	제5수	변치 않는 본성, 꾸준한 정진	본연의 심성으로 학문에 정진
	제6수	쉽고도 어려운 학문세계에 침잠	꾸준한 학문 정진의 필요성

그동안 <도산십이곡> 가운데 전6곡 언지(言志)는 천석고황의 강호 은거, 사물을 접할 때 일어나는 감흥을 노래하고, 후6곡 언학(言學)은 학문과 수양을 통해 성정을 바로잡는 일을 읊었다는 해설[466]이 일반화되었다. <도산십이곡>은 "벼슬을 버리고 도산에 들어 자연 속에서 펼치고자 한 퇴계의 꿈을 담은 작품"[467]으로, 언지(言志)는 도산으로 물러나 자연과 교감하면서 느끼는 자신의 감회와 뜻을 담고, 언학(言學)을 통해 도산서당을 짓고 학문과 교육에 전념하려는 자신의 뜻을 배움의 진정한 의미를 되새기는 형식으로 노래하고 있다는 견해도 있었다.

그러나 위의 논의를 종합하면, <도산십이곡> 언지 6수는 자연 친화적인 삶을 살면서 학문과 자기 수양에 힘쓰면서도 덕치(德治)나 군신 조화 등 정치적 이상을 꿈꾸고 우주의 오묘한 이치와 도리를 찾아 정진하는 선비의 지향점을 제시하고 있다. 아울러 선비란 모름지기 출세보다는 학문 정진에 주력해야 한다는 당위와 지향을 담고 있다. 후 6곡 언학은 "배움·지혜로움을 향하는 사람이 반드시 가져야 하는 자세, 즉, 선한 본성, 지혜와 깨달음을 추구하는 태도, 꾸준한 학문 정진" 등 공부하는 지식인으로서 반드시 견지해야 할 책무와 사명감을 강조하고 있다.[468]

두류산(頭流山)* 양단수(兩端水)를 녜 듯고 이졔 보니
도화(桃花)뜬 말근 물에 산영(山影)조츠 줌겨셰라
아희야 무릉(武陵)이 어딕미오 나난 옌가 ᄒ노라

(조식曺植, 1501~1572, 『병가(甁歌)』, 『역·시』 919, 이삭대엽二數大葉)

▶현대어 풀이　두류산 두 갈래 물길 예전에 듣고 이제 보니
　　　　　　복사꽃 뜬 맑은 물에 산 그림자 잠겼구나.

아희야 무릉도원이 어디냐 나는 여긴가 하노라.

* 두류산(頭流山) : 지리산을 말한다. 산세가 높고 웅대하여 수백 리에 웅거하였으니, 여진(女眞) 백두산(白頭山)의 산맥이 뻗어내려 여기에 이른 것이다. 그리하여 '두류'라고 부른다. 혹은 백두산의 맥은 바다에 이르러 그치는데 이곳에서 잠시 정류(停留)하였다 하여 '유(流)' 자는 '유(留)'로 쓰는 것이 옳다 한다.(『신증동국여지승람』 권39, 남원도호부)

남명 조식 시조 비석(경남 산청군 시천면 원리, 덕천서원 앞)

🐌 신선이 산다는 그곳, 두류산을 찾아서

지리산(智異山)은 혹은 두류산(頭留山)은 북쪽의 백두산으로부터 시작해서 …(중략)… 옛 노인들이 서로 전하기를, "그 사이에 청학동이 있는데 길이 험하여 겨우 사람이 통행하며, 엎드려 몇 리쯤 지나야 비로소 툭 트인 곳을 만나게 되는데 사방이 모두 비옥한 땅이라서 씨를 뿌리고 모종을 심기에 적합하고 청학이 그 속에 깃들어 살기에 청학동이라 한다." 하였다.

대개 옛날에 은둔하는 사람들이 살던 곳인데, 담장은 무너지고 웅덩이 움푹한 채 가시덤불만 무성하다. 전에 내가 종형 최상국(崔相國)을 더불어 세상을 떠나 은둔할 작정으로 이 골짜기를 찾기로 약속하고, 장차 짐을 대바구니에 담아 두세 마리 소에다 싣고 들어가면 속세와의 인연을 끊으리라 여겼었다. 지나는 곳마다 신선 세계인 듯, 희한한 바위들이 위용을 뽐내고 여러 갈래 계곡물 다투어 흘렀다. 복숭아꽃 살구꽃이 사이로 대 울타리와 띠 집이 인간 세상이 아닌 듯 했으나 청학동이라는 곳은 결국 찾지 못하고 바위에다 다음 시만 남겼다.

해질녘 구름 아래 두류산 아득한데,
골짜기와 여러 바위 회계산(會稽山)과 같구나.
지팡이 짚고서 청학동 찾으려 하니,
층층의 숲에선 잔나비 울음 들려오네.

누대는 아득하고 삼산(三山)은 멀고먼데,
이끼 아래 새겨진 네 글자만 희미하다.
신선의 땅 어디인가, 괜히 한번 물어보지만,
꽃잎만 물에 흘러 마음만 더 혼미하네.[469]

두류산 양단수
(경남 산청군 시천면 원리, 냇물 두 줄기의 합수 지점)

위는 고려의 문인 이인로의 글이다. 이인로는 무신난의 어지러운 와중에서 세상을 등질 작정을 했다. 다시 나오지 않을 생각으로 송아지를 지고 지리산으로 청학동을 찾아 나섰다. 『청학집』 북쪽의 이상향으로 묘사한 태평동은 이판령(伊坂嶺)을 지나 동굴을 한참이나 통과하여 다시 연못을 건너야만 이를 수 있는, 사방이 절벽으로 둘러싸인 삼십 리 쯤 되는 들이다. 세금도 없고 전쟁도 미치지 못하는 곳이어서 태평동이라 불렀다. 이곳에는 맑은 샘과 흰 돌, 약초와 아름다운 나무가 있고, 땅은 비옥하여 벼농사가 잘 된다. 불과 너덧 집만이 이곳에 산다.[470]

이인로가 신선의 땅이라 여겨 찾던 그곳을 남명 조식도 자주 찾았다. 남명 조식은 "바람 불고 천둥칠 제, 하늘 열리고 땅은 닫힌 듯. 밤도 아니고 낮도 아니니, 쏟아지는 비에 물과 바위 가리지 못하겠네. 그 속에 신선과 신령, 큰 이무기와 작은 거북이 숨어서 사람들 못 들어오게 지키는지 모르겠구나. 어느 호사가가 나무를 베어 다리를 만들어 놓아 겨우 그 입구까지 들어갈 수 있었다. 이끼를 걷어내고 벽면을 살펴보니 삼선동(三仙洞)이라는 세 글자가 있는데, 어느 시대에 새긴 것인지 알 수 없었다."[471]라 하였다. 청학동에서 삼선동이라 새겨진 글자를 찾고, 이곳을 신선과 신령들이 지키면서 바깥사람들을 아예 안으로 못 들어오게 한다고 여긴 것은 조식이 두류산을 신선이 사는 신비 공간, 곧 무릉도원으로 인식하고 있음을 말해주고 있다. 남명 선생은 폭압적인 정치의 단면인 사화(갑자·기묘사화)에서 주변 사람들이 파직되고 목숨을 잃는 일을 겪으면서 벼슬을 사양하고 끝내 출사하지 않았다. 그리고는 유학을 진흥시키고 후학을 양성하여 문풍을 일으키는 일에 몰두하였고, 여러 제자들과 함께 임진왜란 등의 국가적 위란에 의병활동을 하며 현실에 적극 참여하는 실천이 돋보인다.

(1558년 4월 25일) "내가 두류산(頭流山)을 자주 다녔으니 그 사정을 알 것이라 생각하여 나에게 유람의 전모를 기록하도록 했다. 나는 일찍이 이 산을 왕래한 적이 있는데, 덕산동으로 들어간 것이 3번, 청학동 신응동으로 들어간 것이 3번, 용유동으로 들어간 것이 3번, 백운동으로 들어간 것이 1번, 장항동으로 들어간 것이 1번이다. 산수만을 탐하여 왕래한 것이라면 어찌 번거로움을 꺼리지 않았겠는가? 평생 계획하기를 화산(華山)의 한 모퉁이를 빌려 평화로이 늙어가기로 작정한 때문이다. 그러나 일이 마음대로 되지 않아 그 속에서 살 수 없음을 알고 서성거리며 걱정만 하다가 눈물 흘리며 나온 것이 10번이었다."[472]

남명 조식이 자주 지리산을 찾은 까닭은 무엇일까? 그 원인을 밝히기 위해선 남명이 벼슬을 마다한 이유부터 아는 것이 나을 듯하다.

남명 조식(曺植)은 단성 현감(丹城縣監)에 제수되자 다음과 같은 상소를 올려 사직을 청했다. 첫 번째 이유로 "지금 신의 나이가 60에 가까웠으나 학술(學術)이 거칠어 문장은 병과(丙科)의 반열에 뽑히기에도 부족하고 행실은 쇄소(灑掃)하는 일을 맡기에도 부족합니다."하여 자신의 부족함을 들었다. 남명의 학문적 명성과 성과로 볼 때, 이와 같은 표현은 흔한 겸사로 보인다.

두 번째 이유에는 당시 정치 현실에 대한 준엄한 비판이 들어있어 관직을 마다하는 조식의 마음이 잘 담겼다.

"전하의 국사가 이미 잘못되고 나라의 근본이 이미 망하여 천의(天意)가 이미 떠나갔고 인심도 이미 떠났습니다. 비유컨대 1백년 된 큰 나무를 벌레가 갉아먹어 진액이 다 말랐는데 회오리바람과 사나운 비가 언제 닥쳐올지를 전혀 모르는 것과 같이 된 지가 이미 오래입니다. 조정에 충의 있는 선비와 근면한 신하가 없는 것은 아니나 그 형세가 이미 극도에 달하여 미칠 수 없으므로 사방을 돌아보아도 손을 쓸 곳이 없습니다. 소관(小官)은 주색이나 즐기고, 대관(大官)은 어물거리면서 오직 재물만을 불립니다. 자전(慈殿)께서는 생각이 깊으시지만 깊숙한 궁중의 한 과부(寡婦)에 지나지 않으시고, 전하께서는 어리시어 단지 선왕의 외로운 후사(後嗣)에 지나지 않습니다. 그러니 천백 가지의 천재와 억만 갈래의 인심을 무엇으로 감당해 내고 수습하겠습니까?"라고 했다.[473]

당시의 정치 현실에 대한 남명 선생의 깊은 절망감이 배어있다. 나라의 근본이 망하고 인심이 떠났으며 1백년 된 큰 나무를 벌레가 갉아먹어 회오리바람과 사나운 비가 언제 닥쳐올지 모른다 하였다. 조정에 충의 있는 선비와 근면한 신하가 없는 것은 아니지만 이미 역부족이라 이미 손쓰기 어렵다 하였다. 관리들은 주색이나 즐기고 어물거리며 재물 불리기에 혈안이 되어 있으니 이젠 전하께서도 감당해내기 어려울 만큼 도탄에 빠졌음을 직설적으로 지적하고 있다. 그러므로 변변찮은 명성을 팔아 관작을 사보았자 맡은 일을 제대로 할 정치 현실이 되지 못하니 벼슬을 마다할 수밖에 없다는 논지이다.

이 상소에 대해 "소(疏)의 내용 중에 '자전께서 생각이 깊으시나 깊숙한 궁중의 한 과부에 지나지 않는다.'고 하였는데, 이것은 공손하지 못한 말이며 '전하의 신하 되기가 또한 어렵지 않겠는가.' 하였는데, 이것도 공손하지 못한 말이다."는 지적이 있었고, 임금이 "이와 같은 소를 보았으면 신하된 도리로서 마땅히 통분(痛憤)하며 처벌을 주청했어야 할 것인데 평안한 마음으로 펼쳐 보고 한 마디도 그것을 아뢰지 않았으니, 더욱 한심스럽다."하였다. 한편 사관(史官)은 "조식은 초야에 묻힌 일사(逸士)로서 한때 이름이 높았는데, 비록 부름을 받고 나아간다 하더라도 어찌 해 볼 수가 없음을 스스로 알았기에 상소를 올려 당시의 폐단을 절실하게 비판하였으니, 또한 강직하지 않은가", "비록 작록(爵祿) 보기를 뜬 구름 같이 여겼지만, 오히려 임금은 잊어버리지 않았다. 정성스럽게 나라를 근심하는 마음이 언사에 드러났고 간절하고 강직하여 회피하지 않았으니, 명성을 거짓으로 얻은 자가 아니라고 말할 만하다. 어진 사람이다."하였으니 남명은 난세를 올곧게 지적하며 벼슬을 마다하는 바람에 더욱 높은 명성을 얻고 청사에 길이 남았다 할 수 있다. 물론 남명의 이 상소문에 나타난 태도를 비판한 글도 있다. "하물며 남명 등 여러 분은 모두 명철한 군주를 만났는데, 부드럽고 완곡한 말로 아뢰어서 무슨 안 될 일이 성을 내서 몰아붙여 불손하기가 이처럼 말로 다할 수 없는 데까지 이르렀을까? 공자는 '나아가서는 충성을 다할 것을 생각하고 물러나서는 허물을 메워줄 것을 생각하여, 그 아름다움을 따라 이루어주고 그 과실을 바로잡아 구해준다.'하였으니, 아름답도다! 그 말씀이여! 신하가 군주를 섬기는 것은 이래야 한다."[474]는 군주에게 보인 남명의 불손함을 꾸짖은 후대의 글이다.

◎ 〈오륜가(五倫歌)〉 주세붕(周世鵬, 1495~1554)

> 사롬 사롬마다 이 말숨 드러스라
> 이 말숨 아니면 사롬이오 사롬 아니니
> 이 말숨 잇디 말오 비호고야 마로링이다

▶ 현대어 풀이 사람 사람마다 이 말씀 들으시오
　　　　　　　 이 말씀 안 들으면 사람대접 못 받으리니
　　　　　　　 이 말씀 잊지 말고 꼭 배워 둘 것이라.

> 아버님 날 나흐시고 어마님 날 기르시니
> 부모(父母)옷 아니시면 내 몸이 업실랏다
> 이 덕을 갑프려 흐니 하눌 フ이 업스샷다

▶ 현대어 풀이 아버님 날 낳으시고 어머님 날 기르시니
　　　　　　　 부모님 아니시면 내 몸이 있었을까?
　　　　　　　 이 덕을 갚으려니 하늘처럼 끝이 없네.

동과 항것*과롤 뉘라셔 삼기신고

벌와 가여미* 아이* 쁘들 몬져 아이

혼 ᄆᆞ매 두 쁟 업시 소기지나 마옵생이다

> ▸현대어 풀이 노비와 주인을 누가 만들었나.
>
> 　　　　　　벌과 개미가 이 뜻을 먼저 아니
>
> 　　　　　　한 마음에 두 뜻 없이 속이지나 말지어다.

* 항것 : 노비들이 섬기는 주인, 상전(上典)

* 벌와 가여미 : 벌(蜂)과 개미(蟻), '개야미, 가얌이'

* 아이 : 아ᄉᆡ, 처음, 미리, 먼저, 饋(아ᄉᆡ 쁠 분, 一瓬飯)(훈몽 초 하6)

지아비 밭 갈나 간디 밥고리 이고 가

반상을 들오디 눈섭의 마초이다

진실로 고마오시니 손이시나 다ᄅᆞ실가

> ▸현대어 풀이 지아비 밭 갈 제 밥 소쿠리 이고 가서
>
> 　　　　　　밥상을 높이 들어 눈썹에 맞추노라
>
> 　　　　　　진실로 고마우시니 손이시나 다르실까?

형(兄)님 자신 져쥴 내 조처 머궁이다

어와 우리 ᄋᆞ아 어마님녀 사랑이야

형제(兄弟)오 불화(不和)ᄒᆞ면 기도치*라 ᄒᆞ리라

> ▸현대어 풀이 형님 먹은 젖을 내 또한 먹었으니
>
> 　　　　　　아 우리들 모두 어머님 사랑이라
>
> 　　　　　　형제끼리 불화하면 개돼지와 다름없네.

* 기도치 : 개와 돼지

늘그니는 부모(父母)갓고 얼우는 형(兄)곧탄니

가툰디 불공(不恭)ᄒᆞ면 어디가 다룰고

랄로서 ᄆᆞ지어시돈 절ᄒᆞ고야 마로링이다

『무릉속집(武陵續集)』권1)⁴⁷⁵

▶현대어 풀이　늙은이는 부모 같고 어른은 형 같으니,

　　　　　　　이들에게 불공하면 부형(父兄)에게 불공함이라

　　　　　　　날마다 마주치면 꼭 절을 할 것이라.

문상(汶上)*애 아니가다 누항(陋巷)이 업스리야

여곽(藜藿)*의 됴ᄒᆞᆫ 마술 사마(駟馬)톤디 술올가

춘풍(春風)에 욕기(浴沂)*ᄒᆞ고 날로 삼성(三省)ᄒᆞ리(浴沂歌)

▶현대어 풀이　문수(汶水) 북쪽 아니라고 누추한 데 없을쏘냐?

　　　　　　　명아주 콩잎 좋은 맛을 빠른 수레에 비할까.

　　　　　　　봄바람 쏘이며 날로 나를 살피리라.

＊ 문상(汶上) : 산동성(山東省) 문수(汶水) 북쪽에 있는 춘추 전국시대 제국의 땅으로, 후에 은거(隱居)의 땅으로 인식해 왔다.

＊ 여곽(藜藿) : 명아주 려, 풋콩 곽. 명아주 잎과 콩 잎. 즉 거친 음식, 악식(惡食).

＊ 욕기(浴沂) : 욕기지락(浴沂之樂). 제자와 같이 교외에서 노는 즐거움.

양ᄒᆞ고 양ᄒᆞ쇼셔 정시(靜時)예 양ᄒᆞ쇼셔

제사니 탁타홈*과 알묘(揠苗)*도 우ᄋᆞ오니

된ᄂᆞᆫ 것 안보(安保)ᄒᆞ샤 여ᄒᆡ디롤 마ᄅᆞ쇼셔

(養之復養之 靜時須養哉 齊山濯可哀 宋苗揠堪哈* 惺惺*保固有 暫離便寇來 寂感致中和 聖孫爲繼開)(靜養吟)

＊ 해(哈) : 비웃음, 환락함, 즐거워함. 성성(惺惺) : 스스로 경계하여 깨달은 모양, 앵무새 따위의 우는 소리

▶현대어 풀이 기르고 또 기르소서, 평시에 기르소서.

　　　　　　인재란 하루아침에 키워낼 수 없으니,

　　　　　　본연(本然)의 것 잘 지키시어 잃지 마소서.

* 제산탁(齊山濯) : 제산(齊山)은 제나라 동남쪽에 있는 산으로 '우산(牛山)'이라고도 한다. '탁탁 (濯濯)'은 "산에 나무가 없어 민둥민둥하다(濯濯 光潔之貌)"는 뜻이다. "일찍이 우산(牛山)의 숲 이 아름다웠었는데, 대국(大國)의 교외에 있는 터라 도끼와 자귀로 매일 베어가니 어찌 울창함 을 간직할 수 있겠는가? 밤낮 자라나고 우로(雨露)가 적셔주는 바에 싹이 나오는 것이 없지 않 았지만 소와 양이 또 따라서 방목되므로 이 때문에 저와 같이 민둥산이 되어 버렸다. 사람들은 그 민둥한 것만을 보고서 일찍부터 훌륭한 재목이 없었다고 여기니 어찌 이 산이 본디 그러했 겠는가?[476]

* 알묘(揠苗) : "송나라 사람 중에 벼의 싹이 잘 자라지 않음을 안타까이 여겨 뽑아 올린 자가 있 다. 그는 돌아와서 집안사람들에게 '나는 오늘 벼의 싹이 자라나는 것을 돕느라 매우 피곤하 다.'라고 하자 그 아들이 달려가서 보았더니, 벼의 싹은 이미 말라 있었다. 세상에는 벼의 싹이 자라도록 억지로 조장하지 않는 자가 적으니 유익함이 없다 해서 버려두는 자는 비유컨대 벼 의 싹을 김매지 않는 자요, 억지로 조장하는 자는 벼의 싹을 억지로 뽑아 올리는 자이니, 이는 비단 유익함이 없을 뿐만 아니라 도리어 해치는 것이다."[477]

지덕요도(至德要道)룰 선왕(先王)이 둣쩌시니

민용화목(民用和睦)*ᄒ야 상하(上下)이 무원(無怨)ᄒ닝이다.

진실로 술오려니 효제(孝悌) 뿐닝이다(孝悌歌)

▶현대어 풀이 지극한 덕(德) 긴요한 도(道), 선왕의 뜻이시니

　　　　　　백성들 윤택하여 상하가 원망 없네.

　　　　　　진실로 중한 것은 부형 섬길 일이로다.

* 민용화목(民用和睦) : 민용(民用)은 백성의 이용(利用), 재화(財貨), 기구(器具)이다. 그러므로 민 용화목이란 백성들의 생활이 편리하고 윤택하게 된다는 뜻이다.

비ᄒ고 닛디마애 먼뒷 벋 즐겨오니

내게옷 이시면 ᄂ미아 아나마나

부귀(富貴)룰 부운(浮雲)ᄀ티 보고 곡굉이침(曲肱而枕)*ᄒ오(學而歌)

▶현대어 풀이 배우고 잊지 않아 먼 데 벗 즐겨오니,

내게만 있으면 남이야 알바 아니라.

부귀야 뜬구름, 팔 베고 잠을 자오

* 곡굉이침(曲肱而枕) : 침구가 넉넉지 못하여 팔을 베고 잠을 자는 청빈한 생활

🐚 사람됨은 무엇보다 앞서는 가치

신재(愼齋) 주세붕의 <오륜가>는 그가 관서지방을 살필 때 풍속이 우매함을 보고 지었다. 두루 다니며 이 노래를 퍼뜨려 백성들이 사람으로서의 큰 도리를 알게 하고 싶었다는[478] 것이 작품 창작의 취지이다.

신재는 1549년 7월에 황해도 관찰사 겸 병마수군절도사에 배명되었다. 사간원에서 연명으로 장계를 올려 유임시키기를 청하되 "학문이 정밀하고 박흡하여 가히 모범이 될 만하니 마땅히 경연에 두어야 될 것이고 먼 곳에 보낼 수는 없다"고 하니 왕은 "황해도 백성이 방금 곤궁하여 또 중국 사신이 곧 나올 터이므로 이 사람이 아니고는 될 수가 없다." 하시니 조정이 모두 그가 가는 것을 애

주세붕 영정(소수서원 영정각 내, 경북
영주시 순흥면 내죽리 151)

석케 여기었다. 드디어 황해도에 부임해서 각 군에 내린 고시문(告示文)에는 "형벌을 덜고 세금을 적게 받으며, 농사와 잠업에 힘쓰고 효제의 도를 거듭하여 여자는 음란치 말고, 남자는 도적질을 말며, 부모에게 효도하고 형제간에 화목하며 부부간에는 서로 공경하고 붕우 간에는 서로 의미를 지키며 어른과 젊은이는 차례가 있고, 이웃과 마을 사람끼리는 화목하며 선비는 아이들에게 글을 가르치고 농부는 농사에 전력하여, 전답의 경계를 서로 양보하고 길가는 사람들은 서로 길을 양보하라"고 한 것 이외에도 상세한 절목이 갖추어져 있다. 서북지방은 이남지방과 달라서

문교(文敎)가 쇠하고 학교가 퇴폐해져서 생도가 모두 소명하지 못하여 배움의 방향을 알지 못하거늘 이에 옛 풍습을 일신시키고 후생을 위해서 올바르게 교육하는 일을 영남의 군수일 때와 같이 하되 그 규칙이 더욱 엄격하므로 풍습과 규율이 크게 변화하였다."[479] 이에 <오륜가>를 지어 도내에 널리 전하였다.[480]

🍃 어머니 머릿니를 내게 옮긴 효자

신재 주세붕은 효성이 지극했다. 일곱 살 때, 모친이 병환으로 오래 눕게 되어 머리를 빗지 못하자 자기 머리에 참기름을 바르고 머리털을 마주대어 이(虱)를 옮겨다가 제거하니 사람들이 더욱 감동하여 '효아(孝兒)'라 불렀다 한다.[481] 사람대접을 받으려면 꼭 이 오륜을 배워야 한다 했으니, 역으로 윤리를 갖추지 못하면 금수에 가깝다는 말이라 할 수 있다.

그는 낳고 기르시는 부모님의 높은 은혜를 가장 우선으로 들었고, 노비와 주인의 관계는 하늘이 만들어 놓은 주종의 관계이므로 상하의 질서가 분명히 서야 한다는 사실을 깨우쳐주려 했다. "반상을 들오디 눈섭의 마초이다"는 중국 양홍(梁鴻)의 아내인 맹광(孟光)이 남편의 밥상을 들 때, 눈썹에 맞추어 공손히 들었다는 데서 유래한 '거안제미(擧案齊眉)'의 고사를 들어 부부간의 공경을 말한 대목이고, "형(兄)님 자신 져줄 ~ 기도치라 ᄒ리라"는 어머니의 같은 젖을 먹고 자랐으니 형제간에는 우애가 돈독해야 함을 강조했다. 서촉(西蜀)에 형제들끼리 재물로 송사한 일이 있었다. 필구(畢搆)라는 시랑(侍郞)이 그들을 취조하는 과정에서 세 형제를 불러놓고 사람의 젖을 먹이니 송사하던 자도 감동의 눈물을 흘리면서 송사를 그쳤다 한다.[482]

사람이라면 응당 지켜야 하는 도덕은 가정에만 머물지 않는다. 자신의 부형을 공경하듯이 어른들을 두루 공경해야 한다 하고, 문명을 떠나 교외에서 봄바람 쏘이며 한가함을 즐기는 여유로움도 언급했다. 인재나 학문 등은 하루아침에 기를 수 없는 것이니 꾸준히 정진해야 한다는 것, 백성들의 생활이 윤택한 가운데 부형을 섬기며 사는 기쁨, 부귀를 멀리하고 공부하며 안빈낙도하는 즐거움을 두루 노래하였다.

주세붕은 성리학 이념의 보급을 통한 교화와 향촌사림의 배양을 위해 순흥에 최초의 서원인 백운동서원을 건립한 인물이니 학문 보급과 후학 양성에 대한 그의 열정은 짐작하고도 남는다. 1541년 오월에 예빈시 첨정(僉正)에 배명되었다가 풍기군수 겸 춘추관 편수관(編修官)을 제수 받아, 48세 되던 1542년에 백운동서원을 세웠다.[483] 성심으로 백성을 사랑하되 인(仁)을 행하여 정사를 돌봤다. 살 곳을 얻지 못하는 백성이 있으면 마치 자기가 그렇게 하는 듯해서 반드시 구제하고야 말았다 하니 백성들에 대한 그의 사랑을 알 수 있겠다. 여기에 '학(學)'을 흥기시킴을 우선한 것은 금상첨화이다. 비록 미천한 사람이라도 글자를 조금 아는 이에게는 소학(小學)·삼강행실(三綱行實) 등의 책에 손수 구두를 달아주고 동리마다 오륜의 도를 게시하여 가르치고 부로(父老)들을 불러 모아서 설득시키며, 또 학생들을 잘 유도하여 친히 그 학행을 바로잡으며 경서를 강습시키되 연구에 연구를 거듭하여 스스로 문리를 해득하도록 하며, 효제(孝悌)와 예의(禮義)의 마음이 생기게 하여 매를 때리지 않고 교육하되 그 재주에 따라 성취시켰다.[484] <오륜가>는 어른 아이 할 것 없이 인간 삶에서 가장 중요한 가치인 '윤리'를 보편화하려는, 주세붕의 뜻이 담긴 훈민시조이다.

◎ 〈훈민가(訓民歌)〉   정철(鄭澈, 1536~1593)

공(정철)은 효도로써 부모를 섬기고 부드러운 빛으로 형제를 대하며 초상과 장사며 제사에 반드시 예법으로 하여 딴사람이 따를 수 없는 바로서 내가 직접 보고서 감탄한 자였다. 공은 몸가짐을 청간(淸澗)하게 하였기 때문에 수령이 보내온 물건도 알지 못하는 사람이라면 비록 부채 한 자루라도 받지 않았고 본래부터 아는 사람이 준 것도 많으면 또한 받지 않았다.[485] 이는 김장생(金長生, 1548~1631)이 정철의 인격적 면모를 소개한 내용의 일부이다. 지인으로서 호평만을 기록했다고 생각하기 쉬우나 "다만 대신으로서 너그럽지 못하고 도량이 작으며 때로는 주색에 초월하지 못한" 흠결까지 함께 적은 것을 보면 정철은 효도와 형우제공을 몸소 실천하고 청렴한 인물이었음은 사실로 보인다.

정철의 〈훈민가〉 시조 문학비
(경기도 고양시 덕원구 신원동 송강마을 입구)

정철은 1580년(45세)에 강원도 관찰사로 부임하여 백성을 교화하려는 노력의 일환으로 <훈민가>를 지었다. 백성을 훈계하면서 윤리의식을 고취하고자 함이다. 사람과 사람 사이의 관계가 명확하지 않고, 상호 간에 지켜야 할 윤리가 반듯이 서지 않으면 사회는 무질서해지게 마련이다. 사대부들의 소명의식과 시대에 대한 책임감, 유교 윤리에 대한 외경감은 백성들에게 사람 사이의 바른 도리를 가르쳐야 겠다는 마음을 일게 하여, 훈민 시가를 지어 시대와 의식을 지배하는 정신적 축을 만들었다. 정철의 작품 외에도 비슷한 내용을 담은 다른 작가의 작품을 함께 들어 당시의 윤리 교육을 살펴보고자 한다.

먼저 "부모 자식 간의 도리"를 노래한 작품이다.

아바님 날 나흐시고 어마님 날 기르시니
두 분 곳 아니시면 이 몸이 사라실가
하늘 ᄀᆞ툰 ᄀᆞ업슨 은덕(恩德)을 어디 다혀 갑스오리

(정철, 『송강가사』)[486]

▶ 현대어 풀이   아버님 날 낳으시고 어머님 날 기르시니
두 분이 아니셨으면 이 몸이 살았을까!
하늘 같이 끝없는 은덕을 어느 곳에 갚아야 할까.

어버이 사라신제 셤길일란 다ᄒᆞ여라
디나간 후면 애닯다 엇디ᄒᆞ리

평싱(平生)애 곳텨 못홀 일이 잇뿐인가 호노라

(정철)

▶ 현대어 풀이 어버이 살아계실 제 섬기길 다하여라.
　　　　　　지나간 후면 애달픈 맘 어찌 하리.
　　　　　　평생에 다시 못할 일은 이뿐인가 하노라.

아버님 날 낳으시고 어머님 날 기르시니(阿爸兮生我 阿嬭兮育我)
두 분 은덕 없었으면 이 몸이 살았을까?(苟非兩恩德兮 此身兮生斃)
하늘같이 끝없는 은혜 어찌 다 갚사오리.(如天罔極恩德 于何可準兮爲報)(父子有親)

(송순, 오륜가, 『면앙집』 권4)

어버이 즈식(子息) 스이 하늘 삼긴 지친(至親)이라
부모(父母)곳 아니면 이몸이 이실소냐
오됴(烏鳥)도 반포(反哺)롤 하니 부모효도(父母孝道) 호여라(父子之倫)

(김상용(金尙容, 1561~1637), 오륜가, 『선원유고(仙源遺稿)』 속고)

▶ 현대어 풀이 어버이 자식 사이는 하늘이 만든 피붙이라.
　　　　　　부모님 아니시면 이 몸이 생겼을까.
　　　　　　까마귀도 은혜 갚는다니 부모께 효도하여라.

🔊 부모 은혜를 모르면 짐승보다 못하다

낳으실 제 괴로움 다 잊으시고, 기르실 제 밤낮으로 애쓰시는 것이 부모라 했다. 진자리 마른자리 갈아 눕히시는 은혜를 베풀고도 그 대가를 바라지 않는다. 그러나 자식은 부모가 주신 정성과 사랑을 깨닫는 '한순간'에 이르지 못하면 그 마음을 알지 못한다. 이에 선조들은 위와 같은 <오륜가>를 지어 평생에 고쳐 못할 일인 효도를 강조했다. 사람들이 늘 겪는 시행착오이니 지금부터라도 후회할 일을 만들지 말자는 취지에서 <오륜가>를 지었을 것이다. 낳으시고 길러주신 부모님의 은혜는 평생에 갚지 못할 일이니 부모님이 돌아가시고 나서 후회하지 말고 살아 계실 때 정성껏 섬기라고 했다. 나무가 고요히 있고자 하여도 바람이 나무를 흔들어대는 것처럼, 내가 부모님을 영원히 모시려 해도 부모님은 자식이 철들어 제대로 모실 때까지 기다려주지 못한다 한 것과 같은 맥락이다. 이렇듯 부모님은 늘 그립고 애달픈 대상이다.

> 거미를 연구하는 영국학자가 거미를 한 마리 잡았는데 거미 등에 새끼들이 올라타고 있었다. 어떤 거미인지 살피기 위해 표본을 만들어 살펴보려는 요량으로 새끼들을 붓으로 털어내고 어미를 알코올에 넣었다. 얼마를 기다렸다가 어미가 안 움직이기에 죽었구나 생각하고 새끼들을 병에 넣었는데 새끼들이 들어오니까 죽은 줄 알았던 어미가 다리를 뻗어서 새끼들을 감싸 쥐고는 품에 안고 죽어갔다. 독극물 안에서 죽어가면서도 새끼를 끌어안고 보호하는 것이 바로 어미의 모습이다.
> 염낭거미는 나뭇잎을 주머니처럼 말아서 그 안에 들어가 새끼를 키운다. 꽁꽁 봉했으니까 외부에서 오는 위험은 없다. 그런데 문제는 새끼들의 먹이이다. 어미 염낭거미가 대안으로 생각해낸 먹이는 바로 자신의 몸이다. 염낭거미 새끼들은 깨어나면 엄마의 몸을 먹고 큰다. 자연계에서 자식 사랑이라면 인간이 최고치라지만 아무래도 염낭거미에게는 못 미치지 않나 싶다. 자기 살을 먹여 자식을 키우는 염낭거미가 있으니까.[487]

독극물 때문에 죽어가는 순간에 새끼를 끌어안고 보호하려하고, 자기 살을 먹여가며 새끼를 살리려는 숭고한 염낭거미와 같은 예는 곳곳에 보인다. 인륜을 강조할 때 까마귀도 자주 캐스팅되는 주인공 가운데 하나이다. 까마귀는 부화한 지 60일 동안은 어미가 새끼에게 먹이를 물어다 먹이지만, 이후 새끼가 다 자라면 그동안 먹이 사냥에 힘이 부친 어미를 새끼가 먹여 살린다고 알려져 있다.(이시진, 『본초강목』) 다음과 같은 글도 있다.

> "어미를 여읜 까마귀/까악까악 슬피도 우네./밤으로 낮으로 날아가지 않고/해 지나도록 예의 수풀을 지키네./밤 깊어지면 우는 소리에/듣는 이 눈물 적시네./무슨 호소할 일

있나보다./못다 한 반포(反哺)의 마음을/다른 새들도 어미 있건마는/너 홀로 비통함 크구나."[488]

어미를 여읜 까마귀가 그리움에 운다 한 것은 까마귀의 생태를 담은 말, 반포지효를 알고 그렇게 여긴 탓이리라. 까마귀의 지극한 효성은 고전 곳곳에서 자주 볼 수 있다.

중국 진(晉)나라 이밀(李密, 224~287)은 일찍 아버지를 여의고 어머니마저 개가하여 천하의 고아로 남게 되었으나 훌륭한 할머니의 손에서 올바른 교육과 지극한 정성으로 양육되어 당대에 보기 드문 인재로 성장한다. 진 무제(武帝)는 그에게 큰 벼슬을 내려 요직에 등용코자 하였으나 어릴 적부터 효심이 두터웠던 이밀은 노환으로 계시던 할머니를 간호하기 위해 관직을 사양하는 진정표(陳情表)를 바친다. 이밀이 관직을 사양하자, 진노한 무제에게 이밀은

"까마귀가 어미 새의 은혜에 보답하려는 마음으로 할머니가 돌아가시는 날까지만이라도 할머니를 보양하게 해 주십시오"

라고 했다. 할머니께서 오늘날의 저를 만들어주셨는데, 지금 할머니께서는 제가 없으면 여생을 마칠 수 없고, 폐하에게 충성할 수 있는 날은 많이 남았지만 96살이신 할머니 은혜에 보답할 수 있는 날은 짧기 때문에 내린 판단이라 했다.

이렇듯 효는 왕에 대한 충성보다 우선적인 가치이다. 자식이 자란 후에 부모에게 진 은혜를 갚아 자식의 도리를 다하는 것을 '안갚음'이라 한다. 동서고금을 막론하고 효는 그 어떤 가치보다 중요하지만, 요즘 세상에는 그러한 가치를 인정받지 못하고 있다. 성심으로 효를 실천하는 사람이라면 어찌 다른 인성을 잣대로 재어볼 필요가 있겠는가. 자신을 불태우고 묻어서 죽이려한 계모를 지극 정성으로 모신 순 임금의 예에서 볼 수 있듯이 효란 부모에게서 받은 만큼만 되갚아 주는 조건적인 가치가 아니다. 다른 형제들이 하는 것과 견주어 행할 일도 아니다. 효란 내 인격과 정성을 드러내는 것이요, 그 자체로 만족스럽고 마음 편한 지향점인 것이다.

그런데 요즘의 매체에는 못할 짓을 하는 부모도 자식도 많이 소개된다. 부모와

자식 간을 물질적 잣대로 따져 전제 조건을 다는 때문일 것이다. 인간적 윤리보다는 이기적인 자기 욕망에 사로잡힌 탓일 것이다. 인격 교육이 부재한 가운데, 자기 감정을 지나치게 존중받고, 자기 마음을 다스리는 일의 필요성을 배우지 못한다면 앞으로 더욱 많이 발생할 일일 것이다.

28일 오전 0시 20분쯤 울산 중구 남외동 한 주택에서 A(22)씨가 아버지(48)에게 흉기를 휘둘러 부상을 입혔다가 가족의 신고로 경찰에 붙잡혔다. 경찰에 따르면 A씨는 이날 아버지 몰래 여자친구(17)를 집으로 데려왔다가 아버지로부터 "왜 여자친구를 데려왔느냐"는 훈계를 듣자, 순간적으로 격분해서 아버지의 얼굴 부위에 흉기를 휘둘렀다. 당시 술에 취한 A씨는 누나와 여자 친구의 만류에도 불구하고 4~5차례나 흉기를 휘둘렀다고 했다. A씨는 경찰에서 "후회하고 반성한다."고 밝혔으나, 경찰은 A씨에 대해 구속영장을 신청할 방침이다.

앞서 지난 21일 광주에서는 현직 경찰관인 아버지(54)를 흉기로 찔러 숨지게 한 아들 B(17·고2)군이 경찰에 붙잡혔다. B군은 경찰조사에서 아버지가 술을 마시고 어머니와 부부싸움 하는 것에 화가 나 우발적으로 범행을 저질렀다고 진술했다. 또 지난 12일에는 경북 성주군에서 C(36)씨가 설을 쇠러 고향에 왔다가 어머니(59)가 잔소리를 한다는 이유로 폭행해 숨지게 한 혐의로 구속됐으며, 하루 전날인 11일에는 경기도 의정부에서 D(41)씨가 술에 취한 아버지가 어머니를 괴롭히는 것을 만류하다 "취직도 못하고 방구석에만 있는 형편없는 놈"이라고 무시하는 것에 격분해 아버지(71)를 폭행해 숨지게 한 혐의로 구속됐다.[489] 이처럼 존속을 상해하는 패륜범죄는 날이 갈수록 늘어나고 있다고 한다. 경찰청이 지난해 국회 행정안전위원회 강기윤 의원에게 제출한 자료에 따르면 2008년부터 2012년 8월까지 모두 10만 2948명이 부모 등 친족을 대상으로 패륜범죄를 저질러 사법처리 됐으며, 존속 살해는 2008년 45건에서 2009년 58건, 2010년 66건, 2011년 68건으로 해마다 증가추세에 있는 것으로 드러났다.

사람 사는 세상에서 절대 높아져서는 안 되는 수치가 높아지고 있는 것이다. 수치의 정도를 보면 자극적인 기삿거리를 알리어 독자 수를 확보하려는 언론의 상업적 태도 때문이라고 덮어 둘 수 있는 문제가 아니다. 부모가 진정으로 조건 없는 사랑을 베풀고, 자식이 이 마음을 안다면 어찌 하루인들 불효를 하겠는가!

정철은 <훈민가> 중에서도 부모를 잘 섬기고 공경하는 일을 으뜸으로 내세웠다. "부모는 자식을 낳을 때 많고 적은 고생을 하신다. 아이를 배어 장차 낳을 때 구사 일생하며 3년간 젖을 먹일 때 어머니는 갖은 고생을 하신다. 이끌고 붙들며 간수하고 품으시매 날로 자라기를 바라시어 금과 구슬을 아끼듯 하고 내 목숨을 보호하듯 하신다. 까마귀도 먹이를 도로 어미에게 먹여 은혜 갚을 줄을 아는데 사람이면서도 불효하면 까마귀만 못하다 할 것"이라 했다.[490] 선조들이 <오륜가>를 지으면서 효를 가장 위에 제시하고 있는 이유를 되새기며 현대사회에서 우리가 추구하는 지향점이 과연 바른지, 부모와 자식을 향한 내 삶의 태도에 혹 문제는 없는지를 살펴야 하는 때가 아닐까 싶다.

🐌 목숨보다 소중한, 인간의 관계 윤리

오륜을 알지 못하면 짐승과 한 가지라 했다. 맹자도 "사람이 금수와 다른 것이 얼마 안 되니, 소인들은 이것에 아랑곳하지 않고, 군자는 이 다른 것을 지켜나가려 한다."했다. 사람과 동물은 태어날 때 똑같이 천지 이치에 따라 본바탕이 생겼고 똑같이 천지의 기를 얻어 형체를 삼았다. 다른 점이 있다면 사람은 신체와 정신에 올바름을 얻어 본성을 온전히 보존할 수 있다는 점이다. 사람과 동물이 구분되는 바는 실로 여기에 있는 것이다. 소인들은 이를 알지 못하고 버리니 이름은 비록 사람이나 실제는 금수와 다를 것이 없고, 다만 군자는 이를 알아서 보존한다. 이 때문에 전전긍긍하고 두려워하며, 조심하고 괴로워하여 마침내 그 받은 바의 올바름을 온전히 보존하는 것이다.[491] 타고난 본능이야 사람과 동물이 크게 다르지 않지만 오직 사람만이 선함과 올바름의 윤리를 온전히 보존하여 본능에서 자유로울 수 있다는 것이다. 여기서는 성선설(性善說)의 입장에서 인간은 선한 마음을 온전히 유지해야 한다고 강조하고 있는데, 인간이 타고난 올바름을 보존하기 위해 전전긍긍하고 조심하고 괴로워해야 한다고 한 관점이 놀랍다. 인간의 이기적인 욕망과 동물적 본성을 이미 경험하고 굽어본 결과일 터이니 말이다.

요즘 세상에 자신의 욕망을 채우기 위해 남의 권리를 침해하고, 동물적 본능의 노예가 되어 야수보다 못한 삶을 사는 사람들이 얼마나 많은가! 때로는 그것을 솔직함이라고 미화하기도 한다. 본능과 윤리가 상충하는 순간에 인간다운 가치보다 동물적 본능에 충실한 결과인데, 뒤늦게 깨닫는 경우도 있으나 이미 돌이킬 수 없을 때도 많다. 본능에 충실한 삶을 흔히 동물에 비유하지만 모든 동물이 그 억울한 굴레를 써야하는 것은 아니다. 여기서 짐승보다 못한 인간이란 말이 나오는 것이다. 이 말을 큰 모욕이라 여기지 못하고 둔감해지는 순간 사람으로서의 영예가 사라지게 되는 것이다.

임금과 신하 사이의 도리

님금과 빅셩(百姓)과 스이 하늘과 싸히로디
내의 셜운 일을 다 아로려 ᄒ시거든
우린들 술진 미나리롤 혼자 엇디 머그리

(정철, 『송강가사』)

▶ 현대어 풀이   임금과 백성 사이는 하늘과 땅이로다.
나의 서러운 일을 다 헤아려 주시는데
우린들 좋은 미나리를 혼자 어찌 먹겠는가.

"군왕이 백성 거느리니 부모 역할 아니신가.(君王統百姓兮 作父母兮位焉)
뭇 신하들 우러르니 이 한 몸도 바치리라(羣臣如天仰之兮 用一身兮獻之)
오로지 만년토록 천수누리길 비옵나이다."(惟祝壽兮 於萬年兮)[492]

(君臣有義)(송순)

> "님군을 셤기오디 졍(正)호 길노 인도(引導)호야
>
> 국궁진췌(鞠躬盡瘁)*호야 죽은 후(後)의 마라스라
>
> 가다가 불합(不合) 곳호면 믈너간들 엇더리"(君臣之倫)
>
> (김상용, 오륜가, 『선원유고』속고(續稿))

▸현대어 풀이 임금을 섬기되 바른 길로 이끌어

　　　　　　굽히어 힘쓰기를 평생토록 할지어다.

　　　　　　그러다 뜻 안 맞으면 물러난들 어떠하리.

* 국궁진췌(鞠躬盡瘁) : '국궁(鞠躬)'은 "존경하는 뜻으로 몸을 굽힌다."는 뜻이고, '진췌(盡瘁)'는 "몸이 파리할 정도로 마음과 힘을 다한다."는 뜻이다.

동기(同氣)간의 도리

> 형아 아이야 네 술홀 모져 보와
>
> 뉘손디 타나관디 양지조차 フ 토손다
>
> 호졋 먹고 길러나 이셔 닷마음을 먹디 마라
>
> (정철, 『송강가사』)

▸현대어 풀이 형아 아우야 네 살을 만져보아라.

　　　　　　누구에게 타고났는지 생김새가 비슷한가.

　　　　　　한 젖을 먹고 자랐으니 다른 마음먹지 마라.

> "형아 아우야 네 살을 만져보아라.(兄兮弟兮 撫爾肌兮視之)
>
> 누구에게 받았는지 생김새까지 비슷하네.(賦自于誰兮 樣子兮從以似)
>
> 한 젖 먹고 자랐으니 딴 마음 먹으리오?"(喫一乳兮 長一抱 異心兮無以)
>
> (송순, 오륜가, 『俛仰集』卷4)[493]

> "형뎨(兄弟) 두 몸이나 일긔(一氣)로 눈화시니
> 인간(人間)의 귀(貴)호 거시 이 이(外)예 쏘 잇눈가
> 갑 주고 못 어들거슨 이 쑨인가 호노라"
>
> (長幼之倫) (김상용)

▶ 현대어 풀이   형제 두 몸이나 같은 기(氣)를 나누었으니
　　　　　　　　인간에게 귀한 것이 이 밖에 또 있을까?
　　　　　　　　돈 주고도 못 사는 것은 이뿐인가 하노라.

부부 사이의 도리

> 호몸 둘헤 눈화 부부(夫婦)롤 삼기실샤
> 이신제 홈의 늙고 주그면 호디 간다
> 어디셔 망녕의 쩌시 눈 흘긔려 호눈고
>
> (정철, 『송강가사』)

▶ 현대어 풀이   한 몸을 둘로 나누어 부부를 만들었으니
　　　　　　　　살 때는 함께 늙고 죽으면 한 곳에 묻힌다.
　　　　　　　　어디서 망령된 것들이 눈 흘기려 하는가!

> "한 가족 이루지만 안팎이 같다하랴(一家而爲號兮 亦內外兮不同)
> 부부의 사이란 엄하고도 곧아야 하네(故夫婦之間兮 俾嚴正兮成之)
> 친하고 사랑함은 분별에서 싹튼다네."(親且可愛之意兮 須以識兮以生)
>
> (夫婦有別) (송순)

> "부부(夫婦)라 히온 거시 눔으로 되어이셔
> 여고슬금(如鼓瑟琴) 호면 긔 아니 즐거오냐
> 그러코 공경(恭敬)곳 아니면 즉동금슈(卽同禽獸)호리라"
>
> (夫婦之倫) (김상용)

▸현대어 풀이　부부라 하는 것은 남이 서로 만났으니,
　　　　　　 금실이 좋으면 그 아니 즐거운가?
　　　　　　 그렇게 공경 않으면 금수와 같으리라.

🐌 부부는 한없이 친한 사이이지만 분별을 갖추어야 한다.

　"남편이 어질지 못하면 아내를 거느릴 수 없고, 아내가 어질지 못하면 남편을 섬길 수 없다. 남편이 아내를 거느리지 못하면 위엄이 없어지고 아내가 남편을 섬기지 못하면 의리가 무너진다." 했다. 남편은 어진 마음으로 아내를 거느리고, 아내도 어질어 남편을 섬길 때 부부의 금실이 좋아진다.

　"부부는 의좋게 목숨이 다할 때까지 서로 떨어짐이 없이 방안에서 맴돌며 지내므로, 결국 스스럼없이 대하면 말이 지나치게 되고 말이 지나치면 반드시 행동이 방자해지며 행동이 방자해지면 남편을 업신여기는 마음이 생기게 된다. 이는 바로 만족함을 알지 못한 탓이다."(소혜왕후, 『내훈(內訓)』 부부장)라고 한 것도 부부 관계란 서로 지나친 언행을 하지 않고 함께 공경할 때 순조로울 수 있다는 가르침을 주고 있다. 송나라의 진양(陳襄)은 남편과 아내는 서로 은혜로운 마음을 가져야 한다고 했으니, 이를 부부유은(夫婦有恩)이라 한다. "가난하더라도 서로를 지키는 것이 은혜를 지니는 일이다. 만약 남편이 아내를 버리고 거두지 않거나 남편이 세상을 떠났을 때 새로 시집가면 모두 은혜를 저버리는 일"이라고 했다.[494] 부부 사이에 가난할 날의 행복을 알고 서로 격려하는 일이 그리 쉬운 일은 아닐 것이니 이렇게 말로 남기어 마음에 새기도록 했을 것이지만 이 일은 현대에도 지침으로 삼을 수 있겠다. 풍속이 많이 달라진 요즘에 와서 사별로 인해 개가하는 일까지 부부간의 은혜를 저버린 일이라고 할 수는 없겠지만 서로 믿고 살아온 세월에 대한 고마움이야 영원히 마음에 새기고 살아야 하지 않겠는가!

친구 간의 도리

눔으로 삼긴 듕의 벗ᄀᆺ티 유신(有信)ᄒ랴
내의 왼 일을 다 닐오려 ᄒ노매라
이 몸이 벗님 곳 아니면 사룸되미 쉬올가

(정철, 『송강가사』)

▶현대어 풀이   남으로 태어난 중에 벗 같은 믿음이 또 있으랴.
나의 그른 일을 다 말하려 하는구나.
이 몸이 벗이 없었다면 사람 되기 쉬웠을까.

"사람의 삶 속에 벗과 같은 믿음 있을까?(凡人有生之中兮 如友兮有信)
내가 가진 잘못도 모두 다 바로잡고파.(吾之有非兮 欲盡是兮)
내가 이 벗 아니면 사람 되기 쉬울까나."(此身苟匪此友兮 其爲人兮易乎)

(朋友有信)(송순)

"벗을 사괴오디 처음의 삼가ᄒ야
날도곤 나으니로 골희여 사괴여라
죵시(終始)허 신의(信義)룰 딕희여 구이경지(久而敬之) ᄒ여라"

(朋友之倫)(김상용)

▶현대어 풀이   벗을 사귀데 처음에 삼가서
나보다 나은 이를 가려서 사귀어라
항상 신의를 지키어 오래 공경하여라.

☙ 남으로 태어나 나와 가장 친한 그 이름, '벗'

춘추전국시대 조나라에 인상여(藺相如)라는 자가 있었다. 그는 빼어난 지략가로,
진나라 소양왕에게 천하의 명옥 화씨벽(和氏璧)을 안전하게 찾아오고 왕을 잘 보필한

공로를 인정받아 상대부(上大夫)에 이어 상경(上卿)의 자리에 올랐다. 이에 조나라의 명장 염파(廉頗)보다 지위가 높아지자 염파는 분개하여,

"나는 싸움터를 누비며 적과 싸우며 큰 공을 세웠다. 그러나 인상여는 겨우 혀와 입만 놀렸을 뿐인데 지위가 나보다 높다. 또 상여는 본래 미천한 출신이니, 나는 부끄러워서 그의 밑에 있을 수 없다."

하며, '언제든 인상여를 만나면 반드시 모욕을 주리라.' 다짐했다.

상여는 이 말을 듣고 염파와 마주치지 않으려 했다. 상여는 조회가 있을 때마다 늘 병을 핑계 삼아 염파와 서열을 다투려 하지 않을 뿐만 아니라 외출할 때도 멀리 염파가 보이면 수레를 끌어 숨어버리기도 했다. 이에 심부름꾼이 이렇게 간하였다.

"저희가 친척을 떠나와서 나리를 섬기는 까닭은 오직 나리의 높은 뜻을 사모하기 때문입니다. 지금 나리께서는 염파와 같은 서열에 있습니다. 그러나 나리는 염파가 나리에 대해 나쁜 말을 퍼뜨리고 다니는데도 그가 두려워 피하시며 지나치게 겁을 내십니다. 이것은 평범한 사람들도 부끄러워하는 일인데, 하물며 장군이나 재상이라면 어떻겠습니까? 못난 저희는 이만 물러갈까 합니다."

인상여는 그들을 완강하게 말리며 말했다. "그대들은 염 장군과 진나라 왕 가운데 누가 더 무섭소?" 심부름꾼들이 대답했다. "염 장군이 진나라 왕에 못 미칩니다."

상여가 말했다.

"저 진나라 왕의 위세에도 불구하고 나는 그를 궁정에서 꾸짖고 그 신하들을 부끄럽게 만들었소 내가 아무리 어리석기로 염 장군을 겁내겠소? 내가 곰곰이 생각해 보건대 강한 진나라가 감히 우리나라를 치지 못하는 까닭은 나와 염파 두 사람이 있기 때문이오 만일 지금 호랑이 두 마리가 어울려서 싸우면 결국은 둘 다 살지 못할 것이오 내가 염파를 피하는 까닭은 나라의 위급함을 먼저 생각하고 사사로운 원망을 뒤로하고 있기 때문이오"

염파는 이 말을 듣고 웃옷을 벗고 가시 채찍을 등에 짊어지고 빈객으로서 인상여의 문 앞에 이르러 사죄하며 말했다.

"제가 비천하여 상경께서 이토록 너그러우신 줄 몰랐습니다."

이리하여 두 사람은 서로 화해하고 죽음을 같이하기로 약속한 벗이 되었다.[495] '문경지교(刎頸之交)', 즉 목을 베어줄 수 있는 친구라는 말은 여기서 나왔다. 관포지교(管鮑之交), 금란지교(金蘭之交), 수어지교(水魚之交), 교칠지교(膠漆之交) 등등 친구 사이의 우정을 담은 사자성어는 참으로 많다.

정철과 송순의 작품 내용이 흡사하다. 남으로 태어난 사람들 중에 벗과 같이 믿음 가는 관계가 없다 했다. 나의 옳고 그름을 다 알려주니, 벗이 없었다면 내가 사람 되기 쉽지 않았을 거라고 했다. 스승이나 부모가 잘못을 언급하면 그저 그런 훈계로 여겨 한 귀로 듣고 한 귀로 흘리는 경우가 많지 않은가. 기성세대야 뒤 세대만큼은 자신이 겪어 온 시행착오를 겪지 않고 넘어서기를 기대하면서 가르쳐주려고 하지만 그 진정성을 이해하는 사람이 많지 않으니 사람이 하는 일이 참 아둔하다. 그러나 자신과 입장이 비슷한 친구가 나의 잘못을 지적해 줄 때는 귀담아 듣지 않을 수 없다. 그 말 또한 너나 잘하시지 하며 건성으로 듣는다면 바르게 살기는 그른 일이 아닌가.

김상용(金尙容)의 작품에는 처음에 벗을 사귈 때 삼가고 삼가서, 나보다 나은 이를 가려서 사귀고 항상 신의를 지키어 오랫동안 공경하라고 했다. 벗 사이에 친함만을 중시하는 요즘의 시선으로 본다면 벗 사이에 공경이란 단어는 낯설기만 하다. 그러나 배울 점 많은 사람을 벗 삼아 공경하는 마음이 없다면 그 관계가 오랠 수 있겠는가! "날도곤 나으니로 골히여 사괴여라"라고 한 것은 『논어』 학이(學而) 편의 '나보다 못한 자를 벗 삼지 말라(無友不如己者)'에서 유래했다. 급변하는 시대에 풍부한 경험과 다양한 만남의 필요성을 중시하는 현대인의 시각에서 본다면 편협한 시각으로 비쳐질 수도 있겠다.

이덕홍이 스승 퇴계에게 다음과 같이 여쭈었다.

"공자가 말씀하시기를 '자기보다 못한 사람을 친구로 삼지 마라' 하였으니, 자기보다 못한 사람과는 일체 사귀지 말아야 합니까?"

하니, 선생께서

"보통 사람의 마음은 자기보다 못한 사람 사귀기를 좋아하고 자기보다 나은 사람과 벗하기를 좋아하지 않기 때문에 공자가 그렇게 말한 것이지, 일체 더불어 사귀지 말라 한 뜻은 아니다. 만일 모두가 착한 사람만 골라 사귄다면 이 또한 한쪽으로 치우치는 일이다."

덕홍이 다시 물었다.

"그렇다면 못된 사람과 사귀다가 휩쓸려 그 속에 빠져 들면 어찌하겠습니까?"

그러자 선생께서는 말씀하셨다.

"좋은 점은 배우고 나쁜 점은 고칠 것이니, 착함과 악함이 모두 다 내 스승이다. 만일 악에 휩쓸려 빠져 들어가기만 한다면 무엇 때문에 학문을 하겠는가?"[496]

퇴계의 답에는 "자고로 군자란 끊임없이 학문과 덕을 쌓고 윤리와 도를 실천하며 어질게 살아야 한다. 따라서 언제나 자기보다 학문과 덕행, 도가 높고 어진 사람과 어울려 나날이 발전해가야 한다."는 뜻이 담겨 있다. 친구의 착한 모습을 보면 배우고, 나쁜 모습을 보면 '나는 그래서는 안 되겠구나' 생각한다면 그만이니 내 마음이 반듯하게 서 있다면 착함과 악함이 모두 스승인 것이다. 내 마음을 반듯하게 세우기 위해 배움이 필요하다 했다. 그저 친함만을 내세워 친구의 잘못을 따라한다면 배움이 부족하고 나 자신 또한 반듯이 서 있지 못한 것이니 어찌 벗을 탓할 일인가. 나쁜 친구와 어울려 내 아이가 어긋난 길을 갔다고 탓하는 사람들이 거울삼아야 할 말이다.

정약용이 유배지에서 자식에게 보낸 편지에도 형제나 친구의 사귐에 대해 다음과 같은 신신당부를 담았다.

"몸을 닦는 일은 효도와 우애로써 근본을 삼아야 한다. 효도와 우애에다 자기의 본분을 다하지 않으면 비록 학식이 고명하고 문체가 찬란하다 해도 흙담에다 아름답게 색칠해 놓은 것에 지나지 않는다. 자기 몸을 엄정하게 닦아놓았다면 그가 사귀는 벗도 자연히 단정한 사람이어서 같은 기질로 인생의 목표가 비슷하게 되어 친구 고르는 일에 특별히 힘쓰지 않아도 된다. 이 늙은 아비가 세상살이를 오래 경험하였고 또 어렵고 험난한 일을 고루 겪어보아서 사람들의 심리를 두루 알게 되었는데, 무릇 천륜에 야박한 사람은 가까이해서는 안 되고 믿을 수도 없다. 비록 충성스럽고 인정 있고 부지런하고 민첩하여 온 정성을 다하여 나를 섬겨 주더라도 절대로 가까이 해서는 안 된다. 이들은 끝내는 은혜를 배반하고 의리를 저버려 아침에는 따뜻이 대해 주다가도 저녁에는 차갑게 대하고 만다. 대개 온 세상에서 깊은 은혜와 두터운 의리는 부모 형제보다 더 두터운 것이 없는데 그들이 부모 형제를 그처럼 가볍게 버리는데 벗들에게 어떠하리라는 것은 쉽게 알 수 있는 이치이다. 너희는 이 점을 반드시 기억해 두도록 하라. 무릇 불효자는 가까이 하지 말고 형제끼리 우애가 깊지 못한 사람도 가까이 해서는 안 된다."[497]

정약용은 효도와 우애가 있고 자기 본분을 다할 줄 아는 것을 사람의 가장 근본적인 도리라고 여겼다. 이를 갖추지 못하면 제아무리 학식이 고명하고 문체가 찬란해도 흙으로 만든 담에 색깔만 곱게 칠해놓은 것이라 했다. 천륜에 야박하여 불효하고 우애가 좋지 않은 사람도 경계하라 했고, 특히 교묘히 말하며 앞에서만 낯빛을 좋게 하는 자를 멀리 하라고 타일렀다. 『논어』 학이 편에 보면, "좋은 말을 꾸며서 하고, 낯빛을 좋게 하려고 꾸미는 자 중에는 어진 사람이 드물다." 하였으니 이를 말한 것일 것이다. 충성스럽고 인정 있고 부지런하고 민첩하게 나를 섬겨주는 사람을 가까이 해서는 안 된다고 했다. 이득을 위해 그런 척하는 조변석개의 간사한 사람을 피하라는 경계일 것이다. 『안씨가훈(顔氏家訓)』의 말처럼 세력이 있을 때 사귄은 세력이 없어지면 끊어지고, 이로움을 찾아 사귄 사람은 이익이 없어지면 흩어지는 것이니 힘이나 권세, 재물 등에 근거한 부질없는 만남보다는 진정한 사귐을 얻으라는 걱정이었을 것이다. 간사한 사람은 끝내 은혜를 배반하고 의리를 저버려 아침에는 따뜻이 대해 주다가도 저녁에는 차갑게 대할 것이니 가까이해서는 안 된다는 말 속에는 자신이 유배 가 있는 동안 자식들이 진정하고 깊이 있는 사귐을 못할까 걱정하는 정약용의 근심이 뚝뚝 묻어나고 있다.

더불어 사는 세상의 인간관계 윤리

ⓐ 간나히 가는 길흘 스나히 에도드시
　 스나히 녜는 길흘 계집이 츼도드시
　 제 남진 제 계집 아니어든 일홈 뭇디 마오려

(이하 ⓙ까지, 정철 『숑강가수(松江歌辭)』)

▶현대어 풀이　여자들 가는 길을 사내들은 둘러 가듯
　　　　　　　사내들 가는 길을 여자들은 비켜 돌듯
　　　　　　　제 남편 제 아내 아니거든 이름도 묻지 말지어다.

ⓑ 네 아들 효경(孝經) 닑더니 어도록 비홧느니
　 내 아들 쇼혹(小學)은 모리면 무출로다
　 어너제 이 두글 비화 어딜거든 보려뇨

▶현대어 풀이　자네 아들 효경 읽더니 어떻게 배웠는가.
　　　　　　　내 아들 소학은 모레면 마칠러니.
　　　　　　　언제든 이 두 글 배워서 어질거든 보려는가?

ⓒ 무올 사름들아 올혼 일 ᄒ쟈스라
　 사름이 되여 나셔 올치옷 못ᄒ면
　 무쇼롤 갓곳갈 씌워 밥 먹이나 다ᄅ랴

▶현대어 풀이　마을 사람들아 옳은 일 하세나.
　　　　　　　사람이 되어서 옳지를 못하다면
　　　　　　　마소에게 고깔 씌워 밥 먹임과 한가지라.

ⓓ 풀목 쥐시거든 두 손으로 바티리라

  나갈디 겨시거든 막대 들고 조츠리라

  향음쥬(鄕飮酒) 다 파훈 후에 뫼셔 가려 ᄒ노라.

▶ 현대어 풀이 팔목을 쥐시거든 두 손으로 받쳐드리고

          나가실 데 계시거든 지팡이 들고 따를 것이라.

          송별연 끝나시거든 모시고 가야 할 것이라.

ⓔ 어와 뎌 족하야 밥 업시 엇디훌고

  어와 뎌 아자바 옷 업시 엇디훌고

  머흔일 다 닐러스라 돌보고져 ᄒ노라.

▶ 현대어 풀이 어와 저 조카야 밥 없이 어찌 살까.

          어와 저 아재야 옷 없이 어찌 살꼬.

          험한 일 다 말 하여라 돌보고자 하노라.

ⓕ 네 집 상ᄉ 둘흔 어도록 출호손다

  네 ᄯᆯ 셔방은 언제나 마치ᄂ손다

  내게도 업다커니와 돌보고져 ᄒ노라.

▶ 현대어 풀이 자네 집 상사(喪事)에는 어떻게 준비하는가.

          네 딸 서방은 언제나 짝을 맞추나.

          내게도 없지마는 돌보고저 하노라.

ⓖ 오늘도 다 새거다 호믜 메오 가쟈스라

  내 논 다 미여든 네 논 졈 미여 주마

  올 길히 뽕 ᄲᅡ다가 누에 먹켜 보쟈스라.

▶ 현대어 풀이 오늘도 다 새었다 호미 메고 가자꾸나.
　　　　　　　내 논 다 매거든 네 논 좀 매어 주마.
　　　　　　　오는 길에 뽕 따다가 누에 먹여 보자꾸나.

ⓗ 비록 못 니버도 ᄂᆞ믜 오슬 앗디 마라
　비록 못 먹어도 ᄂᆞ믜 밥을 비디 마라
　흔적 곳 뻐 시론 휘면 고텨 삣기 어려우리.

▶ 현대어 풀이 비록 못 입어도 남의 옷을 빼앗지 마라.
　　　　　　　비록 못 먹어도 남의 밥을 구걸 마라.
　　　　　　　한 번 때 묻은 후면 다시 씻기 어려우리.

ⓘ 샹뉵 쟝긔 ᄒᆞ디 마라 숑ᄉᆞ 글월 ᄒᆞ디 마라
　집 배야 므슴ᄒᆞ며 ᄂᆞ미 원슈 될 줄 엇디
　나란히 법을 세우샤 죄 잇는 줄 모ᄅᆞᆫ다.

▶ 현대어 풀이 도박 장기(將棋) 하지 마라 송사(訟事) 글 짓지 마라
　　　　　　　집 망치면 어찌하며 남의 원수 되면 어쩌랴.
　　　　　　　나라가 법을 세웠거늘 죄 있는 줄 모르는가.

ⓙ 이고 진 뎌 늘그니 짐 프러 나를 주오
　나는 졈엇써니 돌히라 무거올까
　늘거도 설웨라커든 짐을 조차 지실가.

▶ 현대어 풀이 이고 진 저 늙은이 짐 풀어 나를 주오
　　　　　　　나는 젊었거늘 돌인들 무거울까.
　　　　　　　늙은 것도 서럽거늘 짐까지 지실까!

🐾 윤기(倫紀)가 있어야 사람이다

윤기는 윤리인데, 오상(五常)은 그 가운데 대표적이다. 오상을 지키지 않고, 공경하는 마음을 갖지 않으면 금수와 다를 바 없다 하였다. 정약용은 유배지에서도 "짐승에서 벗어나 인간이기 위해서는 독서와 수양으로 끊임없이 인륜을 배우고 익히라"는 편지를 보냈다.

번쩍번쩍 빛나는 좋은 의복을 입고 겨울에는 갖옷에 여름에는 발 고운 갈포 옷으로 종신토록 넉넉하게 지내면 어떻겠는가? 그것은 비취나 공작, 여우나 너구리, 담비나 오소리 등속도 모두 그렇게 할 수 있는 것이다. 향기 풍기는 진수성찬을 조석마다 먹으며 풍부한 쇠고기·양고기로 종신토록 궁하지 않게 지내면 어떻겠는가? 그것은 호랑이나 표범, 여우나 늑대, 매나 독수리 등속도 모두 그렇게 할 수 있는 것이다. 그러나 독서 한 가지 일만은 위로는 성현(聖賢)을 뒤따라가 짝할 수 있고, 아래로는 수많은 백성들을 길이 깨우칠 수 있으며, 어두운 면에서는 귀신의 정상(情狀)을 통달하고 밝은 면에서는 왕도(王道)와 패도(覇道)의 정책을 도울 수 있어, 짐승과 벌레의 부류에서 초월하여 큰 우주도 지탱할 수 있으니, 이것이야말로 우리 인간이 해야 할 본분인 것[498]이라 했다.

맹자는 '대체(大體)를 기르는 사람은 대인이 되지만 소체(小體)를 기르는 사람은 소인이 되어 금수에 가까워진다.' 하였으니, 만약 따뜻이 입고 배불리 먹는 데에만 뜻을 두고서 편안히 즐기다가 세상을 마치려고 한다면 죽어서 시체가 식기도 전에 이름은 없어지는 자가 될 것이니, 이는 금수일 뿐이니 금수와 같은데도 이를 원할 것인가라고 탄식했다.

성대중(成大中, 1732~1809)도 항상 지녀야 하는 도리를 알지 못하는 인간을 흔히 생존 본능에만 충실한 짐승에 비유하였다. 때론 인간보다 의리 있는 동물의 예화를 통해 인간의 도덕 불감증에 경각심을 일깨우기도 한다. "들에 구렁이 한 마리가 죽어 있었는데, 다른 구렁이 한 마리가 그 옆에서 따라 죽었다. 아마도 먼저 죽은 뱀의 짝인 듯하니, 누가 구렁이를 음탕한 추물이라고 하겠는가!"라는 예화, "강가에서

작살을 놓던 사람이 물수리를 잡아 삶고 있었는데, 그 새의 짝이 공중을 빙빙 돌다가 끝내 펄펄 끓는 솥으로 떨어져 함께 죽었다. 새나 짐승의 의리가 사람보다 훨씬 뛰어나니 참으로 가슴 아프다."는 예화를 들었다. "짐승은 같은 무리가 죽는 것을 보면 슬퍼하지만 사람은 남을 죽이고도 통쾌히 여기는 자가 있고, 간혹 남의 재앙을 요행으로 여겨 그 지위를 빼앗기도 하니 짐승이라도 이런 짓을 하겠는가."에는[499] 아예 인간이 짐승보다 못한 예도 많다는 씁쓸한 탄식을 적고 있다. 현대사회에서 친딸을 성폭행하고, 자식을 학대하고, 친부모를 때리거나 죽이는 등의 패륜과 비윤리를 본다면 선조들은 어떤 말로 우리를 꾸짖을 것인가? 자기 마음 다스리는 법이나 사람에게 가장 중요한 가치부터 제대로 가르치지 못한 교육을 탓하실 것인지, 내 이익을 우선으로 살아가는 사회 분위기를 탓하실 것인지, 아니면 다른 진단 결과를 내놓으실지 자못 궁금하다. 지난날에도 패륜은 있었으니 인간의 본성은 본디 선하다는 시각을 철회하시는 것은 아닐까? 아무튼 더불어 살아가는 사회에서 사람으로서 가장 기본적으로 지켜야 할 룰조차도 지켜지지 않는구나 싶은 생각이 들 때가 많다. 그분들은 사회가 이 지경에 이를 때까지 대책을 마련하지 못한 우매한 우리들에게 어떤 방책을 세워 주실 것인가!

🐛 〈훈민가〉를 가르쳐 인간의 지향점을 제시하다

만력(萬曆) 8년(1580) 경진(庚辰) 추7월 16일에 정철은 홍주관(洪州舘) 판기(板記)에 다음과 같은 글을 적었는데, 이것이 바로 정철이 백성들을 위해 훈민시조를 지은 뜻이라 할 수 있다.

먼저 "하늘이 백성을 내실 제 물건이 있으면 법칙이 있는 것과 같이 사람에게도 도리가 있어서 본시 착한 일을 할 수 있으나 다만 가르치고 이끎이 밝지 못하고 듣고 아는 바가 없으면 비록 아름다운 바탕을 가졌다 할지라도 인재로 다듬을 수 없다. 하물며 어리석은 백성들이야 어떻게 제대로 고쳐나갈 수 있겠는가. 내가 부족한 사람으로 외람되어 한 도(道)의 주인을 맡아 밤낮으로 두렵고 짐을 감당하지 못할까봐 걱정이다. 백성을 교화하고 풍속을 이루게 하는 것이 비록 기대하기 어렵다 하더라도 가르쳐 인도하고 타일러 훈계하는 것을 그만 둘 수는 없는 일이다."에서와 같이 정철은 강원도의 최고 책임자로서 백성들을 타이르고 가르쳐 풍속을 더욱 아름답게 하겠다는 의도를 분명히 했다. 그래서 여기에 서산(西山) 진(眞) 선생의 두 권유문(勸諭文)에서 그 요지를 가려 뽑아 하나로 합쳐서 촌락에 게시한다고 했다.[500] 서산 진선생의 이름은 덕수(德秀)이고 서산은 별호이다. 정철은 송나라 때 진덕수(眞德秀, 1178~1235)가 담주(潭州) 고을의 백성들에게 풍속을 깨우친 글과 천주(泉州)의 원으로 가서 알린 글을 합해서 촌락에 걸어 보인다고 했다.

정철은 진덕수의 <권유문>을 합쳐 촌락에 걸었다 했지만 그의 <훈민가> 면면을 보면, 진양(陳襄)의 <권유문>을 많이 본받았다. 정철은 이 <훈민가>를 지어 백성들로 하여금 항상 익혀 입으로 읊조리게 하면 사람의 마음을 움직여 분발하게 할 것이라고 생각하였다.[501] 위의 <훈민가> 가운데 세상을 살아가는 갖가지 관계 윤리를 담았다고 제시한 작품들을 분석해보면 다음과 같다. ⓐ는 남녀유별(男女有別)인데, 남녀 사이에는 분별이 있다는 말이다. 진선생 권유문에는 "남자에겐 아내가 있고 아내에겐 지아비가 있으니 분별하여 어지럽지 않아야한다고 설명하고 있다. ⓑ는 자제유학(子弟有學)을 강조하고 있다. 사람이란 반드시 배움을 당연한 도리로 알아야만 한다. 사람이 행해야할 도덕이 예의(禮義)이고, 청렴하여 부끄러움을 아는 것을 염치(廉恥)라 하니 자제들을 가르쳐야 예의염치를 알게 되는 것이다. ⓒ는 향려유례(鄕閭有禮), 즉 한 마을의 윗사람 아랫사람들끼리 지켜나가야 하는 바른 길과 도리를 말한다. 추울 때나 따뜻할 때나 이웃끼리는 서로 따뜻한 마음으로 왕래하며 잔치자리에서 나이 많은 사람과 젊은 사람이 앉거나 서거나 절하거나 일어날 때마다 순서를 가져야 한다.[502] ⓓ는 장유유서(長幼有序)인데 윗사람과 아랫사람은 반듯한 도리와 분명한 순서를 가져야 한다는 말이다. ⓔ는 빈궁우환(貧窮憂患) 친척상구(親戚相救)이다. 가난하고 우환이 있으면 피붙이끼리 서로 돕는다. 가난과 어려움이 있으면 친척들이 돈과 곡식을 빌려주어 돕는다는 뜻이다. ⓕ는 혼인사상(婚姻死喪) 인리상조(隣里相助)이니 혼인이나 상사에 이웃끼리 서로 돕는다는 말이다. ⓖ는 무타농상(無惰農

춘)인데, 농사일을 게을리 하지 말라는 말이다. ⓗ는 무작도적(無作盜賊)이니 도적질 하지 말라는 뜻이고, ⓘ는 무학도박(無學賭博) 무호쟁송(無好爭訟)은 도박을 배우지 말고 송사하기를 좋아하지 말라는 뜻이다. ⓙ는 반백자불부대(班白者不負戴)이니 머리 센 사람에게 짐을 지게하거나 이게 하지 말라는 말이다. 젊은 사람이 무거운 짐을 지고 일을 하고 노인으로 하여금 짐을 메어 옮기지 않도록 하라는 당부이다.

정철은 백성들에게 다음과 같이 당부하고 있다. "너희들 백성에게 바라는 바는 아비는 사랑하고, 자식은 효도하고, 형은 우애하고, 아우는 공손하고, 남편은 화기 있고, 아내는 순종할 것이며, 말은 반드시 진실하게 하고, 행동은 반드시 온공(溫恭) 히 하며, 피붙이에는 은혜를 베풀고, 마을 사람에게는 예가 있게 대하며, 윗사람은 공경히 받들고, 고독한 이는 불쌍히 여겨 구휼을 하라." 하였다. 그리고 "한 도(道)가 변해서 도의가 있는 나라가 되게 하고, 위로 성군이 백성을 위로하고 신하를 공경 하는 덕화(德化)를 베풀면 어찌 아름다운 일이 아니겠는가. 오직 너희 백성들은 각각 마땅히 힘쓸지어다."503라고. 송강 정철은 선조 때 강원도 관찰사로 부임하여 이상 의 훈민시조 16수를 지어 백성들에게 항상 입에 외우면서 익히게 했다. 입에 노래 를 외우며 읊는 가운데 스스로 마음에 느끼고 깨달을 수 있도록 하기 위함이다.504 그러므로 <훈민시조>의 제시형식은 소리 내어 읽으며 익히는 '송습(誦習)'인 것이다.

이후 영조 때에 좌의정 한익모(韓翼謨)가 "『소학』 강의는 취지가 아름다운 것이었 으나, 유명무실하게 되었으니, 실로 개탄스럽습니다. 백성들에게는 가르치고 이끌만 한 방법이 없고, 세속의 풍속은 무지하여 윤리가 무엇인지 모릅니다. 고 상신 정철 은 이를 염려하여 훈민가18장을 지었는데, 그 내용은 백성들이 따를 만한 평범한 윤리에서 벗어나지 않으니, 시골의 부녀와 아이들에게 항상 외우게 하여 감동·분 발하게 한 것입니다. 지금 이를 팔도에 신칙하여 백성으로 하여금 외워 익히게 하 면, 거의 모두 대의를 알아서 백성을 교화하여 아름다운 풍속을 이루게 하는데 도 움이 될 것입니다. 청컨대 『소학』의 고강과 아울러서 다 같이 알아듣도록 타일러 주소서."하니505 임금이 여러 도에 하유(下諭)하여 백성들이 『소학』과 <훈민가>의 가르침을 외워 익히게 하였으니 여기서 조선시대에 훈민가의 효용적 가치를 잘 알 수 있다.

철령(鐵嶺) 노픈 봉(峰)에 쉬여 넘는 져 구룸아

고신원루(孤臣冤淚)*를 비사마 쯰여다가

님 계신 구중심처(九重深處)에 쑤려 본들 엇드리

(이항복李恒福 1556~1618, 『역·시』2823, 이삭대엽二數大葉, 두거頭擧)

▶현대어 풀이 철령 높은 봉을 쉬어 넘는 저 구름아

고신원루(孤臣冤淚)를 비삼아 띄워다가

임 계신 구중궁궐에 뿌려본들 어떠리.

* 고신원루(孤臣冤淚) : 버림받은 신하의 원통한 눈물

❧ 뇌졸중을 앓던 늙은 신하가 흘리는 뜨거운 눈물

철령(鐵嶺)은 북한 강원도 고산군과 회양군의 경계에 있는 고개이다. 높이는 677m
에 불과하지만 예로부터 오르막길 40리, 내리막길 40리나 되는 99굽이의 험한 고개
로 알려져 있다.[506] "무더운 구름 하늘에 만연한데/철령의 고갯길 길기도 하구나./
어두울 땐 산길 갈 수 없으니,/일찍 일어나 시원한 때 길 떠나소",[507] "철관(鐵關)
골짜기에서 근심하는 길손/험준한 길에서 홍안이 시든단 말 이제야 믿어지네./산마
루엔 한낮의 해도 반쯤만 걸쳐있고,/폭포는 쉴 새 없이 여의주를 내뿜네./깊은 골짝
에선 물귀신도 만난다는데,/기암괴석 산길이 좁고도 험하구나."를[508] 보면, 철령 고
갯길은 험하기로 정평이 나 있었음을 알 수 있다.

(1618년 1월 18일) 아침에 회양을 출발하였다. 은계(銀溪)를 지나 황어연(黃魚淵)에 도
착하여 말을 쉬게 하였다. 부사가 전송하기 위해 여기까지 왔다. 토산(兎山) 수령인 유
부가 인사하고 돌아갔다. 오후에 철령에 올랐다. 고개에서 몇 번이나 어려움을 겪었다.
조도(鳥道, 새가 아니면 통과할 수 없을 만큼 험하고 좁은 길)는 구름에 매달린 듯 했으
며 백산(白山)이 아득하다. 함경도로 가는 길은 아득하고 북쪽으로 올라가는 행색은 이
미 고생스러웠다. 철령 아래서 내려다보이는 높은 산들은 하늘에서 한걸음 내딛는 것

같았고, 머리를 돌리니 뒤따라오는 사람들은 여전히 까마득히 멀리 있었다. 위의 시조가 서울에 전해 퍼지니 나인들이 모두 불렀다. 어느 날 광해군이 뒤뜰에서 잔치를 벌였다. 주흥이 도도할 때 광해군이 이 곡조를 듣고는 누가 지었는지 물었다. 궁궐 안의 사람이 사실대로 대답하니 임금이 근심스러워하며 눈물을 흘렸다. 그러나 술자리를 파하고 끝내 공을 소환(召還)하지는 않았다. 지금 들어도 감동하여 눈물을 흘리지 않음이 없다. 남원 선비 조경남(趙敬男)의 야사에 사건이 실려 있다.[509]

백사 이항복이 철령에 올랐을 때 고개에서 몇 번이나 어려움을 겪었다 하였다. 새가 아니면 통과할 수 없을 만큼 험하고 좁은 길은 구름에 매달린 듯 아득하였다. 철령 아래서 내려다보이는 높은 산들은 하늘에서 한걸음 내딛는 것 같았고, 머리를 돌리니 뒤따라오는 사람들은 여전히 까마득히 멀리 있었다. 백사 이항복의 시조는 이런 상황에서 지어졌고, 이 작품이 서울까지 전해져 퍼지니 궁녀들이 모두 불렀다. 어느 날 광해군이 뒤뜰에서 잔치를 벌였을 때, 광해군이 이 곡조를 듣고는 누가 지었는지 물었다. 궁궐 안의 사람이 사실대로 대답하니 임금이 근심스러워하며 눈물을 흘렸다 하였다. 김만중의 『서포만필』에도 "백사(白沙) 이공(李公)이 북청(北靑)으로 귀양 갈 때 철령을 지나면서 '고신원루(孤臣寃淚)를 비삼아 떼어다가, 임 계신 구중심처에 뿌려볼까 하노라' 하는 시조를 지었다. 하루는 광해군이 뒤뜰에서 잔치를 하며 노는데, 한 궁녀가 이 시조를 노래했다. 광해군이 "아주 새로운 노래로구나."고 대답했다. 광해군은 다시 노래를 부르게 하고는 처연히 눈물을 흘렸다. 시가 사람을 감동시키는 것이 이와 같다고[510] 하였다. 이항복은 결국 소환되지 못하고 유배지에서 숨을 거두었다.

선조의 계비(繼妃) 인목대비(仁穆大妃, 1584~1632)는 1606년 영창(永昌)대군을 낳았고, 이후 서자인 광해군과 왕위 계승을 두고 당쟁이 심하였다. 광해군이 왕위에 앉은 뒤 1613년 이이첨 등이 영창대군을 폐서인하고, 인목대비의 아버지 김제남을 사사한다. 1617년 인목대비는 삭호당하고 서궁에 유폐되었다. 인목대비를 폐모하자는 논쟁이 일어나자 백사 이항복은 병으로 누워있으면서도 분연히 일어나 붓을 잡고 쓰기를,

"중국 역사 춘추에도 아들이 어머니의 의리를 원수로 갚은 예는 없습니다. 아버지가 비록 인자하지 않더라도 아들이 불효를 하면 안 된다고 했습니다."라고 하였다. 광해군 8년(1617년) 11월 15일, 이항복의 상소는 다음과 같다.

"신은 8월 9일부터 중풍을 심하게 앓고 있습니다. 몸이야 죽지는 않았더라도 정력은 이미 탈진하였습니다. 하늘을 쳐다보고 구름을 바라보면서 죽음이 갈라놓으면 떠나겠다고 마음먹었습니다. 그러나 이 문제는 국가 대사입니다. 남은 목숨이 끊어지기 전까지야 어찌 감히 병을 핑계로 묵묵히 있을 수 있겠습니까? 순(舜) 임금의 계모는 악독하게도 요임금이 순에게 하사한 소나 양 등의 재산을 질투하여 항상 순임금을 죽이려 하였습니다. 순의 바보 같은 아버지, '고수'로 하여금 순이 우물을 파라고 시키고는 우물에 들어가니 흙을 채워 넣었으며, 창고 지붕을 수리하게 하고는 불을 질렀으니 도리에 어긋나는 나쁜 짓이 극에 달하였습니다. 순 임금은 애통히 울면서 원모(怨慕)하였지만 부모의 옳지 못한 점은 보려고 하지 않았습니다. 부모는 인자하지 않더라도 자식은 불효해서 안 됩니다. 이러한 말(폐모론)이 어찌 전하의 귀에 들어갔습니까? 부디 순임금의 덕을 본받아 효로 화목하게 지내시고 효도하는 마음으로 다스리십시오 노여움을 돌리어 인자하게 행동하심이 어리석은 신의 바람입니다."

광해군이 모후인 인목대비를 폐위시키려고 했을 때, 백사 이항복은 그 일의 불가함을 피력하는 상소를 올리고 함경북도 북청으로 유배 가서 그곳에서 곧 세상을 하직하였다. 상소 내용을 보면 당시에 이항복은 뇌졸중(중풍)을 앓고 있었다. 위의 상소에는 순임금의 지극한 효성을 들어 광해군을 설득하려는 진심어린 간청이 담겨있다. 궁녀들이 부르는 이 시조를 듣고 광해 또한 처연히 눈물을 흘렸다 하니 이항복의 진심이 전해지긴 한 모양이다. 그러나 당쟁이 극심한 상황에서 왕인들 어찌 자기 마음같이 처분을 바꿀 수 있었겠는가. 이항복이 북청으로 귀양 가게 되었는데, 떠나갈 때 성문 밖까지 전송하는 사람은 오직 오봉 이호민 한 사람뿐이었다고 전한다. 이항복은 오성(鰲城)과 한음(漢陰) 일화의 주인공이 아니던가! 이항복은 이조참판 등을 거쳐 영의정에까지 오른 인물이니 역사도 권력도 이렇듯 허무한 것이다.

이호민의 시에 화답하여, 백사 이항복은 "구름이 해를 덮어 낮이 밤처럼 쓸쓸하고/북풍은 휘몰아쳐 멀리 떠나는 내 옷깃을 찢는구나./요동성 언저리에 옛정이 서

릴는지/아마도 이번 가면 돌아오진 못하겠지."라고 하였다. 또 벼락바위를 지나다가 시를 짓기를, "모진 바람도 무쇠 간장을 뚫어내기 어렵겠지./만첩 산중 서관문도 두렵지는 않겠구나./벼락바위 천길 고개에서 말에게 물 먹이며/낙조에 고개 돌리니 목릉(선조의 왕릉)이 사무치네."라는 시를 지었다. 굳은 지조와 선왕에 대한 그리움을 간직한 채, 마지막을 예감하고 떠나는 귀양길이니 고신의 원통한 눈물이 더욱 마음에 사무친다.

『금계필담』에는 이항복의 마지막 순간을 다음과 같이 적고 있다. 백사 이항복이 북청에 귀양을 가 있던 어느 날 밤 꿈에 선조의 명령을 받고 입시하였더니, 한음 이덕형과 오음 윤두수도 다 와 있었다. 이때 선조는 분부하기를,

"사자(嗣子) 혼(琿)은 인륜을 어겨 모반하였으므로 중한 임무를 이겨낼 수 없겠으니 마땅히 경들과 함께 그 폐립을 의논하겠다." 하였다. 백사 이항복은 깜짝 놀라 깨어났다.

공은 그로부터 얼마 안 되어 세상을 떠났다.[511] 여기서 혼은 광해의 이름이니, 선조가 꿈에 나타나 광해군의 패륜을 엄중히 꾸짖는 대목이다. 임금을 깨우쳐 바로 잡지 못한 죄책감이 꿈으로 나타났다. 낙담이 큰 때문이었는지 유배지에서 이항복은 건강을 돌보지 않았다.

공께서 심한 갈증을 느끼시고 찬 음식을 올리기를 좋아하였다. 시중드는 사람들이 여러 차례 섭생하는데 좋지 않다고 타일렀다. 공께서는 "한평생 약을 먹고 음식을 조절한 것은 병이 없이 늙기를 바라서이다. 지금 관리로서 성공했고 명성도 이루었으며 다행히도 나이 또한 칠십에 가깝다. 이외에 다시 무엇을 바란단 말인가? 그런데 억지로 음식을 가리면서 먹고 싶은 것을 끊는단 말인가? 오늘 중풍이 재발했지만 삶과 죽음을 염두에 두지 않는다."라고 하였다.[512]

위는 1618년 3월 2일의 기록이다. 5월 11일의 기록에도 정치적 문제를 두고 울분이 북받쳐서 억지로 한 잔을 마시니 취기가 오르고 얼굴이 빨개지고 곧 술을 토하고 그대로 잠자리에 들어가 혼수상태에 빠졌다 하였는데, 그 이틀 후 운명하였다.

백사는 병중임에도 끝까지 정치적인 열정과 책임의식을 내려놓지 못하고 살다가 떠났던 것이다.

이 시조에 대해 송시열(宋時烈, 1607~1689)은 "철령 높은 곳에 흩날리는 저 구름아, 훌훌 날아가 어디로 가려는가? 버림받은 신하의 하염없는 눈물, 비삼아 띄워다가 임 계신 곳에 뿌리어, 구중궁궐 난간을 적셔주길 바라노라", 재상인 남구만(南九萬, 1629~1711)은 "함관령 높고도 높아, 밤 깊어 날 밝으니 찬 구름 흩어지네. 고신(孤臣)의 원통한 눈물 구름에 맡기노니, 비가 되어 장안으로 돌아가, 임 계신 구중궁궐에 흩뿌려 주옵소서."라고[513] 한역했다. 철령을 함관령으로 적은 것은 전해들은 것이 달라서이다.

> 한산(閑山)셤 둘 불근 밤에 수루(戍樓)에 혼자 안자
>
> 큰 칼 녑희 추고 기픈 시름 ᄒᆞ는 적에
>
> 어듸셔 일성호가(一聲胡笳)*는 나의 애를 긋나니
>
> (이순신李舜臣, 1545~1598 ; 『청진(靑珍)』, 『역·시』 3174, 이삭대엽二數大葉, 중거中擧)

▶ 현대어 풀이　한산섬 달 밝은 밤에 수루에 혼자 앉아

긴 칼 옆에 차고 깊은 시름 하는 차에

어디서 호가(胡笳) 소리는 나의 간장을 녹이나니.

* 일성호가(一聲胡笳) : 호가(胡笳) 한 곡조. 호가는 고대 북방민족의 관악기로, 서역에서 전했다 한다. "가(笳)란 호인(胡人)이 갈대 잎을 말아 불어 노래를 지었다 해서 호가라 했다"(백거이, 『백공육첩』 권62) 하고, "피리[觱篥]를 일명 비리[悲篥], 또는 가관(笳管)이라 하는데, 쿠차(龜玆)의 악기이다. 대나무로 관을 만들고 갈대로 머리를 만들어 그 모양이 호가와 같으며 구멍이 아홉이다"(『악학궤범』 권7, 당부악기도설, 당피리)라고 한 것을 보면 호가는 "대나무 관에다 갈대로 머리를 만든 관악기"를 말한다. 또 "그대는 호가(胡笳)의 슬픈 소리 듣지 못했는가, 자줏빛 구레나룻 녹색 눈의 호인이 불던 그 소리. 한곡을 채 불기도 전에, 누란(樓蘭, 서역 타림분지 Lob 오아시스 kroraina) 지키는 어린 병사를 근심하네."[514]라는 시나 "문지기가 가진 창에 변방 햇살 비출 때, 호가(胡笳) 소리 북소리에 변방 구름도 길도다. 장군님 안장에서 잠깐 돌아보는 사이에, 어느 샌가 눈앞엔 산 그림자 사라졌네."[515]를 보면 호가 소리는 변방 요새에서 병사들의 애절한 슬픔을 자아내는 소재로 자주 활용되었음을 알 수 있다. 『난중일기』에는 거문고, 피리, 옥저 등 다양한 악기가 등장한다.

※ 강적(羌笛) : 강호(羌胡), 강융(羌戎), 중국 서방 티베트족이 부는 피리

🐌 이순신 장군의 깊은 한숨엔 무슨 근심이 담겼을까?

이순신(1545~1598)의 시조는 『난중일기』에 다음과 같이 한역되어 전한다.

한산도 달 밝은 밤에 수루에 올라 앉아(寒山島 月明夜 上戍樓)
긴 칼 어루만지며 깊은 시름 하던 때에(撫大刀 深愁時)
어디서 강적(羌笛) 소리 다시 걱정 보태네(何處一聲羌笛 更添愁)

이 　＜한산도가(閑山島歌)＞를 "정유년 중추(仲秋)에 이순신이 읊었다"[516] 했으니, 1597년 8월에 지은 것이다. 이순신이 세상을 떠나기 직전에 지은 작품이다. 시조와 한역의 시간 차를 확정하긴 어려우나 그리 멀 것 같지는 않다.

시조나 한역가 모두 한산섬 수루에서 계속되는 전쟁에 대

수루(戍樓)(경남 통영시 한산면 염호리 875)

비해 마음준비를 하고 있던 차에 또다시 호가(胡笳) 소리가 들리어 병사들의 애절한 슬픔을 자아내니 애간장이 녹는다는 내용을 담고 있다.

이순신의 근심과 걱정 가운데는 지속되는 전쟁, 악화되는 전세, 지속되는 정쟁(政爭)에 대한 것이 가장 큰 비중을 차지했을 것이다. 『난중일기』 "홀로 수루 마루에 앉았으니 그리운 마음이 어떠하랴, 비통할 따름이다. 이날 밤 꿈에 임금의 명령을 받을 징조가 있었다."(1597.8.2), "저녁에 밝은 달이 수루 위를 비추니 심회가 매우 편치 않았다."(1597.8.15)에 그 심정이 잘 집약되어 있다.

"저녁에 영암군 송진면에 사는 사노비 세남이 서생포에서 알몸으로 왔기에 그 까닭을 물으니, '적선 1천여 척이 대마도에서 건너오니 제가 탄 배와 다른 배 6척은 제어하지 못하고 서생포 앞바다까지 와서 표류하여 뭍으로 오르고자 했으나 모두 살육당하고 저만 혼자 수풀 속에 기어들어가 목숨을 건져 간신히 여기까지 왔습니다.' 했다. 듣고 보니 참으로 놀라운 일이다. 우리나라에서 믿는 바는 오직 수군에게 있었는데, 수군이 이와 같으니 다시 더 바랄 것이 없다. 거듭 생각할수록 간담이 찢어지는 것만 같다."(1597.7.16)

정유재란 당시의 전황을 잘 담고 있다. 임진왜란 당시 큰 피해를 입으면서도 의병과 수군의 활동에 힘입어 왜군을 쫓아낼 수 있었는데, 이번엔 일선을 지키던 수군까지 크게 패하여 살육당하는 모습을 그렸다. "사람들이 모두 울면서 말하되, '대장 원균이 적을 보고 먼저 뭍으로 달아나고 여러 장수들도 모두 그를 따라 뭍으로 달아나서 이 지경에 이르렀습니다.' 그들은 대장의 잘못을 입으로 다 말할 수 없고 그 살점이라도 뜯어먹고 싶다고들 하였다."(1597.7.21) 했고, "경상 우수사 배설(裴楔)과 옥포와 안골의 만호 등만 간신히 목숨을 건지고 많은 배들이 불에 타서 가라앉고 여러 장수와 군졸들이 불에 타서 죽거나 물에 빠져 죽었다. 원균은 늙어서 행보하지 못하여 맨몸으로 칼을 잡고 소나무 밑에 앉아 있다가 왜노(倭奴) 6, 7명이 칼을 휘두르며 원균에게 달려들었는데, 그 뒤로 원균의 생사를 알 수 없었습니다. 무수한 왜선들은 한산도로 향하였다."(1597.7.22 실록)

1597년 2월, 이순신은 다음과 같은 조정의 의논에 따라 통제사에서 해임되고 원균이 그 자리에 올랐다. 그러나 이러한 지휘체계의 혼란 속에 조선군은 치명적인 패배를 거듭하였다.

비망기로 우부승지 김홍미(金弘微)에 전교하였다. "이순신이 조정을 기망(欺罔)한 것은 임금을 무시한 죄이고, 적을 놓아주어 치지 않은 것은 나라를 저버린 죄이며, 심지어 남의 공을 가로채 죄 없는 사람을 헐뜯기까지 하며 【장성한 원균(元均)의 아들을 가리켜 어린 아이가 공을 속였다고 아뢰었다.】 방자하지 않음이 없는 것은 명백한 죄이다. 이렇게 허다한 죄상을 용서할 수 없으니 국법을 살펴 죽여야 마땅하다. 신하로서 임금을 속인 자는 반드시 죽이고 용서하지 않는 것이므로 지금 형벌을 끝까지 시행하여 실정을 캐내려 하는데 어떻게 처리할 것인지 대신들에게 하문하라."[517]

치명적 패배를 거듭하고, 수많은 장수가 전사한 다음 이순신이 다시 삼도수군통제사로 복귀한다. "적선 8척이 갑자기 들어오니 여러 배들이 두려워 겁을 먹고 후퇴하려 하고 경상수사 배설도 피하여 후퇴하려 했다. 나는 꼼짝 않고 있다가 다가오자 호각을 불고 휘두르며 뒤쫓게 하니 적선이 물러갔다."(1597.8.28) 분명 이순신의 탁월한 전략과 전술의 결실이다. 그러나 패전을 거듭하던 조선 수군이 다시 승기를 잡은 것은 이 일이 있기 3일 전에 "적선이 왔다"고 거짓말한 자 둘을 색출하여 목을 베어 매달아 널리 보이게 하면서 군기를 엄격히 하고, 2일 전 "적선이 이미 이진(梨津)에 이르렀다"는 보고를 받았는데도 아직 배의 격군과 기구를 갖추지 못했음에 경악하며(1597.8.25~26) 전열을 정비하여 철저히 대비했기 때문일 것이다.

전쟁 당시, 좋지 않은 집안 사정도 이순신의 근원적 근심이었을 것이다. 이순신은 전쟁의 소용돌이 속에서도 수시로 집안 사정을 체크하고 걱정하는 다정다감한 성격의 소유자였다. 『난중일기』에 적힌 "어머님은 평안하다고 하지만, 아내는 불이 난 뒤로 천식이 심해졌다고 하니 걱정이 된다."(1595.5.14), "어머니께서 이질에 걸리셨다고 하니 걱정이 되어 눈물이 난다."(1595.6.9), "병드신 어머니를 생각하니 눈물이 흐르는 것을 깨닫지 못했다. 종을 보내어 어머니의 소식을 듣고 오게 했다"(1597.4.11), "얼마 후 종 순화(順花)가 와서 어머니의 부고를 전했다. 뛰쳐나가 가슴을 치고 뛰며 슬퍼하니 하늘의 해조차 캄캄하였다. 바로 해암(충남 아산)으로 달려가니 배는 벌써 와 있었다. 길에서 바라보며 가슴이 찢어지는 슬픔을 이루 다 적을 수 없다"(1597.4.13), "저녁에 홀로 빈집에 앉았으니 어머니에 대한 그리움이 더욱 심하여 밤이 깊도록 잠을 이루지 못하고 밤새도록 뒤척거렸다."(1597.7.10) 등의 짤막한 기록들은 가족들에 대한 이순신의 세심한 면면을 담고 있다.

누적된 피로와 건강의 악화는 이순신의 근심과 걱정을 종말로 이끌었다. 이순신이 과거시험을 치를 때, 말에서 떨어져 부상을 입고도 끝까지 투혼을 거두지 않았다는 일화는 주지의 사실이다. 그러나 임진왜란에서 정유재란까지 7년간의 긴 전쟁에서 왜적의 움직임에 대응해야 하는 과중한 부담, 안팎의 갖가지 근심은 강골이던 그의 체력을 바닥나게 했다. 몸이 아프거나 밤새 신음하였다는 기록이 그의 일기 전체에서 총 135건인데, 그 중 1594년에 40번, 1596년에 47번에 이른다.[518] "여러 만호가 다녀간 날, 밤바람이 몹시 싸늘하고 달빛이 환하여 한숨도 못 자고 밤새도록 뒤척였다. 온갖 근심이 가슴을 치밀었다."(1595.10.20), "수루에 기대어 혼자 앉았으니 마음이 불편하다."(1595.9.13)는 기록이 실상을 보여준다. "바닷가 마을에 가을빛이 저물 때, 찬바람에 놀란 기러기 진중에 높다. 근심스런 마음에 잠 못 이루는 밤, 새벽 달이 활과 칼을 비추네."라는[519] 작품도 전쟁 중에 한산도에서 잠 못 이루는 그의 모습을 그렸다. 전사 직전, 이순신의 건강 상태는 최악이었다. "밤 2시경에 곽란이 일어났다. 몸을 차게 해서 그런가 하여 소주를 마셔서 치료하려 했다가 그만 인사불성이 되어 깨어나지 못할 뻔 했다. 토하기를 10여 차례나 하고 밤새도록 괴로워했다.", "곽란으로 인사불성이 되었고, 용변도 보지 못했다.", "병세가 위중해져서 배에 머무르기가 불편하였다."(1597.8.21~23) 체하여 갑자기 토하고 설사하는 급성 위장병을 곽란(癨亂 : 霍亂)이라 이른다. 곽란은 찬 것, 날 것이나 변질된 음식을 잘못 먹어 생긴 병증이라 하지만, 오랜 전쟁 속에서 불면증에 시달리면서 면역력이 저하된 것이 가장 근본적인 원인이었을 것이다. 나라의 존폐가 걸린 전투를 치르면서 이순신이 가졌을 부담과 고민이 얼마나 컸을지는 충분히 미루어 짐작할 수 있다. 이순신 장군의 죽음 원인에 대해 논란이 있지만, 분명한 것은 그가 오랜 전쟁을 치르는 가운데, 심신이 피폐한 상태였고, 시조 "한산섬~"에는 그의 깊은 한숨과 피로와 근심이 담겨있다는 점이다.

◎ 〈어부ᄉ시ᄉ(漁父四時詞)〉 윤선도(尹善道, 1587~1671)

신묘(辛卯, 1651) 재부용동시(在芙蓉洞時)

춘(春)

압 개예 안개 것고 뒫뫼희 히 비췬다
ᄇᆡ 떠라 ᄇᆡ 떠라
밤믈은 거의 디고 낟믈이 미러 온다
지국총(至匊悤) 지국총(至匊悤) 어ᄉ와(於思臥)
강촌(江村)의 온갖 고지 먼 빗치 더옥 됴타

▸현대어 풀이 앞 포구에 안개 걷히고 뒷산에 해 비친다.
　　　　　　　배 띄워라 배 띄워라
　　　　　　　썰물은 거의 빠지고 밀물이 밀려온다.
　　　　　　　찌그덕 찌그덕 어기여차
　　　　　　　강마을 온갖 꽃이 먼데서 보니 더욱 좋다.

날이 덥도다 믈 우희 고기 떧다
닫드러라 닫드러라
ᄀᆞᆯ며기 둘식 세식 오락가락 ᄒᆞᄂᆞ고야
지국총(至匊悤) 지국총(至匊悤) 어ᄉ와(於思臥)
낫대ᄂᆞᆫ 쥐여 잇다 탁쥬ᄉ병(濁酒甁) 시럿ᄂᆞ냐

▸현대어 풀이 날이 덥구나, 물 위에 고기 떴다.
　　　　　　　닻 들어라 닻 들어라
　　　　　　　갈매기 둘씩 셋씩 왔다 갔다 하는구나.
　　　　　　　찌그덕 찌그덕 어기여차
　　　　　　　낚싯대는 들고 있다 탁주 병은 실었느냐.

〈어부사시사〉 시가 비석(전남 해남군 해남읍 연동리 102-1, 고산 윤선도 유물전시관 소재)

동풍(東風)이 건듯 부니 믉결이 고이 닌다

돋드라라 돋드라라

동호(東湖)룰 도라 보며 셔호(西湖)로 가쟈스라

지국총(至匊悤) 지국총(至匊悤) 어스와(於思臥)

압뫼히 디나가고 뒫뫼히 나아온다

▶ 현대어 풀이 봄바람이 살짝 부니 물결이 고이 인다.

돛 달아라 돛 달아라.

동쪽 호수 바라보며 서쪽 호수로 가자꾸나.

찌그덕 찌그덕 어기여차

앞산이 지나가고 뒷산이 다가온다.

세연정의 모습(전남 완도군 보길면 부황리 1-33)

우는 거시 벅구기가 프른 거시 버들숩가

이어라 이어라

어촌(漁村) 두어 집이 닛속에 나락들락

지국총(至匊悤) 지국총(至匊悤) 어스와(於思臥)

말가흔 기픈 소희 온간 고기 뛰노ᄂ다

▶ 현대어 풀이   우는 것이 뻐꾸기인가 푸른 것이 버들 숲인가.

저어라, 저어라.

어촌의 두어 집이 안개 속에 들락날락

찌그덕 찌그덕 어기여차

맑고도 깊은 못에 온갖 고기 뛰노는구나.

고운 볃티 쬐얀는디 믉결이 기름 ζ다
이어라 이어라
그믈을 주어듀라 낙시를 노흘일가
지국총(至匊悤) 지국총(至匊悤) 어ᄉ와(於思臥)
탁영가(濯纓歌)의 흥(興)이 나니 고기도 니즐로다

▶현대어 풀이   고운 볕이 쬐니 물결이 반짝인다.
저어라, 저어라.
그물을 풀어 던질까 낚시를 놓아볼까.
찌그덕 찌그덕 어기여차
어부사(탁영가)로 흥에 겨워 고기잡이 잊겠구나.

셕양(夕陽)이 빗겨시니 그만ᄒᆞ야 도라가쟈
돋디여라 돋디여라
안류(岸柳) 뎡화(汀花)ᄂᆞᆫ 고븨고븨 새롭고야
지국총(至匊悤) 지국총(至匊悤) 어ᄉ와(於思臥)
삼공(三公)을 불리소냐 만ᄉ(萬事)ᄅᆞᆯ 싱각ᄒ랴

▶현대어 풀이   서산으로 해가 지니 그만하고 돌아가자.
닻 내려라, 닻 내려라.
물가 버들 모래섬 꽃 굽이굽이 새롭구나.
찌그덕 찌그덕 어기여차
정승벼슬 부러울까 여러 일 근심하랴.

방초(芳草)ᄅᆞᆯ 볼와 보며 난지(蘭芷)도 뜨더 보쟈
비셰여라 비셰여라
일엽편주(一葉片舟)에 시른 거시 므스 것고
지국총(至匊悤) 지국총(至匊悤) 어ᄉ와(於思臥)
갈 제ᄂᆞᆫ 니뿐이오 올 제ᄂᆞᆫ 둘이로다

▶현대어 풀이   향긋한 풀 바라보며 난초 어수리 뜯어보자.

　　　　　　　배 세워라, 배 세워라.

　　　　　　　한 척 조각배에 실은 것이 무엇인가.

　　　　　　　찌그덕 찌그덕 어기여차

　　　　　　　갈 때는 안개뿐이었는데 돌아올 땐 달빛 환하네.

취(醉)ᄒ야 누얻다가 여흘 아래 ᄂ리려다

비미여라 비미여라

락홍(落紅)이 흘러오니 도원(桃源)이 갓갑도다

지국총(至匊念) 지국총(至匊念) 어ᄉ와(於思臥)

인세홍딘(人世紅塵)이 언메나 ᄀ렷ᄂ니

▶현대어 풀이   취하여 누웠더니 개울 아래로 떠내려간다.

　　　　　　　배 매어라, 배 매어라.

　　　　　　　붉은 꽃 흘러오니 무릉도원 가깝구나.

　　　　　　　찌그덕 찌그덕 어기여차

　　　　　　　인간 속세가 얼마나 가려졌는가.

낙시줄 거더노코 봉창(蓬窓)의 ᄃᆞᆯ을 보쟈

닫디여라 닫디여라

ᄒ마 밤들거냐 ᄌ규(子規) 소리 ᄆᆰ게 난다

지국총(至匊念) 지국총(至匊念) 어ᄉ와(於思臥)

나믄 흥(興)이 무궁(無窮)ᄒ니 갈 길홀 니젓ᄆᆞᆮ다

▶현대어 풀이   낚싯줄 걷어두고 작은 창으로 달을 보자.

　　　　　　　닻 내려라, 닻 내려라.

　　　　　　　벌써 밤이 되었나, 자규 소리 맑게 난다.

　　　　　　　찌그덕 찌그덕 어기여차

　　　　　　　남은 흥이 끝없으니, 가는 일도 잊었노라.

러일(來日)이 또 업스랴 봄밤이 몃덛새리

비브텨라 비브텨라

낫대로 막대 삼고 싀비(柴扉)롤 초자 보쟈

지국총(至匊悤) 지국총(至匊悤) 어스와(於思臥)

어부 싱애(漁父生涯)는 이렁구러 디낼로다

▶현대어 풀이 내일은 또 없으랴, 봄밤이란 금세 샌다.

배 붙여라, 배 붙여라.

낚싯대로 막대 삼고 사립문으로 들어온다.

찌그덕 찌그덕 어기여차

어부의 삶이란 이러구러 사는 것이라.

하(夏)

구즌 비 머저 가고 시냇물이 묽아 온다

비떠라 비떠라

낫대롤 두러 메니 기픈 흥(興)을 금(禁) 못 홀다

지국총(至匊悤) 지국총(至匊悤) 어스와(於思臥)

연강텹쟝(烟江疊嶂)은 뉘라셔 그려낸고

▶현대어 풀이 궂은비 멎어 가고 시냇물이 맑아진다.

배 띄워라, 배 띄워라.

낚싯대 둘러메니 넘치는 흥(興) 참을 길 없다.

찌그덕 찌그덕 어기여차

안개 낀 강 첩첩한 봉(峯)은 누가 그린 그림인가!

년닙희 밥 싸두고 반찬으란 쟝만 마라

닫드러라 닫드러라

청약립(靑蒻笠)은 써 잇노라 녹사의(綠蓑衣) 가져오냐

지국총(至匊悤) 지국총(至匊悤) 어ᄉ와(於思臥)

무심(無心)ᄒ 빅구(白鷗)ᄂ 내 좃ᄂ가 제 좃ᄂ가

▶현대어 풀이　연잎에 밥 싸두고 반찬은 장만 마라

　　　　　　 닻 들어라 닻 들어라

　　　　　　 삿갓은 이미 썼는데, 도롱이는 가져 왔느냐.

　　　　　　 찌그덕 찌그덕 어기여차

　　　　　　 무심한 갈매기를 내가 쫓나 제가 쫓나.

마람 닙희 ᄇ람나니 봉창(蓬窓)이 서ᄂ콜코야

돋ᄃ라라 돋ᄃ라라

녀룸ᄇ람 뎡ᄒ소냐 가ᄂ 대로 비시겨라

지국총(至匊悤) 지국총(至匊悤) 어ᄉ와(於思臥)

븍포 남강(北浦南江)이 어ᄃ 아니 됴흘리니

▶현대어 풀이　마름(菱) 잎에 바람 부니 봉창이 서늘하다.

　　　　　　 돛 달아라, 돛 달아라.

　　　　　　 여름 바람 일정하랴 배(片舟) 가는 대로 놔두어라.

　　　　　　 찌그덕 찌그덕 어기여차

　　　　　　 북쪽 포구 남쪽 강, 어딘들 안 좋으랴.

믉결이 흐리거든 발을 싯다 엇더ᄒ리

이어라 이어라

오강(吳江)의 가쟈ᄒ니 천년노도(千年怒濤)* 슬플로다

지국총(至匊悤) 지국총(至匊悤) 어ᄉ와(於思臥)

초강(楚江)의 가쟈ᄒ니 어복튱혼(魚腹忠魂)* 낟글셰라

▶현대어 풀이   물결이 흐리거든 발을 씻은들 어떠하리.

저어라, 저어라.

오강(吳江)에 가자하니 천 년 노한 파도 슬프도다.

찌그덕 찌그덕 어기여차

초강(楚江)에 가자하니 굴원의 넋 걸릴세라.

* "오강(吳江)의 ～ 천년노도(千年怒濤)" : 오자서(伍子胥)의 한스러운 죽음을 알고 있는 강물의 성난 파도

오왕(吳王)이 말했다. "그대(吳의 태재, 백비伯嚭)의 말이 없었더라도 나도 역시 그를 의심하고 있었다." 오왕이 사신을 보내어 오자서에게 속루지검(屬鏤之劍)을 내리면서 말했다. "그대는 이것으로 자결하라." 오자서가 하늘을 우러러 탄식하며 말했다.

"아아 간사한 신하가 나라를 어지럽히고 있는데도 왕께서는 도리어 나를 주살하누나. 내가 그대의 부친을 패자(覇者)가 되도록 해 드렸다. 그대가 아직도 위에 오르기 전부터 여러 왕자가 왕 자리를 다투었을 때 내가 죽음을 무릅쓰고 부군(父君)과 다투지 않았다면 그대는 왕에 오르지 못했을 것이다. 그대가 자리에 오르자마자 오나라를 나누어 나에게 주려고 했으나 나는 그것을 바라지 않았다. 그런데 지금 그대는 아첨하는 신하의 말을 듣고 나를 죽이려 하는가?" 이어 가신(家臣)에게 말했다.

"반드시 나의 무덤 위에 관을 짜는 노나무를 심으라. 오왕이 죽으면 그 나무로 관을 짤 것이라. 그리고 내 눈을 도려내어 동쪽 문 위에 걸어다오. 월(越)나라 군사가 쳐들어와서 오나라를 멸망시키는 것을 보겠다." 이에 스스로 목을 찔러 죽었다.

오왕이 이 말을 듣고 크게 노하여 오자서의 시체를 가져 오게 하여 말가죽 주머니에 넣어 장강(長江, 양자강)에 던졌다.[520]

* "초강(楚江)의～어복튱혼(魚腹忠魂)" : 굴원이 물고기 밥이 되었다 하여 어복충혼이라 함. 굴원(340～278 B.C.)은 전국시대 초(楚)나라 사람이다. 견문이 넓고 기억력이 뛰어나 정국을 다스림에 밝고 외교문서에 뛰어났으나 모함을 받고 귀양 가서 멱라수에 빠져 죽었다.

만류록음(萬柳綠陰) 어린 고딕 일편틱긔(一片苔磯) 긔특(奇特)ᄒ다

이어라 이어라

ᄃ리예 다 돋거든 어인징도(漁人爭渡) 허믈 마라

지국총(至匊悤) 지국총(至匊悤) 어ᄉ와(於思臥)

학발로옹(鶴髮老翁) 만나거든 릐퇴양거(雷澤讓居)* 효측(效則)ᄒ쟈

▶현대어 풀이   푸른 버들 비추인 곳에 이끼 긴 돌 특이하다.

저어라, 저어라.

다리에 이르거든 어부들 다툼 탓하지 마라.

찌그덕 찌그덕 어기여차

흰머리 노옹 만나거든 자리 양보하는 본을 받자.

* "뢰퇴양거(雷澤讓居)" : 뇌택은 하남성 범현(范縣)의 남동쪽에 있다. 순임금이 임금 되기 전에 이곳에서 낚시를 했는데, 그 이득을 취하지 않음으로써 백성을 가르쳤다 한다. 이에 그곳 사람들이 모두 자리를 양보하였다는 고사.(『관자』 판법).

긴 날이 져므는 줄 흥(興)의 미쳐 모ᄅᆞ도다

돋디여라 돋디여라

빗대를 두드리고 슈됴가(水調歌)ᄅᆞᆯ 블러 보쟈

지국총(至匊悤) 지국총(至匊悤) 어ᄉᆞ와(於思臥)

우애(欸乃, 애내) 셩듕(聲中)에 만고심(萬古心)을 긔 뉘 알고

▶ 현대어 풀이   긴 해가 저무는 줄을 흥에 겨워 몰랐구나.

돛 내려라, 돛 내려라.

뱃머리 두드리며 물의 노래(水調歌) 불러 보자.

찌그덕 찌그덕 어기여차

뱃노래 소리 중에 변치 않는 맘 그 뉘 알리.

셕양(夕陽)이 됴타마ᄂᆞᆫ 황혼(黃昏)이 갓갑거다

비셰여라 비셰여라

바회 우희 에구븐 길 솔 아래 빗겨 잇다

지국총(至匊悤) 지국총(至匊悤) 어ᄉᆞ와(於思臥)

벽슈잉셩(碧樹鶯聲)이 곧곧이 들리ᄂᆞ다

▶ 현대어 풀이   노을이 좋다마는 어둠이 가까웠다.

배 세워라, 배 세워라.

바위 위에 에굽은 길 솔 아래 비스듬하다.

찌그덕 찌그덕 어기여차

푸른 숲 꾀꼬리 소리 곳곳에서 들려온다.

둥글게 표시해둔 부분이 세연정에서 내려온 민물과 보길도 바닷물의
합류 지점(전남 완도군 보길면 부황리)

몰래 우희 그믈 널고 둠 미틔 누어 쉬쟈

비미여라 비미여라

모괴롤 믭다 ᄒᆞ랴 창승(蒼蠅)과 엇더 ᄒᆞ니

지국총(至匊念) 지국총(至匊念) 어ᄉᆞ와(於思臥)

다만 ᄒᆞᆫ 근심은 상대부(桑大夫)* 드르려다

▶ 현대어 풀이   모래 위에 그물 널고 뜸 밑에 누워 쉬자.

배 매어라, 배 매어라.

모기를 밉다 하랴 쉬파리와 어쩌할까.

찌그덕 찌그덕 어기여차

다만 한 걱정은 소인배들 들을까봐.

* 상대부(桑大夫) : 한(漢) 낙양 사람 상홍양(桑弘羊). 무제(武帝) 때 대농승(大農丞)이 되어 염철
(鹽鐵)을 국가 경제로 귀속시키고, 평준법(平準法)을 만들어 상인들의 이익을 억제시키고 물가

를 안정시켰다. 그러나 그에 대하여 "물건을 팔아 이익을 구하니 그를 죽여야 하늘이 비를 내릴 것이라"는 저주도 뒤따라 다닌다.(『사기』 30, 『한서』 24, 『자치통감』 20) 이 작품에서 상홍양을 언급한 것은 자연 속에서 여유로운 자신의 삶이 이익을 좇는 약은 무리에 알려져 파괴될 것을 저어한 것으로 보인다.

> 밤 亽이 풍낭(風浪)을 미리 어이 짐쟉ᄒ리
>
> 닫디여라 닫디여라
>
> 야도횡쥬(野渡橫舟)롤 뉘라셔 닐럿ᄂ고*
>
> 지국총(至匊恖) 지국총(至匊恖) 어ᄉ와(於思臥)
>
> 간변유초(澗邊幽草)도 진실(眞實)로 어열브다

▸ 현대어 풀이   밤 사이 풍랑을 미리 어이 짐작할꼬.

                닻 내려라, 닻 내려라.

                텅 빈 나루터에 배만 가로놓였다고 그 누가 말했던가.

                찌그덕 찌그덕 어기여차

                시냇가 향긋한 풀, 진실로 어여쁘다.

* "야도횡쥬(野渡橫舟)롤 뉘라셔 닐럿ᄂ고" : 당나라 위응물(韋應物)의 시 "물가엔 향긋한 풀 홀로 우뚝 솟고, 꾀꼬리 나무 위에 숨어 지저귀네. 저녁 되니 봄 물결 비를 몰아 급하고, 나루터엔 사람 없이 배만 홀로 비껴 있네."(韋應物, <滁州西澗>)[521]

> 와실(蝸室)을 ᄇ라보니 빅운(白雲)이 둘러 잇다
>
> 빈붓텨라 빈붓텨라
>
> 부들부체 ᄀ른 쥐고 셕경(石逕)으로 올라가쟈
>
> 지국총(至匊恖) 지국총(至匊恖) 어ᄉ와(於思臥)
>
> 어옹(漁翁)이 한가(閑暇)터냐 이거시 구실이라

▸ 현대어 풀이   내 집을 바라보니 흰 구름 둘러쳤네.

                배 붙여라, 배 붙여라.

                부들부채 가로 들고 돌길로 올라가자

                찌그덕 찌그덕 어기여차

늙은 어부 한가하던가, 이것이 내 일이라.

추(秋)

믈외(物外)예 조흔 일이 어부 싱애(漁父生涯) 아니러냐

비떠라 비떠라

어옹(漁翁)을 욷디 마라 그림마다 그렷더라

지국총(至匊念) 지국총(至匊念) 어스와(於思臥)

스시흥(四時興)이 혼 가지나 츄강(秋江)이 은듬이라

▸현대어 풀이　세속 잊어 좋은 일이 어부(漁父)의 삶 아니더냐.

배 띄워라 배 띄워라

늙은 어부라 비웃지 마라, 그림마다 그려졌더라.

찌그덕 찌그덕 어기여차

사철 흥취 다 좋지만 가을 강(江)이 으뜸이라.

슈국(水國)의 ᄀᆞ술이 드니 고기마다 술져 읻다

닫드러라 닫드러라

만경딩파(萬頃澄波)의 슬크지 용여(容與)ᄒᆞ쟈

지국총(至匊念) 지국총(至匊念) 어스와(於思臥)

인간(人間)을 도라보니 머도록 더욱 됴탸

▸현대어 풀이　갯가에 가을이 오니 고기마다 살쪄 있다.

닻 들어라, 닻 들어라.

넓고도 맑은 물에서 마음껏 놀아보자.

찌그덕 찌그덕 어기여차

인간 세상 돌아보니 멀수록 더욱 좋구나.

빅운(白雲)이 니러나고 나모 긋티 흐느긴다

돋ᄃ라라 돋ᄃ라라

밀믈의 셔호(西湖) ㅣ오 혈믈의 동호(東湖) 가쟈

지국총(至匊念) 지국총(至匊念) 어ᄉ와(於思臥)

빅빈홍료(白蘋紅蓼)는 곳마다 경(景)이로다

▶ **현대어 풀이** 흰 구름 뭉게뭉게 나무 끝이 흐느긴다.
　　　　　　　　돛 달아라, 돛 달아라.
　　　　　　　　밀물에는 서호 가고 썰물에는 동호로 가자.
　　　　　　　　찌그덕 찌그덕 어기여차
　　　　　　　　흰 마름 붉은 여뀌 간 곳마다 볼 만하다.

그러기 떳ᄂ 박긔 못 보던 뫼 뵈ᄂ고야

이어라 이어라

낙시질도 ᄒ려니와 취(取)혼 거시 이 흥(興)이라

지국총(至匊念) 지국총(至匊念) 어ᄉ와(於思臥)

셕양(夕陽)이 ᄇ이니 쳔산(天山)이 금슈(錦繡)ㅣ로다

▶ **현대어 풀이** 기러기 뜬 저 높이, 못 보던 산 보이도다.
　　　　　　　　저어라, 저어라.
　　　　　　　　낚시질도 하려니와 얻은 것은 흥겨움이라.
　　　　　　　　찌그덕 찌그덕 어기여차
　　　　　　　　석양이 눈부시니 온 산이 비단 같구나.

은슌옥쳑(銀唇玉尺)이 몃치나 걸렷ᄂ니

이어라 이어라

로화(蘆花)의 블부러 ᄀ힉야 구어 노코

지국총(至匊念) 지국총(至匊念) 어ᄉ와(於思臥)

딜병을 거후리혀 박구기예 브어 다고

▸현대어 풀이 은빛 물고기는 몇이나 잡혔는가.
　　　　　　저어라, 저어라.
　　　　　　갈대꽃에 불 피워 가리어 구워놓고
　　　　　　찌그덕 찌그덕 어기여차
　　　　　　막걸리 병 기울여 표주박에 부어 다오.

녑브람이 고이 부니 드론 돋긔 도라와다
돋디여라 돋디여라
명식(暝色)은 나아오디 청홍(淸興)은 머러 읻다
지국총(至匊悤) 지국총(至匊悤) 어스와(於思臥)
홍슈(紅樹) 청강(淸江)이 슬믜디도 아니훈다

▸현대어 풀이 바람이 빗기 부니 달아둔 돛이 돌아왔다.
　　　　　　돛 내려라, 돛 내려라.
　　　　　　어둑어둑 해 지건만 맑은 흥은 아직 멀었다.
　　　　　　찌그덕 찌그덕 어기여차
　　　　　　단풍 비친 맑은 강이 싫증나지 아니한다.

흰 이슬 빗견눈디 볼근 둘 도다온다
비셰여라 비셰여라
봉황루(鳳凰樓) 묘연(渺然)호니 청광(淸光)을 눌을 줄고
지국총(至匊悤) 지국총(至匊悤) 어스와(於思臥)
옥토(玉兎)의 띤눈 약(藥)을 호객(豪客)을 먹이고쟈

▸현대어 풀이 흰 이슬 내리는데 밝은 달 돋아온다.
　　　　　　배 세워라, 배 세워라.
　　　　　　봉황루 아득하니 달빛을 누굴 줄까.

찌그덕 찌그덕 어기여차

옥토끼가 찧는 약을 호탕한 자에게 먹이고자.

건곤(乾坤)이 제곰인가 이거시 어드메오

비미여라 비미여라

셔풍딘(西風塵) 몯미츠니 부체ᄒ야 머엇ᄒ리

지국총(至匊悤) 지국총(至匊悤) 어ᄉ와(於思臥)

드론 말이 업서시시 귀 시서 머엇ᄒ리

▸현대어 풀이   하늘과 땅이 제각각인가, 이곳이 어디인가.

배 매어라, 배 매어라.

속세 먼지 못 미치니 부채는 필요 없다.

찌그덕 찌그덕 어기여차

들은 말이 없었으니 귀는 씻어 무엇 하리.

송간(松間) 동천석실 원경(전남 완도군 보길면 부황리 202)

옷 우희 서리 오디 치운 줄을 모룰로다

닫디여라 닫디여라

됴션(釣船)이 좁다ㅎ나 부셰(浮世)와 엇더ㅎ니

지국총(至匊怱) 지국총(至匊怱) 어스와(於思臥)

니일도 이리 ㅎ고 모뢰도 이리 ㅎ쟈

▸현대어 풀이　옷 위에 서리 내려도 추운 줄을 모르겠네.

　　　　　　닻 내려라 닻 내려라

　　　　　　고깃배 좁다 하나 덧없는 세상만 못 하리오

　　　　　　찌그덕 찌그덕 어기여차

　　　　　　내일도 이렇게 하고 모레도 이렇게 하자.

숑간셕실(松間石室)의 가 효월(曉月)을 보쟈 ㅎ니

비브텨라 비브텨라

공산락엽(空山落葉)의 길흘 엇디 아라볼고

지국총(至匊怱) 지국총(至匊怱) 어스와(於思臥)

백운(白雲)이 좃차오니 녀라의(女蘿衣)* 므겁고야

▸현대어 풀이　솔숲의 석실(石室)에 가서 새벽달을 보려 한다.

　　　　　　배 붙여라, 배 붙여라.

　　　　　　빈산에 낙엽 쌓이니 길을 어찌 알아볼까.

　　　　　　찌그덕 찌그덕 어기여차

　　　　　　흰 구름 좇아오니 소나무겨우살이도 무겁게 여겨지네.

* 녀라의(女蘿衣) : '여라(女蘿)'는 송라(松蘿), 이끼의 한 가지이다. '소나무 겨우살이'라고도 한다. 송백(松柏)에 기생하여 실처럼 아래로 드리운다. 잔가지가 털 모양으로 되어 서로 엉켜 있고, 실타래 모양인데, 몸빛은 연한 녹색이다. 한방에서 이뇨, 거담제로 쓰이며 결핵에 대한 항균성이 있다.

동(冬)

구룸 거든 후의 힌빗치 두텁거다

비떠라 비떠라

텬디폐식(天地閉塞) 호디 바다흔 의구(依舊)호다

지국총(至匊念) 지국총(至匊念) 어亽와(於思臥)

ᄀ업슨 믉결이 깁편 둣 ᄒ여잇다

▶현대어 풀이 구름 걷힌 후에 햇빛은 반짝반짝.

　　　　　　배 띄워라, 배 띄워라.

　　　　　　하늘과 땅 언 듯해도 바다는 여전하다.

　　　　　　찌그덕 찌그덕 어기여차

　　　　　　끝없는 물결이 비단을 펼친 듯하다.

주대 다스리고 빗밥*을 박았느냐

닫드러라 닫드러라

쇼상(瀟湘) 동뎡(洞庭)은 그믈이 언나 혼다

지국총(至匊念) 지국총(至匊念) 어亽와(於思臥)

이때예 어됴(漁釣)호기 이만혼 디 업도다

▶현대어 풀이 낚싯대 손질하고 뱃밥을 박았느냐.

　　　　　　닻 들어라, 닻 들어라.

　　　　　　소상과 동정호에선 그물이 언다고 한다.

　　　　　　찌그덕 찌그덕 어기여차

　　　　　　겨울에 고기 낚기엔 이만한 데 없도다.

* 빗밥 : 배의 틈으로 물이 새어 들지 못하도록 틈을 메우는 물건. 흔히 천이나 대나무의 얇은 껍질을 쓴다.

여튼 갤 고기들히 먼 소희 다 갇느니
돋드라라 돋드라라
겨근덛 날 됴흔 제 바탕의 나가보쟈
지국총(至匊悤) 지국총(至匊悤) 어스와(於思臥)
밋기 곧다오면 굴근 고기 믄다 혼다

▶현대어 풀이 얕은 바다 고기들이 깊은 못에 다 갔으니
          돛 달아라 돛 달아라
          잠깐 날 좋을 때 어장으로 나가보자.
          찌그덕 찌그덕 어기여차
          미끼 좋으면 큰 고기가 문다고 한다.

보길도 앞바다. 〈어부사시사〉 겨울 네 번째 작품에 "신선 세겐지 부처 세겐지, 인간 세상은
아니로다."가 있는데 그 느낌을 자아내는 경치이다.

간밤의 눈 갠 후(後)에 경물(景物)이 달랃고야

이어라 이어라

압희는 만경류리(萬頃琉璃) 뒤희는 천텹옥산(千疊玉山)

지국총(至匊悤) 지국총(至匊悤) 어ᄉ와(於思臥)

션계(仙界)ㄴ가 불계(佛界)ㄴ가 인간(人間)이 아니로다

▶현대어 풀이　간밤에 눈 개고 나니 경치가 다르구나.

　　　　　　　저어라, 저어라.

　　　　　　　앞에는 넓은 바다, 뒤에는 첩첩이 옥산(玉山)

　　　　　　　찌그덕 찌그덕 어기여차

　　　　　　　신선 세곈지 부처 세곈지, 인간 세상은 아니로다.

그믈 낙시 니저 두고 빗젼을 두드린다

이어라 이어라

압개롤 건너고쟈 몃 번이나 혜여 본고

지국총(至匊悤) 지국총(至匊悤) 어ᄉ와(於思臥)

무단(無端)훈 된ᄇ람이 힝혀 아니 부러올까

▶현대어 풀이　그물 낚시는 놓아두고 뱃전을 두드린다.

　　　　　　　저어라, 저어라.

　　　　　　　앞바다를 건너려고 몇 번이나 마음먹었던가.

　　　　　　　찌그덕 찌그덕 어기여차

　　　　　　　까닭 없이 찬바람이 행여나 아니 불까!

자라 가는 가마괴 멷낱치 디나거니

돋디여라 돋디여라

압길히 어두우니 모셜(暮雪)이 자자뎓디

지국총(至匊悤) 지국총(至匊悤) 어ᄉ와(於思臥)

아압디(鵝鴨池)롤 뉘텨셔 초목참(草木慚)을 싣돋던고

▶ 현대어 풀이
자러 가는 까마귀 몇 마리나 지나갔나.

돛 내려라, 돛 내려라.

앞길이 어두우니, 저녁 눈이 잦은 듯하다.

찌그덕 찌그덕 어기여차

아압지(鵝鴨池)를 누가 쳐서 이 부끄러움 씻어낼까?

단애취벽(丹崖翠壁)이 화병(畫屛)곧티 둘럿ᄂᆞᆫ디

비셰여라 비셰여라

거구셰린(巨口細鱗)을 낟그나 몯 낟그나

지국총(至匊忩) 지국총(至匊忩) 어ᄉᆞ와(於思臥)

고주사립(孤舟簑笠)에 흥(興)계워 안잣노라

▶ 현대어 풀이
붉은 벼랑 푸른 석벽 병풍같이 둘렀는데,

배 세워라, 배 세워라.

크고도 좋은 고기는 낚거나 말거나

찌그덕 찌그덕 어기여차

외로운 배 삿갓 쓰고 흥에 겨워 앉았노라.

보길도 내 솔섬 전경

> 믉ㄱ의 외로운 솔 혼자 어이 싁싁ㅎ고
>
> 비민여라 비민여라
>
> 머흔 구룸 흔(恨)티 마라 셰샹(世上)을 ㄱ리온다
>
> 지국춍(至匊悤) 지국춍(至匊悤) 어스와(於思臥)
>
> 파랑셩(波浪聲)을 염(厭)티 마라 딘훤(塵喧)을 막는또다

▶현대어 풀이 물가에 외로운 솔 혼자 어이 씩씩한가.

배 매어라, 배 매어라.

먹구름 원망 마라 인간 세상 가려준다.

찌그덕 찌그덕 어기여차

파도 소리 싫다 마라 시끄런 소리 막아준다.

> 챵쥬오도(滄州吾道)*롤 녜브터 닐럿더라
>
> 닫디여라 닫디여라
>
> 칠리(七里) 여흘 양피(羊皮) 옷슨* 긔 엇더 ㅎ니런고
>
> 지국춍(至匊悤) 지국춍(至匊悤) 어스와(於思臥)
>
> 삼쳔뉵빅(三千六百) 낙시질* 은 손 고븐 제 엇디턴고

▶현대어 풀이 신선 세계는 예부터 말하더라.

닻 내려라, 닻 내려라.

양가죽 옷 해 입고 낚시하던 그가 어떻던가.

찌그덕 찌그덕 어기여차

3천 6백일 낚시질은 손 곱으면 어이할까.

* 챵쥬오도(滄州吾道) : '창주'는 창랑주(滄浪洲), 즉 동해 가운데 있어 신선이 산다는 곳을 말한다. 물가에 있는 곳, 주로 은자(隱者)가 사는 곳을 말한다. 두보의 시에 "輕帆好去便 吾道付滄洲" (<江漲>)라는 구절이 있다.

* 칠리(七里) 여흘 양피(羊皮) 옷슨 : 엄광(嚴光, 기원전37년~서기43년)의 고사이다. 엄광의 자(字)가 자릉(子陵)이다. 어릴 적 후한의 광무제(光武帝) 유수(劉秀)와 함께 자라고 공부한 사이였다. 광무제가 왕위에 오르자 엄광은 모습을 감췄다. 광무제가 사람을 시켜 그를 찾아보게 했더니 "양가죽 옷을 입고 못에서 낚시하고 있다(披羊裘 釣澤中)"고 하였다. 광무제는 세 번이나 사람

을 보내 그를 조정으로 불러들였다. 그는 광무제를 예전 친구사이처럼 대했고 예를 갖추지 않았다. 조정 대신들이 그의 무례함을 들어 벌을 내려야 한다고 주청했으나 광무제는 개의치 않았다. 임금의 침상에서 잠들었을 때, 예전의 버릇대로 광무제의 배 위에 다리를 걸친 채 자기도 했다.(『후한서』 권113, 엄광전).

* 삼천늇빅(三千六百) 낙시질 : 강태공(姜商)이 10년 동안 위수(渭水)에서 낚시하다가 주(周) 문왕을 만난 고사이다. 문왕이 폭군 상(商)나라 주왕을 토벌하기 위해, 자신을 도울 인재를 찾던 중에 병법에 정통한 고인(高人) 태공을 만났다는 이야기이다.

고산 윤선도 유물전시관(전남 해남군 해남읍 연동리 102-1)

어와 져므러간다 연식(宴息)이 맏당토다

비븟텨라 비븟텨라

ᄀᆞᄂᆞ 눈 쁘린 길 블근 곳 훗더딘 디 흥치며 거러가쟈

지국총(至匊悤) 지국총(至匊悤) 어ᄉᆞ와(於思臥)

셜월(雪月)이 셔봉(西峰)의 넘도록 숑창(松窓)을 비겨 잇쟈

▶현대어 풀이 아아, 저물어 간다, 편히 쉼이 마땅하다.

　　　　　　배 붙여라, 배 붙여라.

　　　　　　가는 눈 내린 길, 붉은 꽃 흩어진 데 흥겹게 걸어가서

찌그덕 찌그덕 어기여차

달이 서산을 넘도록 소나무 창에 기대어 있자.

(『고산유고(孤山遺稿)』卷6, 下)[522]

🐛 고산 윤선도의 파란만장 정치사

이이첨(李爾瞻, 1560~1623)은 광해군의 즉위와 함께 권력을 장악해, 정인홍 등과 더불어 반대파를 숙청하고, 영창대군을 서인(庶人)으로 떨어뜨려 강화도에 안치시키고, 인목대비(仁穆大妃) 폐모론을 주도했다. 이후 대비의 아비 김제남(金悌男), 아들 영창대군의 죽임을 주도하였으니 우리 역사상 악명을 떨친 인물 가운데 하나이다. 윤선도의 험준한 정치사는 1616년, 그가 나이 30세에 당시의 집권세력인 이이첨 일파를 "권력을 남용하고, 인재 등용을 불공정하게 행함으로써 작게는 관리들의 아첨을 성하게 하고 크게는 임금을 위태롭게 한"[523] 죄목으로, 죽이거나 죄를 물으라는 상소를 올리면서 시작한다. 그러나 정의로운 비판으로 한 시대 권력자의 힘을 넘어서기란 늘 위태로운 법이다. 이에 승정원과 삼사(三司)와 관학(館學)의 관리들은 윤선도의 상소를 흉악하다 공격하면서, 윤선도를 역적으로 몰고 도리어 이이첨을 충절과 효우와 청백의 인물로 추켜세웠다.[524] 이 일로 인해 윤선도는 이듬해부터 함경북도 경원과 경상도 기장에서 7년간이나 유배생활을 하게 된다. 이 사건을 통해 윤선도는 정치적 성향이 강하고, 타협할 줄 모르는 직선적 성향을 가졌음을 알 수 있다.[525]

인조반정(1623년)으로 이이첨 등의 대북정권이 무너지고 고산도 긴 유배생활에서 벗어나게 되었지만 다시 서인(西人) 정권 아래에서 고산을 비롯한 남인계열은 다시 중앙의 권력에서 배제된다. 이후 고산은 중앙 정계에 복귀했지만 빠른 승진에 대해 지속적인 견제를 받아 성산(星山 ; 경북 성주)현감으로 갔다가, 경상 감사 유백증(兪伯曾)이 윤선도(尹善道)가 탐욕을 부렸다는 보고서를 올리는[526] 바람에 파직당하여 해남으로 향하게 된다. 이후 효종이 왕위에 오른 후, 66세의 나이에 다시 조정에 들어가지만 송시열과의 예송논쟁에 휘말려 함경도 삼수(三水) 등으로 위리 안치되어 8년간의 유배생활을 했으니 고산은 인생의 대부분을 정적들의 비방과 참소에 시달리며 살았다 할 수 있다.

☙ 고산이 보길도에 터 잡은 사연

윤선도가 해남에 가 있을 적에 병자호란이 일어난다. 위의 <어부사시사> 겨울 부분에 "아압지(鵝鴨池)를 누가 쳐서 이 부끄러움 씻어낼까?"라는 구절이 있다. 이는 "이소(李愬)가 바람 불고 눈이 심하게 내리는 날에 채성(蔡城) 아압지(鵝鴨池)의 거위와 오리 소리를 군대의 소리와 섞이게 하는 교란 작전으로 오원제(吳元濟)의 반란을 진압한 고사"를[527] 인용한 것이다. 고산 또한 병자호란의 치욕을 씻어내고 싶다는 심정을 드러낸 부분으로, 병자호란을 일으킨 청에 대한 분노를 표현했다.

윤선도는 병자호란 당시, 피난 중인 원손대군과 빈궁을 구출하기 위해 거느리고 있는 종 수백 명을 배에 태우고 강화도를 향했다. 그러나 도착했을 때는 이미 상황은 종료되고 세자 대군도 붙잡혀간 뒤였기 때문에 회선하던 중 배 위에서 남한산성의 항복 소식을 듣게 된다. 이에 고산은 은거를 결심하고, 제주도로 가던 중 태풍을 만나 산수가 수려한 보길도 황원포에 자리를 잡고 '부용동(芙蓉洞)'이라 이름 하였다.

그러나 고산은 이후 이때의 일로 인해 또다시 고초를 겪는다.

> 간원이 아뢰기를,
> "대동 찰방(大同察訪) 윤선도는 일찍이 병란 때에 해로를 따라 강화도 근처까지 이르렀었는데, 한양을 지척에 두고서도 끝내 달려와 문안하지 않았으며, 피난 중이던 처녀를 잡아 배에 싣고 돌아갔습니다. 그리고는 그 일이 남들에게 알려질까 두려워 섬으로 깊이 들어가 종적을 숨기려고 하였으니, 잡아다 국문하여 정죄하소서."
> 하였다. 여러 차례 아뢰어서야 따라, 드디어 영덕현(盈德縣)으로 정배하였다.[528]

위에는 윤선도가 병자호란 당시의 일로 죄를 덮어쓰고 영덕으로 귀양을 가는 과정을 서술하고 있다. 고산의 죄목은 첫째, 한양 가까이 와서도 임금을 배알하지 않고 해남으로 내려갔다는 것, 둘째, 피난 중이던 처녀를 잡아 배에 싣고 갔다는 사실 때문이다. 여자에 현혹되어 임금과 국가를 돌아보지 않은 것처럼 공격을 받았고 결국 그 죄목이 유배를 가는 원인이 되고 있다. 그러나 윤선도를 불러서 조사한 공초문(供招文), 요즘으로 말하면 진술서에 따르면 사실과는 차이가 있다. 윤선도는 위험을 무릅쓰고 험난한 파도를 헤치며 안흥진(安興鎭 ; 태안)에 도착했을 때 강화도가 함락되었다는 소식을 들었다고 답했다. 이에 실의에 빠져, 다시 "배를 돌려 남쪽으로 내려가, 해남(海南)에 도착하였을 때 (임금이) 비로소 남한산성에서 서울로 다시 들어가셨다는 소식을 들었습니다."라고[529] 했다. 천 리나 먼 바닷길에서 수없이 죽을 고비를 넘기며 강화도로 달려갔는데, 임금을 지척에 두고 문안하지 않았다고 모함하니 참으로 억울한 일이라고 읍소하고 있다. 죄목이 되었던 여인은 배를 돌려 돌아오던 길에 마침 동서인 이희안(李希顔)을 만났는데, 이희안의 늙은 여종이 데리고 있던 여인이라고 해명하면서, 보는 이목이 많은 전란의 와중에 어찌 사적으로 여인을 취하겠느냐 하고, 심지어 "비록 이 여자가 한 성(城)을 기울일 만한 절색(絶色)의 미인이라고 하더라도, 남아가 어찌 한 여자 때문에 나아가고 물러나 숨을 수 있겠느냐!"고 반문하고 있다.

윤선도는 보길도(甫吉島)에 정착하게 된 사연을 "평생 산수(山水)를 좋아하는 병이 깊었는데, 거처하는 섬은 천석(泉石)이 빼어난 절경인지라 이 때문에 몹시 좋아하여 흥을 붙여 근심을 잊었습니다."라고 말한다. "임금에 대한 생각은 밥 한술을 뜰 때도 감히 잊을 수 없다."고 했고, "흰 달이 허공에 걸릴 때면 왕세자의 옥 같은 얼굴과 봉림 대군(鳳林大君)의 수려한 모습을 생각한다."[530]고 하면서 자신을 둘러싸고 근거 없는 소문이 더 이상 떠돌지 않기를 기원하고 있다. 보길도의 빼어난 경치가 윤선도의 발길을 잡는 까닭이 되었다.

❧ 신선의 풍류를 꿈꾸며 백미(白眉)의 〈어부가〉를 노래하다

〈어부ᄉᄉᄉ〉는 『악장가사』에 실린 〈어부가〉, 농암 이현보 〈어부 장단가〉 등의 전통을 이은 어부가 계열의 시가이다. 이들 작품들은 모두 자연을 관조하고 그

것을 완상하며 즐기는 관찰자 시점, 혹은 유람하는 사람의 관점에서 어부 생활을 읊는다. 즉, 고기잡이를 생존의 수단으로 삼는 진짜 어부가 아니라 강호자연을 즐기는 사대부 계층으로서의 '가짜 어부[假漁翁]'이기에 자연과의 투쟁이나 어부 생활을 통한 생계유지 혹은 생명의 위협 같은 것은 문제되지 않는다. 이에 <어부ㅅ시스>는 자연의 아름다움에 흠뻑 취하고, 무심(無心)의 낙(樂)과 흥(興)에 젖는다.[531]

윤선도가 보길도에서 <어부가>의 전통을 이어 즐거운 흥취에 젖을 수 있었던 것, 세연정(洗然亭)을 혹약암(或躍巖)으로 조경하고 물이 잘 흘러갈 수 있도록 장치하고, 보길도의 주산인 격자봉(格紫峯) 아래에 낙서재(樂書齋)라는 독서 공간을 만들고 석실(石室) 등에서 신선의 풍류 공간을 즐길 수 있었던 것은 그의 경제적 기반 위에서 이루어졌다. 윤선도는 8세 때 숙부의 양자로 입양되어 해남의 대지주가 되었다. 그의 가문은 고조(高祖)인 윤효정(尹孝貞) 시절부터 문반계 사족으로 부상할 수 있었는데, 이는 해남에 막대한 재산을 소유하고 있던 해남 정씨 귀영(貴瑛)가의 딸과 혼인하면서부터였다.[532]

"꿈틀꿈틀 물속의 바위, 어이 와룡암(臥龍巖)을 닮았나. 내 제갈공명을 그려놓고, 이 못가에 사당을 세우리."
"한 발 띠집 비록 나직하여도, 다섯 수레의 책 많기도 하네. 어찌 내 근심만 없애주랴! 나의 허물도 기워 주리라"
"용거(容車)라 함은 소동파의 시요, 측호(側戶)라 함은 주문공의 기로다. 어찌 여섯 겹문이 있을까마는, 뜰과 샘, 대와 못은 갖추었는가."[533]

위의 작품은 각각 <혹약암(或躍巖)>·<낙서재(樂書齋)>·<석실(石室)>에 제재로 삼았다. 세연정 연못 속에 와룡암(臥龍巖)을 닮은 바위를 옮겨놓고 꿈틀거리는 느낌을 자아내고, 낙서재에는 많은 책들을 구비해두었다. 때론 동천 석실에 올라 새벽을 맞이하기도 했다. <어부ㅅ시스>에서 가을을 노래하는 중에 "백운(白雲)이 좃차오니 녀라의(女蘿衣) 므겁고야"라는 구절이 있다. '여라의'는 "저 높이 붉은 계수나무 가지, 하늘하늘 흔들리는 소나무겨우살이"("高高丹桂枝 嫋嫋女蘿衣")라는 마대(馬戴)의 <산중흥

작시(山中興作詩)>에 있어 그 뜻을 짐작할 수 있다. 고산이 솔숲에 있는 동천 석실에서 새벽을 맞이하려고 산을 오르려니 길마다 낙엽이 가득 쌓여있다. 흰 구름이 둥실둥실 나를 따라오니, 저 구름에 견주면 나뭇가지 끝에 실타래처럼 엉켜 한들거리는 소나무겨우살이까지도 도리어 무겁게 여겨진다는 뜻이다. 높은 산에 오르는 화자의 발길이 하늘을 오르는 듯 가볍다는 느낌을 구름과 겨우살이를 통해 표현한 것이다.

보길도 세연정 연못의 혹약암(전남 완도군 보길면 부황리 1-33)

낙서재(樂書齋)에서 바라본 동천 석실

윤선도는 그의 문집에[534] "동방에 예전부터 어부사(漁父詞)가 있었는데, 누가 지은 것인지는 알 수 없고 옛 시를 모아 가락을 붙인 것이다. 외어 읊조리면 강바람과 바다의 비가 입가에 빙그레 웃음을 자아내어 사람들에게 세상을 떠나 정처 없이 홀로 떠다니고 싶은 마음을 가지게 한다. 이런 까닭에 농암(聾巖) 선생이 항상 <어부가>를 즐기셨고, 퇴계 선생 또한 감탄을 마지않았다. 그러나 (옛 어부가는) 소리와 울림이 서로 맞지 않고, 말뜻이 아주 갖추어지지 못했는데, 이는 (옛 어부가가) 그저 옛 시를 모으기에 급급했기 때문이다. 이에 부족하여 미치지 못할 때가 많

윤선도 유물전시관 내의 거문고(전남 해남군 해남읍 연동리 102-1)

다. 내가 그 뜻을 덧붙이고 우리말을 사용하여 어부사(漁父詞)를 지었는데, 사계절마다 각 한 편씩이고 편마다 10개의 장(章)을 만들었다."라고 <어부ᄉ시스>를 지은 뜻을 밝혔다. 자신은 가락과 곡조에 대해서는 감히 함부로 말할 경지에 이르지 못했다는 겸사도 덧붙이고 있다. "맑은 못, 넓은 호수에서 쪽배를 띄우고 마음껏 노닐 때 사람들이 함께 소리 지르며 노를 것게 한다면 참으로 즐거운 일이 될 것이다."고 했고, 신묘년(1651년) 추구월, 부용동 조수(釣曳)가 세연정(洗然亭) 낙기란(樂飢欄) 가의 배 위에서 써서 아이들에게 보인다고 했다. <어부ᄉ시스>는 고산이 65세에 지은 작품이다.

<어부ᄉ시스>는 '비떠라~닫드러라~돋ᄃ라라~이어라~이어라~돋디여라~비셰여라~비미여라~닫디여라~비붓텨라'에 이르는 10단계의 후렴을 붙였다. 배가 출발하는 단계에서 다시 돌아와 배를 세우기까지, 배의 운항에 필요한 동작만을 추려내어 순차적이고 질서 정연하게 적고 있다. 인과 관계 또는 시간 순서로 배열되는 이야기를 기본구조로 한 소설과 달리, 서정시는 사건이나 인물 자체가 아니라 사건과 인물에 대한 인상과 정서를 감각적 소재를 통해 창조한다. 그것은 독자에게 순간적으로 집중된 정서의 강렬성을 띠도록 표현되기 때문에 본질적으로 현재시제를 사용한다. <어부ᄉ시스>는 봄, 여름, 가을, 겨울 갯물과 민물을 넘나드는 일상을 '허구적 기억(virtual memory)'으로 종합하여 가상적 현재로 그려낸 작품이다. 가상적 현재는 시인의, 현재의 실재 감정인 것처럼 가장하는 시의 장치이다. 앞에서 말한 '허구적 기억'이란 '상상력'과 같은 개념이다.[535] 사계절의 다양한 경험과 기억들을

갈무리하고 있다가, <어부ᄉᄉ시ᄉ>의 시구 하나하나를 만들 때 풀어내 발현한 것이다. 성리학적 이념이 매개된, 관조적 심미세계의 구현에서부터 감각적이고 즉물적인 자연 인식에 이르기까지 여러 층위의 미적 형상이 이루어진다. 윤선도의 <어부ᄉᄉ시ᄉ>는 송순·정철 등으로 이어지는 호남문인들의 감각적이고 풍류적인 문학적 전통에다, 윤선도 당대까지 축적되어 온 시가 유산들을 어부 형상의 세계로 흡수하고, 고산의 뛰어난 시적 역량까지 발현하여 새롭게 창조되었기 때문에 우리 시가사의 정점으로 올라설 수 있었던 것으로[536] 평가하고 있다.

제(齊)도 대국(大國)이오 초(楚)도 역대국(亦大國)이라

됴고만 등국(滕國)이 간어제초(間於齊楚)* ᄒᆞ여시니

두어라 하사비군(何事非君)*가 사제사초(事齊事楚) ᄒᆞ리라

(소춘풍, 『해일(海一)』, 『역·시』2598, 이삭대엽二數大葉, 계락界樂)

▸ 현대어 풀이 　제나라도 큰 나라요 초나라 또한 큰 나라라.

　　　　　　　조그만 등나라가 두 나라 새에서 괴롭도다.

　　　　　　　두어라 어찌 임금 아니랴 제와 초를 섬기리라.

* 간어제초(間於齊楚) : 약자가 강자 틈에 끼어 괴로움을 받음.

* 하사비군(何事非君) : 이본에는 "이 다 좋으니", "소국인 탓이라", "섬기라 하시면"이라 하여 조금씩 다르게 표기하였다. 이 작품에서는 "왜 임금이 아니랴!"라는 뜻으로, 둘 모두 임금처럼 모시겠다는 의미이다.

당우(唐虞)를 어제 본 듯 한당송(漢唐宋) 오늘 본 듯

통고금(通古今) 달사리(達事理)ᄒᆞ는 명철사(明哲士)를 엇더타고

저설씌 역력(歷歷)히 모르는 무부(武夫)를 어이 조츠리

(소춘풍, 『해일(海一)』, 『역·시』805, 이삭대엽二數大葉)

▸ 현대어 풀이 　당우(唐虞)나라 어제 본 듯 한당송(漢唐宋)을 오늘 본 듯

　　　　　　　고금 통틀어 사리 밝으신 현명한 분이 어떻다고

제 설 데 뚜렷이 모르는 무인을 어찌 좇으리오

전언(前言)은 희지이(戱之耳)라 내 말씀 허물 마오
문무일체(文武一體)ㄴ 줄 나도 잠간(暫間) 아옵거니
두어라 규규무부(赳赳武夫)를 아니 좇고 어이리

(소춘풍, 『해일(海一)』, 『역·시』 2577, 이삭대엽二數大葉)

▶ **현대어 풀이**   앞의 말은 장난이니 제 말을 탓하지 마오
  문(文)과 무(武)가 하나임을 나도 조금은 아옵니다.
  두어라 용맹한 무인을 아니 따르고 어찌하리.

🐌 기녀 소춘풍(笑春風), 모든 사람의 간장을 녹이다

조선조 여성 중에는 기녀만이 유독 시조사와 긴밀한 관계를 맺고 있다. 양반가 여성들은 가정에서 갇혀 지내다시피 했으므로 시조의 연행 현장에 거리낌 없이 끼기는 어려웠다. 그러나 기녀들은 신분상의 의무 때문에라도 사대부 남성들의 풍류 공간에 동석해야 하기에 사대부와 기녀는 늘 자연스러운 만남을 이루었다.[537] 인간의 유희 본능이 타고난 것이고, 아내가 말리는 술을 기녀는 권유하나니 사대부와 기녀의 친연성은 필연적인 것이다. 그러다 보니 양반과 기녀 사이에 사랑을 이루려는 애틋하고 정감 넘치는 노력이 많았다. 기녀를 조선시대 남성들의 성적 대상쯤으로 여기는 시각도 있지만 기녀와 사대부는 삶과 문학적 열정을 나누거나 친밀감을 공유하는 정신적 교감, 소통 상대로서의 역할이 더 크다. 세종 당시에 주읍(州邑)의 창기(娼妓)를 없애려는 논의가 있자 조정 대신들도 없애는 것이 마땅하고 동의하기도 했다. 그런데 부인 이외에는 다른 여자를 가까이 하지 않아 "허공(許公)은 평생에 음양의 일을 모른다."고 놀림을 당했던 허문경(許文敬) 공만이 이를 반대하여 "남녀 관계는 사람의 본능으로 금할 수 없는 것이다. 주읍의 창기는 모두 공가(公家)의 물건이니 취하여도 무방하나, 만약 이 금법을 엄하게 하면 사신으로 나가는 나이 젊

은 선비들은 모두 의로움을 지키지 않고 사가(私家)의 여자를 빼앗게 될 터이니, 이렇게 되면 많은 영웅 준걸이 허물에 빠질 것이다. 내 생각으로는 없애는 것이 마땅치 않은 줄로 안다."라고 하였다.538 이에 보면 인간의 유희본능까지 강압으로 금지할 수 없다는 판단 하에 기녀의 존재를 사회적으로 용인했던 것으로 보인다. 기녀를 남성들의 성적 욕망을 채우고, 성적인 무질서를 막는 필요악으로 인식하기도 했지만, 기녀는 사대부의 풍류 세계를 공감하는 격의 없는 동반자였음을 알 수 있다.

> 한 선비가 기녀와 친하여 허물없이 지내면서 아내에게는 친밀감을 보이지 않았다. 하루는 아내가 남편에게 말하기를, "남자들이 일반적으로 아내에게는 박절하게 대하면서 기생과는 무관하게 친근하게 지내는 까닭이 무엇이오?" 하고 정중하게 물었다. 이에 남편이 "아내는 도덕적으로 대접해야 하기 때문에 서로 존경해야 하고, 또 부부유별의 원칙이 있어서 존경할 수는 있지만 격의 없이 친압할 수는 없다. 하지만 기생과는 기분에 따라 얼마든지 즐길 수 있다. 존경하면 자연히 거리를 두어야 하고 무관하면 친밀해지는 것은 도리에 당연한 거지."하고 엄숙하게 일장 연설을 했다. 이 설명을 들은 아내가 화를 내고 덤벼들면서 "내가 언제 존경받고자 했으며, 내가 유별의 이치를 언제 지켜 달라 했소?"하고 주먹으로 남편을 막 때리더라.539

이 글은 부부 사이는 엄격한 내외법, 부부유별의 원칙에 따라 여러 가지 규율을 따라야 하기에 자유로운 소통이 힘들었음에 반해, 기녀와는 자유로운 소통이 가능하고 사회적 제약이 상대적으로 약해서 친밀감을 확보할 수 있었음을 볼 수 있다. 아내가 "내가 언제 존경받고자 했으며, 내가 유별의 이치를 언제 지켜 달라 했소?"라고 했으니 이는 아내의 마음속에는 부부가 내외의 금기를 따르고 점잖은 체 하며 소통하지 못하는 것을 바라지 않는다는 말이다. 여기서 부부 사이에도 엄격한 제도와 규율, 진지함과 엄숙이 때로 거추장스러운 굴레로 여겨졌음을 살필 수 있다.

열정과 친밀감을 공유하다보니 "꿈에 뵈는 님이 신의(信義)업다 흐건마는/탐탐이 그리올 제 꿈 아니면 어이보리/저 님아 꿈이라 말고 즈로즈로 뵈시쇼"(『시조대전』335, 【현대어번역】 "꿈에 뵈는 임이 신의 없다 하지마는/간절히 그리울 제 꿈 아니면 어이보리/저 임이시여! 꿈이라도 무관하니 자주자주 나오소서.")라는 명옥(明玉)의 시조에서처럼 양반과 기녀는 함께 살 수 없다는 현실적 제약이 있었으나 그럴수록 마음속의 그리움은 더욱 깊고 애절하여 원망이나 질투가 아닌 희망적 기다림 속에서 좋은 관계로 변화한 경우가 많다. 사대부들이 일상생활에서는 엄격한 감정 절제를 미덕으로 여기어 사랑의 감정을 마음껏 표현하는 자유를 누리지 못했지만 풍류 공간에서 기녀들과 어울리는 순간엔 그나마 적극적으로 내면적 감정을 드러내고 소통하는 일이 가능했던 것이다. 이 과정에서 기녀들은 양반들로 하여금 유교적 제도와 윤리에서 벗어나 인간적인 감정을 문학작품으로 표출하는 문화적 기반을 만들고, 사대부 문학의 주제 영역을 더욱 확대하였다.

기녀들은 시조 작품을 계승하고, 전승한 공도 크다. "송강이 벼슬을 제수 받아 북쪽 변방으로 갈 때에 단가(短歌) 한 수를 지었다. 얼마 되지 않아 명종이 돌아가시니 노래로 이미 예상했나보다 했다. 계미년 봄에 송강이 관풍사(觀風使)로 순찰하다 길주(吉州)에 이르렀을 때, 늙은 기생 하나가 그 단가를 불렀다. 취한 김에 송강이 칠언절구 한 수를 지었는데, "스무 해 전 변방에서 지은 노래를 언제 이 기생들까지 알게 되었나, 아직 죽지 못하고 멀리 떠나온 신하의 외로운 눈물을, 새벽바람에 실어 임 계신 데 뿌리고자."이다.[540] 1566년(31세)에 북관어사로 갈 때 지은 정철의 단가를 1583년 길주의 늙은 기생이 부르고 있는 일화에서 기녀들이 시조의 구비전승에 큰 역할을 했음을 알 수 있다. 백사 이항복의 시조를 궁중에서 기녀가 부르고, 광해군이 듣고 눈물지었다는 일화도 이와 같은 맥락이다.

성종이 술을 내려 여러 신하에게 잔치를 벌일 때면 항상 여악(女樂)을 베풀었다. 하루는 소춘풍(笑春風, 영흥의 이름난 기생)을 시켜 술을 따르게 하니, 왕 앞에 놓인 금잔에다 술은 따랐으나 지존 앞에서 감히 나아가 드릴 수 없으므로, 이에 영의정 앞에 가서 잔을 들고 노래하기를, "순(舜) 임금 계시지만 가리키며 말 못하니, 요(堯)가 바로 내 임인가 하노라." 하였다. 순은 성종이고, 요는 영의정을 비유한다.

이때에 병조판서가 곁에 있어 속으로 '상신(相臣)에게 술을 권했으니 이젠 마땅히 장신(將臣)인 내 차례겠지.' 했는데, 소춘풍은 도리어 예조의 대제학에게 술잔을 드리며, "옛것과 새것에 두루 훤하시고, 사리 밝은 분을 두고 어찌 무지한 무사(武士)에게 갈 수 있으리오" 하였다. 이에 병조판서가 화가 나 있으니 소춘풍이 다음 술잔을 권하면서, "앞서 말은 농담일 뿐, 내 말이 잘못이오. 헌걸찬 무인을 어찌 아니 따르겠는가?" 하였다.

세 노래는 모두 우리말 노래(俗謠)였다. 이와 같이 마음을 풀려가는 것을 보고, 성종이 크게 기뻐하며 소춘풍에게 비단, 명주, 호피와 표범가죽, 호추나무 열매 등 소춘풍의 힘으로 다 옮기기도 힘든 만큼의 상을 내려서 옆에 있던 장사들이 날라다 주었다. 이 일로 말미암아 소춘풍의 이름이 온 나라에 퍼졌다. 영의정에게 불러 준 노래는 "슌도 계시건마는 뫼아 내님인가 ᄒ노라."이다.[541]

성종과 영의정과 예조의 우두머리, 병조판서의 마음을 모두 휘잡는 소춘풍의 솜씨가 탁월하다. 이렇듯 기녀는 특유의 재치와 기지, 때론 도도함으로 좌중을 들었다 놓았다, 좌중의 흥을 돋우고 마음을 보듬던, 취객과의 예술적 소통자요 연인이었던 것이다. 임금은 감히 함부로 나아가 잔을 드릴 수도 없는 지존이라고 추켜세우고, 영의정은 일인지하 만인지상으로서의 자존심을 세웠으며, 예조의 대제학은 "옛것과 새것에 두루 훤하시고, 사리 밝은 분"이라고 높였다. 그 과정에서 병조판서를 무지한 무사(武士)라고 폄하하여 극적 긴장을 유지했으나 곧 용맹하고 헌걸찬 무인이라며 바로잡아 좌중을 휘어잡았다.

이화우(梨花雨) 훗쑤릴 제 울며 줍고 이별(離別)ᄒ 님
추풍낙엽(秋風落葉)에 져도 날 싱각(生覺)눈가
천리(千里)에 외로운 꿈만 오락가락 ᄒ노매

(계생桂生, 『역·시』 2377, 삼삭대엽三數大葉)

▶현대어 풀이 배꽃이 흩날릴 때 울며 잡고 헤어진 임
가을 낙엽 떨어질 때 저도 날 생각하는가.
먼 곳에 두고 외로울 제 꿈에서만 오락가락.

🍂 매창(梅窓), 글재주로 당대 최고 문사들의 마음을 얻다

매창공원(梅窓公園) 내 매창 시조 비석
(전북 부안군 부안읍 서외리 567)

매창(1573~1610)은 부안 출신의 기녀로, 본명은 향금(香今), 자는 천향(天香)이고, 매창은 호이다. 계랑(桂娘), 계생(桂生)이라고도 불리었다. 부안의 아전이던 이탕종(李湯從)의 딸로서, 시문과 거문고에 뛰어나 당대의 문사인 유희경, 허균, 이귀(李貴) 등과 사귀었다. 이수광은 『지봉유설』에 "계랑은 부안의 천기로, 스스로 호를 매창이라 하였다. 일찍이 어떤 나그네가 그의 명성을 듣고 시를 지어 보내면서 꾀니, 계랑이 즉시 차운하여 '평생 여기저기 떠도는 일일랑 배우지 않았습니다. 다만 매화 창문에 달그림자 비끼는 것을 사랑했을 뿐이지요. 글하는 사람들이 저의 얌전함을 알지 못하여 연정을 가지는 일이 부질없이 많습니다.'라고 하니 그 사람이 슬픈 마음으로 갔다고 한다."[542] 매창은 오로지 문장으로 통하는 사람들을 벗 삼는 정신적 사귐으로 절개가 곧았음을 알 수 있다. 평생 거문고와 시를 좋아하였으므로 죽은 때에 거문고를 묻어주었다 한다.

> "봄바람에 병난 게 아니라/단지 임 그린 탓이라오/세상살이 괴로움도 많겠지만/고결하신 그분 맘 돌아올 줄 모르네."
> "송백(松柏)으로 맺은 굳은 언약/저 푸른 바다 깊이에 못지않으리./강남에선 임의 소식 끊어져,/한밤중에 홀로 마음 태우는구나."
>
> (『매창시집』, <벗에게(故人)>)[543]

매창은 위의 작품을 지었고, 유희경은 "임과 한번 헤어진 뒤 구름 막히어, 객지에서 싱숭생숭 잠 못 이루네. 임 소식 전하는 새 소식 없으니, 벽오동 찬 빗소리 듣기 힘들어"라는[544] 작품을 남겼으니 사랑의 감정이 애절했음을 알 수 있다.

먼저 매창과 촌은(村隱) 유희경(劉希慶, 1545~1636)의 만남에서 이별까지를 정리하면 다음과 같다.

강화(江華) 유희경이란 자는 천예(賤隸)이다. 사람됨이 청수하고 신중하여 충심으로 주인을 섬기고 효성으로 어버이를 섬기니 사대부들이 그를 사랑하는 이가 많았으며 시에 능해 매우 순숙(純熟)했다고[545] 적었다. 유희경은 서경덕의 문인인 남언경(南彦經)에게 문공가례(文公家禮)를 배워 상례에 밝았으므로, 국상이나 사대부가의 상(喪)에 집례하는 것으로 이름났다. 임진왜란 때 의병으로 나가 싸운 공이 있고, 호조의 비용을 절감하는 계책을 제시(1609년)하였으며, 상례에 밝아 상가를 드나들며 사대부들과 친해져 면천하였는데, 광해 때 이이첨에 불복한 것을 보면 절개도 남달랐음을 알 수 있다. "어려서부터 책 읽기를 즐겼다. 어머니가 오랫동안 병석에 누워 출입하지 못하자 자리에다 기저귀를 대고 변을 받아내어 동소문 밖으로 나가 손수 빨아 치마바위에 널어놓은 뒤 그 옆에 앉아 하루 종일 책을 읽었다."는[546] 것을 보면, 유희경은 천예임에도 불구하고 학문에 열중하고 가례에 밝았으며 효성스럽고 곧은 사람이었음을 알 수 있다.

1591년 봄에 남도를 여행하던 유희경이 매창을 만나 시우(詩友)로 사귀게 되는데, "그(유희경)가 젊어 부안으로 놀러갔을 때, 그 고을에 '계생'이라는 이름난 기녀가 있었다. 그가 서울의 빼어난 시인이라는 말을 듣고, '유(희경)이십니까, 백(대붕)이십니까?' 했다. 둘의 이름은 널리 알려져 있었다. 그는 그때까지 기생을 가까이하지 않았었는데,

유희경과 매창의 시가비
(북한산국립공원 도봉산 지구 입구)

이때부터 그 원칙을 깬다. 이후 더불어 풍류를 즐겼는데, 계생 또한 시를 잘 지어 『매창집』을 간행할 정도였다."[547] 시를 짓는 능력이 둘 다 빼어났으니 시를 통한 만남인 셈이다. 유희경은 이에 대해 "남국의 계량은 이름이 일찍이 알려져서, 글재주 노래 솜씨 서울까지 자자하네. 오늘에야 서로서로 얼굴 마주 대하니, 선녀가 내려왔나 되레 의심스럽네."라고[548] 하였다.

매창공원 내 이매창의 묘지와 비석(전북 부안군 부안읍 서외리 567)

그러나 둘의 애정 전선에는 걸림돌이 많았다. 성리학적 가치인 예학(禮學)에 밝은 자인데다 면천(免賤)된 입장에서 남의 눈을 의식하여 일정 정도 행동에 걸림돌이 있었을 것이고, 처자가 있는 몸이니 마음대로 만나 시로써 마음을 통하는 일도 쉽지 않았을 것임은 당연하다. 거기다 사는 곳까지 멀리 떨어져 있었으니 어려움은 한두 가지가 아니었다. "그녀는 부안에 살고, 나는 서울에 살아. 서로 그리워도 만나기 힘드니, 오동나무 비 뿌릴 때 애만 끊어져."라는[549] 시에는 둘의 만남에 어려움은 많았으나 항상 서로 그리워했음을 알 수 있다.

다음의 시를 보면, 그리움은 더욱 절절하다.

헤어진 후 다시 만날 기약 없구나.
초나라 구름 진나라 나무 꿈속에도 그리워라.
언제쯤 동루(東樓)에 앉아 함께 달을 보리.
전주에서 술 놓고 시 읊던 일이 그리워"[550]

만만한 기녀를 찾는 것도 다 때가 있다는데,

시객께선 왜 이리 늦게 오시었나요?
나는 기녀를 찾아 온 게 아닐세,
열흘 동안 시를 논하자는 기약 좋은 것이라네.[551]

두 번째 시에서 시객이라 했지만, 사실 번천(樊川)이다. 매창이 유희경을 번천으로 부른 모양이다. 번천은 당나라의 시인 두목(杜牧)의 다른 이름이다. 둘은 기다리고 만나는 사소한 일상까지도 시(詩) 속에 그리어 가슴 저미는 간절함을 담았다. 유희경에게 매창은 기녀가 아니라 시를 주고받는 친구였다. 동루에 앉아 달을 보며 시 짓던 일, 전주에서 술을 마시며 시를 짓던 일을 그리워하고, 만나서 열흘 동안 시에 대해 논하면서 절절한 마음을 담은 시로 통하는 정신적 사랑을 이룬 사이였다.

전쟁 또한 둘의 사랑을 막았다. 유희경이 임진왜란 때 의병으로 나가면서 둘은 헤어졌다가 15년 만에 다시 만난다. "임진란이 일어났을 때 선조임금은 서울을 떠나고 유희경은 의병을 모아서 명나라 원군을 도왔다. 조정에서 특별히 포상하였는데, 그 교지가 아직 남아있다. 그 글에 이르기를 '그대 희경은 나라가 망극한 지경에 있을 때, 나라의 위급을 생각하고 떨쳐 일어나 적을 무찌를 뜻을 가지고 군사를 모으고 적의 동정을 살피어 일을 도왔으니 가상하다 말하노라."(1594년 정월)라고[552] 하였다.

맑은 눈, 하얀 이빨, 푸른 눈썹의 그녀,
홀연히 뜬구름 따라 아득히 떠 있구나.
꽃다운 넋을 놓아 먼 길 떠났으니,
누가 옥골(玉骨) 거두어 고향에 묻어 두리.
다시는 오동나무 관에다 안부 묻는 일 없기를,
쓰시던 경대에만 옛 향기 남았구려.
요행히 정미년(1607년)에 만났을 때,
슬픔 못 이겨 속절없는 눈물만 옷을 적셨네.[553]

매창과 유희경은 전쟁이 끝나고 1607년에 만났다. 그동안 만나지 못하고 산 세월에 대한 서러운 애환 때문인지 슬픔을 이기지 못하고 속절없는 눈물만 흘렸다니 그

애틋함을 짐작할 만하다. 어떤 이유인지 매창은 1610년에 고인이 되었는데, 위에서 옥골(玉骨)이나 오동나무 관이 나오는 것으로 보아 이 작품은 매창이 돌아간 후에 지은 작품으로 보인다. 그는 매창이 쓰던 경대에 남은 옛 향기로써 아련한 추억들을 떠올린다. 유희경은 그녀를 맑은 눈 하얀 이빨, 푸른 눈썹의 여인으로 기억하고 있다. 꽃다운 넋을 놓아 홀연히 뜬구름 따라 떠나간 것을 아쉬워하고 있으니 이들은 서로 정신적 사랑으로 믿고 이별한 셈이다.

한편 매창은 허균(1569~1618)과도 10년 동안 문우(文友)로 지낸다. 허균은 그녀에 대해 "부안(扶安)의 창기 계생(桂生, 桂娘)은 시에 솜씨가 있고 노래와 거문고에도 뛰어났다. 어떤 태수가 그녀와 가깝게 지냈다. 나중 그 태수가 떠난 뒤에 읍인들이 그를 사모하여 비를 세웠는데 계생이 달밤에 그 비석 위에서 거문고를 타고 하소연하며 길게 노래했다"라고[554] 하였다. 기유년(1609년) 9월, <계랑에게 보냄>이란 글에 "봉래산의 가을이 한창 무르익었으리니, 돌아가려는 흥취가 도도하오 아가씨는 반드시 성성옹(惺惺翁, 허균)이 시골로 돌아오겠다는 약속을 어겼다고 웃을 걸세. 그 시절에 만약 딴 마음을 품었더라면 나와 그대의 사귐이 어떻게 10년 동안이나 다정히 이어질 수 있었겠는가. 이제 와서야 풍류객 진(秦) 회해(淮海)는 진정한 사내가 아니고 망상을 끊는 것이 몸과 마음에 유익한 줄을 알았을 것이오 어느 때나 만나서 하고픈 말을 다할는지, 종이를 대하니 마음이 서글프오."라고[555] 하였다. 그녀에게 딴 마음을 품지 않고 10년 동안 시를 주고받는 친구로 지냈다 했다. 허균은 그녀가 죽은 다음과 같은 시를 지었다.

신묘한 글귀는 비단을 펼쳐 놓은 듯,
청아한 노래는 가는 구름 멈추는구나.
복숭아를 딴 죄로 인간 세상에 내려와
선약을 훔치어 이승을 떠나다니
연꽃 새긴 휘장에 등불은 어둑하고,
비취색 치마에 향내만 남았구려."[556]

위의 시는 허균의 <계랑의 죽음을 슬퍼하다>이다. 그리고는 "매창은 부안 기생인데, 시와 문장에 능하고 또 노래와 거문고에도 능했다. 그러나 천성이 고고하고 깨끗하여 음란한 것을 좋아하지 않았다. 내가 그 재주를 사랑하여 막역하게 사귀며 즐거이 대화했지만 어지럽지 않았기에 오래도록 변함이 없었다. 지금 그 죽음 소식을 듣고 한 차례 눈물을 뿌리고서 율시 두 수를 지어 슬픔을 표한다." 하였다. 그녀가 남긴 시 "취한 손님이 비단저고릴 잡아,/손길 따라 저고리 뜯어졌어라./저고리 하나쯤이야 아깝지 않으나/임이 주신 정과 은혜 끊어질까 두려워라."는[557] 그녀가 정신적인 소통을 소중히 여기는 사귐을 즐겨했음을 짐작하게 한다.

> 묏버들 갈히* 것거 보내노라 님의손더*
> 자시는 창(窓)밧긔 심거*두고 보쇼셔
> 밤비에 새닙 곳* 나거든 날인가도 너기쇼셔
>
> (홍랑紅娘, 『역·시』 1047)

▶현대어 풀이 산 버들 가려 꺾어 보내노라 임의 손에
　　　　　　주무시는 창 밖에다 심어두고 보소서
　　　　　　밤비에 새 싹이 나거든 저라고 생각하소서.

* 갈히 : 가려
* ~더 : 에
* 심ㄱ다 : 심다(植)
* 곳 : 강조. "의심(疑心)곳 잇거든'(월인석보 10:68)

🐚 홍랑이 버들가지에 마음을 실어 최경창에게 보내다

산버들 한 가지에 자기 마음을 심어 보냈는데, 임의 곁에 있고 싶은 마음을 그렇게 표현했다. 홍랑의 임, 고죽(孤竹) 최경창(崔慶昌, 1539~1583)의 한시에는 이 일을 "버들가지 꺾어 천리까지 보내며, 내 뜰 앞에 심어 두고, 밤새 새 잎 나거든, 파리하고 근심스런 자기 눈썹으로 여기라 하네."라고[558] 하여 홍랑이 버들강아지를 꺾어 보

고죽 최경창의 시비(경기도 파주시 교하읍 다율리 묘소.
비석에 새긴 〈번방곡〉은 홍랑 시조의 한역)

낸 것은 그 모습이 여인의 눈썹을 닮았기 때문이었음을 짐작하게 한다. "말없이 바라보며 그윽한 난초 전하노라. 이제 먼 곳으로 떠나면 언제나 돌아올꼬. 함관(咸關)의 옛 노래 부르지 말라. 석별의 정 때문에 청산 또한 어둡구나."[559] 이 한시는 고죽이 홍랑의 시조에 답하여 지었다. 홍랑은 버들가지를 전하고 고죽은 난초를 건네주며 서로의 마음을 전한다. 전자는 여인의 눈썹을 닮은 버들개지와 은은한 향내를 풍기는 난초는 두 연인을 상징하는 자연물이다. 사랑하면서도 함께 있지 못하는 애달픈 마음, 같이 지낼 처지는 못 되니 자연물을 통해서나마 임의 곁에 머물고 싶다는 간절한 마음을 표현하고 있다.

홍랑이 연인, 고죽은 당대 빼어난 시인이다. "고죽의 시는 한경(悍勁)하고 백옥봉(白玉峯)의 시는 고담(枯淡)하다. 모두 당시(唐詩)의 노선을 잃지 않았으니 참으로 천년의 드문 가락이다. 이익지(李益之)는 이들보다 조금 크다. 그러므로 최·백을 함께 뭉쳐 나름대로 대가를 이루었다.",[560] 하고, "우리 동방에서 시로써 이름을 날린 자가 많지만 최경창과 백옥봉 두 사람만이 정음으로써 알려졌다. 훗날 학사·대부 가운데 진실로 문장으로 자부하는 사람이 있으면 반드시 이 둘을 드러내어 중히 여기고 칭찬할 것이다."라고[561] 했다.

❧ 국법까지 어기며 맺은 사랑

최경창은 1568년에 과거에 합격하여, 1573년 가을에 고죽 최경창이 함경북도 경성(鏡城)에 북도평사(北道評事)로 부임했는데, 이 때 기생 홍랑을 만났다. 고죽은 조선

중기 8문장의 하나로 시가 청신준일(清新俊逸)해 서로 아끼고 사랑하는 사이가 되었다. 이듬해 고죽은 서울로 돌아왔고, 1575년에는 병이 낫지 않고 오래 끌어 봄부터 겨울까지 병상에서 일어나지 못했다. 홍랑은 그 소식을 듣고, 국상을 당해 소상에 이르렀지만 여전히 통행이 평시와 같지 않고 도의

홍랑의 시조 비석(경기도 파주시 교하읍 다율리 묘소 앞)

경계를 넘지 못한다는 법을 어기면서까지 7일 동안 밤낮으로 걸어 서울로 찾아왔다. 이 일 때문에 최경창은 "식견 있는 문관으로 몸가짐을 삼가지 아니하고 북방의 관기를 불시에 데리고 와 사니 이는 기탄없는 일이옵니다. 파직을 명하소서."(『선조실록』 9년, 1576년 봄)라며 세간의 지탄을 받았고, 이에 고죽은 파직당하고 변방의 한직으로 떠돌다 45세의 나이로 객사하였다. 홍원(洪原)의 기생인 홍랑은 절개를 사랑하고 모습이 아름다웠다. 고죽이 죽은 뒤에는 스스로 얼굴을 상하게 하고 파주에서 묘를 지켰고 임진왜란 중에는 고죽의 문집을 고이고이 간직하여 전쟁동안 소멸되는 일을 막았다. 이에 홍랑은 죽어 고죽의 무덤 아래에 묻혔고 둘 사이에 아들이 하나 있었다.[562]

> 청산리(青山裡) 벽계수(碧溪水)야 수이 감을 ᄌᆞ랑마라
> 일도창해(一到滄海)ᄒᆞ면 다시 오기 어려오니
> 명월(明月)이 만공산(滿空山)ᄒᆞ니 쉬여 간들 엇더리
>
> (황진黃眞, 『역·시』 2858, 이삭대엽二數大葉, 계락界樂)

▶ 현대어 풀이 청산에 벽계수야 쉽게 흐름을 자랑 마라
　　　　　　　푸른 바다로 한 번 가면 다시 오기 어려우니

명월이 산에 비칠 때 쉬어간들 어떠리.

✿ 기녀시조의 최고봉, 황진이의 남성 편력과 삶의 애환

진이(眞伊)는 송도(松都)의 이름난 창기이다. 그 어머니 현금(玄琴)의 얼굴이 꽤 아름다웠다. 나이 18세에 병부교(兵部橋) 밑에서 빨래를 하는데 머리 위에 형용이 단아하고 의관이 화려한 사람 하나가 웃기도 하고 혹은 가리키기도 하므로 현금도 또한 마음이 움직였다.

그러다가 그 사람은 갑자기 보이지 않았다. 날이 이미 저녁때가 되어 빨래하던 여자들이 모두 흩어지니, 그 사람이 갑자기 다리 위로 와서 기둥을 의지하고 길게 노래하는 것이었다. 노래가 끝나자 그는 물을 요구하므로 현금이 표주박에 물을 가득 떠서 주었다.

그 사람은 반쯤 마시더니 웃고 돌려주면서 말하기를,

"너도 시험 삼아 마셔 보아라."

했는데, 마시고 보니 술이었다. 현금은 놀라고 이상히 여겨 그와 함께 좋아해서 드디어 진이를 낳았다. 진이는 용모와 재주가 한 때에 뛰어나고 노래도 또한 절창(絶唱)이었다. 사람들은 그를 선녀라고 불렀다.[563]

자료에는 일관되게 진현금(陳玄琴)을 황진이의 어머니로 적고 있다. 위의 이야기에서 의관이 화려한 사람을 『소호당집』에는 황진사라 하였다.[564] "황진(黃眞)은 중종 때 사람으로 황진사의 서녀이다. 어머니 진현금이 병부교 아래에 물 마시러 온 황진사와 마음이 통하여 황진을 잉태했다. 진은 절색으로 성장하고 사서(史書)에 두루 통달하였다. 방년 15, 16세 때 이웃의 총각이 그녀를 보고 좋아하였으나 과감히 고백하지 못하고 병이 들어 죽게 되었다. 상여가 진의 집 앞에서 멈춰 움직이지 않아 진의 집에 그 사정을 간절히 말하고 그녀의 속치마를 가져다 놓으니 마침내 관이 움직였다. 진이 크게 느낀 바 있어 기적에 이름을 올렸다.[565] 이웃집 총각이 상사병으로 죽어간 일이 황진이가 기적에 이름을 올리는 계기가 되었다고 했다.

서경(西京)에 유람했는데, 교방 기생이 거의 200명이나 되었다. 기생들을 열 지어서 앉힌 다음, 노래에 능하거나 못하거나를 가리지 않고 도상(都上)에서 동기(童妓)까지 한 사람이 창하면 언방이 문득 화답했는데, 소리가 모두 흡사했으며 막힘이 없었다.

송도(松都) 기생 진랑(眞娘)이 그가 창을 잘한다는 것을 듣고서 그의 집을 방문하였다. 언방은 자신이 언방의 아우인 양 속이면서,

"형님은 없소. 그러나 나도 제법 노래를 하오"

하고 드디어 한 곡조를 불렀다. 진랑이 그의 손을 잡으면서,

"나를 속이지 마시오. 세상에 이런 소리가 어찌 또 있겠소. 당신이 바로 진짜 그 사람이오. 모르기는 하지마는 면구(綿駒)와 진청(秦靑)인들 이보다 더 잘하겠소?" 하였다.

진랑은 개성 장인의 딸이다. 성품이 얽매이지 않아서 남자 같았다. 일찍이 산수를 유람하면서 풍악(楓岳)에서 태백산과 지리산을 지나 금성에 오니, 고을 원이 절도사와 함께 한창 잔치를 벌이는데, 풍악과 기생이 좌석에 가득하였다. 진랑은 해어진 옷에다 때 묻은 얼굴로 바로 그 좌석에 끼어 앉아, 태연스레 이[蝨]를 잡으며 노래하고 거문고를 타되 조금도 부끄러운 기색이 없으니, 여러 기생이 기가 죽었다.[566]

황진이의 명성을 있게 한 것은 뭐니 뭐니 해도 빼어난 연주와 춤·노래의 덕이다. 고을 원님의 잔치에 풍악과 기생들이 가득한 가운데 해진 옷에다 때 묻은 얼굴이었어도 좌중을 압도할 수 있었던 것은 그녀의 창이 남달랐기 때문이라 해도 크게 어긋나지는 않을 것이다. 이와 같은 생각에 힘을 실어주는 자료가 『대동야승』에 실려 있다.

유수(留守) 송공(宋公)이 그 어머니를 위하여 수연을 베풀었다. 이때 서울에 있는 예쁜 기생과 노래하는 여자를 모두 불러 모았으며 이웃고을의 수재(守宰)와 고관들이 모두 자리에 앉았으며, 붉게 분칠한 여인이 자리에 가득하고 비단옷 입은 사람들이 떨기를 이루었다. 이때 진랑(眞娘)은 얼굴에 화장도 하지 않고 담담한 차림으로 자리에 나오는데, 천연한 태도가 국색(國色)으로서 광채가 사람을 움직였다.

밤이 다하도록 계속되는 잔치 자리에서 칭찬하지 않는 이가 없었다. 그러나 송공은 한 번도 그에게 얼굴을 보내지 않았으니, 이것은 대개 발 안에서 엿보고 전일과 같은 변이 있을까 염려했던 때문이었다.

술이 취하자 비로소 시비(侍婢)로 하여금 파라(叵羅, 술잔)에 술을 가득 부어서 진랑에게 마시기를 권하고, 가까이 앉아서 혼자 노래 부르게 하였다. 진랑은 얼굴을 가다듬어 노래를 부르는데 맑고 고운 노래 소리가 다 맑고 고와서 보통 곡조와는 현저히 달랐다. 이때 송공은 무릎을 치면서 칭찬하기를, "천재로구나." 했다.

악공 엄수(嚴守)는 나이가 70세인데 가야금이 온 나라에서 명수요, 또 음률도 잘 터득했다. 처음 진랑을 보더니 탄식하기를, "선녀로구나!" 했다. 노랫소리를 듣더니 자기도 모르게 놀라 일어나며 말하기를,

"이것은 동부(洞府)의 여운(餘韻)이로다. 세상에 어찌 이런 곡조가 있으랴?" 이때 조사(詔使)가 본부(本府)에 들어오자, 원근에 있는 사녀(士女)들이 구경하는 자가 모두 모여들어 길옆에 숲처럼 서 있었다.

이때 한 두목이 진랑을 바라보다가 말에 채찍을 급히 하여 달려와서 한참동안 보다가 갔는데, 그는 관(館)에 이르러 통사(通事)에게 이르기를, "너의 나라에 천하절색이 있구나." 했다.

진랑이 비록 창류(娼流)로 있기는 했지만 성질이 고결(高潔)하여 번화하고 화려한 것을 일삼지 않았다. 그리하여 비록 관부(官府)의 주석(酒席)이라도 다만 빗질과 세수만 하고 나갈 뿐, 옷도 바꾸어 입지 않았다. 또 방탕한 것을 좋아하지 않아서 시정(市井)의 천예(賤隷)는 비록 천금을 준다 해도 돌아다보지 않았으며, 선비들과 함께 놀기를 즐기고 자못 문자를 해득하여 당시(唐詩) 보기를 좋아했다.[567]

황진이는 화장도 하지 않고 담담한 차림으로 나왔으나 광채가 나는 빼어난 미모를 지녔고, 가야금의 고수인 악공 엄수도 그녀의 맑고 고운 노랫소리를 듣고 '선녀'라고 칭찬하였다. 관청에서 마련한 술자리에도 다만 빗질과 세수만 하고 나갈 뿐 옷도 바꾸어 입지 않았다 하고, 방탕한 것을 좋아하지 않았고, 선비들과 함께 놀기를 즐기어 문자를 해득하여 당시(唐詩) 보기를 좋아했다는 설명은 황진이의 성격과 교양 정도를 고스란히 보여주고 있다.

황진이가 화담 서경덕과 교통(交通)하며 지낸 것도 소탈하면서도 교양을 갖춘 때문으로 보인다. 평생에 화담(花潭)의 사람됨을 사모하였다. 반드시 거문고와 술을 가지고 화담의 농막[墅]에 가서 한껏 즐긴 다음에 떠나갔다. 매양 말하기를, "지족선사(知足禪師)가 30년을 면벽하여 수양했으나 내가 그의 지조를 꺾었다. 오직 화담 선생은 여러 해를 가깝게 지냈지만 끝내 관계하지 않았으니 참으로 성인이다." 하였다. 죽을 무렵에 집사람에게 부탁하기를,

"출상(出喪)할 때에 제발 곡하지 말고 풍악을 잡혀서 인도하라."

하였다. 지금 노래하는 자도 그가 지은 노래를 능히 부르니 또한 이상한 사람이었다.

진랑이 일찍이 화담에게 가서 아뢰기를, "송도(松都)에 삼절(三絶)이 있습니다." 하니, 선생이, "무엇인가?" 하자, "박연폭포와 선생과 소인입니다." 하매 선생께서 웃었다. 이것이 비록 농담이기는 하나 또한 그럴듯한 말이었다.

대저 송도는 산수가 웅장하고 꾸불꾸불 돌아서 많은 인재가 나왔다. 화담의 이학(理學)은 국조(國朝)에서 제일이고, 석봉의 필법(筆法)은 해내외에 이름을 떨쳤으며 근자에는 차씨(車氏) 부자와 형제가 또한 문명(文名)이 있다. 진랑도 여자 중에 빼어났으니, 이것으로써 그의 말이 망령되지 않았음을 알 수가 있다.[568] 『대동야승』에도 황진이와 서경덕의 사귐을 두고 "일찍이 화담(花潭) 선생을 사모하여 매양 그 문하(門下)에 나가뵈니, 선생도 역시 거절하지 않고 함께 담소(談笑)했으니 어찌 절대(絶代)의 명기가 아니랴?"라고[569] 했다. 한편 이들의 만남에 대해

세상에 전하기를, 황진이는 송도의 유명한 기생으로 그를 본 사람은 누구나 할 것 없이 다 반했다고 한다. 황진이는 한 번 시험하고자 화담의 집에 이르러 뵙기를 청하니 그를 쾌히 허락했다.

황진이가 스스로 원해 침실에서 며칠 동안 한 이불을 덮고 잤으나 화담은 조금도 마음이 동요되지 않았다. 이때 황진이는 반드시 그를 파계시키고자 아첨하고 아양 떨기를 수없이 행했지만 끝내 통하지 않았다. 그러자 황진이는 비로소 엎드려 절을 하며 굴복하고 갔다. 세상에서는 송도삼절을 화담·박연·황진이라고 칭한다.[570]

라고 했으니 황진이가 서경덕을 이성으로 유혹하는 데는 실패한 셈이다. 앞에서 30년 동안 면벽 수행한 지족선사를 파계시키던 위용과는 사뭇 대조적인 모습이다. 송도삼절이라는 명예로운 지칭은 시험에 넘어가지 않는 도도함에 뒤따르는 말인가 보다. 야담에 가까운 이야기로 구성되어 있으니 기록을 있는 그대로 다 사실로 받아들이긴 어렵겠으나 서경덕의 도학을 높이 평가한 것만은 사실이다. 『대동야승』에서는 서경덕과 사제 관계를 맺은 황진이를 높이 평가하고 있다.

소세양(蘇世讓, 1486~1562)은 세상의 시선에 아랑곳하지 않고 황진이와 풍류를 나눈 호걸이다.

양곡(陽谷) 소세양이 젊었을 때, 심지가 굳은 사람으로 자부하여 늘 말하기를, "여자에게 빠지는 사람은 남자가 아니다."라고 하였다. 송도 기생 진이가 재색이 절세하다는 말을 듣고, 여러 친구들에게 약속하여 말하기를, "내가 이 계집과 삼십 일을 함께 자다가 헤어진다 해도 그 뒤에 다시 조금도 마음에 두지 않겠다. 만약에 이 기간을 넘겨 하루라도 더 묵는다면 자네들이 나를 사람이 아니라고 해도 좋네."라고 하였다. 송도에 가서 진이를 보니 과연 뛰어난 여인이었다. 그래서 더불어 정을 나누었다. 한 달간 머물기로 한 기한이 다 되어 내일이면 떠나야 할 판이었다. 그는 진이와 남루에 올라 주연을 벌였으나, 진이는 조금도 이별을 안타까워하는 빛이 없이 다만 청하기를, "공과 이별을 하는데, 어찌 시 한 수 없을 수 있겠습니까? 졸구를 한 수 올려도 되겠습니까?"라고 했다. 소세양이 허락하니, 곧 율시 한 수를 지어 올렸다.

"달빛 밝은 뜰에 오동잎 다 졌고/들국화 서리 맞아 누렇게 변했구나./누대는 하늘보다 한 자 더 높고/사람은 술 천 잔에 취해버렸네./흐르는 물은 거문고 소리와 냉랭히 어울리고/매화향기 피리 소리와 어울리누나./내일 아침 헤어진 후에는,/그리운 마음 저 물결처럼 푸르리라." 소세양이 그 시를 읊조리며 탄식하기를, "내가 사람이 아니지." 하고는 다시 머물렀다.[571]

소세양은 태어나면서 빼어나게 남달라 나이 겨우 7, 8세에 이미 학문을 좋아하여 날이 갈수록 달이 갈수록 발전하여 스승을 번거롭게 하지 않았으며, 저술(著述)에 천부적 재능을 타고나 시구(詩句)가 사람을 놀라게 하였고 필법도 송설체(松雪體, 원(元)나라 조맹부(趙孟頫)의 서체)를 체득하였다. 예부 상서(禮部尙書) 하언(夏言)은 한때 이름이 알려진 사람으로서 공이 시(詩)에 능하다는 소리를 듣고 공의 작품을 구해보고는 감탄사를 연발하며 서책을 증정하였다. 돌아오자 임금도 공의 사행(使行) 길 초고를 보고서 제(題)를 명하여 시 몇 수를 지어 올리게 한 다음 하사한 물품이 특히 많았다. 응접할 때 몸가짐에 예를 갖추었을 뿐만 아니라 시를 주고받음에 있어 곧 중국 사신의 칭송을 받았고 아쉬움에 눈물 흘리며 헤어지기도 하였다. 그 후 우리나라 사신이 중국에 들어가면 그때의 중국 사신이 찾아와 공의 소식을 물었다 한다.[572]

소세양은 특히 시에 능하여 당대 문인뿐만 아니라 임금, 그리고 중국 사신들에게까지 명성이 자자하였음을 알 수 있다. 황진이와 소세양은 서로 시를 주고받는 친구로서 사모하는 마음이 더욱 깊었을 것이다. 그런 벗이 "내일 아침 헤어진 후이면, 그리는 마음 저 물결처럼 푸르리라."라고 헤어짐에 아쉬운 마음을 표현했다면 세상의 어떤 풍류객이 뿌리치고 냉정히 떠나갈 수 있겠는가?

다음은 『금계필담』에 실린 황진이와 벽계수의 일화이다.

황진이는 송도의 이름난 기생으로 아름다움과 기예가 함께 뛰어나서 그 명성이 온 나라에 가득했다.

왕족 중에 벽계수라는 사람이 있었는데, 그는 황진이를 한번 만나보려 했었으나 그 뜻을 이루지 못하여 손곡 이달에게 계책을 물었다. 이달이 말하기를,

"황진이는 천하의 풍류객이 아니면 그 마음을 사기 어려운데, 공은 내 말을 따라 그 뜻을 이루겠는가?"하니 벽계수는 말하기를,

"내 마땅히 그대의 말을 따르지."라고 했다.

손곡이 말하기를,

"공은 본래 거문고를 잘 타니 동자로 하여금 거문고를 가지고 따르게 하고, 공이 당나귀를 타고 황진이의 집 옆 누각에 올라 술을 마신 후 거문고 한 곡을 탈 것 같으면 황진이는 반드시 마음이 움직여 그대를 보러 올 것이니, 그대는 보아도 못 본 체하고 일어나서 곧 당나귀를 타고 돌아가도록 하게. 그리하면 반드시 그대를 뒤쫓을 것이다. 만약 그대가 취적교(吹笛橋)를 지날 때까지 뒤를 돌아보지 않으며 그대는 뜻을 이루게 될 것이나 그렇지 못할 경우엔 그 뜻을 이루지 못하리라." 했다.

벽계수는 그의 말에 따라 당나귀를 타고 동자로 하여금 거문고를 가지고 따르게 하고 황진이의 집을 지나 누각에 올랐다. 그가 술을 마시고 거문고 한 곡을 탄 후 곧 당나귀에 올라 떠나가니, 과연 황진이가 뒤따라 와서 거문고를 든 동자에게 물어 그가 벽계수라 하는 사람임을 알고 곧 아름다운 소리로 노래하기를,

"청산리 벽계수야/쉬지 않고 흘러감을 자랑마라./한번 흘러 바다에 가면 다시 보기 어려우니/어찌 잠시 쉬지 않으리오/명월이 공산에 가득하니/놀다 가면 어떠하리."

하자, 벽계수가 이 노래를 듣고 더 이상 가지 못하고 취적교에 이르러 뒤를 돌아보다가 그만 당나귀에서 떨어지니, 황진이는 웃으면서 말하기를,

"벽계수는 멋진 선비가 아니라 풍류객에 불과하구나."하고 곧 돌아가 버렸다. 벽계수는 부끄러워 스스로를 한탄해 마지않았다.[573]

벽계수는 손곡 이달의 가르침에 따라 황진이에게 관심 없는 척 도도함을 유지해야 했으나 금기를 어김으로써 황진이의 마음을 얻는 데 실패했다. 황진이 일화에 등장하는 남자들 가운데 지족선사나 벽계수는 유혹에 쉽게 넘어가 웃음거리가 되

었고, 서경덕은 높은 도학으로 끝내 유혹에 넘어가지 않아 그 이름과 명성을 오롯이 지켰다. 손곡 이달이나 서경덕 등 학문과 도학이 높은 사람은 이미 황진이의 속마음까지 훤히 꿰뚫고 있었던 것이다. 서경덕이 높은 학문으로 황진이를 응대했다면 소세양은 높은 시적 경지로써 황진이의 마음을 얻은 것으로 보인다.

소세양은 황진이와 한 달 동안 함께 정을 나누다가 헤어질 때 아쉬움이 남아 하루라도 더 머무른다면 자기가 사람이 아니라고 호언장담하였으나 아쉬운 마음을 담은 황진이의 시를 듣고는 다시 더 머물렀으니 황진이가 판정승을 거둔 셈이다. 그러나 웃음거리로 묘사하지 않고 풍류남아의 호탕함으로 그렸다. 소세양은 황진이의 매력에 매료된 자신을 "사람이 아니지"하고 인정함으로써 자신의 이름도 지키고 황진이의 마음도 얻었다.

이상의 이야기들은 허술한 접근으로는 황진이와 같은 도도한 여인의 마음을 얻을 수 없고, 도학이든 학문이든 더 높은 경지를 갖추어야 한다는 깨우침을 담은 것으로 보인다. 윤선도 시조의 "구룸빗치 조타 ᄒᆞ나 검기를 ᄌ로 ᄒᆞ다/ᄇᆞ람소리 묽다 ᄒᆞ나 그칠 적이 하노매라/조코도 그츨 뉘 업기는 믈뿐인가 ᄒᆞ노라(水)"나[574] 이황 <도산십이곡>의 "유수는 엇뎨ᄒᆞ야 주야애 긋디 아니ᄂᆞᆫ고"를 보면 유학자들의 작품에서 물은 변함없는 지속성을[575] 뜻하는 제재로 쓰이지만 황진이의 시조에서 물은 한번 흘러가면 다시 돌아올 기약 없는 존재로 묘사하였다. 벽계수에 시냇물과 사람의 두 가지 의미를 담아 절묘하게 활용하면서 사대부 시조의 상투적 표현에서 벗어났다.

다음 기록을 보면, 기녀로 살면서 여러 남자의 편력 속에 이런 저런 애환을 겪었던 황진이의 마지막은 그렇게 화려하게 그려져 있지 않다. "나라의 빼어난 기녀로 황진을 으뜸으로 꼽았다. 진이 죽으려 할 때, 아랫사람들에게 유언하기를 '나는 천하남자들과 더불어 지내다 자애(自愛)하지 못함이 이 지경에까지 이르렀으니 내가 죽고 나면 수의를 입혀 관에 넣지 말고 동문 밖 모래 물가쯤에 던져두고 땅강아지와 개미, 여우와 살쾡이가 내 시신을 뜯어 천하의 여자들에게 내가 경계가 될 수 있도록 하라.' 하니 아랫사람들이 그렇게 해 주었는데, 한 남자가 와서 시신을 거두어 묻어주었다."[576] 한다. 죽은 후에 자신에 대해 아무런 예를 갖추지 못하게 한 것을 보면, 황진이가 시와 예술 세계를 인정받으며 높은 명성을 유지했다고는 하지만 여러 남성과의 편력을 감수해야 했던 자신의 삶에 대해 스스로 고운 시선을 유지한 것처럼 보이진 않는다. 자신에 대해 냉정하다 못해 학대에 가까우니 자기 삶의 역정을 송두리째 후회했는지도 모르겠다. 또다시 자신과 같은 삶을 사는 여인이 나오지 않도록 그저 세상에 자신을 던져두고 싶었던 것처럼 보인다. 백호 임제(1549~1587)가 "청초 우거진 골에 ᄌᆞ는다 누엇는다/홍안(紅顔)은 어듸 두고 백골만 무쳣ᄂᆞ니/잔(盞) 자바 권(勸)ᄒᆞ리 업스니 그를 슬허 하노라."(『역·시』 2899)를 남긴 것은 황진이의 이와 같은 쓸쓸한 말로를 애처로워 한 때문으로 보인다. 기녀의 삶이란 화려함이 클수록 그 그늘 또한 넓지 않겠는가!

> 천한(天寒)코 설심(雪深)ᄒᆞᆫ 날에 님 ᄎᆞᄌᆞ라 천상(天上)으로 갈 제
> 신 버서 손에 쥐고 보션 버서 품에 품고 곰븨님븨 님븨곰븨 천방지방 지방천방
> ᄒᆞᆫ번도 쉬지 말고 허위허위 올라가니
> 보션 버슨 발은 아니스리되 녑의온 가슴이 산득산득 ᄒᆞ여라*
>
> (『청진(青珍)』, 『역·시』 2818, 만횡청류, 편삭대엽)

▶현대어 풀이 춥고 눈 심한 날에 님 찾으러 하늘로 올라갈 때

　　　　　　신 벗어 손에 쥐고 버선 벗어 품에 품고 쉴 새 없이 연거푸 허둥지둥 덤벙덤벙 한 번도 쉬지 않고 허위적 허위적 올라가니

　　　　　　버선 벗은 발은 쓰리지 않은데 여민 가슴은 산득산득 시리구나.

* 녑의온 가슴이 산득산득 ᄒᆞ여라 : '녑의오다'는 '여미다', 즉 "옷깃을 바로 잡아 합치다."이고, '산득산득'은 "이가 산득산득 시리다.", "산득산득 차가운 바람"처럼 몸에 닿는 느낌이 차가운 것이나 마음에 찬 느낌을 받아 서늘한 상태를 말한다. 임을 여읜 슬픔 때문에 아무리 옷매무새를 바로 여미어도 가슴 속이 시린 느낌까지는 어찌할 수 없다는 뜻이다. "오날도 묵으니 온갖 병이 나는 듯하고 죠히 업슨 창의 불 아니 너턴 구들에 오득ᄒᆞᆫ 등잔불은 ᄇᆞ롬에 돗엿고 찬 이불은 다ᄒᆞᆫ 디마다 산득산득ᄒᆞ니 줌 업슨 밤에 혜아림도 만터라"(<조천록(朝天錄)> 43)

🐾 사랑을 찾아 가는 애절한 발걸음

위의 작품은 조선후기에 지어졌을 것으로 보이는 사설시조이다. 조선 전기의 예술 환경과 소통 구조에서 민간의 전문적 예능인들에 의한 창작, 연행과 이에 대한 물질적 보상의 체제는 매우 빈약하였으며, 유교 이념과 신분적 질서의 차별로 인해 성장 가능성도 억제된 상태였다. 그러나 18·19세기 예술의 상황은 현격한 변화를 보인다. 그 배경 요인으로는, 경제 생산력의 전반적 향상, 상공업 발전, 그리고 도시의 발달을 꼽아야 할 것이다. 이러한 추이 속에서 생활양식과 의식의 변화, 여가 및 취미 생활의 증진, 미적 욕구의 확산·분화 등이 이루어졌다. 새로운 사회 경제적 여건과 문화적 심미적 요인의 합류지점에서 다양한 예술 작품 및 연행의 소통 경로가 창출되거나 재편성되었다. 먼저 예술을 관장하던 산대도감, 나례도감, 장악원 등의 활동은 점차 위축되고 악생·악공의 수가 현격히 줄면서 민간의 전문 예능인이 성장하고 예술의 수요도 증대되었다. 예술 수요의 증가와 도시의 발달은 전문 예능인의 수적, 질적 성장을 촉진하는 자양분 역할을 했다.[577]

병자호란 이후, 도망하거나 흩어진 악공들이 돌아오지 않아 이들을 다시 뽑아다 쓰는 일이 쉽지 않아졌다든가, 17세기 중엽에 비파 연주로 크게 이름난 송경운이 정묘호란 때 전주로 피난했다 장악원으로 복귀하지 않은 일 등은[578] 악공들이 기회만 있으면 자신들에게 부여된 임무에서 벗어나 자유로운 민간예술을 꿈꾸었음을 뜻한다. 거문고와 퉁소, 비파로 유명했던 김성기(金聖基)가 상방궁인(尙方弓人 : 활 만드는 공인 벼슬)[579]으로 있다가 독립적 전문 음악인으로 나선 것이나 신윤복이 남녀 사이의 애정이나 성적 욕구를 즐겨 그리다 도화서에서 쫓겨난 사실은[580] 조선 후기에 이르러 예술 수요가 보다 풍부해지고, 융통성·개방성을 바탕으로 민간의 전업 예능인이 늘어간 양상을 잘 보여준다. 즉, 조선 후기에 이르러 예술의 상품 경제적 소통 공간이 열림으로써 표현의 자유를 얽매고 있던 중세적 규범이라는 완고한 굴레를 넘어 수용자의 취미와 기호에 호응하고, 심미적 울림에 승부를 거는 전문성을 향해 매진할 수 있는 유연하고 허용적인 반전이 있었던 것이다.[581]

위의 사설시조에서 사랑하는 임을 찾아 온 천상을 헤매 다니는 화자의 모습은 매우 가슴 아프다. 이 작품에서 천방지방(天方地方)은 너무 급하여 허둥지둥하는 모습을 뜻하고, '념의오다'는 '여미다', 즉 "옷깃을 바로 잡아 합치다."이고, '산득산득'은 "이가 산득산득 시리다.", "산득산득 차가운 바람"처럼 몸에 닿는 느낌이 차갑다는 말이다. 임을 여읜 슬픔 때문에 아무리 옷매무새를 바로 여미어도 가슴 속이 시린 느낌까지는 어찌할 수 없다. 이미 삶과 죽음으로 분리된 상황이지만 임에 대한 사랑의 여운이 남아 그 통한의 상황을 받아들이려하지 않는다. 헤어짐이 가져다 준 깊은 슬픔이 무의식에 남아 꿈속에서도 그 사랑을 찾아 애절한 발걸음을 내딛는 모습을 그린 것으로 보인다. 이 작품은 1985년에 <하늘나라 우리 님>이라는 대중가요로 거듭났다.

스랑을 츤츤 동여지고 태산준령(泰山峻嶺)으로 허위허위 넘어가니

모르난 벗님네난 그만 버리고 가라 하건마난

가다가 자질여 죽을지언정 나난 안이 버리고 가리라

(纏束哀情擔背上 踰他峻嶺苦猶甘 傍人縱勸因棄去 矢死吾心不卸擔)

（『교방가요』언락 ;『역‧시』1404, 낙시조樂時調, 우락羽樂）

▶현대어 풀이 사랑을 찬찬 동여매고 태산 높은 봉을 허위허위 올라가니

속 모르는 옆 사람들은 그만 버리고 가라 하지만

가다가 눌려 죽을지라도 나는 아니 버리고 가리라.

🐾 애절한 사랑 예찬

온몸에 사랑을 동여맸다 함은 자신의 사랑이 그만큼 깊고 무궁하며 변함없다는 뜻이다. 사랑을 온 몸에 동여매고 태산 높은 봉을 오른다 함은 사랑에 수반되는 고난과 근심의 무게를 감각적으로 표현한 것이리라. 고난과 고통을 겪는 사랑을 곁에서 지켜본 사람들은 힘들게 사랑하며 사느니 차라리 사랑을 그만 버리라고 권유한

다. 지켜보는 남들이야 객관적인 관점에서 일의 득실을 따질 것이니 얻는 것보다 잃는 게 많은 어려운 사랑이야 만류하는 것이 당연하다. 사랑에 빠진 주체들이야 사랑하는 마음 하나로 고통도 감수하고 절망도 이겨내지만 그 모습을 옆에서 지켜보는 사람들의 눈엔 그저 애처로울 뿐일 터이니 말이다. 위의 시조엔 "가다가 눌려 죽을지라도 나는 아니 버리고 가리라."라고 했으니 어려움과 고초가 있더라도 임을 사랑하는 결연한 의지만은 꺾이지 않겠다는 다짐이 담겨있다.

모시를 이리저리 삼마 두루 삼고* 감감다가 한 가온디 뚜 끈쳐지거든
단순호치(丹脣皓齒)로 홈쌜고 감쌜아서 섬섬옥수(纖纖玉手)로 두 끗셜 한데 자바
바비쳐 니으리라 저 모시를
우리도 사랑 긋쳐질 제 저 모시 갓치 니오리라
(苧此彼周復去一半 (中)斷/丹脣皓齒 홈嚥甘嚥 纖纖玉手 執兩端 바비쳐 續彼苧/我亦愛
情將絶時 如彼苧)

(『교방가요』 편삭대엽 ; 『역·시』 1036, 편삭대엽)

▶ **현대어 풀이**   모시를 이리저리 차곡차곡 쌓아 두루 이어 감다가 한 가운데 뚝 끊어지거든
단순호치로 요리조리 침을 발라서 말아, 고운 손으로 두 끝을 마주 꼬아, 이
어라 저 모시를
우리도 사랑이 끊어질 때 저 모시 같이 이으리라.

* 삼다 : 삼이나 모시 따위의 올실을 찢어 그 끝을 비비어 꼬아 잇는 것.

🍃 지극 정성으로 이어가는 사랑

위의 시조는 바늘에 꿴 실을 연이어 꿰매가는 갖가지 바느질법에 기대어 사랑의 영속을 다짐하고 있다. 구절 가운데 '홈쌜고'는 '호다'와 '쌜다'의 결합이다. '호다'는 "헝겊을 겹치고 바늘땀을 듬성듬성하게 꿰매는" 것이니, 그렇게 꿰매는 것을 '홈질'이라 한다. '감쌜아서'의 '감다(감치다)'는 감치는 방법을 말한다. '감치다'는 "바느질감의 실이 풀리지 않도록 가장자리 부분을 용수철 모양으로 감듯이 꿰매나가는 것"으

로 그 행위를 '감침질'이라 한다. 이 작품에서 '단순호치(丹脣皓齒)로 홈쌜고 감쌜아서'라고 한 것은 끊어진 모시의 두 끝을 이어보려고 요리조리 실에 침을 발라가며 정성을 기울인다는 뜻이다. 사랑은 늘 설레게 마련이다. 설렘은 사랑하는 대상을 보고 있어도 보고 싶게 만든다. 어떻게 해서든 임과의 사랑을 끊지 않고 이어가고자 하는 마음은 바로 설렘과 떨림을 수반하는 사랑에 대한 기대인 것이다.

> 어흠아 긔 뉘옵신고 건너 불당(佛堂)에 동령승(動鈴僧)이 내 올너니
> 홀거사(居士) 홀로 주옵는 방안에 무스것ᄒ랴 와계신고
> 홀거사(居士)님 노감탁*이 버서거는 말*겻티 내 곳갈 버서 걸너 왓습네.
>
> (『청육(青六)』, 『역・시』 1985, 우조羽調 소용騷聳)

▶ 현대어 풀이 어흠어흠 긔 뉘옵신고 건넌 불당에 동냥승이옵니다.
　　　　　　 홀거사 혼자 자는 방안에 무엇 하러 오셨나요
　　　　　　 홀거사님 노끈모자 벗어 거는 걸이 옆에 내 고깔을 벗어 걸러 왔습니다.

* 노감탁 : '감탁'은 감토(감투)(帽子)이다. "모주는 감토ㅣ니 사모도 모주ㅣ라 ᄒᄂ느니라"(가례 1:27) '노'는 "비단(羅)"이란 뜻과 "실로 줄을 꼬아 만든 '노ᄒ(索, 繩)"의 뜻이 있다. 여기선 "노끈을 엮어 만든 감투"(노감태기, 노감투)를 뜻한다.
* 말 : 말ᄒ(橛, 杙). 말뚝. "나모 버혀 말 박고"(두초 25:2)

🐚 잘못된 만남의 유혹, 끝없는 일탈 욕구

"남녀는 한데 어울려 앉지 않는 것이다. 횟대에 함께 옷을 걸지 않으며, 수건과 빗을 함께 쓰지 않으며, 친하게 주고받는 일이 없어야 한다."[582] 하여 조선시대에는 내외법이 엄격했지만 위의 작품에서는 작정하고 경계를 무너뜨리고 내왕한다. 위의 작품 "어흠아 긔 뉘옵신고~"는 예부터 전하던 놀이 음악으로 근자에 옛 명창인 상건(尙健)의 아들 별장(別將) 박준웅(朴俊雄)이 맑은 소리로써 황종, 대려의 음을 붙여 한 곡을 따로 만들어 작곡하였는데, 사람들의 눈과 귀와 마음과 뜻을 기쁘게 하니 세상의 호걸들이 즐겨 불렀는데 이것이 이른바 '소용(搔聳)'이다.[583] 놀이에 스님과 홀

거사의 만남을 소재로 하면서 야릇한 상상을 자아낸다.

다음 작품도 이와 비슷하다.

> 창(窓)밧게 긔 뉘오신고 소승(小乘)이 올소이다
> 어제 저녁의 동냥(動鈴)ㅎ랴 왓던 즁이 올너니 각시(閣氏)님 자는 방(房) 족도리
> 버서 거는 말겻티 이늬 쇼리 숑낙*을 걸고 가자 왓소
> 져즁아 걸기는 걸고 갈지라도 후(後)ㅅ말이나 업게 ㅎ여라
>
> (『원국(源國)』, 『역·시』 2720, 농가농가(農歌弄歌))

▶현대어 풀이   창 밖에 그 누구신고 소승이옵니다.
              어제 저녁에 동냥하러 왔던 중인데 각시님 자는 방 족두리 벗어 거는 걸이
              곁에다 제 모자를 걸고 자려고 왔습니다.
              저 중아 걸기는 걸고 갈 지라도 뒷말이나 없게 하여라.

* 숑낙 : 소나무겨우살이로 짚주저리 비슷하게 엮어 만든 스님의 모자(松蘿, 松蘿笠)

> 어와 게 뉘옵신고 거넌 불당(佛堂) 동녕승(僧)이 내올너니
> 홀 거사(居士) 혼ᄌ 자시는 방 말독겻희 내 숑낙 걸나 와ᄉᆞᆸ더니
> 오냐야 걸기는 거러라커니와는 훗말 업시 ㅎ여라
>
> (『역·시』 1925)

▶현대어 풀이   아 거기 누구신가, 건넌 불당의 동냥승이옵니다.
              홀 거사 혼자 자는 방 말뚝 곁에 내 모자를 걸러 왔습니다.
              오냐, 걸기는 걸되 뒷말 없이 하여라.

매우 흡사한 위의 두 작품은 동냥승과 홀거사, 또는 각시가 한 방에서 잠자리하는 일을 대화체 형식으로 그렸다. 스님과 잠자리를 함께 하는 것은 분명 금기이지만, 급작스러운 일이라서 놀라는 기색보다는 자고 가더라도 뒷말이나 나지 않도록 소문나지 않게 조심하라는 주의에 그치고 있을 만큼 그들의 관계가 매우 자연스럽

다. 어제 동냥하러 왔을 때 사전에 일정한 눈짓이나 암시가 없었다면 이렇게 고분고분한 허용이 이루어지기 어렵다. 이에 둘의 잠자리가 일회적인 일로 끝나지 않았을 것이라는 짐작도 무리는 아니다.

> 중놈도 사롬이냥호여 자고 가니 그립더고
> 중의 송락(松絡) 나 베옵고 내 족도리란 중놈 베고 중놈의 장삼(長杉)은 나 덥습고 내 치마란 중놈 덥고 자다가 끠야보니 둘의 스랑이 송낙으로 호나 족도리로 호나
> 이튼날 호던일 싱각호니 못 니즐가 호노라
>
> (『청진(靑珍)』, 『역·시』 2658, 편삭대엽編數大葉)

▶ 현대어 풀이 중놈도 사람인지 자고 가니 그립더라.
중의 송낙 나 베고 내 족두리 중놈이 베고 중놈의 장삼은 내 덥고 내 치마란 중놈이 덥고 자다가 깨어보니 둘의 사랑이 송낙으로 하나 족두리로 하나
이튿날 하던 일 생각하니 못 잊을까 하노라.

위의 작품은 금기된 만남의 장면이 더욱 구체적이다. 스님의 모자를 여인이 베고 여인의 족두리를 스님이 베고, 스님의 장삼은 여인이 덮고 여인의 치마를 스님이 덮어서 자고 일어나니 남녀가 하나 되어 있었다고 했다. 중도 사람이라 함께 자고 나니 그리운 정이 싹 튼다 했다. 민요 "창밖엣 것 뉘 왔노/뒷 절 소승 나려왔소/밤은 깊어 야심한데/눌 보자고 나려왔노/각시님 자는 방/모단 쪽도리 거는 말고지에/소승의 송낙 백팔 염주/장삼을 걸려 나려왔소"[584]에도 스님과 여염집 여인의 치정이 적나라하게 묘사되어 있다. 여기서는 송낙뿐만 아니라 염주와 장삼까지 모두 벗어 걸었다. 여기서 민요와 사설시조의 높은 상관성을 재확인할 수 있다.

예전이나 오늘날이나 사회적, 풍속적으로 금기된 사이에서 생겨난 염문일수록 그 전파력은 더욱 큰 법이다.

(조선 태종 때) 사간원에서 시무 몇 조목을 올렸다.

"불씨(佛氏)의 도(道)는 세간을 떠나서 속세를 멀리 하는 것을 종지(宗旨)로 삼고, 부녀의 도리는 단정하고 정숙하여 스스로 정절을 지키는 것을 주로 삼습니다. 그런 까닭으로 국가에서 법령을 엄히 세워, 무릇 부녀로서 절에 올라가는 자를 금단하는 법을 엄격히 시행하여 풍교(風敎)를 밝게 하였습니다. 근래 법령이 폐지되고 해이해져 부녀가 절에 올라가는 것이 길에 끊이지 않으니, 공공연히 음행(淫行)을 저지르고 절개를 잃는 것이 이러한 까닭에서 비롯되는데, 심히 시정(時政)의 아름다운 법전을 밝게 하는 것이 아닙니다. 원하건대, 유사(攸司)로 하여금 부녀로서 절에 올라가는 자는 부모를 추모하는 법회를 물론하고 일절 모두 금단하여, 풍속을 바루도록 하소서."

임금이 모두 이를 윤허하였으나, 다만 고신(告身)의 일만은 윤허하지 아니하였다."[585]

윗글은 예교와 풍속이 해이해져서 부녀가 절에 올라가 음행(淫行)을 저지르고 절개를 잃는 일이 많음을 지적하고 있다. 이를 단속하기 위해서는 부모를 추모하는 법회까지도 허용해서는 안 된다고 말하고 있다. 사헌부에서 "성곽(城廓) 밖의 이사(尼舍)는 이미 좌도를 배척하는 뜻에 어긋나는 것인데, 그 복방(複房)과 유실(幽室)이 문득 여염(閭閻) 과부들이 음분(淫奔)하는 소굴이 되고 있으니, 동대문 밖 교외의 두 이사를 모두 경조(京兆)로 하여금 즉일로 훼철(毁撤)하게 하소서. 근일에 사대부들의 명검(名檢)이 땅을 쓴 듯이 없어졌습니다. 창가(娼家)와 기방이 문득 분주하게 출입하는 장소가 되었고, 침비(鍼婢)와 의녀들이 각기 풍류의 자리를 점유하고 있습니다."라고[586] 아뢴 것도 성곽 밖 여승들의 거주공간이 음행의 아지트가 됨을 고발한 것이다.

이에 여승의 여사(廬舍)를 훼철(毁撤)하고, 승니(僧尼)의 도성 출입을 금지하여 음란하고 간특한 민속을 바로잡으려고 안간힘을 쓰지만, 쉽게 고쳐지지 않았다. 사간원에서 "그래서 원근 여염의 부녀로서 지아비를 배반하고 주인을 배반한 자와 일찍 과부가 되어 실행한 무리가 앞을 다투어 밀려들어 모여서 연수(淵藪)가 되었는데, 간음을 행하며 간특한 짓을 하는 등 현혹시켜 어지럽히는 정상이 한두 가지가 아닙니다. 청컨대, 경조(京兆)로 하여금 그 여사(廬舍)를 허물어 각각 갈 곳으로 돌려보내게 하여 그 사람들을 사람답게 만들고 그 폐해를 고치소서."라는[587] 주청을 연거푸 올린 것도 스님과 여염의 성적 음행이 당시 심각한 사회적 문제였음을 말해주고 있다.

금기나 제도란 사회 질서 유지를 위해 인간이 만들어낸 것이고, 욕망이나 본능은 인간이 본디부터 타고나는 것이다. 그러므로 제도를 따르느냐 욕망을 추구하느냐 하는 것은 인간의 선택에 달렸다. 과거나 현재나 여인과 스님은 모두 제도적으로 관습적으로 많은 금기가 뒤따르는 대상이다. 이들을 대상으로 욕망을 추구하는 것은 관습이나 제도와 상반되어 문제가 되게 마련이고, 이와 같은 일탈에는 늘 긴장감이 있게 마련이다. 그러나 "오냐야 걸기는 거러라커니와는 훗말 업시 ᄒ여라"에는 일탈에 대한 긴장보다는 자기 방어 기제가 앞선다. 이는 회회아비가 내 손목을 쥐는 일보다는 그 사실이 소문나는 것이 두려워, 새끼 광대의 가벼운 입에게 책임을 전가하겠다던 고려가요 <쌍화점>이나 주지 스님이 내 손을 잡았지만 이 말이 절 바깥으로 알려지면 상좌(上座)가 거짓을 꾸민 것처럼 하겠다던 소악부 <삼장(三藏)> 화자의 태도와 일치한다. 음해성 소문이란 늘 치명적이다. 여성과 스님이라는 애정 행각의 주체들은 이제 세상에 터놓지 못할 비밀을 가졌으니 스스로 소문을 낼 확률은 높지 않겠지만 세상엔 보는 눈들이 많으니 결코 안심할 일이 아니다. 남들이 알지 못한다면 금기된 애정행각이라도 허용하는 태도는 다분히 유희적이고 쾌락 지향적이다. 그저 상상만 하더라도 호기심과 긴장감을 불러일으키는 대상이니 실제 상황이라면 얼마나 더 자극적이겠는가!

간밤의 자고 간 그놈 아마도 못 이져라
와(瓦)얏놈의 아들인지 즌흙에 쏨닉드시 사공(沙工)놈의 뎡녕인지 사어(沙於)씨로 지르드시 두더쥐 녕식인지 곳곳지 뒤지드시 평생(平生)에 처음이오 흥증이도 야롯지라
전후(前後)에 나도 무던이 격거시되 춤 맹서(盟誓)ᄒ지 간밤 그 놈은 춤아 못 니저 ᄒ노라

　　　(이정보李鼎輔, 1693~1766, 『해주(海周)』, 『역·시』 71, 만횡蔓橫, 이삭대엽二數大葉)

▶ 현대어 풀이　간밤에 자고 간 그놈 아마도 못 잊겠네.
　　　　　　　기와장이 아들인지 진흙에 뛰놀듯이, 뱃사공의 정령인지 상앗대로 찌르듯이

두더지의 아들인지 곳곳을 뒤지듯이, 평생에 처음이요 속마음도 야릇해라. 전후에 나도 여러 번 겪었으되 맹세코 말하면 간밤의 그놈은 차마 못 잊어 하노라.

위의 사설시조를 보면, 한 여인이 간밤에 자고 간 그 남자를 그리워하고 있다. 여러 남자를 겪어보았지만 간밤을 함께 보낸 그 남자는 차마 잊을 수 없다고 했다. 그러나 사랑과 그리움 때문이라기보다는 잠자리에서의 즐거움을 못 잊겠다고 한 것이니 감각의 노예가 되었음을 자인하고 있다. 중장에서는 그 즐거움을 매우 구체적으로 묘사하고 있다. 기존의 시조에서는 금기시하던 감각을 전경화 하여 느낌이 살아있도록 표현한 것이 위 사설시조의 특징이다. 이 작품에 등장하는 잠자리 대상 또한 사회 통념적으로 금기시하는 대상일 가능성이 높다. "남의 집 유부녀 정들여 놓고/노를 치자니 남 보겠구나./고함을 치자니 남 듣겠구나./참말로 네 모양/그리워 못 살겠구나"(江東地方)와 같은588 <치정요(癡情謠)>와 매우 흡사하다.

다음의 작품도 금기된 만남에 애를 태우고 있다.

> 스람마다 못할 것은 남의 님 꾀다 정(情)드려 놋코 말 못ᄒ니 이연ᄒ고 통ᄉ정 못ᄒ니 나 죽깃구나
> 곳이라고 뜻어를 내며 닙히라고 훌터를 너며 가지라고 썩거를 너며 히동청 보라미라고 제밥을 가지고 굿여를 낼가 다만 추파(秋波) 여러 번에 남의 님을 후려를 내여 집신 간발ᄒ고 안인 밤중에 월장도쥬ᄒ야 담 넘너갈졔 싀이비 귀먹쟁이 잡녀석은 남의 속니는 조금도 모로고 안인 반중에 밤ᄉ람 왔다고 소리를 칠졔 요 니 간장이 다 녹는구나
> 춤으로 네 모양 그리워셔 나 못살게네."
>
> (『고대본 악부』, 『역・시』 1376)

▶ 현대어 풀이 사람마다 못할 것은 남의임을 꾀어 정들여 놓고 말 못하니 더욱 그립고 털어놓고 말 못하니 죽겠구나.

꽃이라서 뜯어낼까 잎이라서 훑어낼까 가지라고 꺾어낼까 해동청 보라매라서 젯밥으로 꼬셔낼까, 다만 여러 번 추파 던져 남의임을 후려 내어 짚신에 감개 감아 아닌 밤중에 담 넘어 달아날 제 시아버지 귀머거리 잡놈이 남의 속마음 조금도 모르고 밤중에 도둑 들었다고 소리칠 제 이내 간장(肝腸)이 다 녹는구나.

참으로 네 모습 그리워서 나 못 살겠네.

이 작품의 화자는 유부녀와 정이 들어 가슴 태우고 있는데 임에 대한 그리움이 절절하다. 사회적으로 금기된 대상과 사랑에 빠졌으므로 남들 눈이 무서워 만남을 한 번 갖는 일도 조심스럽다. 처음엔 속마음을 표현할 수 없어 가슴만 태우다가 그리움을 이기지 못해 결국 꼬셔내기로 마음먹는다. "꽃이라서 뜯어낼까 잎이라서 훑어낼까~"는 쉽게 꼬셔낼 수 없는 대상이라 더욱 애가 탄다는 말이다. 열거와 나열은 사설시조의 특징적인 서술방식이다. 여러 번 추파를 던져 어렵게 만남에 성공하지만 주변에 보는 눈이 많아 장애물이 허다하다. 위에서 임자 있는 임을 만나다가 시아버지에게 들켜 달아나는 장면은 극적이고 해학적이다. 몰래 담을 넘어야 하니 소리를 줄이기 위해 짚신에 감개까지 감았으니 이렇게 불안한 만남을 꼭 해야 하는가 싶기도 하지만 사랑이란 때로 이렇게 이런저런 조건을 따지지 않고 끌려가게 하는, 주체하기 어려운 힘일 때도 있다. 금기와 통념을 깬 만남이니 한 순간인들 어찌 충분할 수 있겠는가. 보고 있어도 보고 싶은 것이 사랑이고, 만나면 헤어지기 싫은 것이 사랑이 아닌가. "참으로 네 모습 그리워서 나 못 살겠네"에는 그 절절한 그리움이 담겨있다.

간통에 대한 타자의 시선은 늘 따갑지만 간통은 동서고금을 막론하고 흔히 있는 일이니 인간이 제도와 욕망 가운데 둘 중 하나를 포기하지 않는 한 항상 감수해야 하는 괴리가 아닌가 싶다. 조선시대에는 아내의 간통을 현장에서 목격하면 그 자리에서 둘을 살해하더라도 남편에 대한 법 적용이 온건했을 만큼 간통에 대한 법이 엄했다.

경기 안핵 어사(京畿按覈御史) 홍경해(洪景海)가 복명하였는데, 서계(書啓)에 이르기를,
"포천(抱川) 사족(士族)의 딸 윤씨(尹氏) 성을 가진 여자가 그의 형부(兄夫) 이성호(李星祜)와 몰래 간통하여 풍교(風敎)를 더럽혔습니다."
하니, 법에 따라 처치하라고 명하여 이성호는 곤장을 맞아 죽고 윤씨 여자는 교형에 처하였다.[589]

위를 보면, 간통 가운데 특히 친족끼리의 간통은 가중처벌이 매겨졌음을 알 수 있다. "안동 영장(安東營將) 김부영(金阜榮)이 종반(宗班) 고 청평군(淸平君) 이전(李佺)과 친족 연분이 있다 하여 가까이 드나들었는데 급기야 전이 죽고 난 후에는 그의 첩과 간통을 하고 아예 데리고 살기까지 하면서 부끄럽게 여기지도 않습니다. 그렇게 행검 없는 사람을 의관의 축에다 끼워둘 수 없는 일이니 그를 사판(仕版)에서 삭제하소서." 하니, 상이 그대로 따랐다는[590] 기록을 보아도 간통에 대한 엄격한 잣대를 알 수 있다. 인간의 음란한 일탈은 때로 정도를 벗어나 끝 간 데를 모르는 경우도 있다.

7. 가사(歌辭)

가사는 서사·본사·결사의 3단 구조 속에다 세계(대상)에 대한 감흥, 경험과 서사를 반영하는 4음보 연속체 긴 율문(律文)의 서정 양식이다. 가사는 가창·음영·낭송 등 다양한 제시형식을 지니고, 구연하기 편한 안정된 음보에 '느낌'이나 '사연'에 대한 서술 욕구까지 충족시켰다. 가사는 승려·사대부·부녀자·서민 등 다양한 작자와 향유계층을 가졌다.

"1555년에 백광홍이 평안도 평사가 되어 관에서 지내면서 민간의 노래를 두루 모아 <관서곡(關西曲)>을 지어 왕을 그리워하는 맘과 변경에서의 충성심을 표현했다."나[591] "금수산 고운 꽃들 옛 모습 그대로며,/능라도의 향기로운 풀 봄기운 완연하네./신선 떠나간 후 소식이 없으니/관서별곡 한 곡조에 눈물만 가득하네.",[592] "정

송강의 전후 <미인곡>이 또한 가장 낫다. 일찍이 청음(淸陰)(김상헌金尙憲, 1570~1652)이 이 노래를 좋아하여 노래 노비에게 익혀 외게 했다."는[593] 기록은 가사가 노래 불렸음을 확인해주는데 이 같은 가창 방식은 길이에 따라 시대에 따라 상당한 변화 과정을 겪었다.

가사문학관(전남 담양군 남면 가사문학관 877)

◎ 〈서왕가(西往歌)〉　　나옹화상(懶翁和尙, 1320~1376)

> 나도 이럴망뎡 셰샹(世上)애 인재(人子)러니
> 무샹(無常)-무상은 사름이 오래 시지 못ᄒᆞᄂᆞ 말이라-을 싱각ᄒᆞ니* 다 거즛 거*시로쇠
> 부모(父母)의 기친 얼골 죽은 후(後)에 쇽졀업다

▶ 현대어 풀이　나도 이래 뵈도 사람의 자식이지만
　　　　　　　인생무상 생각하니 다 헛된 것이로다.
　　　　　　　부모 남기신 모습 죽은 후엔 속절없다.

> 져근닷 싱각ᄒᆞ야 셰ᄉᆞ(世事)을 후리치고
> 부모(父母)ᄭᅴ 하직(下直)ᄒᆞ고 단표ᄌᆞ(單瓢子) 일납애(一衲衣)
> 쳥녀쟝(靑藜杖)을 비기 들고 명산(名山)을 ᄎᆞ자 드러
> 션지석(善知釋)*-선지식 불법 아는 사람이라-을 친견(親見)ᄒᆞ야 ᄆᆞ음을 불키려고
> 쳔경만론(千經萬論)*-천경만론 불경이라-을 낫낫치 츄심(追尋)ᄒᆞ야

늌적(六賊)*-눈과 코의셔와 몸과 귀와 탐심ᄒ니여 싯도적이로다-자부리라 허공
마(虛空馬)*-허공마는 사룸의 ᄆ숨이라-룰 빗기 타고
마야검(莫邪劍)*-불법 아는 칼이라-을 손애 들고 오온산(五蘊山)*-ᄆ숨과 몸과
오온산니라-드러 가니

▶현대어 풀이 문득 생각하여 세상 일 팽개치고,
　　　　　　부모께 하직하고 단표자에 중 옷 입고
　　　　　　청려장 빗기 들고 명산을 찾아 들어
　　　　　　불법 아는 자 만나 마음을 밝히려고,
　　　　　　여러 권 불경을 낱낱이 파헤쳐
　　　　　　번뇌 없애려고 허공 말을 비뚜로 타고
　　　　　　지혜의 칼 손에 들고 인간을 살펴보니

* 제행무상(諸行無常)[594] : 만물(萬物)은 항상 변전(變轉)한다는 뜻(끊임없는 변화의 과정), 원문에 '무상'은 사람이 오래 살지 못한다는 말이라는 설명을 덧붙였다.
"제행(諸行)은 무상(無常)하여 생멸법(生滅法)이다. 생멸(生滅)하고 멸이(滅已)하며 적멸(寂滅)이 위락(爲樂)이 된다."(『열반경(涅槃經)』14에 제행(諸行)이 무상하므로 이 삶이 적멸에 이르러야 낙이 된다) ※ 생멸법(生滅法) = 만유제법(萬有諸法)은 생멸 변화하여 항유(恒有)하지 못함, 적멸(寂滅) = 모든 번뇌를 여의고 고환(苦患)을 끊음
* 거즛 것 : 가유假有(속유俗有), 가짜로 존재한다.(諸法無我)[595]

(1) 인연화합(因緣和合)에 의하여 이루어진 것은 참으로 존재하는 것이 아니다. 그러므로 얽매어 집착할 것이 아니다.

(2) 모든 사물들에는 나름대로의 본성이라는 것이 있어 그것이 그 사물을 다른 모든 것과 구별시켜 주는 것으로 이해하기 쉽지만, 잘 살펴보면 어떤 것이든 그것이 그것일 수밖에 없는 독자적인 성품은 아무데도 없다. 세상의 모든 것은 일정한 원인과 조건에 의한 결과로서 존재하는 것, 그 원인과 조건 자체가 끊임없이 변화하여 모든 것은 순간의 인과, 인연에 의해 일어나는 것이다.

* 선지석(善知釋) : 선지식(善知識), "화도(化導)하여 견불(見佛)할 수 있도록 함"(마음을 알고 그 형상을 안다는 뜻), "일체지문(一切智門)에 취향(趣向)하여 나를 진실도(眞實道)에 들어가게 함". 원문에서는 불법을 아는 사람을 '선지식'이라 하였다.
* 천경만론(千經萬論) : 대단히 많은 경론(經論). 송판(宋版)에는 경율론(經律論) 삼장(三藏)을 합하여 5,918권이 있었다 하고 고려대장경은 총 1,511부 6,802권, 81,137매이다.
* 육적(六賊) : 『능엄경(楞嚴經)』4에 "네 앞에 나타난 안이비설신심(眼耳鼻舌身心)[色聲香味觸法]의 여섯은 사람을 해로운 길로 이끄는 매개가 되어 가보(家寶)를 협박하여 ᄲᅢ앗는다."하였다.

즉, 육적은 감각기관을 통하여 사람에게 번뇌를 일으키게 하는 요소를 지칭한다.

* 허공마(虛空馬) : '허(虛)'는 형질이 없고, '공(空)'은 장애가 없으므로 허와 공은 '무(無)'의 별칭
* 마야검(莫邪劍) : 명검의 이름. 자기가 본래부터 갖추고 있는 지혜를 검에다 비유한 것
* 오온산(五蘊山) : 인간의 현상을 분석한 것 / 적집(積集)의 뜻, 모여서 뭉쳐 한 덩이가 된 것

오온산 (五蘊山)	색온(色蘊)	오근(五根)과 오경(五境) 등을 총해(總該)하여 유형(有形)의 물질(物質)이 됨. 五境 : 다섯 감각 기관의 대상이 되는 색성향미촉(色聲香味觸) - 스스로 생멸 변화하고 또 다른 것을 장애(障礙)하는 것	물질적인 것, 몸
	수온(受蘊)	경(境)을 대하여 사물을 받아들이는 마음의 작용(느끼려 하는 작용)	정신적인 것, 마음, 물질적인 색온을 바탕으로 개체를 지속적으로 유지시키는 기능
	상온(想蘊)	경을 대하여 사물을 상상(想像)하는 마음의 작용	
	행온(行蘊)	그 밖의 경을 대하여 진탐(瞋貪) 등 선악(善惡) 일체에 관한 마음의 작용(행하려 하는 작용)	
	식온(識蘊)	그 밖의 경을 대하여 사물을 의식하고 판단하여 알아내는 마음의 본체	

계산(諸山)은 첩첩(疊疊)ᄒ고 ᄉ상산(四相山)*-ᄉ상산은 사상신샹 중싱샹 슈쟈샹이라-이 덕옥 놉다

뉵근문두(六根門頭)*-뉵근은 눈과 코와 혀와 귀와 몸과 뜻과 뉵문이라-애 자최 업슨 도적은

나며 들며-탐심을 내어 드리며 ᄒᄂᆫ 말이라 하난 중에 번뇌심(煩惱心)* 베쳐 노코 지혜(智慧)로 비롤 무어 삼계(三界)* 바다-삼계는 욕계 뉵천과 식계 십팔천과 무식계 ᄉ천과 삼계니라- 건네리라

▶현대어 풀이 온 산은 첩첩하고 집착만 더욱 높다
　　　　　　　육근(六根)에 흔적 없는 도둑과 같이
　　　　　　　수시로 드나드는 번뇔랑은 잘라버리고,
　　　　　　　지혜로 배를 저어 인간세상 건너리라.

* 사상산(四相山) : 중생이 깨달은 경계(境界)에 대하여 잘못 알아 집착하는 것 (1) 생·로·병·사 (2) 몸과 마음이 나의 소유라고 집착함(아상我相), 인간이 축생취(畜生趣)와 다르다고 집착하는 소견(인상人相), 아(我)는 5온법으로 말미암아 생긴 것이라고 집착하는 소견(중생상衆生相), 일정한 기간의 목숨이 있다고 집착하는 것(수자상壽者相)

* 육근문두(六根門頭) : 육식(六識)의 소의(所依)가 되어 육식(六識)을 일으켜 대경(對境)을 인식케 하는 근원(眼根, 耳根, 鼻根, 舌根, 身根, 意根)
* 번뇌심(煩惱心) : 번뇌는 범어 '吉隸舍(klesa)'. 번뇌에 속박된 중생의 마음(心神을 어지럽게 하고 마음을 번거롭게 하여 괴롭히는 것, 마음을 어지럽고 번거롭게 하여 괴롭히는 것)
* 삼계(三界) : 범부(凡夫)가 생사(生死)로 왕래하는 세계를 3으로 나눈 것

삼계 (三界)	욕계 (欲界)	음욕(淫慾)과 식욕 등의 욕심이 많은 세계
	색계 (色界)	'색(色)'은 '질애(質礙)'의 뜻. 유형(有形)의 물질. 신체(身體)와 궁전(宮殿), 국토 등 물질적인 것이 모두 수묘(殊妙) 정호(精好)하기 때문에 생긴 것 : 음욕(婬慾)·식욕(食慾) 등의 탐욕은 여의었으나 아직 무색계와 같이 완전히 물질을 떠나서 순수하게 정신적인 것은 되지 못한 중간의 물적인 세계
	무색계 (無色界)	일색(一色)도 없고 하나의 물질적 물도 없으며 신체도 없고 궁전과 국토도 없다. 오직 심식(心識)이 심묘(深妙)한 선정(禪定)에 주(住)하므로 무색계(無色界)라 함. 이미 물질이 없는 세계가 되면 그 방소(方所)를 가히 정할 수 없으므로 다만 과보승(果報勝)의 뜻에 따라 색계의 위에 있다고 함

넘불중싱(念佛衆生) 시러 두고 삼승(三乘)* 딤째에 일승(一乘)* 듯글 드라 두고

츈풍(春風)은 순히 불고 비운(白雲)으 섯도는디

인간을 생각하니 슬프고 셜운지라

넘불(念佛) 마는 즁싱(衆生)드라 몃 싱을 살냐 ᄒ고

셰ᄉ(世事)만 탐착(貪着)ᄒ야 이욕(愛慾)의 줌겻는다

ᄒᄅ도 열 두 시오 ᄒᆫ 둘도 셜흔 날애

어늬 날애 한가(閑暇)홀고 <경계(境界)* 어들런고>

▶현대어 풀이 염불 중생을 실어 두고 가르침의 돛대엔 깨달음 이치 달아두고
봄바람 순히 불고 흰 구름도 떠가는데
인간을 생각하니 슬프고 설운 지라.
염불 않는 중생들아 몇 생을 살려고
세상일을 탐내어 애욕에 잠겼느냐?
하루 24시 한 달 30일에
어느 날에 한가하여 세상만물 인식할까.

* 삼승(三乘) : 사람을 태워서 각각 그 과지(果地)에 도달하게 하는 교법

삼승(三乘)	성문聲聞[소승小乘]	śrāvaka. 부처의 소승법중(小乘法中) 제자로 불의 성교(聲敎)를 듣고 사체(四諦)의 리(理)를 깨치며 견사(見思)의 혹(惑)을 끊고 열반에 들어간 사람
	연각緣覺[중승中乘]	12인연을 들어 진공(眞空)의 이치를 각오(覺悟)하는 교법
	보살菩薩[대승大乘]	보살로 하여금 번뇌의 세계를 벗어나 이상의 불과(佛果)에 이르게 함

* 일승(一乘) : 성불(成佛)하는 유일의 교. 『법화경』은 일승(一乘)의 이치를 설한 것
* 경계(境界) : 6식(識)의 대상이 되는 6경, 자가(自家)의 세력이 미치는 범위, 또는 내가 얻는 과보(果報)의 계역(界域)을 말함

> 쳥뎡(淸淨)흔 불셩(佛性)은 사롬마다 ㄱ자신둘 어늬 날애 싱각ㅎ며
>
> 흥사공덕(恒沙功德)*은 볼니 구둑(具足)흔둘 어늬 시(時)에 나야 쓸고-불셩은 사
> 롬마다 ㄱ져잇는 마리라-
>
> 셔왕(西往)은 머러지고-서왕은 극낙셰계- 지옥(地獄)은 갓갑도쇠
>
> 이보시소 어로신네 권ㅎ노니 죵졔션근(種諸善根)* -종졔션근 부모효양 불공보시
>
> 념블희쥬 동시이라- 시무시소

▶현대어 풀이 청정한 불성은 사람마다 가졌거늘 어느 날에 생각하며,

한없는 불성(佛性)도 사람마다 가졌는데 언제나 내어 쓸꼬!

극락은 멀어지고 지옥은 가깝도다.

이보시오 중생들아 좋은 일 하기를 권합니다.

* 항사공덕(恒沙功德) : '항하사(恒河沙)'의 수처럼 많은 물(物)의 비유. 부처가 나신 곳이자 유행(遊行)하는 곳이며 제자(弟子)가 나타난 곳
* 종제선근(種諸善根) : 깨달음의 완성에 이르기까지의 노력, 인격 완성의 기본. '선근(善根)'이란 신(身)·구(口)·의(意) 3업의 선(善). 굳어져서 뽑을 수 없으므로 '근(根)'이라 함('3업'이란 몸으로 짓는 것, 입으로 말하는 것, 뜻으로 생각하는 것)

금싱(今生)애 ᄒ온 공덕 후싱에 슈(受)ᄒᄂ니
ᄇᆡ년탐믈(百年貪物)은 ᄒ른 아젹 듯글이오-사름이 주근 휘면 셰간식 다 거즛것시
니라-
삼일(三日)ᄒ온 넘블(念佛)은 ᄇᆡ쳔만겁(百千萬劫)에 다홈 업슨 보비로쇠
어와 이 보뵈 력쳔겁이블고(歷千劫而不苦)ᄒ고 극만셰이쟝금(極萬世而長今)이리-
사름의 불셩은 살며 늘그며 병들며 죽는 고외 다업다혼 마리라
건곤(乾坤)이 넙다혼둘 이 ᄆᆞ옴애 미출손가
일월이 볼다혼둘 이 ᄆᆞ옴애 미출손가

▶ 현대어 풀이   이승에서 닦은 공덕 다음 생에 받으리니
백년 탐욕은 하루아침의 먼지요,
삼일 행한 염불은 영원히 다함없는 보배로다.
아 이 보배는 천겁 지나도록 괴로움 없애고, 세월 지나가도 오늘만 같게 하리.
하늘땅이 넓다 한들 이 마음에 미칠쏘냐?
해와 달 밝다 한들 이 마음에 미칠쏘냐?

삼세졔불(三世諸佛)은 이 ᄆᆞ옴을 아르시고
뉵도즁싱(六道衆生)*은 이 ᄆᆞ옴을 져ᄇᆞ릴시
삼계눈회(三界輪廻)*을 어늬 날애 긋칠손고
져근닷 식각ᄒ야 ᄆᆞ옴을 씨쳐 먹고
태히(太昊)를 싱각하니 산쳡쳡(山疊疊) 수잔잔(水潺潺)
풍슬슬(風瑟瑟) 화명명(花明明)ᄒ고 숑쥭(松竹)은 낙낙(落落)혼더
화장(華嚴) 바다-인간세계니라- 건네 져어 극락세계(極樂世界) 드러가니

▶ 현대어 풀이   세계 모든 부처님은 이 마음을 아시고,
세상 모든 중생은 이 마음 저버리므로
삼계 윤회를 어느 때 그칠 건가.
잠깐 생각하여 마음을 고쳐먹고

넓은 하늘 생각하니 산 첩첩, 물 잔잔하고

바람은 쓸쓸하고 꽃은 화사하며 송죽이 휘늘어진

인간세상 건너서 극락세계 들어가니

* 육도중생(六道衆生) : 중생이 스스로 지은 행위, 즉 업에 의해 이끌리어 지향하는 여섯 가지의
상태나 세계('6도'란 지옥地獄·아귀餓鬼·축생畜生·아수라阿修羅·인간人間·천상天上)
* 삼계윤회(三界輪廻)를 어느 날애 긋칠손고 : 윤회한다는 것 그 자체는 중생 각자가 지닌 청정한
본성을 어기고 허망한 경계를 보고 생각하여 활동하는 것이 끊이지 않은 상태. 윤회란 ① 스스
로 청정 본성을 찾으려고 너와 나를 경계하는 집착을 버리면 자연히 소멸된다. ② 번뇌를 끊고
자성청정한 마음을 닦으면 고통스러운 육도의 생사경계는 바로 해탈의 경계이다.[596]

칠보금디(七寶錦地)예 칠보망(七寶網)을 둘너시니 구경(求景)ᄒ기 더욱 조희

구품년디(九品蓮臺)에 념불(念佛) 소리 자자 잇고

청학빅학(靑鶴白鶴)과 잉무공작(鸚鵡孔雀)과 금봉쳥봉(金鳳靑鳳)은 ᄒᄂ니 념불일쇠

청풍(淸風)이 건듯 부니 념불소리 요요ᄒ외

어와 슬프다 우리도 인간(人間)애 나왓다가 념불 말고 어이 홀고

나무아미타불(南無阿彌陀佛)

(해인사판 『보권문(普勸文)』, 1776)

▶현대어 풀이 칠보 궁전에 보배로 꾸몄으니 구경하기 더욱 좋고

극락 연화대엔 염불소리 가득한데

청학 백학과 앵무새 공작, 금색 청색 봉황새도 더불어 염불하네.

시원한 바람 건듯 부니 염불소리 아득한데,

아아, 슬프다 우리도 세상에 나와 염불 않고 어이 할꼬.

나무아미타불!

❧ 나옹화상이 속세를 떠난 사연

<행장>에 따르면, "나옹화상의 휘는 혜근(惠勤)이요, 호는 나옹(懶翁)이며, 처음의
이름은 원혜(元惠)인데, 향년은 57세요 출가한 후의 햇수[법랍(法臘)]는 38년"이라 했으
니, 스무 살에 출가하였다. 나옹은 영해부(寧海府) 사람으로 속성은 아(牙)이고, 속세

의 아버지는 선관령(膳官令)을 지낸 서구(瑞具)요, 어머니는 정씨로서 영산군(靈山郡) 사람이라 했다. 정씨의 꿈에 황금빛 새매가 날아와 그 머리를 쪼며 갑자기 오색 빛이 찬란한 알을 떨어뜨려 그 품안에 들어오는 것을 보고 이내 아기를 배어, 연우(延祐) 경신(1320년) 1월 15일에 태어났다. 나옹은 20세 때에 이웃동무가 죽는 것을 보고 여러 어른들께 물었다.

"죽으면 어디로 갑니까?"라고 물으니 모두들 모른다 하였다. 슬픈 생각을 품고 공덕산(功德山)으로 들어가 요연화상(了然和尙) 아래 중이 되었다. 요연화상은 물었다. "너는 무엇 하러 중이 되었는가." 나옹은 대답했다. "삼계를 뛰어나 중생을 이롭게 하기 위해서입니다. 부디 가르쳐 주십시오". "지금 여기 온 너는 어떤 물건인가?" "말하고 듣고 하는 것이 여기 왔을 뿐이거니, 다만 수행하는 법을 모릅니다."라고 답하니 요연화상도 "나도 너와 같아서 아직 모른다. 다른 스승을 찾아가서 물어보라."[597] 했다.

『나옹집』에도 나옹화상은 "태어났을 때부터 그 모습이 비범하였는데, 더 일찍 출가하려하였으나 부모가 허락하지 않았는데, 친구와의 사별을 매우 안타까워하다가, 죽음 이후 세계에 대한 답을 구하기 위해 출가하는"[598] 과정이 위와 공통적으로 적혀있다. <서왕가>의 작품 초반부에 "나도 이래 뵈도 사람의 자식인데, 인생무상을 생각하니 다 헛되다는 생각이 들고, 부모님께서 물려주신 모습은 죽은 후엔 아무것도 속절없다고 생각하여 문득 속세의 일을 팽개치고 불문에 귀의하여"라고 했으니, 나옹이 불도를 닦게 되는 사정이 잘 드러나 있다.

나옹이 불도를 닦게 된 계기는 제행무상, 즉 우리는 너무도 쉽게 내가 보고 듣고 느끼는 것이 영원하다고 믿고 있지만, 이 세상 모든 것은 덧없어서 영원한 것을 찾아볼 수 없다. 친구가 죽은 후에라도 좋은 곳으로 가서 편안한 삶을 살 것이라는 믿음이 있다면 근심이 적었을 것이나 주변의 어른들도 죽은 다음의 일을 모른다고 답하니 나옹은 그 답을 찾아내고 싶었던 것이다. 그러나 나옹이 출가하여 처음으로 찾은 문경(聞慶) 공덕산 묘적암(妙寂菴)의 요연선사에게서 답을 구할 수 없게 되면서, 나옹은 양주의 회암사, 원나라 연경(燕京)의 법원사 등 여러 곳을 전전하며 배움을 청하였으니, <서왕가>의 내용 가운데 "불법 아는 자 만나 마음을 밝히려고/여러 권 불경을 낱낱이 파헤쳐서" 깨달음을 찾아갔다는 내용과 일치한다. <서왕가>는 후대에 기록한 작품인 이유로 작자부터 문학성까지 의심하는 견해[599]도 많지만, 그 내용 구성을 보면 "출가하는 이야기", "수행을 통해 불성을 깨치는 이야기", "중생을 깨우치게 하여 이끄는 이야기" 등으로[600] 이루어져 있고, 나옹화상의 실제 삶과 작품 내용이 부합하는 내용이 많으므로 <서왕가>는 나옹화상이 "중생들에게 염불과 수행을 극진히 하면 극락에 이를 수 있다는 종교적 메시지"를 문학적 흐름으로 대중화한 작품이라 규정할 수 있다.

☙ 염불(念佛) 예찬론

<서왕가>는 염불 예찬론이라고 규정해도 좋을 만큼 염불의 중요성을 강조하고 있다. 집착·부질없음·어리석음에서 벗어나 지혜로움을 얻는 일도, 어떤 것에 대한 애정과 집착·욕심 등에서 벗어나는 유일한 길도, 청정한 불성을 찾는 일도, 공덕을 쌓는 일도, 생사윤회에서 벗어나는 일도, 칠보궁전인 극락으로 가는 길도 다 이 '염불'을 통해 열린다고 중생들을 향해 직접 교화하고 설득하려고 한다. 마지막 연을 보면, 심지어 <서왕가>의 끝부분에서도 "극락 연화대엔 염불소리 가득한데/청학 백학과 앵무새 공작, 금색 청색 봉황새도 더불어 염불하네."라고 마무리하고 있다.

홍건적이 쳐들어와 나라 사람들이 모두 피난하는데도, 나옹은 "명(命)이 있으면 살 것인데 도적이 너희들 일에 무슨 관계가 있겠는가?"하며 태연히 도적들을 상대하니 도적의 괴수가 도리어 향을 올리고 스스로 물러났다 하고, "깨달음의 성품은 허공과 같거늘 지옥·천당이 어디 있으며, 부처의 몸은 법계에 두루 미치어 있으니 온갖 축생과 귀취(鬼趣)가 어디서 왔는가. 중이거나 속인이거나 남자거나 여자들로서 여러분은 나서 죽을 때까지 일상생활에서 짓는 바, 선악을 다 법이라 한다."[601]한 것을 보면, 나옹은 참선과 염불을 통해 일찌감치 깨달음에 이른 인물이었음을 알

수 있다. 나옹이 남긴 발원문 "원하노니 나는 세세 생생에, 언제나 반야에서 물러나지 않고서, 저 본사처럼 용맹스런 의지와 저 비로자처럼 용맹스런 의지와 저 문수처럼 큰 지혜와 저 보현처럼 광대한 행과, 저 지장처럼 한없는 몸과, 저 관음처럼 30응신(應身)으로 시방 세계의 어디에나 나타나, 모든 중생들을 무위(無爲)에 들게 하며 내 이름 듣는 이는 삼악도를 면하고 내 얼굴을 보는 이는 해탈을 얻게 하며…"[602]에도 나옹화상의 그 마음이 잘 담겨 있다. 나옹은 영원사를 가는 도중에 신륵사(神勒寺)에 이르러, 임종이 다가온 것을 알고, "너희들 여러 사람은 각각 분명히 보아라. 노승은 오늘 너희를 위해 열반불사를 지어 마칠 것이다."라고 말하고 진시에 고요히 열반에 들었다.

◎ 〈상춘곡(賞春曲)〉 정극인(丁克仁, 1401~1481)

> 홍진(紅塵)에 뭇친 분네 이 내 생애(生涯) 엇더ᄒᆞᆫ고
> 녯 스람 풍류(風流)ᄅᆞᆯ 미ᄎᆞᆯ가 몯 미ᄎᆞᆯ가
> 천지간(天地間) 남자(男子) 몸이 날만ᄒᆞᆫ 이 하건마ᄂᆞᆫ
> 산림(山林)에 뭇쳐 이셔 지락(至樂)을 ᄆᆞ롤 것가
> 수간모옥(數間茅屋)*을 벽계수(碧溪水) 앏픠 두고
> 송죽울울리(松竹鬱鬱裏)예 풍월주인(風月主人) 되어셔라

▶현대어 풀이 세속에 묻힌 분네 이 내 생애 어떠한가?
옛 사람 풍류에 미칠까 못 미칠까?
천지간 남자 몸이 날만한 이 많지마는,
산림에 묻혀 있어 큰 즐거움 마다하랴?
몇 칸의 띠 집을 푸른 시내 앞에 두고
솔, 대 울창한데 자연 주인 되었구나.

* 수간모옥(數間茅屋) : 띠로 지붕을 인 몇 칸의 집 ※ 띠(白茅根)는 벼과에 속하는 다년생 초본식물인데, 어린 꽃이삭은 '삘기(삐비)'라 하여 껌 대용으로 씹기도 하고, 볏짚처럼 띠의 잎을 꼬아 지붕이나 이엉을 엮기도 하고 비올 때 입는 '도롱이'를 만들기도 한다.

엇그제 겨울지나 새봄이 도라오니

도화(桃花) 행화(杏花)는 석양리(夕陽裏)예 퓌여 잇고

녹양(綠楊) 방초(芳草)는 세우중(細雨中)에 프르도다

칼로 몰아낸가 붓으로 그려낸가

조화신공(造化*神功*)이 물물(物物)마다 헌스롭다

▶현대어 풀이 엇그제 겨울 지나 새봄이 돌아오니

복숭아꽃 살구꽃 석양 속에 피어있고

녹양방초는 이슬비 속에 푸르도다.

칼로 마름질 했나 붓으로 그려냈나?

조물주 묘한 솜씨 사물마다 떠들썩하다.

* 조화(造化) : 창조화육(創造化育)하는 일, 조물주(造物主)
* 신공(神功) : 신의 공덕, 신과 같은 기막힌 솜씨.

수풀에 우는 새는

춘기(春氣)를 뭇내 계워 소리마다 교태(嬌態)로다

물아일체(物我一體)어니 흥(興)이이 다룰소냐

시비(柴扉)예 거러 보고 정자(亭子)애 안자 보니

소요음영(逍遙吟詠)*호야 산일(山日)이 적적(寂寂)혼디

한중진미(閒中眞味)를 알니 업시 호재로다

▶현대어 풀이 수풀에서 우는 새는

봄기운 못 이기고 소리마다 아양 떠네.

자연과 나 하나이니 흥이야 다를쏘냐?

사립문 밖 걸어보고 정자에 앉아보니

거닐며 읊조리니 산 속 하루 적적한데

한가함의 참맛을 알 리 없이 혼자로다

* 소요음영(逍遙吟詠) : (逍遙) 이리저리 거닐며 바람을 쐬다 (吟詠) 읊조리다

이바 니웃들아 산수(山水) 구경 가쟈스라

답청(踏靑)*으란 오늘 ᄒ고 욕기(浴沂)*란 내일(來日)ᄒ새

아춤에 채산(採山)ᄒ고 나조ᄒ 조수(釣水)ᄒ새

ᄀ 괴여* 닉은 술을 갈건(葛巾)으로 밧타 노코

곳 나모 가지* 것거 수 노코 먹으리라

▸ **현대어 풀이**   여보시오 이웃들아 산수 구경 가 보세나.

산책은 오늘 하고 멱 감기는 내일 하세

아침엔 나물 캐고 낮에는 고기 낚자.

갓 걸러 익은 술을 갈건으로 받쳐 놓고

꽃나무 가지 꺾어 수놓으며 먹으리라.

* 답청(踏靑) : 푸른 풀 위를 걷는다는 뜻으로, 봄날 교외의 산책을 이른다.

* 욕기(浴沂) : 기수(沂水)에서 목욕한다는 뜻. "공자가 제자들에게 봄이 되어 가장 하고 싶은 것이 무엇이냐고 묻자, 증점(曾點)이 '아이들 예닐곱 명과 기수에서 목욕하고 무우대(舞雩臺)에서 바람이나 쐬면서 시를 읊다 돌아오겠다.'고 한"[603] 데서 유래하였다.

* 괴여 : 빚다, 거르다[醸]

* 산(算) 가지 : 막대를 일정한 방법으로 늘어놓아 숫자를 계산하는 방법. 산목(算木)·산대·산책(算策)이라고도 한다.(예 ｜=1, ━┬=6, ━=10)(김용운·김용국, 『한국수학사』, 과학과 인간사, 1977)

화풍(和風)이 건듯 부러 녹수(綠水)ᄅ 건너오니

청향(淸香)은 잔에 지고 낙홍(落紅)은 옷새 진다

준중(樽中)이 뷔엿거든 날ᄃ려 알외여라

소동(小童) 아ᄒ ᄃ려 주가(酒家)에 술을 믈어

얼운은 막대 잡고 아ᄒ는 술을 메고

미음완보(微吟緩步)ᄒ야 시냇ᄀ의 호자 안자

명사(明沙) 조ᄒ 믈에 잔 시어 부어 들고

청류(淸流)ᄅ 굽어보니 ᄯ오ᄂ니 도화(桃花)ㅣ로다

무릉(武陵)*이 갓갑도다 져 ᄆ이 긘 거인고

▸현대어 풀이　따스한 바람 잠간 불어 푸른 물 건너오니

　　　　　　　맑은 향 잔에 지고 붉은 꽃 옷에 진다

　　　　　　　술독이 비었거든 나에게 아뢰어라.

　　　　　　　심부름꾼 아이에게 술집에 술을 물어

　　　　　　　어른은 막대 잡고 아이는 술을 메고

　　　　　　　걸으며 읊조리며 냇가에 홀로 앉아

　　　　　　　좋은 모래 맑은 물에 잔 씻어 부어 들고

　　　　　　　맑은 물 굽어보니 떠오는 이 도화(桃花)로다.

　　　　　　　무릉도원 가까워라 저 산이 거기인가?

* 무릉(武陵) : 무릉도원(武陵桃源)의 준말로, 이 세상과 따로 떨어진 별천지. 진(晉)나라 태원년간(太原年間)에 무릉에 사는 한 어부가 배를 타고 계류(溪流)를 거슬러 올라가 복숭아나무 숲이 있는 데를 지나서 굴을 발견하고 그 안에 들어가 보니 신선이 사는 곳이 있었다는 고사를 갖고 있다. "왕질(王質)은 진(晉)나라 구주 사람이었다. 산에 들어가 나무를 베다가 석실산(石室山)에 이르러 바위 안을 들여다보니, 노인 몇이 바둑판을 에워싸고 있어서 왕질도 도끼를 놓고 그것을 보았다. 노인이 대추씨같이 생긴 물건을 왕질에게 주기에 그 즙을 삼키니 배고픔과 목마름을 느끼지 않았다. 노인이 '네가 여기 온 지 이미 오래되었으니 돌아가는 것이 옳다.'고 알려주었다. 질이 도끼를 가져와 보니 자루가 벌써 다 썩어 있었다. 왕질이 급히 집으로 돌아와 보니 벌써 수백 년이 흘러서 친지들 중 살아있는 이가 없었다. 다시 산으로 들어와 도를 깨달았고, 사람들도 종종 그를 볼 수 있었다.(『열선도』 왕질)

송간세로(松間細路)에 두견화(杜鵑花)를 부치들고

봉두(峯頭)에 급피 올나 구름 소긔 안자 보니

천촌만락(千村萬落)이 곳곳이 버러 잇니

연하일휘(煙霞日輝)는 금수(錦繡)를 재폇는 듯

엊그제 검은 들이 봄빗도 유여(有餘)홀샤

공명(功名)도 날 씌우고 부귀(富貴)도 날 씌우니*

청풍명월(淸風明月) 외(外)에 엇던 벗이 잇스올고

단표누항(簞瓢陋巷)에 흣튼 혜음 아니호니

아모타 백년행락(百年行樂)이 이만호들 엇지호리

▸현대어 풀이　소나무 오솔길에 진달래 아름안고

봉우리에 급히 올라 구름 속에 앉아보니

여러 마을이 여기저기 늘어서 있네.

안개 놀 찬란한 햇살, 비단을 펼쳐 논 듯

엊그제 검은 들판 봄기운 완연하네.

공명도 날 꺼려하고 부귀도 날 피하니

청풍명월(淸風明月) 이외에 어떤 벗이 있을꼬?

소박하고 누추해도 괜한 걱정 아니 하네.

아무튼 평생 즐거움 이만한들 어떠하리.

(정극인,『불우헌집(不憂軒集)』권2 ;『문총』9, pp.35~36)

* 끠우다 : 끠다(娼), 시새움하다, 꺼려하다.

☙ 영달을 탐하지 않고 산림에 묻혀 살다

정극인은 1429년에 생원시에 합격하여 10여 년 동안이나 성균관에 기거하면서 학문의 공을 이루지 못하고, 고향에 물러와 살면서 부모님을 봉양하여 처자들을 거느리고 농업에 힘쓰면서 장차 한평생을 마치려고 하다가, 1453년에 급제하고 이후 세조 때는 원종공신(原從功臣) 2등을 받고, 당대에 또 원종공신 3등을 받아서 벼슬이 감찰(監察)·정언(正言)에 이르렀다.[604] 그는 1455년(세조1)에 전주부교수참진사(全州府教授參賑事)에서 사임하였다가 그해 12월 27일 인순부 승(仁順府丞)의 녹훈을 받고 곧 복귀하여, 이후 10여 년간 성균관 주부, 사헌부 감찰 등을 역임했다. 그의 생애에서 가장 눈에 띄는 일은 뭐니 뭐니 해도 불교의 폐단을 상소한 일이다. 그는 불사(佛事)를 행하는 일이나 불교의 폐단을 두고 세종, 문종, 성종 대 등 세 차례나 지적했다. 세종 때에는 흥천사를 중건하는 토목 공사의 부당함을 항소하다 귀양을 가기도 한다. 공이 "전하께서 불씨(佛氏)를 숭상하니 여러 유생들이 돌아가 승도가 되고자 하는 것일 따름입니다." 라고 극간하자, 임금이 진노하여 죽이려 했는데, 당시의 재상 황희가 "전하께서 만약 정극인을 죽이시면 역사에 무엇이라고 기록되겠습니까?"라고 하니, 임금이 후회하고 깨우쳐서 마침내 북방으로 귀양 보낸 것이다.[605] 이로 인해 정극인은 "한 몸을 떨쳐서 임금에게 항거하여 맹자(孟子)를 이끌고 주자(朱子)를 근거로 하여 한나라의 전례를 살피고 당나라의 과오를 징계하여" 왕에게 올곧은 유학자의 모습을 보인 인물로 평가하고 있다.

다음은 후학 양성이 힘쓴 일이다. 정극인은 유배에서 풀려난 뒤엔 처가인 태인에 내려와 불우헌을 짓고 후학 양성과 향촌 교화에 정성을 기울였다. 이후에도 벼슬길에서 물러나면 으레 고향에서 후진 양성에 힘썼다. 그의 문집에는 가훈이라고 할수 있는 자손계(子孫誡)와 학령(學令)이 실려 전한다. 여기에서 자손과 여러 학생들을 정성으로 타이르고 위엄으로 이끌어 인륜을 실천하게 하려는 간곡하고 친절한 노력을 엿볼 수 있다.[606] 본디 그는 광주(廣州) 두포리 태생이지만 생애의 대부분을 처가인 태인에서 지냈으니, <상춘곡>은 태인의 자연에 묻혀 유유자적하는 가운데 지은 작품이다.

☙ 유유자적 봄빛을 즐기다

고려 말 나옹화상(1320~1376)의 <서왕가(西往歌)>를 가사문학의 효시로 보는 학설[607]이 제기되면서, 가사문학의 발생에 대한 논란은 아직까지 분분하다. <상춘곡>은 정극인의 개인 문집에 실려 있어, 그대로 인정받을 법도 하지만, 이 작품 또한 창작 연대보다 후대에 기록되었다는 이유로 이견이 생겼다.[608] 그러나 정극인의 작품이 아니라는 증거도, 혹 아니라 해도 그럼 왜 하필 정극인의 개인 문집에 실렸는지에 대한 해명도 해 낼 수 없어 <상춘곡>을 가사문학의 효시로 보는 시각은 여전히 통설로 통한다. '상(賞)'은 상완(賞玩)의 뜻이므로, <상춘곡>은 "봄을 보고 즐기는 노래"라는 뜻이다. 이 작품은 정극인이 벼슬에서 물러나 태인(泰仁)으로 내려와 자연에 묻혀 살 때 지은 것으로, 속세를 떠나 자연에 몰입하여 봄을 완상하고 인생을 즐기는 모습을 그렸다.

<상춘곡> 서사는 자연에 묻혀 사는 자신의 즐거움을 옛사람들에게 견줄 수 있겠다며 자랑하고 나섰다. 본사는 자연의 주인이 되어, 자연과 하나 되는 물아일체의 삶과 자연에서의 풍류적인 삶이 만족스럽다고 하면서, 유유자적하고 자연친화적인

삶을 드러내 보였다. 결사에서는 들판엔 봄기운이 완연한데, 공명도 부귀도 멀리하고 자연만을 벗 삼으니 "소박하고 누추해도 괜한 걱정 아니 하니 평생의 즐거움으로 이만한 것이 없다."며 끝을 맺는다. 이와 같은 <상춘곡>의 흐름은 "공이 남쪽으로 돌아온 뒤로 한결같이 고결하고 굳은 지조를 지키며, 초가삼간을 짓고는 그 집을 불우헌(不憂軒), 그 시냇물을 필수(泌水)라 이름 짓고, 소나무와 대나무를 심어두고는 농사짓는 사람, 나무하는 사람들과 섞여 지냈다. 이러한 가운데 마음을 안정시키고 심성을 기르며, 본분을 다하며 명을 기다렸다. 한가로이 노닐며 즐겁게 지내더라도 근심을 잊지 않았다."는[609] 정극인의 실제 삶과 그대로 일치하고 있다. 또 1469년 12월 나이가 일흔에 이른다는 이유로 미리 사직소를 올리고,[610] 이듬해 집으로 돌아온 것이니, 그가 <치사음(致仕吟)>에 "늙어 벼슬에서 물러나니 야인(野人)이 마땅하나, 다만 아직 심신이 쇠하지 않았으니, 나이를 줄여 홍진(紅塵)을 밟고 싶어라."라고 한 것은 문학적 수사라 하겠다. <상춘곡>은 이 무렵에 지은 작품으로 보인다. 정극인은 <한림별곡>의 곡조에 맞추어 <불우헌곡>과 <불우헌가>를 지었으니, 그는 시가 문학에 지대한 애정을 가졌음을 알 수 있다.

강원감영의 포정루(布政樓)(강원 원주시 원일로 85). 관찰사가 감영으로 들어서는 첫 번째 문이다. 포정은 명나라의 지방관청인 포정사(布政司)에서 유래하였다. 1579년에 김억령, 1580년(선조13)에 정철, 1581년에 이제민이 강원도 관찰사로 부임했으니, 정철이 <관동별곡>을 지어 선정의 포부를 떠들썩하게 밝혔으나 재임기간은 1년여에 지나지 않는다.

선화당(宣化堂). 관찰사의 집무실이다. 임금의 덕을 널리 펼치고 백성을 교화한다는 뜻으로, 행정 농정 조세 민원 군사훈련 재판 업무를 총괄하는 곳이다.

◎ 〈관동별곡(關東別曲)〉　정철(鄭澈, 1536~1593)

강호(江湖)애 병이 깁퍼 죽님(竹林)의 누엇더니
관동(關東) 팔빅리(八百里)에 방면(方面)*을 맛디시니
어와 셩은(聖恩)이야 가디록 망극(罔極)ㅎ다
연츄문(延秋門)* 드리드라 경회남문(慶會南門) 브라보며
하직(下直)고 믈너나니 옥졀(玉節)이 알픿 셧다
평구역(平丘驛) 물을 ㄱ라 흑슈(黑水)로 도라드니
셤강(蟾江)은 어듸메오 티악(雉岳)은 여긔로다

▶ 현대어 풀이　자연을 사랑하여 죽림에 누웠더니
　　　　　　　관동 800리에 관찰사 일을 맡기시니
　　　　　　　아, 성은이야 갈수록 끝이 없도다.
　　　　　　　연추문(延秋門) 달려들어 경회남문 바라보며
　　　　　　　작별 아뢰고 물러나니 깃발이 앞에 있다.
　　　　　　　평구역에서 말 갈아타고 흑수로 돌아드니
　　　　　　　섬강은 어디인가 치악산이 여기로다.

* 방면(方面) : 방백(方伯). 관찰사의 별칭.
* 연추문(延秋門) : 경복궁의 서문.

섬강(蟾江)

쇼양강(昭陽江) 느린 믈이 어드러로 든단말고
고신거국(孤臣去國)에 빅발(白髮)도 하도 할샤
동쥐(東州) 밤 계오 새와 븍관뎐(北寬亭)의 올나ᄒ니
삼각산(三角山) 뎨일봉(第一峯)이 ᄒ마면 뵈리로다
궁왕대궐(弓王大闕) 터히 오작(烏鵲)이 지지괴니
쳔고흥망(千古興亡)을 아는다 몰ᄋ는다
회양(淮陽) 녜 일홈이 마초아 ᄀ톨시고
급댱유(汲長孺)* 풍치(風彩)를 고뎌 아니 볼 거이고

▶ 현대어 풀이　소양강 내려온 물이 어디로 흐른단 말인가
　　　　　　　　외로운 신하 떠나려니 백발이 성성하다.
　　　　　　　　철원에서 밤 세우고 북관정(北寬亭)에 오르니
　　　　　　　　삼각산 제일봉이 하마터면 보일레라.
　　　　　　　　궁예의 대궐 터에 까막까치 지저귀니
　　　　　　　　천고(千古)의 흥망을 아는가 모르는가.
　　　　　　　　회양(淮陽) 옛 이름이 마침 같구나.
　　　　　　　　급장유(汲長孺)의 풍채를 다시 아니 볼 것인가.

* 급댱유(汲長孺) : 한나라 급암(汲黯)은 회양(淮陽) 태수였는데, 정치적 공적이 청명했다. 이에
'회양적(淮陽績)'이라 하면 좋은 정치적 업적을 일컫게 되었다. 백성들에게 선정을 베풀어 보겠
다는 송강의 결의와 다짐이 담겨 있는 대목이다.

영듕(營中)이 무ᄉ(無事)ᄒ고 시졀이 삼월인 제
화쳔(花川) 시내 길히 풍악(楓岳)으로 버더 잇다
ᄒᆡᆼ장(行裝)을 다 썰티고 셕경(石逕)의 막대 디퍼
빅쳔동(百川洞) 겨팅 두고 만폭동(萬瀑洞) 드러가니
은(銀)ᄀ튼 무지게 옥(玉)ᄀ튼 룡(龍)의 초리
섯돌며 뿜는 소리 십리(十里)예 ᄌ자시니
들을 제는 우레러니 보니는 눈이로다

금강대(金剛臺) 믠 우 층(層)의 션학(仙鶴)이 삿기치니

춘풍(春風) 옥뎍셩(玉笛聲)의 첫줌을 끼돗던디

호의현샹(縞衣玄裳)이 반공(半空)의 소소 쓰니

셔호(西湖) 녯 쥬인(主人)을 반겨셔 넘노는 듯

쇼향노(小香爐) 대향노(大香爐) 눈 아래 구버보며

졍양스(正陽寺) 진헐디(眞歇臺) 고텨 올나 안즌말이

녀산진면목(廬山眞面目)*이 여긔야 다 뵈ᄂ다

▶ 현대어 풀이 본영(本營)이 무탈하고 시절이 삼월인 제

화천(花川) 시내 길이 금강산으로 뻗어있다.

행장을 편케 하고 돌길에 막대 짚어

백천동(百川洞) 곁에 두고 만폭동 들어가니

은 같은 무지개 옥 같은 용의 꼬리

섞이어 돌며 뿜는 소리 십리까지 울려 퍼지니

들을 때는 천둥이러니 보다니 눈과 같다.

금강대 맨 위층에 선학(仙鶴)이 새끼를 치니

춘풍 옥피리 소리의 첫잠을 깨었던지

명주옷 검정 치마 허공에 솟아 뜨니

서호 옛 주인을 반겨서 홍겨운 듯

소향로 대향로 눈 아래 굽어보며

정양사 진헐대 다시 올라 앉으니

여산 진면목이 여기서는 다 보인다.

* 녀산진면목(廬山眞面目) : 여산(廬山)은 중국 강서성(江西省)의 북부 구강(九江)시의 남쪽에 있는 명산이다. 여산의 실제 모양은 보는 장소에 따라 다르게 보이므로 참모습을 보기 어렵다.

어와 조화옹(造化翁)이 헌스토 헌스홀샤

놀거든 쒸디 마나 셧거든 솟디 마나

부용(芙蓉)을 고잣는 듯 백옥(白玉)을 믓것는 듯

동명(東溟)을 박츠는 듯 북극(北極)을 괴왓는 듯

놉흘시고 망고디(望高臺) 외로올샤 혈망봉(穴望峰)

하늘의 추미러 므스 일을 스로리라

천만겁(千萬劫) 디나도록 구필 줄 모르는다

어와 너여이고 너 フ트니 또 잇는가

기심디(開心臺) 고텨 올나 듕향셩(衆香城) ᄇ라보며

만이쳔봉(萬二千峰)을 녁녁(歷歷)히 혜여ᄒ니

봉(峯)마다 미쳐 잇고 긋마다 서린 긔운

묽거든 조치 마나 조커든 묽지 마나

저 긔운 흐터내야 인걸(人傑)을 ᄆ둘고쟈

형용(形容)도 그지업고 톄셰(體勢)도 하도 할샤

텬디(天地) 삼기실 제 ᄌ연이 되연마는

이제 와 보게 되니 유졍(有情)도 유졍(有情)홀샤

▶현대어 풀이 아아 조물주가 야단스럽기 짝이 없다
　　　　　　　나는 듯 뛰는 듯 서 있으며 우뚝하게
　　　　　　　연꽃을 꽂은 듯 백옥을 묶은 듯
　　　　　　　동해를 박차는 듯 북극을 괴는 듯
　　　　　　　높구나, 망고대! 외롭구나, 혈망봉이
　　　　　　　하늘까지 치밀어 무슨 말을 아뢰려고
　　　　　　　오랜 세월 지나도록 굽힐 줄을 모르는가.
　　　　　　　아, 너로구나 너 같은 이 또 있을까.
　　　　　　　개심대 다시 올라 중향성(衆香城) 바라보며
　　　　　　　1만 2천봉을 자세히 살펴보니
　　　　　　　봉마다 맺혀있고 끝마다 서린 기운
　　　　　　　맑고도 아름답고 아름답고도 맑으니
　　　　　　　더 기운 흩어내어 인재를 만들었으면
　　　　　　　생김새도 다양하고 자세도 다양하네.
　　　　　　　천지 생길 때에 저절로 생겨났지만
　　　　　　　이제 와 보게 되니 다 뜻이 있었구나.

비로봉(毗盧峯) 샹샹두(上上頭)의 올라보니 긔 뉘신고

동산태산(東山泰山)이 어느야 놉돗던고

노국(魯國) 조븐 줄도 우리는 모른거든

넙거나 넙은 텬하(天下) 엇찌호야 젹닷말고

오른디 못 호거니 느려가미 고이 홀랴

원통(圓通)골 고는 길로 스즈봉(獅子峯)을 추자가니

그 앏픠 너러바회 화룡(火龍)쇠 되예세라

쳔년노룡(千年老龍)이 구비구비 서려이셔

듀야(晝夜)의 흘녀 내여 창희(滄海)에 니어시니

풍운(風雲)을 언제 어더 삼일우(三日雨)를 디련는다

음애(陰崖)예 이온 플을 나 살와 내여스라

▶현대어 풀이 비로봉 꼭대기에 올라본 이 누구신가.
　　　　　　　동산(東山)과 태산(泰山) 중 어느 것이 높던가.
　　　　　　　노나라 좁은 줄을 우리는 모르는데
　　　　　　　넓거나 넓은 천하 어찌하여 적다고 했나.
　　　　　　　오르지 못 하거니 내려감이 이상할까.
　　　　　　　원통(圓通)골 가는 길로 사자봉을 찾아가니
　　　　　　　그 앞에 너럭바위 화룡 소가 되었구나.
　　　　　　　천년 늙은 용이 굽이굽이 서려 있어
　　　　　　　밤낮으로 흘러내려 창해에 이었으니
　　　　　　　비구름을 언제 얻어 흡족한 비 뿌려낼까.
　　　　　　　그늘진 곳 시든 풀을 내가 살려 내었으면

마하연(摩訶衍) 묘길상(妙吉祥) 안문(雁門)재 너머디여

외나모 쎠근 드리 불졍더(佛頂臺)예 올라호니

쳔심절벽(千尋絶壁)을 반공(半空)애 셰여 두고

은하슈(銀河水) 한 구비롤 촌촌이 버혀 내여

실ᄀ티 플텨 이셔 뵈ᄀ티 거러시니
도경(圖經) 열두 구비 내 보매는 여러히라
니뎍션(李謫仙)이 이제 이셔 고텨 의논ᄒ게 되면
녀산(廬山)이 여긔도곤 낫단 말 못ᄒ려니

▶ 현대어 풀이 마하연 묘길상 안문재 넘어 가서
　　　　　　　 외나무 썩은 다리 지나 불정대에 오르니
　　　　　　　 천길 절벽을 허공에 세워 두고
　　　　　　　 은하수 한 굽이를 마디마디 베어내어
　　　　　　　 실처럼 풀어서 베 같이 걸었으니
　　　　　　　 그림 같은 열두 굽이 내 보기엔 여럿이라
　　　　　　　 이태백이 살아 와서 다시 논의 하게 되면
　　　　　　　 여산이 여기보다 낫다는 말 못하려니.

산듕(山中)을 미양 보랴 동ᄒᆡ(東海)로 가쟈ᄉ라
남여완보(藍輿緩步)ᄒ야 산영루(山映樓)의 올나ᄒ니
녕농벽계(玲瓏碧溪)와 수셩뎨됴(數聲啼鳥)는 니별(離別)을 원(怨)ᄒᄂ 듯
졍긔(旌旗)를 썰티니 오색(五色)이 넘노ᄂ 듯
고각(鼓角)을 섯브니 ᄒᆡ운(海雲)이 다 것ᄂ 듯
명사(鳴沙)길 니근 물이 츄션(醉仙)을 빗기 시러
바다ᄒᆞᆯ 겻ᄐ 두고 ᄒᆡ당화(海棠花)로 드러가니
ᄇᆡ구(白鷗)야 ᄂ디 마라 네 벗인 줄 엇디 아ᄂ
금난굴(金幱窟) 도라드러 총셕뎡(叢石亭) 올라ᄒ니
ᄇᆡ옥누(白玉樓) 남은 기동 다만 네히 셔 잇고야
공슈(工倕)의 셩녕인가 귀부(鬼斧)로 다ᄃ믄가
구ᄐ야 뉵면(六面)은 므어슬 샹(象)톳던고
고셩(高城)을란 뎌만 두고 삼일포(三日浦)룰 ᄎ자가니
단셔(丹書)는 완연(宛然)ᄒ되 ᄉ션(四仙)*은 어ᄃ 가니

▶현대어 풀이 산중을 항상 보랴 동해로 가자꾸나.

가마 타고 천천히 걸어 산영루(山暎樓)에 올라가니

영롱한 시냇물과 갖가지로 우는 산새는 이별을 원망하는 듯.

깃발 나부끼니 오색이 흥겨운 듯

북과 나팔 섞어 부니 바다 구름 다 걷히듯

모래밭길 익숙한 말이 취한 신선을 비스듬히 실어

바다를 곁에 두고 해당화 밭 들어가니

갈매기야 날지 마라 네 벗일지 어찌 아느냐

금란굴 돌아들어 총석정 올라가니

백옥루 남은 기둥 다만 네 개 남았구나.

빼어난 장인(匠人) 솜씨인가 좋은 연장으로 다듬었나.

구태여 여섯 면은 무엇을 본떴는가.

고성은 저만치 두고 삼일포를 찾아가니

붉은 글자 완연한데 네 신선은 어딜 갔나.

* 수선(四仙) : <삼일포(三日浦) 시를 차운하다> "하늘이 호수의 빼어난 경치 이루니/서른여섯 봉우리 가을이라 더욱 맑다./배를 타고 호수 중앙으로 들어가지 않았다면/어떻게 선명하게 '남석(南石)' 새겼겠나! -호수 안에 돌 봉우리가 있고 그 바위 위에 붉은 색으로 '술낭도남석행(述郞徒南石行)'이란 6자가 적혀 있다. 정자 앞의 빗소리에 모래 또한 울리고/포구에 가을 깊어 낙엽이 바스락./그때 안상(安祥)의 일 자세히 물으려니/신선은 아마도 풍류에 만족한 듯." 안상은 사선(四仙)과 함께 놀았던 사람이다.(정추鄭樞, 『圓齋藁』 卷上, 시) : 정추(1333~1382)

예 사흘 머믄 후(後)의 어디가 쏘 머믄고

션유담(仙遊潭) 영낭호(永郎湖) 거긔나 가 잇ᄂᆞᆫ가

쳥간뎡(淸澗亭) 만경디(萬景臺) 몃 고디 안돗던고

니화(梨花)ᄂᆞᆫ 볼셔 디고 졉동새 슬피 울 제

낙산동반(洛山東畔)으로 의샹디(義相臺)에 올라 안자

일츌(日出)을 보리라 밤듕만 니러ᄒᆞ니

샹운(祥雲)이 집픠ᄂᆞᆫ 동 뉵뇽(六龍)이 바퇴ᄂᆞᆫ 동

바다히 ᄯᅥ날 제ᄂᆞᆫ 만국(萬國)이 일위더니

텬듕(天中)의 팁ᄯᅳ니 호발(毫髮)을 혜리로다

아마도 녈구롬이 근쳐의 머믈셰라

▶ 현대어 풀이　예서 3일 머문 후에 어디 가서 또 머물까.

선유담 영랑호 거기나 가 있는가.

청간정(淸澗亭) 만경대 몇 곳에 앉았던가.

배꽃은 벌써 지고 접동새 슬피 울 때

낙산 동쪽 가로 의상대에 올라 앉아

일출을 보려고 밤중에 일어나니

좋은 구름 찌푸려서 여섯용이 버티는 지

바다를 떠날 적엔 온 천지가 일렁이더니

하늘 가운데로 치오르니 가는 털도 세리로다.

아마도 지나는 구름 근처에 머무는 듯.

낙산사 의상대
(강원도 양양군 강현면 낙산사로 100)

청간정(淸澗亭)
(강원도 고성군 토성면 동해대로 5110)

시션(詩仙)은 어디 가고 히타(咳唾)만 나맛ᄂ니

텬디간(天地間) 쟝(壯)ᄒᆞᆫ 긔별 ᄌᆞ셔히도 홀셔이고

샤양현산(斜陽峴山)의 텩튝(躑躅)을 므니ᄇᆞᆯ와

우개지륜(羽蓋芝輪)이 경포(鏡浦)로 ᄂᆞ려가니

십리빙환(十里氷紈)을 다리고 고텨 다려

댱숑(長松) 울ᄒᆞᆫ 소개 슬ᄏᆞ장 펴뎌시니

믈결도 자도 잘샤 모래ᄅᆞᆯ 혜리로다

고쥬히람(孤舟解纜)ᄒᆞ야 뎡ᄌᆞ(亭子) 우희 올나가니

강문교(江門橋) 너믄 겨팅 대양(大洋)이 거긔로다
동용(從容)호다 이 기상(氣像) 활원(濶遠)호다 뎌 경계(境界)
이도곤 ᄀᆞᆺ존 딕 쏘 어듸 잇단 말고
홍장고ᄉᆞ(紅粧古事)를 헌ᄉᆞ타 ᄒᆞ리로다
강능(江陵) 대도호(大都護) 풍쇽이 됴홀시고
절효정문(節孝旌門)이 골골이 버러시니
비옥가봉(比屋可封)이 이제도 잇다홀다

▶ 현대어 풀이 이태백은 어디로 가고 문장만 남았는가.
　　　　　　　천지간에 웅장한 소식이 자세하기도 하구나.
　　　　　　　현산(峴山)에 해질 적에 철쭉꽃을 이어 밟으며
　　　　　　　볕을 가린 가마 타고 경포로 내려가니
　　　　　　　10리 고운 명주를 다리고 또 다려서
　　　　　　　큰 소나무 우거진 속에 마음껏 펼쳤으며
　　　　　　　물결도 잠잠하다 모래까지 세겠구나.
　　　　　　　배 한 척을 물에 띄워 정자 위에 올라가니
　　　　　　　강문교(江門橋) 넘어선 곁에 큰 바다가 거기로다
　　　　　　　조용하다 이 기상(氣像) 넓구나, 저 수평선
　　　　　　　이보다 갖춘 곳이 또 어디에 있단 말인가.
　　　　　　　홍장 고사를 야단스럽다 할 것이라.
　　　　　　　강릉 대도호부 풍속도 좋을시고
　　　　　　　절개 효성을 기린 정문(旌門)이 마을마다 널렸으니
　　　　　　　집집마다 벼슬 맡길 태평세월 여기 있네.

진쥬관(眞珠舘) 듁셔루(竹西樓) 오십쳔(五十川) 모든 믈이
태븩산(太白山) 그림재를 동ᄒᆡ(東海)로 다마가니
찰흐리 한강(漢江)의 목멱(木覓)의 다히고져
왕뎡(王程)이 유호(有限)ᄒᆞ고 풍경(風景)이 못 슬믜니

유회(幽懷)도 하도 할샤 긱수(客愁)도 둘 듸 업다
션사(仙槎)롤 씌워내여 두우(斗牛)로 향(向)ᄒ살가
션인(仙人)을 ᄎᄌ려 단혈(丹穴)의 머므살가
텬근(天根)을 못내 보와 망양뎡(望洋亭)의 올은말이
바다 밧근 하늘이니 하늘 밧근 므어신고
ᄀᆞᆺ득 노ᄒᆫ 고래 뉘라셔 놀내관더
블거니 쯤거니 어즈러이 구는디고
은산(銀山)을 것거 내어 뉵합(六合)의 ᄂᆞ리는 ᄃᆞᆺ
오월댱텬(五月長天)의 빅셜(白雪)은 므스 일고
져근덧 밤이 드러 풍낭(風浪)이 뎡(定)ᄒᆞ거늘
부상(扶桑) 지척(咫尺)의 명월(明月)을 기드리니
셔광쳔댱(瑞光千丈)이 뵈는 ᄃᆞᆺ 숨는고야

▶ 현대어 풀이 진주관 죽서루 오십천 모인 물이
태백산 그림자를 동해로 담아 가니
차라리 한강의 목멱(木覓)에 닿았으면
일정이 정해지고 풍경이 싫지 않으니
남은 회포 많고 많아 나그네 설움 둘 데 없다.
뗏목을 띄워서 북두 견우 향해 살까.
신선을 찾으려 신선 굴에 머물러 볼까.
하늘 뿌리 못 보아서 망양정(望洋亭)에 오르니
바다 밖은 하늘인데 하늘 밖은 무엇인가.
가뜩 노한 고래를 누가 놀라게 해
불거니 뿜거니 어지럽게 구는구나.
신선 산 꺾어내어(흰 물결을 뿜어내어) 온 천지에 내리는 듯
오월의 하늘에서 흰 눈은 무슨 일인가.
잠깐 새에 밤이 되어 풍랑이 고요하거늘
동해 신목(神木) 가까이 밝은 달을 기다리니
천길 서광이 보일 듯 말 듯 하다.

망양정(望洋亭)(경북 울진군 근남면 망양정로 1021)

쥬렴(珠簾)을 고텨 것고 옥계(玉階)룰 다시 쓸며

계명셩(啓明星) 돗도록 곳초 안자 브라보니

빅년화(白蓮花) 호 가지룰 뉘라셔 보내신고

일이 됴흔 세계(世界) 남대되 다 뵈고져

뉴하쥬(流霞酒) ᄀ득 부어 둘드려 무론 말이

영웅(英雄)은 어디 가며 ᄉ선(四仙)은 긔 뉘러니

아모나 만나보아 녯 긔별 뭇쟈ᄒ니

션산(仙山) 동ᄒᆡ(東海)예 갈 길도 머도 멀샤

슝근(松根)을 볘여 누어 픗줌을 얼픗 드니

꿈애 호 사룸이 날드려 닐온 말이

그디룰 내 모르랴 상계(上界)예 진션(眞仙)이라

황뎡경(黃庭經) 일ᄌᆞ(一字)룰 엇디 그룻 닐거 두고

인간(人間)의 내텨와셔 우리룰 ᄯᆞ오는다

져근덧 가디 마오 이 술 훈 잔 먹어 보오

북두셩(北斗星) 기우려 창히슈(滄海水) 부어 내여

저 먹고 날 먹여눌 서너 잔 거후로니

화풍(和風)이 습습(習習)호야 냥액(兩腋)을 추혀드러

구만리(九萬里) 댱공(長空)애 져기면 눌리로다

이 술 가져다가 스해(四海)예 고로 눈화

억만창생(億萬蒼生)을 다 취(醉)케 밍근 후(後)의

그제야 고텨 맛나 또 혼 잔 호쟛고야

말 디쟈 학(鶴)을 트고 구공(九空)의 올나가니

공중(空中) 옥쇼(玉簫) 소리 어제런가 그제런가

나도 줌을 끼여 바다홀 구버보니

기픠롤 모르거니 그인들 엇디 알리

명월(明月)이 쳔산만낙(千山萬落)의 아니 비쵠 디 업다

(성주본 『송강가사(松江歌辭)』)[611]

▶현대어 풀이 주렴을 다시 걷고 옥 계단 다시 쓸며

샛별 돋을 때까지 곧추 앉아 바라보니

흰 연꽃 한 가지를 누가 보내셨나.

이렇게 좋은 세계 남들께도 다 뵈고자.

신선의 술 가득 부어 달에게 묻기를,

이태백은 어딜 가고 사선(四仙)은 누구신가.

아무나 만나보아 옛날 소식 묻자하니

신선산(神仙山) 동해에 갈 길도 멀고 멀다.

소나무 뿌리 베고 누워 풋잠을 얼핏 들어

꿈에 한 사람이 나에게 말하기를

"그대를 내 모르랴. 하늘나라 신선인 줄을"

황정경(黃庭經) 한 자를 어찌 그릇 읽어서

인간 세상 내려와서 우리를 따르는가.

금세 가지 말고 이 술 한잔 먹어 보오

북두성 기울여 푸른 바닷물 부어 내어

저 먹고 날 먹기를 서너 잔 기울이니

따뜻한 바람 솔솔 불어 내 몸에 느껴지니

9만 리 허공에 저기라면 날겠구나.

이 술 가져다가 사해에 고루 나누어

온 백성들을 다 취하게 만든 후에

그제야 다시 만나 또 한잔 하자꾸나.

말 끝나자 학을 타고 공중으로 올라가니

공중 옥퉁소 소리 어제던가 그제던가.

나도 잠을 깨어 바다를 굽어보니

깊이를 모르는데 가장자리 어찌 알리

밝은 달 온 세상에 아니 비친 데 없다.

🍃 신선 세계보다 나은 관동의 경치

<관동별곡>에 "이도곤 ㄱ즌 디 쏘 어듸 잇단 말고/홍장고사(紅粧古事)롤 헌ᄉ타 흐리로다"라는 구절이 있다. 정자에 올라가 먼 바다를 바라보니 그 경치가 너무나 아름답다. 이 풍류와 낭만을 만끽하다보니 홍장(紅粧)의 고사는 야단스럽다는 생각까지 든다.

홍장고사(紅粧古事)란 한 기녀에 대한 관찰사 박신의 사랑과 눈물이 담겨있다.

혜숙(惠肅)공 박신(朴信)은 젊어서부터 명망이 있었는데, 강원도 관찰사일 때 강릉 기생 홍장(紅粧)을 사랑하여 정이 참으로 깊었다. 임기가 차서 떠나야 할 때 부윤(府尹) 석간(石磵) 조운흘(趙云仡)이 거짓으로 말하기를, "홍장이 이미 죽어서 신선이 되었다."고 하니 박공은 슬퍼하고 그리워하여 자못 즐겁지 못하였다.

강릉부에는 경포대가 있었는데 경관이 관동에서 제일이었다. 부윤은 관찰사를 맞이하여 경포대로 나와 놀면서 은밀히 홍장으로 하여금 곱게 단장하고 화려한 옷을 입게 하였다. 그리고는 별도로 단청한 배를 마련한 다음 수염과 눈썹이 하얗고 풍채가 거룩하여 처용과 모습이 비슷한 늙은 관원 한 명에게 홍장을 데리고 오라고 했다. 그리고 또 채색비단을 걸고 그 위에 "신라 태평성대의 늙은이 안상(安詳)이/천년동안 그 풍류를 잊지 못하고/사또가 경포대를 유람한단 말 들고 왔는데,/좋은 배에 미처 홍장을 못 태웠네."라는 시를 써서 높이 내걸었다. 그리고는 서서히 노를 저어 포구(浦口)로 들어가서 모래섬 사이를 돌다니 관현악 소리가 맑고 고와서 마치 공중에 뜬 것 같았다.

부윤은 관찰사에게 말하기를 "이곳에는 옛 신선들이 놀던 유적이 있어 산마루에는 차를 끓이던 부엌이 있고, 여기에서 수십 리 떨어진 곳에는 한송정(寒松亭)이 있으며, 이 정자에는 사선비(四仙碑)가 있습니다. 지금도 신선의 무리들이 이 사이를 왕래하여 아침저녁으로 사람들이 혹 보기도 하는데 단지 바라볼 수만 있고 가까이 갈 수는 없답니다." 하였다. 박공은 말하기를 "산천이 아름답고 풍경이 뛰어나지만 즐길 만한 기분이 아닙니다." 하고는 눈물이 눈에 가득 고였다. 얼마 후 배가 순풍을 타고 삽시간에 나아오니 노인이 배를 대고 서로 읍하였는데 모습이 희한했으며 배안에는 고운 기생이 노래하고 춤을 추는데 자태가 아름다웠다.

박공이 놀라 말하기를 "이는 반드시 신선 세계의 사람일 것이다." 하고 자세히 보니 그녀는 바로 홍장이었다. 온 자리에 있던 사람들이 손뼉을 치며 크게 웃고는 매우 즐거워하다 파하였다. 그 후 박공은 관동에 시를 부치기를, "젊은 날 부절(符節)을 잡고 관동을 살폈으니/경포대의 맑은 물 꿈속에 들어오네./경포대 아래에 멋진 배 띄우고 싶으나/예쁜 아가씨가 늙은이를 비웃을까 걱정하네."라고 하였다.(서거정, 『동인시화』)

홍장을 사랑한 박신이 "홍장이 죽어 신선이 되었다."는 말을 듣고 슬픔에 잠겨 있을 때, 관동의 제일 절경 경포대 앞바다에서 맑은 관현악 소리에 맞추어 홍장이 곱게 차려입고 노래하고 춤추며 나타난다. 선녀일 것으로 여기다가 자세히 보고 놀라고 기뻐하는 박신의 모습이 유쾌하게 그려져 있다. 풍류객의 아름다운 이별식인 셈이다. <관동별곡>에서 이 홍장의 고사를 야단스럽다고 한 것은 굳이 그러한 일을 꾸미지 않아도 관동은 신선 세계보다 아름다운 풍광과 감동을 가지고 있다는 뜻일 것이다. "<관동별곡>·<사미인곡>·<속미인곡> 3편을 지은 문청공(文淸公) 송강 정철의 시사(詩詞)는 새롭고 산뜻하고 기발하여 많은 사람들의 입에 자주 오르내렸고, 가곡(歌曲)은 더할 나위 없이 절묘하여 예나 지금이나 항상 목을 당겨 큰 소리로 읊조리는 소리를 들어보면, 그 소리가 깨끗하고 산뜻하며 그 뜻이 매우 탁월하여 자기도 모르는 사이에 허공에 의지하여 바람에 나부끼며 공중을 나는 듯하였다. 노랫말에 임금을 사랑하고 나라를 근심하는 정성까지 무성하게 드러나 있으니 사람으로 하여금 슬픈 감정을 느끼게 하고 찬탄을 하게 된다."고[612] 했다. 이들 가사 작품을 들으면 허공을 나는 신선과 같은 느낌을 받는다고 한 것도 정철의 표현력과 신선들이나 즐길 법한 관동지방의 경치, 산뜻한 소리가 어우러져 하나의 예술 세계를 이루었음을 극찬한 것으로 보인다.

❧ 오묘한 솜씨로 말을 부려, 만물을 형용하다

<관동별곡>은 1580년(45세) 정월 정철이 강원도 관찰사로 부임할 때 금강산을 비롯한 동해안의 절경을 유람하고 지은 기행가사(紀行歌辭)이다. 『동국악보』에는 "<관동별곡>은 관동지방 산수의 아름다움을 차례로 들되, 외지고 먼 데에 감추어진 별의 별 경관까지 말로써 다 하였으니 만물을 형용하는 오묘한 솜씨와 부려 쓰는 말의 기이함은 참으로 노래 가운데 빼어나다."[613] 하였다. <관동별곡>은 빼어난 경물(景物)의 묘사를 매우 훌륭하게 해내고 있어 읽는 독자들로 하여금 흥감(興感)을 불러일으킨다고 볼 수 있다. 이와 함께 "섬강은 어디인가 치악산이 여기로다.", "행장을 편케 하고 돌길에 막대 짚어", "들을 때는 천둥이러니 보다니 눈과 같다.", "은 같은 무지개 옥 같은 용의 꼬리" 등은 구절이 짝을 이루어 가는 대구, 반복의 원리를 활용하여 율격적으로 더욱 경쾌한 느낌을 준다.[614] "연꽃을 꽂은 듯, 백옥을 묶은 듯, 동해를 박차는 듯, 북극을 괴는 듯"과 같은 반복과 나열의 구절도 사람의 발걸음과 같이 일정하여 안정감 있는 감상에 도움을 주고 있다.

김만중이 "어떤 사람이 <관동별곡>·<사미인곡>을 한시로 번역했더니 아름답게 될 수가 없었다."고[615] 한 것은 우리말 노래가 주는 묘미를 언급한 것이다.

> 하늘 뿌리 못 보아서 망양정(望洋亭)에 오르니
> 바다 밖은 하늘인데 하늘 밖은 무엇인가.
> 가뜩 노한 고래를 누가 놀라게 해
> 불거니 뿜거니 어지럽게 구는구나.
> 흰 물결을 뿜어내어 온 천지에 내리는 듯
> 오월의 하늘에서 흰 눈은 무슨 일인가.
>
> 놀란 파도 돌을 쳐 노한 번개 날리고,

남은 포말 사람에게 튀니 뼈가 부르르 떨린다.
옥산을 베어내어 조각조각 날리고,
은기둥을 잘라내어 층층이 떨어진다.
비릿한 냄새 바다 비에 전해 어룡(魚龍)이 다투고,
신목(神木) 향해 빛을 쏘아 해와 달이 떠오른다.
관동 1천리를 두루 돌아다니다,
망양정에 나 홀로 오른다.[616]

앞의 구절은 <관동별곡>의 한 구절을 현대어로 풀이한 것이고, 뒤의 작품은 정철의 한시인데 두 작품 모두 <망양정(望洋亭)>에서 내려다 본 바다의 경치를 묘사하고 있다. 뒤의 한시 작품 <망양정>은 망양정에서 바라본 바다를 묘사하기 위하여 번개·옥산·은기둥 등의 상상적인 대체물을 동원하고 있지만, 율격적인 리듬감이나 생동감에서 앞의 가사 작품에 미치지 못한다는 느낌이 있다.[617] 이는 장르적 특징에 따른 차이일 것이다. 두 작품 모두 비유와 현란한 수사를 통해 파도의 포말을 묘사해나가는 능력이 대단하다. 조우인(曺友仁, 1561~1625)도 <관동별곡>을 "마침 송강 정철의 <관동별곡>을 구해 보니, 단지 그 노래 가사가 빼어나게 훌륭하고 소리의 곡조와 리듬이 맑고 막힘이 없을 따름인 것이 아니었고, 계속 여러 말을 줄줄이어 느끼어 일어나는 감정을 모두 드러내 묘사하였으니 참으로 걸작이라."고[618] 극찬했다. <관동별곡>이 신선이 된 것 같은 흥취를 불러일으키면서도, 초월적이라기보다는 다분히 현실적이고, 연군(戀君)과 우국(憂國)의 주제를 자연스럽게 드러낼 수 있었던 것도[619] 그의 뛰어난 시적 재능이 상상과 현실 세계, 서경과 서정을 자유롭게 넘나들 수 있도록 했기 때문으로 보인다.

<관동별곡>은 정철이 강원도 관찰사로 부임하여, 금강산을 유람한 후에, 동해안 일대를 유람하고, 꿈에 신선 세계에 갔다가 "이 술 가져다가 사해에 고루 나누어/온 백성들을 다 취하게 만든 후에/그제야 다시 만나 또 한잔 하자꾸나."라는 기약을 남기고 다시 현실로 돌아오는 구도를 취했다. 자신이 신선 세계에서 현실에 내려 온 양 표현한 것은 임금이 은혜를 베풀어 나에게 이와 같은 분에 넘치는 자리를 주셨으니 백성들을 위해 선정을 베풀어보겠다는 야심찬 약속과 다짐을 문학적으로 형

상한 것이다. "나도 잠을 깨어 바다를 굽어보니/깊이를 모르는데 가장자리 어찌 알리/밝은 달 온 세상에 아니 비친 데 없다."는 강원도 도민 누구 하나도 소외되는 일 없이, 백성들의 삶을 고루 살피겠다는 마음의 표현이다. 송강은 1580년 강원도 관찰사의 교지를 받고, 곧 서울로 가서 임금의 은혜에 감사 인사를 한 뒤, 원주(原州)의 감영에 부임하여 직무를 수행하고, 3월부터 5월, 그리고 추 7월에 강원도 일대를 순력(巡歷)하며 체험한 경물(景物)과 감흥을 <관동별곡>에 적었다. 그는 백성들의 숨은 사정에 마음을 다해 순방하고, 공납과 부역을 고르게 했으며 교화를 숭상하여 권선징악해서 백성들이 기쁘고 즐거움에 춤을 추었다고 전하니,[620] <관동별곡>의 다짐이 실제로 이어졌음을 알 수 있다. <관동별곡>은 관서(평안도) 지방의 아름다운 자연과 풍속을 노래한 백광홍(白光弘, 1522~1556) <관서별곡>의 영향을 받았지만 송강의 탁월한 문장 구사력에 힘입어 가사 문학의 백미를 이루었다.

◎ 〈속미인곡(續美人曲)〉   정철(鄭澈)

> 뎨 가는 저 각시 본 듯도 ᄒᆞ여이고
> 텬샹(天上) 빅옥경(白玉京)을 엇디ᄒᆞ야 니별(離別)ᄒᆞ고*
> 히 다 뎌 져믄 날의 눌을 보라 가시ᄂᆞᆫ고

▶ 현대어 풀이 저기 가는 저 각시 본 듯도 하옵니다.
천상의 궁궐을 어찌하여 떠나와서
해 다 저문 날에 누굴 보러 가시는가?

* 백옥경(白玉京)은 옥황상제(玉皇上帝)가 산다고 하는 서울. 임금과 이별한 자신의 처지를 비유.

> 어와 네여이고 내 ᄉᆞ셜 드러보오
> 내 얼굴 이 거동이 님 괴얌즉 ᄒᆞ냐마ᄂᆞᆫ
> 엇딘디 날 보시고 네로다 녀기실ᄉᆞ
> 나도 님을 미더 군ᄠᅳ디 젼혀 업서

이리*야 교틱야 어주러이 구돗썬디

반기시는 낫비치 녜와 엇디 다르신고

▶현대어 풀이　아아, 당신이로군요! 내 말 좀 들어 보소.

　　　　　　　내 얼굴 이 거동을 임이 사랑할까마는

　　　　　　　어쩐지 날 보시고 반기어 주시기에

　　　　　　　나도 임을 믿어 다른 뜻 전혀 없이

　　　　　　　아양과 교태로 어지럽게 하였던지

　　　　　　　반기시는 낯빛이 전과 어찌 다르신가?

* 이리 : 재롱, 아양, 응석. 아양 떠는 모양 "뫼셔서 이리ᄒ기 각시님 갓도던들 서룸이 이러ᄒ며"
　(김춘택, <別思美人曲>).

누어 싱각ᄒ고 니러 안자 혜어ᄒ니

내 몸의 지은 죄 뫼 ᄀ티 빠혀시니

하늘히라 원망ᄒ며 사롬이라 허믈ᄒ랴

셜워 플텨 혜니 조믈(造物)의 타시로다

글란 싱각 마오 미친 일이 이셔이다

▶현대어 풀이　누워서 생각하다 일어나 앉아 헤아려보니

　　　　　　　내 몸의 지은 죄 산같이 쌓였으니

　　　　　　　하늘을 원망하며 사람을 허물하랴!

　　　　　　　서러움 풀어내보니 조물의 탓이로다.

　　　　　　　그렇게 생각 마오, 맺힌 일이 있소이다.

님을 뫼셔 이셔 님의 일을 내 알거니

믈 ᄀ튼 얼굴이 편ᄒ실 적 몃 날일고

츈한고열(春寒苦熱)은 엇디ᄒ야 디내시며

츄일동텬(秋日冬天)은 뉘라셔 뫼셧ᄂᆞᆫ고

죽조반(粥早飯) 죠셕뫼 녜와 ᄀᆞ티 셰시ᄂᆞᆫ가
기나긴 밤의 잠은 엇디 자시ᄂᆞᆫ고

▶현대어 풀이 임을 모셔 봐서 임의 일을 내 아는데,
　　　　　　　물 같은 얼굴이 편하실 적 몇 날인가?
　　　　　　　꽃샘추위 무더위엔 어떻게 지내시며,
　　　　　　　가을날, 추운 겨울엔 또 누가 모시는가?
　　　　　　　아침 죽과 매 끼니는 예전처럼 잡수시나.
　　　　　　　기나긴 밤에 잠은 잘 주무시나.

님 다히 쇼식(消息)을 아므려나 아쟈ᄒᆞ니
오늘도 거의로다 ᄂᆡ일이나 사ᄅᆞᆷ 올가
내 ᄆᆞᄋᆞᆷ 둘 ᄃᆡ 업다 어드러로 가쟛 말고
잡거니 밀거니 놉픈 뫼히 올라가니
구롬은ᄏᆞ니와* 안개ᄂᆞᆫ 므스 일고

▶현대어 풀이 임 계신 곳 소식을 무엇이든 알자 하니
　　　　　　　오늘도 다 갔구나 내일이나 사람 올까.
　　　　　　　내 마음 둘 데 없다 어디로 간단 말인가.
　　　　　　　잡거니 밀거니 높은 산에 올라가니
　　　　　　　구름 잔뜩 끼었는데 안개는 또 웬일인가.

* "구름은ᄏᆞ니와" : ⑴ ~커녕, "곡ᄒᆞ믄 ᄏᆞ니와 죠곰도 익척지용이 업스니"(<계축일기(癸丑日記)> 28쪽) ⑵ ~물론이려니와, "사 ᄅᆞᆷ 건너믄 ᄏᆞ니와 믈 힝키도 되리라"(<삼역총해(三譯總解)> 7:19)

산쳔(山川)이 어둡거니 일월(日月)을 엇디 보며
지쳑(咫尺)을 모ᄅᆞ거든 쳔리(千里)ᄅᆞᆯ ᄇᆞ라보랴
출하리 믈ᄀᆞ의 가 ᄇᆡ길이나 보쟈ᄒᆞ니
ᄇᆞ람이야 믈결이야 어둥졍 된뎌이고

샤공은 어디 가고 븬 비만 걸렷느니
강텬(江天)의 혼자 셔셔 디는 희룰 구버보니
님 다히 쇼식(消息)이 더옥 아득ᄒᆞ뎌이고

▶ 현대어 풀이   산천이 어두우니 해와 달 어이 볼까.
                 코앞도 못 보는데 어찌 천리 바라볼까.
                 차라리 물가에 가 뱃길이나 보려하니
                 바람이며 물결이 어수선도 하구나.
                 사공은 어디 가고 빈 배만 매어있나.
                 강천에 홀로 서서 지는 해 바라보니
                 임 계신 쪽 소식이 더욱 아득하도다.

모쳠(茅簷) 촌 자리의 밤듕만 도라오니
반벽쳥등(半壁靑燈)은 눌 위ᄒᆞ야 볼갓는고
오르며 ᄂᆞ리며 헤쓰며* 바니니*
져근덧 녁진(力盡)ᄒᆞ야 풋ᄌᆞᆷ을 잠간 드니
졍셩(情誠)이 지극ᄒᆞ야 ᄭᅮᆷ의 님을 보니
옥 ᄀᆞᄐᆞᆫ 얼굴이 반(半)이나마 늘거셰라

▶ 현대어 풀이   초가집 찬 자리에 밤중 되어 돌아오니
                 반벽에 푸른 등불 누굴 위해 밝혔는가?
                 오르락내리락 이리저리 서성이다
                 잠깐사이 맥이 풀려 풋잠을 잠깐 드니
                 정성이 지극하여 꿈에서야 임을 보니
                 옥 같은 얼굴이 반이나마 늙었어라.

* 헤쓰며 : 헤쁘다, 헤쓰다, 헤매며 떠돌다
* 바니니 : 바자니다. 부질없이 짧은 거리를 왔다 갔다 하다. "ᄀᆞᄅᆞ미 이쇼ᄃᆡ 비 업거늘 ᄀᆞᅀᆞᆯ 조차 바니다가"(『월인석보』 8:99), "엇디 홀로 이 ᄯᅡᄒᆡ 와 바자니더뇨(何忽獨步 悽惶如此)"(『태평광기』 1:17).

무옴의 머근 말숨 슬크장 숣쟈 흐니
눈믈이 바라나니 말인들 어이ㅎ며
졍(情)을 못다 ㅎ여 목이조차 몌여
오뎐*된 계셩(鷄聲)의 줌은 엇디 씨돗던고
어와 허亽(虛事)로다 이 님이 어딕 간고

▶현대어 풀이   마음에 먹은 말씀 실컷 아뢰려 하니
            눈물이 계속 나니 말씀인들 어찌하며
            감정이 북받쳐 목까지 메어오니
            때 이른 닭소리에 잠은 어찌 깨었던고?
            아아 허사로다 이 임께서 어딜 갔나?

* 오뎐 : 오전(誤傳), 오보(誤報), 와전(訛傳)/사실과 다르게 잘못 전한

잠결의 니러 안자 창(窓)을 열고 ㅂ라보니
어엿븐 그림재 날 조출 쑨이로다
(차라리 싀여디어* 낙월(落月)이나 되어 있어
님 계신 창 안에 번듯이 비추리라)
각시님 둘이야ㅋ니와 구즌비나 되쇼셔

                                    (성주본 『송강가亽(松江歌辭)』)

▶현대어 풀이   잠결에 일어나 앉아 창을 열고 바라보니
            어여쁜 그림자 날 따를 뿐이로다.
            (차라리 죽어서 지는 달이나 되어서
            임 계신 창 안에 번듯이 비추리라.)
            각시님 달도 좋지만 궂은비나 되소서.

* 싀여디어 : 잦아 없어지다, 새어 형체를 감추다.

> 공산에 낙엽 지니, 비는 어이 흩뿌리나
> 상국의 풍류(風流)도 가고 나니 쓸쓸하다.
> 슬프다, 한 잔 술을 다시 올릴 수 없으니.
> 그 옛날 가곡만 지금까지 전한다네.
>
> (권필, <과송강묘(過松江墓)>)**621**

　　김만중은 정철이 지은 <관동별곡>·<사미인곡>·<속미인곡> 가운데서도 <속미인곡>을 최우수작으로 선정했다. 서포는 그 임금을 사랑하고 나라를 근심하는 정성이 또한 애연히 노랫말에 드러나 사람들을 깊이 탄복하게 한다고 했다. 진실로 타고난 충의(忠義)가 아닐진대 인간 세상의 풍류가 어찌 능히 이와 같을 수 있겠는가. 아! 공은 굳센 충의와 정직한 행동을 지녀서 당쟁이 크게 일어나고 참소가 횡행하던 때를 만나, 위로는 임금에게 죄를 얻고, 아래로는 동료 조신들로부터 질시를 당해, 귀양살이에 몇 번이나 거의 죽을 고비를 겪었으나 다행히 목숨을 보전하였다. 그러나 그 욕을 당한 것이 공이 돌아간 뒤에 더욱 심하였다. 옛날 소자첨이 세간의 화를 입어 곤경을 당한 것이 또한 극히 심하였다고 하겠으나, 임금을 사랑하는 그의 시편들은 오히려 구중(九重)의 기림을 받았다. 공은 소자첨과 더불어 나란히 하셨지만 끝내 주상을 감동시키지 못하였으니, 그 불행이 어찌 이보다 심할 수 있겠는가. 이상은 정철에 대한 김만중의 평전이다.

　　<속미인곡>이나 <사미인곡>은 송강이 50세에 논척(論斥)을 당해 낙향한 후, 54세에 이른바 정여립(鄭汝立)의 모반 사건을 계기로 정계에 다시 복귀하기 전, 창평(昌平)에 우거하던 때에 지어진 것으로 추정하고 있다. 송강에 대한 선조의 비호도 거듭되는 동인(東人)의 탄핵에 희미해진 때문인지, 낙향의 기간이 긴 편이다. 동인이 득세하는 정국 속에서, 오랜 당쟁의 세파 끝에 실각한 송강이 깊은 좌절을 겪었으리라는 점은 쉽게 짐작할 수 있다.**622** 정철은 소수파인 서인(西人)에 속하여 임금의 정치적 지원이 절대적인 입장이었다. 설사 임금의 비호가 있다고 해도, 반대 세력의 힘이 강성하면 더 이상 버티지 못하고 물러나야 하는 게 정치 현실이다. <속미인

곡>은 그가 처한 정치적 현실을 사랑하는 대상과 헤어진 한 여인의 상황으로 치환하여 자신의 속마음을 그려냈다. "사대부 중에 이 세상에 나아가 쓰임을 얻지 못하여 벼슬을 포기하고 민간에 처하는 자는 반드시 이름난 산과 아름다운 물이 있는 곳에서 연못과 동산의 즐거움을 누리면서 한편의 한가한 적막의 편안한 기쁨으로 여기고 다른 한편으로 근심스러운 때 대궐을 그리워하는 정을 서술한다."[623] 한 것이 송강의 상황과 일치한다. <속미인곡>은 먼발치에서라도 임을 뵙고 싶다는 절절한 그리움, 사계절 동안에 임의 일상사에 대한 근심으로 가득하다. 즉, 임금에게 자신의 진정성 있는 속마음을 드러내어 정치적 신뢰가 회복되기를 바라는 간절한 마음을 담은 작품이다.

🐾 달아, 달아! 나와 임 사이의 가교가 되어주렴

"차라리 싀여디어 낙월(落月)이나 되어 있어/님 계신 창 안에 번듯이 비추리라"에는 임과 멀리 떨어져 사느니 차라리 달처럼 그저 임의 형상을 바라보기만 하더라도 임의 곁에 살겠다는 마음을 담았다. 시가 작품에서 달은 여기와 저기를 넘나들 수 있다는 성질 때문에 임과 나를 다리 놓는 상징물로 자주 활용한다.

민요 "달아달아 밝은 달아/임의 창문에 비친 달아/우리 님은 어디를 가시고/나 혼자 독수공방 어이하라뇨/저 달은 눈이 하나라도/우리 님을 저녁마다 보는데/나는 눈이 둘이라도/우리 님을 못 본다./달아달아 우리 님은/누워계시든가 앉아계시든가/보시고 보는 대로만 일러 주오."(원문 : 달아달아 밝은 달아/임의 창문에 비친 달아/우린님은 어디를 가시고/나는 혼차 독수공방 어쩌라고/저 달은 눈이 하나라도/우리 님을 저녁마동 보는디/나는 눈이 둘이라도/우리 님을 못 본다./달아달아 우리 님은/뉘어 졌든가 앉어 졌든가/보시고 보는 대로만 일러주소.)[624]에도 달을 통해 임에게 다가가고자 하는 마음을 담았다.

<정읍사>의 달이나 <속미인곡> 등에 나오는 달은 임에 대한 근심과 사랑과 그리움을 담고 있는 경우가 많다. <속미인곡>의 달은 매순간 어떤 행동을 할 때마다 임금을 그리워하고 걱정하는 몸에 배인 그리움을 표현하고 있다. 이와 같은 표현은 먼발치에서라도 임을 보고 싶지만, 만날 수 없다는 체념감에서 비롯한다. 이에 <속

미인곡>에서는 "차라리 죽어서 달이 되면 임의 모습을 볼 수 있을까?", "차라리 죽어서 나비되어 임의 옷깃에 내려앉을 수는 없을까?", "차라리 죽어서 비가 되어 임 계신 궁궐에 내리면 임이 내 눈물로 여기고 바라보지 않을까?"라고 표현했다. <속 미인곡>은 갑(甲)이라는 여인과 을(乙)이라는 여인의 문답을 통해, 임금의 이해와 은 혜를 구하는 송강의 그립고 애타는 마음을 매우 구체적인 표현으로 실감나게 전달하고 있다.

☙ 우리나라의 참된 문장 세 편

정철은 1583년(48세)에 예조판서로 승진하였고 이듬해 대사헌이 되었으나 동인의 탄핵을 받아 다음 해에 사직, 고향인 창평에 돌아가 은거하였다. 『송강별집』권7 <기옹소록(畸翁小錄)> 가운데, "가사 <전후미인곡>은 이 고을에 있을 때 지은 것이다. 어느 해라고 기록하지는 않았으나 정해(丁亥, 1587)·무자(戊子, 1588) 사이 같다."[625]고 하였고, <사미인곡> 가사의 서두에도 "엇그제 님을 뫼셔 광한전(廣寒殿)의 올낫더니/그 더디 엇디호야 하계(下界)예 ᄂᆞ려오니/올 저긔 비슨 머리 헛틀언디 삼년일쇠"라 하여 궁궐에서 벗어나 하계로 내려온 지 3년이라 하였으니 <사미인곡>은 기옹(畸翁)의 말 대로 1587~1588년경에 지은 것이 아닌가 한다. 1586년에 조헌(趙憲, 1544~1592)이 율 곡·우계·사암과 송강의 신변소를 올리고, 이귀(李貴, 1557~1633)도 송강을 등용하도록 상소하였고, 창평에 돌아온 지 2, 3년 되었으니 군왕을 그리는 마음이 점점 깊어지던 때에 이런 가사를 지었던 것이다.[626]

"송강의 <관동별곡>과 전후(前後) <사미인곡>은 우리나라의 이소(離騷)이나 그것은 문자로써는 쓸 수가 없기 때문에 오직 음악 하는 사람들이 서로 구전하여 이어받아서 전해지거나 혹은 한글로 써서 전해질 뿐이다. 어떤 사람이 <관동별곡>과 <사미인곡>을 한시로 번역했지만, 아름답게 될 수가 없었다.", "하물며 세 편의 별곡(別曲)은 천지조화의 심오한 비밀이 저절로 발하고, 이속(夷俗)의 비리(鄙俚)함도 없으니, 자고로 우리나라의 참된 문장은 이 세 편뿐이다. 그러나 세 편을 가지고 논한다면 <후미인곡>이 가장 높고 <관동별곡>과 <전미인곡>은 오히려 한자어를 빌어서 그 수식을 이루려 했을 따름이다."라고[627] 하였다. 그 중에서도 <속미인곡>을 가장 으뜸으로 치고, <관동별곡>과 <사미인곡>은 그에 버금간다고 극찬하였다. 저절로 천기(天機)를 발한다고 한 것은 그 오묘한 뜻을 극찬한 것이고, 한시로 번역해도 그 아름다움에 도달할 수 없다고 한 것은 정철의 가사 작품이 우리말을 매우 매끄럽게 구사한 것을 높이 평가한 것으로 보인다.

허균 또한 송강의 작품을 빼어나다 하였다. 정송강(鄭松江)은 우리말 노래를 잘 지었으니, <사미인곡(思美人曲)>·<권주사(勸酒辭)>는 모두 그 곡조가 맑고 씩씩하여 들을 만하다. 비록 이론(異論)하는 자들은 이를 배척하여 음사(陰邪)하다고는 하지만 문채와 풍류는 또한 감출 수 없는 것이다. 그리하여 그를 아까워하는 사람들이 잇따랐다. 여장(汝章) 권필(權韠)이 그의 묘를 지나며 시를 지었는데,

> "빈산에 나뭇잎 우수수 지니,
> 상국의 풍류는 이곳에 묻혀있네.
> 서글퍼라, 한 잔 술 다시 권하기 어려우니
> 지난 날 가곡은 오늘 두고 지은 걸세."
> 라고 했다.
> 자민이 '강가에 노래를 듣는다.'의 시에
> "강어귀에 그 뉘라서 <미인사>를 부르니
> 때마침 강어귀에 달이 지는 시각이라
> 서글퍼라, 님 그리는 무한한 마음을
> 세상에선 오로지 여랑(女郞)만이 알고 있네."라 했는데,
> 두 시가 모두 송강의 가사로 인해 나온 것이다."[628]

위의 시는 여장(汝章)이 정철의 묘를 지나며 지은 시를 언급하고 있는데, 정철의 <장진주사>를, 아래의 시는 <사미인곡>을 지칭한 것이다. 죽어서 이젠 술잔을 나눌 수 없는 처지가 되었음에 <장진주사>의 내용에 공감하고, 강가에서 <사미인곡>의 임 그리는 무한한 마음을 떠올리고 있다. 이렇듯 김만중이나 허균 등 민족문학, 우리말 문학에 각별한 관심이 있는 인물들이 정철의 작품을 높이 평가한 것으로 보

인다. 당대에도 "송강의 전후 <미인사(美人詞)>는 우리말로 지은 것인데, 내쳐져서 향촌으로 내려온 수심에 가득 찼기 때문에 임금과 신하가 만나고 헤어지는 일을 남녀 간의 사랑과 미움에 견주었다. 그 속마음은 충성스럽고, 그 뜻은 깨끗하고 반듯하며, 그 절개는 곧고, 그 가사는 고아하고 곡진하며, 그 느낌은 슬프고 바르니 거의 굴원의 이소(離騷)[629]에 짝 지을 수 있다."[630] 했다. 전후(前後) <미인곡> 둘을 견준다면, 먼저 <사미인곡>은 평서체로서 임에게 정성을 바치는 것이 주라면, <속미인곡>은 대화체로서 자기의 생활이나 감정을 표현하는 것이 주이다. 전자가 사치스럽고 과장된 표현이 심하다면, 후자는 소박하고 진신하게 자기의 심정을 표현한 것이라는 평가를 받고 있다.[631]

◎ 〈재일본장가(在日本長歌)〉　백수회(白受繪, 1574~1642)

어와 이내 몸이 일일(一日)도 삼추(三秋)로다

해동이역(海東異域)을 이 어디라 홀게이고

천심(天心)이 부조(不助)ᄒ니 만리표림(萬里漂臨)이라

눈물을 베셔고* 좌우(左右)를 도라보니

어음(語音)이 부동(不同)ᄒ고 풍속(風俗)이 상위(相違)로다

청의(靑衣)를 메앗고 성단(腥膻)의 절ᄒ며

이제(夷齊)의 채미(采薇)*와 소무(蘇武)의 한절(漢節)과

천상(天祥)의 위국단심(爲國丹心)을 닛디 아닌 이내 ᄆᆞᆷ

조조모모(朝朝暮暮)의 서산(西山)을 창망(悵望)ᄒ니

일촌간장(一寸肝腸)이 쁜ᄂᆞᆫᄃᆞᆺ 닛ᄂᆞᆫᄃᆞᆺ

▶ 현대어 풀이　아 이내 몸이 하루가 삼년 같도다.

바다 동쪽 낯선 나라 이 어디라 할 것인가.

하늘의 도움 없어 만 리 타국 떠돌다가

눈물을 삼키고 좌우를 돌아보니,

말소리 같지 않고 풍속도 다르도다.

더러운 옷을 벗고 추악함을 끊고서

고사리 캐던 백이숙제, 지조 절개의 소무

순조로움 비는 충심 잊지 않은 이 내 마음

아침저녁 글썽이며 서산을 바라보니

이내 애간장은 끊기는 듯 이어지듯

* 베셔고 : 베셔홀다, 베뼈홀다. 베티다. "베셔홀 젼(劘)", "베어 썰다, 베어버리다"
* 이제(夷齊)의 채미(采薇) : 백이(伯夷)와 숙제(叔齊)의 고사리.

건곤(乾坤)을 부앙(俯仰)ᄒ고 고사(古事)를 사량(思量)ᄒ니

부모(父母)의 은덕(恩德)과 형제(兄弟)의 우애(友愛)를

못다 갑흔 잔구(殘軀)로다

침상(枕上)의 쑴쑤어 고국(故國)의 도라오니

궁실(宮室)이 여전(如前)하고 송국(松菊)이 황무(荒蕪)로다

부모(父母)씌 절ᄒ며 이제(二弟)를 더위잡고

중년불견(中年不見)ᄒ여 양생상비(兩生相悲)

니르며 무르며셔 체루(涕淚)를 상휘(相揮)하고

적적전정(積積前情)을 못내 베푼 스이예

이요난이(夷謠亂耳)ᄒ니 원접경회(遠蝶驚廻)ᄒ도다

▶현대어 풀이 하늘 땅 굽어보며 옛일 생각하니

　　　　　　부모 은덕과 형제간 우애를

　　　　　　못다 갚은 이 내 몸일세.

　　　　　　잠자다 꿈을 꾸어 고국에 돌아오니

　　　　　　안방이 전과 같고 송국(松菊)이 무성하네.

　　　　　　부모님께 절하며 동생 둘을 부여잡고

　　　　　　한동안 보지 못해 모두가 눈물 철철

　　　　　　서로서로 안부 물어 나는 눈물 흩뿌리고

　　　　　　겹겹이 쌓인 정을 못다 펼친 사이에

오랑캐들 노랫소리에 시끄러워 잠을 깼네.

『송담유사(松潭遺事)』)[632]

🐟 끓는 물에 넣어도 변치 않을 절개

1592년 임진왜란이 발발했을 때, 선생의 나이는 19세였다. 졸지에 왜구가 침략하니 산방에서 독서하고 있던 선생도 일본으로 잡혀갔다. 왜적이 선생의 범상치 않은 풍골을 보고 겁박하여 굴복시키려 하였으나 도리어 선생이 계속 꾸짖으므로 왜적이 크게 노하여 선생을 꽁꽁 묶어 어두컴컴한 방 안

송담서원(경남 양산시 물금읍 가촌서2길 14-13)

에 가두었다. 3개월이 지나도록 굴복하지 않으니 적이 신기하게 여겨 묶은 것을 풀고 회유도 하고 협박도 하였다. 하지만 도리어 왼쪽 팔뚝에 "차라리 조선의 귀신이 될지언정 개와 양 같은 천한 신하가 되지는 않겠다.(寧爲李氏鬼 不作犬羊臣)"라는 글을 쪼아 새기니 왜적이 더욱 노하여 가마에 물을 펄펄 끓여놓고 삶아 죽이려 하니 선생은 얼굴빛 하나 변하지 않으면서 스스로 옷을 벗고 가마를 향해 가면서 "이것은 내가 원하던 바라." 하니 적이 바삐 나와 도리어 말리면서 "이분은 참으로 의사(義士)로다. 어찌 명분 없이 죽이리오."라고 말했다. 모두가 그 지절(志節)에 감탄하고 되레 존경했다.(『송담유사』 연보)

조선왕조실록의 기록도 이와 비슷하다.

"찰방(察訪) 백수회(白受繪)에게 증직하고 정문(旌門)을 세워주라고 명하였다. 백수회는 양산(梁山) 사람으로 나이 19세에 임진왜란을 만나 적에게 함몰 당하자 '차라리 이씨의 귀신이 될지언정 개와 양의 신하는 되지 않겠다.(寧爲李氏鬼 不作犬羊臣)'라는 10자를

등에 써 붙였다. 왜적들이 항복시키려고 가마솥에 삶겠다고 협박하였으나 끝내 두려워 하지 않자, 왜인이 의롭게 여겨 석방하여 돌려보냈다. 광해(光海) 때 길에서 흉소(凶疏) 의 통문을 보고 통곡하면서 찢어버렸다. 인조(仁祖) 때에는 연신(筵臣)의 계달로 인해 자여 찰방(自如察訪)에 제수되었다가 죽었다. 이때에 와서 경상 감사 민시중(閔蓍重)이 앞뒤로 절개를 세운 일을 진달하자 예조가 정문을 세워주고 포상할 것을 계청하여, 이 명이 있었다."**633**

일본에 잡혀간 당시의 일을 노래한 <재일본장가>나 시조에 공통적으로 "천상(天 祥)의 위국단심(爲國丹心)을 닛디아닌 이내ᄆᆞ음", "청풍(淸風)과 명월(明月)을 벗 삼은 몸 이 위국단심을 못내 슬허ᄒᆞ노라"라는 대목이 있다. <재일본장가>는 39구의 변형가 사로, 1592년부터 1600년까지의 9년 동안 왜국에서 겪은 고초와 조선을 향한 우국 충정을 그려내고 있다.

<재일본장가>는 백수회가 포로(1592년)가 되어 일본에 잡혔다가 귀국(1600년)하기 까지 9년 동안의 심정을 담은 것으로, 해동이역(海東異域)에서의 서러운 삶과 고국을 그리고 절개를 다짐하는 내용을 담고 있다. 특히 '입몽(入夢)-몽유(夢遊)-각몽(覺夢)'이 라는 짧은 서사 속에 부모의 은덕을 갚고 형제들과 우애를 나누지 못한 세월에 대 한 자책, 포로로서의 불안 초조를 그려낸 것이 특징적이다. 내적 욕망을 표출하는 가운데 있는 현실과 있어야 할 현실의 거리를 넓힘으로써 비애를 자아내고 있다.

백이숙제와 소무의 절개를 이루다

<재일본장가>에 "이제(夷齊)의 채미(采薇)와 소무(蘇武)의 한절(漢節)과/천상(天祥)의 위국단심을 닛디 아닌 이내 ᄆᆞ음"이라는 구절이 있으니 백수회는 포로로 끌려가 있 으면서 정절의 대명사로 알려진 백이와 숙제, 소무의 삶을 지향점으로 삼았음을 알 수 있다.

백이와 숙제는 고죽(孤竹) 임금의 아들이다. 부왕은 막내인 숙제에게 왕위를 물리 려 하였지만 아버지가 돌아가신 후 숙제는 형인 백이에게 왕위를 넘기려 했다. 하 지만 백이는 아버지의 뜻을 거스를 수 없다며 임금의 자리를 받지 않고 나라 밖으

로 도망 쳤다. 숙제도 또한 형을 따라갔기에 백성들은 둘째 아들을 왕위에 앉혔다. 백이·숙제는 주(周)나라 서백(西伯) 창(昌)이 늙은이들을 잘 보살핀다는 말을 듣고 그에게 의탁하러 갔는데, 주나라에 가보니 서백은 이미 죽고 무왕이 왕위에 올라 은(殷)의 주왕을 치려고 하였다. 은나라 28대 주왕이 달기(妲己)를 총애하여 문란해지자, 주 무왕이 가까운 이민족을 끌어 모아 은나라를 공격하여, 그 도읍지 하남성(河南省) 상읍(商邑)을 함락시키고 주왕을 죽이려[634] 했다.

이에 백이와 숙제는 왕의 말을 붙잡고 간하기를, "부왕이 돌아가시어 아직 장례도 모시기 전에 무기를 드는 것은 효라 할 수 없습니다. 또 신(臣)의 몸으로 군(君)을 죽이려고 하는 것은 인(仁)이라 할 수 없습니다."라고 하였다. 이에 좌우에서 무왕을 모시던 신하들이 두 사람을 없애고자 하였으나, 태공(太公)만이 "이 사람들은 의인(義人)이다." 하며 살려 보냈다. 그 뒤 무왕이 은나라를 평정하니 백이·숙제는 이를 부끄럽게 여기고 신의를 지키기 위해 주나라 녹을 받지 않고 수양산에 숨어 고사리를 캐 먹으며 연명하다 죽었다.[635]

소무(蘇武)도 정절로 이름이 높은 한나라 사람이다. 소무는 무제(武帝) 때 흉노에 사신으로 갔다가 억류되었다. 흉노의 선우(單于)가 그를 항복시키려고 동굴에 가두고 음식을 주지 않는 등 갖은 수단을 다 썼으나 끝내 굴복하지 않았다. 이에 소무는 북해(바이칼)로 보내어져 양을 치면서 갖은 고생을 하다가 19년 만에 돌아오니 무제의 뒤를 이은 소제(昭帝)가 그가 나라를 위해 절개를 지킨 공을 기리어 전속국(典屬國) 벼슬을 내렸다.[636] 백수회의 『송담유사』의 <함께 온 조선인에게 부치는 글(與同來朝鮮人書)>(1600년)에도 "한 소무는 들쥐처럼 굴에 살며 산열매를 먹고 살았으나 오랜 세월동안 충의를 기리지만, 이릉(李陵)과 위율(衛律)은 흉노에 항복하여 후한 녹봉을 받았으나 사람들은 언급조차 하지 않는다."[637]라 하여 소무의 정절을 언급하며 자기와 조선 민족의 다짐으로 삼은 예를 보이는데, 여기서 '한절(漢節)'은 "절개의 표상으로 한나라 천자가 내린 부절(符節)"이란 뜻이다. 남명 조식의 <소자경사(蘇子卿詞)>에도 "흉노가 소무를 억류하고는 까마귀 털이 하얗게 되고, 숫염소에서 젖이 나면 돌려보내 준다."고 한 억지를 염두에 두고 "오랑캐 땅 까마귀는 안 희어지고, 숫염

소는 젖 안 나니 한나라에서 간 사람은 돌아올 기약 없네. 까마귀 대가리 여전히 검고 사람 머리만 희어가네. … 외로운 몸은 죽지 않고 한절(漢節)만 손에 있네."**638**라 표현하면서 '한절'을 소무가 끝까지 내려놓지 않았던 절의의 신표로 여기고 있다.

"부모(父母)띄 절ᄒᆞ며 ~ 원접경회(遠蝶驚廻)ᄒᆞ도다."에는 꿈에서나마 고향과 가족 소식을 듣고자 하는 간절한 마음(있어야 할 현실, 이상)이 낯선 나라의 시끄러운 노랫소리(있는 현실)때문에 산산조각 나는 상황설정을 통해 비극미를 극대화하고 있다.

◎ 〈누항사(陋巷詞)〉 박인로(朴仁老, 1561~1642)

> 어리고 우활(迂闊)*ᄒᆞᆯ산 이 ᄂᆡ 우희 더니 업다
>
> 길흉화복(吉凶禍福)을 하날긔 부쳐 두고
>
> 누항(陋巷)* 깁푼 곳의 초막(草幕)을 지어 두고
>
> 풍조우석(風朝雨夕)에 석은 딥히 셥히 되야
>
> 셔홉 밥 닷홉 죽(粥)에 연기(煙氣)도 하도 할샤
>
> [언매만히 바든 밥의
>
> 현순치자(懸鶉稚子)들은 쟝긔 버려* 졸 미덧 나아오니
>
> 인정천리(人情天理)예 ᄎᆞᆷ아 혼자 먹을넌가]
>
> 설 데인 숭늉(熟冷)애 뷘 빈 쇡일 ᄯᅮᆫ이로다
>
> 생애(生涯) 이러ᄒᆞ다 장부(丈夫) ᄯᅳᆺ을 옴길넌가
>
> 안빈일념(安貧一念)을 젹을망졍 품고 이셔
>
> 수의(隨宜)로 살려 ᄒᆞ니 날로조차 저어(齟齬)ᄒᆞ다
>
> ᄀᆞ울히 부족(不足)거든 봄이라 유여(有餘)ᄒᆞ며
>
> 주머니 뷔엿거든 병(瓶)*의라 담겨시랴
>
> [다만 ᄒᆞ나 뷘 독 우희 어론 털 도든 늘근 쥐는
>
> 탐다무득(貪多務得)*ᄒᆞ야 자의양양(恣意揚揚)*ᄒᆞ니 백일(白日) 아래 강도(强盜)로다
>
> 아야러* 어든 거슬 다 교혈(狡穴)에 앗겨 주고

석서삼장(碩鼠三章)*을 시시(時時)로 음영(吟咏)ᄒ며

탄식무언(歎息無言)ᄒ야 소백수(搔白首) ᄲᅵᆫ니로다

이 중에 탐살은 다 내 집의 뫼홧ᄂ다]

▶ 현대어 풀이 둔하고 어리석음 내가 가장 심하도다.

길흉화복을 하늘에만 맡겨 두고

누추한 산골짝에 초막을 지어 놓고

비바람에 썩은 짚을 땔감 삼아 불 지피니

서 홉 밥 닷 홉 죽에 연기 매워 눈물짓네.

[눈곱만큼 받은 밥에,

해진 옷 어린아이 졸(卒) 밀 듯 나오니

사람의 인정으로 차마 혼자 못 먹겠네!]

설 데운 숭늉으로 빈 배만 속이노라.

내 삶이 이러해도 장부의 뜻 흔들릴까?

궁해도 족한 마음 적을망정 품고 있어

뜻대로 살려하니 갈수록 여의찮다.

가을에도 곤궁한데 봄에는 오죽할까?

주머니 비었는데 독인들 풍성하랴?

[하나 남은 빈 독 위에 얼룩덜룩 늙은 쥐는

탐욕 가득 방자하니 대낮의 강도로다.

겨우 얻은 곡식 쥐구멍에 다 뺏기고

시경(詩經) 한 구절 수시로 읊조리며

말 잊고 한숨 쉬며 흰머리 긁을 뿐이로다.

이 중에 탐심(貪心)은 다 내 집에 모았구나.]

* 우활(迂闊) : 세상의 실정을 몰라 실용에 적합하지 않다.
* 누항(陋巷) : 누관(陋館), 누지(陋地), 누추하고 좁은 거리, 자기가 사는 곳의 겸칭.
* 쟝긔 버려 졸 미덧 : 장기판에서 졸(卒)이 앞으로 나오듯이
* 병(瓶) : (1) 술, 물 같은 것은 담는 그릇 (2) 떡 같은 것을 찌는 시루
* 탐다무득(貪多務得) : 욕심이 많아 무엇이든 애써 가지려고
* 자의양양(恣意揚揚) : 한껏 방자히 구니
* 아야러 : 아야라(겨우)

* 석서삼장(碩鼠三章) : "큰 쥐야 큰 쥐야 우리 곡식 먹지 마라./삼년 너를 섬겼거늘 날 아니 위해 주나./이제는 너를 떠나 들판으로 가련다./즐거운 들 즐거운 들, 긴 한숨 없으리라."(『시경(詩經)』)[639] 여기서 '큰 쥐'는 가혹한 세금을 매겨 백성들을 착취하는 위정자를 비유하였고, 이를 떠나 들판으로 가는 것은 살기 좋은 곳을 찾아가고자 하는 백성들의 이상을 담고 있다.[640]

> 빈곤(貧困)혼 인생(人生)이 천지간(天地間)의 나뿐이라
>
> 기한(飢寒)이 절신(切身)ᄒ다 일단심(一丹心)을 이질눈가
>
> 분의망신(奮義忘身)*ᄒ야 죽어야 말녀 너겨
>
> 우탁우낭(于橐于囊)의 줌줌이 모와 녀코*
>
> 병과오재(兵戈五載)*예 감사심(敢死心)을 가져 이셔
>
> 이시섭혈(履尸涉血)ᄒ야 몃 백전(百戰)을 지니연고

▶ 현대어 풀이 가난한 인생이 천지간에 나 뿐이랴?

추위 배고픔 사무친들 충성이 변할 건가?

의기충천하여 죽음을 각오하고

전대에 마른 곡식 줌줌이 모아 넣고

전쟁 5년 동안 죽기를 각오하고,

시체를 넘고 넘어 몇 백전을 치렀던고?

* 분의망신(奮義忘身) : 의기(義氣)에 분발하여 제 몸을 돌보지 않음
* 우탁우낭(于橐于囊)의 줌줌이 모와 녀코 : "마른 음식과 곡식을 전대 자루에 넣어, 평화롭고 빛나게 하시려고 활과 화살 벌려 메고, 방패와 창과 도끼 들고 비로소 길 떠났네"[641]
* 이무(李茂)는 나무 사이에 피신해 있는데 날은 저물어 가고 배는 몹시 고팠다. 주머니 속의 마른 양식을 손으로 움켜 먹으면서 군사들에게 말하기를,
  "남아는 마땅히 죽음 속에서 살 길을 찾아야 한다. 두려워하지 말라."
  하고, 활을 당겨 적장(賊將)의 목을 향하여 내리쏘니 활시위 소리와 함께 적장이 거꾸러졌다.[642]
* 병과오재(兵戈五載) : 전쟁하는 5년 동안

일신(一身)이 여가잇사 일가(一家)를 도라보랴

일노장수(一奴長鬚)*는 노주분(奴主分)을 이졋거든

고여춘급(告余春及)을 어늬 사이 싱각ᄒ리

경당문노(耕當問奴)*ㄴ돌 눌ᄃ려 물롤눈고

궁경가색(躬耕稼穡)*이 니 분인 줄 알리로다

신야경수(莘野耕叟)*와 농상경옹(壟上耕翁)*을 천(賤)타 ᄒ리 업것마는

아므려 갈고젼돌 어늬 쇼로 갈로손고

한기태심(旱旣太甚)ᄒ야 시절(時節)이 다 느즌 제

서주(西疇) 놉흔 논애 잠깐 긴 널비예

도상(道上) 무원수(無源水)을 반만깐 디혀 두고

쇼 ᄒ 젹 듀마 ᄒ고 엄섬이 ᄒ는 말삼 친절(親切)호라 너긴 집의

달 업슨 황혼(黃昏)의 허위허위 다라가셔

구디 다든 문(門) 밧긔 어득히 혼자 서셔

큰 기츔 아함이를 양구(良久)토록 ᄒ온 후(後)에

어화 긔 뉘신고 염치(廉恥) 업산 니옵노라

초경(初更)도 거읜듸 긔 엇지 와 겨신고

연년(年年)에 이러ᄒ기 구차(苟且)ᄒ 줄 알건만는

쇼 업손 궁가(窮家)애 혜염 만하 왓삽노라

공ᄒ나 갑시나 주엄즉도 ᄒ다마는

다만 어제밤의 거넨집 져 사람이

목 불근 수기치(雉)을 옥지읍(玉脂泣)게 ᄭ어ᄂ고

간이근 삼해주(三亥酒)*을 취(醉)토록 권(勸)ᄒ거든

이러ᄒ 은혜(恩惠)을 어이 아니 갑흘넌고

내일(來日)로 주마 ᄒ고 큰 언약(言約) ᄒ야거든

실약(失約)이 미편(未便)ᄒ니 사셜이 어려왜라

▶현대어 풀이 내 몸이 분주하니 어찌 집안 돌보리오

　　　　　하나 남은 머슴 놈은 주종 관계 잊었는데,

　　　　　나에게 봄소식 어찌 전해 주리오

밭갈이는 종에게 배운다지만 뉘에게 물어볼꼬?

밭 갈고 씨 뿌림이 내 분인 줄 알리로다.

논밭 가는 일, 천한 일 아니지만

아무리 갈고 싶어도 어떤 소로 갈겠는가?

가뭄이 극심하여 때도 다 늦었기에,

서쪽 두둑 높은 논에 잠간 갠 여우비에

근원 모를 물을 반쯤만 대어두고

소 한 번 주마하고 건성으로 하는 말도 고맙게 여긴 집에

달도 없는 저녁에 허위허위 달려가서

굳게 닫은 문 밖에 어둑히 홀로 서서

제법 큰 인기척을 몇 번이나 한 후에

아, 거기 누구신고? 염치없는 내 옵니다.

날도 제법 컴컴한데 어쩐 일로 오셨는고?

해마다 이러하기 구차한 줄 알지마는

소도 없이 가난하고 근심만 많아 왔습니다.

값은 치거나 말거나 줄만도 하지마는

다만 어젯밤에 건넛집 저 사람이

목 붉은 수꿩(장끼)을 감칠맛 있게 구워내고

갓 익은 삼해주를 취하도록 권하는데

이러한 은혜를 어찌 아니 갚을런가?

내일 바로 주마하고 굳게 약속 하였는데,

약속 깨기 어려우니 확답하기 곤란하네.

* 장수(長鬚) : ⑴ 긴 수염 ⑵ 노복의 별칭
* 경당문노(耕當問奴) : 송(宋) 태조가 북벌을 감행하려 할 때 심경지(沈慶之)가 "나라를 다스림도 집안 살림과 같아 밭갈이는 반드시 머슴에게 묻고 베 짜는 일은 꼭 계집종에게 물어야 하는데, 폐하께선 지금 나라를 치려함에 백면서생(白面書生) 무리들과 더불어 도모하니 어찌 그 일을 이루려 하십니까?"라고 간곡히 간한 데서 비롯하였다. 왕도 이에 크게 웃었다.("宋 太祖欲北伐 沈慶之固諫 不可 慶之曰 治國譬如治家 耕當問奴 織當訪婢 陛下今欲伐國 而與白面書生輩謀之 何由 濟其事 上乃大笑"(宋書,『자치통감』권125).
* 궁경가색(躬耕稼穡) : 몸소 밭을 갈고 씨를 뿌려 곡식을 거둠. 몸소 농사를 지음.
* 신야경수(莘野耕叟) : 신(莘)은 국명이다. 신야(莘野)에서 밭 갈던 늙은이. 은(殷)나라 재상 이윤(伊尹)이 유신(有莘)에서 밭 갈며 살았는데, 탕왕이 세 번을 불러서야 벼슬길에 나가 하(夏)나

라의 무도한 걸(桀)을 치고 은나라를 세우는 것을 도왔다. "이윤이 유야의 들에서 밭을 갈면서 요순의 도를 좋아하여, 의가 아니고 도가 아니면 천하로써 녹을 주더라도 돌아보지 않고 말 천 필을 매어놓아도 돌아보지 않았으며, 의가 아니고 도가 아니면 지푸라기 하나도 남에게 주지 않았으며 지푸라기 하나도 남에게서 취하지 않았다.**643**

* 농상경옹(隴上耕翁) : 밭고랑에서 밭 갈던 늙은이, 곧 제갈량을 말한다. 제갈량은 어렸을 때 형 주(荊州)에 피난해 있으면서 몸소 농사짓다가 유비의 삼고초려를 받고 나아가 뛰어난 지략으로 촉한(蜀漢)의 부흥에 힘썼다.

* 삼해주(三亥酒) : 정월 상해일(上亥日)에 찹쌀가루로 죽을 쑤어 식힌 다음 누룩가루와 밀가루를 섞어서 독에 넣고, 상해일(上亥日)에 또 찹쌀가루와 맵쌀가루를 쪄서 식힌 다음 독에 넣고, 하 해일(下亥日)에 또 흰쌀을 쪄서 식힌 다음 독에 넣어 익힌 술(이석호, 『동국세시기』(외), 을유 문화사, 1969, p.82).

실위(實爲) 그러ᄒ면 혈마 어이홀고

헌 먼덕* 수기 스고 측 업슨 집신에 설피설피 물너오니

풍채(風彩) 저근 형용(形容)애 긔 즈츨 뿐이로다

와실(蝸室)에 드러간둘 잠이 와사 누어시랴

북창(北窓)을 비겨 안자 시비ᄅᆞᆯ 기다리니

무정(無情)ᄒ 대승(戴勝)*은 이 니 한(恨)을 도우ᄂᆞ다

종조추창(終朝惆悵)ᄒᆞ며 먼 들홀 바라보니

즐기ᄂᆞᆫ 농가(農歌)도 흥 업서 들리ᄂᆞ다

세정(世情) 모론 한숨은 그칠 줄을 모르ᄂᆞ다

[술 고기 이시면 권당(眷黨)* 벗도 하렷마ᄂᆞᆫ

두 주먹 뷔게 하고 세태(世態) 업슨 말슴애 양ᄌᆞ ᄒ나 못 고오니

ᄒᆞᄅᆞ 아젹 블일 쇼도 못 비러 마랏거든

ᄒᆞ물며 동곽번간(東郭墦間)의 취ᄒᆞᆯ 뜻을 가딜소냐]*

아ᄭᆞ온 져 소뷔ᄂᆞᆫ 볏 보님*도 됴홀세고

가시 엉귄 묵은 밧도 용이(容易)케 갈련마ᄂᆞᆫ

허당반벽(虛堂半壁)에 슬듸 업시 걸려고야

[ᄎᆞ하리 첫봄의 ᄑᆞ라나 블일 거슬

> 이제야 풀녀 훈둘 알니 잇사 사러 오랴]
>
> 춘경(春耕)도 거의거다 후리쳐 더뎌 두쟈

▶ 현대어 풀이　진실로 그렇다면 차마 어찌할꼬?

해진 삿갓 눌러 쓰고 축 없는 짚신에 터벅터벅 물러오니

초라한 형색에 개만 짖을 뿐이로다.

내 집에 누워있어도 어찌 잠이 오리오?

북쪽 창에 기대 앉아 새벽을 기다리니

야속한 오디새가 이 내 한을 돕는구나.

밤새도록 한숨 쉬며 먼 들판 바라보니

즐기던 농요도 흥 없이 들리도다.

세상 물정 모르고 한숨만 자꾸 난다.

[피붙이와 벗하며 술 고기 먹고 싶지만

가진 것 하나 없고 세상인심 야박하고 내 꼴도 초라하여,

하루아침 부칠 소도 못 빌리고 말았는데,

괜스레 허풍은 떨어서 무엇 하랴?]

아까운 쟁기만 볏과 보습 잘 갖췄네.

가시 엉킨 묵은 밭도 쉽사리 갈겠는데,

빈집의 벽 가운데 쓸모없이 걸렸구나.

[차라리 첫봄에 팔아나 버릴 것을

이제야 팔려 하면 누가 알고 사러오랴?]

봄갈이도 막바지니 팽개쳐 던져두자.

* 먼덕 : 멍덕, ⑴ 짚으로 바가지 비슷하게 틀어 만든, 재래종의 벌통 위를 덮는 뚜껑 ⑵ 짚으로 걸어 만든 삿갓(한글학회, 『우리말 큰 사전』, 어문각)

* 대승(戴勝) : 후투티, '대(戴)'는 머리에 이고 있다. '승(勝)'은 한나라 때 부인의 머리 장식을 가리키는 말, 머리에 장식을 이고 있는 새를 가리킨다. 뽕나무에 내려앉았다 하여 뽕나무 열매의 이름을 따서 '오디새'라고도 불린다. "봄이 끝나가는 3월이 되면 / 후투티 뽕나무에 내려앉누나. / 볕 받아 꽃 모자 한들거리고 / 바람 맞아 수놓은 깃 활짝 펴지네.(季春三月裏 戴勝下桑來 映日花冠動 迎風繡羽開)"(중국 장하(張何) <직오시(織烏詩)>), 박인로가 13살 때 지은 시 "후투티 울음소리에 낮잠을 자주 깨네, 어이해 자꾸 시골사람 마음 재촉하나? 저 서울 좋은 집 처마 끝에서 울어, 밭 갈라 권하는 새 있음을 알리렴."(<대승음(戴勝吟)>)에[644] 대승, 즉 후투티가 등장한다.

* 권당(眷黨) : 권속(眷屬), 피붙이, 일가친척
* 동곽번간(東郭墦間)의 취홀 뜻을 가딀소냐 : "제(齊)나라 사람 중에 한 아내와 첩을 두고 사는 자가 있었는데, 날마다 밖에 나가면 반드시 '부귀한 사람'에게 술과 고기를 얻어먹고 돌아왔다. 그런데도 한번도 현달한 자가 찾아오는 일이 없음을 의아하게 여겨 아내가 남편의 뒤를 좇아 보니, 온 장안을 두루 배회하다 동쪽 성곽 북방산에 있는 무덤에 가서 제사지내는 자들에게 남은 음식과 술을 빌어먹었다. 아내가 돌아와 첩과 더불어 남편을 불쌍히 여겨 뜰 앞에서 울고 있었는데, 남편은 그 속도 모르고 의기양양하게 돌아와 처첩에게 교만하게 굴었다."**645**
* 볏보님 : 볏은 보습 위에 비스듬하게 덧대어서, 보습으로 갈아 넘기는 흙을 받아 한쪽으로 떨어지게 하는 쇳조각이고, 보님은 땅을 갈아 일으킬 때 쟁기의 술바닥에 맞추어 끼우는 삽 모양의 쇳조각이다.

강호(江湖) 흔 꿈을 꾸언지 오리러니

구복(口腹)이 위루(爲累)ᄒ야 어지버 이져쩌다

첨피기욱(瞻彼淇澳)* 혼디 녹죽(綠竹)도 하도 할샤

유비군자(有斐君子)*들아 낙디 ᄒ나 빌려스라.

노화(蘆花) 깁픈 곳애 명월청풍(明月淸風) 벗이 되야

님지 업슨 풍월강산(風月江山)애 절로절로 늘그리라

무심(無心)혼 백구(白鷗)야 오라 ᄒ고 말라 ᄒ랴

다토리 업슬손 다믄 인가 너기노라

[이제야 쇼비리 맹서(盟誓)코 다시 마쟈]

무장(無狀)혼 이 몸애 무슨 지취(志趣) 이스리마는

두세 이렁 밧논를 다 무겨 더뎌 두고

이시면 죽(粥)이오 업시면 굴물망졍

남의 집 남의 거슨 전혀 부러 말렷노라

닉 빈천(貧賤) 슬히 녀겨 손을 헤다 물너가며

남의 부귀(富貴) 불러 녀겨 손을 치다 나아오랴

인간(人間) 어니 일이 명(命) 밧긔 삼겨시리

[가난타 이제 죽으며 가으며다 백년(百年) 살냐

원헌(原憲)*이는 몃 날 살고 석숭(石崇)*이는 몃 힉 산고]

빈이무원(貧而無怨)을 어렵다 ᄒ건마ᄂ

너 생애(生涯) 이러호디 설온 쯧은 업노왜라

단사표음(簞食瓢飮)*을 이도 족(足)히 너기로라

평생(平生) ᄒᆞᆫ 쯧이 온포(溫飽)*애ᄂ 업노왜라

태평천하(太平天下)애 충효(忠孝)를 일을 삼아

화형제(和兄弟) 신붕우(信朋友) 외다 ᄒ리 뉘 이시리

그 밧긔 남은 일이야 삼긴디로 살겠노라

(『노계집(蘆溪集)』 권3)

▶ **현대어 풀이**　자연을 벗 삼는 꿈 오랫동안 꾸었건만,

　　　　　　　　먹고 살기 급급하여 슬프게도 잊었도다.

　　　　　　　　저 물굽이 바라보니 왕골 풀만 우거졌네.

　　　　　　　　품위 있는 군자들아 낚싯대 하나 빌려주오

　　　　　　　　갈대 깊은 곳에 자연을 벗으로 삼아

　　　　　　　　임자 없는 자연에서 절로절로 늙으리라.

　　　　　　　　무심한 갈매기야 오라 말라 하겠는가?

　　　　　　　　다툴 이 없는 것은 이뿐인가 하노라.

　　　　　　　　[이제는 소 빌리기 맹세코 다시 말자.]

　　　　　　　　보잘것없는 이 몸에 무슨 뜻이 있으랴만

　　　　　　　　두 세 이랑 밭과 논을 다 묵혀 팽개치고

　　　　　　　　있으면 죽이요 없으면 굶을망정

　　　　　　　　남의 집 남의 것은 절대 부러워 말리로다.

　　　　　　　　내 가난을 싫게 여겨 손사래 친들 물러가며

　　　　　　　　남의 부귀 부러워하여 손짓한들 다가오랴.

　　　　　　　　인간의 어떤 일이 운명 거슬러 생겼으리?

　　　　　　　　[가난한들 금방 죽으며 넉넉한들 백년살까?

　　　　　　　　원헌이는 얼마 살고 석숭이는 몇 년 사나?]

　　　　　　　　가난하면서 원망 없기는 어렵다 하지마는

　　　　　　　　내 생활 이러해도 서러운 뜻 전혀 없네.

바리때 밥과 표주박 물, 이도 족히 여기노라.

평생 먹은 뜻이 풍족함엔 없었노라.

태평한 세상에 충효를 일로 삼아

형제 화목 동무 믿음 그르다 할 이 뉘 있으리.

그 밖에 남은 일이야 생긴 대로 살겠노라.

* 첨피기욱(瞻彼淇澳) 유비군자(有斐君子) :『시경(詩經)』국풍(國風) 제5 '위풍 기욱(衛風淇澳)에 "저 기수 물굽이 바라보니 왕골 풀 우거졌네(瞻彼淇澳 綠竹猗猗)". 유비군자(有斐君子)는 "고귀하고 위엄 있는 군자(깨끗하고 고결한 자)"
* 원헌(原憲) : 춘추시대 송나라 사람. 자는 자사(子思). 공자의 제자. 적빈(赤貧)하였으나 의지가 견고하여 이를 감내하여 도를 깊이 닦음.
* 석숭(石崇, 249~300) : 사신이나 장사꾼들을 위협하고 금품을 갈취하여 치부해서 낙양(洛陽)에 금곡원(金谷園)을 만들었다. 가밀에게 아첨하여 섬기며 호화롭게 지내다 가밀이 파면 당하자 면직 당했다. 집에 아름다운 가기(歌妓) 녹주(綠珠)가 있었는데, 손수(孫秀)가 그녀를 탐내어 석숭에게 달라고 하자 거절하니 손수가 석숭을 무고하여 살해했다. 이에 녹주가 분을 참지 못하고 누각에서 떨어져 자살했다.[646]
* 단사표음(簞食瓢飮) : 대그릇에 담은 밥과 표주박에 담은 음료. 가난한 사람이 먹는 소박한 음식 공자가 말하기를 "회(回)는 참으로 어질도다. 한 그릇 밥과 표주박 물 한 잔만 마시며 누추한 거리에 살면 남들은 그 괴로움을 참지 못하거늘, 회는 즐거운 마음 변치 않으니 참으로 회는 어질도다.(子曰 賢哉 回也 一簞食 一瓢飮 在陋巷 人不堪其憂 回也不改其樂 賢哉 回也)"(『논어(論語)』제6, 옹야(雍也)).
* 온포(溫飽) : 따뜻하게 입고 배불리 먹음, 의식(衣食)의 풍족함을 누림.

흉흉하고 피폐한 전쟁 이후의 모습

"굶주린 백성들이 요즘 들어 더욱 많이 죽고 있는데 그 시체의 살점을 모두 베어 먹어버리므로 단지 백골만 남아 성 밖에 쌓인 것이 성과 높이가 같습니다."하고, 유성룡도 "비단 죽은 사람의 살점만 먹을 뿐 아니라 살아 있는 사람도 서로 잡아먹는데 포도군이 적어서 제대로 금지하지를 못합니다."라고[647] 했다. 이 기록은 임진 왜란과 흉년으로 인해 흉흉하다 못해 살벌한 조선 사회의 분위기를 적고 있다. 바닷가 지방의 풀숲에는 해골이 널려 있고, 인가의 연기는 아주 끊어져서, 시름겹고 참혹한 것만 보였으며, 해안의 곳곳마다 모두 적의 배가 정박할 곳이므로 두려워하며 경계하여 아침에는 저녁 일을 예측치 못하고 밤에도 편히 잠자지 못하는 절박한 형세라고[648] 했다.

<누항사>에 "일노장수(一奴長鬚)는 노주분(奴主分)을 이졋거든/고여춘급(告余春及)을 어니 사이 싱각ᄒ리"라고 해서 하나 남은 머슴이 주인과 종의 분수도 잊었다고 했으니, 이는 조선후기에 신분제의 동요가 나타났다는 뜻이다. 임진왜란·정유재란을 거치면서 거느리던 노비들이 다수 사망하거나 도망하여 밭을 갈고 파종을 할 때 투입할 노동력이 턱없이 부족했다. "전쟁 기간 동안 대부분의 노비들이 사망하거나 도망하여 제초할 때 일손이 달렸고, 애써 가꾼 한 해의 농사를 망칠 뻔 했던 적이 한두 번이 아니었다. 이런 딱한 형편을 동정한 이웃의 친지와 벗들이 서로 힘을 보태어 김매기를 마친 경우도 있었다."(『고대일록』 1601.7.10) 한다. 전란 시기에는 양반층일지라도 가까운 친척이나 고향 친구들에게 양식을 구걸하여 살아가는 형편이었으므로 노비들의 생계를 책임질 만큼의 경제력이 없어 노비들을 내보내기도 했고, 주인집으로 몰려드는 노비를 밀어내기도 했다. 또 전쟁 기간을 거치면서 많은 노비들이 굶주려 죽고 몇 남지 않은 사람들도 살 길이 막막하였다 하니[649] 당연히 노비에 대한 통제력 또한 약화될 수밖에 없었다.[650] 이후에 상민층이 상대적으로 감소하고, 외거노비(外居奴婢)가 실질적으로 소멸하고, 솔거노비(率居奴婢)가 많이 도망가면서 양반층이 소수이고 상민층과 천민층이 상대적으로 많던 신분제의 피라미드 구조가 서서히 역전되어 가는 것이다.[651]

경작에 필요한 소의 숫자는 어떠했는가. 임란 이전에도 조선에는 농사짓는 소가 넉넉하지 못했다. "100여 호의 마을에 소를 기르는 집은 10여 호에 불과하고, 소가 있어도 한두 마리에 지나지 않았는데, 송아지 딸린 어미 소를 제외하면 논갈이를 할 수 있는 소는 겨우 몇 마리밖에 되지 않았다. 100여 호의 농지를 몇 마리 소로 경작하더라도 넉넉하지 않은 형편인데, 지난번 도적떼가 소를 잡아먹는 바람에 재앙이 없는 마을에도 달마다 8, 9마리를 잃어버려 남아있는 소가 얼마 되지 않는다. 그래서 사람을 사 땅을 갈아보았으나 아홉 명의 힘이 소 한 마리보다 못하니 어찌 깊이 갈 수 있겠는가?"(『사숙재집』 권11, 농가 이야기)를 보면, 그 실상을 짐작할 수 있다. 임진왜란·정유재란을 거치면서 농사지을 소 가운데 상당수가 군수용·제수용·식

용 등으로 도축되었으므로, 전란 이후엔 농사를 짓고 개간을 하는데 더욱 많은 어려움을 겪게 된다.[652] "1599년 3월 17일, 하자명(河子明)과 김성중(金成仲)을 방문하여 농사지을 소를 빌리려 했지만 얻을 수 없었다."고 했다.[653] 경상도 암행어사 조수익도 "도내에는 농사지을 소가 희귀하여 농사철이 되었는데도 백성들이 밭을 갈지 못한다. 종종 논밭에서 사람이 쟁기를 끄는데, 10인의 힘이 소 1마리만도 못하니 농사가 매우 염려된다."고[654] 하였다. 나라 어느 곳에서도 소가 이렇게 귀한 형편이었으니, 박인로가 친밀도가 떨어지는 이웃에게 가서 농사지을 소를 빌리는 일이란 애초부터 불가능한 일이 아니었을까?

🍃 곤궁함에 초연한 삶을 지향하다

박인로는 만년에 도학자들과 교유하였는데, 특히 이덕형과는 의기가 투합하여 수시로 종유하였다. 1601년에 이덕형이 도체찰사(都體察使)가 되어 영천에 이르렀을 때, <조홍시가> 등을 짓고 1605년에 <선상탄>을 지었다. 1611년 이덕형이 용진강(龍津江) 사제(莎堤)에 은거했을 때 그의 빈객이 되어 <사제곡(莎堤曲)>, <누항사(陋巷詞)>를 지었으니, <누항사>는 전쟁 이후 자신과 백성들의 삶을 알리기 위해 지은 작품이라 할 수 있다.

<누항사>를 크게 셋으로 나누어 파악해보면, 첫째 부분에는 전쟁 이후의 가난하고 소박한 삶의 모습을 적었고, 둘째 부분에는 직접 농사짓는 일을 해 보려하지만 밭갈이할 소도 구할 수 없는 야박한 세태를 체념의 어조로 그렸다. 셋째 부분은 농사지을 생각을 접고 자연을 벗 삼아 살면서, 가난해도 충효와 신의와 화목의 마음만은 유지하며 살겠다는 사대부로서의 자기다짐을 적었다. <누항사>는 전쟁 이후 피폐한 상황에서 어떻게든 살아보려고 발버둥 쳐도 쉽게 방법을 찾지 못하는 안타까운 사회상을 담았다. 사대부인 화자가 경작을 위해 소를 빌리러 갔다가 냉정하게 거절당하고 돌아서는 모습은 전쟁 이후 양반사대부들의 자화상이기도 하다. 양반이라 해도 이전과 같은 위세를 누리고 대접받을 수 있는 세상이 아니라는 반증이다.

<누항사>에서 자연을 찾고 즐기는 분위기는 조선전기의 시가 작품에 나타나는 강호자연과 사뭇 다르다. 조선전기에는 삶의 여유를 누리는 가운데 유유자적과 안빈낙도를 즐겼다면, <누항사>에서의 자연은 현실적 어려움을 피해 찾은 공간이므로 풍요로움보다는 초라함이 느껴진다. 다만 <누항사>의 표현법은 관념에서 벗어나 구체적인 것이 특징적이다. 특히 가난을 묘사할 때, 썩은 짚으로 죽을 끓이는 장면, 양반 체면을 내려놓고 소를 빌리러 가서 남의 집 문밖에서 몇 번이고 헛기침을 하는 장면, 거절을 당한 후에 축 없는 짚신을 신고 터벅터벅 걸어 나오는 장면, 그 초라한 형색을 보고 개만 컹컹 짖는 모습 등은 매우 구체적이고 사실적이다. 가사의 서술성을 활용하여 가난한 선비의 초라한 모습을 실감나게 그려내고 있다.

그러나 <누항사>는 "가난해도 서러운 뜻은 전혀 없네. 바리때 밥과 표주박 물, 이도 족히 여기노라.", "태평한 세상에 충효를 일로 삼아, 형제 화목 동무 믿음을 우선 가치로 여기면서 다른 일은 생긴 대로 살겠노라."는 작품 후반부로 인해, "표현면에서 미화된 말을 버리고 실감을 얻는 길을 열어 사대부가사의 한계를 벗어났다. 그러나 이미 설득력을 잃은 가치관을 지향하고 있는 점은 그 한계이다."라는[655] 평가를 받는다. 그러므로 이 대목에 대한 진의를 밝히는 일은 <누항사> 해석을 위해 매우 중요한 부분이다. 가난한 삶에 대한 자신의 태도를 표현하기 위해 원헌(原憲)과 석숭(石崇)의 대조적인 삶을 예로 들었다. 요는 "청빈하게 산다고 명까지 짧은 것은 아니고, 부유하게 산다고 해도 오래 영화를 누리지는 못한다."는 것이다. 그리고 '단사표음'을 들어, 안회(顔回)의 안빈낙도를 말하고자 했다. 안회는 현실적인 생활고에도 항상 초연한 채, 즐겁게 살았다. 즉, 안회는 인도(仁道)를 참답게 인식하고 실천했다. "가난해도 스스로 즐겁게 사는 사람이 많은데, 왜 하필 안자(顔子 ; 안회)만 그렇다고 합니까?" 하니, 정자(程子)가 "가난하게 살다가 갑자기 부귀를 누리게 되면 본심을 잃는 자가 많다. 안자는 가난하든 부유하든 한결 같다는 말이다."라고[656] 답했다.

<누항사>의 끝부분에 "빈이무원(貧而無怨)을 어렵다 ᄒ건마ᄂᆞᆫ/닉 생애(生涯) 이러호디 설온 뜻은 업노왜라"라고 했다. '빈이무원'은 "가난한 처지에서 원망하지 않는다는 것은 어려운 일이고, 부유하면서 교만하지 않기가 도리어 쉽다."라는[657] 공자

의 말에 근원한다. 부유하면서도 교만하지 않은 것도 쉬운 일이 아닌데, 가난한 처지라도 원망하지 않는 일은 그보다 더 어렵다는 말이다. "세상을 피해 숨어 살아도, 남이 알아주지 않아도 걱정하지 않는다."[658]는 말도 있고, "거친 밥을 먹고 물을 마시며 팔을 베고 눕더라도 즐거움이 또한 그 속에 있다."[659]는 말도 있다.

조익(趙翼, 1579~1655)은 가난한 처지라도 원망하지 않는 태도에 대해 매우 진지한 고민을 적고 있다. "가난과 고달픔이 극심한 상황 속에서도 원망하지 않고 걱정하지 않고 즐거워할 수 있다고 하였는데, 외물(外物, 물욕·부귀·명예·이익)을 자기와 아무 상관이 없는 것처럼 간주하는 사람이 아니면 과연 이렇게 할 수가 있겠는가?"[660]라고 말이다. 조익은 이 물음에 대한 답을 다음과 같이 적고 있다. "보통 수준의 사람들은 자기 욕심만 채우며 살기 때문에, 부귀와 이익 등을 얻으면 기뻐하고 얻지 못하면 걱정한다. 그러나 성현(聖賢)의 마음은 순전히 의리로 채워져 있을 뿐 사욕의 요소는 전혀 없으니, 무엇 때문에 더 보태 줄 수 없는 외물 때문에 기뻐할 것이며, 더 줄어들게 할 수 없는 외물 때문에 걱정을 하겠는가. 이것이 바로 성현이 부귀에 동요되지 않고 빈천 때문에 걱정하지 않는 이유인 것이다."[661]

이덕형(李德馨, 1561~1613)은 도량이 박인로와 잘 맞아서 노계를 대할 때 늘 나라 안에서 뛰어난 선비처럼 대했다. 일찍이 왕명을 받들어 남쪽으로 내려왔을 때 노계의 조부 묘소를 찾아 절하며, "박공의 조부는 배알할 만하다."라고[662] 할 만큼 노계와 이덕형은 친밀한 사이였다. "(노계)공이 한음(漢陰) 이덕형(李德馨) 상공(相公)을 좇아 놀 때, 한음 상공이 공에게 산촌생활의 곤궁한 형편을 물었다. 이에 공이 자신의 회포를 풀어 이 곡을 지었다."[663] 했으니, <누항사>는 이덕형의 물음에 대한 박인로의 답이다. 그들의 문답을 요즘의 일상어로 바꾼다면, 이덕형이 "산촌 생활이 많이 곤궁하시지요?"라고 하자, 박인로가 "(전란 이후이니) 가난하고 고달프고 구차하기야 이루 말할 수 없습니다만, 한순간에 여기서 헤어날 수는 없으니, 부귀나 이익이나 욕심보다는 도의(道義)를 추구하며 만족하고 살 수밖에요!"라고 답했던 것이다. 세상의 어려운 형편과 야박해진 민심을 전하는 가운데, 자신은 이런 저런 욕심을 버리고 바른 뜻을 간직하며 살고 있다는 인생철학을 드러내 보인 것이다.

◎ 〈갑민가(甲民歌)〉　　성대중(成大中, 1732~1812)

어져어져 저긔가는 저 스룸아

네 힝식(行色) 보아하니 군스도망(軍士逃亡) 네로구나

뇨상(腰上)으로 볼쪽시면 뵈젹솜이 깃만 남고

허리 아리 구버 보니 헌즘방이 노닥노닥

곱장할미 압희 가고 젼틱발이 뒤에 간득

십니(十里) 길을 할너 가니 몃니 가셔 업쳐디리

내 고을의 양반(兩班) 사룸 타도타관(他道他官) 온겨 살면

천(賤)이 되기 샹스여든 본토군정(本土軍丁) 슬타ᄒ고

즈니 쏘혼 도망(逃亡)ᄒ면 일국일토(一國一土) 혼 인심(人心)의

근본(根本) 숨겨 살녀혼들 어디간둘 면홀손가

ᄎ라리 네 스던 곳의 아모케나 뿔희 박여

칠팔월(七八月)에 채숨(採蔘)ᄒ고 구시월(九十月)의 돈피(㹠皮)*잡아

공치신역(公債身役) 갑혼 후의 그 남거지 두엇ᄃᄀ

함흥북청(咸興北靑) 홍원(洪原) 장스 도라드러 즘미(潛賣)홀 제

후ᄀ(厚價) 밧고 파르니여 살기됴흔 너른 곳의

가스뎐토(家舍田土) 곳쳐 스고 가장즙물(家庄汁物) 장만ᄒ여

부모처즈(父母妻子) 보전(保全)ᄒ고 새 즐거믈 누리려문

▶현대어 풀이　아아! 저기 가는 저 사람아.

네 행색 보아하니 달아나는 군사로구나.

허리 위를 본다면 베적삼이 깃만 남고,

허리 아래 굽어보니 낡은 홑바지 너덜너덜

곱사등 할미 앞에 가고 절름발이 뒤에 간다.

십리 길을 하루에 가려니 몇 리나 가서 넘어지리.

내 고을에선 양반이라도 낯선 타향에 옮겨 살면

천대받기 일쑤인데 고향마을 군정(軍丁) 싫다 하여

자네 또한 도망가면 온 나라 인심 같으니

근본 숨겨 살려고 해도 어디 간들 피할쏜가.

차라리 네 살던 곳에 아무렇게나 뿌리박아

칠팔월엔 삼(蔘)을 캐고 구시월엔 담비 가죽으로,

의무 노역 갚은 후에, 그 나머지는 두었다가

함흥 북청 홍원 장사 돌아들어 몰래 팔 때에

후한 값 받고 팔아서 살기 좋은 넓은 곳에

집과 논밭 다시 사고 살림살이 장만하여

부모처자 잘 지키며 새 즐거움 누리려무나.

* 돈피(獤皮) : 담비 종류 동물의 모피를 통틀어 이르는 말이다. 일반적으로 고급 모피로 인정받고 있으며 품질에 따라 검은담비의 모피인 '잘'을 상등으로 치고, 노랑담비의 모피인 '돈피'와 유럽소나무담비의 모피인 '초서피(貂鼠皮)'를 중등으로 치며, 흰담비의 모피인 '백초피(白貂皮)'를 하등으로 친다.

어와 싱원(生員)인디 초관(哨官)인지 그디 말솜 그만 두고

이니 말솜 드러보소 이니 쪼훈 갑민(甲民)이라

이짜의셔 싱장(生長)ᄒ니 이쩌 일을 모를소냐

우리 조상(祖上) 남듕양반(南中兩班) 딘ᄉ급뎨(進士及第) 연면(連綿)ᄒ여

금댱옥픠(金章玉佩) 빗기ᄎ고 시죵신(侍從臣)을 ᄃ니다가

싀긔인(猜忌人)의 참소 입어 전가ᄉ변(全家徙邊) ᄒ온 후의

국니극변(國內極邊) 이짜의셔 칠팔디(七八代)을 ᄉᆞᆯ오니

선음(先蔭)이어 ᄒ난 일이 읍듕(邑中) 구실 첫지로ᄃ

드러ᄀ면 좌수별감(座首別監) 나ᄀ셔ᄂ 풍헌감관(風憲監官)

유ᄉ장의(有司掌儀) 치지ᄂ면 틱면보와 ᄉ양터니

애슬푸다 내시절의 원슈인(怨讐人)의 모희(謀害)로서

군ᄉ강졍(軍士降定) 되단말ᄀ 내 호몸이 허러나니

좌우젼후(左右前後) 수ᄃ일ᄀ(數多一家) ᄎᄎ츙군(次次充軍) 되거고야

누디봉ᄉ(累代奉祀) 이 니몸은 홀일업시 미와잇고

시름업슨 졔죡인(諸族人)은 ᄌ최 업시 도망(逃亡)ᄒ고

여러 스룸 모돈 신역(身役) 내 호몸의 모도 무니

호몸 신역(身役) 숨양오전(三兩五錢) 돈피이장(獤皮二張) 의법(依法)이라

십이인명(十二人名) 업논 구실 합쳐 보면 스십 뉵양(四十六兩)

연부연(年復年)의 맛튼무니 석슝(石崇)인들 당(當)홀소냐

약간 농스 전폐(全廢)ᄒ고 치숨(採蔘)ᄒ려 입산(入山)ᄒ여

허항영(虛項嶺) 보티슨(寶泰山)을 돌고돌아 ᄎᄌ보니

인숨(人蔘) 싹슨 전혀 업고 오ᄀ(五加) 닙히 날소긴다

▶현대어 풀이 아아, 생원인지 감시관인지 그대 말씀 그만 두고

이내 말씀 들어보소, 이내 또한 갑산(甲山) 사람이라.

이 땅에서 나고 자랐으니 이 땅의 일을 모를쏜가.

우리 조상 남중 양반 진사 급제 끊이지 않아

화려한 패물 장식하고 임금님을 모시다가

시기하는 자의 참소 받아 온 집안이 변방으로 귀양 간 후에

변방 끝 이 땅에서 칠팔 대를 살아오니

조상(祖上) 이어 하는 일이 고을 조세(租稅) 첫째로다.

들어가면 좌수 별감, 나가서는 풍헌 감관

유사(有司) 장의(掌儀) 넘쳐나서 체면치레로 사양했었는데

애달프다 관계 나쁜 원수의 무고(誣告) 때문에

군사로 강등됐단 말인가, 내 한 몸이 무너졌네.

좌우 전후 많은 집안사람들 차례로 군에 들어왔네.

오래 조상을 모시던 이내 몸은 할 수 없이 매어 있다.

걱정 없는 피붙이는 흔적도 없이 도망가고

여러 사람 모든 노역 내 한 몸이 모두 물어야하니

한 몸의 노역, 3냥 5전 담비 가죽 2장이 법이라.

열두 사람 없는 조세 합쳐 보면 46냥,

해를 반복하여 맡아 무니 부자인들 감당할쏘냐.

적은 농사 모두 접고 삼을 캐러 산에 들어가

허항령 보태산을 돌고 돌아 찾아보니,

인삼 싹은 전혀 없고 오가피 잎이 날 속인다.

홀일 업시 공반(空返)ᄒ여 팔구월(八九月) 고추(苦椒) 바람

안고 도라 입순(入山)ᄒ여 돈피순힝(獤皮山行) ᄒ랴ᄒ고

빅두순(白頭山) 등의 디고 분계강ᄒ(分界江下) 나려가셔

살이썻거 누디치고 익갈나무 우등놉고

ᄒᄂ님게 축수ᄒ며 순신(山神)임게 발원ᄒ여

물치츔[664]을 ᄀᆺ초곳고 ᄉ망일기 원망ᄒ되

니 뎡성(精誠)이 불급(不及)ᄒ디 ᄉ망실이 아니붓니

뷘 손으로 도라서나 숨디연(三池淵)*이 잘참이라

닙동(立冬) 지는 삼일(三日) 후의 일야셜(一夜雪)이 ᄉ못오니

대ᄌᆞ깁히 ᄒ마너머 ᄉ오보(四五步)을 못 옴길디

양딘(粮盡)ᄒ고 의박(衣薄)ᄒ니 압희 근심 다 썰티고

목슘 술려 욕심ᄒ여 디ᄉ위ᄒ(至死爲限) 길을 허여

인가쳐(人家處)를 ᄎᄌᆞ오니 검천거리(劒川巨里) 첫목이라

계초명(雞初鳴)이 이윽ᄒ고 인ᄀᆞ적적(人家寂寂) ᄒ줌일네

▶현대어 풀이　할 수 없이 빈손으로 돌아와 8, 9월 매서운 바람

안고 돌아 입산하여 담비 가죽 사냥 하려고

백두산 등에 지고 경계되는 강 아래로 내려가서

싸리 꺾어 누대 치고 이깔나무 우등 높고

하느님께 소원 빌고 산신님께 발원하여

창포를 갖추어 꽂고, 장사 이익을 바랐는데,

내 정성이 부족했나, 장사 이익 붙질 않네.

빈손으로 돌아서나 삼지연 가에서 잠자려는데,

입동 지난 3일 후에 밤새 눈이 많이 내리네.

대자 깊이 벌써 넘어 네댓 걸음도 못 옮기겠네.

양식 떨어지고 옷 얇으니, 앞의 근심 다 떨치고,

목숨 살려고 욕심내어, 죽을 각오로 길을 틔어

인가를 찾아오니 검천(劒川) 큰 마을 입구라.

닭 울 때가 다 되었건만 사람들은 조용히 잠만 자네.

* 숨디연(三池淵) : 북한 지명, 함경북도 무산군 삼장면에 있는 네 개의 큰 호수. 백두산 주변에서 가장 경치가 뛰어난 곳으로 높이가 1,395미터나 되는 고원 지대에 있다. 호수 연안에는 현무암이 노출되어 절경을 이룬다. 가장 큰 호수는 둘레가 2km에 달한다.

집을 추즈 드러가니 혼비빅순(魂飛魄散) 반(半) 주검이

언불출구(言不出口) 너머지니 더온구돌 ᅌᆞ론목의

송장갓치 누엇드ᄀ 인ᄉ수습(人事收拾) 흐온 후의

두발 ᄉᆞᆺ흘 구버보니 열ᄀ락이 간듸 업늬

간신됴리(艱辛調理) 싱명(生命)흐여 쇠게 실려 도라오니

팔십당연(八十當年) 우리 노모(老母) 마됴ᄂᆞ와 일던 몰슴

ᄉ라왓다 닉 ᄌ식아 ᄉ망업시 도라온들

모든 신역 걱뎡흐랴 전토ᄀ장(田土家庄) 진믹(盡賣)흐여

ᄉ십뉵양(四十六兩) 돈 ᄀ듸고 프긔소(疤記所) 추즈가니

듕군프통(中軍把摠) 호령(號令)흐되 우리 ᄉ도(使道) 분부닉(分付內)의

각툐군(各哨軍)의 뎨신역(諸身役)을 돈피외(獤皮外)예 붓디 말라

관령 녀ᄎ(如此) 디엄(至嚴)흐니 흐릴 업서 퇴흐놋ᄃ

돈 ᄀ듸고 물너ᄂᆞ와 원뎡(原情)디어 발괄흐니

물위번소(勿謂煩訴) 뎨ᄉ(題辭)흐고 군노댱교(軍奴將校) ᄎᄉ(差使)노아

성화(星火) ᄀᆺ티 지촉흐니 노부모(老父母)의 원힝치댱(遠行治裝)

팔승(八升) 네 필(匹) 두엇더니 팔양(八兩) 돈을 비러 붓고

파라다가 치와닉니 오십녀 냥(五十餘兩) 되거고야

숨슈각딘(三水各鎭) 두로 도라 니십 뉵댱(二十六張) 돈피(獤皮)ᄉ니

십여일(十餘日) 쟝근(將近)이라 성화(星火)ᄀ톤 관ᄀ분부(官家分付)

ᄎ디(次知) ᄌ병 ᄀ도왓늬 불상홀ᄉ 병(病)든 텨(妻)는

영어(囹圄) 듕의 더디여셔 결항치ᄉ(結項致死)흐단 말ᄀ

▶ 현대어 풀이 집을 찾아 들어가니 혼비백산 반 주검이

말 못하고 넘어져서 더운 구들 아랫목에
송장같이 누웠다가 겨우 인사나 한 후에
두발 끝을 굽어보니 열 발가락 간 데 없다.
간신히 추슬러 목숨 부지하여 소에게 실려 돌아오니
80세 된 우리 노모, 마중 나와 하시는 말씀
살아왔다 내 자식아, 장사이익 없이 돌아온들
모든 노역 걱정스러워 논밭 세간 모두 팔아
사십 육 냥 돈 가지고 파기소(疤記所) 찾아가니
중군 파총(把摠) 호령하기를 우리 사또 분부 내리시길
각 초병(哨兵)의 모든 노역으로 담비 가죽 외엔 받지 말라
관의 명령 지엄하니 할 수 없이 물러났다.
돈 가지고 물러나와 하소연하며 진정(陳情)하니,
번거로운 소송 말라하고 군노장교 파견하여
성화같이 재촉하니 노부모까지 먼 길 채비
8승 네 필을 두었더니 여덟 냥 돈을 빌려 받고
팔아다가 채웠더니 50여 냥 되었구나.
삼수(三水) 각 진 두루 돌아 26장 담비 가죽 사니
십여 일이나 걸렸는데 성화같은 관가 분부
아내 잡아 가두었네, 불쌍하다 병든 처는
감옥에 갇히어서 목매어 죽었단 말인가.

닉 집 문젼(門前) 도라드니 어미 불너 우는 소릭
구텬(九天)의 스못호고 의디 업순 노부모(老父母)눈
불성인스(不省人事) 누어시니 긔뎔(氣絶)호온 탓시로다
여러 신역(身役) 밧친 후의 시체(屍體)츠즈 장스호고
스묘(祠廟) 뫼서 쯔희 뭇고 이 쯛토록 통곡(痛哭)호니
무지미물(無知微物) 뭇 됴작(鳥雀)이 저도 쯔호 셜니운다
막즁 변디(邊地) 우리 인싱(人生) 나릭빅셩(百姓) 되어나서

군ᄉ(軍士)슬ᄐᆞ 도망(逃亡)ᄒᆞ면 화외민(化外民)이 되려니와

ᄒᆞᆫ몸의 여러 신역(身役) 무ᄃᆞ가 홀세업서

ᄯᅩ금년니 도ᄅᆞ오니 유리무뎡(流離無定) ᄒᆞᄂᆞ미라

나라님긔 알외ᄌᆞ니 구듕쳔문(九重天門) 머러잇고

요슌(堯舜)갓톤 우리 셩쥬(聖主) 일월(日月) 갓티 발그신들

불쳠셩화(不沾聖化) 이 극변(極邊)에 복분ᄒᆞ(覆盆下)라 빗쵯소냐

그디 ᄯᅩᄒᆞ 니말 듯소 ᄐᆞ관소식(他官消息) 드러보게

북텽부ᄉᆞ(北靑府使) 뉘실런고 성명(姓名)은 줌간 이저잇니

허다군뎡(許多軍丁) 안보(安保)ᄒᆞ고 빅골도망(白骨逃亡) 해원(解怨)일러

각디초관(各隊哨官) 제신역(諸身役)을 디소민호(大小民戶) 분징(分徵)ᄒᆞ니

만ᄒᆞ면 닷돈푼수 저그며ᄂᆞᆫ 서돈이라

인읍빅셩(隣邑百姓) 이말듯고 남부녀디(男負女戴) 모다드니

군뎡허오(軍丁虛伍) 업서지고 민호졈졈(民戶漸漸) 느러간다

▶현대어 풀이 　내 집 앞에 돌아드니 어미를 불러 우는 소리

저승까지 사무치고, 의지할 데 없는 늙은 부모

인사불성 누웠으니 기절한 탓이로다.

여러 노역을 바친 후에 시신을 찾아 장사하고

사당에 모시고 땅에 묻고 애 끊도록 통곡하니

무지한 미물 참새 떼도 저도 또한 슬피 운다.

변방의 우리 인생 나라의 백성으로 태어나

병역 싫다 도망하면 미개한 백성 되려니와

혼자서 여러 노역 물다가 어쩔 수 없어

또 한해가 돌아오니 정처 없이 떠돈다네.

나라님께 알리려니 궁궐은 멀리 있고

요순 같은 우리 임금 일월 같이 밝다 해도

성은(聖恩) 못 미치는 변방, 엎어진 동이 아래 비칠쏘냐.

그대 또한 내말 듣소, 타관 소식 들어보게.

북청부사 누구신가, 성명 잠간 잊었구나.

많은 군사 편안하고, 유망민(流亡民) 한(恨) 풀어주네.

초병의 모든 신역 여러 집에 나누어 징수하니

많으면 닷 돈이요 적으면 서 돈이라

인근 백성 이 말 듣고 남부여대 몰려드니

군정(軍丁) 이탈 없어지고 민호(民戶) 점점 늘어간다.

나도 쪼훈 이말 듯고 우리 고을 군뎡신역(軍丁身役)

북청일례(北靑一例) 호여디라 영문의숑(營門議送) 졍(呈)톤 말가

본읍(本邑) 맛겨 뎨亽(題辭) 본관○(本官衙)의 붓치온즉

불문시비(不問是非) 올여믹고 형문일차(刑問一次) 맛돈말ㄱ

천신만고(千辛萬苦) 노녀ㄴ셔 고향생익(故鄕生涯) 다 썰치고

닌리 친구(親舊) 호직 업시 부노휴유(扶老携幼) 즈야반(子夜半)의

후틔령노(厚峙嶺路) 빗겨두고 금챵령(金昌嶺)을 허위너머

단천(端川) 짜을 바라지나 셩디손(星岱山)을 너머서면

북청(北靑) 짜이 긔 아닌가 거쳐호부(居處好否) 다 썰치고

모돈 가속 안보흐고 신역(身役) 업슨 군亽되세

니 곳 신역(身役) 이러흐면 이친기묘(離親棄墓) 흐올소냐

비닉이다 비닉이다 하나님게 비닉이다

충군익민(忠君愛民) 북청(北靑)원님 우리 고을 빌이시면

군뎡도탄(軍丁塗炭) 그려다가 헌폐상(軒陛上)의 올이리라

그디 쪼훈 명연(明年)잇써 처즈동싱(妻子同生) 거느리고

이 영노(嶺路)로 잡아들지 긋써 닉말 씨치리라

니 심듕(心中)의 잇난 말솜 횡셜수셜(橫說竪說) 흐려흐면

내일(來日) 이써 다 지나도 반(半)나마 모자라리

일모총총(日暮怱怱) 갈길 머니 하직흐고 가노미라

(필사본 『해동가곡(海東歌曲)』: 임기중, 『한국가사문학주해연구』1)

▶현대어 풀이 나도 또한 이 말 듣고 우리 고을 군정(軍丁) 신역,

북청의 예를 드니 감영으로 상고(上告) 하였단 말인가
본 고을의 판결 본 관아로 부치오니
시비도 안 묻고 올려 곤장을 맞았구나.
고생 끝에 풀려나서 고향의 삶 다 떨치고
이웃 친구 하직 없이, 노인 아이 손을 잡고 한밤중에
후치령(厚峙嶺) 길 빗겨두고 금창령(金昌嶺) 힘들게 넘어
단천(端川) 땅을 바로 지나 성대산(星岱山)을 넘어서면
북청 땅이 거기 아닌가, 좋고 나쁜 거처 할 것 없이
모든 가속 잘 지키고 신역 없는 군사 되세.
내 곳 신역 이러하면 부모 떠나 조상 묘 버릴쏜가.
비나이다! 비나이다! 하느님께 비나이다.
충군애민 북청 원님이 우리 고을에 들르시면
군사들 곤궁 그려다가 동헌 위에 아뢰리라.
그대 또한 내년 이때 처자 동생 거느리고
이 고갯길 접어들 제 그때 내 말 깨치리라.
내 심중에 있는 말씀 횡설수설하려 하면
내일 이때 다 지나도 반나마 모자라리.
저물어 바쁘고 갈길 멀어 하직하고 가옵니다.

✿ 백성을 위해 흘리는 눈물

<갑민가>는 청성공(靑城公) 성대중이 북청에서 벼슬할 때 갑산(甲山)의 백성이 지은 것을 노래한 것이다. 성대중은 백성들의 서러움과 아픔을 이해하는 목민관이었기 때문에 이 작품이 창작될 수 있었던 것이다. 갑산은 함경남도 동북부에 위치하는데, 오랫동안 여진족이 거주하던 곳이다. 개마고원의 중심부로, 교통이 불편하고 바다에서 멀리 떨어져 있어서 특유의 풍토병(風土病)이 있다고 전해진다. 현재는 운흥군, 삼수군, 김형직군 등에 일부 땅을 내어주고, 량강도 갑산군으로 구획했다.

영의정 홍봉한(洪鳳漢)이 "이봉환(李鳳煥)·남옥(南玉)·성대중(成大中)은 서류(庶流) 중에 인재라고 하여 추천하고 차례에 따라 임명하기를 청하니, 임금이 윤허하였다."[665] 성

대중은 1753년에 생원이 되고, 1756년 정시문과에 급제했다. 서얼이라는 신분적 한계 때문에 벼슬길이 순조롭지 못할 수 있었으나 영조의 탕평책에 편승하여 청직(淸職)에 임명되어 1784년에는 흥해(興海) 군수가 되어 선정을 베풀었고 부사(府使)에까지 이르렀다. 그는 박지원, 홍대용, 이덕무 등과 교유하며 북학사상의 형성에 일조하였다. 1783년에는 흥해(興海) 군수가 되어 백성 구휼에 큰 공을 세웠다. "내가 흥해 군수로 있을 때 성문의 다락이 거의 무너졌기에 허물고 수리하는데, 그곳에 살던 뱀 한 마리가 서까래를 둘둘 감고 달아나지 않기에 도끼로 여러 번 찍어도 겁먹는 기색이 없었다. 일꾼들에게 뱀을 다치게 하지 말라 하고, '죽을 각오로 관직에 충실해야 하는데, 난리가 나면 이 뱀에게 부끄러운 자가 많을 것이다.'라며 탄식하였다."**666** 난리가 나면 백성들의 삶을 돌보는 데 관심이 없고 그저 자신의 안위를 챙기는 일에 급급한 벼슬아치들은 집을 지키려고 위험을 감수하는 뱀보다 못한 것이라는 탄식과 풍자가 들어있다. 물(物), 즉 세계에서 깨달음을 얻는 인식방법은 기존의 사대부와 별만 다를 게 없으나 마음속에 현실에 대한 칼날이 들어있다.

"아아! 저기 가는 저 사람아./네 행색 보아하니 달아나는 군사로구나."에서 저기 가는 저 사람은 현실에서 삶의 터전을 잡지 못하고 군역과 조세를 피해 달아나는 피폐한 갑산 백성이다. "우리 조상은 남중 양반으로 급제 끊이지 않아 화려한 패물로 장식하고 임금님을 모시다가 시기하는 자의 참소를 받아 변방으로 귀양 간 후에 변방 끝에서 칠팔 대를 살아왔다" 한 것을 보면, <갑민가>의 시적화자인 갑민은 몰락 양반이었음을 알 수 있다. 그런데 거기서도 무고를 받아 집안사람 전체가 군사로 강등되었는데, 피붙이들은 이미 대부분 달아나버렸고 다만 자신은 조상과 봉제사를 위해 남아 있었다고 하소연한다.

이 작품은 갑민과의 대화를 통해 백성들의 마음을 펼쳐내는 방식을 취하고 있다. 사람의 터전을 버리고 떠나가는 갑민을 불러 세워두고, "양반이라도 낯선 타향에 옮겨 살면 천대받기 일쑤인데 자네 또한 도망가면 근본을 숨겨 살려고 해도 어디 간들 피할쏜가. 차라리 네 살던 곳에 뿌리박아 칠팔월엔 삼(蔘)을 캐고 구시월엔 담비 가죽으로, 의무 노역 갚은 후에, 그 나머지는 북청 홍원 장사들에게 몰래 팔아

후한 값을 받아서 집과 논밭 다시 사고 살림살이 장만하여 부모처자 잘 지키며 새 즐거움 누리려무나."라고 한 것은 언뜻 보면 사정 모르는 양반의 만류 같지만 실상은 백성들의 곡진한 속마음을 구구절절 피력하려는 의도적 장치이다.

조세와 노역이 갑민을 유이민(流移民)으로 만든 발단이다. 삶의 터전을 버리고 떠난 이웃이나 집안사람들의 조세와 노역까지 감당해야 했는데, "한 몸의 노역, 3냥 5전 담비 가죽 2장이 법이라. 열두 사람 없는 조세를 합쳐 보면 46냥"이나 되니 여러 해 동안 남의 조세까지 맡아 물자니 부자라도 감당할 수 없다고 했다. 이에 적은 농사를 모두 접고 삼을 캐러 산에 들어갔지만 온산을 돌아보아도 인삼 싹은 전혀 없다 했으니 세금을 감당할 일이 막막했던 것이다. 조선후기 삼정(三政) 문란의 실상을 보여주는 대목이다. 세도 정치에 의한 권력의 집중은 정치의 문란을 가져왔으며, 그로 말미암은 피해는 고스란히 백성들의 어깨 위로 떨어졌다. 많은 뇌물을 바치고 관직을 얻은 관리들은 그 대가를 농민에게서 염출해야 했기 때문이다. 그 결과 국가의 재정기구는 마치 관리들의 사재를 불리기 위한 협잡기관으로 변해버린 느낌이었다. 그리하여 당시 국가의 기장 중요한 재정수입원인 전정(田政)·군정(軍政)·환곡(還穀)의 소위 삼정은 극도로 문란해졌다.[667]

<갑민가>에 등장하는 갑민의 저항은 직접적이지 않다. 탐관오리들이 가렴주구로 백성들을 옥죄었지만, 갑민은 악법도 법이라는 생각에 어지러운 정치 현실을 견디고 어떻게든 살아내려 노력한다. 담비 가죽을 사냥하러 나섰지만, 실패하고 하는 수 없이 남은 전답을 팔아 삼수(三水) 각 진을 두루 돌며 26장 담비 가죽을 사러 다닌다. 그 사이에 십여 일이 흐르니 관가에서 아내를 잡아 가두었고, 병든 처는 결국 감옥에 갇히어 목을 매어 죽었다. 그간의 노력이 다 허사가 되는 순간이다. 여러 노역을 바친 후에 시신을 찾아 장사하고 통곡하니 무지한 미물인 참새 떼도 슬피 울지만 현실에선 백성들의 억울한 마음을 들어줄 이 없으니 더욱 막막하다. 그러던 중에 타관의 소식을 들어보니, 북청부사가 공덕을 베풀어 많은 군사들은 편안하고 도망하는 백성들의 원까지 풀어준다 전한다. 초병의 모든 신역을 여러 집에 나누어 징수하니 많으면 닷 돈이요 적으면 서 돈에 지나지 않아 인근의 백성이 이 말을 들

고 남부여대로 몰려드니 군정(軍丁) 이탈은 없어지고 민호(民戶) 점점 늘어간다. 갑민은 이 말을 듣고 관청에다 북청의 예를 말했다가 괜한 곤장만 맞고 결국 자신도 북청으로 바삐 떠난다. 조상의 묘를 던져두고 떠나가는 일이 죄스럽긴 하지만 삶의 고통을 도저히 이겨낼 길 없어 이렇게 하직하고 떠난다고 하였다. <갑민가>는 갑민의 처절한 생존 노력을 세세히 그려내며 백성들의 삶에 대한 이해를 촉구하고 있다.

　　장령 이사증(李師曾)이 삼수부(三水府)의 피폐함과 백성들의 폐단을 논하면서, "변방 백성이 몰래 국경을 넘어 삼(蔘)을 캐는 폐단, 녹용(鹿茸) 진상에 대신하여 돈을 지나치게 받는 폐단, 삼수 부사가 대동포를 삼료(蔘料)로 바꾸어 마련하는 폐단, 삼수 땅 11개 변보의 토졸을 본부의 군관으로 투입하고 있는 폐단, 삼수부의 향임(鄕任) 무리들이 뇌물을 쓰고 들어가는 폐단, 녹용 사향 등을 사냥하지 못하면 포수(砲手)에게 소 한 마리씩의 재물을 걷는 폐단"을[668] 상소했다. 여기엔 본부의 군관은 본래 50명이고, 본부 경내의 백성 중 가려 뽑는 것이 원칙인데, 정원 이외에 먼 곳의 토졸들까지 들이어 단지 초피(貂皮)를 더 걷어 착취하는 폐단도 적었다. 백성들이 소 한 마리를 뇌물로 내야만 군관·장교 등에 들어가는 폐단 등 삼정문란상을 고스란히 담았다. 이에 "한 번의 석채(釋菜)를 위해서 11개 보의 22명의 포수에게 강제로 징수하니, 이는 수령이 소를 훔치는 것이 된다. 논한 바가 모두 절실하니, 아울러 비국으로 하여금 일절 금하게 하겠다. 소를 받아들이는 일에 이르러서는, 다시 이런 폐단이 있게 되면 해당 부사에게 종신토록 금고(禁錮)하는 율을 시행하겠다." 했다. 삼수가 이와 같으니, 갑산(甲山)도 알 만하다. 이에 "비국으로 하여금 역시 엄히 다스리라 하겠다. 삼과 초피를 범하는 자에게는 마땅히 이 율을 시행하고 차후에는 초피와 삼을 내게 하는 수령에게도 역시 장률(贓律)을 적용하며, 경중(京中)에서 받아들이는 자는 이목지신(耳目之臣)에게 맡겨 드러나는 대로 중히 다스리게 하겠다." 했지만, 벼슬아치들의 탐욕이 변하지 않은 상태에서 암행어사나 법률로써 지방관들의 부정을 다스리는 데에는 분명한 한계가 있었다.

8. 잡가(雜歌)

잡가란 조선후기부터 일제 강점기에 전문적인 직업 소리꾼들이 도시의 유흥공간에서 상업적 목적으로 부르던 긴 노래 일체를 지칭한다. 서민적 정서에 기반을 두고 시조·가사·민요·판소리 등을 두루 섞은 것이 장르적 특징이다.

"흐드러진 술판에 밤은 얼마나 깊었나. 가곡 한바탕 끝나고 잡가로 바뀌네. 고조(古調)의 <춘면곡(春眠曲)> 이젠 안 부르니 <황계사(黃鷄詞)> 구슬프고 <백구가(白鷗歌)> 어지럽네. -잔치마당을 '배반(盃盤)'이라 했고, 가곡 한바탕을 '편(篇)'이라 했다." (유만공, 『세시풍요』)를 보면 조선후기엔 요즘 우리가 12가사(歌詞)라고 부르는 것을 잡가 칭했다. 한편 "요즘 세상에 시속에 휘말리어 이익이나 좇는 무리들이 너나 할 것 없이 몰리어 자기도 모르는 새에 다랍고 인색한 풍속에 동화되고 한가한 틈에 놀이를 즐기는 자들은 뿌리도 없는 잡된 노래로 농지거리하고 괴상한 짓을 일삼으면서 귀한 자, 천한 자 할 것 없이 앞 다투어 화대(貨, 纏頭)를 주는 풍속이 오래되었다."[669] 하여 잡가를 "잡스러운 노래, 하층민의 음악"으로 인식하기도 했다. 이 때문에 조선 말기까지 나라의 진연(進宴)에 참여하는 일급 기녀들에게는 잡가를 입에 올리지도 못하도록 금기시[670]했다 한다.

잡가의 생산자는 반전문적이거나 전문적인 민간 연예집단인, 이른바 남자 소리꾼을 비롯하여 기생 중에서도 격이 떨어지는 삼패 기생과 같은 천기(賤妓)층, 그리고 유랑 연예 집단으로서 전통적으로 형성되어 왔던 사당패, 남사당패 등으로 구성되어 있었다. 잡가의 생산은 일반 소비 대중들과 분리되어 있었는데, 잡가 생산·소비의 이 같은 분리 현상은 같은 하층 갈래이면서도 생산과 수용이 결합되어 있는 민요와 다른 점이다.[671]

잡가의 생산자들은 민요와 같이 생산 노동의 효율이라든가 순수한 즐거움 그 자체를 위해서 혹은 시조와 같이 특정의 이념을 표상하기 위해서가 아니라, 물질적 가치에 기초한 경제적 목적을 위하여 노래를 생산하였다. 중세 신분제 사회에서 극단적으로 소외되고 또 최소한의 경제적 생활 근거마저도 지니지 못한 최하층 신분의 가창 집단이 생존을 위한 호구책으로 잡가를 생산한 것이다.[672] 12잡가는 창법이 아악(雅樂) 형식과 거리가 멀고, 일부 곡을 빼고는 서도소리에 가까우며, 12가사에 비해 경쾌하고 격렬한 요성(搖聲)을 쓰는 것이 특징이다.

잡가 중에는 <집장가>와 같이 가성을 사용하는 곡도 있으나 대부분의 곡을 육성으로 부른다. 민요와 비교할 때, 잡가는 대중성이 적고 직업적인 전문가가 일관된 내용으로 된 긴 사설을 부르는데, 마루가 바뀔 때마다 음악도 조금씩 변한다는 특징을 가진다. 특히 경기 잡가는 <달거리>와 <집장가>를 제외한 대부분이 한 장단 6/4박자이다.[673] 조선조 말, 8잡가와 잡잡가(雜雜歌)를 합쳐 12잡가라 불렀다. 8잡가는 <유산가>·<적벽가>·<제비가>·<집장가>·<소춘향가>·<선유가(船遊歌)>·<형장가(刑杖歌)>·<평양가>를 말한다. 12가사는 아악의 형식을 유지하려고 하면서 잡가의 창법을 약간만 도입한 데 비해, 12잡가는 더욱 서도 잡가의 창법에 근접하는 것이 특징이다. 12잡가는 대체로 느린 도들이 장단을 많이 쓰고 곱게 꺾어 넘기므로 그 소리를 듣는 맛이 있고, 서도 잡가는 그 소리보다도 사설 내용의 줄거리 전개에 더욱 흥미를 끄는 점에서 서로 다른 특징을 가지고 있다.[674]

◎ 〈유산가(遊山歌)〉

> 화란츈셩(花爛春城)ᄒ고 만화방창(萬化方暢)이라
>
> 씨 조타 범님네야 산쳔경긔(山川景槪)를 구경가세
>
> 죽장망혜(竹杖芒鞋) 단표ᄌ(單瓢子)로 쳔리강산(千里江山)을 드러를 가니
>
> 만산홍록(萬山紅綠)드른 일년일도(一年一度) 다시 피여
>
> 츈츈식(春春色)을 ᄌ랑노라 식식(色色)이 불것ᄂᆞᆫ디
>
> 창숑취쥭(蒼松翠竹)은 창창울울(蒼蒼鬱鬱)ᄒ고
>
> 긔화요초(奇花瑤草) 란만(爛漫) 중에
>
> 꼿 속에 자든 나븨 ᄌ취업시 나라ᄂᆞᆫ다

▶ 현대어 풀이 봄날 성에 꽃 흐드러지고 만물 성하게 자라나니

때 좋다 벗님네야 산천 경치 구경 가세
대지팡이 짚신 표주박 하나로 먼 산에 들어가니
온산 울긋불긋 해마다 한 번씩 다시 피니
봄날 경치를 자랑하느라 색색이 붉었는데
푸른 솔 대나무 무성히 우거져 푸릇푸릇하고
신기한 꽃 아름다운 풀 흐드러져
꽃 속에 자던 나비 자취 없이 날아간다.

류상잉비(柳上鸎飛)는 편편금(片片金)이요 화간접무(花間蝶舞)는 분분셜(紛紛雪)이라
숨춘가절(三春佳節)이 죠흘시고 도화만발졈졈홍(桃花滿發點點紅)이로구나
어주츅수익산춘(漁舟逐水愛山春)이여든 무릉도원(武陵桃源)이 예 아니냐
양류세지사사록(楊柳細枝絲絲綠)ᄒ니 황산곡리당춘절(黃山谷裡當春節)에 연명오류(淵明五柳)가 예 아니냐
제비ᄂᆞᆫ 물을 차고 기러기 무리 져셔 거짓 즁텬(中天)에 놉히 써
두 나리 훨신 펴 펄펄 빅운간(白雲間)에 놉히 써
쳔리강산(千里江山) 머나먼 길에 어이 갈ᄭᅩ 슯히 운다

▶ 현대어 풀이   버들가지에 나는 앵무새 금빛이요, 꽃 속에 나비의 춤은 흩날리는 눈이라
봄날 아름다운 시절 좋을시고 복사꽃 점점이 붉어 만발하도다.
고깃배 물 따라 산의 봄을 즐기니 무릉도원이 예 아니냐.
실 같은 버드나무는 가지마다 푸르니 황산곡(黃山谷) 속에 봄날 맞으니 연명의 오류(五柳)가 여기 아니냐.
제비는 물을 차고 기러기 무리지어 중천에 높이 떠서
두 날개 훨훨 펴서 구름 사이로 높이 날고
천리강산 머나먼 길에 어이 갈까 슬피 운다.

원순(遠山)은 첩첩(疊疊) 틱산(泰山)은 주춤ᄒ야

긔음(奇岩)은 층층(層層) 장송(長松)은 락락(落落)

어이 구부러져 늘근 장송(長松) 광풍(狂風)에 흥(興)을 겨워 우즐우즐 츔을 춘다

층암(層岩) 절벽상(絕壁上)에 폭포슈(瀑布水)ᄂᆞᆫ 쐴쐴 수정렴(水晶簾) 드리온 듯

이 골물이 쥬루루룩 져 골물이 쐴쐴

▶현대어 풀이   먼 산은 첩첩 태산은 주춤하여

희한한 바위들 층을 이루고 큰 소나무 휘늘어지고도 구부러져

늙은 소나무 세찬 바람에 흥이 겨워 우쭐우쭐 춤을 춘다.

층층 바위 절벽 위에 폭포수 콸콸 흐르고

수정 염주 드리운 듯 이 계곡물 주룩주룩 저 계곡물 콸콸

열의 열 골물이 한디 합수(合水)ᄒ야 텬방(天方)져 디방(地方)져 속구라지고 펑퍼

져 넌츌지고 방울져

져 건너 병풍셕(屏風石)으로 으르링 쐴쐴 흐르ᄂᆞᆫ 물결이 은옥(銀玉)갓치 흐터지니

소부(巢夫) 허유(許由) 문답(問答)ᄒ든 긔산영수(箕山潁水)*가 예 아니랴

쥬곡졔금(奏穀啼禽)은 텬고졀(千古節)*이오 젹다뎡됴(積多鼎鳥)ᄂᆞᆫ 일년풍(一年豊)*

이라

일츌락조(日出落照)가 눈압혜 버려ᄂᆞ 경기 무궁(景槪無窮)히 조흘시고

▶현대어 풀이   여기저기 계곡물이 한데 모여 이리저리 솟구치고 펑퍼져 흩어지다 방울져

저 건너 병풍석으로 우르릉 콸콸 흐르는 물결이 은처럼 옥처럼 흩어지니

소부 허유 문답하던 기산 영수가 예 아니랴

두견새 울부짖음 영원한 절개요, 소쩍새는 한해 풍년이라

해 뜨고 노을 지는 눈앞에 펼쳐지는 경치 한없이 좋을시고.

* 소부(巢夫) 허유(許由) 문답(問答)ᄒ든 긔산영수(箕山潁水) : 요 임금 때 허유(許由)가 기산(箕山)에 숨어 영수(潁水)에 귀를 씻은 고사. 이후 "모든 세속의 욕망을 버리고 절개를 지켜 은둔한다."는 뜻으로 쓰임[일설에는 허유가 여름만 되면 늘 나무 위에서 살았기 때문에 '소부(巢父)'라 했다 한다.] 요임금이 허유에게 양위하려 하자 허유는 그 사실을 소부에게 알렸다. 이에 소부

는 "그대는 어찌하여 그대의 모습을 숨기지 않고 그대의 빛남을 감추지 않는가? 그대는 내 친구가 아닐세."하며 허유의 가슴을 밀쳐 내려 보냈다. 그리고 소부는 청령(淸泠)의 강으로 가서 자신의 두 귀를 씻고 눈을 닦으며 "방금 전 탐욕스런 말을 듣곤 내 친구를 버리게 되었구나." 하고는 허유와 평생 만나지 않고 살았다 한다.(황보밀皇甫謐, 『高士傳』)

* 쥬곡제금(奏穀啼禽)은 텬고절(千古節) : '쥬곡'은 주걱새, 즉 두견새를 음차해서 적은 것이다. 두견새(자규子規)는 촉(蜀)나라 왕 두우(杜宇)의 혼이 바뀐 새라고 전한다. "백성들의 신임을 받던 촉왕(망제)이 별령(鼈靈)에게 왕위를 물려주고 서산에 은거하였는데, 별령이 왕이 되자 촉왕의 아내를 차지하는 바람에 달아나서 울다가 지쳐서 죽었다"[675] 이후 두견새를 망제의 혼이라 여기게 되었고 두견새 울음은 한(恨)의 대명사가 되었다.

  <유산가>에서 '텬고절(千古節)'이라 한 것은 '텬고한(千古恨)'의 오류임에 분명하다. 육당본 『청구영언』 801, 『악학습영』 1058에는 "푸른 산중 백발옹(白髮翁)이 고요 독좌(獨坐) 향남봉(向南峰)이라/브롬 부니 송생슬(松生瑟)이오 안기 이니 학성홍(壑成虹)이라 쥬걱 제금(啼禽) 천고한(千古恨)이오 젹다 정조(鼎鳥) 일년풍(一年豊)이로다/누고셔 산(山) 적막(寂寞)고 나난 호올노 낙무궁(樂無窮)이라 ᄒᆞ노라"(【현대어 풀이】 "푸른 산 속에 백발 늙은이 홀로 조용히 앉아 남쪽 봉우리 바라본다./바람 부니 솔숲에서 악기소리 들리는 듯, 안개 이니 골짜기에 무지개 떠오르는데, 두견새는 천고(千古)의 한이요 소쩍새는 한해 풍년 알려 주네./누가 산이 적막하다 했는가, 나만 홀로 한없이 즐겁구나!")"나 "간밤에 우던 그 새 예와 울고 게가 쏘 쇠나니/즈니 그려 죽어지라 ᄒᆞ엿더니/전(傳)키를 ᄇᆞ로 못 전하여 주걱주걱 ᄒᆞ도다."(『역·시』 68), "공산(空山)이 적막(寂寞)ᄒᆞ디 슬피 우는 져 두견(杜鵑)아/촉국흥망(蜀國興亡)이 어제 오늘 아니어든/지금(至今)에 피나게 우러 눔의 애를 긋ᄂᆞ니"(『역·시』 263)에 한 서린 두견새 울음을 잘 묘사하고 있다.

* 젹다 뎡됴(積多鼎鳥)는 일년풍(一年豊) : 소쩍새의 울음을 '솥젹 솥젹(솥 젹다, 솥 젹다)'로 이해하여 풍년을 예고한다고 여긴 데서 유래 . "소젹 소젹! 지난 해 솥이 올해엔 작으니, 올해 솥이 작다 함은 풍년의 조짐일세. 농가 온 사방에 꽃나무가 우거져, 호미 매고 돌아올 때 똑똑히도 들리네."(유득공/최영년, <정소(鼎小)>). "소쩍새는 급하고도 잦게 재잘거리는데, 울면 풍년이 든다." 하였다.[676]

(『신찬고금잡가』; 정재호 편, 『한국잡가전집』 2, 경기 십이잡가(十二雜歌))

❧ 이 순간의 향락을 추구하며, 도시 대중문화의 서막을 열다

<유산가(遊山歌)>는 십이잡가의 하나로, 긴잡가 특유의 도드리장단으로 되어 있다. 음계는 re-mi-ra-do-re-mi의 4음 음계인데, 특히 레-라-도의 3음이 현저하여 5도 위에 단3도를 쌓아올린 서도 소리의 음계와 똑같다.[677] 영월군, 아산군[678] 등에서 채록한 민요집에도 등장하니 전문가 집단이 아닌 일반 백성들 사이에도 널리 불리어진 작품임을 알 수 있다.

<유산가> 앞부분에 "죽장망혜(竹杖芒鞋) 단표ᄌᆞ(單瓢子)로 쳔리강산(千里江山)을 드러를 가니"라고 되어 있듯이, 짚신에 대지팡이에 표주박까지 욕심 없이 소박한 방랑객의 소품을 고루 다 갖추었다. 경치를 구경할 목적으로 산에 들어가 화사한 봄 햇살과 만발한 꽃들을 완상한다. 푸른 솔과 대나무, 갖가지로 고운 꽃과 풀, 만발한 복숭아꽃이 봄날의 정취를 북돋운다. 이 가운데 나비와 버들가지의 새, 콸콸 흘러내리는 폭포수는 동적인 이미지를 통해 봄날의 감흥을 더욱 부추기고 있다. 무릉도원을 언급하고 도연명 오류(五柳)의 고사를 활용한 것, 소부(巢夫) 허유(許由)의 문답이나 주곡제금(奏穀啼禽) 천고절(千古節) 등을 인용한 것은 양반 사대부들의 풍류 세계를 통해 스스로 만족감을 느껴보려는 상층 모방적 태도이다.

잡가에 반복적으로 나타나는 현세적 향락은 잡가가 지닌 유흥문화의 속성과 부합한다. 현세적 향락은 찰나적 몰입을 극대화함으로써, 노래를 부르는 지금·이곳에서의 즐거움을 중시하는 유흥문화의 속성을 보여주고 있다. 이는 노동과 여가가 분리되기 시작하면서 '순간의 즐거움'을 추구하는 도시 문화적 속성이다. 춘흥(春興)을 노래한 잡가 <선유가(船遊歌)>는 풍류를 위한 모든 조건이 구비된 완벽한 유흥공간에서 느끼는 자족감을 노래하고 있다. <선유가>는 남녀 간의 사랑을 소재로 하면서도, "인생은 허무하니 마음껏 즐기자"는 향락적 정서로 끝맺는다. 잡가의 현세적 향락은 "인간 칠십을 다 산다고 하여도 자는 밤을 빼면 사는 날이 많지 않으니, 오늘 내일 놀고 주야장천 놀아보자"에서[679] 절정을 이룬다. 한 순간의 유흥과 놀이에 몰입하는 잡가의 정서는 "노세 노세 젊어서 놀아, 늙어지면 못 노나니"라는 민요나 "한잔 먹세 그려~"로 시작하는 사설시조 <장진주사>의 태도와 일맥상통한다.

◎ 〈소춘향가(小春香歌)〉

> 춘향(春香)의 거동(擧動) 보아라
> 오른손으로 일광(日光)을 가리오고 왼손 높히 드러 져 건너 죽림 뵌다
> 뒤 심어 울흐고 솔 심어 뎡ᄌ라

동편에 련당(蓮塘)이오 셔편에 우물이러

로방(路傍)에 시민국화(菊花)요 문젼(門前)에 학됴(鶴鳥)라*

산스류(山寺柳) 긴 버들 휘느러진* 늙근 장송 광풍에 흥을 겨워 우즐우즐* 춤을 츄니

뎌 건너 스립문(柴扉) 안에 습슬리 안져 먼 산만 바라보며

꼬리 치는 뎌 집이오니 황혼에 뎡녕(叮嚀)이 도라를 오소

▶ 현대어 풀이 춘향의 거동 보아라.

오른손으로 햇빛을 가리고

왼손 높이 들어 저편 대밭 바라본다.

대나무 우쭐거리고 솔숲에 정자 보이네.

동쪽 못엔 연꽃 피고 서쪽엔 우물 있네.

길옆엔 국화 팔고, 문 앞엔 학이 있네.

(길옆엔 옛 공후(公侯)가 외를 사라 외치고, 문 앞엔 오류선생 버들을 심었네.)

산사(山寺)의 긴 버들, 늘어진 낙락장송(落落長松), 광풍에 흥이 겨워 우쭐우쭐 춤을 추니

사립문 안 삽살개, 먼 산 바라보며

꼬리치는 저 집이니 황혼에나 정녕코 돌아오소

* "시민 국화(菊花)요 문젼(門前)에 학됴(鶴鳥)라" : '시민'가 우리말 표기로 되어 있어 의미를 정확히 알기 어려우나 앞뒤 문맥상 시매 국화(時賣菊花)로 보인다. 다른 자료에는 이 부분이 대체로 "시민 고후과(時賣故侯瓜)오 문젼(門前)에 학동선싱류(學種先生柳)"(길옆엔 옛 공후(公侯)가 외를 사라 외치고, 문 앞엔 오류선생 버들을 심었네.)로 대체되어 있다.

당나라 왕유(王維) <노장행(老將行)>에서 "길가엔 옛 공후(公侯)

남원 완월정(玩月亭)(광한루 옆, 전북 남원시 요천로 1447)

외를 사라 외치고, 문 앞엔 오류선생 버들 심었네. 길옆엔 아득히 고목이 늘어서고, 쓸쓸한 산

그림자 빈창에 어리네."("路傍時賣故侯瓜 門前學種先生柳 蒼茫古木連窮巷 蓼落寒山對虛牖")라고 했다. "동서로 전쟁터를 내달리어 공적이 탁월한 노장수가 결국 버림을 받고 농사를 지어 소리치며 파는 모습"을 묘사했다. 이후에 다시 적이 쳐들어오자 이전의 원한에 개의치 않고 다시 나라를 위해 출정, '학동선싱류(學種先生柳)'은 도연명이 집 가에 다섯 그루의 버드나무를 심은 데서 유래한 것인데, 여러 문학작품에서 도연명을 떠올리면 습관적으로 인용한다.

* 휘느러지다 : 휘어져 회휘 늘어지다.
* 우쥴우쥴 : 우즐기다, 우줄거리다, "흔가지 선스 볼 째에 고무(움작이고 우즐겨 즐거운 거동)홈을 견듸지 못ᄒᆞ나(『경신록언해(敬信錄諺解)』37).

썰치고 가는 형상 스룸의 뼉다귀를 다 녹인다

너는 웨인 계집이관디 나를 종종(種種) 속이느냐

너는 웨인 계집이관디 장부의 간장을 녹이나냐

록음방초승화시(綠陰芳草勝花時)에 히는 어이 더듸 가고

오동야월(梧桐夜月) 밝은 달에 밤은 어이 수히 가노

일월무졍(日月無情) 덧업도다 옥빈홍안(玉鬢紅顔)*이 공로(空老)로다

우는 눈물 바다니면 비라도 타고 ᄀᆞ련마는

지척동방(咫尺洞房)* 쳘리(千里)완대 어이 그리 못 보는고

(『신찬고금잡가』; 정재호 편, 『한국잡가전집』2, 경기 12잡가)

▶ 현대어 풀이 　떨치고 가는 형상, 사람의 뼈를 다 녹인다.

너는 어인 계집인데 나를 종종 속이느냐?

너는 어인 계집인데 장부의 간장 녹이느냐?

녹음방초 무성한데 해는 어이 더디 지나?

오동야월(梧桐夜月) 달 밝은데 밤은 어이 쉽게 가나?

세월 무심 덧없도다. 이 내 젊음 늙어가네.

우는 눈물 받아내면 배도 타고 가련마는

눈앞의 춘향이 방이 천리인 듯 아득하다

* 옥빈홍안(玉鬢紅顔) : 고운 귀밑머리와 붉은 얼굴, 아름다운 젊은이.
* 지척동방(咫尺洞房) : 동방(洞房)은 깊숙한 데 있는 방, 전하여 부인의 방[寢房]이다. 코앞에 있는 춘향의 방도 바라보니(기다리다보니) 가물가물(아련하다)

☙ 판소리 〈춘향가〉와 잡가 〈소춘향가〉 견주기

잡가 〈소춘향가〉에 해당하는 판소리 〈춘향가〉의 해당 부분과 풀이를 제시하면 다음과 같다.

> 【아니리】 춘향이 잠깐 어리석어 속는 듯이,
> "글쎄, 방자야. 꽃이 어찌 나비를 찾는단 말이냐? 늬나 어서 건너가 도련님 전 '안수해, 접수화, 해수혈'이라고 여쭈어라."
> 방자 하릴 없이 건너와 도련님 전 고하되,
> "아무리 가자해도 종시 듣지 않고 절더러 욕만 잔뜩 합디다."
> "아니 욕은 무슨 욕을 하드란 말이냐?"
> "안수해, 접수화, 해수혈이라 이런 고약한 욕을 헙디다."
> 도련님 생각하시드니,
> "그게 욕이 아니다. 오늘 밤 삼경 시에 너와 나와 저으 집으로 오라는 말이로구나. 그러니, 춘향집 경치를 알면 니가 우선 춘향 집경치를 좀 일러다오."
> 방자란 놈 좋아라고 손을 들어 춘향집 경치를 가르키는듸,
> 【진양】 "저 건너 저 건너 춘향집 보이난듸, 양양은 풍상이요, 점점 찾어 들어가면 기화요초는 선경을 대롱허고, 나무 나무 앉인 새는 호사를 자랑헌다. 옥동도화만수춘은 유랑으 심은 것과 현도관이 분명허고,* 형형색색 화초들은 이행이 대로우허고, 문앞으 세류지난 유사무사 양류사요. 들총, 측백, 전나무는 휘휘칭칭 널크러져서 단장 밖으 솟아 있고, 수삼층 화계 상에 모란, 작약, 영산홍이 첩첩이 쌓였난듸, 송정 죽림 두 사이로 은근히 보이난 것이 저게 춘향으 집으로소이다."

* "옥동도화만수춘은 유랑으 심은 것과 현도관이 분명허고" : '옥동도화만수춘(玉洞桃花滿樹春)'은 당나라 시인 유우석의 시 "현도관(玄都觀) 안의 수많은 복사꽃, 유랑(劉郎)이 떠나간 후에 심었다네."(『유빈객문집』권24)를 인용한 것인데, 〈춘향가〉에선 유랑이 심은 것이라 묘사했다.

> 【아니리】 "좋다, 좋다! 장원이 정결하고 송죽이 울밀하니 여이지절개로다. 이 애, 방자야. 책방으로 돌아가자." 책방에 들어와 글을 읽는듸, 혼은 발써 춘향으 집으로 가고 등신만 앉아 글을 읽는듸 노루글로 띄여 읽든가 보더라. … "도련님 말씀은 하날님이 깜짝 놀랠 거짓말이요!"
> "네 이놈, 잔말 말고 천자나 들여오너라."

"아니, 또 천자는 갑작스럽게 웬일이시오?"

"니가 모르는 말이다. 천자라는 것은 칠서의 본문이라. 뜻을 새겨놓고 보며는 별 희한한 맛이 거기 다 들어 있느니라. 내 이를 테니 한번 들어 보아라."

【중중몰이】 "원앙 금침 '잘 숙', 절대 가인 좋은 풍류 나열 춘추 '별일 열', 의희월색 삼경야으 탐탐정회 '베풀 장', 부귀공명 꿈밖에라 포의한사 '찰 한', 인생이 유수같이 세월이 절로 '올 래', … 오매불망 우리 사랑 규중심처 '감출 장', 부용 작약으 세류 중으 왕안옥태 '부를 윤', 저러한 고운 태도 일생 보아도 '남을 여', 이 몸이 훨훨 날아 천사만사 '이룰 성', 이리저리 노니다 부지세월 '해 세', 조강지처는 박대 못허느니 대전통편으 '법 중 율', 춘향과 날과 단 둘이 앉어 '법 중 여(呂)'* 자로 놀아 보자"680

* "춘향과 날과 단 둘이 앉어 법 중 여(呂)" : '여(呂)'에는 동양음악의 12소리 가운데, 대려(大呂)·중려(仲呂)·남려(南呂) 등의 음률·풍류의 뜻이 있지만, 본디 "사람의 등뼈가 이어져서 모인 모양"을 본뜬 것이다. 그러나 <춘향가>의 이 대목에서는 이 글자를 '입 구'자 둘이 이어지는 것으로 보고 춘향과 이 도령이 마주 앉어 입맞춤한다는 뜻으로 익살스럽게 풀고 있다.

▶ 현대어 풀이

[아니리] 춘향이 잠깐 어리석어 속는 척하며,

"글쎄, 방자야. 꽃이 어찌 나비를 찾는단 말이냐? 너나 어서 건너가 도련님께 '기러기는 바다를 따르고, 나비는 꽃을 따르고, 게는 구멍을 좇는다(雁隨海 蝶隨花 蟹隨穴)'고 여쭈어라."

방자가 할 수 없이 건너와 도련님 전에 고하기를,

"아무리 가자고 해도 도무지 듣지 않고 절더러 욕만 잔뜩 하더이다."

"아니 욕은 무슨 욕을 하더란 말이냐?"

"'안수해, 접수화, 해수혈'이라는 고약한 욕을 하더이다."

도련님이 생각하시더니,

"그건 욕이 아니다. 오늘 밤 늦게 너와 나와 자기 집으로 오라는 말이로구나. 그러니, 춘향의 집경치를 알면 네가 우선 소상히 일러다오"

방자란 놈 좋아라고 손을 들어 춘향 집의 경치를 가리키는데,

[진양] "저 건너 저 건너에 춘향의 집 보이는데, 큰 호수에는 늘 바람 일고, 점점 찾아들면 아름다운 풀꽃들이 신선 세계 놀리는 듯, 나무마다 앉은 새는 화려함을 자랑한다. 복사꽃과 여러 나무는 유랑(劉郞)이 현도관에 심었던 나무의 봄기운 그대로요, 형형색색 화초에선 그윽한 향내 풍기며, 문 앞의 가는 버들 실같이 늘어졌네. 들쭉나무, 측백나무, 전나무 우거져 담장 밖으로 솟아있고, 몇 층 화단에는 모란, 작약, 영산홍이 겹겹으로 피었으며, 소나무 정자가 죽림 사이로 은근히 보이는 곳이 바로 춘향의 집이로소이다."

[아니리] "좋다, 좋다! 담과 정원 깨끗하고 솔과 대(竹)가 울창하니 내 이미 그 절개를 알

겠구나. 이 애, 방자야! 책방으로 돌아가자." 책방에 들어와 글을 읽는데, 마음은 벌써 춘향의 집으로 가고 몸뚱이만 앉아 글을 읽으니 노루처럼 경중경중 건너뛰더라. … "도련님 말씀은 하느님이 깜짝 놀랄 거짓말이오!"

"네 이놈, 잔말 말고 천자문이나 들여오너라."

"아니, 또 천자문은 갑작스럽게 웬일이시오?"

"네가 모르는 말이다. 천자라는 것은 사서삼경의 기본이라. 뜻을 새겨놓고 보면 별 희한한 맛이 다 들어 있느니라. 내 이를 테니 한번 들어 보아라."

[중중몰이] "원앙금침에 '잠잘 숙(宿)', 절대 가인 좋은 풍류 『춘추』에 나열된 '벌일 열(列)', 어슴푸레한 달밤 그윽한 속마음 '베풀 장(張)', 부귀공명 욕심 없는 가난한 선비 '찰 한(寒)', 인생이 유수 같아 세월이 절로 '올 래(來)', … 한시도 못 잊을 우리 사랑 깊이깊이 '감출 장(藏)', 연꽃 작약 실버들 중에 빼어난 그녀 '부를 윤(潤)', 저토록 고운 모습 평생 보아도 '남을 여(餘)', 이 몸이 훨훨 날아 이일 저일 다 '이룰 성(成)', 이리저리 노닌다고 세월 모르네! '해 세(歲)', 조강지처는 소홀히 못해 『대전통편』의 '법 율(律)', 춘향과 날과 단 둘이 앉아 입맞춤 하는 '법 여(呂)' 자로 놀아 보자")

✤ 두근거리는 마음으로 연인을 기다림

<소춘향가>는 12잡가 가운데 하나로, <춘향가> 중 이몽룡과 춘향이 상봉하는 장면에서, 이몽룡이 아버지의 눈을 피해 춘향과 만날 수 있는 밤 시간이 오기를 애타게 기다리면서 춘향의 집 근처를 연신 쳐다보는 장면을 그렸다. 그립고 애가 타서 안달이 난 장면을 독자적으로 떼어냈다. 장단은 도드리장단으로 6/4박자이다. <소춘향가>라 한 것은 판소리 <춘향가>와 구별하기 위한 것이거나 <춘향가>에서 한 토막을 가져와 부른 때문에 생긴 명칭으로 보인다.[681] <소춘향가>는 남도소리로 부르는 것이 아니라 서울 소리인 것이 크게 다르다. 춘향의 이야기를 가져온 서울의 긴잡가는 이 <소춘향가> 외에도 <집장가>·<십장가>·<형장가> 등이 있다. <춘향가>에 오르는 소리가 없는 것처럼 <소춘향가>는 누르는 소리가 없다 한다. 춘향이 수줍은 듯 이 도령에게 제 집을 가리키는 전반부는 우물물처럼 깊이 뜨는 목이 많고 후반부는 목 안에서 내는 소리라 까다로운 것이 특징이다.[682] 남도의 판소리를 화려한 서울 소리, 즉 경서도창(京西道唱)으로 옮겨 도드리장단으로 노래하는 것이 <소춘향가>의 특징이다. 음계는 서도 소리의 5도 위에 단3도를 쌓아올려,

D・E・G・A・C・D・E의 출현음 중 D・A・C(re-la-do)의 3음이 현저하다.[683]

사설을 살펴보면, 잡가 <소춘향가>에서는 자신의 집으로 가는 길목을 춘향이 직접 묘사한 다음, 돌아서는 춘향의 자태에 홀리어 춘향과의 만남을 기다리며 애를 태우는 이 도령의 모습을 형상화하고, 만남을 기다리는 시간은 길고, 만남이 이루어진 다음에는 쏜살같이 흘러가는 야속한 시간과 인생을 비약적으로 그려내고 있다. 춘향이 "사립문 안 삽살개, 먼 산 바라보며/꼬리치는 저 집이니 황혼에나 정녕코 돌아오소."하는 부분이 판소리 <춘향가>에서는 '안수해(雁隨海)~'에 해당한다. <소춘향가>의 "떨치고 가는 형상, 사람의 뼈를 다 녹인다.", "너는 어인 계집인데 장부의 간장 녹이느냐?", "눈앞의 춘향이 방이 천리인 듯 아득하다"를 보면, 잡가 <소춘향가>의 묘사가 이 도령의 초조함을 더 직설적으로 표현하고 있다.

한편 판소리 <춘향가>에서는 방자를 중매자로 삼아 이 도령과 춘향의 애정을 성사시켜 나간다. 광한루에서 건너편에서 그네를 타는 춘향을 처음 보고 첫눈에 반한 이 도령이 방자를 보내 춘향을 데려오라 하니, 춘향은 "기러기는 바다를 따르고, 나비는 꽃을 따르고, 게는 구멍을 좇는다고 하여라."라고 답한다. 이 도령에게 마음이 없다는 거절이 아니라, 자신을 보고 싶으면 스스로 찾아오라는 말이니 요즘 말로 한다면 연인 간의 밀고 당기기이다. 마음에 드는 여성이 이렇게 말하는 것을 남성들은 대체로 반승낙으로 이해하니, 이 도령도 몸이 달지 않을 수가 없는 것이다. 이에 이 도령은 밤에 춘향의 집을 찾기 위해 방자에게 춘향의 집으로 가는 길을 말로 소개해달라고 부탁한다. 판소리 <춘향가>에서는 늦은 밤의 만남을 학수고대하는 이 도령의 애타는 마음을 천자문을 외는 부분에 담았다. 건성으로 책을 읽어 내려가며 빨리 춘향을 보고 싶어 하는 초조한 마음을 담아, 글자 하나하나에 기대와 바람을 담고 있다. 이 도령이 외는 천자문 대목을 이어보면, "부귀와 공명에 욕심 없는 가난한 선비이지만, 인생은 유수같이 빠르니 한시도 못 잊을 내 사랑, 평생 동안 보더라도 지겹지 않을 절대가인 춘향과 원앙금침에서 입맞춤하며 갖은 풍류를 즐기다가 평생의 배필을 삼았으면' 하는 속마음을 드러낸 묘사가 이채롭다. 마음은 벌써 춘향의 집으로 가고 몸뚱이만 앉아 글을 읽으니 노루처럼 경중경중 뛴다는 표현도 애타는 그리움을 잘 반영하고 있다.

9. 민요(民謠)

　민요는 노동·놀이·의식(儀式)·세시풍속 등 민중들 삶의 현장에서 자연스럽게 생겨나 입에서 입으로 전해져 내려온 비전문가의 노래이니 자연히 민중의 삶이나 집단적 정서를 반영하는 진솔함을 특징으로 한다. 대체로 노동의 수고로움을 잊기 위해, 놀이의 즐거움을 만끽하기 위해, 의식 진행을 위해, 공동체의 통합과 조화를 위해 불리어지는데, 때로는 정치 현실에 대한 민중들의 불만이나 변화 욕구를 표출하거나 정국(政局)의 형세를 미리 읽고 예언하는 지혜를 담아내기도 한다. 민요의 악곡이나 사설은 지역에 따라, 부르는 사람의 취향에 따라, 노래 부를 때의 즉흥적 기분에 따라 일정 정도 달라질 수 있다.

　"운송거사(雲松居士) 강경순(姜景醇 ; 강희맹)이 지은 농구(農謳) 14장은 선창(先唱)과 후창(後唱)으로 이루어졌는데, 그 소리가 비장하여 마을에서 부르는 노래 곡조와 같지 않았다. '비 오고 햇볕남이 조화를 이룸'부터 '점심을 기다림'까지를 느린 곡조(만조慢調)로 정하여 점심을 먹기 전 반나절동안 사용하고 '배를 두드림'부터 '발을 씻음'까지를 빠른 곡조(촉조促調)로 정하여 점심을 먹은 뒤 반나절 동안 사용하는데, 느슨하다가 빨라지는 것은 악곡의 체가 그러한 것이다. 만조의 화답하는 가사 가운데 '시응아지리(屎應阿地利)'는 마을 사람들이 서로 간에 형님 아우라 부르는 친근한 말이다.(강희맹, 『사숙재집』 권11) 이는 조선시대에 민요가 불리어지는 상황을 담은 자료이다.

　민요를 분류하는 데 어떤 절대적 기준이 있을 수는 없다. 시대별, 지역별, 창자(唱者)별, 곡조별, 기능별, 내용별, 장르별로 분류하기도 하고, 남요(男謠), 부요(婦謠), 동요(童謠), 무가 등으로 나누기도 했다. 그러나 요즘은 크게 기능요와 비기능요로 나누고, 기능요를 다시 노동요·의식요·유희요 등으로 나누는 것이 보편적이다. 노동요에는 <모내기노래>·<방아찧기노래>·<고기푸는노래> 등이 있고, 의식요에는 <액막이타령>·<지신밟기노래>·<상여소리> 등이 있으며, 유희요에는 <강강술래>·<유희동요> 등이 있다.684 <정선아라리>·<진도아리랑>·<육자배기> 등은 비기능요에 해당한다.

후백제(後百濟) 견훤(甄萱) 때의 동요(童謠)에
"가련하다! 완산(完山)의 아이가(可憐完山兒)
아비를 잃고 눈물을 흘리네."(失父涕漣濡)
라고 했는데, 얼마 안 되어 견훤이 그 아들 신검(神劍)에게 구금(拘禁)당하는 바가 되었다.

(『증보문헌비고』 권11, 상위고象緯考11, 물이3, 동요)

▶ 관련설화 "후백제 견훤은 아내가 많아서 아들이 10여 명 있었다. 넷째 아들 금강(金剛)이 키가 크고 지혜로우므로 남달리 사랑하여 자기 자리를 물려주려고 하니 그 형 신검(神劍)·양검(良劍)·용검(龍劍) 등이 낌새를 알고 고민하였다. 이찬 능환(能奐)이 다른 곳에 도독으로 가 있는 두 형제들과 모의하여 마침 왕의 곁에 있던 신검을 추대(935년)하고 왕을 금산사(金山寺)에 가두고 사람을 시켜 금강을 죽이고는 '견훤이 총명을 잃어 경솔하고 어른 아들(금강)만을 총애하여 간신이 권세를 농락하니 제왕의 자격을 상실하였다.'는 교서를 내리니, 견훤은 금산사에 석 달 동안 갇혀 있다가 6월에 막내아들 능예, 딸 쇠복, 애첩 고비 등을 데리고 금성(錦城)으로 달아나 고려 태조에게 투항하여 상부(尚父)의 자리를 얻었다. 이듬해(936년) 여름 유월, 견훤이 왕건에게, "소신이 전하께 몸을 의탁하고 있는 것은 전하의 위력에 힘입어 배신한 아들을 베자는 것이오니, 신병(神兵)을 빌려주시어 그 뜻을 이루면 신이 죽어도 여한이 없겠습니다." 하였다.

이에 고려 태조가 가을 9월에 삼군을 거느리고 후백제를 쳐서 무너뜨린 후 반역을 모의한 능환을 제거하고, 신검이 왕위를 물려받은 것은 남의 협박에 의한 것이요 본심이 아니었고, 또 항복하고 살려 달라하므로 특별히 용서하였다.(혹은 삼형제를 처형하였다고도 함) 견훤은 걱정에 겨워 등창이 난 며칠 사이에 황산불사(黃山佛舍)에서 죽었다.(『삼국사기』 권50, 열전10, 견훤)

견훤과 여러 비(妃) 사이에서 태어난 10여 명의 아들 가운데 넷째 금강(金剛)을 편애하여 왕위를 물려주려 하자, 이찬(伊粲) 능환(能奐), 파진찬(波珍粲) 신덕(新德)·영순(英順) 등의 신하들이 견훤의 다른 형제들을 꼬드겨 난을 일으켜서 부왕 견훤을 금산사

(金山寺)에 가두고 왕위를 찬탈한 사건을 다루고 있다.[685] 신검(神劍)은 사람을 보내어 금강을 죽이고, 스스로 대왕이라 칭하며, 경내의 모든 죄인을 사면했다. 견훤은 금산사에 석 달 동안 유폐되어 있다가 935년 6월에 막내아들 능예(能乂), 딸 쇠복(衰福), 첩 고비(姑比) 등과 함께 나주로 도망하여, 고려에 사람을 보내어 의탁하기를 청하였다. 이에 왕건은 유금필(庾黔弼)을 보내어 맞이한 뒤, 백관의 벼슬보다 높은 지위를 주고 양주를 식읍으로 주었다. 이후 견훤은 왕건에게 "전하의 위엄을 빌려 나라를 어지럽게 하는 신하이자 부모의 뜻을 거스르는 자식을 없애주시면 죽어도 유감이 없겠다."하며 후백제를 공격했고, 여기에 후백제의 내분까지 더해져, 후백제는 결국 멸망했다. 이어 신검·양검·용검 등은 한때 목숨을 부지하였으나 얼마 뒤에 모두 살해되었다. 견훤 또한 우울한 번민에 쌓은 생활을 하다가 창질(瘡疾)이 나서 절에서 죽었다.[686] 부자간의 윤리도 무너뜨리니 권력이란 무상하기 짝이 없는 것이다.

위의 노래를 흔히 <완산요(完山謠)>라 한다. 완산은 후백제의 도읍인 완산주(完山州)를 뜻한다. "(견훤이) 어린 자식만 몹시 사랑하시니 간사한 신하들이 권세를 부려, …자부(慈父)를 헌공(獻公)의 미혹에 빠지게 하여 의리 모르는 완악한 아이에게 왕위를 주려고 했다."에서[687] 신검이 금강을 두고 완악한 아이(頑童)라고 한 것을 보면, 백성들이 민요에 '완산아(完山兒)'라고 한 것은 견훤에게 왕위를 빼앗은 신검을 지칭한다고 보는 것이 타당할 듯하다. <완산요>는 아버지를 쫓아내고 왕위에 오른 신검의 행위로 인해 닥치게 될 후백제의 미래를 예언하는 것이면서도 그 패륜 행위를 풍자·비판하는 기능과 성격을 가지는 작품이다.[688]

> 우왕(禑王)이 요동을 공격할 때 동요에,
> "목자木子가 나라를 차지한다."(木子得國)
> 라는 말이 있으니, 백성들이 어른 아이 할 것 없이 노래하였다.

> 또 동요(童謠)에 이르기를,

> "서경성(西京城) 밖에는 불빛이요,(西京城外火色)
>
> 안주성(安州城) 밖에는 연기 빛일세,(安州城外烟光)
>
> 그 사이를 왕래하는 이원수(李元帥)여,(往來其間李元帥)
>
> 원컨대, 백성들 구제하소서."(願言救齊黔蒼)
>
> 라고 하더니, 위화도(威化島)에서 군사를 돌이킨 때*에 이르러서야 그 말이 증험되
> 었다.
>
>   (『고려사절요』 권33, 신우14 ; 『증보문헌비고』 권11, 상위고象緯考11, 물이3, 동요)

* "위화도에서 군사를 돌이킨 때" : 1388년(우왕 14) 명나라의 요동을 공격하기 위해 출정하였던 이성계 등이 후에 위화도에서 회군하여 최영을 제거하고 우왕을 폐위시키어 정권을 장악한 사건. 『고려사절요』 권33에는 "며칠 동안 장맛비가 계속 내려도 물이 넘치지 않았었는데, 이성계의 군사가 건너고 나니 갑자기 큰물이 일어 온 섬을 뒤덮으니 사람들이 모두 신이하게 여겨 위의 <목자득국> 노래를 지어 어른 아이 할 것 없이 불렀다고 기록하였다.

백성들의 마음에서 미래를 예견하다

이성계(李成桂)가 위화도에서 회군한 일의 전말을 알아보자. 당시 명나라가 무리한 공물을 요구함으로써 두 나라의 관계는 좋지 않았었는데, 1388년에 명나라가 철령위를 설치하고 요동도사를 통해 "황제의 명을 받들어 철령의 북쪽·동쪽·서쪽 지방과 이에 속한 군민·한인·여진·달달·고려는 종전과 같이 요동에 속한다."라고 못을 박았다. 이에 최영(崔瑩)이 백관을 모아 철령 이북을 명나라에 바칠 것인가에 대한 가부를 의논하니 모두 있을 수 없는 일이라 했다. 이에 우왕은 최영과 함께 비밀리에 요동을 칠 것을 의논하였다. 이때 요동의 군사가 방문(榜文)을 가지고 경계 지역에 이른 자 21명을 죽인 후 고려는 요동을 치려는 준비에 더욱 박차를 가한다.

이 때 전라·경상도는 왜적의 소굴이 되고, 서북면은 땅을 분할하여 빼앗길 염려가 있으며, 경기·교주·양광도는 성을 수축하기에 피곤하고, 서해도와 평양은 사신을 영접하기에 지쳐있었다. 그럼에도 불구하고 군사까지 징발하니, 8도의 민심이

어지럽고 백성들은 먹고 사는 일에 몰두할 수 없으므로 안팎에서 원망이 자자하였다. 위의 둘째 동요에서 "그 사이를 왕래하는 이원수여, 원컨대 백성들 구제하소서."라고 한 것은 그대로 민심을 전한 것이라 할 수 있다. 이에 이성계는 여러 장수들에게, "만일 명나라(上國)의 국경을 침범하여 천자에게 죄를 얻게 되면 그 재앙이 종묘사직과 백성들에게 미칠 것이다. 내가 정중하게도, 혹은 거스르면서까지 회군하기를 요청하였으나 왕이 살피지 못하고 최영이 또 늙고 어두워 듣지 않으니, 내가 공들과 더불어 돌아가 왕을 뵙고 친히 화와 복의 까닭을 전하고 왕 옆의 악한 사람을 제거하여 백성들을 편안하게 하려 하는데 어떠한가?"라고[689] 하니 여러 장수들이 그의 말을 따랐다. 이성계가 내세운 이른바 4불가론은 첫째, 작은 나라로서 큰 나라를 거슬리는 것, 둘째 여름에 군사를 발하는 것, 셋째 온 나라가 멀리 정벌을 떠나면 왜적이 빈틈을 타서 움직이는 것, 넷째 무덥고 비가 오는 시기라 아교가 녹아 활이 풀어지고 대군이 전염병에 걸리는 것을 논거로 내세운다. 출전하면서도 이성계는 눈물을 흘리며 "백성들의 재앙이 이제부터 시작이다." 했다니, 이성계의 회군은 왕명보다는 민심을 따른 것이라 할 수 있다. 회군 이후, 이성계는 조민수와 결의하여 최영을 귀양 보내고 우왕을 폐위했다. 이성계는 최영에게 "이러한 사변이 나의 본심은 아니오. 국가가 편안하지 못하고 백성들이 피로하여 원망이 하늘에 사무친 때문이니 잘 가시오, 잘 가시오."라고 말하며 서로 대하고 울었다 한다.[690]

위의 첫 번째 노래를 흔히 <목자득국(木子得國)> 노래라고 한다. '목(木)'자와 '자(子)'를 합하면, '이(李)'가 되니 이성계가 왕이 되어 나라를 얻는다는 예언을 담았다. 조선조의 기록이니 일정 정도 자기중심적 윤색이 가해졌을 것이지만, "태조(이성계)가 숭인문(崇仁門)을 경유하여 도성으로 들어가니, 남녀가 다투어 술과 음료수를 가지고 와 군사를 맞이하여 위로하고, 거리의 아이들과 골목의 부녀자들은 다투어 수레를 끌어 길을 열어 주었으며, 노약자들은 성으로 올라가 바라보면서 환호하고 발을 굴렀다."[691] 하니, <목자득국>에는 백성들의 마음을 헤아려주기를 바라는 희망과 바람이 섞여 있었다 할 수 있다. 그러므로 <목자득국> 노래는 현실 정치나 권력자에 대한 비판·풍자보다는 민중의 소리를 전하는 예언요의 성격을 지녔다.

◎ 〈시집살이노래〉(철원 지방)

형아 형아 사춘형아
시즙살이가 어떻던고
시집살이 좋데마는
도래도래 도래*판에
수조 놓기가 정 에렵데
동글동글 수박*식기
밥 댐기두 정 에렵데
중우* 버선 시아재비
하소쿠까 해라쿠까
말해기도 정 에렵데

▶ 현대어 풀이

형님 형님 사촌 형님
시집살이 어떤던가요?
시집살이 좋더라마는
둥글둥글한 밥상에다
수저 놓기 어렵더라.
동글동글 수박 식기에
밥 담기도 어렵더라.
속옷 바람 시아재비
말 높일까 말 놓을까
말하기도 어렵더라.

(MBC 『한국민요대전』, 강원도 CD 8-9, 가창자 : 이분남, 여, 1936)

* 도래 : 도리 힝(桁)(훈몽자회 中 5), 늠자(檁子), 미(楣) / 기둥과 기둥 위에 둘러 얹히는 나무
* 수박 "수박 등(燈) 마늘 등"(대학본 청구영언) : 크고 둥글둥글하여 미끄러운 식기, 수박 모양의 식기(밑 부분은 좁고 중간 부분은 넓고 윗부분은 좁은 그릇)
* 중우 : 중의(中衣), 고의(袴衣). "폭폭 찌는 감방에 사십여 명씩 수용하고 있으니 숫제 상의는 벗고 자는 것이다. 상의뿐 아니라 중의도 벗고 자는 사람도 있었다."(이정환, 〈샛강〉), "땀은 쉴 새 없이 흘러서 중의 적삼은 물에서 건져 낸 듯이 젖었다."(유달영, 〈누에와 천재〉, 국립국어원 『표준국어대사전』)

☙ 시집살이의 눈물겨운 일상을 해학으로 승화하다

과거 우리나라 여성들의 삶은 참으로 고달팠다. 시집에서 부당하거나 억울한 대접을 받아도 하소연하거나 말대꾸하는 것은 있을 수 없는 일이라고 생각했다. "(부모가) 비록 화가 나서 책망하시더라도 두려운 마음을 가지되 원망은 품지 말 일이다. 두려움이나 원망을 얼굴에 드러내지도, 그런 마음을 일으키지도 말라."[692] 했고, "시부모가 화가 나서 책망하는데 도리어 원망하고 화를 내는 것", "어른을 모시고 식사를 할 때는 수저를 들어서 먼저 드시도록 하고, 나중까지 천천히 먹으면서 많

이 드시도록 한다. 밥알을 흘리면서 먹지 않으며, 국물을 훌쩍훌쩍 들이키지 아니한다. 조금씩 입에 넣어 빨리 삼키며, 자주 씹어서 입속 가득히 우물거리지 말아야 한다."고[693] 했으니 여성이라는 이유로 감수해야 할 금기는 한 둘이 아니었던 것이다.

<시집살이노래>는 4촌 자매간의 대화 방식으로 이루어지는데, "시집살이가 어떻더냐?"는 4촌 동생의 물음에 대뜸 "이애이애 그 말 말아 시집살이 개집살이"라고 말하는 작품이 많은데, 위의 작품은 "시집살이 좋데마는"으로 시작했으니 그나마 한풀이가 격하지 않고 표현도 아주 부드러운 편이다. 또 "고추 당초 맵다 해도 시집살이 더 맵더라"라고 하여 시집살이의 어려움을 고추와 당초와 비유한다.

위의 작품에서는 먼저 둥글둥글한 밥상에다 수저를 놓는 것과 동글동글한 수박 식기에 밥을 담는 일이 어렵다고 하였다. 밥상의 끝부분이 기둥 위의 석가래처럼 둥글어서 수저를 놓으면 자꾸 미끄러지고, 식기도 둥글둥글하여 손에서 자꾸 미끄러지는 어려움을 말했는데, 시부모가 며느리의 작은 실수에 대해 관대했다면 이 정도가 왜 큰 어려움이 될 것인가. 지난날은 물건이 귀하던 시절이다 보니 그릇을 깨뜨리는 등 작은 실수만 해도 크게 혼나거나 흉이 잡힐까봐 두려워 며느리들의 행동거지가 조심스러웠다는 말이다. 두 번째 어려움으로 꼽은 것은 '말'이다. 속옷 바람 시아재비란 분명 며느리인 자신보다 나이가 어린, 작은아버지뻘을 말할 것이다. 자손을 중요시 하였기에, 오랜 기간에 걸쳐 여러 형제를 낳다보니 자신보다 항렬은 높지만 나이는 어린 사람이 많았는데, 이 어린 아이에게 말을 높여야 하나 낮추어야 하나 판단하기 어렵다는 것이다. 정답이야 당연히 높여야 하는 것이지만, 말을 높이자니 어색하고 못마땅하다는 마음속의 생각을 적은 것이다.

<시집살이 노래>에서는 흔히 "나뭇잎이 푸르대야 시어머니보다 더 푸르랴/시아버지 호랑새요 시어머니 꾸중새요/동세 하나 할림새요 시누 하나 뾰족새요"라고 해서 시집에서의 모든 관계가 다 어렵다고 묘사한다. 여기서 시아버지의 보조관념인 '호랑(虎狼)'은 "범과 이리라는 뜻으로, 욕심이 많고 잔인한 사람"을 뜻하기도 하지만 집안을 무섭게 호령하는 무서운 존재라는 뜻으로 보인다. 그리고 '-새'는 명사 또는 용언의 명사형 뒤에 붙어서 "모양, 상태, 정도"의 뜻을 더하는 접미사이다. 먼저 시

어머니는 사철 푸른 대나무보다 더 서슬이 퍼렇고, 시아버지는 툭 하면 불호령을 내리고 시어머니는 툭 하면 꾸중을 해서 힘들다는 말이다. 며느리 사랑은 시아버지라는 말도 있지만, 시집살이의 어려움을 나열하다 보니 그런 말은 끼어들 틈이 없다. 비슷한 또래이고, 같은 며느리 입장이니 의지가 될 법도 한데 손아래 동서는 나의 일거수일투족을 일러바쳐서 자신만 시부모 눈에 들려고 하고, 시누이는 무엇이 그리 불만인지 항상 입을 내밀고 있다. 그렇다고 남편이라도 내 편인가. <시집살이노래>에서 남편은 흔히 '미련새'라고 묘사한다. 미련하여 내 마음을 몰라준다는 이야기이다.

　흔히 시집살이는 "귀 먹어서 삼년이요 눈 어두워 삼년이요 말 못해서 삼년"이라 말한다. 억울하거나 부당한 말을 들어도 못들은 척 해야 하고, 아니꼽고 꼴사나운 일을 보더라도 참아내야 하며, 이 모든 일에 대해 바른 말로 따지고 들어서도 안 된다 했으니 며느리에게 일방적으로 참 많은 인내를 강요해온 것이다. 여인들은 신랑 하나 믿고 시집 와서, 친정 제사를 뒷전으로 한 채, 시댁의 산 조상 죽은 조상을 지극 정성으로 모시지만 시댁 식구들은 그 고마움을 알아주기는커녕 당연한 일로 여기니 따지고 들면 그 내면에 얼마나 많은 한이 쌓여있겠는가. 시집살이의 슬픔을 과장하여 표현한 측면도 있긴 하지만, <시집살이노래>는 여인들이 시집살이에서 겪는 눈물겨운 일상과 한(恨)을 반복과 나열, 대구(對句)와 대조를 통하여 해학적으로 풀어내고 있다. <시집살이노래>는 형식적인 측면에서 "살어리(a) 살어리랏다(a) 청산에(b) 살어리랏다(a)", "가시리(a) 가시리잇고(a) ᄇ리고(b) 가시리잇고(a)"와 비슷한 구조를 가진다. 즉, <시집살이노래>는 '형님(a) 형님(a) 사촌(b) 형님(a)'과 그 확대형이라 할 수 있는 "형님 오네(a) 형님 오네(a) 분고개로(b) 형님 오네(a)"로 되어 있다. 이 같은 구조는 구연을 전제로 한 작시(作詩)에서 가장 대표적인 aaba 구조로서, 즉석에서 가창적 분위기를 형성할 때 널리 활용되고 있다.[694]

◎ 〈상여소리〉(영주 지방)

〈발인축원〉

영이기가 왕즉유택 재진견례 영결종천*

아이고 아이고 애고 애고 애고

▶ 현대어 풀이

혼령이 상여에 실려 묘지로 가기에 예를 갖추지만 헤어지는 슬픔은 끝이 없습니다.

아이고 아이고, 애고 애고 애고.

* "영이지가 완격유퇴 제진결래 영결종천" : 발인發靷/견전遣奠 축문의 "영이기가 왕즉유택 재진견례 영결종천(靈輀旣駕 往卽幽宅 載陳遣禮 永訣終天)"을 일컬음. "혼령이 이미 상여에 실리어 묘지로 가기에 보내드리는 예의를 갖추오나 영원히 헤어진다고 생각하니 슬픔이 끝없습니다." 라는 뜻이다.

〈상여 가는 소리〉

호오호 호오호 이히넘차 호오호이

어호어호 에히넘차 호오히

영결종천 하는 소리 호오우넘차 호오이

호오 호오 에히넘차 호오

태산 같은 집을 두고 호오우넘차 호오이

호오 호오 에히넘차 호오

어린 자식에 손을 잡고 만단설난* 하실 적에

호오 호오 에히넘차 호오

간다 간다 나는 간데이 호오우넘차 호오이

호오 호오 에히넘차 호오

하직 인사를 하온 후에 호오우넘차 호오이

호오 호오 에히넘차 호오

우리 부모 지금 가면 언제 다시 오시려나

호오 호오 에히넘차 호오

명년 삼월 춘삼월에 호오우넘차 호오이

호오 호오 에히넘차 호오

잘 있거라 부모동기 호오우넘차 호오이

호오 호오 에히넘차 호오

알뜰살뜰 모은 재물 호오넘차 호오이

호오 호오 에히넘차 호오

오늘날에 막죽이라 호오넘차 호오이

호오 호오 에히넘차 호오

동네 여러분께 하직 인사 호오넘차 호오이

호오 호오 에히넘차 호오

산천초목을 들어가니 호오넘차 호오이

호오 호오 에히넘차 호오

삼십이 명 동군들에* 일심 받아서 미어주소이

호오 호오 에히넘차 호오

산도 깊고 험한 데를 호오넘차 호오이

호오 호오 에히넘차 호오

준령태산을 올러 갈 때 호오넘차 호오이

호오 호오 에히넘차 호오

맏상주야 여게 온나 노자 한 푼 써라 보래이

호오 호오 에히넘차 호오

지금 가면 우리 부모 언제 다시 만나보리

호오 호오 에히넘차 호오

까시 덤불을 헤쳐가면 열두 봉을 드나든데이

호오 호오 에히넘차 호오

산은 깊어 험한 구렁 조심하여 운상하소

호오 호오 에히넘차 호오

▶ **현대어 풀이** 〈상여 가는 소리〉

호오호 호오호 이히넘차 호오호이

어호어호 에히넘차 호오히

영결하여 떠나보내는 소리 호오우넘차 호오이

호오 호오 에히넘차 호오

태산 같은 집을 두고 호오우넘차 호오이

호오 호오 에히넘차 호오

어린 자식의 손을 잡고 마지막 유언 하실 적에

호오 호오 에히넘차 호오

간다 간다 나는 간데이 호오우넘차 호오이

호오 호오 에히넘차 호오

하직 인사를 하온 후에 호오우넘차 호오이

호오 호오 에히넘차 호오

우리 부모 지금 가면 언제 다시 오시려나

호오 호오 에히넘차 호오

내년 삼월 춘삼월에 호오우넘차 호오이

호오 호오 에히넘차 호오

잘 있거라, 부모동기 호오우넘차 호오이

호오 호오 에히넘차 호오

알뜰살뜰 모은 재물 호오넘차 호오이

호오 호오 에히넘차 호오

오늘날에 마지막이라 호오넘차 호오이

호오 호오 에히넘차 호오

동네 여러분께 하직 인사 호오넘차 호오이

호오 호오 에히넘차 호오

산천초목으로 들어가니 호오넘차 호오이

호오 호오 에히넘차 호오

삼십이 명 상여꾼들 한마음 받아 메어주소.

호오 호오 에히넘차 호오

산도 깊고 험한 데를 호오넘차 호오이

호오 호오 에히넘차 호오

태산준령을 올라 갈 때 호오넘차 호오이

호오 호오 에히넘차 호오

맏상제야 여기 와라, 노자(路資) 한 푼 내 보아라.

호오 호오 에히넘차 호오

지금 가면 우리 부모 언제 다시 만나보리

호오 호오 에히넘차 호오

가시덤불을 헤쳐가면 열두 봉을 드나든다.

호오 호오 에히넘차 호오

산은 깊어 험한 구릉 조심하여 운상(運喪)하소.

호오 호오 에히넘차 호오

* "만단설난" : '만단세난(萬端說難)'이 달리 전해진 것으로 보인다. '만단(萬端)'은 "헝클어진 일의 실마리"이고, '세난(說難)'은 『한비자』 권3, 19편에서 "남이 잘 알아듣고 따르도록 자신의 의견을 잘 전달하는 일이 얼마나 어려운가."를 다룬 장을 말한다. 세상을 떠나가는 고인이 어린 자식들에게 간신히 가르침과 유언을 남긴다는 뜻이다.
* "동군들에" : 행상(行喪)꾼, 상여꾼들이여.

〈오르막 오르는 소리〉	▶ 현대어 풀이
우히여 산이여	〈오르막 오르는 소리〉
우히여 산이여	우히여 산이여
골공산천 올러갈 때	우히여 산이여
우히여 산이여	사람 없는 공산(空山) 올라갈 때
앞산 뒷산 밀어 주소	우히여 산이여
우히여 산이여	앞산 뒷산 밀어주소
힘도 들고 공도 든다	우히여 산이여
우히여 산이여	힘도 들고 공도 든다.
청산벽일* 올려가니	우히여 산이여
우히여 산이여	푸른 산 가파른 절벽 올라가니
여러분들 밀어나 주소	우히여 산이여
우히여 산이여	여러분들 밀어나 주소

우히여 서이요
우히여 산이여

우히여 산이여
우히여 서이요
우히여 산이여

* 청산벽일 : 푸른 산속 가파른 벽

〈상여 놓는 소리〉

다왔구나 다왔구나 북망산천에 다 왔구나

호오 호오 에히넘차 호오

삼십 이명 동군들에 좌정하여 내래 주소

호오 호오 에히넘차 호오

우리 아버지는 자식 놓고 오호 넘차 오호이

호오 호오 이히넘차 호오

조심하야 내래주소 오호 넘차 오호이

오호 오호 이히넘차 오호

(다같이) 여 여 여

(MBC 『한국민요대전』, 경상북도 CD 9-19,
가창자 : 우상기(남, 1942, 선창자) 우병락(남, 1936, 후창자)

▶현대어 풀이 〈상여 놓는 소리〉

다 왔구나, 다 왔구나. 북망산천에 다 왔구나.

호오 호오 에히넘차 호오

삼십 이명 상여꾼들 앉으시어 내려 주소

호오 호오 에히넘차 호오

우리 아버지는 자식 놓고 오호 넘차 오호이

호오 호오 이히넘차 호오

조심하여 내려주소 오호 넘차 오호이

오호 오호 이히넘차 오호

(다같이) 여 여 여

❧ 헤어짐이 서러워도 초연히 이겨내는 지혜

장례식 때 상여를 메고 가는 상여꾼들이 부르는 노래를 상여소리라 한다. 지역에 따라 만가(輓歌)·향두가(香頭歌)·행상소리 등으로 불린다. <상여소리>는 장례에서 관을 메고 옮기거나 묘를 쓰면서 땅을 다질 때 부르기 때문에 의식요이면서도 노동요의 성격까지 함께 가진다. 상여꾼(향도꾼, 상두꾼)이 선창을 하면, 그를 따르는 사람들이 후창을 하는 선후창 형식이다. 지난날, 장례식을 거행할 때는 으레 상여소리를 불렀는데, 이승을 떠나는 사자(死者)의 입장에 서서 이별의 슬픔과 회한, 산 사람들에 대한 당부의 말로 엮어나가는데, 그 사설과 선율이 구슬퍼서 비장감을 자아낸다.[695] 요즘에도 매장의 전통을 유지하는 농촌에서는 초상이 나면 상여꾼들과 마을 사람들이 협동해서 장례를 치르면서 <상여소리>를 하는 경우가 종종 있다. <상여소리>에 가장 빈번히 들어가는 선창(메기는소리)의 내용으로 "북망산천 멀다더니 내 집 앞이 북망일세", "문전 앞이 옥답인데, 이제 가면 언제 오나", "이제 가면 언제 오나, 오실 날이나 일러 주소" 등이 많이 쓰이는데, 상여꾼들 가운데서도 목소리, 즉 '초성'이 좋고 노랫말을 잘 외는 '문서'있는 사람이 앞소리를 메기면, 상여를 멘 여러 사람이 뒷소리를 받는다.[696]

출상의 순서에 맞추어 서창(序唱)·행상(行喪)소리·자진상여소리·달구소리로 나누어지는데, 서창은 24~32명으로 구성된 상여꾼들이 죽은 이의 혼이 집을 떠나기 서러워하는 심정을 대변하여 느리게 부르는 부분이고, 상여소리는 말 그대로 상여를 메고 가면서 부르는 소리이다. 자진상여소리는 묘지에 거의 다 와서 매장을 위해 산으로 올라가면서 부르는 소리이고, 달구소리는 하관 뒤 무덤을 다지면서 부르는 소리이다.[697] 서양음계로 말하면, 선율은 미·솔·라·시·도·레가 반복되면서 슬픈 선율을 가진다.

위의 <상여소리>는 발인 축문부터 시작하고 있다. 대체적인 <상여소리>와 마찬가지로, 상여를 옮기는 대목에 "태산 같은 집을 두고 ~ 지금 가면 언제 다시 오시려나"라는 구절이 있다. 인생은 빈손으로 왔다가 빈손으로 가는 것이란 의미를 담아, "알뜰살뜰 모은 재물 ~ 오늘날에 마지막"이라 하면서 인생무상과 허무감을 표현하고 있다. "산도 깊고 험한 데를 ~ 태산준령을 올라 갈 때 ~ 가시덤불을 헤쳐 가면 열두 봉을 드나든다."는 저승으로 가는 길이 멀고도 험하다는 사실을 암시하고, "맏상제야 여기 와라, 노자(路資) 한 푼 내 보아라."와 같이 저승 가는 노잣돈을 내게 하여 고인이 무탈하게 저승까지 가시게 해 달라고 기원을 이끄는 전제이기도 하다.

흔히 상여가 나가기 전에는 '상여 어르는 소리', 상여를 메고 갈 때는 '상여소리', 언덕을 오를 때나 좁은 다리를 건널 때는 '잦은 상여소리' 등을 부르는데,[698] 이 작품은 가장 먼저 축문으로 발원한 후에, <상여 가는 소리>, "여러분들 밀어나 주소" 라고 하는 <오르막 오르는 소리>, "다왔구나 다왔구나 북망산천에 다 왔구나 ~ 조심하야 내래주소" 하는 <상여 놓는 소리>로 구성되어 있다. 하관한 뒤 상여꾼들과 상주, 문상객들이 합심하여 봉분의 흙을 다지는데, 이 때 부르는 달구소리도 같은 선율을 가지면서 긴 서사를 담아낸다. 선창을 맡은 상여꾼이 아들과 딸 며느리들을 한 명씩 불러내어, 그들의 감정을 노래에 담아 즉흥적으로 대변해 주기도 하고, 손자·손녀들을 불러내어 고인이 남기고 가는 말인 것처럼 대신 전달해주기도 한다. 달구소리는 대체로 인생이란 한번 오면 가는 것이니 망자에 대한 슬픔에만 잠겨 있지 말고, 삶을 무탈하고 행복하게 잘 꾸려나가라는 당부를 전하는 것으로서 깊은 슬픔을 초연히 이겨온 우리 조상들의 지혜가 담겨있다.

◎ <소 모는 소리>(영주 지방)

이랴* 소야 어데 어데 어서 가자
오늘 가고 내일 가고 만날 가자
니도야 날과 같이 고생이 많다
천날 만날 일만 하니 그것이 무엇인고.
어데 어데

("이랴 어서 가자

　이랴 보탈* 한번 탁친다 말이라 가자고")

이랴 이랴 이랴 이랴 저리 가고

이리 가고 저리 가면 아니 된다

사람이 말할 때로 그대로 가지

니 맘대로 갈거트면 내가 무엇으로 따라 댕기노

어데 어데

돌아 돌아 돌아간다 돌아간다 돌아간다

돌머리에 가가지고는 돌아야 가지 우예노

어서 어서 빨리 가자 빨리 가자

오늘 이때기 가면은 고만인데

오늘 못가면은 내일도 가고

내일 못가면은 모레도 가네

어서 어서 어서 어서야 빨리가자

니도 쉬고 난도 좀 쉬자

(MBC『한국민요대전』, 경상북도 CD 9-16, 가창자 : 김인석(金仁石), 남, 1911)

▶현대어 풀이　가자 소야, 가자, 가자 어서 가자

오늘 가고 내일 가고 만날 가자

너도 나와 같이 고생이 많다

천 날 만날 일만 하니 그것이 무엇인고.

가자, 가자.

가자, 가자, 가자, 가자 저리 가고

이리 가고 저리 가면 아니 된다.

사람이 말하는 데로 그대로 가지

너 맘대로 갈 양이면 내가 무엇 땜에 따라 다니겠냐?

가자, 가자

돌아, 돌아. 돌아간다, 돌아간다, 돌아간다.

돌 머리에 가서는 돌아야 가지 어쩔 것이냐.

어서 어서 빨리 가자 빨리 가자

오늘 이 논을 다 갈면 그만인데,

오늘 못 갈면 내일도 갈고

내일 못 갈면 모레도 가네.

어서 어서 어서 어서야 빨리 가자.

너도 쉬고 나도 좀 쉬자.

* 이랴 : 소에게 가라고 명령하는 말이다.
* 보탈 : 보타리. 소코뚜레와 목을 감아 등으로 넘긴 소모는 끈.

🐌 소를 어르고 달래는 중에 내 마음까지 담아

<소 모는 소리>는 소를 몰아 밭을 갈면서 부르는 농업 노동요로서 독창으로 부른다. 소 한 마리로 논밭을 가는 경우도 있지만 소의 목 위로 나무막대기를 대고 묶어서 2마리로 가는 경우도 있다. 이 노래의 가창자는 예천군 보문면에서 태어나 30세 무렵에 이 마을로 와서, 채록 당시까지도 소달구지를 다루었다고 한다. 가창자는 이 소리를 고향인 예천에서 배웠다고 한다. 채록한 사람들이 "가창자가 소 모는 일을 오랫동안 했기에 소 모는 소리가 매우 실감난다."고 전한다.

<소 모는 소리>는 매우 특이한 농업 노동요인데, 가사의 내용은 주로 소에게 어떻게 움직이라는 지시어가 가장 많다. 예컨대, "저 뽕낭게 문닿지 않게~", "~넘나들지 말고", "너무 끌구 나가지는 말구", "너무 덤성대지 말구~"라는 don't와 "밀구 들어서거래이", "저 드렁 안으루 들어서이~"[699] 등의 do가 공존한다. 이 외에도 '올라서라', '내려서라', '돌아서라', '나가라', '물러서라', '빨리 가라' 등의 소를 향한 단순한 지시어가 많다. 소가 논두렁 옆에 있는 뽕나무를 꺾어도 안 되고, 논밭두렁을 밟아 무너뜨려서도 안 된다. "너무 덤성대지 말고"는 동작이나 태도가 급하지 않고 느릿느릿하다는 뜻을 가진 '추근추근'과 대조적으로 쓰이는 말이니, 급하게 서두르거나 덤벙대지 말라는 말이다. 논밭 가는 일에 기술이 필요하고, 쟁기를 잡은 사람과 소가 호흡을 맞추지 못하면 경작할 수 없으므로, 갖가지 기술적인 요구가 많은

것이 <소 모는 소리>의 특징이다. 이 노래는 "박자의 규칙성이 없으며 형식도 정해지지 않아 자유롭게 부르고, 말하듯이 읊조리기도, 혀를 차기도, 구호처럼 내지르기도 하니" 아득한 기억 속에 그리움으로 간직된다는[700] 회상도 있을 법하다.

　잘했을 때 하는 칭찬, 잘못했을 때 하는 욕설로 이루어진[701] 노래도 있지만, 위의 작품을 분석해 보면, 일반적인 <소 모는 노래>와 흐름을 같이하면서도 시종일관 부드러운 타이름이 주를 이룬다. 주변에 있는 다른 사람을 의식하지 않고 주로 혼자 노동하며 부르는 노래이다 보니, 사설의 내용과 곡조가 부르는 사람의 성격과 재량에 따라 달라지는 점도 <소 모는 노래>의 특징적인 측면일 수 있을 것 같다. 위에서 "가자, 가자 ~ 저리 가면 아니 된다. 사람이 말하는 데로 그대로 가지", "가자, 가자 돌아, 돌아. ~ 돌 머리에 가서는 돌아야 가지", "어서 어서 빨리 가자 빨리 가자"는 <소 모는 노래>의 전형적인 대목이고, "너 맘대로 갈 양이면 내가 무엇 땜에 따라 다니겠냐?"는 소와 가족처럼 대화하는 가창자의 익살스러운 화법이다. "오늘 못 갈면 내일도 갈고, 내일 못 갈면 모레도 가네."는 여유로움이 아니라 이 일을 언제든 어떻게든 끝마쳐야 한다는 당위성을 보인 것이니, 소를 달래고 자신을 위로하는 부분이다. "너도 나와 같이 고생이 많다/천날 만날 일만 하니 그것이 무엇인고."는 소한테 하는 위로이면서 자신에 대한 탄식이니 신세한탄에 가깝다. "너도 쉬고 나도 좀 쉬자."는 잠시나마 노동의 고단함을 잊고자 하는 말로, 노동요의 궁극적 쓰임새를 보인 부분이다.

10. 개화기와 나라 잃은 시대의 노래

　19세기 말, 20세기 초 개화기에는 가사·시조·한시·언문풍월·민요 등의 전통적 장르와 창가·신시·자유시·찬송가 등 새로운 장르가 뒤섞이어 갈등·충돌하는 과도기적 현상이 나타났다. 개화가사는 가사의 한 변종으로서 단형, 분연체 지향, 후렴구 첨가 등의 특징을 드러내고, 개화기 시조는 시조의 변종으로 종결어미 생략, 민요조 첨가, 4행 구조 등의 변형 특성을 나타내고 있다.[702] 애국가 유형은 4 · 4조(3 · 4조)의 대구 형식의 노래로 창작하여 주로 「독립신문」, 「대한매일신보」, 「경향신문」 등에 실렸고, 창가는 7 · 5조, 8 · 5조 등의 음수율로 창작되어 『소년』, 『청춘』 등의 잡지에 실렸다.

　20세기에 이르러, 노래로 존재하던 시는 급격히 변모했기 때문에, 구별을 위해 흔히 고전시(古典詩)에만 '시가(詩歌)'라는 명칭을 붙인다.[703] 20세기, 시(詩)로서의 지향성을 보인 시조와 가사는 신문이나 잡지 등 저널리즘 매체에 실리면서 엘리트층의 계몽 도구로 기능했고, 서구적 의미의 '가(歌)' 양식이 활판 가집, 극장, 유성기 등 매스미디어를 통해 전승되면서 비 엘리트층의 여가를 위한 대중문화로 정착하게 되었다.[704] 즉, 근대 이전까지의 시가는 향유방식, 존재방식 등이 전면적으로 바뀌어 시(詩)와 가(歌)는 분화되었고, 서구적 개념의 자유시(自由詩)와 대중가요의 등장은 이와 같은 변화를 더욱 가속화했다.

◎ 〈만장봉(萬丈峰) 제일층(第一層)에~〉

만장봉(萬丈峰) 뎨일층(第一層)에 등불 켜셔 놉히둘고 세계형편 숣혀보니 복잡흔 샤회상에 쳔퇴만샹(千態萬狀) 가관이라
크나큰 뎌 쳥국(淸國)은 고뎌브터 문명으로 주쳐(自處)흐더니 문명(文明)이 어두울 명(冥)ㅅ즈 문명인지 어느총독(總督)은 투셔통(投書筒)을 셜치(設置)흐고 지스(志士)들의 언론(言論)을 치탐(採探)흐더니 엇던 썩은 선비는 텰도를 부셜흐는 것이 긴치안타고 투셔흐엿다네 이런흔 사롭은 희황시뎌(羲皇時代)에 싱겨낫더면 황뎨씨의 슈레와 비졔조하는 것도 반뒤(反對)흐엿슬썰
일본국(日本國)에셔는 륙군대연습(陸軍大演習)을 긔셜(開設)흐고 영국(英國) 키치나 원슈(元帥)를 쳥흐야 셩대(盛大)흔 군졔(軍制)를 관람(觀覽)케 흐엿스니 아마도 지금은 힘을 슝샹흐난 시뎌여 우리는 무엇으로 타인에게 자랑할까 이쳔만인(二千萬人) 단톄(團體)흐면 그보다 더흔 강병(强兵) 쏘 어디 잇슬가

반도강산(半島江山) 도라보니 종교세계(宗教世界) 되엿고나 각 종교(宗教)가 허다 (許多)ᄒ되 유교(儒敎)는 쇼식이 젹젹ᄒ더니 별안간 유교를 챵도(唱導)ᄒᄂᆞ 소리 가 예셔졔셔 니러나되 곡됴들이 다르고나 공ᄌᆞ교(孔子敎)니 태극교(太極敎)니 대 동교(大同敎)니 대셩교(大成敎)니 형형식식(形形色色)으로 각립(各立)ᄒᆡᆫ네 ᄀᆞᆺ혼 종 교로도 그츼지가 ᄀᆞᆺ지 못ᄒᆞ면 무삼샤회가 되겟ᄂᆞᆫ가 지금ᄭᅡ지도 단합력(團合力)이 데일인줄을 모르고 각립만ᄒᆞ랴ᄒᆞ니 ᄯᅡᆨ훈일이여.

(「대한매일신보」, 1909년 11월 17일자, 시사평론 ; 정진석 편, 『대한매일신보』 2, 관훈클럽 신영연구기금 코리아헤럴드, 2752쪽)

▶ 현대어 풀이

높은 봉우리 꼭대기에 등불 켜서 높이 달고 세상의 형세 살펴보니 복잡한 사회상의 천태만상 볼 만하다.

큰 나라 중국은 고대로부터 문명이라 자처하더니 어두울 '명(冥)'자 문명이었던지 어느 총독(總督)이 투서함을 설치하고 뜻있는 사람들의 의견을 구했더니, 어떤 썩은 양반이 철도를 만드는 것은 필요 없다고 투서하였다네. 이 같은 무리들이 농경시대에 태어났다면 복희씨(伏羲氏) 시대에 수레와 배를 만드는 일도 반대했을 터이지!

일본에서는 육군대연습(陸軍大演習)을 만들고 영국 키치나 원수를 초청하여 성대한 군의 위용을 참관하게 하였으니 아마도 이제는 힘의 시대이니 우리는 무엇으로 남들에게 과시할까 이천만이 뭉친다면 더 강한 군사 가 어디에 있겠는가?

우리나라 돌아보니 종교세상 되었구나, 각종 종교 많은데 유교는 소식 없이 잠잠하더니 별안간 교리를 외치는 소리 여기저기서 일어나더니 제각기 다르구나! 공자교(孔子敎)니 태극교(太極敎)니 대동교(大同敎)니 대성교(大成敎)니 각기 다르게 난립하네. 같은 종교로도 그 뜻이 같지 못하면 나라꼴이 어찌 될까! 지금까지도 단합이 제일인 줄 모르고 각기 달리 난립하니 딱한 일이로다.

☙ 삼분오열하는 지식인들에게 단합을 촉구하다

대동교(大同敎)는 1909년 박은식(朴殷植)이 유교 개혁 운동의 일환으로 창립한 단체이다. 일제의 조선 강점 직전 우리나라 유림의 상황은 매우 복잡했다. 19세기 후반이래 우리나라의 유교는 보수적이고 수구적인 성향이 강했고, 시대의 변화에 올바로 대응하지 못하는 무능력 때문에 신랄하게 비판받았다. 1907년 유학자 무리들이 대동학회(大同學會)를 조직하고, 이어 1909년에 공자교(孔子敎)로 이름을 바꾸어 친일적 활동을 펼쳤다. 이에 박은식은 장지연 등과 더불어 1909년 9월 대동사상을 핵심으로 대동교를 창건하여 유교개혁운동을 펼쳤지만 일제의 탄압으로 1910년 8월에 해산되어 이렇다 할 활동을 펼치지 못했다.[705]

위의 작품에는 앞서가는 문명을 자랑하던 청나라도 새로운 문물을 받아들이는 일에 인색하다가 요즘엔 쇠퇴해가고 있으니 우리는 이와 같은 전철을 밟지 말고 세상의 대세를 살펴 꾸준한 변화를 추구해야 한다는 주장이 담겨있다. 이천만 동포가 똘똘 뭉쳐 군사력을 증강해야 한다는 점도 강조하고 있다. 일본이 제아무리 군사력을 증강하여도 우리가 단합하기만 하면 두려울 것이 없는데, 현실은 갖가지 종교단체가 난립하며 자신의 이익만을 추구하고 있다고 비판한다. 공허하고 이념적인 논쟁보다는 실용적인 힘을 증강하자며 양반타령을 일삼으며 삼분오열하는 세태를 신랄하게 공격하고 있다.

위의 작품은 개화기 시가 중 애국가 유형의 작품으로, 문명개화를 강조한 아래 이중원의 <동심가(同心歌)>와 비슷한 주제의식을 가지고 있다. 온 세계가 한 집안이니, 사천년 동안 조선이라는 테두리에 갇혀 뒤처졌던 봉건적인 문화의 틀을 깨고, "자질구레한 관습 다 버리고/상하가 마음 나누고 덕을 모으자"고 했다. 문명개화를 하려면 실제를 보는 일이 제일이라 한 것은 앞선 문명을 두루 살피자는 말이고, "그물 맺기 어려울까./함께 매듭 맺어보세."는 남의 상황을 부러워만 하지 말고, 함께 개화를 보고 본받아 실천하자는 말이다. 아래 <동심가>와 위의 작품은 모두 민족끼리 대동단결하여 나라를 발전시켜 나가자는 계몽성 강한 작품이라는 데 공통점이 있다.

〈동심가(同心歌)〉 이중원(李中元, 1873~1946)

잠을 ᄭᆡ세 잠을 ᄭᆡ세
ᄉᆞ쳔 년이 ᄭᅮᆷ 쇽이라
만국萬國이 회동會同ᄒᆞ야
ᄉᆞᄒᆡ四海가 일가一家로다

▸현대어 풀이
잠을 깨세 잠을 깨세
사천 년 동안 꿈속이라.
온 나라가 함께 모여
세계가 한 집안이로다.

구구셰절區區細節 다 ᄇᆞ리고
샹하 동심同心 동덕同德ᄒᆞ세
ᄂᆞᆷ으 부강富强 불어ᄒᆞ고
근본 업시 회빈回賓*ᄒᆞ랴

▸현대어 풀이
자질구레한 관습 다 버리고
상하가 마음 나누고 덕을 모으세.
남의 부강 부럽다하여
근본도 없이 날뛰랴.

범을 보고 개 그리고
봉을 보고 ᄃᆞᆰ 그린가.
문명文明 ᄀᆡ화開化 ᄒᆞ랴 ᄒᆞ면
실샹實狀 일이 뎨일이라

▸현대어 풀이
범을 보고 개 그리고
봉황을 보고 닭 그리는가.
문명개화 하려 하면
실제를 보는 일이 제일일세.

못셰 고기 불어 말고
그믈 ᄆᆡᄌᆞ 잡아 보세
그믈 ᄆᆡᆺ기 어려우랴
동심결同心結로 ᄆᆡᄌᆞ 보세

▸현대어 풀이
연못의 고기 부러워 말고
그물 맺어 잡아보세.
그물 맺기 어려울까.
함께 매듭 맺어보세.

(양쥬 이중원, 「독립신문」, 1896년 5월 26일)

* 회빈(回賓)ᄒᆞ다 : 무슨 일에 대하여 주장하는 사람을 제쳐놓고 제 멋대로 구는 짓. 회빈작주(回賓作主)

◎ 〈경부텰도노래〉 최남선(崔南善, 1890~1957)

1. 우렁타게 토하난 긔덕(汽笛)소리에
남대문(南大門)을 등디고 ᄯᅥ나나가서
ᄲᆞᆯ리 부난 바람의 형세 갓흐니
날개 가딘 새라도 못 ᄯᅡ르겟네

▸현대어 풀이
우렁차게 토하는 기적 소리에
남대문을 등지고 떠나 나가서
빨리 부는 바람의 기세 같으니
날개 가진 새라도 못 따르겠네.

2. 늙근니와 닒은니 석겨안덧고
   우리네와 외국인 갓티 탓스나
   내외틴소(內外親疎)* 다 갓티 의히 디내니
   됴고마한 짠 세상 뎔노 일웟네

▶ 현대어 풀이
늙은이와 젊은이 섞여 앉았고
우리네와 외국인 같이 탔으나
안팎 친소(親疎) 다 같이 기대앉으니
조그마한 딴 세상 절로 이뤘네.

* 친소(親疎) : 친하여 가까움과 친하지 못하여 버성김.

3. 관왕묘(關王廟)와 연화봉(蓮花峰) 둘너보난 듕
   어늬덧에 용산역(龍山驛) 다다럿도다
   새로일운 뎌자는 모다일본딥
   이천여명(二千餘名) 일인(日人)이 여긔산다네

▶ 현대어 풀이
관왕묘와 연화봉 둘러보는 중
어느덧 용산역에 다다랐도다.
새로 이룬 시장은 모두 일본 집
이천여 명 일인이 여기 산다네.

4. 서관(西關) 가난 경의선(京義線) 에서 갈녀서
   일산수색(一山水色) 디나서 나려간다오
   엽헤 보난 푸른 물 용산(龍山) 나루터
   경상강원(慶尙江原) 웃물* 배 뫼난 곳일세

▶ 현대어 풀이
서관 가는 경의선 에서 갈라져
일산 수색 지나서 내려간다오
옆에 보는 푸른 물 용산 나루터
경상 강원 상류 배 모여드는 곳

* 웃물 : 상근(上根, 上輩), 윗길. 상류에서 흐르는 물.

5. 독서당(讀書堂)의 폐(廢)한 허(墟) 됴상하면서
   강에 빗긴 쇠다리 건너나오니
   노량진역(鷺梁津驛) 디나서 게서부터는
   한성지경(漢城地境) 다하고 과천(果川)짜히라

▶ 현대어 풀이
독서당 헐어진 터 바라보면서
강에 빗긴 철다리 건너나오니
노량진역 지나서 게서부터는
서울 경계 지나서 과천 땅이라

6. 호호양양(浩浩洋洋) 흐르난 한강(漢江) 물소리
   아딕까디 귀속에 텨텨잇거늘
   어늬틈에 영등포(永登浦) 이르러서는
   인천차(仁川車)와 부산차(釜山車) 서로 갈니네

▶ 현대어 풀이
넓고 넓게 흐르는 한강 물소리
아직까지 귓속에 쟁쟁하거늘
어느 틈에 영등포 이르러서는
경인선과 경부선 서로 갈리네.

7. 예서붓터 인천이 오십여리(五十餘里)니
   오류소사(梧柳素砂) 부평역(富平驛) 디나간다네
   이다음에 틈을 타 다시 갈탸로
   이번에는 딕도로 부산(釜山) 가려네

▶ 현대어 풀이
예서부터 인천이 50여 리니
흰모래 버들 부평역, 지나간다네.
이 다음에 틈을 타 다시 갈 차로
이번에는 곧은길로 부산 가려네.

8. 관악산(冠岳山)의 개인경(景) 우러러 보고
   영랑성(永郎城)의 묵은터 발아보면서
   담시동안 시흥역(始興驛) 거텨디나고
   날개잇서 나난듯 안양(安養) 이르러

▶ 현대어 풀이
관악산의 맑은 경칠 쳐다보면서
영랑성의 묵은 터 바라보면서
잠시 동안 시흥역 거쳐 지나고
날개 달고 나는 듯 안양 이르러

9. 실과갓흔 안양(安養)내 엽헤끼고서
   다다르니 수원역(水原驛) 여기로구나
   이뎐에는 유수도(留守都)* 디금관찰부(觀察府)
   경기도(京畿道)의 관찰사(觀察使) 잇난 곳이라

▶ 현대어 풀이
실과 같은 안양천 옆에 끼고서
다다르니 수원역 여기로구나
이전에는 유수도 지금은 관찰부
경기도의 관찰사 있는 곳이라

* 유수도(留守都) : 수원(水原)은 경기도의 수부(首府)이니, 규모와 형승이 타군에 비해 빼어나다.
  조선시대에 개성, 강화, 광주(廣州), 수원, 춘천 등 요긴한 곳을 맡아 다스리던 정종(正從) 2품의
  벼슬을 '유수(留守)'라고 한다.

> 10. 경개일홈 다 됴흔 서호항미정(西湖杭眉亭)*
>   그엽헤는 농학교(農學校) 농사시험장(農事試驗場)
>   마음으로 화녕전(華寧殿) 첨배(瞻拜)한 후에
>   디성인의 큰 효성 감읍(感泣)하도다
>   (이하 생략, 1908년 3월)

▶ 현대어 풀이

경치 이름 다 좋은 서호 항미정
그 옆에 농업학교 농사 시험장
마음으로 화령전 바라본 후에
큰 성인의 효성에 감읍하도다.

(정한모 편, 『최남선전집』,
형설출판사, 1982, 55~57쪽)

* 서호항미정(西湖杭眉亭) : '서호'는 화서문(華西門) 밖 5리쯤에 있으니, 정조 때에 만든 저수지라. 그 근처 논밭 수천 이랑에서 물을 댄다. '항미정'은 서호에 있는데 호수 이름에 따라 이름 지은 것으로 인근 주민들의 놀이공간이다.

❧ 철도 개통에 대한 가슴 벅찬 감동

외세가 개입한 이후 우리나라엔 새로운 노래문화가 들어온다. 그 대표적인 것이 찬송가와 창가(唱歌) 등인데, <경부뎔도노래>는 창가에 해당한다. 애국·독립가류의 전통은 1904년경을 전후하여 창가라는 명칭을 사용하기 시작하고, 학교의 교과 과정에서 이들 교육 창가들을 활용하여 계몽의식이나 애국·독립의식을 고취시켜나갔다. 그러나 3·1운동 이후 민족적 좌절감에 편승하여 일본의 퇴영적 번안 창가들이 대대적으로 유행한다.[706] 개화한 지식층이 이들 장르를 향유했는데, 서양 노래나 일본 노래의 악곡에 새로운 가사, 혹은 번안 가사를 붙였다. <경부뎔도노래>는 일본 <철도가(鐵道歌)>들의 영향을 받아 지어졌고, 일본 시가에서 흔한 7·5조의 음수율을 엄격히 지킨 노래로서 이후 수많은 창가 수입에 영향을 미쳤다.[707] 이들 창가는 음악적으로 대개 소수의 제한된 악곡에 의해 불렸고, 그 음역이나 선율·리듬이 대개 단순하고 반복적인 형태를 가짐으로써 쉽게 구전될 수 있었다. 위의 작품에는 일제에 대한 비판이나 저항이 나타나지 않고, 도리어 일제를 긍정하는 친외세적 경향이 나타난다.[708]

이 작품은 7·5조(4·3·5조) 율격을 철저히 유지한다. 우리나라 시가는 음보율(音

步律)을 취하지만, 이 방식은 우리의 3음보 율격과도 거리가 있다. 우리 시가는 각 음보에 배정하는 글자 수가 기계적으로 일치하지 않는다. 음보가 한 개의 호흡 단위이다 보니, 한 음보 내에 배정하는 음절수가 제한적이긴 하지만, 우리 시가는 <경부텰도노래>처럼 각 단위마다 자수율을 철저히 지키지는 않는다는 말이다. 그러므로 <경부텰도노래>의 형식은 철저히 외래적이다. 이 노래는 7·5조로 된 최초의 창가인데, 이후로부터 4·4절의 창가는 점점 자취를 감추고 7·5조, 6·5조 내지 8·5조의 창가가 그것을 대신하게 되었다(육당과 조연현의 대담)[709] 했다.

일본이 우리나라에 건설한 철도는 일본이 침략과 수탈을 위해 만들어 낸 신문명이다. 그러나 이 작품에는 그에 대한 의심이나 비판이라고는 전혀 찾아볼 수 없다. 최남선은 <경부텰도노래> 초판의 서문에다, "1905년 초에 경부철도가 개통되었는데 이것을 보고 <경부철도가>를 짓고 싶었다. 그것은 내가 일본 유학 중에 기차 개통에 대한 노래가 많이 유행하고 있음을 보았기 때문이다. 그래서 그 첫 구절을 '우렁타게 토하난 긔덕(汽笛)소리에~'라고 하여 여러 편의 경부철도 창가를 지어 출판하여 전국에 펼쳤다."라고 했다. 최남선은 이 노래를 통해 우리나라 젊은이들이 신지식과 문명에 눈뜨기를 바란다고 했으니 일본이 우리나라에 철도를 부설하는 근본적인 이유를 의심했을 것 같지 않다.

최남선은 여기서 한 수 더 뜬다.

> "일본과 조선은 원래 같은 문화 원천인 2개의 지류로서, 일본의 깊고 깊은 강이 만세에 흘러서 여일(如一)한데, 조선은 불행하게도 절단되는 운명에 놓여 그 의식도 흐려졌던 것이다. 그러나 이제야 좋은 때를 만나서 나누어졌던 둘이 다시 만나 같은 원류를 가진 파도에서 춤추게 약속받게 되었다."
>
> (최남선, 조선 문화 당면의 과제, 매일신보 1937.2.9~11)

> "제군! 대동아의 성전은 … 세계 역사의 개조이다. 바라건대 일본 국민으로서의 충성과 조선 남아의 의기를 발휘하여 … 한 사람도 빠짐없이 출진하기를 바라는 바이다."
>
> (최남선, 가라 청년 학도여, 매일신보 1943.11.20)

일본과 조선은 원래 같은 문화 원천을 가졌는데, 이제 원류가 같은 둘이 좋은 때를 만났다. 그러니 우리 학도병들도 대동아 성전에 참여하여 세계 역사를 개조하는 데 일조하자는 논지이다. 여기서 그의 친일적 사고를 확인할 수 있다. 육당 자신이 가사를 짓고 자신이 경영하던 신문관(新文館)에서 출판한 이 <경부텰도노래>는 가창 곡조를 가지고 노래 불렸다. 전체 가사가 단행본으로 인쇄되어 1908년 3월 25일에 초판이, 1909년 4월엔 재판이, 1910년 5월에 3판까지 간행되었으니 당시 이 노래는 매우 인기곡이었음을 알 수 있다.[710]

<경부텰도노래>를 분석하면, "우렁차게 토하는 기적 소리에 ~ 날개 가진 새라도 못 따르겠네.", "넓고 넓게 흐르는 한강 물소리/아직까지 귓속에 쟁쟁하거늘~"은 기차의 빠른 속도감에 경탄하는 표현이고, "늙은이와 젊은이 섞여 앉았고/우리네와 외국인 같이 탔으나/안팎 친소(親疎) 다 같이 기대앉으니/조그마한 딴 세상 절로 이뤘네."는 낯선 문명의 이기 덕분에 남녀노소, 국내인·외국인 할 것 없이 어울리어 지금까지와는 딴 세상이 되었다고 감탄한다. 용산에 새로 이루어진 시장에는 모두 일본 집이 들어서 일본인이 이천여 명이나 모여산다며 일본 문물에 대한 동경을 담고 있다. 기차가 지나가는 역을 따라가며 각 지방을 소개하는 것도 잊지 않았다. 용산 나루터는 경상도와 강원도에서 배가 모여드는 곳이라 했고, 영등포는 경인선과 경부선이 서로 갈리는 곳이라 했으며, 수원은 경기도의 관찰사가 있던 곳이라 했다. 철도가 없을 때는 꿈도 꾸지 못할 먼 거리를 빠르게 달리며 각 지방의 역사와 특징을 떠올릴 수 있으니 이 부분 또한 철도와 기차라는 신문명에 대한 찬양과 벅찬 감격을 담은 것이다. <경부텰도노래>의 처음부터 끝까지 이 마음이 쭉 이어지고 있는 셈이다.

🐾 치밀했던 일본인, 순진했던 조선인

일본이 경부철도를 건설하려고 구상한 것은 1880년대부터였는데 1890년대에 들어서서는 한층 더 구체성을 띠게 되었다. 해상권 관계상 선박을 통해 전쟁에 필요한 군대·군수품 등을 운송하는 일이 곤란해지자 1892년 일본군 참모차장 가와카미 소로쿠는 일본이 서울·부산 간 철도를 부설해야 한다고 주장한다. 1892년에 러시아가 시베리아 철도를 기공하고, 영국이 이에 대항하여 중국에서 경봉철도(북경~신민둔~봉천)를 착공함으로써 극동지역에서 영국과 러시아가 대립하게 되자 경부철도를 건설해 한국을 일본의 세력권에 안에 두려는 속셈이 저변에 깔려 있었을 것이다.

이와 같은 목적에 따라 일본군 참모차장은 일본 외무성을 통해 부산 주재 총영사에게 경부철도 노선 예정지에 대한 답사를 명령했고, 1892년 8월에 가와노 텐즈이가 철도국장관 이노우에 마사루의 추천을 받아 보조원 3명과 함께 측량반을 조직하여 우리의 국토를 약 2개월 동안에 걸쳐 측량했다. 일본은 총 5회에 걸친 노선 답사 과정에서 한국 측의 눈을 속이기 위해 이는 상업상의 조사로, 일본이 미국의 소미소니언 박물관에 제출키로 한 조류 표본을 채집한다는 구실을 붙였다. 하지만 일본의 대대적인 답사는 한국 남부지역의 정치, 군사, 사회, 경제 등 모든 면을 독점적으로 지배하려는 의지를 드러낸 것이고, 노선 선정 과정에서 한국 침략을 주창한 세력들을 결집시키고 그들의 군사적·경제적 침략 의지를 하나로 통일시키려는 야욕이 숨어 있었다.[711]

일본인이 주가 되어, 우리 국토를 상중하 셋으로 구분하여 경부철도 부설공사를 시작했다. 아래는 부산에서 시작하고, 가운데는 천안(天安)에서 시작하고, 위는 서울에서 시작했는데, 서울은 남대문 밖의 도동(桃洞, 지금의 서울역 앞 일대)에서 착공하였다. 가옥을 철거하고 분묘를 파내며 길을 곧게 하여 강을 끊기도 하였는데, 분묘 1기에 3원씩을 이장비로 지급하였다. 30리마다 철로 옆에 정거장을 설치했다. 역부들이 거칠어서 밤에는 도둑질을 하고 낮에는 행상들을 털기도 하는데, 이 과정에서 조금이라도 자신들을 거스르면 그 자리에서 죽이고 살상하여 철로가 지나가는 지방은 마치 병란을 입는 것 같았다 한다. 일본인들이 또 우리 백성을 뽑아 고용하여 다른 일에 비해 비교적 후한 품삯을 주었으나 게으름을 부리거나 힘을 쓰지 않는 자는 때려 죽여 구덩이에 처박고 흙을 메워 평평하게 만들기도 했다. 슬피 부르짖으며 모진 고생을 하였으나 그래도 응모하는 자가 있었다 한다.[712]

19세기 말의 세계 철도 건설비, 특히 식민지·반식민지에서의 건설비는 일본 돈으로 환산해서 1마일 평균 16만 엔이었다. 그러나 조선에서의 부설 비용은 값비싼 미국 자재를 사용하고도 3만 1천 엔에 불과했고, 공사에 동원된 일본군대의 비용과 수송비를 총합해도 6만 1천 엔에 지나지 않았다. 이렇게 값싼 철도를 부설할 수 있었던 것은 첫째 조선 농민의 토지를 헐값으로 수용할 수 있었고,[713] 둘째 조선인을 부설 공사 인부로 강제 동원할 수 있었으며, 셋째 산림의 남벌, 농우(農牛) 징발 등 조선인의 재산을 마음대로 사용할 수 있었기 때문이다.[714]

<경부텰도노래>에서는 기차를 빨리 부는 바람, 하늘을 나는 새에 비유하며 환상적으로 묘사하고 있지만 실제의 철도 공사는 마치 전쟁의 피해를 입은 듯 합리적인 보상도 받지 못하고 갖가지로 인권을 유린당하는 가운데 진행되었음을 알 수 있다. 『매천야록』에는 우리 백성들에게 후한 임금을 주었다 했으나 일본인 노동자에게는 하루 0.3엔을 지급하고 조선인 노동자들에겐 0.2엔을 지급[715]했으니 그 또한 객관적인 평가는 아닌 셈이다. 경부철도의 부설은 일본이 한국과 아시아 대륙을 침략하기 위한 단초를 마련하려는 저의에서 비롯한 것이었을 텐데 <경부텰도노래>에는 그 신속함과 편리함, 철도를 통해 내외국인이 하나 되는 문명이라는 장점만을 부각하였으니 곱씹어 보면 작품에 나타난 설렘과 기대가 지금으로선 그리 유쾌하지 않다.

◎ 〈거국행(去國行)〉 안창호(安昌浩, 1878~1938)

1. 간다 간다 나는 간다 너를 두고 나는 간다.
   잠시(暫時) 뜻을 엇엇노라 쌉을디는 이 시운(時運)이
   나의 등을 내미러셔 너를 쩌나 가게ᄒ니
   이로브터 여러 힝를 너를 보지 못ᄒᆯ지나
   그동안에 나는 오즉 너를 위(爲)ᄒ 일ᄒ리니
   나간다고 슬허마라 나의 ᄉ랑 한반도(韓半島)야

▶ 현대어 풀이 간다 간다 나는 간다 너를 두고 나는 간다.

잠시 뜻을 얻었노라! 흔들리는 이 시대 운수가

나의 등을 떠밀어서 너를 떠나가게 하니

이로부터 여러 해를 너를 보지 못할지나

그동안에 나는 오직 너를 위해 일할지니

나 간다고 슬퍼마라 나의 사랑 한반도야

2. 간다 간다 나는 간다 너를 두고 나는 간다.

   뎌 시운(時運)을 디덕타가 열혈들을 뿌리고셔

   네 품쇽에 누어자는 내 형뎨(兄弟)룰 다 찌워셔

   호번 긔(氣)쏏 히봣스면 속이 시원 흐겟다만

   쟝리ㅅ일을 싱각흐야 분을 춤고 써나가니

   늬가 가면 영 갈손냐 나의 스랑 한반도야

▶현대어 풀이 간다 간다 나는 간다 너를 두고 나는 간다.

   저 시운을 대적하다 열혈을 뿌리고서

   네 품속에 누워 자는 내 형제를 다 깨워서

   한번 한껏 해 봤으면 속이 시원하겠다만

   장래의 일 생각하여 분을 참고 떠나가니

   내가 가면 영 갈쏜가, 나의 사랑 한반도야.

3. 간다 간다 나는 간다 너를 두고 나는 간다.

   늬가 너를 작별(作別)호 후(後) 태평양(太平洋)과 대셔양(大西洋)을

   건널 쌔도 잇슬지며 셔비리(西比利)와 만쥬(滿洲)뜰에

   둔닐 쌔도 잇슬지라 나의 몸은 부평(浮萍)ヌ치

   어느 곳에 가 잇든지 너를 싱각 홀 터이니

   너도 나를 싱각흐리 나의 스랑 한반도야

▶현대어 풀이 간다 간다 나는 간다 너를 두고 나는 간다.

내가 너를 작별한 후 태평양(太平洋)과 대서양(大西洋)을

건널 때도 있을 것이고, 시베리아 만주벌판

다닐 때도 있을 지라 나의 몸은 부평 같이

어느 곳에 가 있든지 너를 생각 할 터이니

너도 나를 생각하리 나의 사랑 한반도야

4. 간다 간다 나는 간다 너를 두고 나는 간다.

즉금이별(卽今離別) 홀 때에는 민쥬먹만 들고 가나

이후상봉(以後相逢) 홀 때에는 긔를 들고 올 터이니

눈물 흘닌 이 이별(離別)이 깃분 마지 되리로다

도풍폭우(滔風暴雨) 심(甚)훈 이 째 부듸부듸 잘 잇거라

훗날 다시 맛나보쟈 나의 ㅅ랑 한반도야

(「대한매일신보」, 1910.5.12 ; 『도산안창호전집』 권1, 시문·서한)

▶ **현대어 풀이**　간다 간다 나는 간다 너를 두고 나는 간다.

지금 이별 할 때에는 맨주먹만 들고 가나

이후에 다시 만날 때는 깃발 들고 올 터이니

눈물 흘린 이 이별이 기쁜 맞이되리로다.

폭풍 폭우 심한 이 때, 부디부디 잘 있어라.

훗날 다시 만나보자 나의 사랑 한반도야.

🕮 굳센 다짐과 각오로 조국의 미래를 기약하다

<거국행>은 도산 안창호가 지은 개화기 가사로, 4·4조 가사 형식의 음수율을 매우 기계적으로 적용하고 있다. 전통의 가사 작품 가운데 "소동(小童)/아히 드려/주가(酒家)에/술을 들어 ‖ 얼운은/막대 잡고/아히논/술을 메고 ‖ 미음(微吟)/완보(緩步) 호야/시냇ᄀ의/호자 안자"(<상춘곡>)나 "강호(江湖)애/병이 깁퍼/죽님(竹林)의/누엇더니 ‖ 관동(關東)/팔빅리(八百里)에/방면(方面)을/맛디시니 ‖ 어와/셩은(聖恩)이야/가디록/망극(罔極)

ᄒ다"(<관동별곡>)를 보면, 가사는 한 개 음보에 2~4자 내외의 음절을 배치하여 4음보를 이루고 연속되지만, 엄격한 자수율을 따르고 있지는 않은데, 개화기에는 기존 가사 장르를 수용하여 변모하고 있다. 조선시대엔 가사가 일상 공간에서 가창·음영(吟詠)·송습(誦習)의 방식으로 제시하다가 신문 매체를 통해 독자에게 읽게 하는 방식으로 전달된 것은 가사 양식의 변화에 큰 영향을 준 것으로 보인다. 여기에 문명과 정치의 변화가 가속화되고, 지식인들이 매체에 가사를 발표하여 대중들을 깨우치고 계도하려는 의도가 더해져 가사문학의 변화에 속도감을 더했다. 기존에 가사(歌辭)가 가졌던 여유와 풍류, 서정성, 체험의 기술 등의 성격보다는 개화사상·저항과 비판·사회 풍자·구습 타파·여성 교육 등 이념이나 교훈을 전달하는 구호적인 성격이 강해졌다. 특히 "어둠의 세계를 밝히는 등(燈), 개명(開明)의 상징성"을 가지던 「대한매일신보」의 사회등 가사[716]에서는 이와 같은 성격이 더욱 명징해졌다.

1910년 국권 상실 전, 안창호는 망명길에 오르면서 <거국행>을 지었으므로 이 작품을 일명 <한반도 작별가>라고도 한다. 1902년에 미국으로 건너가 유학중이던 안창호는 을사조약 등으로 국운이 경각에 달려있음을 파악하고, 미국에 있는 한국인 단체 공립협회(共立協會)의 대표로 1906년에 귀국하였다. 귀국하자마자 비밀결사인 신민회(新民會)를 조직하여 구국항일투쟁을 전개하던 중, 이토 암살사건 후 총독부의 무단정치가 강화되자 이를 피해 망명하게 된 것이다.[717] 1911년 이후에도 민족의식의 주체였던 지식인들은 만주, 시베리아, 상해와 미국 등지로 망명의 길을 떠났다.[718] 안창호는 1909년 10월에 있었던 안중근의 이토 암살 사건에 관련되었다는 혐의로 3개월간 일제에 의해 잡혀 있다가, 1910년 중국으로 망명하여 산동성에서 민족지도자들과 독립 운동에 가담하였다. 그러나 독립 자금 문제, 급진파의 반대로 인해 실패하고, 그는 다시 시베리아를 거쳐 1911년 미국으로 망명하였다. 1937년 6월에 안창호는 흥사단 동지들과 함께 또 일본 경찰에 붙잡혀 수감되었다가 그 해 12월에 병보석으로 나와 이듬해 3월 간경화증으로 돌아갈 때까지 청년을 가르치고 한국독립당을 세우는 등 독립을 위해 각고의 노력을 기울였다.[719]

황실군악대 출신의 정사인(鄭士仁)이 개성의 송도중학교에서 교편을 잡으며 <추

풍(秋風)〉·〈돌진(突進)〉·〈석별(惜別)〉 등을 작곡했는데, 〈거국행〉은 당시 널리 애창된 〈석별〉의 가락에 맞추어 불려졌다.[720] 〈거국행〉은 4절 모두 "간다 간다 나는 간다 너를 두고 나는 간다"로 시작하여 "나의 ㅅ랑 한반도야"로 끝을 맺어 리듬감을 주면서, 고국을 떠나는 아쉬움과 내 사랑하는 조국에 꼭 다시 돌아오겠다는 다짐을 동시에 담고 있다. 1절에서는 시대의 운명 때문에 조국을 떠나지만 오직 조국을 위해 한 목숨 바칠 것이라는 다짐을, 2절에서는 지금·여기에서 항일 투쟁을 하고 싶지만 조국의 미래를 도모하기 위해 순간의 분을 참고 떠나간다며 울분과 미래 기약을 함께 표현했다. 3절은 내 몸이 비록 부평초처럼 떠다녀도 항상 조국을 생각하겠다는 각오를, 4절은 지금은 맨주먹으로 조국과 이별하지만 다시 만날 때는 꼭 승리할 것이니 지금의 눈물은 훗날의 기쁨이 될 것이라는 희망을 담았다. 역사적 고난의 상황과 관련하여 민족지도자의 심정을 토로하여, 당시 우리 민족에게 힘을 주었다는 점, 국난을 극복하는 민족의 구국의지를 잘 나타낸 점, 외세와의 굳건한 대결의지를 보여주는 민족의 노래라는 점에서 큰 의미가 있는 작품이다.[721] 조국을 떠나는 것을 연인과의 이별에 비유한 표현, "간다 간다 나는~"로 시작하여 "나의 사랑 한반도야."로 끝맺음하는 반복구, 각 절의 끝맺음 앞에 "나 간다고 슬퍼마라", "내가 가면 영 갈쏜가", "너도 나를 생각하리.", "훗날 다시 만나보자"와 같이 위로와 자기 다짐, 앞날의 기약 등을 기술하는 문학적 장치는 이 작품이 단순한 구호에만 머물지 않고 문학적 실현을 이룬 측면이다.

◎ 〈사(死)의 찬미(讚美)〉(1926년) 작사·작곡 미상, 윤심덕(尹心悳 1897~1926) 노래

1. 광막한 황야를 달리는 인생아	3. 웃는 꽃과 우는 저 새가
너는~ 무엇을 찾으러 왔느냐	그~ 운명이 모두~ 같으니
이래도 한세상 저래도 한평생	생에 열중한 가련한 인생아
돈도~ 명예도 사랑도 다 싫다	너는~ 칼날에 춤추는 자로다

> 2. 녹수청산은 변함이 없건만
>   우리~ 인생은 나날이 변했다.
>   이래도 한세상 저래도 한평생
>   돈도~ 명예도 사랑도 다 싫다
>
> 4. 허영에 빠져~ 날뛰는 인생아
>   너~ 속 안을 네가~ 아느냐
>   근본~ 세상은 너에게 허무니
>   너~ 죽은 뒤에 세상은~ 없도다.
>
> (한국문화방송주식회사 편, 『가요반세기』)

윤심덕의 비극적 사랑

1919년 3·1운동 이후 창가(唱歌)는 단순한 애국적 내셔널리즘의 계몽운동이 아니라 민족의 절망과 좌절을 달래는 음악 또는 저항 음악으로 발전하고, 예술가곡과 대중가요(유행가)으로 분화되어 창가와 유행가가 완전히 분리되지 않은 미분화 상태였다.[722] 우리나라 대중가요는 바로 이러한 유행창가가 음반화 되면서 시작한다고 할 수 있다. 현재까지 밝혀진 가장 오래된 음반은 1925년 일본축음기상회에서 것으로, 박채선·이류색이 부른 <이 풍진 세월>(창가집에는 <청년경계가>)이다. 1925년에 발표한 대중가요가 이 작품을 비롯해 몇몇이 있음에도 흔히 한국대중가요사의 시작을 1926년 윤심덕의 <사의 찬미>에서부터 잡는다. 이 노래가 대중에게 선풍적 인기를 끌어 우리 대중가요 음반시장의 가능성을 확인시키고,[723] 유성기 산업의 기폭제 역할[724]을 했기 때문이다.

<사의 찬미>는 신문화로 도입한 대중가요로서, 우리나라의 노래 시장에 새 분위기를 만들었다. <사의 찬미>는 1926년, 이글 레코드사의 초창기 작품으로 나발 축음기 때의 노래이다. 이 곡을 노래한 윤심덕(1897~1926)은 한국 최초의 소프라노이자 전문 성악가로 꼽힌다. 우에노 음악 학교를 졸업하고 귀국한 윤심덕은 오페라 아리아와 슈베르트 가곡을 불러 장안의 화제가 됐다. 당시 종로 YMCA에서 열린 귀국 독창회는 한국 여성 성악가 최초의 리사이틀이다. 당시 신문 기사처럼 "눈이 크고, 입이 크고, 명랑한 성격 그대로 자신을 호탕하게 내던져버리는" 윤심덕은 무대에

서기만 하면 청중의 관심을 집중시키며 화제의 초점이 되었다.[725] 이외에도 윤심덕은 조선여자 청년회 주최 성악회, 평양 숭실학교 음악회 등 많은 공연을 소화하다가 동생 윤성덕과 함께 일본에서 레코드를 취입했다.(개벽 1926년 7월 17일자)[726] <사의 찬미>는 1940년대 초까지도 널리 유행하였다.

루마니아 작곡가 이바노비치의 <도나우 강의 잔물결(Donauwellen Walzer)> 곡조에 가사를 붙여 위의 곡을 취입하고 돌아오는 연락선에서 임을 부여안고 현해탄 푸른 물에 뛰어들어 죽었다. 윤심덕은 동경 유학생 김우진(金祐鎭)과 맺어지지 못할 사랑을 하다가 그 고민을 안고 죽었다.

> "3일 오후 11시경 시모노세키를 떠나 부산으로 향한 관부연락선 덕수환(德壽丸)이 4일 오전 4시경에 대마도 옆을 지날 즈음에 양장을 한 여자 한 명과 중년신사 한 명이 서로 껴안고 갑판으로 돌연히 바다에 몸을 던져 자살을 하였는데…남자는 김우진이요, 여자는 윤심덕이었으며…연락선에서 조선 사람이 정사(情死)를 한 것은 이번이 처음이라더라."(부산 전보)

1926년 8월 5일 일간지 기사이다. "서로 사랑하다 죽은" 두 남녀의 '정사(情死)' 사건은 10여 일간 잇따라 대서특필되었고, "미성(美聲)의 주인 윤심덕, 청년 문사(文士)와 투신정사(投身情死)", "동기(動機)는 비관이다"라는 헤드라인이 붙기도 했다.[727] 신문에서는 "윤심덕은 일본 도쿄 우에노 음악학교를 나와 서울여자고보에서 성악을 가르쳤던 엘리트 신여성이었고, 김우진은 목포 백만장자의 맏아들로 와세다 대학 영문과를 마치고 극에 관한 연구와 조예가 깊은 청년이었다. 둘은 다시없는 친구이자 애인으로, 김우진이 '나는 각본을 쓸 터이니 너는 배우로 나아가라'고 권고할 정도였다. 그러나 김우진은 이미 아내가 있고 자녀까지 있는 상황이어서 윤 양은 남몰래 눈물과 긴 한숨을 지은 적이 한두 번 아니었다."고 사건의 원인을 분석한다. 또 "동갑내기인 둘은 자살하기 전 오사카에 함께 있었고, 윤심덕은 <죽음(死)의 찬미>를 마음껏 불러 끝없는 슬픔을 느끼게 했다"고 전한다.

1925년 초가을, 윤심덕은 연극 「동도」에서 "사나이 거짓사랑에 속아서 신명을 바친 순박한 여인", '안나' 역을 맡았다. 한데 윤심덕은 대사마다 흐느끼고 우는 바람에 대사를 제대로 알아들을 수가 없었다. 이에 연출자 박승희가 충고했다. "배우는 관중을 울려야지 자신이 울어서는 안 된다. 배우가 울면 관중의 마음속에서 슬픔이 증발해버리는 법이다."라고.

이 자료는 살며 사랑하는 가운데 윤심덕에게 깊은 슬픔이 내재했음을 말해주고, 김우진도 1924년 고향으로 돌아와 토지 관리하면서 창작하는 신세를 비관했다 하고 인습과 전통이 얽어매는 현실에서 무한한 자유를 갈구했던 인물이라고 미화하기도 한다. 둘의 동반자살은 그들에게 내재된 슬픔 때문일 수도, 맺어지기 힘든 사랑에 대한 비관 때문일 수도, 나라 잃은 시대에 스스로 갈 길을 찾지 못하는 나약한 지식인이었기 때문일 수도 있고 그 총합일 수도 있겠지만 동생 윤성덕의 피아노 반주로 녹음을 끝내고 예정에 없이 추가한 노래 <사(死)의 찬미>에 그 슬픔의 심연이 고스란히 녹아 있는 일이 참으로 공교로운 일이다. 윤심덕이 일본에서 취입한 레코드 십 수 개 가운데 하나에 '죽엄(死)의 찬미'가 들어있었는데, 조선의 노래 레코드를 일본에서 팔기는 처음이라 했다. 1932년 집계에 따르면, 이 음반은 1만 3천장이 팔려 조선 사람의 노래로는 가장 많이 팔렸다고 한다.[728]

◎ 〈희망가〉(1930년)　작사·작곡 미상/채규엽 노래

1. 이 풍진 세상을 만났~으니 너의 희망이 무엇이냐
   부귀와 영화를 누렸~으면 희망이 족~할까~
   푸른 하~늘 밝은 달 아래 곰~곰~이 생각하니
   세상만사가 춘몽~중에 또다시 꿈 같도다~

2. 이 풍진 세상을 만났~으니 너의 희망이 무엇이냐
   부귀와 영화를 누렸~으면 희망이 족~할까~

담소화락(談笑和樂)에 엄벙덤벙 주색잡기(酒色雜技)에 침몰하랴

세상만사를 잊었~으면 희망이 족할까~.

(한국문화방송주식회사 편, 『가요반세기』)

☙ 깊은 슬픔, 끝없는 절망을 담은 노래 〈희망가〉

<사의 찬미>는 누구나 무언가를 찾기 위해 인생길을 달려가지만, 이래도 한세상 저래도 한평생인 인생에서 그리 애타게 찾을 것은 아무 것도 없다는 메시지를 담고 있다. 사람들이 흔히 추구하는 돈도, 명예도, 사랑도 다 부질없다 하였는데 불교에서 말하는 인생무상은 종교 귀의라는 또 다른 희망을 제시하지만 여기선 끝없는 추락과 절망으로 귀결된다. "생에 열중한 가련한 인생아, 너는 칼날에 춤추는 자로다." 에서는 삶에 대한 위기감이 절정을 이루었다.

잘 알려진 〈희망가〉는 제목과 다르게 〈사의 찬미〉를 그대로 닮았다. '풍진(風塵) 세상'은 티끌이 바람에 날려가는 듯, "편안하지 못한 어지러운 세상"을 뜻한다. 부귀영화를 누린다 해도 주색잡기에 빠져 세상만사를 잊어버리려고 해도 희망도 꿈도 미래도 찾을 수 없다는 극도의 자학과 체념과 허무감이 배어 있다. 〈희망가〉는 19세기 미국인 제러마이어 잉갈스가 작곡한 찬송가 〈우리가 집에 돌아왔을 때(When We arrive home)〉의 멜로디를 사용해 좀 더 경쾌한 템포로 불렀다. 〈희망가〉는 곡조가 지닌 애조에 더하여 현실 도피나 퇴폐적 기풍을 질책하는 설교 조의 가사 때문에 제목과 같이 민중들의 의기를 높이기는커녕 희망이 사라진 뒤의 절망감과 위기의식을 느끼게 만들어 민중은 이 노래를 〈실망가(失望歌)〉라고 불렀다.[729]

〈희망가〉에 깊은 절망이 자리한 이유는 이 노래의 원곡이 1890년 일본 창가집에 실려 있던 〈몽의외(夢の外)〉를 본뜬 때문이다. 이 곡은 에노시마에 놀러갔던 중학생들이 탄 보트가 돌풍을 만나 전복됨으로써 12명 전원이 수장되자, 교사가 이들을 애도하여 지었다.[730] 〈몽의외(夢の外)〉를 번역하면 아래와 같다. 〈사의 찬미〉를

비롯한 세 노래 모두 부귀와 영화를 헛된 것으로 여기고, 작은 희망도 저 멀리 던져 버린 채, 한없는 절망의 나락으로 빠져들고 있는 것이 공통적이다.

새하얀 후지(富士)의 봉우리 에노시마
우러러 보지만 지금은 눈물
돌아오지 못한 열둘의 웅장한 영혼들에게
바치는 마음

보트는 가라앉은 천수의 바다
바람과 파도로 작은 팔은 지쳐 힘이 떨어지고
부르는 이름은 부모
맺힌 한은 깊고 해변은 저 멀리

눈발은 거세고 바람조차 요동치는구나.
달도 별도 자취를 감추고
영혼이여 어디에서 헤매고 있는가.
돌아오라 어서 부모의 품으로

하늘에 빛나는 아침 해
어둠속으로 잠겨가는 부모의 마음
황금은 모아서 무얼 하겠는가!
신이여 어서 우리를 데려가 다오

구름 사이로 비치는 달빛
지금은 보이지 않는 사람의 모습
너무 슬퍼 잠들지 못하는 머리맡에
울리는 파도는 소리도 크구나.

돌아오지 못할 파도 길에, 친구를 부르는 수많은 새들
우리도 사랑하는 사람을 잃었다
사라지지 않는 한스러움에 울고만 있다
오늘도 내일도 이렇게 영원히······.

미주 시가(詩歌)란 무엇인가?

1) 시(侍, 寺). "寺人 掌王之內人及女宮之戒令 註 寺之言侍也 取親近侍御之義"(『周禮』 卷2, 天官 冢宰 下).

2) "屮 出也 象艸過屮 枝莖漸益大 有所之也 一者 地也 凡屮之屬皆從屮"(염정삼, 『설문해자주』 부수자 역해, 서울대학교 출판문화원, 2007, pp.281~282), 『爾雅』 釋詁에서도 '之는 간다(往)는 뜻'이라 했고, 『周禮』 冬官考工記 梓人에는 위로 나온 것을 '之', 아래로 늘어진 것을 '而'라 설명했다.

3) "欠 張口气悟也 象气從儿上出之形 凡欠之屬皆從欠"(염정삼, 위의 책, p.424).

4) 염정삼, 위의 책, p.200.

5) '哥'는 "古歌字", "聲也, 從二可 古文以爲謌字" * "歌古作可"(集韻), '可'는 "口+丁", 즉 입안의 형상으로, 입안 깊숙한 데서 큰 소리를 내어 꾸짖는다는 뜻이다.

6) "詩者 志之所之也 在心爲志 發言爲詩 情動於中而形於言 言之不足 故嗟歎之 嗟歎之不足 故永(詠)歌之 永歌之不足 不知手之舞之足之蹈之也"(『詩經』 卷1, 周南 關雎 毛序 大序) ; "故歌之爲言也 長言之也 說之故 言之 言之不足 故 長言之 長言之不足 故 嗟歎之 嗟歎之不足 故 不知手之舞之 足之蹈之也"(『禮記』 第19 樂記).

7) 李炳漢, 增補 『漢詩批評의 體例研究』(通文館, 1985), pp.9~10.

8) "詩 言其志也 歌 詠其聲也 舞 動其容也 三者皆本於心 然後樂器從之"(『禮記』 第19, 樂記).

9) "詩言志 歌永言 謂詩言志以導之 歌詠其義以長其言", "詩言人之意 歌詠其義以長其言 樂聲依此長歌爲節"(『尙書』 虞書 舜典).

10) "大舜云 詩言志 歌永言 聖謨所析 義已明矣 是以在心爲志 發言爲詩 舒文載實 其在玆乎 詩者 持也 持人情性"(劉勰, 『文心雕龍』 6章, 明詩).

11) 朴承任, 『性理類選』 권8, 治道, 樂之意.

12) "閒居養疾之餘 凡有感於情性者 每發於詩 然今之詩 異於古之詩 可詠而不可歌也 如欲歌之 必綴以俚俗之語 蓋國俗音節 所不得不然也"(李滉, 陶山十二曲跋, 『退溪集』 卷43 ; 『韓國文集叢刊』 30(이하 『文叢』), p.468).

13) "夫思有樂 而思有哀 而思余思也 何居立亦思 坐亦思 步臥亦思 或暫思 或久思 或思之愈久 而愈不忘 然則余思也 何居思之所感 不能無聲 聲隨而韻 是以爲詩 雖音調鄙俚不足 以被之管絃 然譬諸吳歈蔡謳 亦可自鳴其所思"(金鑢, 思牖樂府序, 『思牖樂府』 卷6; 韓國文集編纂委員會, 『韓國歷代文集叢書』, 1999, pp.360~361).

14) "詩言志 歌永言 而感發人之善心 歌爲最 二南亦歌也 逐叙君臣父子夫婦兄弟朋友五目 凡百餘篇 以倣周詩 名曰正風 世皆寶誦 往往被諸管絃"(朴仁老, 『蘆溪集』 卷2, 行狀 ; 『文叢』 65, p.235).

15) "樂音之所由生 在人心之感於物也 故哀心之感者 其聲噍而殺 樂心之感者 其聲嘽而緩 喜之感也 發而散 怒而感也 粗而厲 敬者直廉 愛者和柔 且夫聲音之道 與政通焉 治世之音 安而樂 其政和 亂世之音 怨而怒 其政垂 亡國之音 哀而思其民困 故聞其樂 而知其政 審其音而知其心"(金馹孫, 論後殿曲 ; 李摠, 『西湖文集』 卷2).

미주 고전시가 작품론

1) 성기옥·손종흠,『고전시가론』(한국방송통신대학교출판부, 2006), p.17.

2) 성기옥·손종흠, 위의 책, p.31.

3) 韓致奫,『해동역사』권22, 악지.

4) 성기옥, 공무도하가 연구 −한국 서정시의 발생 문제와 관련하여, 서울대학교 박사논문, 1989.

5) 김한규,『요동사』(문학과지성사, 2004), pp.188~189.

6) 김한규, 위의 책, pp.190~191.

7) 한국고대사학회,『한국 고대사 연구의 새 동향』(서경문화사, 2007), pp.188~189.

8) 김영수, 공무도하가 신 해석−'백수광부'의 정체와 '피발제호'의 의미를 중심으로,『한국시가연구』3집(한국시가학회, 1998.6), pp.14~22, pp.24~27 : 김학성·권두환 편,『신편 고전시가론』(새문사, 2002), pp.71~78 재수록.

9) 秦聖麒 편, 제주민속총서3『南國의 民謠』(濟州民俗文化研究所, 1958), p.140.

10) 박승임,『성리유선』권10, 치도, 孔孟作處.

11) 李基白·李基東,『韓國史講座』1−古代篇(一潮閣, 1982), pp.70~71.

12) 李基白·李基東, 위의 책, pp.72~73.

13) "二十三日 余自度不能免 解衣墮水中 一家妻子兄弟 一舡男女太半同溺 … 稚子龍及妾女愛生 遺置沙際 潮回浮出 呱呱滿耳 良久而絶 余年三十 始得此兒 方娠夢 見兒龍浮水中 遂以爲名 孰謂其死於水中也 浮生萬事 莫不前定 而人自不悟矣 … 哭聲徹天 海潮嗚咽 生之何心 死也何罪 余平生懦怯 最出萬夫之下 此時則亦不每生矣"(姜沆, 涉亂事迹,『看羊錄』; 민족문화추진회,『海行摠載』, 민족문화문고간행회, 1974, pp.207~208).

14)『성종실록』권275, 24년(1493) 3월 10일 1번째 기사.

15)『삼국사기』에는 광무 18년(壬寅年, A.D.42년)이라 하고,『고려사』에는 유리왕 18년(辛丑年, 41년)이라 했으니 1년의 차이가 난다. 우리나라 역사가들은 모두『삼국사기』를 좇았다. 옛 것을 귀히 여긴다.

16) 丁若鏞,『我邦疆域考』권4, 弁辰別考.

17) 정약용 저, 박석무 역,『유배지에서 보낸 편지』(창작과비평사, 1991), p.199.

18) 金性彦, 龜旨歌의 해석,『韓國文學史의 爭點』(集文堂, 1986), p.84 참조.

19) 박지홍, 龜旨歌研究,『국어국문학』16(국어국문학회, 1957), pp.6~10 참조.

20) 尹五榮, 龜旨歌 新釋,『現代文學』151(現代文學社, 1967.7), p.279.

21) 鄭炳昱, 韓國詩歌文學史(上) 古代詩歌·鄕歌·麗謠,『韓國文化史大系』言語·文學史(下)(高麗大學校 民族文化研究所, 1965), pp.766~767. ; 朴鎭泰, 龜旨歌의 背景과 構造,『韓國詩歌의 再照明』(螢雪出版社, 1984), p.23.

22) 김열규, <구지가> 재론−텍스트론으로 되짚어 본,『한국고전시가작품론』1(集文堂, 1992), p.3 참조.

23) 金烈圭, 한국·중국·일본의 신화『東洋의 神들』(한국능력개발사, 1978), p.136.

24) 성기옥, <구지가>의 작품적 성격과 그 해석(1),『울산어문논집』3(울산대학교 국어국문학과, 1987)

; <구지가>의 작품적 성격과 그 해석(2),『배달말』12(배달말학회, 1987) ; <龜旨歌> 형성의 문화 기반과 역사적 양상,『韓國古代史論叢』2(韓國古代社會研究所, 1991).

25) 黃浿江, 龜旨歌攷,『국어국문학』29(국어국문학회, 1965), pp.29~30.

26) "王在藩時 相人者見王 竊相語曰 眞王者云 及入燕 一日困臥 忽有五色之氣 凝滿寢室 壁間有一龜出頭 而體甚巨 王疑夢諦視之 非夢也 至是 相者之言驗焉 龜亦有知也歟"(『孝宗實錄』卷21 附錄, 孝宗宣文章武神聖顯仁大王行狀 ; 國史編纂委員會『朝鮮王朝實錄』36(探求堂, 1981), p.194).

27) "吾家有歲畫十長生 今玆十月尙如新 病中所願無過長生 故歷叙以贊云", "細想龍圖躍在河 洛龜天錫瑞王家 自從表出神仙後 却入山中嘯日華"(李穡, <歲畫十長生 日雲水石松竹芝龜鶴鹿>,『牧隱藁』卷12 ;『文叢』4(民族文化推進會, 1990), pp.116~117).

28) 박원길, 몽골의 제사습속, 국립민속박물관 학술총서 25『북방민족의 샤마니즘과 제사습속』(국립민속박물관, 1998), p.468.

29) 박원길, 위의 책, p.465.

30) 박원길, 위의 책, p.462.

31) "從天生大突厥天下賢聖天子 伊利俱盧設莫何始波羅可汗致書大隋皇帝"(新校本『隋書』卷84, 列傳 49, 北狄 突厥).

32) 宣石悅, 伽倻와 新羅의 成長過程 比較, 제4회 伽倻史 學術會議『伽倻와 新羅』(金海市 學術委員會, 1998), pp.29~30 ; 김열규, <구지가> 재론, 白影 鄭炳昱 先生 10週忌追慕論文集,『한국고전시가작품론』1(집문당, 1992), pp.3~5 참조.

33) "金庾信 王京人也 十二世祖 首露 不知何許人也 以後漢建武十八年壬寅 登龜峯 望駕洛九村 遂至其地開國 號曰加耶"(『三國史記』卷41, 列傳1, 金庾信(上)).

34) 金泰植,『加耶聯盟史』(一潮閣, 1993), p.37 참조.

35) <龜旨歌>에서는 '首其現也'라 표현하였지만 "有時木在北龜出南 有時龜適出頭 木爲風所吹在陸地 龜百歲一出頭 尙有人孔中時"(東晉西域沙門竺曇無蘭譯,『佛說泥犁經』), "龜蟲永不出頭 亦不出足 野干飢乏 瞋恚而去 諸比丘汝等今日亦復如是"(宋天竺三藏求那跋陀羅譯『雜阿含經』卷43)나『朝鮮王朝實錄』孝宗實錄의 표현에 따라 '出頭'라는 표현을 채택하였다.

36) "海鼇擧首 庶幾仰戴於靈山 厩馬傷蹄 詎可齊驅於淸路"(李齊賢, 乞退箋,『益齋亂藁』卷8, 表).

37) 李揆東, 앞의 논문, p.366.

38) 鄭炳昱, 앞의 책, pp.767~769.

39) 崔東元, 駕洛國記攷—龜旨歌에 대한 諸 問題를 중심으로,『金海地區綜合學術調査報告書』(釜山大學校韓日文化研究所, 1973), pp.15~17.

40) "天不雨沸流 漂沒其都鄙 我固不汝放 汝可助我慎 鹿鳴聲甚哀 上徹天之耳 霖雨注七日— 西狩穫白鹿 倒懸於蟹原呪曰 '天若不雨而漂沒沸流王都者 我固不汝放矣 欲免斯難 汝能訴天', 其鹿哀鳴 聲徹于天 霖雨七日"(李奎報, 東明王篇 幷序,『東國李相國集』卷3, 古律詩).

41) "誦呪曰 蜥蜴蜥蜴 興雲吐霧 雨令滂沱 令汝歸去"(社稷 嶽瀆 籍田 先蠶 奏告 祈禜,『宋史』卷102, 志55, 禮5 吉禮5, 中華書局, 1977, pp.2501~2502),

42) 이들 작품에 대한 자세한 설명은 성기옥, <구지가>의 작품적 성격과 그 해석(1),『울산어문논집』3(울산대학교 국어국문학과, 1987), pp.57~63. ; <龜旨歌> 형성의 문화 기반과 역사적 양상,『韓國古代史論叢』2(韓國古代社會研究所, 1991), pp.161~163에 잘 제시되어 있다.

43) James George Frazer, The magical control of rain, The Golden Bough—A Study in Magic and

Religion, The Macmillan Company, 1963, p.87.

44) "Orinoco 인디언은 가뭄 때 개구리를 항아리 속에 넣고 그 항아리를 나뭇가지로 두들겨 비를 기원한다."(James George Frazer, 앞의 책, p.84).

45) James George Frazer, 앞의 책, pp.84~85.

46) 芮昌海, <獻花歌>에 대한 한 試論, 白影 鄭炳昱 先生 還甲紀念論叢 Ⅱ 『韓國詩歌文學研究』(新丘文化社, 1983), p.50.

47) 옆의 수미산 그림은 부모은중경판화변상도(父母恩重經版畵變相圖)에 실린 것이다. 이 변상도에는 총 21장면의 변상이 등장한다. 이 장면은 부모님을 업고 수미산을 다 돌아도 은혜를 갚을 수 없다는 내용을 표현한 것이다.(김정희, 『찬란한 불교 미술의 세계 불화』, 돌베개, 2009, p.297).

48) 韓國佛敎大辭典編纂委員會, 『韓國佛敎大辭典』 3(寶蓮閣, 1982), p.795.

49) 由旬은 산스크리트어 'yojana'의 음역인데, 1유순은 약 10km 정도이다.

50) "수래박 같은 연화가 사철 없이 피어있고 칠보로 자잤는데/청색에 청광이요 황색에 황광이라/청황적백 사색 광명 서로 섞여 어려 있고 향냄새 묘한데/그 위에 누각 지어 허공 주에 가득하되 칠보로 장엄이라/황금 백은이요 유리 만호로다/색색이 꾸미시레 칠전 낭간에 칠보 망울이 둘러있고/칠보 향수 보백낭기 일곱 불로 둘러서라/청학 백학 앵무 공작 가릉빙조가 공명조라"(金泰坤 編, 영일지역 무가, 『韓國巫歌集』 4, 集文堂, 1980, pp.96~97 ; 황병익, 『三國遺事』 水路夫人 條와 <獻花歌>의 意味 再論, 『韓國詩歌研究』 22, 韓國詩歌學會, 2007, pp.15~20).

51) 『삼국유사』 권4, 義解5, 사복불언.

52) 張籍 768~830, 車遙遙, 『張司業集』 卷2.

53) 李珣, 855~930, 南鄕子, 『全唐詩』(下) 권896.

54) 김해명 감수, 『중국문학사전』 Ⅱ 작가편, 연세대 중국문학사전 편찬위원회, 1994, p.450.

55) 김완진 해독과 현대어 풀이는 金完鎭, 『鄕歌解讀法研究』(서울대학교 출판부, 1980)에 따랐다.

56) 金九容, 送鄭廉使, 『惕若齋學吟集』 상권 詩.

57) "今夫學大木者 前呼邪許 後亦應之 此學重勸力之歌也"(『淮南子』 道應訓).

58) 『삼국유사』 권3, 탑상, 황룡사 장육, 영묘사 장육.

59) 이희승·정병욱, 강한영 校注 『申在孝 판소리 사설집』(普成文化社, 1978), pp.546~547.

60) 김영미, 삼국유사 감통편 광덕엄장 조와 아미타신앙, 『신라문화제학술발표외 논문집』 32(동국대 신라문화연구소, 2011.6), pp.173~200.

61) 『佛說無量壽經』 卷下 ; 불전간행회 편, 한보광 옮김, 『정토삼부경』(민족사, 2002), pp.67~69.

62) 『觀無量壽經』 正宗分 ; 『정토삼부경』, 위의 책, pp.131~158.

63) 『觀無量壽經』 正宗分 ; 『정토삼부경』, 위의 책, p.158 : 김영미(2011), 위의 논문, p.192.

64) 『삼국유사』 판본에 따라 삽관(鍤觀) 혹은 쟁관(錚觀)으로 표기되어 있는데, 대체로 '징'을 뜻하는 후자보다는 농사짓는 엄장과 관련된 농기구인 '가래'를 뜻하는 전자를 선택하고 있다.(김영미, 앞의 논문, pp.197~198) 이 글자를 아예 '정(淨)'의 잘못으로 파악하여 "사고의 더러움을 제거하고 번뇌의 유혹을 없애는 것"이라고 읽기도 한다.(일연 저, 김원중 역, 『삼국유사』, 을유문화사, 2002, p.522).

65) 『신증동국여지승람』 권32, 창원도호부.

66) 韓國佛敎大辭典編纂委員會, 『韓國佛敎大辭典』 3(寶蓮閣, 1982), pp.122~123.

67) 『무량수경』 ; 불전간행회 편, 한보광 옮김, 『정토삼부경』(민족사, 2002), pp.36~37.

68) 黃柄翊, 삼국유사 죽지랑 조와 <모죽지랑가>의 의미 고찰, 『語文研究』 135(韓國語文教育研究會, 2007.9), pp.187~211에서 효소왕대와 죽지랑의 상관관계 입증을 시도하였다.

69) 김대문 저, 이종욱 역주, 『화랑세기-신라인의 신라 이야기』(소나무, 1999), p.161.

70) "靑山漠漠水冷冷 天上星臨地下靈 一曲薤歌聲漸遠 此生無復見儀形"(李穡, 哭李鷹揚 元富, 『牧隱藁』 권30 ; 『문총』 4, p.425).

71) "故로 當其問ᄒ시고 行解不二ᄒ샤 卽是毗盧遮那ㅣ시니 是爲三聖이시니 故로 次文殊ᄒ시니라"『圓覺經諺解』 上一之二 ; 『역주 원각경언해』, 세종대왕기념사업회, 2004, 71~72쪽.

72) "入道ᄂ 以見性ᄋ로 爲本ᄒ고 了法이 次之ᄒ니 蓋雖見性ᄒ야도 不了萬法ᄒ면 …"『楞嚴經諺解』 卷4 ; 『능엄경언해』, 大提閣, 1985, 185쪽.

73) 황병익, <祭亡妹歌>의 의미 재고찰, 『어문론총』 61(한국문학언어학회, 2014), pp.202~203.

74) "生死爲此岸 涅槃爲彼岸 而不能渡檀之彼岸"『大智度論』 卷12, 大智度論釋初品中檀波羅蜜法施之餘.

75) 韓國佛教大辭典編纂委員會 編, 『韓國佛教大辭典』 6, 寶蓮閣, 1982, 875쪽.

76) 구미래, 『한국인의 죽음과 사십구재』, 민속원, 2009, 360~361쪽.

77) 황병익(2014), 앞의 논문, pp.205~215 참조.

78) 林基中, 『新羅歌謠와 記述物의 研究』-呪力觀念을 중심으로(半島出版社, 1981), p.281.

79) 조동일, 제2판 『한국문학통사』(지식산업사, 1989), p.152 ; 제3판(1994), p.165 참조.

80) 吉野正敏 外, 『氣候學·氣象學辭典』(二宮書店, 1985), p.166.

81) 黃柄翊, 『三國遺事』 二日並現과 <도솔가>의 의미 고찰, 『語文研究』 115(韓國語文教育研究會, 2002.9), pp.151~164에서 이에 대한 상론을 펼쳤다.

82) "辰時 日暈兩珥 巳時午時 日暈兩珥 暈上有冠 冠上有背 色皆內赤外靑 白虹貫日"(『승정원일기』 영조 24년(1748) 10월 16일 정유).

83) 韓國佛教大辭典編纂委員會, 『韓國佛教大辭典』 3(寶蓮閣, 1982), p.223.

84) "老年有佛可歸依 雷驚白日初麾塵 花散淸風未著衣"(李穡, 漆原尹侍中在報法寺 大作佛事 穡欲往觀 以病不果, 『牧隱藁』 卷22 ; 『文叢』 4, p.295).

85) '처용랑 망해사'조에는 논란이 되는 몇몇 글자가 있는데, 헌강왕이 물가에서 쉬려 할 때의 '낮 주(晝)'는 원문 그대로 '꾀할 획(畫)'으로 읽고, 역신이 처용의 처를 찾는 구절 "變無人夜至其家竊與之宿"에서 '변(變)'을 "역신이 사람으로 변하여"라고 풀이하지 않고 "정기가 뭉치어 물(物)이 되고, 유혼(游魂)이 모여 변(變)이 된다."(주역 계사 상)의 '변'으로 보아 '역신'으로 읽어(洪在休, 處容郎 望海寺 說話의 校訂字辨正-處容郎 夫妻의 寬容, 不貞說 辨正을 爲한 註釋的 考究, 『女性問題研究』 8, 효성여대 부설 한국여성문제연구소, 1979, p.97 참조) 이에 따라 배경설화를 풀이하였다.

86) "禮曰 顓頊氏有三子 生而亡去爲疫鬼"(王充, 『論衡』 訂鬼).

87) "疫神, 帝顓頊有三子 生而亡去爲鬼 其一者居江水 是爲瘟鬼 其一者居若水 是爲魍魎 其一者居人宮室 樞隅處 善驚小兒"(蔡邕 撰, 『獨斷』 卷上).

88) 金泰坤, 『韓國巫歌集』 1(集文堂, 1971), pp.345~349.

89) "惟和漢三才圖會曰 推古天皇三十四年 日本穀不實 故三韓調進米粟百七十艘 船止於浪華 船中有三少年憂疱瘡者 一人則老夫添 一人則婦女添 一人則僧添居 不知孰人 國人問其名 添居者答曰 予等疫神徒 司疱瘡之病 予等亦元依此病死成疫神 此歲國人 始憂疱瘡"(李圭景, 痘疫有神辨證說, 『五洲衍文長箋散稿』 卷57, 人事篇1, 人事類2).

90) "予等疫神徒 司疱瘡之病 予等亦元依此病死成疫神 此歲國人 始憂疱瘡"(李圭景, 痘疫有神辨證說, 위의

책, 같은 곳).

91) 洪基元, 痘瘡의 疫學 및 臨床, 『대한의학협회지』 8권 3호(대한의학협회, 1965), p.201.

92) "凡疫類 皆有鬼如癘及痘疹之屬 淸染相傳 若有知覺行路偶値未必傳病 其功近通問親戚姻黨遞染"(이익, 『星湖僿說』 권6, 萬物門).

93) "痘之有神 又其好潔而惡穢 喜靜而忌囂 往往發見光景 肅然動人 殆若有物宰乎其間 則世俗之顯薦虔奉 久矣 余又安知其必無也"(『麗韓十家文鈔』 卷9, 送痘神文).

94) "得效方日 痘瘡 切忌諸般臭穢煎炒油煙 父母行房 梳頭等 觸犯未發而觸 則毒氣入心悶亂而死 已發而觸 則瘡痛如割 以至黑爛切宜深戒"(鄭鎬完, 『역주 諺解痘瘡集要』 卷下 禁忌).

95) "初虞世日 痘瘡 勿親近狐臭漏液 房中淫慾 及婦人月候 醉酒葷穢硫黃蚊藥 一切腥臊燒頭髮等氣"(鄭鎬完, 위의 책, 같은 곳).

96) 鄭鎬完, 위의 책, pp.321~322.

97) "丙辰年春夏 疫氣連村落 初聞輕疹瘡 諦審乃痘疫 自遠漸近隣 爲兒先惕若 大事停祭先 小務廢織作"(李文楗 저, 이상주 역, 行疫嘆, 『養兒錄』, 태학사, 1997, p.75).

98) 『石潭日記』 下, 萬曆5年 丁丑.

99) 朴瀅雨, 『濟衆院』(몸과 마음, 2002), p.238.

100) "世俗以兒疫帶神多尊奉之 忌諱之 只事祈禱 不用藥石"(柳夢寅, 『於于野談』).

101) 金泰坤, 『韓國巫歌集』 1(集文堂, 1971), p.351.

102) 金泰坤, 위의 책, p.33.

103) 金泰坤, 강릉지역무가2 개요, 『한국무가집』4(집문당, 1980), pp.237~247.

104) 김유선 구연, 임재해 채록, 손님굿, 『한국구비문학대계』 7-2 경주 월성(한국학중앙연구원, 1980), p.795.

105) 村山智順 저, 金禧慶 역, 『朝鮮의 鬼神』(東文選, 1990), p.300.

106) "洪奉翊順 忠正公子也 常與李商書淳對碁李輸骨董書畫殆盡 以所寶玄鶴琴爲孤注 洪賭得之 李取其琴以與日 此琴吾家靑氈也 相傳幾二百年 物旣久頗有神 公謹藏之 李特以洪性多畏忌爲之戲耳 一日夜極寒 琴絃凍絶 琤然而響 忽念有神之語急炷燈用桃 荊亂擊琴 遭擊兪響 則愈惑喚 婢僕相守"(李齊賢, 『益齋亂藁』 卷10, 欒翁稗說 前集 2).

107) 황병익, 역신(疫神)의 정체와 신라 <처용가>의 의미 고찰, 『정신문화연구』 123(한국학중앙연구원, 2011년 여름), pp.133~145.

108) 김학성, <처용가>와 관련설화의 생성기반과 의미, 『한국 고시가의 거시적 탐구』(집문당, 1997), p.247.

109) 황경숙·배성한, 음양오행으로 본 처용무의 구성 원리, 『움직임의 철학 : 한국체육철학회지』 17권 3호(한국체육철학회, 2009), pp.208~209.

110) "水火之所犯 猶不可救 而況天乎, 犯 害也"(『國語』 周語 下).

111) "季子皐 葬其妻 犯人之禾"(『禮記』 第4, 檀弓 下).

112) 임재해, 처용 담론에 나타난 사회적 모순과 굿 문화의 변혁성, 『배달말』 24(배달말학회, 1999), p.215, p.220.

113) 『성종실록』 권215, 성종 19년 4월 4일.

114) 『성종실록』 권240, 성종 21년 5월 21일.

115) "(望月臺) 余等坐松樹下 百源奴輩 先設酒肉餠果矣 百源等開酌 酒半 會寧奏恭愍王北殿之曲 傷亡國也

興酣 奏毅宗時翰林之曲 憶全盛也 又相與慷慨不歇 余就弔古詩三篇 … 開図望海 如有神靈作氣者 正中 子容 大喜 正中彈靑山別曲第一関 主僧性浩亦大喜"(南孝溫, 松京錄, 『秋江集』 卷6, 雜著).

116) 이익, 소가·동동곡, 『성호사설』 권15, 인사문.

117) 南廣祐, 補訂 『古語辭典』, 一潮閣, 1977, p.52.

118) 仁穆大妃 內人, 姜漢永 校註, 『癸丑日記』(民協出版社, 1962), p.98 ; 박재연, 조선시대 번역고소설 총 서1 『삼국지통속연의』(이회문화사, 2001), p.408 ; 仁穆大妃 貞明公主 著, 洪起元 譯註, 『셔궁일긔』 (民俗苑, 1986), p.42 ; 『청구영언』.

119) '배(杯)'는 "술이나 음료의 잔 수를 세는 단위"(술이 몇 순배 돌았다). "물건이 거듭 모이거나 일이 거듭되는 꼴"을 일컫는 말로 '곰부임부'라는 말이 있다. 예컨대 "수석이 좋다고 쉬고 단풍이 좋다 고 쉬고 곰부임부 쉬기만 하면 할 일은 언제 하지?" 할 때 쓰이는데, 횟수가 여러 번 반복된다는 뜻으로 '몇 번(幾番·幾度)'의 뜻이라 할 수도 있겠다.

120) 林基中, 『고전시가의 실증적 연구』(동국대학교출판부, 1992), pp.320~321.

121) 高惠卿, 動動의 情緖的 經過 ; 金大幸 外, 『高麗詩歌의 情緖』(開文社, 1993), p.126.

122) 高惠卿, 위의 책, p.139.

123) "華表千年鶴一歸 凝丹爲頂雪爲衣 星星仙語人聽盡 卻向五雲翻翅飛"(유우석, 步虛詞 ; 『劉賓客文集』卷 26).

124) 황병익, <동동(動動)> 송도지사(頌禱之詞) 개효선어(盖效仙語)의 의미 고찰, 『고전문학연구』37(한 국고전문학회, 2010), pp.33~60.

125) 姜在哲, 퇴계선생일화자료선(Ⅲ), 『退溪學硏究』17(단국대학교 퇴계학연구소, 2003), pp.57~58.

126) 황병익(2010), 위의 논문, pp.59~63.

127) 梁在淵, 『韓國風俗誌』(乙酉文化社, 1971), pp.57~58.

128) 李錫浩 譯, 『東國歲時記』(外)(乙酉文化社, 1969), pp.91~99.

129) 金亨奎, 『古歌謠註釋』(一潮閣, 1982), p.243.

130) "9월 9일 重陽節에 약이라 먹는 국화꽃이 집안에 피게 되니 幽寂한 늦가을, 임 없는 쓸쓸한 초가 집이 한결 한적하고 哀寥하구나"(南廣祐, 古歌謠에 나타난 難解語에 對하여-麗謠를 中心으로, 『한 글』126, 1960 ; 『國語學論文集』, 一潮閣, 1975, pp.345~346) ; "초가집(茅屋)이 조용하도다"(朴炳采, 『高麗歌謠의 語釋硏究』(宣明文化社, 1973), p.110).

131) 林基中, 『고전시가의 실증적 연구』(동국대학교출판부, 1992), p.324.

132) 황병익, <동동> '새셔가만하얘라'와 <한림별곡> '뎡쇼년(鄭少年)'의 의미 재론, 『정신문화연구』 109(한국학중앙연구원, 2007.12), pp.117~138.

133) "東籬數叢菊 不待重陽開 呼兒折一朶 命婦篘新醅 從此尊中物 淸香熏我杯…飮中八仙子 骨化爲塵埃 高 陽嗜酒輩 一去無復廻." 元天錫, 九月五日 與客小酌, 『耘谷行錄』卷2, 詩.

134) 成渾, 村人送酒栗谷, 『牛溪集』卷1 ; 『文叢』43, p.10.

135) "紅萸懸彩佩 黃金泛金觴"(『閨閤叢書』卷3, 山家樂, 附歲時記).

136) 이석호 역, 『동국세시기(東國歲時記)』(外)(乙酉文化社, 1969), p.116.

137) 『한국구비문학대계』5-2, 전라북도 전주시 완주군 편, 전주시 동완산동.

138) 趙明基 監修, 『韓國佛敎大辭典』5(韓國佛敎大辭典編纂委員會, 1982), p.14.

139) 국립문화재연구소, 『문헌으로 보는 고려시대 민속』(국립문화재연구소, 2005), p.349.

140) 이석호 역, 『동국세시기(東國歲時記)』(外), 을유문화사.

141) 朴炳采, 『高麗歌謠의 語釋研究』(宣明文化社, 1973), pp.103~104.

142) "三藏精廬去點燈 執吾纖手作頭僧 此言若(老)出三門外 上座閑談是必應"(閔思平, 『及菴詩集』 卷3 ; 『文叢』 3, p.69).

143) "三藏寺裏點燈去 有社主兮執吾手 倘此言兮出寺外 謂上座兮是汝語"(<삼장>).

144) 『東國通鑑』 卷40.

145) 飜朴 上6, 家禮 10:10.

146) 『遼史』 天祚紀.

147) "今之爲歌者 多出於桑濮 如雙花店淸歌之屬 皆誘人爲惡 此何等語也 使風俗靡靡 日就於下 其淫褻敗理 至有不忍聞者 設使 夫子 復生 其不在所放乎 吾不可知也"(周世鵬, 答黃仲擧書, 『竹溪志』).

148) 李滉, 漁父歌跋, 『退溪先生文集』 卷43.

149) 金大幸, 雙花店과 反轉의 意味, 『高麗詩歌의 情緖』(開文社, 1993), pp.193~194.

150) 金大幸, 위의 책, p.202 참조.

151) "原人之性 蕪穢而不得淸明者 物或堁之也"(『淮南子』 齊俗訓).

152) 金大幸, 雙花店과 反轉의 意味, 『高麗詩歌의 情緖』(開文社, 1993), p.202.

153) "三藏有蛇二歌出於高麗忠烈王時 其詩曰 三藏寺裡燒香去 有社主兮執余手 倘此言兮出寺外 謂上座兮是汝語 有蛇銜龍尾 聞過太山岑 萬人各一語 斟酌在兩心 其語雖俚而殊有古意 今輒擬而稍演之云 其一 君演三藏經 妄散諸天花 天花撩亂殊未央 井上梧桐啼早鴉 不愁外人說長短 傳茶沙彌是一家 其二 玉石無定質 姸嬿無正色 玉石在人口 姸嬿在君目 日月本光明 讒言自成膜"(金萬重, 樂府 2수, 『西浦集』 卷2).

154) 정병욱, 증보판 『한국고전시가론』(신구문화사,1993), p.111.

155) 金亨奎, 『古歌謠註釋』(一潮閣, 1982), p.318.

156) 김쾌덕, 『고려노래 속가의 사회 배경적 연구』(국학자료원, 2001), p.247.

157) 최기호, 청산별곡의 형성 배경과 몽골 요소, 『문학 한글』 14(한글학회, 2000), p.30.

158) 漢語大詞典編輯委員會 編, 『漢語大詞典』 12下(漢語大詞典出版社, 2001), p.1281 : "鹿子 船的桅杆上絞動帆的裝置".

159) 郭茂倩, 『樂府詩集』 卷46, 淸商曲辭, 吳聲歌曲, 懊儂歌 14首 ; 左克明 撰, 『古樂府』 卷6, 淸商曲歌辭, 懊儂歌 : "長檣鐵鹿子 布帆阿那起 詫儂安在間 一去三千里".

160) 李穡, 自東大門至闕門前 山臺雜劇 前所未見也, 『牧隱藁』 卷9 : "山臺結綴似蓬萊 獻果仙人海上來 雜客鼓鉦轟地動 處容衫袖逐風廻 長竿倚漢如平地 瀑火衝天似疾雷".

161) 이규보, 진강후저 영성가차 교방치어구호, 『동국이상국집』 권18.

162) 사슴이 짒대에 올라 해금을 켜는 일을 궁궐과 시정에서 밤낮없이 열리던 山臺戱, 유랑연예집단이 행하는 산악백희 중 '솟대놀이'라는 견해가 제시된 바 있다.(이복규, 고려가요 난해어구 해독을 위한 민속적 관견-<청산별곡>과 <쌍화점>의 일부어구를 중심으로, 『국제어문』 30, 국제어문학회, 2004.4, pp.53~71 ; 민찬, 연희 관련 문헌기록에 비추어 본 청산별곡, 『어문연구』 55, 어문연구학회, 2007, pp.159~160).

163) 房玄齡, 『管子』 卷19, 地員 第58 : "漂土之次曰 五沙 五沙之狀 粟焉如屑塵厲 尹知章注 言其地粟碎 故若屑塵之厲 厲 踊起也".

164) 元天錫, 賦雪餻, 『耘谷行錄』 卷5 ; 『文叢』 6, p.205 : "碎如梅蘂楊花落 團似瓊膏玉屑盈".

165) 貽來 來小麥也, 『說郛』 卷106上 : "貽我來思 玉屑塵細 六出飛花 天一生水".

166) <정석가>에서 '첩리(帖裡/帖裏/貼裡), 천익(天翼)'을 '텰릭'으로, <서경별곡>에서 '小城京(景)'을 '쇼

성경'으로 표기한 예 등이 고려가요에서 한자어를 우리말로 표기한 예에 해당한다.『악장가사』에서 西京(셔경)·信(신)·우믌龍(룡)까지도 한자와 한글을 같이 표기하고 있지만 '삿기광대(廣大)'·'죵죵(終終/種種)'·'소(沼)' 등은 한글로 쓰고 있으니 한자와 한글의 병기 원칙을 모든 곳에서 엄격하게 준수한 것 같지는 않다.

167) 안동 장씨 저, 김달웅 편,『음식디미방』(경북대학교 출판부, 2003), p.187.

168) 최재천,『최재천의 인간과 동물』(궁리, 2007), p.284.

169) "只要性情如止水 那期壽命似重巒 遣愁每把書三卷 養氣常餘食一簞 我亦祝君難老筆 暮朝專意指南山"(元天錫, 次趙奉善元日見贈詩韻,『耘谷行錄』卷3 ;『文叢』6, p.168).

170) "上舍姓韓者 意僧不解文 遠唱曰 僧頭北出皮槌子 僧忽開眼 屬對曰 俗齒南虛朴處容 韓驚駭 朴俗所謂瓢也 處容假面也"(徐居正,『太平閑話滑稽傳』卷2).

171) "蝕神 印度占星術 認爲羅睺有關人間禍福吉凶"(『한어대사전』8, p.1052).

172) 중요무형문화재 제39호 처용무보존회,『처용무보』(민속원, 2008), p.317, p.325.

173) "鷄林往事雲冥濛 神物一去無回蹤 自從新羅到今日 爭加粉藻圖其容 擬辟祆邪無疾苦 年年元日帖門戶"(成俔, 處容 癸卯年作,『虛白堂詩集』卷9 ;『文叢』14, p.303).

174) "至於癘疫之神 則自古有傳 立厲壇於國都郡邑而祭之 有儺禮見於史牒 則不待深考可知也 類書 黃帝時有兄弟二人 長名神荼 次名鬱壘 善能殺鬼 後人至東海度朔山 見有大桃樹 蟠屈三千里 下有二神 竝執草索以繫不祥 卽此故也 俗於除夕 造桃符著戶 竝畫像於門 謂之門神 取其辟癘也"(李圭景, 痘疫有神辨證說,『五洲衍文長箋散稿』卷57, 人事篇1, 人事類2).

175) "(庚)翼如厠 見一物如方相 俄而疽發背"(『晋書』卷73, 列傳43, 庚翼傳).

176) "滄海之中 有度朔之山 上有大桃木 其屈蟠三千里 其枝間東北曰鬼門 萬鬼所出入也 上有二神人 一曰神荼 一曰鬱壘 主閱領萬鬼 惡害之鬼 執以葦索而以食虎"(王充 撰,『論衡』卷23, 訂鬼, 紀妖 篇).

177) "方相氏 掌蒙熊皮 黃金四目 玄衣朱裳 執戈揚盾 帥百隸而時難 以索室毆疫"(『周禮』卷10, 夏官 下, 方相氏).

178) "侲子喧閬巷 都人作夜遊 門排鬱壘字 窓帖處容頭 疫鬼驅將去 詩魔逐復留 技能猶尙在 覓句未叙憂"(成俔, 除夕二首,『虛白堂集』補集 卷2 ;『文叢』14, p.361)

179) "卒歲大儺 毆除群厲 方相秉鉞 巫覡操苪 侲子萬童 丹首玄製 桃弧棘矢 所發無臬 飛礫雨散 剛癉必斃"(張衡, 東京賦 ; 李昉等 撰,『太平御覽』卷530, 禮儀部9).

180)『조선왕조실록』권11, 정조 5년(1781) 1월 17일 경인 1번째 기사.

181) 허남춘,『황조가에서 청산별곡 너머』(보고사, 2010), pp.81~88.

182) "宋元嘉初 有黃龍沙門曇無竭者 誦觀世音經 淨脩苦行 與徒屬二十五人 往尋佛國 備經艱險 旣達天竺捨衛 路逢山象一群 竭齋經誦念 稱名 歸命 有獅子從林中出 象惊奔走 后有野牛一群 鳴吼而來 將欲加害 竭又如初歸命 有大鷲飛來 牛便惊散 遂得免"(『法苑珠林』;『太平廣記』卷110 報應 9).

183) "十八年 太平府 十萬山象出害稼 命南通侯 率兵二萬 驅捕立馴 象衛於郡"(『文淵閣四庫全書』史部, 地理類, 都會郡縣之屬,『廣西通志』, 卷3).

184) 崔正如, 處容 前後 驅儺儀의 樣相,『新羅 民俗의 新研究』4(新羅文化宣揚會, 1983), p.144.

185) 赤松智城·秋葉 隆,『朝鮮巫俗の研究』上(民俗苑, 1986), pp.180~181.

186) 최정여·서대석,『東海岸 巫歌』(형설출판사, 1974), pp.266~287 ; 서대석, 高麗 <處容歌>의 巫歌的 검토,『한국고전시가작품론』1(집문당, 1992), p.354.

187) 송태윤, 고려가요 처용가의 텍스트성 연구,『韓民族語文學』62(한민족어문학회, 2012), p.47.

188) Arthur Anthony Macdonell, A Practical Sanskrit Dictionary, Oxford University Press, 1965, pp.22

0~225.

189) 임주탁, 『옛 노래 연구와 교육의 방법』(부산대학교 출판부, 2009), pp.258~264.

190) 유동석, 고려가요 <처용가> 연구─'마아만ㅎ니여'의 어석을 중심으로, 『韓民族語文學』 62(한민족 어문학회, 2012), pp.166~171.

191) 김완진, 어원 탐구, 『새국어생활』 10권2호(국립국어연구원, 2000 여름), pp.127~134 ; 김완진, 『향 가와 고려가요』(서울대학교출판부, 2000), pp.397~398.

192) "傷寒有五 有中風 有傷寒 有濕溫 有熱病 有溫病 其所苦 各不同"(滑壽 撰, 『難經本義』 卷下, 五十八 難).

193) "伏氣所發者 名爲熱病 而以暴感而病者 仍名日暑病"(柳寶詒, 『溫熱逢源』).

194) 辛民敎・朴炅・孟雄在 譯, 『鄕藥集成方』 卷9, 熱病門(永林社, 1989), pp.205~217.

195) 『鄕藥集成方』 卷9, 熱病門.

196) "古無痘名 故但謂之熱病"(兪樾, 『茶香室叢鈔』 古人以痘爲熱病).

197) 深浦正文 著, 全觀應 譯, 明唯識相 思量能變 心所相應門, 『唯識論解說』(明心會, 1993), p.278.

198) "我慢自矜高 詔曲心不實"(『法華經』 卷1, 제2 方便品).

199) "何階子方便 謬引爲匹敵"(초간본 두시언해 16:1).

200) 각각 <용비어천가> 3:1. 13, 초간본 『두시언해』 15:31, 『속삼강행실도』 열:17.

201) 최철, 고려 처용가의 해석, 『처용연구전집』 II 문학2(역락, 2005), p.366.

202) 李明九, 處容歌 硏究, 『高麗時代의 가요문학』(새문社, 1982), p. I -26.

203) 서대석, 高麗 <處容歌>의 巫歌的 검토, 『한국고전시가작품론』 1(집문당, 1992), p.355.

204) 赤松智城・秋葉 隆, 沈雨晟 譯, 『朝鮮巫俗의 硏究』 상(東文選, 1991), pp.392~393 ; 赤松智城・秋葉 隆, 『朝鮮巫俗의 硏究』 上(民俗苑, 1986), p.558.

205) "發熱三朝 出痘三朝 起腫三朝 貫膿三朝 收靨三朝 自出痘至收靨要十二日 可保平安"(許浚, 痘瘡日限, 『東 醫寶鑑』 卷11, 南山堂, 1966, p.656).

206) 新太陽社 編輯局 百科事典部, 『原色最新醫療大百科事典』(1991, 新太陽社), p.15.

207) "色者 五藏精華 紅黃綠者 爲佳 黃綠 乃脾胃正色 毒將出也 淡紅者 毒始出也 鮮紅則爲血熱 初起 紫者 大熱也 全白者 氣虛也 灰白者 血衰而氣滯也 黑者 毒滯而血乾也 痘色 初出淡紅 紅變白 白變黃者 吉 初出鮮紅變紫 紫變黑者逆 痘出 色不紅潤者 毒盛壅塞故也"(許浚, 辨痘形色善惡, 『東醫寶鑑』 卷11, 南 山堂, 1966, pp.660~661).

208) "醫學入門曰 收靨三日 漿老痂結如果熟蒂落 氣收血平 光色始斂 自上而下按之 堅硬蒼蠟色 或黃黑色 或 似紫紅葡萄色者 佳"(許浚, 收靨三朝, 『東醫寶鑑』 卷11, 앞의 책, p.659 ; 鄭鎬完, 『역주 諺解痘瘡集要』 卷上 收靨三日).

209) 유동석, 앞의 논문, p.168.

210) 박재연 주편, 『필사본 고어대사전』 5(學古房, 2010), p.35.

211) "謝傅風流逐逝波 蒼生有望奈今何 龜峯峯下滿船月 腸斷一聲漁父歌"─本官醉後每令妓豹皮歌漁父詞(李 齊賢, 悼龜峯金政丞永旽, 『益齋亂藁』 卷4 詩).

212) "夫水行不避蛟龍者 漁父之勇也 陸行不避兕虎者 獵夫之勇也"(『莊子』 17, 秋水).

213) "入深淵 刺蛟龍 抱黿鼉而出者 此漁夫之勇悍也"(『說苑』 卷11, 善說).

214) 秦東赫, 漁父歌, 『한국민족문화대백과사전』 14(한국학중앙연구원, 1991), p.906.

215) 『태종실록』 권23, 태종 12년(1412) 6월 15일 무진 1번째 기사.

216) 윤선도, 『고산유고』 권6 하, 歌辭.

217) 박희병, 『유교와 한국문학의 장르』(돌베개, 2008), p.86 참조.

218) "新及第入三館者 先生侵勞困辱之 一以示尊卑之序 一以折驕慢之氣 藝文館尤甚 … 上官長曲坐 奉教以下與諸先生間坐 人挾一妓 上官長則擁雙妓 名曰左右補處 自下而上 各以次行酒 以次起舞 獨舞則罰以酒 至曉 上官長乃起於酒 衆人皆拍手搖舞 唱翰林別曲 乃於淸歌蟬咽之間 雜以蛙沸之聲 天明乃散."(성현, 『용재총화(4)』; 『국역 대동야승(1)』, 민족문화추진회, 1973, p.109).

219) 김태정, 『우리가 정말 알아야 할 우리 꽃 백가지』(현암사, 2002), pp.47~49.

220) 김태정, 위의 책, pp.140~142.

221) 장사훈, 『한국악기대관』(서울대학교출판부, 1986), pp.21~22.

222) "山臺結綴似蓬萊 獻果仙人海上來"(李穡, 自東大門至闕門前 山臺雜劇 前所未見也, 『牧隱藁』 卷33).

223) 『고려사』 권102, 열전15, 금의.

224) 연세대학교 중국문학사전 편역실, 『중국문학사전Ⅱ 작가편』(다민, 1994), pp.388~389.

225) 연세대학교 중국문학사전 편역실, 위의 책, p.89.

226) 『고려사』 권129, 열전42, 최충헌.

227) 이익, 『성호사설』 권20, 經史門, 徐市.

228) 이규보, 『동국이상국집』 부록, 백운소설.

229) "中原寒食好東風 人與鞦韆在半空 須記三韓端午日 紵衫輕擧語聲中 綵絲飛颺自生風 直恐紅裙入碧空 人散晩來殊寂寞 依依掛在夕陽中 堂堂楸樹逈臨風 紅線鞦韆欲蹴空 挽去推來少年在 鐵腸搖蕩眼波中."(李穡, 鞦韆, 『牧隱藁』 卷8 ; 『文叢』 4, p.55).

230) "샤옥셤셤(削玉纖纖) 솽슈(雙手)ㅅ길헤 샤옥셤셤(削玉纖纖) 솽슈(雙手)ㅅ길헤 위 휴슈동유(携手同遊)ㅅ 경(景)긔엇더ᄒᆞ니잇고."(『樂章歌詞』 上).

231) "子產相鄭 病將死 謂游吉曰 我死後 子必用鄭 必以嚴莅人 夫火形嚴 故人鮮灼 水形懦 故人多溺 子必嚴子之形 無令溺子之懦 子產死 游吉不肯嚴形 鄭少年相率爲盜 處於雚澤 將遂以爲亂 游吉率車騎與戰 一日一夜 僅能剋之 游吉喟然嘆曰 吾蚤行夫子之教 必不悔至於此矣"(『韓非子』上, 28編, 內儲說上).

232) "余等坐松樹下 百源奴輩先設酒肉餠果矣 百源等開酌 酒半 會寧奏恭愍王北殿之曲 傷亡國也 興酣 奏毅宗時翰林別曲 憶全盛也"(남효온, 松京錄, 『秋江集』 卷6 ; 『文叢』 16).

233) "新及第入三館者 先生侵勞困辱之 一以示尊卑之序 一以折驕慢之氣 藝文館尤甚 … 至曉 上官長乃起於酒 衆人皆拍手搖舞 唱翰林別曲 乃於淸歌蟬咽之間 雜以蛙沸之聲 天明乃散"(성현, 『용재총화』 권4 ; 국역 『대동야승』 1, 민족문화추진회, 1973, p.109).

234) "正德庚辰 予奉使 由嶺南 歷湖南 全州府尹鄭公順朋 候予於快心亭上 時適閏八月之望 而在座者 皆翰林舊先生 酒闌月上 遂更設爲翰林宴 以予爲最舊 推爲上官長 餘各以次分占 府尹公當奉教從事官 崔君重演都事 李君弘幹待教 求禮縣監安君處順檢閱 薦花行酒 遵古風 用螺盃稱鸚鵡盞 以爲傳心 上下無筭 旣醉共起爲上官長行酒禮 齊唱翰林別曲 列妓相和 響徹寥廓 回視白月已中天矣 此眞曠世奇會 不可以無傳 遂作一絶 屬諸僚丈繼和 以爲快心亭翰林會題名記 德水 李某書."(李荇, 快心亭, 『容齋集』 卷7 ; 『文叢』 20, pp.480~481).

235) "如翰林別曲之類 出於文人之口 而矜豪放蕩 兼以褻慢戲狎 尤非君子所宜尙."(李滉, 陶山十二曲跋, 『退溪集』 卷43 ; 『文叢』 30, p.468).

236) "矜豪 倨傲豪縱 胤位任轉高 矜豪日甚 縱酒耽樂 不恤政事."(新校本 『晋書』 卷81, 列傳51, 劉胤) ; "祗性矜豪 樂在外放恣 不願內遷 甚不得志."(新校本 『宋書』 卷47, 列傳7, 檀祗) ; "放蕩 放縱 不受約束 指意放蕩 頗復詼諧 辭數萬言 終不見用."(新校本 『漢書』 卷65, 列傳35, 東方朔).

237) "子繡在渤海 定遠過之 對妻及諸女讌集 言戲微有褻慢 子繡大怒 鳴鼓集 衆將攻之."(新校本『北齊書』卷 21, 列傳13, 封隆之 封子繡).

238) <한림별곡> 등 경기체가의 미적 특징을 대체로 "격정적 發興과 호기로운 자긍의 과시, 넘쳐흐르 는 향락"(길진숙, 16세기 초반 詩歌史의 흐름,『韓國詩歌硏究』10(韓國詩歌學會, 2001), p.165), "연 희 현장의 상승적 감흥"(최재남, 경기체가 장르론의 현실적 과제,『韓國詩歌硏究』2, 韓國詩歌學會, 1997, p.19]으로 잡는다.

239) 길진숙, 주세붕의『죽계지』편찬과 시가관 : 황준량과의 시가편입 논쟁을 중심으로,『민족문학사 연구』11(민족문학사연구소, 1997), pp.124~125.

240)『고려사』권109, 열전22, 安軸.

241) 李滉, 答姪子宰 金惇叙富倫,『퇴계집』권28.

242) 魯璵, <순흥 숙수사루>,『동문선』권14.

243) 김보현 외 글, 배병선 사진,『부석사』(대원사, 1995), p.64.

244) 安軸의『謹齋集』에는 '低筆峯'이라 했지만 주세붕의『죽계지』에는 '紙筆峯'이라 했다. 이 가운데 의 미가 자연스럽게 통하는 뒤의 표기를 취한다.

245) 玉龍 : 喩泉水, 瀑布. "靜若僊鑑開 寒疑玉龍蟄"(梅堯臣 <同永叔子聰游嵩山賦十二題 天門泉>), "冰車轉 軸玉龍走 牢出海鼉華鐘"(黃鷟來 <賦得匡廬篇壽韓霍岳觀察>)(羅竹風,『漢語大詞典』4, 漢語大詞典出 版社, p.515).

246) "殘月楚山曉 孤烟江廟春"(張少虞 찬, 張鄧公, 詩歌賦詠 ;『文淵閣四庫全書』子部, 雜家類, 雜纂之屬, 事實類苑 卷36).

247) "雲淡星疏楚山曉 聽啼鳥"(<婉約詞>).

248) 안병태,『근재 안축의 생애와 문학』(가람문화사, 2006), pp.280~281.

249) "慶元峰 在小白山 距郡北二十二里 藏高麗忠肅王胎", "草菴洞 在小白山 距郡北四十五里 藏高麗忠烈王 胎", "郁錦洞 在小白山 距郡北十三里 藏高麗忠穆王胎"(『新增東國輿地勝覽』卷25, 豊基郡 豊基山川).

250) "文宗胎 藏于鳴鳳山 昭憲王后胎及高麗三王胎 皆藏小白山 一山而安御胎至于四 一邑而安御胎至于五者 他邑 所無有也 余觀 小白山 北來而西驤 其結構極雄大 黛色橫截天半 諸峰之在內者 又皆秀 發若翠浪競 湧 一望鬱葱 知其畜祐爲無窮已也 其蜿蜒東來 絶而復續 高不及九仞 而若伏龜然 若曰靈龜 卽文成廟鎭 也"(周世鵬, 豊基古跡記,『竹溪志』雜錄 後 ; 國譯『竹溪志』, 榮州市, 2002, p.215).

251) "駙馬寵恩兄弟並 國公遺澤子孫鍾 再扶昇日咸池上 獨播淸風杜閣中"(權近, 次蘭坡李居仁聯句韻賀李政丞 居易,『陽村集』卷8 ;『文叢』7, p.96).

252) "異眺頒天上 微凉出掌中 … 欲識宸心在 須揚杜閣風"(權近, 次韻李待制賀李內相受賜倭扇,『陽村集』卷 5 ;『문총』7, p.57).

253) "使節煌煌照綺筵 淸風杜閣舊儒仙 爲詩餘事還無右 專對何人得在前 三節傳家知積善 一身許國共推賢 料 應敷奏龍墀日 雨露偏承降九天"(李原, 送僲判漢城赴京,『容軒集』卷2).

254)『고려도경』권27, 청풍각.

255)『신증동국여지승람』권25, 풍기군.

256) 안병태,『근재 안축의 생애와 문학』(가람문화사, 2006), pp.272~273.

257) "手板頭衘意已慵 墨池書枕興無窮"(范成大 <客中呈幼度>), "紆朱喜換頭衘舊 衣錦榮歸鬢髮新"(洪希文 <朱千戶自京歸> ;『한어대사전』).

258) 徐居正, 賀李平仲兄弟服関除拜 兼述戲意,『四佳集』卷22 ;『文叢』10, p.467.

259) 徐居正, 再用前韻 寄李僉正, 위의 책, p.468.

260) 安軸, 跋, 『謹齋集』 卷2, 補遺.

261) "東籬數叢菊 不待重陽開 呼兒折一朵 命婦篇新醅 從此尊中物 淸香熏我杯 … 飮中八仙子 骨化爲塵埃 高陽嗜酒輩 一去無復廻"(元天錫, 九月五日 與客小酌, 『耘谷行錄』 卷2, 詩).

262) 『史記』 酈生 陸賈 열전, 제37.

263) "孝昭王奉大玄薩湌之子夫禮郞爲國仙 珠履千徒親安常尤甚 天授四年 長壽二年癸巳暮春之月 領徒遊金蘭 到北溟之境 被狄賊所掠而去"(『三國遺事』 卷3, 塔像4, 栢栗寺).

264) "珠履三千醉不歡 玉人猶苦夜冰寒"(武元衡 <送裴戡行軍>), "帳前犀甲羅十萬 幕下珠履逾三千"(陸遊, <題郭太尉金州第中至喜堂>), "身老愛才華 座上皆珠履"(孫梅錫 <琴心記 王孫作醵>), "堂上三千珠履客 甕中百斛金陵春"(李白 <寄韋南陵冰>), "何事三千珠履客 不能西禦武安君" 亦汎指貴客"(胡曾 <詠史詩 夷陵>).

265) 李滉, 過順興鄕校舊址, 『退溪集』 續集 卷2 ; 『文叢』 31, p.102.

266) "咨晦軒之故里兮 悶灌穭秖於硯塘 泝竹溪而窮源兮"(周世鵬, 白雲洞 次朱文公白鹿洞賦, 『武陵雜稿』 卷1, 別集 ; 『文叢』 27, p.71).

267) "舊時에는 府北 金城에 소재한 것을 숙종 44년 戊戌(1718년)에 渭野洞으로, 영조 26년 庚午(1750년)에 石橋里로, 영조 46년 庚寅(1770년)에 현재의 內竹里로 옮겼다."(榮州郡誌編纂委員會, 『榮州誌』, 遞成會, 1968, p.89).

268) "文成公遺像 中因興州校廢 收還宗家 故參判周世鵬知郡時 爲設書院 復祗迓于廟"(朴承任, 畵像上端記事, 『雲院雜錄』 ; 國譯 『紹修書院雜錄』, 영주시, 2005, pp.93~94).

269) "郡居尨大 其初無役百姓也 與其兄貴文其弟于晉 同爲鄕校殿直 流二十餘載 去年春 前郡盧景任按閱弊院 慮典僕最眇 以校屬尨大移屬于院 俾供儒生使喚之資"(紹修書院 儒生, 上工部書, 『雲院雜錄』, 앞의 책, pp.156~157).

270) "雖有五男兒 總不好紙筆"(陶潛, 責子).

271) "老爺正爲這椿事 一個人爲難了半天 那一肚子墨水兒 不差什麼憋得都要漾上來了"(<儿女英雄傳> 39回) ; 『漢語大詞典』.

272) "臨川 新城 위에는 웅덩이 모양의 긴 못이 있었는데 사람들은 왕희지가 붓과 벼루를 씻던 곳이라 일컬었다.(臨川新城之上 有池窪然 而方以長 曰王羲之之墨池)(宋 曾鞏, 墨池記).

273) "直竹溪西 松鶴山下橋村 有石間小泉 泉盈而爲方池 古傳晦軒先生胎室在其傍 先生少日 常洗硯于此"(文成公 晦軒安先生 洗硯池 碑銘 幷小序 ; 『榮州金石文全集』 Ⅱ, 영주문화원, 1999, pp.539~540).

274) "吾之所爲 但取法乎古人 而已是非之辨 自有智者 他又何問 且文貞珠履高陽之曲 必出於一時善謔之餘 而非可誦於後世者也 先生 旣爲之評 又翻出聖賢格言 作爲咏歌 欲歸于正 悠然有浴沂 詠歸之志 而浩然 有天理流行之妙 亦可謂所造之深矣 茅恐語 雖翻古而如未免涉於自爲 則亦不須並入於此志 妄意 刪去竹溪之曲 而並與別錄及儼然等歌 姑舍之 以竢人之見取謂 夫自我而無些兒之差 則一時疵口 終必定於後世 如有一毫之未盡 則適足以來吹毛之口 故慮之不深 則傳之不遠 傳之不遠 則道無以明 君子之立敎垂訓 可不謹哉"(周世鵬, 附黃學正俊良書, 『竹溪志』).

275) "其知我者 命也 其罪我者 分命也 誠有所不得已者焉 又豈有他意耶 吾子獨未之思耳 且僕之諸歌 非僕所自作 皆翻得古聖賢格言 所以驪括文貞之所謂竹溪別曲者 而遺之 院中諸彥 爲萬一風詠之助也 苟有一言 以私意牽合 則雖被疵論 可也 如其翻聖賢格言 復有何等疵耶 果有疵之者 乃所以疵聖賢 固無與於我也 … 周之時 以二南正雅用之 於邦國 以三頌用之於宗廟 雖變雅 亦未嘗歌於賔筵也 況奏以鄭衛之淫聲乎 此固晦翁之所極言竭論 而僕之悶悶遑遑 欲矯邪而歸正也"(周世鵬, 答黃仲擧書, 『竹溪志』).

276) "往年 商山周景遊在豐邑 撰竹溪志 甫成卽入梓 滉與士友數輩 頗指其病處而請改之 景遊固執自是而不聽 今人見其書者 無不以爲有病 蓋是非之公 人心所同然者 豈可以一己之私見勝排之乎"(李滉, 與朴澤之, 『退溪集』卷12 ; 국역 『退溪全書』4, 퇴계학연구원, 1990, p.242).

277) 韓國佛敎大辭典編纂委員會, 『韓國佛敎大辭典』2(寶蓮閣, 1982), p.192.

278) 동국대학교 한국불교전서편찬위원회, 『한국불교전서』7(동국대학교 출판부, 1986), pp.242~243.

279) 最希有는 "얼굴 모습이 워낙 단정하여 온 세상 어디에도 희유하다." "이 不思議는 현재에도 희유한 일이다."에서처럼 "가장 적고 드문 일이로다."이란 뜻이다.(『무량수경』상, 『법화경』서품).

280) "年已及壯 博通經書 試入講於場屋 主文者皆曰 窮理之學也 一日觀世之無常 超心物外 寄迹山中 索遺珠不數年而得之"(己和, 涵虛堂得通和尙語錄序, 위의 책, p.226).

281) 황병익, 경기체가 ; 이헌홍 외, 『한국고전문학강의』(박이정, 2012), pp.103~105.

282) "儒以五常而爲道樞 佛之所謂正戒 卽儒之所謂五常也 不殺 仁也 不盜 義也 不婬 禮也 不飮酒 智也 不妄語 信也"(己和, 顯正論, 『韓國佛敎全書』7, 東國大學校 出版部, 1986, p.217).

283) "孔子生而圩頂 故名丘"(『史記』孔子世家).

284) "顏淵喟然歎曰 仰之彌高 鑽之彌堅 瞻之在前 忽焉在後"(『논어』제9, 子罕).

285) 周世鵬 著, 權五根 역, 『武陵續集』(全)(文敏公愼齋先生遺蹟宣揚會, 1979), pp.58~59.

286) 周世鵬 著, 權五根 역, 위의 책, pp.58~59.

287) "竹溪在東 小白在西 公之廟兮在其間 白雲滿洞兮前路迷 溪有魚兮山有栢 是公舊遊兮胡不歸 歸兮歸兮毋使我悲", "小白在西 竹溪在東 山有雲兮水有月 古今兮是同 公之來兮駕玉虬 或驂以紫鸞 酌我醴兮侑我誠 庶我歆兮盡爾歡", "公昔未生兮斯文晦 大倫墮地兮雲烟昏 自公一出兮洗三韓 白日靑天兮吾道尊 有廟枚枚兮公像在中 竹溪彌淸兮小白彌崇"(周世鵬, 『竹溪志』卷1, 行錄 後 ; 周世鵬, 竹溪辭三章, 『武陵雜稿』原集 卷1 ; 『文叢』26, p.468).

288) 임기중 외, 『경기체가 연구』(태학사, 1997), pp.272~273.

289) "獨文成公廟事已畢 月十一日 奉安影幀 擧鄕父老 無一人不隨到者 士族子弟 庶民俊秀凡十歲以上 皆令先往 結褓虔迎 觀者如堵 祀以潔牲 先令小童 誦竹溪詞三章 陳幣薦俎 次歌道東曲九章 分歌三獻各三章"(周世鵬, 與安挺然書, 『竹溪志』卷1, 行錄後).

290) 박정현 외, 홀기(笏記), 『일신회첩(日新會帖』, 일신회, 2000, pp.18~29.

291) 周世鵬, 附黃學正俊良書, 『竹溪志』; 黃俊良 저, 강성위 역, 內集 卷4 雜著, 『금계집』1(한국국학진흥원, 2014), pp.410~411.

292) 조규익, 선초악장의 국문학적 위상 ; 김학성·권두환 편, 신편 『고전시가론』(새문사, 2002), p.270 참조

293) 정도전, 악樂, 『삼봉집』권7, 조선경국전 상 ; 『문총』5, p.428.

294) 정도전, 예전(禮典), 총서(總序) ; 『삼봉집』권13, 조선경국전 상.

295) 『태조실록』권4, 태조 2년 7월 26일, 기사.

296) "納哈出者 元木華黎裔孫 爲太平路萬戶 太祖克太平被執 以名臣後 待之厚 知其不忘元 資遣北歸 元旣亡 納哈出聚兵金山 畜牧蕃盛 帝遣使招諭之 終不報"(『明史』列傳, 卷129, 列傳 第17, 馮勝, 納哈出).

297) 『태조실록』권1, 총서.

298) 이첨, 제독문(祭纛文), 『쌍매당협장집』권24, 문류.

299) 『태조실록』권1, 총서.

300) 김영상, 『서울 6백년』(대학당, 1994), pp.9~10.

301) 『태조실록』권4, 태조 2년(1393) 9월 6일 무신 1번째 기사.

302) 『태조실록』권1, 태조 1년(1392) 7월 17일 병신 1번째 기사.

303) 『태조실록』권1, 태조 1년(1392) 8월 13일 임술 2번째 기사.

304) 『태조실록』권3, 태조 2년(1393) 1월 2일 무신 1번째 기사.

305) 『태조실록』권4, 태조 2년(1393) 12월 11일 임오 1번째 기사.

306) 『태조실록』권6, 태조 3년(1394) 8월 13일 경진 1번째 기사.

307) 『태조실록』권6, 태조 3년(1394) 10월 25일 신묘 1번째 기사.

308) 『태조실록』권6, 태조 3년(1394) 12월 3일 무진 1번째 기사.

309) 『정종실록』권1, 정종 1년(1399) 2월 26일 정묘 2번째 기사.

310) 『정종실록』권1, 정종 1년(1399) 3월 13일 갑신 6번째 기사.

311) 『태종실록』권10, 태종 5년(1405) 8월 11일 갑술 2번째 기사.

312) 『세종실록』권116, 세종 29년(1447) 5월 5일 을미.

313) 허균, 성옹지소록 하,『성소부부고』권24.

314) 이익, 용비어천가,『성호사설』권15, 인사문.

315) 『세종실록』권108, 세종 27년(1445) 4월 5일 무신.

316) 허균, 성옹지소록 하,『성소부부고』권24 : 이익, 국조악장,『성호사설』권13, 인사문.

317) 『태조실록』권2, 태조 1년(1392) 11월 6일 계미.

318) 『태조실록』권1, 총서 1번째 기사.

319) 차천로, 五山說林草藁 ; 국역『대동야승』Ⅲ(민족문화추진회, 1973), p.42.

320) 『태조실록』권1, 총서 1번째 기사.

321) 『태조실록』권1, 위의 책.

322) 『태조실록』권1, 총서 9번째 기사.

323) 『세조실록』권31, 세조 9년(1463) 12월 11일 을미 2번째 기사.

324) 이기백, 신수판『한국사신론』(일조각, 1990), p.225.

325) "태(邰)는 섬서성의 무공(武功)이고, 빈(豳)은 섬서성의 순읍(旬邑)이다."

326) 『사기』권4, 주본기 ; 徐連達·吳浩坤·趙克堯 저, 중국사연구회 역,『중국통사』(청년사, 1989), pp.63~64.

327) 『조선왕조실록』지리지, 함길도, 경흥도호부.

328) 『태조실록』권1, 총서 2번째 기사.

329) "李玄英者 自東都逃來 經歷諸賊 求訪李密云 斯人當代隋家 人間其故 玄英言比來民間謠歌 有桃李章曰 桃李子皇后 繞揚州宛轉花園裏 勿浪語誰道許 桃李子謂逃亡者李氏之子也 皇與后 皆君也 宛轉花園裏 謂 天子在揚州無還 日將轉於 溝壑也 莫浪語誰道許者 密也"(『資治通鑑』卷183, 隋紀7, 煬皇帝 下).

330) 『세종실록』권108, 세종 27년(1445) 4월 5일 무신.

331) "夏后帝啓 崩 子帝太康失國 集解 孔安國曰 盤于遊田 不恤民事 爲羿所逐 不得反國"(『史記』卷2, 夏本 紀 第2).

332) 金后稷, 上眞平王書,『東文選』卷52.

333) 전인평,『우리가 정말 알아야 할 우리 음악』(현암사, 2007), pp.54~56.

334) 국립문화재연구소 김영운·김혜리,『가곡』(민속원, 2009), pp.53~54.

335) 전인평(2007), 앞의 책, pp.54~56.

336) 이익, 국조악장,『성호사설』권13, 인사문.

337) 전인평(2007), 앞의 책, p.59.

338) 전인평(2007), 위의 책, p.61.

339) 歌曲風度는 주로 최남선본『청구영언』에 따름 ; 서한범, 전통가악에 나타난 한국인의 미의식,『한국 전통예술의 미의식』(한국학중앙연구원, 1985), pp.47~56.

340) 서한범, 위의 책, p.56, p.63, p.65,

341) 張師勛,『國樂史論』(大光文化社, 1983), pp.256~257 ; 張師勛,『最新 國樂總論』(세광음악출판사, 1985), p.441.

342) 국립문화재연구소 김영운·김혜리, 앞의 책, p.24.

343) 국립문화재연구소 김영운·김혜리, 위의 책, pp.56~57.

344) (南朝宋盛弘之)『荊州記』"陸凱與范曄相善 自江南寄梅花一枝 詣長安與曄 幷贈花詩曰 折花逢驛使 寄與隴頭人 江南無所有 聊贈一枝春"(『太平御覽』卷970, 果部7, 梅 ; 李昉 編,『太平御覽』(7)(臺灣商務印書館, 1934), p.4432).

345) "簸船綵纜北風嗔 霜落千林憔悴人 欲問江南近消息 喜君貽我一枝春"(黃庭堅, 劉邦直送早梅水仙花 三首中 一,『山谷內集詩注』卷15 ;『四庫全書』, 集部2, 別集類2, 北宋建隆至靖康).

346) "孤村歲暮時 積雪擁籬落 忽見一枝春 斗覺天工力"(權近, 南行錄 題河開城畫梅卷 枝橫籬落,『陽村集』卷7 ;『文叢』7, p.85).

347) "遠游曾到海南湄 千樹梅花千首詩 今日歸來玄化里 誰人寄與兩三枝"(李崇仁, 呈尹判書求梅,『陶隱集』卷3 ;『文叢』6, p.577).

348) "有若李文烈公兆年 當亂世事昏主 能奮忠竭誠 犯顔諫爭 不憚逆鱗之禍"(李滉, 延鳳書院記,『星州李氏大同譜』卷1, p.77), "竊嘗聞退溪先生之書于栗谷先生曰 文烈公李某 卽麗朝五百年第一人"(趙景鎭, 星山影堂記, 위의 책, p.72 참조).

349) 황병익,『고전시가 다시 읽기』(새문사, 2006), pp.218~219.

350) "多病牧隱頻仕已 至今經濟獨松軒 松軒忠義薄雲天 漢絳唐梁與比肩"(李穡, 長湍吟 十八日,『牧隱集』卷35 ;『文叢』4, p.500).

351) "松軒膽氣蓋戎臣 萬里長城屬一身 奔走幾經多故日 歸來同樂太平春"(李穡, 送李判三司事出鎭東北面, 위의 책, p.491).

352) "最愛月未滿 旣滿缺必至 勿卜來夜歡 浮雲易爲祟"(李穡, 對月遣興,『牧隱集』卷4 ;『文叢』3, p.561).

353) 성기옥·손종흠.『고전시가론』(한국방송통신대학교출판부, 2011), p.322.

354) "松軒當國我流離 夢裡誰曾有此思 二鄭況今參大議 一家完聚果何時 汝恃家門逞汝顔 那知汝父是氷山 彈文直欲殺無赦 尙幸並生天地間"(李穡, 寄省郎諸兄,『牧隱集』卷4 ;『文叢』4, p.500).

355) 李熙德, 金佇,『한국민족문화대백과사전』4(한국학중앙연구원, 1995), p.870.

356) 이형우, 고려 말 정치와 조선 건국,『고려시대사의 길잡이』(일지사, 2007), p.323.

357) 이형우, 위의 책, p.323.

358) 이형우, 위의 책, pp.324~325.

359) "麗末 圃隱 鄭文忠公以眞儒 王佐才出爲世用 … 太宗嘗告太祖曰 鄭夢周 豈負我家 太祖曰 我遭橫議 夢周以死明我 若係于國家 有不可知 及文忠心跡俱著 太宗設宴 請之作歌侑酒曰 此亦何如 彼亦何如 城隍堂後垣 頹落亦何如 我輩若此 爲不死 亦何如 文忠 遂作歌 送酒曰 此身死了死了 一百番 更死了 白骨爲塵土 魂魄有也無 向主一片丹心 寧有改理也歟" 太宗 知其不變 遂議除之 文忠一日問病於太祖邸 仍察氣色 歸路過故酒從 家主人出外 階花盛開 遂徑入呼 酒舞於花間曰 今日風色甚惡甚惡 連嚼戱大椀而出 其家人

怪之 俄聞鄭侍中遇害矣 文忠之自太祖邸故也 有橐鞬武夫 衝其前導而過 變色顧謂隨行綠事曰 汝可落後 答曰小人從大監 何可他往乎 再三呵止 亦不從文忠之遇害 抱持同死 當時蒼卒無人記其姓名 遂不傳於後世"(沈光世, 『海東樂府』, 風色惡 ; 鄭求福 編, 『海東樂府集成』 1, 驪江出版社, 1988, pp.90~91).

360) "昔太宗大王 迻酒於圃隱先生 作歌示意曰 死了死了 一百番更死了 白骨爲塵土 魂魄有也無 向主一片丹心 寧有改理也否 太宗知其不可動 使趙英珪除去之"(洪翰周 저, 김윤조·진재교 역, 『智水拈筆』-19세기 견문지식의 축적과 지식의 탄생(하), 소명출판, 2013, pp.91~92).

361) 조동일, 제4판 『한국문학통사』 2(지식산업사, 2005), pp.245~247.

362) 정도전, 불씨윤회지변, 불씨잡변, 『삼봉집』 권9 ; 『文叢』 5, p.447.

363) 정도전, 불씨인과지변, 불씨잡변, 위의 책, p.449.

364) 『태종실록』 권23, 태종 12년(1412) 5월 3일 병술 3번째 기사.

365) 『세종실록』 권83, 세종 20년(1438) 10월 4일 을묘 3번째 기사

366) 이긍익, 『연려실기술』 권3, 세종조 고사본말.

367) 『세종실록』 권51, 세종 13년(1431) 3월 20일 갑신 2번째 기사

368) 김흥규, 강호자연과 정치현실 ; 권두환·김학성 편, 『고전시가론』(새문사, 1984), pp.398~399.

369) 『세조실록』 권21, 세조 6년(1460) 7월 27일 신축 1번째 기사.

370) 이긍익, 연산 조 고사 본말, 『연려실기술』 권6 ; 국역 『연려실기술』, 민족문화추진회, 1988, pp.109~110.

371) 『예종실록』 권1, 예종 즉위년(1468) 10월 24일 경술 4번째 기사

372) 圓仁 저, 신복룡 역, 『入唐求法巡禮行記』(정신세계사, 1991), pp.45~46 ; 동아프리카 마사이족은 흉년의 조짐, 남아프리카 줄루족은 큰 질병, 자이레의 드자가족은 천연두가 일어날 징후로 여겼으니 혜성을 불길한 징조로 본 것은 동서양의 보편적 인식이다.(칼 세이건·앤드루연 저, 홍동선역, 『혜성』, 범양사, 1985, pp.30~31).

373) "彗孛掃畢邊兵大戰 積屍千里"(李淳風, 『觀象玩占』卷16 ; 續修 『四庫全書』 1049, 子部, 術數類, 上海古籍出版社, 1995, p.325).

374) "是是萬彗 兵起 軍幾(飢) 是是苦彗 天下兵起 若在外歸 瘧星 小戰三 大戰七"(續修四庫全書編纂委員會編, 馬王堆帛書天文氣象雜占, 續修 『四庫全書』 1049, p.12, p.16), "是是帚彗 有內兵 年大熟, 是是竹彗人主有死者"(續修 『四庫全書』, 위의 책, p.13, p.17).

375) 서유영 저, 송정민 외 역, 『금계필담』(명문당, 1985), pp.276~277.

376) 南孝溫, 六臣傳, 『秋江集』 卷8.

377) 『연려실기술』 권4, 단종조 고사본말.

378) 이긍익, 『연려실기술』 권4, 단종조 고사본말, 성삼문.

379) 南孝溫, 六臣傳, 『秋江集』 卷8.

380) 강현식, 『심리학으로 보는 조선왕조실록』(살림, 2008), pp.52~72.

381) 『세조실록』 권4, 세조 2년(1456) 6월 8일 병오 2번째 기사.

382) 서성호 글, 백문수 사진, 『때때옷의 선비 농암 이현보』(국립중앙박물관, 2007), p.34.

383) "七月晦日 是翁初度之辰 兒孫輩每於此日 設酌以慰翁 辛亥之秋 別設盛筵鄉中父老 四鄰邑宰俱會 大張供具 秩起酬酢 終至醉舞 各自唱歌 翁亦和答 此其所作也 翁之年今八十七歲 致仕投閒 亦過一紀 其晚年去就 逸樂行迹 盡于此三短歌 聊書以自誇云 嘉靖癸丑淸和節旣望 崇政致仕永陽李某 書于聾巖小閣"(李賢輔, 生日歌 幷序, 『聾巖集』 卷3 ; 『文叢』 17, p.415).

384) "八十逢春更謝天 海東耆老著詩篇 聾巖樗散*)尤堪謝 壽到今辰又八年 身老休官臥故鄉 三兒奉檄各遐方 連章乞換曾爲濫 治邑先思願勿忘"(李賢輔, 元夕獻筵詩 幷序(甲寅), 『聾巖集』 卷1 ; 『文叢』 17, p.400). 獨谷 成石璘 <八十逢春更謝天> 次韻.

385) "嘉靖丙戌夏 余以掌樂院正 差受南方鎭海等官海錯船隻致敗推鞫之命 經月奔馳 未及竣事 伏覩 諭書 陞 堂上拜兵曹參知 驚惶罔措 時余之鄕孃 在禮安桑鄕 馳往告別 相對感泣 喜淚俱垂 京友所送玉環適至 卽 於親前 解巾懸著 慈顔手摩問之曰 玉環多孔 無乃貫纓難乎 余戱告曰 懸之爲難 貫何難乎 闔堂歡笑 余因 其意 吟成絶句曰 新降天書墨未乾 玉光輝映鬢毛寒 孃孃莫問環多孔 懸是爲難貫不難 傳爲美談 越明年春 又以同副承旨 受由來覲 慈氏聞余行期 以諺語作歌 敎其婢兒曰 待承旨之來而歌之 歌曰 …(中略)… 盖 慈氏早孤 養于外叔文節公家 知承旨貴顯 且記其當時 內間常語 至今政院官員 朝夕供餉 稱爲宣飯是已" (李賢輔, 愛日堂戱歡錄, 『聾巖集』 卷3 ; 『文叢』 17, p.409).

386) "西望巖崖勝 高亭勢欲飛 風流那復覩 山仰只今稀"(李滉, 聾巖, 『퇴계집』 권3 ; 『문총』 29, p.109).

387) 『퇴계집』 권17, 기명언(奇明彦)에게 답함.

388) "巖翁久仕於京 始還于鄉 登聾巖 周覽山川 不無令威之感 而猶喜其舊遊陳迹之依然 又作此歌"(李賢輔, 聾巖歌 幷序, 『聾巖集』 卷3 ; 『文叢』 17, p.415).

389) 李賢輔, 附書 漁父歌 後, 『聾巖先生文集』 卷4(汾江書院, 1986), p.266 참조.

390) 李賢輔, 위의 책, pp.266~267 참조.

391) 李賢輔, 위의 책, 같은 곳 참조.

392) "李賢輔, 漁父短歌 5章, 위의 책, p.264 참조.

393) "李賢輔, 漁父短歌 5章, 위의 책, p.264 참조.

394) 黃俊良, 祭文, 『錦溪集』 外集, 卷8 ; 『금계집』 4(한국국학진흥원, 2014), p.289.

395) 『퇴계집』 권29, 答金而精.

396) "(濯纓)潭上巨石削立 層累可十餘丈 築其上爲臺 松棚翳日 上天下水 羽鱗飛躍 左右翠屛 動影涵碧 江山 之勝 一覽盡得 曰天淵臺 西麓亦擬築臺 而名之曰天光雲影 其勝槩當不減於天淵也"(李滉, 陶山雜詠幷記, 『退溪集』 卷3, ; 『文叢』 29, p.103).

397) 李滉 著, 退溪學 硏究院 譯, 陶山雜詠幷記, 『退溪先生文集』 卷3(驪江出版社, 1991), pp.43~45.

398) "凡有感於情性者 每發於詩 然今之詩異於古之詩 可詠而不可歌也 如欲歌之 必綴以俚俗之語 蓋國俗音節 所不得不然也 故嘗略倣李歌 而作爲陶山六曲者二焉 其一言志 其二言學 欲使兒輩朝夕習而歌之 憑几而 聽之 亦令兒輩自歌而自舞蹈之 庶幾可以蕩滌鄙吝 感發融通 而歌者與聽者 不能無交有益焉"(李滉, 陶山 十二曲跋, 『退溪集』 卷43 ; 『文叢』 30, p.468).

399) 李滉, 增補 『退溪全書』 續(성균관대학교 대동문화연구원, 1971)의 <도산십이곡> 표기에 따른다.

400) "且道義之與爵秩 孰貴孰賤 孰重孰輕 以理言之 何啻道義之貴重 以禮言之 爵秩之分 亦安可陵之也 古之 士 固不屈於人之勢位 然而不過曰彼以其富 我以吾仁 彼以其爵 我以吾義 曰在彼者 皆我所不爲 在我者 皆古之道也云爾(李滉, 擬與豊基郡守論書院事 丁巳 郡守金慶言, 『退溪集』 卷12 ; 『文叢』 29, p.343).

401) "命官有不當受者 力辭不出 是或一道也"(李滉, 答洪相國退之, 『退溪集』 卷9 ; 『文叢』 29, p.272).

402) "先生 性度溫醇粹然如玉 志于性理之學 少以科第發身 不樂仕宦 乙巳之難 李芑忌 奏削官爵 人多稱枉 芑還奏復爵 先生見羣奸執柄 尤無立朝之意 拜官多不就"(李珥, 遺事, 『退溪先生言行錄』 卷6 ; 앞의 책, p.87).

403) "顧滉自年四十三歲時 已見得此意而圖退 至今二十有五年矣 行不孚誠不至 尙不爲上下之所信許", "大愚 也 劇病也 虛名也 誤恩也 … 滉之不樂仕常退身 豈有他哉 凡以爲四叢所困 二患所迫故耳"(李滉, 答奇明 彦 丁卯九月二十一日, 『退溪集』 卷17 ; 『文叢』 29, p.448).

404) 『명종실록』권33, 명종 21년(1566) 6월 15일 갑술, 2번째 기사.

405) "戊午赴召時 尹元衡當國 方濁亂朝廷 有史官 譏其出處 盖不知先生心事也 初明廟召命累下 而猶堅辭者 正以時不可出也 徵召漸峻 至有以予不足與有爲云云之敎 先生聞命瞿然 黽勉詣闕 非其心也 故除大司成 工曹參判 而未嘗爲供職言卜 在都五朔 多在散秩"(金誠一, 出處, 『退溪先生言行錄』卷3 ; 『退溪全書』17, 퇴계학연구원, 1994, p.39).

406) "士忘去就 禮廢致仕 虛名之累 愈久愈甚 求退之路 轉行轉險 至於今日 進退兩難 謗議如山 而危慮極矣"(李滉 著, 崔重錫 譯註, 答奇正字明彦, 『自省錄』, 國學資料院, 1998, p.280).

407) "臣等竊以爲草野愚生 徒守迂滯之見 酸寒腐儒 不識通變之宜 往往狂言妄論"(朴珪壽, 請疏儒裁處聯名第二箚子, 『瓛齋集』卷6 ; 『文叢』312, p.415).

408) "人生仕宦 亦非分外事 流行坎止 聊爾隨緣 固不當如愚病晚悟者之膠守一隅 爲終身家計也 但聲利海中 易以溺人 最是 能自守不辱身 爲第一義耳"(李滉, 答黃仲擧, 『退溪集』卷20 ; 『文叢』29, p.493).

409) "直以夫子學優仕 優之訓 爲處身之節度 而精審於義理之所安"(李滉 著, 崔重錫 譯註, 答奇正字明彦, 『自省錄』, 國學資料院, 1998, p.276).

410) "古人不可見 吾生亦云獨 … 四十九年非 知之莫再卜 世患累牽縶 時光迭往復 門有打鐵作 羹有振手覆 寡過胡不勉 夫仁亦在熟"(李滉, 石崙寺 效周景遊 次紫極宮感秋詩韻, 『退溪集』卷1 ; 『文叢』29, pp.69~70).

411) "今臣受任 而罪戾愆違 一至於此 此而不去 八罪又加成九 而其罪益大 臣伏念日月下臨 容光必照 天地普恩 無物失所 古之致仕者 不必皆在於七十 況臣百病之身 前去七十 僅有十朔乎 伏乞察臣得罪之由 開臣徇義之路 渙發德音 令臣依禮致仕而歸 積愆可洒於微躬 四維無壞於淸朝"(李滉, 乞致仕歸田箚子 二月二十八日, 『退溪集』卷7 ; 『文叢』29, p.217).

412) "景遊詩敍云 李太白四十九 作紫極感秋詩 其後 蘇黃 皆效之 余夜誦三賢詩 多少感慨 乃次其韻云云"(李滉, 答周景遊見寄 2首, 『退溪集』卷1 , 위의 책, p.69).

413) "窮居杜門 躬理耕植 時讀經史 以求寡過"(胡宏 撰, 『五峰集』卷2, 與向伯元書).

414) "蹤跡頗乖 其幸得偸間日 無他外撓 欲少料理古人心事 以自捄迷罔之愆 尤淺露疎率 不知沈晦用工"(李滉, 答柳仁仲希春, 『退溪集』卷12 ; 『文叢』29, p.332).

415) 『명종실록』권24, 13년(1558) 8월 5일.

416) "苟無知人之明 則循規矩蹈繩墨 以求寡過"(蘇軾, 擬進士對御試策, 『東坡全集』卷45).

417) "庶臣及其未死之前 得免欺天之罪 優游平世 補過守病 以畢餘生 則雖死之日 猶生之年矣"(李滉, 戊午辭職疏, 『退溪集』卷6 ; 위의 책, p.175).

418) 황병익, 도산십이곡의 의미 재고(Ⅱ), 『정신문화연구』131(한국학중앙연구원, 2013 여름), pp.274~276.

419) "聖人司敎化 黌序育羣材 因心有明訓 善端得深培 天叙旣昭陳 人文亦褒開 云何百代下 學絶敎養乖 羣居競葩藻 爭先冠倫魁 淳風反淪喪 擾擾胡爲哉"(『御纂朱子全書』卷66. 齋居感興 20首).

420) 聖人司敎化 黌序育群材 因心有明訓 善端得深培 天敍旣昭陳 人文亦褒開 云何百代下 學絶敎養乖 群居競葩藻 爭先冠倫魁 淳風反淪喪 擾擾胡爲哉"(『竹溪志』卷5 雜錄, 서재에서 감회에 젖어 20수 [齋居感興 二十首] 주희(朱熹)).

421) "淳風已死聖人遠 後來雕琢泯人文 馬遷餘史意已荒 自附春秋眞妄云"(許穆, 和古亭丈人古詩七韻, 『眉叟記言』別集 卷1 ; 『文叢』98, p.500).

422) "古學未傳皆末士 淳風猶在秖村農 呼兒且進杯中物 澆我平生礧磈胸"(李滉, 三月三日 雨中寅感, 『退溪集』卷1, 위의 책, p.72).

423) "侍退溪先生于書齋 退溪先生謂在座諸人曰 儒家意味自別 工文藝非儒也 取科第非儒也 因歎曰 世間許多 英才 混汩俗學 更有甚人 能得脫此科曰也"(琴輔, 梅軒先生年譜 穆宗 隆慶元年丁卯(1567), 『梅軒集』;『文 叢』續3, p.85).

424) 黃俊良, 代聾巖李相公謝恩疏, 『錦溪集』 外集 卷7;『금계집』4(한국국학진흥원, 2014), p.41.

425) 영남대본 『연암집』에는 '彼美人兮'로 되어 있다.(박지원 저, 신호열 김명호 옮김, 『연암집』권7 별 집, 민족문화추진회, 2004, p.189).

426) "自古有忠愛於君者 必咏美人而懷之 詩云有美一人兮 西方之人兮 說者曰 西方美人 文王也 屈原景差之 徒 所以賦頌美人者多"(『燕巖集』卷7 別集, 翠眉樓記).

427) "亹亹文王 令聞不已 陳錫哉周 侯文王孫子 文王孫子 本支百世 凡周之士 不顯亦世","穆穆文王 於緝熙敬 止 假哉天命 有商孫子 商之孫子 其麗不億 上帝旣命 侯于周服","侯服于周 天命靡常 殷士膚敏 祼將于京 厥作祼將 常服黼冔 王之藎臣 無念爾祖","命之不易 無遏爾躬 宣昭義問 有虞殷自天 上天之載 無聲無臭 儀刑文王 萬邦作孚"(李樗黃櫄 撰, 『毛詩集解』卷30, 文王之什詁訓傳 第23 大雅:朱子, 『詩經集傳』卷 6, 大雅3, 文王之什三之一).

428) "(周文王) 逢呂尙然後 爲政乎 且何代無賢 但患遺而不知耳"(吳兢, 『貞觀政要』卷3, 擇官).

429) "愛敬烝烝 勞而不倦 大舜之孝也 訪安內豎 親嘗御膳 文王之德"(吳兢, 『貞觀政要』, 위의 책, 封建).

430) "雖成百里之圍 周文以子來而克昌"(吳兢, 『貞觀政要』卷4,);『孟子』梁惠王 下).

431) "雞旣鳴矣東方明 將翶將翔弋鳧鴈 云誰之思彼美人 或遄其歸氷未泮","關關雎鳩在河洲 駕言出游寫我憂 愷悌君子神勞矣 萬民所望歸于周"(李穡, 古意三章章四句, 『牧隱詩藁』卷7, 詩藁;『文叢』4, p.34).

432) 황병익(2012), 앞의 논문, pp.366~371.

433) "鳶飛戾天 魚躍于淵 豈弟君子 遐不作人"(『詩經』大雅 旱麓篇).

434) "半畝方塘一鑑開 天光雲影共徘徊 問渠那得淸如許 爲有源頭活水來"(朱子, 觀書有感, 『性理大全書』卷 70).

435) "詩云 鳶飛戾天 魚躍于淵 言其上下察也"(『中庸』11章).

436) "問鳶飛戾天 魚躍于淵 此莫非車不行水 舟不行陸之義與 先生曰 其間 不無此意思 此則實道之妙用 上下 昭著 流動充滿之義 故朱子曰 道之流行 發見於天地之間 無所不在 在上則鳶之飛而戾于天者 此也 在下 則魚之躍而出于淵者 此也"(李德弘, 論理氣, 『退溪先生言行錄』卷4;『退溪全書』17, 앞의 책, p.52).

437) "鳶陽物也 故戾于天而不得潛于水 魚陰物也 故躍于淵而不得飛于天 孰使之然也 此自然之妙 不容已之地 要在默而識之"(李德弘, 論理氣, 『退溪先生言行錄』卷4;『退溪全書』17, 위의 책, p.52).

438) 권오영, 퇴계의 <陶山雜詠>의 理學的 含意와 그 전승, 『韓國漢文學硏究』46(韓國漢文學會, 2010), pp.101~102.

439) "滄波凝湛寫天光 何似當年半畝塘 固是靜深含萬象 誰知溥博發源長"(奇大升, 天光雲影臺, 『高峯集』續 集 卷1;『文叢』40, p.250).

440) 李在興, 『도산십이곡』(어문학사, 2011), p.148.

441) "細看公詩 近覺有長進得趣味 可喜 但其間 不無有誇 逞矜負自喜之態 而少謙虛斂退溫厚之意 恐如此不 已 終或有妨於進德修業之實也"(李滉, 與趙士敬, 『退溪集』卷23;『文叢』30, p.62).

442) 李鍾虎, 『퇴계학 에세이 溫柔敦厚』(아세아문화사, 2008), p.93.

443) 심경호, 『한학연구입문』(이회, 2003), pp.484~485.

444) 李滉, 陶山十二曲跋, 『退溪先生文集』卷43;『文叢』30, p.468.

445) "癸卯二月 移居永之芝山村 有水石林壑之趣 其曰拙修堂 翫餘齋 忘懷亭 知魚臺 桃花潭 峽口巖 皆公所 命名也 每於春和景明 秋日淸朗之時 與二三冠童 杖屨逍遙 或泛舟潭上 使善歌者 歌退溪陶山十二曲 悠

然自得 樂而忘疲"(金炳學, 諡狀：曺好益,『芝山集』附錄 卷2,『文叢』55, p.574).

446) 金堉, 芝山 曺好益 先生 行狀,『潛谷先生遺稿』卷11, p.6.

447) 최재남,『서정시가의 인식과 미학』(보고사, 2003), p.169.

448) 한형조, 이황의 <도산십이곡>,『한국의 고전을 읽는다』2(휴머니스트, 2006), p.222.

449) "耳目聰明男子身 洪鈞賦與不爲貧 因探月窟方知物 未躡天根豈識人 乾遇巽時觀月窟 地逢雷處看天根 天根月窟閒來往 三十六宮都是春"(邵雍, 觀物吟,『擊壤集』卷16).

450) "瞽者無以與乎文章之觀 聾者無以與乎鐘鼓之聲 豈惟形骸有聾盲哉 夫知亦有之 是其言也"(『莊子』卷1, 逍遙遊).

451) "抱朴子曰 聰者 料興亡於遺音之響絶 明者 覩機理於玄微之未形"(葛洪 撰,『抱朴子』卷4, 外篇, 廣譬 第39).

452) 황병익(2012), 도산십이곡의 의미 재고,『古詩歌研究』29(韓國古詩歌文學會, 2012), pp.375~377.

453) 全在康, 도산십이곡의 理氣論的 根據와 內的 秩序 研究,『語文學』70(한국어문학회, 2000), p.230.

454) 李泰極,『時調槪論』(새글사, 1974), p.200. ; 李泰極,『덜고 더한 時調槪論』(半島出版社, 1992), p.200.

455) 성낙은,『고시조 산책』(국학자료원, 1996), p.183.

456) "日月星辰之運行 躔度萬古不差 皆是誠實道理如此 又就果木觀之 甛者萬古甛 苦者萬古苦 靑者萬古常靑 白者萬古常白 紅者萬古常紅 紫者萬古常紫 圓者萬古常圓 缺者萬古常缺 一花一葉文縷相等對萬古常然 無一毫差錯"(『性理大全書』卷37, 性理9, 仁義禮智信).

457) "試以天道觀之 天道流行 亘古今而不忒 暑往則寒來 日升則月沉 春生了便夏長 秋殺了便冬藏 循環終始 萬古常如此 只是眞實底道理爲之主宰 其理之賦於萬物者亦如此 靑者萬古常靑 白者萬古常白 圓者萬古常圓 缺者萬古常缺 飛走者萬古飛走 流峙者萬古流峙 無一物不然 無一毫或差 惟其有實理 自然而然"(洪葳, 閒居問答 湖堂朔製 論務實,『淸溪集』卷7, 雜著 ;『文叢』125, p.94).

458) "告子曰 生之謂性 孟子曰 生之謂性也 猶白之謂白與 曰 然 白羽之白也 猶白雪之白 白雪之白 猶白玉之白與 曰 然"(『孟子』告子章句 上).

459) "然本於初而言 則心之未發 氣未用事 本體虛明之時 則固無不善"(李滉, 答鄭子中別紙,『退溪集』卷24 ;『文叢』30, p.73).

460) "對案嘿坐 競存硏索 往往有會于心 輒復欣然忘食 其有不合者 資於麗澤 又不得則發於憤悱 猶不敢强而通之 且置一邊 時復拈出 虛心思繹 以俟其自解 今日如是 明日又如是"(李滉, 陶山雜詠 并記,『退溪集』卷3 ;『文叢』29, pp.103~104).

461) "首章或問 陳氏曰 中和位育 聖神之能事 由敎而入者 果能盡致中和之功云云 來喩云云 安有致中和而猶未盡位育 但庶幾乎位育者 賢人之學 雖曰及其成功一也 然至論神化妙用處 則孔子之綏來動和 豈顏曾所能遽及哉"(李滉, 答李叔獻問目 中庸,『退溪集』卷14, 위의 책, p.377).

462) 황병익, 도산십이곡의 의미 재고(Ⅱ),『정신문화연구』131(한국학중앙연구원, 2013), pp.283~287.

463) 황병익(2013), 위의 논문, pp.287~294.

464) 『詩經』小雅, 鴻鴈之什, 白駒에 "깨끗한 흰 망아지 내 밭의 싹을 먹었다 하여/발을 동여매고 고삐를 죄어 아침이 다 가도록 곁에 두면/저 사람 현자(賢者)도 이곳에서 노닐 텐데!(제1수)"로 시작하는 시 4수가 있는데, 임금은 현자를 좋아하건만, 현자는 세상에 나와 벼슬하려 하지 않음을 애석히 여겨 현자의 흰 망아지(皎皎白駒)를 잡고서 그를 곁에 두려는 안타까운 심정을 그렸다. 좋은 벼슬로도, 억지로 머무르게 해도 현자를 얽어맬 수 없음을 표현했다.(蓋愛之切而不知好爵之不足縻 留之苦而不恤其志之不得遂也,『詩經集傳』卷11). 이에 <도산십이곡> 언지 제5수의 "엇더타 皎皎白駒는 머리 모숨호는고"를 자유로이 내왕하는 갈매기와 대조시켜, "벼슬도 마다하고, 정치현실과

동떨어져 자연에 물러나려는 선비들과 그 상황에 대한 근심"을 담은 것으로 읽는다. 벼슬과 학문은 선비들에게 뗄 수 없는 동전의 양면인데 퇴계 또한 進보다 退를 고집했으니, 이 구절은 퇴계의 자성과 경계와 탄식이다. 흔히 '엇더타'는 '머리 ᄆᆞ숨ᄒᆞᄂᆞᆫ고'(현실 상황)에 대한 걱정과 한숨을 이끌 때 쓰는 말이다.

465) <도산십이곡>의 '彼美一人'에 대한 해석이 분분한데, 『시경』이나 『연암집』의 기록을 근거로 '피미일인=周 文王'이라 한 견해를 따른다.(황병익(2012), 앞의 논문, pp.366~372).

466) 李東英, 도산십이곡, 『한국민족문화대백과사전』 6(한국학중앙연구원, 1991), p.840 ; 국어국문학 편찬위원회 편, 『國語國文學資料辭典』(한국사전연구사, 1995), p.791.

467) 성기옥, 도산십이곡의 구조와 의미, 『韓國詩歌研究』 11(韓國詩歌學會, 2002), p.226.

468) 황병익(2012), 앞의 논문, p.387.

469) 이인로, 『파한집』 권상 ; 『고려명현집』 2(성균관대학교 대동문화연구원, 1986), p.85.

470) 이종은 역주, 『海東傳道錄 靑鶴集』(보성문화사, 1986), p.136.

471) "風雷交闘 地闢天開 不晝不夜 便不分水石 不知其中隱有仙儔巨靈 長蛟短龜 屬藏其宅 萬古呵護 而使人不得近也 或有好事者 斷木爲橋 僅入初面 刮模苔石 則有三仙洞三字 亦不知何年代也"(曺植, 遊頭流錄, 『南冥集』 卷2 ; 『文叢』 31, p.506).

472) 조식, 유두류록, 『남명집』 권2 ; 『문총』 31, p.509.

473) 『명종실록』 권19, 명종 10년(1555) 을묘 11월 19일(경술).

474) "況南溟諸公 皆當明聖之時 幾辭婉言 何所不可 而噴薄不遜 至於此極 孔子曰 進思盡忠 退思補過 將順其美 匡救其失 旨哉言乎 人臣事君 當如是也"(洪翰周 저, 김윤조·진재교 역, 曺南冥 『智水拈筆』-19세기 견문지식의 축적과 지식의 탄생(상), 소명출판, 2013, p.362).

475) 周世鵬, 『武陵續集』 卷1 ; 『愼齋全書』(愼齋 周先生 遺蹟宣揚會, 1979), pp.264~265.

476) "孟子曰 牛山之木 嘗美矣 以其郊於大國也 斧斤 伐之 可以爲美乎 是其日夜之所息 雨露之所潤 非無萌蘗之生焉 牛羊又從而牧之 是以 若彼濯濯也 人見其濯濯也 以爲未嘗有材焉 此豈山之性也哉"(『孟子』 告子 上)

477) "宋人 有閔其苗之不長而揠之者 芒芒然歸 謂其人曰 今日 病矣 予助苗長矣 其子趨而往視之 苗則槁矣 天下之不助苗長者寡矣 以爲無益而舍之者 不耘苗者也 助之長者 揠苗者也 非徒無益 而又害之"(『孟子』 公孫丑 上).

478) "按海西時 見民俗之貿貿 乃作 此歌 布施一路 以明人之大倫者也"(周世鵬 著, 權五根 譯, 국역 『무릉속집』, 愼齋先生 遺蹟宣揚會, 1979, p.20).

479) "七月拜黃海道觀警使兼兵馬水軍節度使 諫院合 啓請留 以爲學問精博 可任師表 宜在 經幄 不宜遠出 上以民方困窮 天使亦將出來 非斯人不可擧朝咸惜其去 遂西赴任 首牓諭諸邑 大要省刑罰 薄稅斂 務農桑 申孝悌 女不淫 男不盜 孝父母 和兄弟 夫婦敬 朋友信 長幼序 鄰里睦 士教子 農力田 耕讓畔 行讓路 其餘節目 尤詳備 關右不並以南 文教衰絶 學校頹廢 生徒皆庸駭 不知向學 乃一舊染 振起後生 施教如南郡時 而尤嚴其準程 由是文風 丕變"(周世鵬 著, 權五根 譯, 위의 책, p.139).

480) 周世鵬 著, 權五根 譯, 위의 책, pp.76~77.

481) "府君性純孝 七歲時母夫人 病久不梳 親自沐膏接髮 緣虱而去之 人益奇之 以孝童稱"(周世鵬 著, 위의 책, pp.126~127).

482) 『牧民心書』 禮典六條, 第3條, 教民.

483) 周世鵬 著, 앞의 책, pp.54~58.

484) 周世鵬 著, 위의 책, p.132.

485) "公事父母以孝 待兄弟怡愉 喪葬祭祀必以禮 此人所不及 余所親見而歡美者 公持身淸潤 守令之饋 素不相知之人 則雖扇柄 不受 雖素知之人 多則亦不受"(金長生, 行錄, 『松江別集』卷4；『文叢』46, p.337).

486) 鄭澈, 星州本 『松江歌辭』；李謙魯 發行, 『松江歌辭』, 通文館, 1954.

487) 최재천, 『최재천의 인간과 동물』(궁리, 2007), pp.288~289.

488) "慈烏失其母 啞啞吐哀音 晝夜不飛去 經年守故林 夜夜夜半啼 聞者爲沾襟 聲中如告訴 未盡反哺心 百鳥豈無母 爾獨哀怨深"(白居易, 慈烏夜啼；『文淵閣四庫全書』子部, 類書類, 古今事文類聚 後集 卷44).

489) 문화일보 2013년 02월 28일자.

490) "凡爲人子 孝敬是先 父母生兒 多少艱辛 妊娠將免 九死一生 乳哺三年 飮母膏血 攜持保抱 日望長成 如惜金珠如護性命 慈烏反哺 猶知報恩 人而不孝 烏雀不若"(眞德秀, 泉州勸諭文；김정국 원저, 정호훈 저, 『警民篇』, 아카넷, 2012, p.254).

491) "孟子曰 人之所以異於禽獸者幾希 庶民 居之 君子 存之 幾希 少也 庶 衆也 人物之生 同得天地之理 以爲性 同得天地之氣 以爲形 其不同者 獨人於其間 得形氣之正而能有以全其性 爲少異耳 雖曰少異 然人物之所以分 實在於此 衆人 不知此而去之 則名雖爲人 而實無以異於禽獸 君子 知此而存之 是以 戰兢惕厲 而卒能有以全其所受之正也"(『孟子』離婁 下).

492) 송순, <오륜가>, 『면앙집』 권4.

493) 宋純, 五倫歌五篇, 『俛仰集』 卷4；『文叢』 26, p.238. 여기에서 '長幼有序'라 했으나 엄밀히 말하면 '兄友弟恭'을 설명하고 있다.

494) "夫婦有恩 貧窮相守爲恩 若棄妻不養 夫喪改嫁 皆是無恩也"(陳襄, 古靈陳先生仙居諭文；김정국 원저, 정호훈 저, 『警民篇』, 아카넷, 2012, p.243).

495) 사마천 지음, 김원중 역, 염파인상여열전, 『사기열전』 1(민음사, 2007), pp.531~533.

496) 이덕홍, 교제, 『퇴계언행록』 권3.

497) 정약용 저, 박석무 역, 친구를 사귈 때 가릴 일, 『유배지에서 보낸 편지』(창작과비평사, 1991), pp.123~124.

498) 정약용 저, 박석무 역, 爲尹惠冠贈言, 위의 책, pp.246~247.

499) 성대중 저, 김종태 외 역, 성언, 국역 『청성잡기』 권4・5(민족문화추진회, 2006), p.379, p.485.

500) "天生蒸民 有物有則 人之有道 本可爲善 只緣敎化不明 無所聞知 雖抱美質 罔由裁成 矧爾蚩蠢 何以革面 余以塞淺 忝作道主 夙夜慄慄 憂不克荷 化民成俗 雖不可冀 開導勸戒 在所不已 玆取西山眞先生勸諭二文 採其要旨 合而爲一 揭示村巷"(鄭澈, 『松江集』 原集 卷2；『文叢』 46, p.157).

501) "右短歌十六 卽 宣廟相相臣鄭澈 爲江原監司時所作者也, 使民尋常誦習 諷詠在口 則其於感發人之性情 不無所助 故附刻於此 而名曰訓民歌云"(김정국 원저, 정호훈 저, 『警民篇』, 아카넷, 2012, p.270).

502) "歲時寒暄 有以恩意往來 燕飮序老少坐立拜起"(『赤城集』 卷18；『御定小學集註』 卷5, 廣立敎).

503) "爾民者 父慈子孝 兄友弟恭 夫和妻順 言必忠信 行必溫恭 族黨有恩 鄕閭有禮 敬奉公上 矜恤孤窮 以致一路變爲有道之邦 仰受聖君勞來敬直之化 不亦休乎 惟爾有民 各宜勉旃 萬曆八年庚辰秋七月旣望 觀察使臨汀鄭某書"(鄭澈, 『松江集』 原集 卷2, 앞의 책, p.157).

504) "短歌十六 卽 宣廟朝相臣鄭澈 爲江原監司時 所作者也, 使民尋常誦習 諷詠在口 則其於感發人之情性 不無所助 故附刻於此 而名曰訓民歌云 警民編(松江別集 卷7, 附錄, 畸翁所錄；『文叢』46, p.405).

505) 『영조실록』 권114, 영조 46년(1770) 1월 14일 임진 4번째 기사.

506) 『브리태니커 세계대백과사전』 20(한국브리태니커회사, 1993), p.457.

507) 成石璘, 『獨谷集』 詩.

508) 임제, 鐵嶺作, 『백호집』 권3.

509) "十八日早 發淮陽 過銀溪 至黃魚淵邊 歇馬 府使送行 止此 柳兎山敷(公之甥姪) 辭歸 午上鐵嶺 嶺幾捫 參島道懸雲 白山茫茫 關路悠悠 北上行色 已酸然 自嶺下 高山如從天降一步 回首 後從尙木末矣 公登鐵 嶺 作歌 其辭曰 '鐵嶺 노픈재예 자고가는 뎌 구롬아 孤臣寃淚을 비 삼아 쒸여다가 님 계신 九重宮 闕의 쑤려본들 엇뎌흐리' 此歌 傳播都下 宮人皆習唱 一日 光海君 遊宴後庭 酒酣 聞此曲 問誰所作也 宮人以實對 光海愀然不樂 因泣下 罷酒而終不能召還 至今 聞之者 莫不感泣 事載南原士人趙敬男野史"(林在完 編, 『백사 이항복 유묵첩과 북천일록』, 삼성문화재단, 2005, pp.29~30 참조).

510) "白沙李公之竄北青 行過鐵嶺宿雲詞有 得孤臣寃淚作行雨 往灑九重宮闕之語 一日光海主 遊宴後庭 宮娥 有唱 是詞者主曰 大是新聲 何處得來 對曰 都下傳唱云 是李某所作 主使之復歌 悵然泣下 詩之能感人如 此"(金萬重, 『西浦漫筆』 下).

511) 徐有英 著, 金鍾權 校註, 『錦溪筆談』(明文堂, 1985), pp.48~50.

512) "公頗覺苦渴 喜進酸冷 侍人多戒其不攝養 公曰 一生 餌藥節食者 只要無恙到老爾 今旣宦成名立幸爾年 亦將七十 此外更有何求而强自苦攝以絕口所快也 今日再中亦不以死生爲念矣"(林在完 編, 앞의 책, p.43).

513) "尤齋宋相國 飜而爲詞曰 鐵嶺高處宿雲飛 飛飛何處歸 願帶孤臣數行淚 作雨去向終南北岳間 沾灑瓊樓玉 欄干 南相國九萬 嘗按北路過咸關嶺 亦翻此歌爲詩曰 咸關嶺高復高 夜宿曉去寒雲飛 孤臣寃淚欲付汝 願 帶爲雨長安歸 長安宮闕九重裡 倘向君前一霏霏 蓋以鐵嶺爲咸關者 傳聞之異也"(林在完 編, 위의 책, pp.29~30 참조).

514) 岑參, 胡笳歌送顏眞卿使赴河隴, 『全唐詩』 3函 8冊, 卷199.

515) 李達 저, 허경진 역, 柳摠戎紫騮馬歌, 『蓀谷詩集』 卷2(보고사, 2006), p.50.

516) 이순신 저, 노승석 역, 『난중일기』(동아일보사, 2005), p.382 ; 『이충무공전서』 권1 ; 『文叢』 55, p.114.

517) 『선조실록』 권86, 선조 30년(1597) 3월 13일 계묘 2번째 기사.

518) 정두희, 이순신 연구-임진란 이후 그의 전력과 정유재란에 관한 재검토, 이기백 선생 고희기념 『한국사학논총』(하)(일조각, 1994), p.1130.

519) "水國秋光暮 驚寒雁陣高 憂心輾轉夜 殘月照弓刀"(李舜臣, 閑山島夜吟, 『李忠武公全書』 卷1, 『文叢』 55, p.110).

520) 司馬遷 著, 洪錫寶 譯, 『史記列傳』(三星文化財團, 1973), pp.74~76.

521) "獨憐幽草澗邊生 上有黃鸝深樹鳴 春潮帶雨晚來急 野渡無人舟自橫"(『全唐詩』 3권 7책).

522) 尹善道, 漁父四時詞, 『孤山遺稿』 卷6 ; 『文叢』 91, pp.502~507.

523) 『광해군일기』 권110, 광해군 8년(1616) 12월 21일.

524) 『광해군일기』 권110, 광해군 8년(1616) 12월 23일.

525) 고미숙, 격변기에 산출된 강호미학의 정점 -고산 윤선도, 『한국 고전문학 작가론』(소명, 1998), p.339.

526) 『인조실록』 권31, 인조 13년(1635) 11월 1일 정미.

527) "時大風雪 旌旗裂 人馬凍死者 相望 天陰黑 自張柴村 以東道路 以東路 皆官軍所未嘗行 人人自以爲必 死然 畏愬莫敢違 夜半雪愈甚 行七十里 至州城(至蔡州城下也) 近城有鵝鴨池 愬令擊之以混軍聲"(司馬 光, 『資治通鑑』 卷240, 唐紀56).

528) 『인조실록』 권36, 인조 16년(1638) 3월 15일 무인.

529) 위의 글, 같은 곳.

530) 『인조실록』 권36, 인조 16년(1638) 4월 26일 기미.

531) 金學成, 漁父四時詞, 『한국민족문화대백과사전』14(한국학중앙연구원, 1995), p.908.

532) 안승준, 16~18세기 海南尹氏家門의 土地·奴婢 所有 實態와 經營(한국학중앙연구원 석사논문, 1987), pp.5~10 ; 고미숙, 격변기에 산출된 강호미학의 정점－고산 윤선도, 『한국고전문학작가론』 (소명출판, 1999), pp.341~342.

533) "蜿然水中石 何似臥龍巖 我欲寫諸葛 立祠傍此潭"(윤선도 지음, 이형대 이상원 외 옮김, 或躍巖, 『孤山遺稿』, 소명출판, 2004, p.140).

534) 尹善道, 『孤山遺稿』卷6 하, 歌辭.

535) 金埈五, 제3판 『詩論』(三知院, 1992), pp.232~235 참조.

536) 이형대, 『한국 고전시가와 인물형상의 동아시아적 변전』(소명출판, 2002), pp.153~176.

537) 이동연, 시조 ; 이혜순·성기옥 외, 『한국고전여성작가연구』(태학사, 1999), p.297.

538) 『용재총화』 제9 ; 『대동야승』 권2(민족문화추진회, 1973), p.229.

539) 『어면순』 61 ; pp.362~363.

540) 차천로, 五山說林草藁 ; 『대동야승』 권5.

541) 차천로, 위의 책, 같은 곳.

542) 桂娘者 扶安賤娼 自號梅窓 嘗有過客聞其名 以詩挑之 娘卽次韻曰 平生不學食東家 只愛梅窓月影斜 詞 人未識幽閑意指點行雲枉自多 其人悵然而去 娘平日喜琴與詩 死以琴殉葬云"(李晬光, 『芝峰類說』卷14, 文章部7 妓妾詩).

543) "不是傷春病 只因憶玉郎 塵寰多苦累 孤鶴未歸情"(『매창시집』, 앓아누워(病中)) ; 신석정, 대역 『매창 시집』 ; 김민성 편, 『매창전집』(고글, 1998), p.43, p.46.

544) "一別佳人隔楚雲 客中心緒轉紛紛 靑鳥不來音信斷 碧梧凉雨不堪聞)"(劉希慶, 途中憶癸娘, 『村隱集』卷1, 『文叢』55, p.9.

545) 허균, 惺叟詩話, 說部4, 성소부부고 25 ; 국역 『성소부부고』 Ⅲ(민족문화추진회, 1967), p.225.

546) 남학명, 行錄 ; 劉希慶, 『촌은집』 권2 ; 『文叢』 55, p.32.

547) 남학명, 行錄 ; 劉希慶, 위의 책, p.33.

548) 劉希慶, 贈癸娘, 『村隱集』卷1, 『文叢』55, p.8.

549) "娘家在浪州 我家住京口 相思不相見 腸斷梧桐雨"(劉希慶, 懷癸娘, 『村隱集』卷1, 위의 책, p.7).

550) "別後重逢未有期 楚雲秦樹夢相思 何當共倚東樓月 却話完山醉賦詩"(劉希慶, 寄癸娘, 위의 책, p.9).

551) "從古尋芳自有時 樊川何事太遲遲 吾行不爲尋芳意 唯赴論詩十日期－在完山時 娘謂余日 願爲十日論詩 故云"(劉希慶, 重逢癸娘, 『村隱集』卷1, 앞의 책, p.14).

552) "남학명, 行錄, 『촌은집』 권2, 위의 책, p.33.

553) "明眸皓齒翠眉娘 忽逐浮雲入杳茫 縱是芳魂歸淇邑 誰將玉骨葬家鄕 更無旅櫬新交弔 只有粧奩舊日香 丁 未年間幸相遇 不堪哀淚濕衣裳"(劉希慶, 次任正字悼玉眞韻, 『村隱集』卷1, 앞의 책, p.25).

554) 허균, 惺叟詩話, 說部4, 『성소부부고』 권25 ; 국역 『성소부부고』 Ⅲ(민족문화추진회, 1967), p.225.

555) 허균, 與桂娘, 文部18, 『성소부부고』 권21 ; 위의 책, p.115.

556) 허균, 哀桂娘, 詩部2, 『성소부부고』 권2 ; 국역 『성소부부고』 Ⅰ(민족문화추진회, 1967), p.173.

557) "醉客執羅衫 羅衫隨手裂 不惜一羅衫 但恐恩情絶"(『매창집』, <贈醉客>).

558) "折楊柳寄與千里人 爲我試向庭前種 須知一夜新生葉 憔悴愁眉是妾身"(崔慶昌, 飜方曲, 『孤竹遺稿』, 『文 叢』50, p.30)

559) "相看脉脉贈幽蘭 此去天涯幾日還 莫唱咸關舊時曲 至今雲雨暗靑山"(崔慶昌, 贈別 又, 위의 책, p.11).

560) 허균, 惺叟詩話, 說部 4,『성소부부고』 25 ; 국역『성소부부고』 Ⅲ, 앞의 책, p.220.

561) "我東 以詩聞者 其家非一 而惟崔白二子 以正音鳴 異時 諸學士大夫 苟用文章自命者 則必顯重而稱說
之"(申欽, 玉峯全稿序略 ; 崔慶昌,『孤竹遺稿』附錄,『文叢』50, p.33).

562) "崔孤竹贈洪娘詩序曰 萬曆癸酉秋 余以北道評事赴幕 洪娘隨在幕中 翌年春 余歸京師 洪娘追及雙城而別
還到咸關領 値日昏雨暗 仍作歌一章以寄余 歲乙亥余疾病沈綿 自春徂冬 未離牀褥 洪娘聞之 卽日發行
凡七晝夜已到京城 時有兩界之禁 且遭國恤 練雖已過 非如平日 洪娘亦還其土 於其別 書以贈之詩二首
其一曰 '相看脉脉贈幽蘭 此去天涯幾日還 莫唱咸關舊時曲 至今雲雨暗靑山' 聞諸孤竹後孫 洪娘卽洪原妓
愛節 有姿色 孤竹歿後 自毁其容 守墓於坡州 壬癸之亂 負孤竹詩稿 得免軼於兵火 死仍葬孤竹墓下 有一
子 孤竹集中載其詩 而序則不載"(南鶴鳴, 雜說, 詞翰 ; 韓國歷代文集叢書 2389『晦隱先生文集』권3, 景
仁文化社. 1997, pp.480~481 ;『文叢』續 51, p.373).

563) 李德洞 찬, 松都記異 ; 대동국역총서『대동야승』17(민족문화추회, 1973), p.336.

564) 그러나 허균은 "진랑은 개성 장인의 딸이다. 성품이 얽매이지 않아서 남자 같았다."(許筠, 惺翁識
小錄(下), 說部 3,『惺所覆瓿藁』卷24 ; 앞의 책, pp.172~173) 하였다.

565) "眞者 中宗時人 黃進士庶女也 母陳玄琴 飮水於兵部橋下 感而孕眞 及擧 室中有異香者三日 眞旣長
有絶色通書史 方年十五六時 隣有一書生窺而悅之 欲私不果 遂因緣成疾死 柩發至眞門不肯前 先是書生
病 其家頗聞其事 乃使人懇眞 得其襦覆之柩 然後 柩始乃前 眞大感動 於是遂稍以娼行"(金澤榮,『韶
濩堂集』卷9, 歌者傳, 黃眞 ;『文叢』347, p.333).

566) 許筠, 惺翁識小錄(下), 說部 3,『惺所覆瓿藁』卷24 ; 앞의 책, pp.172~173.

567) 李德洞 찬, 松都記異 ; 대동국역총서『대동야승』17(민족문화추진회, 1973), pp.336~337.

568) 許筠, 惺翁識小錄(下), 說部 3,『惺所覆瓿藁』卷24, 앞의 책, 같은 곳.

569) 李德洞 찬, 松都記異, 앞의 책, pp.336~338.

570) "俗傳 黃眞松都名妓也 見之者皆迷惑 眞欲試公 到花潭請謁 公欣然許之 眞自願薦枕 同被至屢日 公不少
動 眞必欲破戒 妖媚百端 終不動念 眞始拜伏而去 世稱松都三絶 花潭朴淵黃眞 其一也"(徐有英 著, 金鍾
權 校註,『錦溪筆談』, 明文堂, 1985, p.147).

571) "月下庭梧盡 霜中野菊黃 樓高天一尺 人醉酒千觴 流水和琴冷 梅花入笛香 明朝相別後 情意碧波長"(洪
萬宗 著, 許捲洙·尹浩鎭 譯註, 역주『시화총림 詩話叢林』(하)(까치, 1993), p.308).

572) "生而秀異 年纔七八 已好學問 日月將就 不煩師 資性於著述 詩句驚人 筆法亦得松雪體, 禮部尚書 夏言
名籍一時 聞公有能詩聲 求見公作 稱美不已 贈以書冊 及東還 上亦覽公行稿 命題賦詩數首而進賜賫 應
接之際 不但周旋中禮 酬答詩篇 輒爲華使所賞 至於揮涕而別 其後 我國使臣 入朝 必來問公消息."(洪暹,
蘇世讓 碑銘,『國朝人物考』33, 서울대학교출판부, 1978, pp.714~716).

573) "黃眞松京名妓也 色藝俱絶 名播一國 宗室有碧溪守者 思欲一眄 而不可得 乃謀於李蓀谷達 達曰 眞非風
流名士 難於酬接 公能從吾言乎 碧溪守曰 當從君言矣 蓀谷曰 公本善彈琴 使小童挾琴隨後 乘小驢過眞
娘之家 登樓賒酒而飮 彈琴一曲 眞娘必來 坐公傍 視若不見 卽起乘驢而行 則眞娘必隨後而來 若行過吹
笛橋而不顧 則事可就矣 若不然 必不成矣 碧溪守從其言 乘小驢 使小童挾琴 過眞家 登樓賒酒而飮 自彈
一曲 卽起乘驢而去 眞果隨後而來 問於琴童 知其爲碧溪守也 乃曼聲而歌曰 靑山裏碧溪守 莫誇去未休
一到滄海難再見 那得不少留 明月滿空山 臨去願一游 碧溪守聞此歌 不能去 到吹笛橋 回顧遽落驢 眞哂
曰 此非名士 乃風流客也 卽徑還 碧溪守慚恨不已"(徐有英 著, 金鍾權 校註, 앞의 책, pp.250~251).

574) 윤선도, 五友歌,『孤山遺稿』권6.

575) 이승훈,『문학상징사전』(고려원, 1995), pp.179~180.

576) "由是國中言名娼者必先眞 眞將死 囑其家人曰 我爲天下男子 不能自愛以至於此 卽我死 勿斂棺 擧暴尸

於古東門外沙水交 螻蟻狐狸得食我肉 令天下女子以眞爲戒 家人如其言 有一男子收而瘞之"(金澤榮, 『韶濩堂集』卷9, 歌者傳, 黃眞 ; 『文叢』 347, p.333).

577) 김홍규, 조선후기 예술의 환경과 소통구조, 『한국사회론―제도와 사상』(사회비평사, 1995), pp.420~423.

578) 박희병, 조선후기 예술가의 문학적 초상, 『한국고전인물전연구』(한길사, 1992), pp.358~359.

579) '상방궁인(尙方弓人)'에서 '상방(尙方)'은 천자가 쓰는 기물(器物)을 맡거나 만드는 벼슬, 혹은 궁정의 의약(醫藥)을 맡은 벼슬인데, '궁인(弓人)'이라 했으니 이전에 김성기는 왕이 쓰는 활을 만드는 공인 벼슬을 지낸 것으로 보인다.

580) 안휘준, 『한국회화사』(일지사, 1980), p.280 ; 장지연, 『일사유사』 권2(회동서관, 1918), pp.57~58.

581) 김홍규(1995), 앞의 책, pp.423~434.

582) "男女不雜坐 不同椸枷 不同巾櫛 不親援"(昭惠王后 韓氏 저, 육완정 역주, 『內訓』(열화당, 1985), pp.23~24.

583) "此一篇 昔在樂戲之曲 而近者朴別將俊雄 卽古名唱尙健之子 以淸音之淸聲 屬黃鐘大呂少尙也 一曲別作 付于管絃 悅人耳目心志樂也 世上豪傑 欽慕以膾煮矣 此所謂搔聳"(靑歌 653).

584) 安峽地方, <치정요 癡情謠> 13 ; 임동권, 『한국민요집』 II(집문당, 1974), p.473.

585) 『태종실록』 권8, 태종 4년(1404) 12월 8일.

586) 『영조실록』 권47, 영조 14년(1738) 12월 21일.

587) 『숙종실록』 권40, 숙종 30년(1704) 10월 28일.

588) 임동권, 『한국민요집』 II(집문당, 1974), p.472.

589) 『영조실록』 권90, 영조 33년(1757) 11월 18일 병오 1번째 기사.

590) 『현개실록』 권28, 현종 15년(1674) 6월 20일 계축 1번째 기사.

591) "乙卯 公爲平安評事 閱歷關防 采摭謠俗 作關西曲 以紓愛君慮邊之忠"(白光弘, 關西別曲, 『岐峯集』 권2).

592) "錦繡烟花依舊色 綾羅芳草至今春 仙郎去後無消息 一曲關西淚滿巾"(崔慶昌, 箕城聞白評事別曲, 『孤竹遺稿』 七言絶句 ; 『文叢』 50, p.11).

593) 김춘택, 『북헌거사집』 권16, 囚海錄, 文散藁, 論詩文.

594) 이하 불교 용어는 韓國佛敎大辭典編纂委員會, 『韓國佛敎大辭典』(寶蓮閣, 1982) ; 운허용하, 『불교사전』(동국역경원, 1982) ; 참조.

595) 서황룡 편, BBS불교방송 『알기 쉬운 불교』(불교방송출판부, 1992), p.50.

596) 서황룡 편, 위의 책, p.312.

597) 대한불교조계종 역경위원회 편, 나옹화상 행장, 한글대장경 154 『나옹선사집 백운화상집』(동국역경원, 1973), pp.44~45.

598) "骨相異常兒 旣長 機神英邁 卽求出家 父母不許 年至二十 見隣友亾 問諸父老曰死何之 皆曰所不知也 中心痛悼 遂投功德山妙寂菴了然禪師所 祝髮 然師 問汝爲何事削髮 答云超出三界 利益衆生 請開示 師曰汝今來此 是何物邪 答曰此能言能聽者 能來耳 欲見無體可見 欲覓無物可覓 未審如何修進 師曰吾亦如汝 柳未之知 可往求之有餘師"(懶翁和尙, 『懶翁集 全』 ; 이종욱, 월정사, 1940년 초판).

599) 조태영, <서왕가>의 문학적 가치, 『한국고전시가작품론 2』(집문당, 1992), pp.585~595.

600) 조태영, 위의 책, pp.590~591.

601) 대한불교조계종 역경위원회 편, 나옹화상 행장, 自姿日에 趙尙書가 普說을 청하다, 한글대장경 154

『나옹선사집 백운화상집』(동국역경원, 1973), pp.76~77, p.107.

602) 대한불교조계종 역경위원회 편, 發願, 위의 책, p.378.

603) "童子 六七人 浴乎沂 風乎舞雩 詠而歸"(『論語』11, 先進).

604) 『성종실록』권122, 성종 11년(1480) 10월 26일 참조.

605) 黃景源, 丁先生 墓碣銘 幷序, 『不憂軒集』 卷首 ; 『文叢』 9, pp.6~8.

606) 민족문화추진회, 국역 『불우헌 정극인문집』(한국학술정보, 2006), p.14, pp.121~123.

607) 이병기, 『국문학개론』(일지사, 1965), pp.131~132 ; 정병욱, 증보판 『한국고전시가론』(신구문화사, 1993), pp.242~243.

608) 朴炳完, 賞春曲의 分析的 研究－문학공간의 含意를 중심으로, 『한국고전시가작품론』 2(집문당, 1992), p.597.

609) "公旣南歸 壹意幽貞 不樂赴擧 築草舍三間 名其軒曰不憂 名其川曰泌水 植松竹 混耕樵 怡神養性 居易 俟命 徘徊夷猶 樂而忘憂"(黃胤錫, 不憂軒丁公行狀, 『不憂軒集』 卷首 ; 『文叢』 9, pp.8~19).

610) 『성종실록』권122, 성종 11년(1480) 10월 26일 임신 5번째 기사 ; 丁克仁, 『不憂軒集』, 앞의 책, p.23).

611) 鄭澈, 星州本 『松江歌辭』 ; 李謙魯 發行, 『松江歌辭』, 通文館, 1954.(이하 『송강가사』는 같은 본).

612) "右關東別曲 思美人曲 續美人曲三篇 卽松江相國鄭文淸公澈之所著也 公詩詞淸新警拔 固膾炙人口 而歌 曲尤妙絶 古今每聽 其引喉高詠 聲韻淸楚 意旨超忽 不覺其飄飄乎如憑虛而御風 至其愛君憂國之誠 則亦 且藹然於辭語之表 至使人感愴而興嘆焉"(李選, 松江歌辭後跋, 『芝湖集』 卷6 ; 『文叢』 143, p.442).

613) "關東別曲 松江鄭澈 所製 而歷擧關東山水之美 說盡幽遐詭怪之觀 狀物之竗 造語之奇 信樂譜之絶調 也"(鄭澈, 記述雜錄, 『松江集』 別集, 卷7 ; 『文叢』 46, p.415).

614) 李鍾默, 關東別曲을 읽는 재미, 『한국고전시가작품론』 2(집문당, 1992), p.668.

615) "關東前美人 猶借文字語 以飾其色耳"(김만중 저, 홍인표 역주, 『西浦漫筆』, 일지사, 1987, pp.388~389).

616) "驚濤擊石怒雷騰 餘沫吹人骨戰兢 剗却玉山飛片片 折來銀柱落層層 腥傳海雨魚龍鬪 光射扶桑日月升 行 盡關東一千里 望洋亭上獨來登"(鄭澈, 望洋亭, 『松江原集』 卷1, 七言律詩 ; 『文叢』 46, p.151).

617) 李鍾默, 앞의 책, p.670.

618) "偶得鄭松江關東別曲者而觀之 非但詞致俊逸節奏圓亮而已 縷縷數千百言 寫盡感憤激昂之懷 眞傑作也" (曺友仁, 續關東曲序, 『頤齋集』 卷2 ; 『文叢』 續12, p.300).

619) 김진희, 송강가사의 시간성과 극적 구조, 『고전문학연구』 46(한국고전문학회, 2014.12), p.6.

620) 성호경, <관동별곡>의 형상화와 정철의 신선의식, 『조선시대 시가 연구』(태학사, 2011), pp.448~449.

621) "空山木落雨簫簫 相國風流此寂寥 惆悵一杯難更進 昔年歌曲卽今朝"(권필, 過松江墓).

622) 김진희, 앞의 논문, p.26.

623) "士大夫之進不得有爲於斯世 棄位而巷處者 必占名山麗水之濱 池館園囿之樂 一以爲淸閒寂寞之娛 一以 敍憂時戀闕之情"(鄭澈, 水月亭記, 『松江續集』 卷2, 雜著 ; 『文叢』 46, p.199).

624) 임실 <신세타령>(달아달아 밝은 달아), MBC 『한국민요대전』 전라북도, CD 3-15.

625) "歌詞前後美人曲 在此鄕時所作 不記某年 似是丁亥戊子年間耳"(鄭澈, 畸翁所錄, 『松江別集』 卷7 附錄 ; 『文叢』 46, p.405).

626) 정재호 · 장정수, 『송강가사』(신구문화사, 2006), p.134 참조.

627) "松江關東別曲 前後思美人歌 乃我東之離騷 而以其不可以文字寫之 故惟樂人輩 口相授受 或傳以國書而已 人有以七言詩翻關東曲而不能佳 或謂澤堂少時作非也", "況此三別曲者 有天機之自發 而無夷俗之鄙俚 自古左海眞文章 只此三篇 然又就三篇而論之 則後美人尤高 關東前美人 猶借文字語 以飾其色耳"(김만중 저, 홍인표 역주, 『西浦漫筆』, 일지사, 1987, pp.388~389).

628) 허균, 성수시화(惺叟詩話), 說部 4, 앞의 책, p.221.

629) <이소(離騷)>에서 이(離)는 만남(罹), 소(騷)는 우(憂)이다. 근심을 만난다는 뜻이다. 초나라의 굴원이 지은 부(賦) 이름인데, 참소를 당하여 궁정에서 쫓겨나 충신의 격정을 읊은 작품이다.

630) "東方歌詞中 如鄭松江前後思美人曲 最勝", "松江前後思美人詞者 以俗諺爲之 而因其放逐鬱悒 以君臣離合之際 取譬於男女愛憎之間 其心忠 其志潔 其節貞 其辭雅而曲 其調悲而正 庶幾追配屈平之離騷"(金春澤, 北軒集 ; 鄭澈, 畸翁所錄, 『松江別集』 卷7, 附錄 ; 『文叢』 46, p.405).

631) 李應百・金圓卿・金善豊 監修, 『國語國文學資料辭典－資料編』(ㄱ~ㅅ)(KDR한국사전연구사, 1995), p.1624.

632) 白受繪, 『松潭遺事』(松潭書院, 1902), 규장각 마이크로필름 M/A97-16-26-G.

633) 『현종실록』 권18, 현종 11년(1670), 경술 윤2월 9일 병신.

634) 宮崎市定 著, 曹秉漢 譯, 『中國史』(역민사, 1983), pp.60~61.

635) 『사기』 열전, 백이열전 제1.

636) 『인물과 사건으로 보는 중국 上下 오천년사』(1)－신화시대부터 남북조시대까지(신원문화사, 2005), pp.250~253.

637) "蘇武 堀野鼠 食草實 而千載之下 人皆稱其忠焉 李陵衛律 降匈奴(凶奴) 積萬鍾 而人不能稱焉"

638) 조식, 『남명집』 권1 ; 『문총』 31, pp.477~478.

639) "碩鼠碩鼠 無食我苗 三歲貫女 莫我肯勞 逝將去女 適彼樂郊 樂郊樂郊 誰之永號郊"(『詩經』 國風, 魏風, 碩鼠).

640) 金學主 譯, 『시경(詩經)』(明文堂, 1984), pp.188~189.

641) "迺裹餱糧 于橐于囊 思輯用光 弓矢斯張 干戈戚揚 爰方啓行"(『詩經』 大雅 公劉).

642) "茂偎樹立 日晩飢甚 探囊中乾糇 握而啗之 且謂軍士曰 男兒當死中求生毋恐 關弓左射 正中賊將喉 應弦而倒"(李齊賢, 『益齋集』 卷2, 前集2).

643) "伊尹 耕於有莘之野而樂 堯舜之道焉 非其義也 非其道也 祿之以天下 弗顧也 繫馬千駟 弗視也 非其義也 非其道也 一介 不以與人 一介 不以取諸人"(『孟子』 萬章章句 上) .

644) "午睡頻驚戴勝吟 如何偏促野人心 啼彼洛陽華屋角 令人知有勸耕禽"(朴仁老, 『蘆溪集』 卷1 ; 『문총』 65, p.220 ; 정민, 『한시 속의 새, 그림 속의 새』 첫째 권, 효형출판, pp.186~191).

645) 『孟子』 集註, 離婁 下, 齊人有一妻 一妾而處室者.

646) 연세대학교 중국문학사전 편역실, 『중국문학사전』 Ⅱ－작가편(다민, 1994), p.191.

647) 『선조실록』 권49, 선조 27년(1594) 3월 20일 무술 1번째 기사.

648) 『선조실록』 권146, 선조 35년(1602) 2월 2일 을축 3번째 기사.

649) "八日晴 道上餓殍相望 至有路塞難行之處云 兩麥未出之前 救活無路 不出四五月之內 人之類將至盡滅 古來喪亂 何代不有 而人民之死亡 豈有如今日者也 長川奴屬及一里之人盡數死亡 所餘藏獲不過十餘口 而無所控活 連續入來此處 亦無救出之勢 坐見其死 心如烈火 痛泣何爲"(趙靖, 『壬亂日記』 1593년 4월 8일).

650) 김성우, 임진왜란 이후 전후복구사업의 전개와 양반층의 동향, 『한국사학보』 3・4호(고려사학회,

1998), p.298.

651) 정석종, 중세사회의 동요와 해체, 『한국사』 9-중세사회의 해체1(한길사, 1994), p.70.

652) 김성우, 위의 논문, p.292, 315.

653) 崔慶雲, 『孤臺日錄』, 1594년 3월 17일 ; 김성우, 앞의 논문, pp.292~293.

654) 『선조실록』 권136, 선조 34년 4월 1일.

655) 崔珍源, 陋巷詞, 『한국민족문화대백과사전』 5(한국학중앙연구원, 1995), p.919.

656) 장기근, 신완역 『논어』(명문당, 1984), p.157 ; 박승임, 『性理類選』 卷4, 성현, 顔子妻陋巷.

657) "子曰 貧而無怨 難 富而無驕易"(『論語』 第14, 憲問).

658) "遯世無悶 不見是而無悶 樂則行之 憂則違之 確乎其不可拔 潛龍也"(『周易』 乾卦 文言).

659) "又曰 飯疏食飮水 曲肱枕而臥 樂亦在其中矣"(趙翼, 外物辨, 『浦渚集』 卷22, 雜著 十首).

660) "夫貧困之甚 能無怨無悶而樂 非視外物如無者 能如是乎"(趙翼, 위의 글).

661) "蓋人之心 有私欲焉 有理義焉 物之所能利者只私欲耳 若夫理義 則外物雖天下之大 不能加焉 雖簞瓢之
空 不能損焉 常人私欲爲主 故於物 得之則喜 不得則憂 聖賢之心 純是理義 而全無私欲 則夫豈以所不加
者爲喜焉 所不損者爲憂焉 此聖賢所以富貴不能動 貧賤不能悶者也"(趙翼, 위의 글).

662) "惟李漢陰相國。氣宇暗符。遇之以國士 嘗奉使南下 登公祖墓而拜之曰 朴某之祖可拜也"(鄭葵陽, 行狀,
『蘆溪集』 卷2, 附錄 ;『文叢』 65, p.233).

663) "公從遊漢陰相公 相公問公山居窮苦之狀 公乃述己懷 作此曲"(『蘆溪集』 卷3).

664) "모내길세 모를 심어 이논 저논에 모를 심자 물채 좋고 넓은 벌에 푸른 벼모 심어나가자"(박정렬
창, 정준갑 채보, 모내기타령, 『민요곡집』, 연변인민출판사, 1980, p.34)에 물채가 나오는데, 물채는
창포(菖蒲)의 제주 방언이다. 이에 물채출을 신령님께 빌 때 활용하는 창포로 풀이하고자 한다.
기도의 간절함을 더하는 도구가 아닐까 싶다.

665) 『영조실록』 권105, 영조 41년(1765) 6월 18일 임술 1번째 기사.

666) 성대중, 『청성잡기』 권5, 성언.

667) 이기백, 신수판 『한국사신론』(일조각, 1990), p.325.

668) 『영조실록』 권119, 영조 48년(1772) 7월 7일 경자 1번째 기사.

669) "歌雖一藝 乃聖世太平氣像之源流也 古者 上自卿宰 下至藜庶 志高不俗之人 有製有唱 述其志敍其懷 …
挽近俗末碌碌謀利之輩 孜孜相趨 薰然共化於鄙吝之習 或儘閑爲戲者 以無根之雜謠 譴浪之駭擧 貴賤爭
與纏頭習尙"(國樂院本 『歌曲源流』 跋).

670) 성경린, 서울의 속가, 『향토서울』 2호(서울특별시역사편찬위원회, 1958).

671) 이노형, 잡가의 유형과 그 담당층에 대한 연구(서울대 대학원 석사논문, 1987), pp.20~35.

672) 이노형, 위의 논문, pp.34~35.

673) 전인평, 『우리가 정말 알아야 할 우리 음악』(현암사, 2007), pp.350~352.

674) 장사훈, 『국악대사전』(세광음악출판사, 1991), p.467.

675) 『蜀王本記』 ; 四庫全書 子部 醫家類 『證類本草』 권19.

676) 정민, 『한시 속의 새, 그림 속의 새』 2(효형출판, 2003), p.90.

677) 韓萬榮, 유산가, 『한국민족문화대백과사전』 17(한국학중앙연구원, 1995), p.42.

678) 任東權 編, 『韓國民謠集』 Ⅶ(集文堂, 1992), pp.137~138 ; 任東權 編, 『韓國民謠集』 Ⅵ(集文堂, 1981),
p.121.

679) 성기옥·손종흠, 『고전시가론』(한국방송통신대학교출판부, 2006), p.440.

680) 판소리학회, 『판소리 다섯 마당』(한국브리태니커회사, 1982), pp.36~37.

681) 李昌培 편, 『韓國歌唱大系』(홍인문화사, 1976), pp.190~191.

682) 李昌培 편, 위의 책, p.191.

683) 韓萬榮, 소춘향가, 『한국민족문화대백과사전』 12(한국학중앙연구원, 1995), p.793.

684) 서대석 편, 『구비문학』(해냄, 1997), pp.237~334.

685) 安鼎福, 『東史綱目』 제5하, 고려 태조 18년.

686) 金杜珍, 甄萱, 『한국민족문화대백과사전』 1(한국학중앙연구원, 1995), p.815.

687) "幼子鍾愛 姦臣弄權 … 陷慈父於獻公之惑 擬以大寶授之頑童"(『삼국사기』 권50, 열전10, 견훤).

688) 심경호, 『참요(讖謠), 시대의 징후를 노래하다』(한얼미디어, 2012), pp.4~7.

689) 『고려사절요』 권33, 신우 ; 국역 『고려사절요』 IV(민족문화추진회, 1976), p.268.

690) 『고려사절요』 권33, 신우 ; 위의 책, pp.255~280.

691) 宗廟署, 『宗廟儀軌』 제3책, 樂章, 俗樂歌詞.

692) 차미희·조혜란 외, 부모 섬기기, 『19세기 20세기 초 여성생활사 자료집』(보고사, 2013), p.154.

693) 차미희·조혜란 외, 부인이 항상 경계할 것들, 위의 책, p.171 ; 昭惠王后 韓氏 저, 陸完貞 역주, 언행장, 『內訓』(열화당, 1985), pp.26~27.

694) 金大幸, 『韓國詩의 傳統研究』(開文社, 1980), p.43 ; 김대행, 『노래와 시의 세계』(역락, 1999), pp.27~28.

695) 서대석 편, 『구비문학』(해냄, 1997), p.292.

696) 李應百·金圓卿·金善豊 監修, 앞의 책, p.1449.

697) 李應百·金圓卿·金善豊 監修, 위의 책, 같은 곳.

698) 서대석 편(1997), 앞의 책, p.292.

699) 서대석 외 채록, 횡성읍 민요 11 소 모는 소리, 『한국구비문학대계』 횡성군 편(1)(한국학중앙연구원, 1984), pp.154~155 ; 서대석, 『구비문학』(해냄, 1997), pp.284~285.

700) 이광식, 오피니언 명경대 <소몰이소리>, 강원도민일보, 2012년 10월 15일자.

701) 서대석 편(1997), 앞의 책, p.284.

702) 김영철, 『한국 개화기 시가 연구』(새문사, 2004), p.15.

703) 김대행(1999), 앞의 책, p.15.

704) 박애경, 『한국 고전시가의 근대적 변전과정 연구』(소명출판, 2008), p.18.

705) 『브리태니커 세계 대백과사전』 4(한국브리태니커회사, 1997), p.412.

706) 김창남, 한국유행가의 성격형성 과정－수사(修辭)체계 분석을 통한 민요와의 비교, 『노래운동론』(공동체, 1986), p.137.

707) 이영미, 『한국대중가요사』(시공사, 1998), pp.40~41.

708) 김창남, 유행가의 성립과정과 그 문화적 성격－찬송가의 보급에서 유행가까지, 『노래－진실의 노래와 거짓의 노래』 1집(실천문학사, 1984), pp.55~57.

709) 조연현, 『현대문학사개관』(정음사, 1988), pp.17~18 ; 이유선, 증보판 『한국양악백년사』(음악춘추사, 1985), p.53.

710) 김병선, 연세근대한국학총서22 『창가와 신시의 형성 연구』(소명출판, 2007), pp.218~219.

711) 정종환, 『한국철도건설백년사』(상)(한국철도시설공단, 2005), pp.83~86.

712) 황현 저, 임형택 외 교주, 『매천야록』 권3.

713) 일본인 소유지 1평당 0.7엔~1.2엔, 미국·영국인 소유지 최고 17.8엔, 조선인 소유지는 0.07엔이다.

714) 강만길, 『고쳐 쓴 한국근대사』(창작과비평사, 1994), p.263.

715) 강만길, 위의 책, p.264.

716) 김학동, 『개화기 시가 연구』(새문사, 2010), pp.129~148.

717) 李應百·金圓卿·金善豊 監修, 앞의 책, p.157.

718) 이유선, 증보판 『한국양악백년사』(음악춘추사, 1985), p.56.

719) 孫仁銖, 안창호, 『한국민족문화대백과사전』14(한국학중앙연구원, 1995), pp.553~554.

720) 전인평(2000), 앞의 책, p.340.

721) 李淳珩, 去國歌, 『한국민족문화대백과사전』1(한국학중앙연구원, 1995), p.640.

722) 이유선, 증보판 『한국양악백년사』(음악춘추사, 1985), p.57.

723) 이영미, 『한국 대중가요사』(시공사, 1998), pp.49~50.

724) 전인평, 앞의 책, p.348.

725) 김성현, 소프라노 윤심덕 '死의 찬미' 남기고 투신, 조선일보 2010년 4월 13일, A37면.

726) 김영철, 대중가요 스타의 탄생 '조선 성악계 첫손가락 윤심덕, 조선일보 2012년 1월 9일, A37면.

727) 권경안, 권경안 기자의 南道이야기(33) 현해탄에 몸 던진 김우진, 조선일보 2006년 9월 20일, 호남 A14면 ; 이규태, 이규태 역사에세이 정사 붐 촉발시킨 윤심덕 이야기, 조선일보 1999년 11월 4일 참조.

728) 김영철, 대중가요 스타의 탄생 '조선 성악계 첫손가락 윤심덕, 조선일보 2012년 1월 9일, A37면.

729) 박찬호 지음, 안동림 옮김, 『한국가요사』1(미지북스, 2009), pp.56~57.

730) 최창익 편, 『한국대중가요사』1(한국대중예술문화연구원, 2003), pp.78~79.

저자 ❙ 황병익黃柄翊

경북 풍기에서 태어났다. 부산대학교 국어국문학과를 졸업한 후, 동 대학원에서 석·박사 학위를 받았다. 현재 경성대학교 국어국문학과 교수로 재직하면서 고전시가론, 고전시가강독, 한국문학의 역사, 고전스토리텔링 등의 강좌를 담당하고 있다. 고전시가 가운데 고대시가와 향가와 고려가요와 시조를 주로 연구하면서 <황조가>, <도솔가>, <처용가>, <동동>, <한림별곡>, <도산십이곡> 등에 관한 학술 논문을 썼고, 고전문학과 전통문화를 활용한 콘텐츠 개발과 교육에 관심이 많다. 공저로는『한국의 문학사상』,『한국고전문학강의』등이 있고, 저서로『고전시가 다시 읽기』,『고전시가 사랑을 노래하다』,『고전시가의 숲을 누비다』가 있다.

고전시가의 숲을 누비다

초판 1쇄 인쇄 2015년 2월 16일
초판 1쇄 발행 2015년 2월 25일

지은이 황병익
펴낸이 이대현
편 집 박선주
디자인 이홍주
펴낸곳 도서출판 역락
　　　 서울시 서초구 동광로 46길 6-6(문창빌딩 2F)
　　　 전화 02-3409-2058(영업부), 3409-2060(편집부)
　　　 팩시밀리 02-3409-2059
　　　 이메일 youkrack@hanmail.net
　　　 등록 1999년 4월 19일 제303-2002-000014호
ISBN 979-11-5686-157-7 93810
역락 블로그 http://blog.naver.com/youkrack3888

정 가 28,000원